JULIAN LEES

Das Lied der Sterne

Buch

Die Insel Macao, Ende der 1920er-Jahre. Kolonialer Prunk und menschliches Elend mischen sich hier zu einem schillernden, bunten Leben. Und mitten darin lebt Nadja Schaschkowa aus Russland, Ende zwanzig, die mit dem Rest ihrer Familie vor der Gewalt selbsternannter Revolutionäre aus ihrer Heimat fliehen musste. Eines Tages lernt Nadja den schottischen Konsulatsangestellten Iain Sutherland kennen, der als Spion im Geheimdienst Seiner Majestät arbeitet. Doch noch bevor die beiden einander ihre Liebe gestehen können, reißen Politik und Intrigen tiefe Gräben zwischen ihnen auf. Als es dann endlich scheint, als würden sie doch noch zueinander finden, bricht im Pazifik ein Krieg aus – und Iain kann sich seiner Pflicht nicht entziehen. Wieder werden die Liebenden für Jahre getrennt und Nadja, die ohne Iain nicht mehr leben kann, geht ein unvorstellbares Wagnis für ihn ein – und wird belohnt für den Mut ihrer Liebe …

Autor

Julian Lees wurde 1967 in Hongkong geboren, wo er bis heute mit seiner Familie lebt. Seine mitreißenden und sinnlichen Romane schöpfen immer wieder auch aus der bewegten Geschichte seiner eigenen Familie, die nach der Oktoberrevolution von Sibirien nach China fliehen musste. Julian Lees arbeitete zunächst als Banker, bevor er sich ganz seiner eigentlichen Leidenschaft, dem Schreiben, widmete.

Von Julian Lees bereits erschienen:
So fern wie der Himmel (36995)

Julian Lees

Das Lied der Sterne

Roman

Ins Deutsche übertragen
von Gloria Ernst

blanvalet

Die Originalausgabe erschien
unter dem Titel »The Fan Tan Players«

FSC
Mix
Produktgruppe aus vorbildlich
bewirtschafteten Wäldern und
anderen kontrollierten Herkünften

Zert.-Nr. SGS-COC-001940
www.fsc.org
© 1996 Forest Stewardship Council

Verlagsgruppe Random House FSC-DEU-0100
Das FSC-zertifizierte Papier *Holmen Book Cream*
für dieses Buch liefert Holmen Paper, Hallstavik, Schweden.

1. Auflage
Taschenbuchausgabe Mai 2010 bei Blanvalet Verlag,
einem Unternehmen der
Verlagsgruppe Random House GmbH, München

Umschlaggestaltung: © HildenDesign, München,
unter Verwendung von Motiven von sandocir / iStockphoto;
Alex James Bramwell / ShutterstockSatz
Redaktion: Rainer Schöttle
LH · Herstellung: sam
Druck und Einband: GGP Media GmbH, Pößneck
Printed in Germany
ISBN: 978-3-442-37455-7

www.blanvalet.de

Für Gus, Mui-mui und Bay-mui

Erster Teil

Frühling 1928

1

Der erste Sonntag nach Ostern war ein schlimmer Tag. Ein Tropensturm, der über dem Südchinesischen Meer tobte, brach mit unverminderter Wucht über die Praya Grande Bucht herein; zwischen der Luzon Straße und der Küste von Kanton gab es nichts, was sich seiner Gewalt hätte entgegenstellen können. Während er heulend über den geschützten Hafen jagte, schleuderte er unentwegt Blitze wie silberne Speere aus den Wolken. Der Regen prasselte wie ein kalkweißer Vorhang aus Nägeln auf den Boden, zog dabei ein Netz aus Wasser über die Erde. Abflussrinnen flossen über, und in den Gräben stauten sich zersplittertes Holz und Glasscherben. Überall roch es nach feuchter Erde und entwurzelten Bäumen. Gegen Mittag ballte sich dann eine dichte Wand aus Gewitterwolken über der Bucht zusammen und hüllte den Schrein der Meeresgöttin A Ma ein. Als die Tempelgeschäfte schließlich schlossen, waren die *Praças* eine einzige Wasserwüste.

Wenn es so heftig stürmte, wie es an jenem Tag im Frühling 1928 der Fall war, blieben die Postdampfer der Macau & Canton Steamboat Company in den Taifunschutzhäfen am Ende der Kais.

Ihre langen, schlanken Rümpfe schaukelten auf den anbrandenden Wellen, begleitet nur vom unablässigen Prasseln des Regens und dem lauten Donner, der über die Avenida da Republica rollte. Hätte nicht von Zeit zu Zeit ein Nebelhorn geheult und die Sturmglocke der Kapelle Unserer Lady Guia geläutet, hätten sich nur wenige Menschen von ihrer Beschäftigung ablenken lassen. Später aber, in der Nacht, begannen die Schweine zu quieken. Und sie quiekten stundenlang. Nicht etwa, weil die grauen Steinmauern des *Matadouro da Macau* zusammengebrochen wären oder der Wind gar das Dach des Schlachthofs abgedeckt hätte. Nein, sie quiekten vor Entsetzen, weil ihre Koben von einem Heer von Eindringlingen überrannt wurden. Krieger mit blutunterlaufenen Augen, bewaffnet mit messerscharfen Zähnen: Ratten. Ganze Heerscharen von ihnen krochen aus dunklen Löchern, aus unzähligen Abzugsrohren und Gullys. Die Flut trieb sie heraus. Tausende. Und dann fegten sie wie ein Feuersturm durch die Straßen.

Im Restaurant des Hotel Rivera, das zur Seeseite hin lag und für seine mit Fresken verzierten Decken und sein würziges Afrikanisches Hühnchen berühmt war, brach helle Panik aus. Ein Wirrwarr von Stimmen erhob sich, Hotelpagen fielen in Ohnmacht, und die älteren Damen kreischten vor Angst. »*Aiyaa!*« und »*Gow Meng!*« schallte es laut von den Suiten in den obersten Stockwerken bis hinunter zu den Kellern. Einige der Gäste, die gerade beim Fan-Tan-Spiel gesessen hatten, begannen mit entsetzt aufgerissenem Mund und mit blanker Panik in den Augen wild durcheinanderzurennen. Viele Frauen sprangen auf Sofas. Sie rafften dabei ihre eleganten Kleider, sodass ihre weißen Schenkel zu sehen waren, und wickelten hektisch ihre Federboas auf. Gerade als die Kuli-Jungen Frotteestreifen in die Jalousierahmen stopften, stürmten die Ratten durch die Verandatüren. Sie sprangen von den Hutständern aus Messing auf die Artdeco-Esstische und die edwardianischen Kommoden – rissen dabei Herrenhüte aus Stroh und glockige Damenhauben herunter, stießen Kelche aus Baccarat-Kristall von den Tischen, sodass diese in tausend Stücke zersprangen, und warfen Teller mit Currykrabben und Schüsseln mit *Brandada de baclahau* um. Sie huschten in die *Chambres privées*, krochen in geräumige Vuitton-Reisekoffer, kletterten an Hosenbeinen hinauf und an seidenen Jaquardvorhängen hinunter. Sie fegten die hellgelben, emaillierten Haarbürsten, die Kosmetikfläschchen aus Sterlingsilber, die Rougetöpfchen und die kleinen Tiegel aus Alabaster von den Frisiertischen.

Dann verließen sie das Hotel so schnell, wie sie gekommen waren. Sie stürzten sich wie ein Schwarm fliegender Fische von den Balkonen auf die darunterliegende Hauptstraße.

Kurz vor neun Uhr abends erreichten die Ratten dann die St.-Lazaris-Kirche, und um zehn Uhr schließlich überschwemmten sie den Norden der Stadt.

In den ärmeren Stadtteilen in der Nähe des Kun Iam Tempels quollen die Nager aus der Dunkelheit unter den armseligen Hütten hervor, drangen in die Wohnräume ein, kletterten bis zu den Dachkammern hinauf, versteckten sich hinter Schränken und unter Werkbänken. Sie trugen den Gestank von fauligem Fleisch und Fäkalien mit sich. Das Fell auf ihrem Rücken war mit dem vergorenen Urin vieler Wochen verklebt. Krallenbewehrte Zehen, rostbraun, kratzten an Türen, Vorderpfoten gruben sich mit ihren langen Nägeln in die weichen, nackten Wände. Das Trippeln ihrer Füße war überall zu hören. *Klick, klack, klick.* In den Häusern, auf den Dächern, in den Regenrinnen. *Klick, klack, klick.* Die Ratten huschten an den Fassaden der Gebäude hinauf, schoben ihre Schnauzen unter die Fußböden von Geschäften, hingen an Telegrafendrähten. Hunde bellten, Hähne krähten, junge Frauen und alte Weiber kreischten. Eine Stunde später war die kleine, verwahrloste portugiesische Kolonie, die vierunddreißig Meilen westlich von Hongkong lag und direkt an die Südspitze des chinesischen Festlandes grenzte, eingenommen. Die große alte Dame der chinesischen Küste war verloren: die graue Horde stürmte ungehindert weiter herein.

Inzwischen ging es auf Mitternacht zu. Auf dem Largo da Sien, einem mit Kopfsteinen gepflasterten Platz, entfaltete sich jetzt hektische Aktivität. Eine Gruppe grimmig aussehender, in Ölzeug gekleideter Rattenfänger steuerte ihre Hunde mit Zurufen und Zungenschnalzen hin und her. »Hai! Hai!«, riefen die Männer, als die Mischlinge in die Dunkelheit davonrannten und nur noch ein entferntes Bellen und Knurren zu hören war. Die Männer hatten in der Umgebung fast fünfzig Köderfallen aufgestellt; rechteckige Kisten aus Holz und Maschendraht, drei Fuß lang und einen Fuß breit, die mit saurem Bohnenquark bestückt waren. Jede der Fallen hatte an den Seiten mehrere Öffnungen mit nach innen gerichteten Drahtenden, sodass die Ratten zwar hinein, aber nicht mehr heraus konnten. Die Rattenfänger waren gerade dabei, weitere Fallen aufzustellen, als in der Mitte des Platzes ein prasselnder Scheiterhaufen aufzulodern begann. Vor dem Feuer stand, seinen Rücken dem Wind zugewandt, ein Junge, kaum älter als zwölf Jahre, und warf die Käfige mit den quietschenden Schädlingen in die Flammen, um sie nach einiger Zeit mit einem langen Haken wieder herauszuziehen. Schon bald war die Luft mit dem Gestank verbrannten Fleisches, mit dem Winseln der Hunde und mit den lauten Schreien der Rattenfänger erfüllt. Ungefähr im Viertelstundenabstand zogen zwei Männer einen mit Drahtkäfigen beladenen Schlitten auf den Platz, in denen jedes Mal fast hundert Ratten gefangen waren.

Die Rattenfänger fuhren mit ihrer makaberen Arbeit fort, bis der Tag anbrach und sich die Bewohner der belagerten Stadt nach und nach aus ihren Häusern trauten, um die Zerstörung in Augenschein zu nehmen. Der Schaden, den der Taifun in der *Praya* angerichtet hatte, war unübersehbar: die umgeknickten Telegrafenmasten und die entblätterten Bäume, deren kahle Äste wie dürre Arme und gebrochene Rippen aussahen. Die eingedellten und verbogenen Blechdächer, die unzähligen wachsbleichen Fische auf den Stränden, die aufgequollenen Kadaver ertrunkener Kühe, die die Brandung mit klatschendem Geräusch ans Ufer warf. Die Abertausende von Sandfliegen, die Berge verkohlter Nager. Und über all dem lag der Geruch feuchter, modriger Erde und verbrannter Tierhaare.

Die Abwasserkanäle hinter der Stadt leiteten noch immer das Zuviel an Regenwasser durch ihre fünfundsiebzig Zentimeter dicken Rohre und spülten dabei allen möglichen Abfall in das Sammelbecken, bevor sich das Wasser ins Meer ergoss. Und genau hier, am Ende eines der Rohre, kam eine bleiche Hand zum Vorschein. Kriechend, rutschend bewegte sie sich wie eine Krabbe mit steifen Gliedern in der Brandung. Mit Fingerspitzen, aufgeweicht und schrumpelig, stolperte die Hand umher, zuckte dabei im künstlichen Strom der Gezeiten. Hin und wieder, wenn sich das dicke Seil, das um das Handgelenk geschlungen war, an irgendeinem Trümmerteil verfing, schrak sie kurz zurück, um dann erneut einen Satz nach vorn zu machen, sobald sie sich wieder befreit hatte.

Kurz darauf tauchte ein Arm mit einem bleichen Ellbogen auf, gefolgt von einem Kopf, der zur linken Schulter gebogen war. Die zusammengepressten Lippen in dem wachsbleichen, bartlosen Gesicht waren blau verfärbt. Um den Hals, der geschwollen wie ein gelber Eierkürbis war, lag ein Rosenkranz. Die Haare, die mit einem Rasiermesser ordentlich gestutzt waren, wiegten sich wie Seegras in der Dünung. Im Nacken der Leiche steckte eine Glasscherbe, und die flaschengrüne Haut der sehnigen Brust war mit kleinen Wunden geradezu übersät: gezackte Bisswunden, dort, wo die Ratten die Brustmuskeln angenagt hatten.

Der nächste Wasserschwall drückte den Rest des Rumpfs durch das Ende des Rohrs. Die Leiche drehte sich. Ihre Zähne klapperten hörbar, als der Kopf von links nach rechts gerissen wurde. Schließlich kamen auch die Oberschenkel zum Vorschein, gefolgt von den Knien, angenagt und mit roten Kratzern übersät. Schließlich der Fuß, milchig weiß; kein Schuh, kein Fleisch, keine Sehnen. Nur der nackte Knochen.

2

In einem erleuchteten Kellerfenster in der Nähe erschien ein kleines Gesicht und sah durch die verschmierte Scheibe in den strömenden Regen hinaus. Die slawischen Augen, so blau wie das Meer, starrten wie gebannt in die Dunkelheit. Eine Reklametafel aus Weidengeflecht, die für Sun Wing Fotografia warb, wurde gerade über den Himmel geweht. Auf der Tafel war eine Klappkamera mit verstellbarem Objektiv zu sehen. Die Augen folgten dem Schild, wie es über die zerstörte Fassade der alten Kathedrale flog, dann weiter über das Labyrinth der Gassen, die das Herz der Altstadt bildeten. Die Reklametafel segelte wie ein riesiger Vogel über die stuckverzierten Häuser mit den schmiedeeisernen Balkonen, in denen erst vor kurzer Zeit elektrisches Licht installiert worden war, fächerte sich dann auf, taumelte über die Rua Central, um schließlich nach einer engen Kreisbahn langsam im Hafenbecken zu landen.

Der Monsunregen trommelte unablässig an die Scheibe. Die junge Frau stand noch immer am Fenster und erbleichte, als eine kleine, bucklige graue Silhouette am Fenster vorbeischoss, um dann eine Regenrinne hinaufzuklettern. Sie strich sich die dunklen Haare über den Ohren glatt und berührte die straffe Haut ihres Unterkiefers. Die Scheibe war dunkel genug, um ihr Spiegelbild zu zeigen. Ein Mädchen Ende zwanzig, sehr schön, mit schmalem Gesicht und leicht gerunzelter Stirn. Die junge Frau hatte so blaue Augen, dass sie ein Stück des Himmels hätten sein können. Sie massierte sich ihre Schultern und beugte dabei den Kopf ein wenig nach vorn, wobei ein eleganter langer Nacken mit sehr kurz gehaltenem Haar sichtbar wurde, eine burschikose Bubikopffrisur. Ihre großen Augen kehrten traurig zu den Wasserlachen zurück, die sich auf dem Boden gebildet hatten. Sie machte sich bereit, die Überschwemmung mit einem Handtuch aufzuwischen. Das Wasser fühlte sich an ihren nackten Zehen kühl an. Sie raffte den Rocksaum ihres Kleides bis über die Knie – ein Kleid mit tiefer Taille, alt und abgetragen, das sie normalerweise immer dann trug, wenn sie in ihrem Zimmer Charleston übte. Ihre Lippen formten dabei den Text eines bekannten amerikanischen Schlagers, während sie den Ring, den sie an ihrer rechten Hand trug, abnahm. Die Waschküche trocken zu wischen, war bestimmt nicht das, was sie sich an einem normalen Montagmorgen gewünscht hatte, aber es musste eben getan werden.

An einer Wand der Waschküche stand ein Waschtisch aus Rosenholz mit einem kupfernen Becken. Die junge Frau krempelte die Ärmel hoch und machte sich an die Arbeit. Ein Zinkeimer stand links von ihr, in dem kleine Klumpen Schmutz schwammen. Sie wrang jetzt das Handtuch darüber aus und wischte dann unter dem Fensterrahmen, wo sich kleine Pfützen gebildet hatten. Die Anstrengung hatte ihren Wangen Farbe und ihren Lippen Fülle verliehen. Als sie gerade die feinen Risse im Fensterflügel trocknete, hörte sie auf dem Treppenabsatz plötzlich Schritte. Instinktiv zuckte ihre linke Hand zu der alten Narbe, die sich großflächig über ihren rechten Arm zog. Hastig begann sie die Ärmel ihrer Bluse wieder herunterzukrempeln.

In der Tür zur Waschküche, oben an der Treppe, stand eine zweite junge Frau. Auch sie hatte eine Bubikopffrisur. Ihr locker sitzendes Baumwollkleid war gerade geschnitten. Sie hielt eine Ausgabe des *Diario de Lisboa* und eine Kinozeitschrift in der Hand. Sie trug Nahtstrümpfe aus Kunstseide, und cremefarbene, geschlossene Schuhe mit einem niedrigen Absatz vervollständigten ihre Kleidung. Die Taille ihres Kleides saß ein gutes Stück unterhalb ihrer Hüften, was ihr ein burschikoses Aussehen verlieh. Der Büstenhalter, der ihren Busen fast platt drückte, ließ sie noch maskuliner wirken. Man hätte sie fast für einen Mann halten können, wenn sie nicht ihre Augenbrauen sorgfältig gezupft und als dünne Bögen nachgezogen hätte. Das Holz der Stufen knarrte, als sie die Treppe herunterkam. Nachdem sie vorsichtig über den nassen Fußboden gegangen war, machte sie sich daran, in einem Korb mit Kopfkissenbezügen, Laken und Polstern herumzukramen. Auf ihren geschwungenen Mund hatte sie ein wenig Rot aufgetragen, wobei die Unterlippe, so wie es die Mode verlangte, ungeschminkt geblieben war, was ihre ölige mediterrane Haut noch öliger erscheinen ließ.

»Alles voller Moder!«, sagte die junge Frau mit den dünnen Augenbrauen und warf ihre Zeitschriften auf den Boden, sodass diese aufklappten und die Bilder des neuesten Zeppelins zeigten. Sie zog einen dunklen Baumwollschlüpfer aus dem Korb. Er sah aus, als wäre er mit Streifen aus Moos bewachsen. »Dieses Wetter! *Merda*! Ich verstehe nicht, wie man von uns erwarten kann, mit dieser Feuchtigkeit in den Wänden und der immer klammen

Kleidung zu leben. Und jetzt liegen auch noch die Postdampfer im Hafen fest. Ich warte schon seit mehreren Tagen darauf, dass ich ein paar Briefe aufgeben kann, um meiner Familie unsere neue Adresse mitzuteilen.«

Die junge Frau am Fenster lächelte höflich, antwortete aber nicht. Stattdessen hielt sie den Kopf gesenkt und wrang wieder das nasse Handtuch über dem Eimer aus. Sie summte dabei weiter ihre Melodie vor sich hin. Ihre Wangen waren leicht gerötet, und auf ihrem Kinn hatte sie einen kleinen Schönheitsfleck. Sommersprossen sprenkelten die Haut unter ihren blauen Augen. Ihre Haare bildeten halbmondförmige Spitzen, die ihre Wangen umschmeichelten. Sie bewegte sich sehr anmutig, was hervorragend zu der Eleganz ihres tief angesetzten Faltenrocks passte.

Die junge Frau mit den gemalten Augenbrauen schwieg einen Augenblick, dann sagte sie mit kräftiger Stimme: »Darf ich mich vorstellen? Mein Name ist Izabel Perera.« Sie holte tief Luft und fuhr rasch fort: »Wir sind letzte Woche in die Wohnung im oberen Stock gezogen. Wir kommen aus Barreiro, das liegt ein Stück südlich von Lissabon. Unsere Reise hat zweiunddreißig Tage gedauert. Sieben Häfen haben wir unterwegs angelaufen, darunter Algier, Aden, Bombay und Colombo – was für eine schmutzige Stadt Bombay doch ist, total heruntergekommen, und die vielen Menschen sind mit Flohstichen übersät. Wir sind mit der Peninsular Oriental Line gereist – haben die meiste Zeit auf dem Sonnendeck verbracht, Briefe geschrieben und Beeftea getrunken. Die Kabinen waren nett und sehr sauber, aber das Essen!« Sie schnitt eine Grimasse. »Würstchen, Rotkohl und gebratene Leber! Viel zu wenig Fisch. In Barreiro hat es immer wunderbaren Fisch gegeben. Barreiro selbst ist wunderbar. Waren Sie schon einmal dort? Es ist etwa sechs Meilen von Lissabon entfernt und liegt direkt am Meer. Es hat einen reizenden Kirchplatz, ein Rathaus mit einem roten Dach und hübsche kleine weiße Häuser mit Blick auf den ruhigen Hafen. Meine Verwandten leben dort. Ich vermisse sie schrecklich, vor allem meine Geschwister und meine Cousine Anna.« Sie machte eine kurze Pause, dann holte sie wieder tief Luft. »Mein Mann ist im Textilhandel tätig. Seine Firma hat ihn beauftragt, Schantung- und Chinkain-Seide einzukaufen, und da Kanton das Zentrum des Seidenhandels ist, sind wir hier in Macau gelandet. Ach, übrigens, wie heißen Sie eigentlich?«

Das Mädchen am Fenster brauchte offenbar einen Augenblick, um diese geradezu überwältigende Menge an Informationen zu verdauen. Schließlich antwortete sie: »Nadia. Ich heiße Nadia Schaschkowa.«

»Sind Sie das neue Dienstmädchen?«

Nadia, die sich ihrer nackten Füße durchaus bewusst war, lächelte. »Nein … Meinem Onkel gehört dieses Haus. Wir haben den Tabakladen auf der anderen Straßenseite und vermieten die Zimmer hier. Als wir das Haus kauften, vergaß der vorherige Eigentümer leider zu erwähnen, dass es im Keller dieses Hauses ein Hallenbad gibt. Bei jedem Unwetter gibt es hier unten eine Überschwemmung. Haben Sie meinen Onkel Ewgenij schon kennengelernt?«

»Nein, Carlos, mein Mann, hat mit ihm wegen der Miete verhandelt.« Sie sah Nadia aufmerksam an. »Sie sind keine *Portugues*?«

»*Russo*«, gestand Nadia.

»Aber Sie sprechen Portugiesisch …«

Nadia wrang den Lappen wieder über dem Eimer aus. »Das habe ich in der Schule gelernt. Es hat eine ganze Weile gedauert, bis ich alle Schimpfwörter beherrscht habe.«

Izabel begann laut zu lachen. Ihre olivfarbenen Wangenknochen nahmen dabei ein samtiges Karminrot an. »*Meu Deus*. Ich wollte nicht unhöflich sein. Entschuldigen Sie bitte, dass ich Sie für ein Dienstmädchen gehalten und mich über die feuchten Wände beklagt habe. Wir sind in Portugal einfach ein trockenes Klima gewöhnt. Dort fällt manchmal monatelang kein einziger Tropfen Regen. Und hier? Seit wir angekommen sind, regnet es unablässig.« Sie beobachtete Nadia jetzt aufmerksam wie eine *Pombo*-Glucke, während das Wasser noch immer aus den Rissen in den Fensterrahmen gurgelte. »Warten Sie, ich helfe Ihnen.« Izabel nahm sich ein trockenes Handtuch, raffte ebenfalls ihr Kleid und ging in die Hocke.

»Nein, das ist wirklich nicht nötig.«

»Ich bestehe darauf«, sagte Izabel. Ein kleiner Schwall Wasser schwappte über ihre auf Hochglanz polierten cremefarbenen Schuhe. Sie begann, den Boden zu wischen, wobei sie unter ihren Wimpern hervor einen Blick auf Nadia warf. »Ihr Kleid gefällt mir. Es ist wirklich todschick!«

»Vielen Dank.«

»Sind Sie hier in Macau geboren?«

Nadia schüttelte den Kopf. »Nein, in Russland.« Sie fühlte sich genötigt, Izabel genauso ausführlich Auskunft zu geben, wie diese das ihr gegenüber getan hatte. »In einem Dorf in der Nähe von Twer, ungefähr zweihundert Meilen südlich von St. Petersburg. Als ich sieben war, sind wir zu unseren Verwandten in eine Stadt namens Chelyabinsk gezogen. Die liegt östlich des Urals. Dort haben wir dann viereinhalb Jahre gelebt, bevor meine Mutter und ich nach Macau gekommen sind, um hier bei Onkel Ewgenij zu leben.« Ihre Stimme verlor sich, während sie eine kleine Schnecke beobachtete, die gemächlich die Wand hinaufkroch.

Izabel stand auf, nahm ihren fast gefüllten Eimer und ging damit zum Waschtisch hinüber. Sie musste sich dabei zwischen den kreuz und quer aufgespannten Leinen mit Wäsche hindurchschlängeln, dann kippte sie das Wasser ins Becken. Als sie den Zinkeimer wieder auf den Boden gestellt hatte, legte sie den Kopf schief. Ein einziger, langsamer Lidschlag folgte. »Und was macht Ihr Ehemann beruflich?«, fragte sie.

Nadia zuckte sichtlich zusammen. »Ich bin leider nicht verheiratet«, sagte sie übertrieben fröhlich.

»Was? Ein so hübsches Mädchen wie Sie?«

Nadia lächelte und zuckte mit den Schultern.

»Dann sind Sie also eine ledige Yelena? Genau wie meine Cousine Anna. Also, das ist einfach *doocky*.« Izabel warf einen flüchtigen Blick aus dem Fenster. Der Himmel wurde heller. »Ich erinnere mich noch gut an die Zeit, als ich selbst noch ledig war. Ich war ständig auf irgendwelchen Partys und habe getanzt bis zum Morgengrauen. Aber mit zwei kleinen Kindern ist das alles nur noch eine schöne Erinnerung. Trotzdem versuchen Carlos und ich uns jeden Monat ein paar Abende frei zu halten, um auszugehen und das Tanzbein zu schwingen. Gehen Sie oft aus?«

»Nein, ich bleibe lieber zu Hause.«

Izabel zog eine Grimasse. »Das klingt aber schrecklich langweilig.«

»Langweilig?«, fragte Nadia.

»Ja, ein hübsches Ding wie Sie mit Ihrer schicken, kurzen Frisur, ihren langen Beinen und Ihrem *Garçonne*-Look sollte jeden Tag ausgehen, sich amüsieren und den jungen Männern den Kopf verdrehen. Das macht man als moderne junge Frau doch so, oder etwa nicht? Bevor ich geheiratet habe und die Kinder gekommen sind, war ich ständig unterwegs. Hatte meinen Spaß mit den *Männern*.« Sie stupste Nadia mit dem Ellbogen verschwörerisch an.

»Was tun Sie denn dann gegen die Langeweile?«, fragte Izabel.

»Ich lese.«

»Zeitschriften? Ich liebe Zeitschriften!« Izabel warf einen Blick auf die Magazine, die auf dem Boden lagen. »Ich lese gerade einen tollen Artikel über den neuen Zeppelin. Man will sogar einen Kinofilm darüber drehen. Wussten Sie, dass man sogar eine eigene Bordzeitung herausgeben wird?«

»Nein, ich lese Bücher, vor allem moderne amerikanische Romanschriftsteller … Scott Fitzgerald, Sinclair Lewis, Sherwood Anderson. Gerade habe ich ›Fiesta‹ von einem jungen Autor namens Ernest Hemingway gelesen. Kennen Sie das Buch?«

»*Merda!* Wenn ich nur Zeit zum Bücherlesen hätte! Meine Kinder sind kleine Monster. Mir ist absolut schleierhaft, wo sie diese Energie hernehmen.«

»Wie alt sind Ihre Kinder?«

»Ich habe zwei Söhne. Sie sind fünf und sechs.« Sie hielt inne und warf Nadia einen verschwörerischen Blick zu. »Vielleicht sollten wir einmal zusammen ausgehen. Sie, ich und Carlos.«

»Ausgehen?«

»Ja, um das Kicherwasser zu probieren, das es hier gibt.«

»Kicherwasser?«

»So bezeichnen die Amerikaner den Alkohol. Ich habe das in einem der Theatermagazine gelesen.«

Nadia lächelte und sah ein wenig verlegen aus. »Hier in Macau gelten strenge Verhaltensregeln, was die Begleitpersonen angeht…«

»Pah!«, sagte Izabel verächtlich und winkte dabei ab. »Verhaltensregeln sind etwas für alte Damen und bleiche, magere Jünglinge, die Oscar Wilde lesen.«

Nadia sah noch immer verlegen aus. Sie sollte lieber nicht erwähnen, dass auch sie Oscar Wilde las.

»Na, wir beide geben ja wirklich ein feines Paar ab! Ich, Mutter zweier Bengel und Ehefrau eines nimmersatten Mannes aus Barreiro, und Sie, eine ledige Einsiedlerin aus Russland… und wir beide wischen gerade das Wasser auf, das eigentlich ins Südchinesische Meer gehört.«

Nadia lachte.

»Wie sind Sie denn ausgerechnet nach Macau gekommen?«

»Wie ich schon sagte, meine Mamuschka wollte zu ihrem Bruder, meinem Onkel Ewgenij. Ich glaube, sie hatte vor, noch einmal ganz von vorn anzufangen. Wollte weg aus Russland, die Vergangenheit hinter sich lassen…«

»Wann haben Sie Russland verlassen?«

»Im November 1911.«

»Sind Sie mit dem Schiff gekommen?«, fragte Izabel.

Nadia schüttelte sich die Haare aus dem Gesicht. »Ja, das letzte Stück von Wladiwostok aus sind wir mit einem Passagierschiff gefahren.«

»Also, das klingt einfach *doocky*! – Ist übrigens auch ein amerikanischer Ausdruck… Dann sind Sie also über Wladiwostok hierhergekommen. Ich wette, dass Sie sehr schnell Portugiesisch gelernt haben. Was waren, abgesehen von den Schimpfwörtern, Ihre ersten portugiesischen Wörter?«

Nadia lächelte angesichts der Erinnerung. »Mamotschka und ich haben immer in einem kleinen macanesischen Café um die Ecke gefrühstückt. Der Eigentümer war ein kleiner Mann mit einer riesigen Nase und einer sehr hohen Stimme. Leider ist er inzwischen wieder nach Porto zurückgegangen. Er hat uns jeden Morgen dieselbe Frage gestellt: Hätten Sie Ihre Eier gern *fritos* oder *escaladoas?* Und deshalb war der erste Satz, den ich konnte: ›*Fritos, por favor.*‹«

Izabel lachte. »Sie müssen unbedingt einmal mein Barreiro-Omelett probieren. Ich mache es mit Shrimps und gesüßten Äpfeln.« Sie fassten sich, einander Halt gebend, gegenseitig an den Ellbogen, als sie vom Boden aufstanden. In der Ferne war eine Glocke zu hören. Das Läuten hörte genau in dem Moment auf, als Nadia mit dem Fuß den letzten Rest Wasser aufwischte.

»Schon halb acht«, sagte Izabel und sah aus dem Fenster. »Es hat endlich aufgehört zu regnen. Ich sollte jetzt die kleinen Monster wecken.« Sie stieg die Treppe hinauf. Kleine Fliegen flogen von den Stufen auf. »Es war nett, Sie kennengelernt zu haben«, sagte Izabel und legte, oben angekommen, eine Hand auf den Türgriff.

Nadia warf die nassen Lappen in den Eimer und sah zum Treppenabsatz hinauf. »Morgen früh wird es in der Stadt einen Umzug mit Feuerwerk und Akrobaten geben. Vielleicht gibt es sogar einen Löwentanz. Wenn Sie möchten, nehme ich Sie mit.«

Izabel hielt inne und sah die Türklinke an. Sie schloss die Augen und gab ein fröhliches Lachen von sich. »Einen Löwentanz«, sagte sie. Ihre Stimme hörte sich plötzlich weich und warm an. »Ich habe als Kind alles über die Löwentänze gelesen.«

»Dann kommen Sie also mit?«

»Ich muss noch Frau Lo in der Wohnung gegenüber fragen, ob sie auf die Kinder aufpassen kann…« Sie nickte. »Ja, ich denke, ich komme mit.«

»Und hinterher essen wir in einem Café zu Mittag.«

»Und sehen den Akrobaten auf der Straße dabei zu, wie sie ihre Kunststücke vorführen.« Die Vorfreude, die unüberhörbar in ihren Worten lag, ergoss sich wie süßer Honig die Treppe hinunter und sammelte sich als aufgeregte kleine Wirbel um Nadias Füße.

3

Es wurde bereits dunkel, als Nadia vom Obstmarkt zurückkam. Sie war mit der Ausbeute dieses Tages durchaus zufrieden. Die Händler hatten eine frische Schiffsladung burmesischer Mangos – Onkel Ewgenijs Lieblingsfrüchte – erhalten, und sie freute sich sehr darüber, dass sie noch fünf Stück hatte ergattern können, bevor sie ausverkauft waren. Den Rock gerafft, rannte sie durch den Regen, sprang über die Wasserpfützen, die der Monsun zurückgelassen hatte.

Die Eingangstür des Hauses, in dem sie mit ihrer Mutter und ihrem Onkel wohnte, war scheckig, da an vielen Stellen die Farbe abgeblättert war. Nadia hielt mit einer Hand das Revers ihres Regenmantels vor der Brust zusammen, mit der anderen musste sie ihren Schal festhalten, damit er nicht vom immer noch kräftigen Wind davongeweht wurde. Der Boden unter ihren Füßen war schlammig. Ihre schwarzen, mehr funktionalen als eleganten Schuhe hinterließen mit jedem Schritt in dem elastischen, nassen Untergrund Dellen und entlockten ihm dabei unanständig schmatzende Geräusche. Das Licht der regenverhangenen Straßenlaternen war so trüb, dass sie das Schlüsselloch der Eingangstür nicht richtig sehen konnte. Der Gestank, der aus der offenen Kanalisation drang, war so heftig, dass sie sich am liebsten ein Taschentuch vor die Nase gehalten hätte. Stattdessen bückte sie sich und tastete mit den Fingern nach dem Schlüsselloch. Erst beim dritten Versuch gelang es ihr, den Schlüssel ins Schloss zu stecken und die Tür zu öffnen.

Im Erdgeschoss mit seinem glatten Fliesenboden war es kühl und still. Ein prächtiger Kristalllüster hing von der Decke. Nadia sah die allgegenwärtigen Spinnweben, die sich zwischen den vielen Reihen von Glasprismen spannten. Sie legte ihren Mantel ab und zog ihre Schuhe aus, spürte dabei die Kühle des Bodens unter ihren Füßen. Sie ging durch den stillen Korridor, der zum Tabakladen führte, vorbei an dem Labyrinth kleiner Zimmer. Wogende Schatten folgten jedem ihrer Schritte im bleichen Licht der Laternen. Einige der Zimmer waren in einem sanften Gelb gestrichen, andere wiederum zeigten ein kühnes Blau. Am Ende des Flurs angekommen, sah sie durch die Tür, die sich zum Zigarrengeschäft öffnete. In dem holzgetäfelten Laden waren die Lichter bereits gelöscht. Ihr Onkel Ewgenij sperrte gerade die Ladentür zu und stellte das »Geschlossen«-Schild ins Fenster. Sie hörte das Klicken der Türschlösser und dann das Kratzen einer schweren Schublade. Mit seinen Haaren, die in allen Richtungen von seinem Kopf abstanden, sah Onkel Ewgenij aus wie ein etwas verrückter Professor; dies war ein Anblick, den sie lieb gewonnen hatte. Sie warf einen Blick auf die Glasvitrinen, auf die kleinen Kästchen aus Zedernholz, die ordentlich aufgestapelt waren, auf die Kartons mit Abdulla-Zigaretten, auf das Teetischchen in der Ecke. Sie sah die weißen Porzellankrüge, auf deren Etiketten »Mild Virginia«, »Zubelda« und »Spirit of St. Louis« stand, sah die glockenförmigen Päckchen mit Pfeifentabak, die Zwanzigerkartons Fatima, die geschnitzten Bruyère- und Maiskolbenpfeifen, die an einem Drehständer an ihren Haken hingen. Sie lauschte mit vor Konzentration gerunzelter Stirn auf das metallische Geräusch des Schlüssels, dem das vom energischen Schließen der Schublade folgte.

»Ich habe eine Überraschung für dich«, sagte sie und wartete darauf, dass ihr Onkel aus der Dunkelheit auftauchte.

»Eine Überraschung?«, hörte sie seine Stimme irgendwo im Dunkeln.

»Ich habe hier«, verkündete sie theatralisch, »fünf Mangos aus Rangun. Gerade erst mit dem Schiff gekommen.«

Onkel Ewgenij trat ins Licht des Flurs und legte seine Hand auf ihre Wange. Er rückte seine Brille zurecht und warf einen erwartungsvollen Blick in die braune Papiertüte. »*Spasibo*«, sagte er kopfnickend. »Hast du schon zu Abend gegessen? Willst du mit mir essen?«

»Nein, danke. Ich bin sehr müde. Ich bin schon seit fünf Uhr auf. Der Taifun hat mich geweckt, und ich hatte befürchtet, dass in der Waschküche drüben wieder alles unter Wasser steht.«

Er nahm ihr die Tüte ab und schlurfte in den Laden zurück. »Wie sieht es dort aus?«, rief er über die Schulter gewandt. »Ist alles wieder trocken?«

»Ja, das ist es. Ich habe übrigens heute Morgen eine der neuen Mieterinnen kennengelernt. Sie heißt Izabel und ist sehr nett. Sie hat mir sogar geholfen, den Boden trocken zu wischen.«

»Bei den Augen des *Domowoi*, da bin ich aber froh. Weißt du, ob das Postschiff heute gekommen ist? Ich warte auf die Prawda, die ich abonniert habe. Man sagt, dass Stalin überall in Russland die Landwirtschaft kollektivieren will. Ich frage mich, was dann mit den Großbauern geschehen wird. Ich sage dir, der Mann ist gefährlich!«

»Nein, das Postschiff soll erst morgen kommen.«

»Nun gut, also morgen.«

»Also dann, gute Nacht, Onkel.« Aus dem dämmrigen Tabakladen kam eine Antwort, die dem rasch leiser werdenden Husten einer Schornsteinkappe ähnelte.

Nadia stieg im Dunkeln die Treppe zum zweiten Stock hinauf. Auf jeder sechsten Stufe stand ein Giftköder für die Kakerlaken. Es war ein kompaktes, altes Haus. Die Risse im Fundament waren so alt, dass sie im Lauf der Jahrzehnte auf natürliche Weise durch zusammengepressten Schmutz versiegelt worden waren. Auch an den Wänden zogen sich unzählige Risse entlang. Die vielen Schichten Tapete hatten mit der Zeit einen ockergelben Farbton angenommen. Die Fußböden hatten einen Bohlenbelag aus von Hand bearbeiteten Teakbalken, die man aus Java importiert hatte. Da diese Dielen breiter und dicker waren als jene aus südchinesischer Eiche, die man heutzutage verwendete, war der Boden so massiv, dass man ihn viele Male hatte abschleifen können. Das Problem war nur, dass er, wie Nadia nur allzu gut wusste, bei jedem Schritt fürchterlich knarrte. Wenn die Balken unter ihren Füßen federten, kam sie sich oft wie eine Tänzerin auf einem Drahtseil vor. Deshalb versuchte sie jetzt auch, so leicht wie möglich aufzutreten, damit sie ihre Mutter nicht störte. Dann aber hörte sie ihren Gesang.

Die Tür zum Schlafzimmer ihrer Mutter stand ein Stück offen. Eine Minute, vielleicht auch länger, stand Nadia da und lauschte der Weise aus der Vergangenheit, gab sich der sanften Stimme ihrer Mutter hin. Sie wollte sich nicht mit ihr unterhalten, dafür war sie einfach viel zu müde. Sie wollte einfach nur die Melodie hören, die sie an wogende Felder erinnerte. An Felder mit Weizen, Gerste und Mais, an Dorfkinder mit goldenen Haaren, die die Kühe auf die Weide trieben, an Gerichte mit Essiggurken, an Kartoffelsuppe und dampfend heiße Piroggen. Nadia wartete darauf, dass sich die Stimme ihrer Mutter verlor und das alte russische Volkslied verklang. Als das der Fall war, blieb sie noch eine Minute in der atemlosen Stille des Flurs stehen, bevor sie sich der Tür näherte. Mit leichtem Schritt trat sie ein und sah einen ausladenden Lehnsessel, in dem eine beleibte, grauhaarige Dame tief und fest schlief. Den Mund hatte sie ein wenig geöffnet, im Schoß lag ihr Strickzeug. Nadia nahm ihrer Mutter vorsichtig die langen Metallnadeln aus den Händen und legte sie neben einen kleinen Stapel Fotos auf den Couchtisch, dann legte sie eine Decke über ihre Beine. Sie betrachtete das Gesicht ihrer Mutter, das Gesicht, das sie besser kannte als ihr eigenes. Die Haare ihrer Mamotschka, normalerweise flaumig und widerspenstig, waren mit Hilfe eines Kämmchens und mehrerer Haarnadeln zu einem ordentlichen Knoten frisiert. Ihre Brille war ihr auf die Nase gerutscht. Nadia liebte ihre Mutter sehr. Der Stolz, den sie für ihre kleine Familie empfand, rieselte jetzt auf Nadia herab wie Silberstaub. Er erhellte ihr Gesicht mit den Apfelbäckchen und zauberte ein Lächeln in ihre Augen.

Dann warf sie einen Blick auf die Fotos auf dem Couchtisch. Sie zeigten ihren Vater, der schon so lange aus ihrem Leben verschwunden war. Er stand lässig neben einem Brunnen, einen Strohhut schräg auf dem Kopf. Vor ihm, auf einer steinernen Stufe, saßen Mamotschka, Großmutter und Großvater Petrow und ein kleiner weißer Hund. Ihre Gesichter strahlten. Alle lachten. Nadia stand vielleicht eine halbe Minute reglos da, dann steckte sie, da sie ihre Mutter nicht wecken wollte, das Bündel Fotos in ihre Rocktasche.

Leise und vorsichtig versuchte sie, sich aus dem Zimmer zu schleichen. Dann aber hörte sie plötzlich die kiesige Stimme ihrer Mutter, die wie ein Messer durch die Stille schnitt. »Senhor Pinto, der Richter, war heute Nachmittag da. Er wollte dich besuchen«, sagte Olga Schaschkowa mit geschlossenen Augen. »Er hat versprochen, achtzig Hongkongdollars für die Organisation der Weißrussischen Witwen zu spenden.«

»Ich dachte, du schläfst«, sagte Nadia. Die Fotos in ihrer Rocktasche lagen schwer auf ihrem Oberschenkel.

»*Kto rano wstajot, tomu bog podajot.* Wer früh aufsteht, dem gibt Gott. Jedenfalls hat der Senhor weitere Spenden in Aussicht gestellt. Außerdem hat er vorgeschlagen, einen Wohltätigkeitsball oder einen Kuchenbackwettbewerb auszurichten, um noch mehr Geld zu sammeln.« Olga hatte die Augen noch immer geschlossen. »Er hat einen Satz bestickter Taschentücher für dich dagelassen. Mit wunderschönen kleinen Schmetterlingen. Alles im Flachstich.«

Erst jetzt sah Nadia die Visitenkarte auf dem Schreibtisch liegen. Eine der Ecken war umgeknickt, was bedeutete, dass er persönlich seine Aufwartung gemacht hatte. »Er ist bestimmt schon sechzig, Mamotschka.«

»Na, du selbst bist ja auch kein junger Hüpfer mehr … Wie alt bist du jetzt … fünfunddreißig?«

»Du weißt sehr wohl, dass ich erst achtundzwanzig bin.«

»*Erst* achtundzwanzig. Und sieh dir nur einmal deine Frisur an! Du siehst aus wie ein Stallbursche aus Mtsensk.« Ihre Mutter hatte die Augen jetzt geöffnet. Nadia sah den Schalk darin blitzen.

»Müssen wir das jedes Mal wieder diskutieren ...«

»Was diskutieren?«, fragte ihre Mutter mit Unschuldsmiene.

»Ist schon gut.«

»Dein Vater hätte gewollt, dass du spätestens mit zwanzig unter der Haube bist. Er wäre so stolz gewesen ... Ich jedenfalls war mit zwanzig verheiratet, und selbst das galt damals schon als spät.«

»Ich weiß.«

»Senhora de Souza von gegenüber sagt, dass Pintos jährliches Einkommen als Richter mindestens fünfzigtausend Patacas beträgt.« Olga Schaschkowa sah verträumt zur Decke hinauf. »*Tschudno!* Großartig! Stell dir nur vor, was ich mit fünfzigtausend Patacas alles anstellen könnte.«

»Auf jeden Fall zuerst einmal ein Paar Schuhe mit hohem Absatz für Senhor Pinto kaufen. Er reicht mir nämlich gerade einmal bis zur Schulter.«

»Es ist doch nicht seine Schuld, dass du so groß bist.«

»Er ist ein Zwerg.«

»Aber einer, der noch immer gut in Form ist.«

»Woher willst du denn wissen, dass er gut in Form ist?«

»Weil er in seinem Schlafzimmer ständig zieht und stöhnt.«

»Zieht? Stöhnt? Wovon redest du eigentlich?« Nadia klang ein wenig schockiert.

»Senhora de Souza sagt, dass er in seinem Schlafzimmer einen dieser Apparate hat. Er ist an der Wand befestigt, weißt du, und man muss ziehen und zerren, damit er wieder zurückspringt.«

»Und woher weiß Senhora de Souza das so genau?«

Eine kurze Pause folgte. Olga presste die Lippen aufeinander. »*Bosche moj!* Mein Gott! Dieser Gedanke ist mir noch gar nicht gekommen.«

»Mamotschka ... ich habe wirklich kein Interesse an diesem alten Ziegenbock.«

Olgas Gesicht entspannte sich. Dann begann sie zu lachen. In ihren Mundwinkeln zeigten sich dabei lauter kleine Fältchen.

»Ich weiß, Nadrischka … ich will dich doch auch nur necken. Aber auf jeden Fall sollte der alte Narr wissen, dass man keine Taschentücher verschenkt, weil das Tränen bedeutet.« Nadia warf einen Blick auf den Couchtisch, auf die Stelle, wo vor ein paar Sekunden noch die Fotos gelegen hatten. »Habe ich dich verärgert?«, fragte Olga.

»Nein, hast du nicht.«

»Das wollte ich nicht.«

Ein Moment des Schweigens folgte.

»In der Küche steht etwas zu essen für dich«, sagte Olga.

»Ich bin viel zu müde, um noch etwas zu essen. Ich glaube, ich sollte gleich ins Bett gehen.«

»Aber es ist doch noch nicht einmal neun Uhr! Du solltest auf jeden Fall noch etwas essen.«

»Ich war heute schon um fünf Uhr auf den Beinen.« Nadia beugte sich ein Stück nach vorn und küsste ihre Mutter auf die Wange.

»*Spokojnoj notschi!* Gute Nacht, Nadrischka.«

»*Spokojnoj notschi!*«

In ihrem Zimmer warf Nadia einen Blick auf die Ikone der heiligen Jungfrau, die in der nach Nordosten weisenden Ecke, der sogenannten »schönen Ecke« hing. Das Bild der Madonna wirkte im graubraunen Licht irgendwie schwerfällig. Nadia verbeugte sich tief vor der Ikone und sprach ein stilles Gebet zu St. Nikolai Chudotvorets und der heiligen Mutter Gottes. Nachdem sie sich bekreuzigt hatte, presste sie ihre Stirn auf den kühlen Boden, dann erhob sie sich. Sie dachte an ihre Mamotschka, die jeden Tag hinter der Ladentheke saß und an ihren Haaren herumspielte. Dabei trug sie stets ein langärmliges, schwarzes Kleid aus Organdy. »Ich sitze jetzt schon so lange hier«, pflegte sie zu den Kunden zu sagen, »dass ich Wurzeln zu schlagen beginne.« Nadia lächelte vergnügt in sich hinein. Immer wieder konnte sie sich über den trockenen Humor ihrer Mamotschka amüsieren. Ihre Persönlichkeit zog die Menschen in den Laden wie Nägel, die von einem Magneten angezogen werden.

Nadia entkleidete sich, zog ein Nachthemd an und hängte ihren Rock an die Tür. Dabei fielen die Fotos aus der Tasche und auf den Boden. Sie ging in die Hocke, um sie aufzuheben, und sah sich dabei jedes einzelne noch einmal kurz an, bevor sie sie zu einem ordentlichen Stapel zusammenlegte. Da waren Bilder ihres alten Hauses, der Gärten, von Papotschka in seiner weißen Flanellhose, von Mamotschka, die einen Tennisschläger in der Hand hielt, in Pumphosen. Sie sah die Fotos noch einmal eines nach dem anderen an und hielt erst inne, als sie in dem Stapel ein zusammengefaltetes, abgegriffenes Stück Papier fand. Es war ein in kyrillischer Schrift verfasster Brief. Sie hatte die Worte inzwischen schon Hunderte von Malen gelesen. Die Unterschrift des Arztes unter dem Brief zu sehen, erfüllte sie jedoch auch jetzt noch mit großer Traurigkeit und tiefer Frustration. Sie presste den Brief an ihre Brust, legte ihn dann zusammen mit den Fotos in ihre Schreibtischschublade und machte sich zum Schlafen fertig.

Sie zog die Tagesdecke aus Chenille vom Bett und rollte das Moskitonetz aus, dann schlüpfte sie unter die Decke. Wieder dachte sie an ihre Mutter. Wenn sie, Nadia, nur endlich einen Mann finden würde, den sie wirklich mochte. Mamotschka würde sich so darüber freuen. Sie erinnerte sich an all die Bewerber, von denen damals alle vierzehn Tage einer mit Zylinder und hochrotem Kopf vor der Tür gestanden hatte – damals, als sie Anfang zwanzig gewesen war. Seitdem war das Ganze merklich abgeflaut. Ihr Onkel Ewgenij war ganz selbstverständlich davon ausgegangen, dass Nadia bald heiraten würde, aber die Carvalhos, die Ferreiras, die Redondo-Wongs und da Fonsecas, um nur einige zu nennen, hatten sie alle nur gelangweilt, ja sogar irgendwie erstickt. Sie hatte sie alle abgewiesen, hatte den Gedanken, einen von ihnen zu heiraten, abgelegt, so wie man einen Füller ablegt, wenn er eingetrocknet ist. Ob sie Vorhänge aus Spitze flicken könne, hatten sie gefragt. Ob sie wisse, wie man *Arroz de polvo* kochte. Oder *Rabanadas.* Ob sie mit Krabben gefüllte Sardinen zubereiten könne? Ob sie wisse, wie man Kinder erzieht? Ob sie die heilige Ana verehre oder Bibelstunden besuche? Ob sie jemals in Lissabon gewesen sei? Nadias Antwort auf alle diese Fragen war stets ein entschiedenes Nein gewesen. Aber obwohl sie keine der Fähigkeiten beherrschte, die man von einer portugiesischen Hausfrau verlangte, hatten die Männer sich weiterhin für sie interessiert.

Es waren unzählige Gespräche mit Onkel Ewgenij nötig gewesen, bis Nadia endlich klar wurde, dass sie einfach nicht heiraten wollte. Sie mochte die Männer, unterhielt sich gern mit ihnen, sah sie gern an, küsste sie sogar gelegentlich, aber alles, was darüber hinausging, kam für sie einfach nicht in Frage. Sie schrieb das irgendeiner Art psychischer Blockade zu. Vielleicht dem, was sie als kleines Mädchen in Twer, in der Nacht des großen Brandes, gesehen hatte – sie trug noch immer im Geiste das Bild dieses brutalen Überfalls, dieses grausamen Angriffs mit sich. Das hatte wohl bei ihr eine tiefe Narbe hinterlassen. Und inzwischen wusste jeder, der am Largo da Sien wohnte, dass das hübsche russische Mädchen mit der burschikosen Frisur und den meerblauen Augen wohl nie heiraten würde.

Wenn sie doch nur, so dachte Nadia jetzt, während sie das Moskitonetz über ihrem Kopf zurechtzog, jemanden kennenlernen würde, der sie an Papotschka erinnerte. Jemanden mit dessen Stärke, dessen Güte, jemanden, bei dem sie sich frei und lebendig fühlte. Dann würde sie es sich mit dem Heiraten vielleicht doch noch überlegen. Auf einen solchen Mann zu warten war sie durchaus bereit. Wen kümmert es schon, dass ich fast dreißig bin, dachte sie. Wenn ein Mann mir nicht das geben kann, was ich mir für mein Leben wünsche, dann bleibe ich eben einfach hier und führe in aller Stille das Tabakgeschäft. Zur Hölle mit diesen *gloopee* macanesischen Junggesellen und ihren knoblauchgefüllten Shrimps! Zur Hölle mit schwarzen Oliven und portugiesischer Landesküche! Gebt mir jeden Tag Borschtsch und Kohlrouladen! Nadia stieß, plötzlich ernüchtert, einen langen tiefen Seufzer aus. Ich bin achtundzwanzig, dachte sie wieder einmal, und mein Leben steckt in einer Sackgasse.

Nadia lag noch eine Weile auf dem Rücken und starrte die Risse im Putz an der Decke an. Als sie dann spürte, wie sich ihr Körper endlich zu entspannen begann, biss sie sich leicht auf die Unterlippe und schloss die Augen. Sie schob ihre Hand in die Tasche ihres Nachthemds und schloss ihre Faust fest um ein Stück milchiges Glas, das die Form einer Krone und die Farbe von aquamarinblauem Sirup hatte. Es war ein Andenken, ein Glücksbringer, den sie von ihrem Vater geschenkt bekommen hatte. Die Kanten waren glatt gescheuert. Sie spürte das polierte, beinahe flüssige Material in ihrer Handfläche. Hielt es an ihren Mund.

Draußen hatte es jetzt wieder heftig zu regnen begonnen. Die Nacht erschien ihr unendlich einsam und leer. Sie überlegte, ob sie einfach aufstehen und die Wände des Badezimmers schrubben oder die Waschbecken putzen sollte, entschied sich dann aber doch dagegen. Sie zog ihr Nachthemd aus und stellte sich vor, wie der strömende Regen, der gegen die Fenster prasselte, sie durchnässte, an ihr herunterlief, sie von irgendetwas reinigte.

Auf dem Bett zusammengerollt, begann sie schon zu träumen, noch während sie in den Schlaf hinüberglitt. Brandgeruch erfüllte ihre Sinne. Pinienzapfen explodierten. Mauern aus Stein glühten. Die Sonne verschwand hinter gezackten schwarzen Wolken. Kaum waren diese Bilder jedoch hinter ihren Augenlidern erschienen, verschwanden sie auch schon wieder, trübten sich ein, so als hätte man einen Spiegel angehaucht. Irgendwo in der Tiefe ihrer Träume begann sie sich zu erinnern – an ein gelbes Herrenhaus, einen Landsitz tief im Wald, an einen neblig verhangenen Himmel, an Schüsseln mit klumpigem *Gogolmogol*-Pudding und Amseln hoch in den Bäumen, mit Augen, so glänzend wie Edelsteine, die ihre blauen Schwingen in die winterliche Luft erhoben.

4

Am Mittwochmorgen zeigte der Himmel ein frisches Rosa. Die blassen Wolkenbänder am Horizont ähnelten Lichtstreifen auf einem überbelichteten Foto. Es war acht Uhr. Nadia stand vor dem Geschäft ihres Onkels, sah an der von einer Pistazie beschatteten Fassade hinauf und betrachtete dann das Schaufenster im Erker und das Schild mit dem Namen des Geschäfts – Tabacaria Filipow. Das dreigeschossige Gebäude im Kolonialstil kam ihr in diesem Moment noch baufälliger vor als sonst. Die schwarzen, hölzernen Fensterläden im zweiten Stock waren sichtlich beschädigt, und der Balkon im dritten Stock schien mehr denn je durchzuhängen.

Sie atmete die Luft ein, die nach dem Monsun mild und weich war, hörte das Geräusch der letzten Regentropfen auf den breiten Blättern der Palmen am Largo da Sien. Auf dem Senatsplatz ganz in der Nähe hatte bereits ein geschäftiges Treiben eingesetzt. Der Kurator und seine Lakaien öffneten gerade die Türen und Tore von Kunstgalerie, Hofgarten und Bibliothek. Noch vor einer Minute hatte Nadia beobachtet, wie die Kulis mit ihren sandgrauen Händen in den verstopften Gullys gruben, und die Kinder gezählt, die sich auf den Weg zur Schule gemacht hatten. Der Gestank der offenen Kanäle hing noch immer penetrant in der Luft. Sie hielt sich deshalb ein Taschentuch vor die Nase und wartete darauf, dass ihre neue Bekannte Izabel endlich auftauchen würde.

Von der Hauptstraße aus sah Nadia durch die Kolonnaden hindurch Senhora de Souza im Fenster ihres Modegeschäfts. Sie zwängte gerade die Schaufensterpuppen in ihre Korsetts. Im Geschäft der Senhora, so wusste Nadia, gab es Schubladen voller Damenunterwäsche aus Kunstseide, mit Picots verzierte Hemdchen und sogar Chiffonstrümpfe. Als Nadia sich umdrehte, sah sie im Friseursalon ein chinesisches Mädchen, das sich seine Zöpfe mit Seidenquasten herausputzen ließ. Vor dem Teehaus redeten zwei Männer auf ihre Singvögel ein, die in Bambuskäfigen saßen. Immer wenn sie eine besonders schöne Melodie zur Antwort bekamen, schwenkten sie zur Belohnung die Käfige.

Aus dem dunklen Inneren des flachen Wohngebäudes auf der anderen Straßenseite tauchte jetzt Izabel auf. Sie trug ein schickes, locker sitzendes Kleid, dazu wieder ihre geschlossenen cremefarbenen Schuhe und helle Baumwollstrümpfe, die ihr bis über die Knie reichten. In der Hand hielt sie einen zusammengeklappten Schirm aus weißer Spitze. Nadia sah ihre eigenen Schuhe an, dann blickte sie auf die nackte Haut zwischen ihren Socken und ihrem Rock – sie wusste, dass Izabel in diesen dicken Strümpfen vor Hitze schon bald umkommen wurde. Sie fragte sich, warum Izabel nicht ihre Strümpfe aus Kunstseide angezogen hatte. Sie hätte sie gern darauf angesprochen, hatte aber das Gefühl, dass sie sie noch nicht gut genug kannte, um ihr schon einen Ratschlag geben zu dürfen. Sie beobachtete Izabel, die jetzt geräuschvoll schniefte und sich dann die Augen rieb, und fragte sich, ob ihre innere Uhr, die wohl noch auf mediterrane Verhältnisse eingestellt war, möglicherweise noch etwas Zeit brauchte, um sich den Tücken eines macanesischen Morgens anzupassen.

»*Bom dia*«, sagte Izabel, holte tief Luft und hätte sich dabei fast verschluckt. »Tut mir leid, dass ich mich verspätet habe. Aber ich musste erst noch die Kinder bei der Nachbarin abgeben.«

»*Olá*«, sagte Nadia. »Der Umzug hat wohl schon angefangen.«

Izabel nickte. Sie ließen die eleganten Boutiquen an der Avenida de Almeida Ribeiro hinter sich und schlenderten dann auf dem von Arkaden überwölbten Bürgersteig auf der Rua Central entlang. Überall sahen sie bunte Ladenschilder, die sowohl portugiesisch beschriftet waren als auch chinesische Schriftzeichen trugen. Nadia machte Izabel auf jedes einzelne von ihnen aufmerksam. Zu ihrer Linken befanden sich die Mercearia Ming Fung und Dentista Yu Chong Hing (auf dessen Schild ein Nilpferd mit weit geöffnetem rosa Maul und weißen Zähnen zu sehen war), zu ihrer Rechten die Barbeiria Li & Lo mit einer sich drehenden Stange in Blau und Rot. Wegen der Hitze standen alle Türen weit offen. Nadia sah an einigen der Wände gerahmte Portraits von Chiang Kai-shek, und oft hing ein Bild von König Manuel II., dem letzten portugiesischen Monarchen, direkt daneben.

Nadia stellte Izabel Senhora de Souza vor, die sich noch immer mit einer Schaufensterpuppe abmühte. Dann, ein Stück weiter die Straße hinunter, kamen sie zu einem Eierhändler namens Carlos Ferreira, der drei Arten von Eiern verkaufte – gewöhnliche Eier mit kalkiger, heller Schale, außerdem welche, die man anscheinend in Gras oder Stroh gewickelt und in getrocknetem Lehm vergraben hatte, und schließlich Eier, so schwarz wie Onyx mit einem durchscheinenden Überzug, dessen Anblick etwas von Teer hatte.

Izabel zog angesichts der schwarzen Eier eine Grimasse, sagte aber nichts.

»Die schmecken wirklich gut, wenn man sie in Essig und Reiswein einlegt«, sagte Nadia und musste sich dabei ein Lächeln verkneifen.

Sie kamen jetzt in eine belebte Gasse, in der es nach Leinöl und nassem, altem Gemüse roch. Barfüßige Kinder spielten in der schmalen *Travesa* mit einem Federball, wobei sie ihn mit ihren nackten Sohlen immer wieder in der Luft jonglierten. Professionelle Schreiber ließen sich von ihren Kunden Briefe diktieren. Nadia und Izabel gingen weiter durch das grell bunte und fröhliche Treiben. In der Luft lagen immer wieder neue und auch merkwürdige Aromen. Von hier kam der Duft von Räucherstäbchen und brennendem Opferpapier, von dort der irritierende Geruch nach gebratenen Aalen und vergorenem Bohnenquark.

»In welche Richtung müssen wir?«, fragte Izabel. Auf ihrer Stirn und ihrer Oberlippe standen bereits Schweißperlen.

»Folgen Sie mir einfach«, antwortete Nadia und nahm dabei ihre Hand. Irgendwo über ihren Köpfen, von einem Balkon im zweiten oder dritten Stock, hallte das klappernde, klackende Geräusch zu ihnen herunter, das entsteht, wenn Keramik auf Holz trifft, so wie beim Mahjong-Spiel.

»Hier prallen tatsächlich zwei Welten aufeinander«, sagte Izabel, als sie an der Straßenecke eine ältere kantonesische Dame sah, die eine bereits mehrere Wochen alte Ausgabe des *Jornal Acoriano Oriental* las. Schräg hinter ihr stand ein älterer Portugiese und lutschte an einem Stück chinesischer Pomelo, während er über die Schulter der Frau hinweg interessiert die Schlagzeilen mitlas. »Also«, sagte Izabel, »ich finde es noch immer höchst erstaunlich, dass es die portugiesischen Händler im fünfzehnten Jahrhundert geschafft haben, von Europa aus hierherzukommen.«

Sie kamen an einer Gruppe von Ohrenpflegern vorbei, die gerade ihre Stände mit kleinen Flaschen mit Ethanol und selbstgefertigten Reinigern aus Draht aufbauten.

»Noch erstaunlicher ist«, erwiderte Nadia, »wie erfolgreich sie in China waren. Schon fünfzig Jahre nach ihrer Ankunft haben die Portugiesen an der ganzen chinesischen Küste lebhaften Handel getrieben. Schließlich erhielten sie von den örtlichen Mandarinen sogar die Genehmigung, Macau zu ihrem Handelsstützpunkt zu machen. Aber erst als sie den Vertrag unterzeichnet hatten, kamen die portugiesischen Schiffe in großer Zahl, voll beladen mit allen Arten von Waren.«

»Die da wären? Indische Baumwolle?«

»Silberne Einlegearbeiten aus Arabien, afrikanisches Elfenbein, Zimt aus Malacca, Rhinozeroshorn aus Java und alle möglichen Handelsgüter aus Europa. Auf diese Weise wurde Macau, jedenfalls für ein paar Jahre, zu einem der reichsten Orte der Welt. Jetzt ist es aber nur noch eine heruntergekommene alte Stadt voller Prostituierter, Spielhöllen und Opium.«

»Woher in aller Welt wissen Sie das denn alles?«, fragte Izabel.

»Ich sagte doch schon, dass ich gerne lese.«

Ein Mann fuhr auf einem Fahrrad über das holprige Kopfsteinpflaster an ihnen vorbei. Auf seinem Lenker transportierte er einen Eisblock, der offenbar für eine der Hotelbars bestimmt war. Er brüllte den Leuten zu, dass sie aus dem Weg gehen sollten.

Ein Stück weiter blieben die beiden Mädchen dann an einem

Straßenmarkt stehen. Kinderfrauen in weißen Kitteln und Hausfrauen in Hausanzügen drängelten sich um den Stand eines Metzgers, um zu sehen, ob er heute Hühnerfüße oder Schweineinnereien im Angebot hatte. Große Stücke rohes Fleisch hingen an Haken, noch lebende Wachteln trillerten in ihren Bambuskäfigen. Händler, die getrocknete Meeresfrüchte anboten, legten dreieckige Haifischflossen und Tintenfisch auf ihre Tische. Einige der Hausfrauen riefen ihre Bestellungen auf Kantonesisch, andere taten dies in einer Art Pidgin-Portugiesisch.

Ein Chinese mit einem runden Strohhut legte Reihe um Reihe getrockneter und gesalzener Fische auf großen Rattanmatten aus. Ihre Haut ähnelte rissiger Baumrinde oder der Haut eines uralten Elefanten. »*Bacalhau*«, sagte Izabel. »Getrockneter Kabeljau, genau so wie man ihn auch in Lissabon kaufen kann.« Es gab auch Körbe mit kleinen Sprotten, während Reihen von dämonisch aussehenden Lengfischen an den Geländern neben dem Fußweg hingen. Izabel schüttelte ungläubig den Kopf. »Ich kann mir gut vorstellen, wie seltsam Ihnen das hier alles vorgekommen sein muss, damals, als Sie aus Russland kamen ... War Ihr Vater im diplomatischen Dienst? Ist das der Grund, warum Sie hier sind?«

»Nein. Meine Mutter und ich sind allein gekommen.«

»Allein? Was hat sich Ihre Mutter dabei nur gedacht?«

Nadia runzelte angesichts dieser unüberlegten Bemerkung die Stirn. »Unglücklicherweise«, sagte sie, »hatten wir keine andere Wahl. Mein Onkel Ewgenij kam nach Irkutsk, das liegt in der Nähe des Baikalsees, und hat uns dort abgeholt.« Sie brach ab.

»Entschuldigen Sie bitte, ich wollte nicht neugierig sein. Ich habe Sie jetzt hoffentlich nicht verärgert.«

Nadia schüttelte den Kopf. Sie schwieg. »Nein«, sagte sie schließlich. »Sie haben mich nicht verärgert.« Die feinen Linien um ihre Augen herum hatten sich jedoch sichtlich vertieft.

Eine Schar sonnengebräunter Kinder, die von dem Treiben auf dem bunten Markt offensichtlich völlig fasziniert waren, kam ihnen entgegen und hätte sie fast umgerannt. Die Kinder lachten und schwatzten aufgeregt. Nadia erinnerte sich daran, dass sie sich damals in Russland genauso gefühlt hatte – als sie fünf gewesen war, im Garten gespielt hatte, die Arme und Beine so braun wie die eines Zigeunerkindes, und immer lachend.

Nelsja, hörte sie sich selbst sagen, während sie versuchte, die Erinnerungen abzuschütteln. Die Bilder ließen sich jedoch nicht so leicht vertreiben. Sie sah wieder die Gerstenfelder, die strohgedeckten Hütten und die gewundenen Landstraßen vor ihrem inneren Auge. Da waren Weißtannen und Ebereschen, die die Hügel überzogen, sandige Pfade, über die die Hütejungen die Herden zum Wasser trieben. Sie erinnerte sich an die Vögel in den Bäumen, die zwitschernd von Ast zu Ast flogen, und an die unzähligen Maulwurfshügel auf dem Rasen, die ihren Vater schier zur Verzweiflung brachten. An die harzigen Aromen des Waldes, die an windigen Tagen sogar im Haus wahrzunehmen waren, begleitet vom Geruch nasser Erde und dem sommerlichen Duft frisch gepflückter Baumwolle.

Das Haus selbst stand neben einem Teich mit einer schmalen Einfassung aus Kieselsteinen. Dahinter befand sich ein Wäldchen mit Fichten und Pinien, und etwa fünfzig Meter entfernt davon plätscherte ein Bach. Das Haus hob sich hell vor den Hügeln im Hintergrund ab. Nadia erinnerte sich an einen kleinen Springbrunnen im Vorgarten, der immer von Liegestühlen umgeben war, während im Garten hinter dem Haus ein Vestibül und ein gepflasterter Hof auf eine Obstwiese mit Birn- und Apfelbäumen hinausgingen, die sich sanft den Hang hinaufzog. Es gab dort auch einen Taubenschlag mit Fenstern, die wie Mondsicheln und Sterne geformt waren. Nadia hatte damals immer die Gänseblümchen, die sich in den Blumenbeeten ausbreiteten, »ihre schläfrigen alten Herren« und die Amseln in den Bäumen ihre »Damen mit den glänzenden Schnäbeln« genannt.

Izabels Lächeln erstarrte, dann verschwand es völlig von ihrem Gesicht. Sie hob die Hände, so als wolle sie um Entschuldigung bitten. »Es tut mir leid, wenn ich etwas Falsches gesagt habe.«

Nadia nahm jetzt wieder die Gesichter der Menschen um sie herum wahr. Die Kinder waren inzwischen weitergelaufen. Sie fühlte eine innere Leere, die einem körperlichen Schmerz schon sehr nahe kam. »Etwas Falsches?«, fragte sie und blinzelte kurz. »Nein, Verzeihung, ich habe nur gerade mit offenen Augen geträumt.« Die Erinnerungen an ihre Kindheit verblassten langsam und ließen ein Gefühl der Trauer und der Reue zurück. Tiefe Trauer angesichts dessen, was sie verloren hatte, und Reue über das, was sie vor so vielen Jahren zu tun versäumt hatte. Als sie jetzt zum Himmel hinaufsah, dachte sie an den Talisman, den ihr Vater ihr nur wenige Tage vor dem Brand geschenkt hatte, und an die Worte, die er ihr dabei ins Ohr geflüstert hatte. Sie hatte sich diese Worte gut gemerkt: *Wir Russen haben das Problem, dass wir ständig nur in Erinnerungen schwelgen und darüber die Gegenwart vergessen. Wir müssen das lieben, was wir jetzt haben, bevor es für immer verschwunden ist.*

Nadia schüttelte den Kopf, um wieder klar denken zu können. Plötzlich wurde sie auf ein reges Treiben direkt vor ihnen aufmerksam. »Sehen Sie, Izabel! Der Umzug!«

Das laute Scheppern von Becken und der dumpfe Schlag von Trommeln erfüllte jetzt die noch immer feuchte Luft. Plötzlich herrschte ein wildes Getümmel. Die Leute liefen sogar auf den Dächern entlang, um bessere Sicht auf den Umzug zu haben. Kinder strömten an den Straßenrändern zusammen – da waren große Gongs und silberne Becken. Akrobaten mit nacktem Oberkörper hielten Schwerter in den Händen, die im matten Sonnenlicht schimmerten. Drei Löwen, die aus Bambus und Papiermaschee gefertigt waren, tanzten zur Melodie der Becken und der Gongs. Die Köpfe der Löwen waren so groß wie Weinfässer; sie hatten rote, pelzgesäumte Unterkiefer und runde, vorstehende Augen. Den Löwen folgten die Trommeln, den Trommlern folgten die Becken, und am Schluss kamen die Stelzengänger. Die langen Wimpern der Löwen bewegten sich im Rhythmus des hämmernden Lärms, während ihre Körper in raubtierhaftem Zorn hin und her sprangen. Ein Kleinkind, das in dem Gedränge offensichtlich von seinen Eltern getrennt worden war, hockte schreiend auf dem Boden und hielt sich die Hände schützend über den Kopf. Auch aus den Dörfern der vorgelagerten Inseln Coloane und Taipa waren viele Zuschauer gekommen, um zu feiern. Der Lärm des Löwentanzes wurde immer lauter.

Nadia musste Izabel ins Ohr schreien, damit die sie überhaupt noch verstand. »Wir sollten zum Tempel gehen«, brüllte sie. Ein Gerüst aus Bambus hüllte einige der größeren Gebäude ein. Das hohe Bauwerk des taoistischen Tempels diente jetzt jedoch nur dazu, den Lärm einzufangen und ihn zurückzuwerfen – das Lachen der Menge, das scharfe Knallen der Böller und Feuerräder, das wilde Klingeln der Fahrradtaxis. »Sehen Sie die Straße dort drüben?«, fragte Nadia. »Die Chinesen nennen sie die Straße der großen Schritte.«

»Ein seltsamer Name für eine Straße.«

»Dort gibt es keine Bäume, die Schatten spenden. Wenn es im Sommer richtig heiß wird, müssen die barfüßigen Rikscha-Jungen so schnell sie können die Straße entlangrennen, sonst verbrennen sie sich die Sohlen.«

Izabel bückte sich und berührte mit den Fingern den Boden. »Er ist schon jetzt glühend heiß.«

Sie waren jetzt auf dem *Praça*, einem weitläufigen, quadratischen Platz, der mit glänzenden, hellen Kopfsteinen gepflastert war, angekommen. An seinen Rändern standen Hunderte von Menschen, die der Vorführung, die gerade in der Mitte stattfand, zusahen. Männer, die Drachenköpfe trugen, tanzten und wirbelten herum, umklammerten dabei Reptilienschwänze, die aus Teakholz gefertigt waren. Frauen verteilten kleine geschmückte Päckchen mit Reis, um damit ein langes Leben zu wünschen. Die Mitglieder der verschiedenen Martial-Arts-Schulen, deren muskulöse Arme mit Sandelholzpaste eingerieben waren, führten Kunststücke vor, bei denen sie ihre Stärke und Wendigkeit zeigten. Sie bildeten menschliche Pyramiden und zerschlugen mit den bloßen Fäusten dicke Holzbretter. Lange Schnüre mit Feuerwerkskörpern explodierten und hüllten den Platz in dicken Rauch. Eine Musikkapelle, die nur aus Fischern bestand, spielte auf bizarren Holzinstrumenten unmelodiös klingende kantonesische Musik.

Nach einer halben Stunde zog die Parade, von unzähligen Zuschauern begleitet, weiter in Richtung der Praya Grande, vorbei an den Toren des Hospitals S. Lourenço. Nadia bemerkte, dass es plötzlich unangenehm zu riechen begann, als die Sonne jetzt kräftiger vom Himmel schien, und sie sah auch, dass Izabel von der Hitze einen roten Kopf hatte. Der Schwefelgeruch der Feuerwerkskörper wetteiferte mit dem Gestank der nahe gelegenen Sojasoßenfabrik, wo man eingeweichte Sojabohnen in großen Fässern unter freiem Himmel vergären ließ. Sie beugte sich ein Stück nach vorn und legte ihren Handrücken auf Izabels Schulter. Izabel starrte gerade völlig verständnislos einen Rattankorb an, der am Tor des Krankenhauses hing.

»Was ist denn das?«, fragte sie und runzelte die Stirn.

Nadia sah den Korb an. Man hatte ein Palmblatt darüber befestig, offenbar, um dessen Inhalt vor den Elementen zu schützen.

»Ein ausgesetztes Baby.«

»Was meinen Sie damit? Soll das heißen, in dem Korb liegt ein lebendiges Baby?«

»Ja.«

»Aber in dieser Hitze wird es mit Sicherheit sterben.«

»Manchmal nimmt das Krankenhaus diese Babys auf... manchmal aber auch nicht.«

»Wie können Sie das nur so unbekümmert sagen?«

»In China gibt es sogenannte Babytürme, von denen die Kinder geworfen werden. So etwas geschieht jeden Tag. Hier, wo es das Krankenhaus gibt, haben die Kinder wenigstens eine gewisse Chance zu überleben. Es ist schwer, etwas zu ändern, das so tief in einer Kultur verwurzelt ist. Irgendwann gewöhnt man sich einfach daran.«

»Unsinn.«

Izabel war leichenblass geworden. Sie stand mit gerunzelter Stirn da. Dann rannte sie plötzlich zum Tor, zog den Korb herunter und löste das Seil, mit dem er an den Metallstangen festgebunden war. Der Korb war jedoch leer.

»Das verstehe ich nicht«, sagte Izabel und blinzelte fragend.

»Vielleicht haben die Leute aus dem Krankenhaus das Baby schon herausgenommen.«

»Ja, vielleicht…«, wiederholte Izabel und nickte dabei. Sie schloss die Augen und atmete tief aus, wobei sie mit den Fingern sanft über das Futter des Korbes strich.

»Möchten Sie eine Pause machen?«, fragte Nadia. »Wollen wir irgendwohin gehen, wo wir in aller Ruhe eine Tasse Tee trinken können?«

Sie stiegen die großen Trittsteine zur Rua de S. Lourenço hinunter, während ihnen noch immer der Lärm des Umzugs in den Ohren hallte. Am Hang unter ihnen breitete sich die Stadt aus. Ein buntes Durcheinander von Dächern, die mit roten und gelben Ziegeln gedeckt waren, das zur glänzenden, schokoladenbraunen See hin abfiel. Einige Dschunken segelten voller Anmut vorbei, kreuzten im inneren Hafen, wobei sich ihre Masten mit den Segeln, die die Farbe von gebrannter Sienna hatten, schräg in den Wind legten. An den Docks ging es heute gemächlich zu. Hier, abseits des festlichen Trubels, hatte sich der Herzschlag der Stadt spürbar verändert. Jetzt war eine unterschwellige Trägheit zu spüren, gemischt mit einem gewissen Lebensüberdruss; eine Art tropischer Lethargie. Dies war das Macau, das Nadia kannte, das Macau, das sie liebte. Die *Travesas* wirkten schläfrig, das Leben auf der Straße verlief einsilbig und ohne jede Hast. Durchhängende Wäscheleinen waren über die Gassen gespannt. Kulis saßen auf wackelig aussehenden Mauern und pafften schweigend aus ihren Bambuspfeifen blauen Rauch. Eine alte Frau saß auf den Stufen, die zu ihrer Haustür hinaufführten, und wusch Kohlköpfe, während ihr Ehemann in einem Korbstuhl eingenickt war.

Nadia fand das Café, das sie gesucht hatte – ein kleines *Cha lau* mit einer großen Veranda und mit Blick auf das Mündungsgebiet des Pearl River. Die beiden Frauen setzten sich an einen Tisch im Schatten, wo eine kühlende Brise über ihre schlanken Arme strich. Sie bestellten eisgekühlten Pfefferminztee mit Limetten und ein kleines Frühstück. An den Tischen ringsum saßen

Arbeiter, die sich Chorizos, Fleischsuppe und verschiedene Dim Sums schmecken ließen. Als der bestellte Tee kam, war er so kalt, dass Kondenswassertropfen an der Außenseite der gläsernen Becher herunterrannen. Auch Toast und gebratene Eier wurden gebracht. Dann erzählten sie sich gegenseitig Geschichten aus ihrem Leben und unterhielten sich dabei so entspannt miteinander, als würden sie sich schon seit vielen Jahren kennen. Während der ganzen Zeit hüpfte ein abenteuerlustiger Spatz zwischen ihren Füßen herum und pickte Toastkrümel vom Boden auf.

Ganz in der Nähe saß ein rothaariger Mann. Er hatte die Schultern hochgezogen und stützte die Ellbogen auf den Tisch. Er las die *South China Morning Post*, eine Hongkonger Tageszeitung, und schwitzte heftig. Da Nadia in ihre Unterhaltung mit Izabel vertieft war, wanderte ihr Blick nur hin und wieder einmal kurz zu ihm hinüber. Einmal glaubte sie allerdings, ihn dabei ertappt zu haben, wie auch er zu ihnen herübersah, dann jedoch schnell die Augen wieder abwandte. Als sie ihren Toast gegessen hatte, warf sie noch einmal einen kurzen Blick zu seinem Tisch hinüber, musste jedoch feststellen, dass er inzwischen gegangen war. Ein kleines Bündel zusammengerollter Pataca-Noten für seinen Kaffee lag auf dem Tisch.

Nadia zuckte mit den Schultern und wandte sich wieder Izabel zu.

»Ich kann einfach nicht vergessen, was man mit diesen Babys macht«, sagte Izabel. »Es ist entsetzlich. Wir müssen unbedingt etwas dagegen tun, Nadia.«

5

Nadia war ein völlig argloser Mensch und wäre deshalb auch niemals auf den Gedanken gekommen, dass man sie in dem *Cha lau* beobachtet hatte. Erst als am nächsten Tag eben jener rothaarige Mann mit einem zusammengerollten Bündel von Ein-Pataca-

Noten ins Tabakgeschäft kam und eine Stange Lucky Strike kaufen wollte, kam ihr das Ganze irgendwie seltsam vor. Überhaupt hatte der Mann selbst etwas Eigentümliches an sich. Allein schon seine Aussprache – lauter abgehackte Vokale und kurze Silben – klang höchst ungewöhnlich. Er sprach auf eine Art und Weise Portugiesisch, wie sie es noch nie gehört hatte. Sie meinte ein fernes Land in seiner Stimme hören zu können, eine Schroffheit und Wildheit, eine kiesige, kalkige Erdigkeit. Sie musste beim Klang seiner Stimme unwillkürlich an regennassen Sand denken.

»Können Sie mir ein mildes Teehandtuch empfehlen?«, fragte er, nachdem er die Lucky Strikes bezahlt hatte.

Was meint er denn damit?, dachte Nadia. Sie zuckte mit den Schultern und wiederholte noch einmal das Wort. »*Chatoalha?*« Teehandtuch?

»*Sim, chatoalha.*«

»Der Kerl ist ein Idiot«, ließ sich Onkel Ewgenij von der anderen Seite des Raumes her vernehmen. Seine Haare standen wie üblich wieder in alle Richtungen von seinem Kopf ab. »Bei den Augen des *Domowoi*! Letzte Woche war er hier und wollte ein Dutzend Kessel kaufen!«

»Reg dich nicht auf, Onkel Ewgenij. Denk an dein Herz.«

»Nicht aufregen? Dieser Trottel will, dass du ihm ein mildes Teehandtuch empfiehlst, und du sagst, ich soll mich nicht aufregen?« Als er das sagte, beschlug seine Brille, und er musste die Gläser mit dem Daumen abwischen.

»Meinen Sie vielleicht *charuto*?«, fragte Nadia den Mann.

»*Sim, sim, charuto*«, rief der Fremde und zeigte auf einen Stapel Zigarren.

Nadia konnte den Blick nicht von ihm abwenden. Vor ihr stand ein Mann Anfang dreißig, mit schmalem Gesicht, heller, geröteter Haut und einigen wenigen Sommersprossen.

»Mein Name ist Sutherland«, sagte er auf Portugiesisch und schob dabei seinen Hut ein Stück zurück, sodass jetzt seine roten, welligen Haare, die kurz geschnitten und zur Seite gescheitelt waren, zu sehen waren. Seine Augen waren dunkel und strahlend. »Iain Sutherland. Ich weiß, dass ich einen schrecklichen Akzent habe. Tut mir leid.«

»Keine Sorge. Es klingt nur ein bisschen verwirrend.«

»Sprechen Sie Englisch?«

»Ja«, sagte Nadia. »Aber ich bin ein wenig außer Übung.«

»Gott sei Dank«, sagte er und wechselte in seine Muttersprache. »Ich fürchte, dass ich das mit der portugiesischen Aussprache niemals richtig hinkriegen werde. Es kommt mir manchmal so vor, als müsste ich lernen, Gälisch rückwärts zu sprechen.«

Er stand zwischen den Glasvitrinen aus Rosenholz. Seine Haut verströmte einen exotischen Duft nach Orangenschalen und Rosenwasser. Nadia sah ihn verwirrt an. »Also, was kann ich für Sie tun?«, fragte sie ihn schließlich.

»Nun ja, ich hatte gehofft, dass Sie mir vielleicht bei der Wahl einer Zigarre helfen könnten. Ich suche eine, die kein zu kräftiges Aroma hat.«

Nadia ging zu einer Reihe von bunten Zigarrenkisten aus Kuba und wählte eine kleine Korona aus. »Da kann ich Ihnen die Hoyo de Monterrey empfehlen«, sagte sie. »Sie hat ein feines und mildes Aroma und kann zu jeder Tageszeit genossen werden.«

Sutherland nahm die Zigarre vorsichtig zwischen Daumen und Zeigefinger und hielt sie sich dann unter die Nase. Der cremefarbene Kragen seines Hemdes saß ziemlich locker. Nadia sah die roten Punkte eines Hitzeausschlags auf seinem elfenbeinfarbenen Hals. »Riecht nach Zedern und feuchten Kaffeebohnen«, sagte er. Er starrte sie mit solcher Direktheit an, dass sie ihren Blick unwillkürlich abwandte.

»Wenn Sie diese Sorte zu kräftig finden, kann ich Ihnen eine Cifuentes anbieten. Die ist wesentlich leichter.« Sie fuhr mit dem Finger den Ladentisch entlang.

»Nein, die hier ist genau richtig«, sagte er. Nadia musste unwillkürlich lächeln. Sie fand ihn zwar nicht besonders gut aussehend, dennoch hatte er etwas Gewinnendes an sich, vor allem dann, wenn das Licht die Konturen seiner Wangen hervorhob.

Er stützte sich zwischen den Zigarrenschachteln mit den Ellbogen auf den Ladentisch. Rechts und links von seinen Armen stand jeweils eine Lampe mit rotem Schirm. Die einzige andere Lichtquelle im Laden waren die matten Glühbirnen in den vier Ecken und das Sonnenlicht, das durch das Schaufenster im Erker fiel.

»Wohnen Sie hier?«, fragte er unvermittelt.

Nadia setzte sich ihm gegenüber auf einen Schemel. »Warum wollen Sie das wissen?«

»Weil im Dom Pedro zurzeit ein Tarzanfilm läuft und ich keine Lust habe, ihn mir allein anzusehen.«

»Nun, meine Mutter hat vielleicht Zeit. Ja, ich bin sicher, dass sie Sie begleiten würde.«

Er lächelte. »Ich habe aber Sie gefragt.«

»Ich kenne Sie doch gar nicht.«

Der Ventilator an der Decke drehte sich träge, gab dabei leise knackende Geräusche von sich und kühlte ihren Nacken. Schweigen erfüllte den Raum.

»Dann ist das also ein Nein?«

»Es ist ein Nein.«

Sutherland seufzte. »Wie schade.« Er steckte die Zigarre in seine Jackentasche und starrte seine Hände an. »Ich denke, ich sollte jetzt wohl besser gehen.«

In ebendiesem Moment betrat eine hochgewachsene Dame mittleren Alters mit auffallend guter Figur das Geschäft. Sie verlangte eine Schachtel Streichhölzer und ein Päckchen Richmonds. Nadia bediente die Kundin und legte das Wechselgeld auf den Ladentisch. Dann ging sie wieder zu den Vitrinen aus Rosenholz zurück.

»Dürfte ich Ihren Namen erfahren?«, fragte Sutherland.

»Nadia«, sagte sie.

»Nadia wie?«

»Nadia Swiaschski Schaschkowa.«

»Na-di-ahh«, wiederholte er langsam.

Sie lachte. »Sie sagen das, als würden sie mit Nadeln gurgeln.«

»Sie müssen wissen, dass Nadelgurgeln bei uns zu Hause in Schottland als höchst ehrenwerte Freizeitbeschäftigung gilt. Mein Cousin Murdo ist gerade der Nadelgurgelmeister von Troon geworden.«

Nadia musste wieder lachen. »Könnte es sein, dass Sie ein bisschen verrückt sind?«

»Genau«, sagte er und erwiderte ihr Lächeln. »Ach, eines hätte ich jetzt fast vergessen. Vielleicht können Sie mir helfen. Ich soll mich mit einem gewissen Senhor Lazar treffen…« Er griff in seine Hosentasche und zog ein zerknittertes Stück Papier heraus. »Er wohnt in der Rua dos Mercadoda… Mercadala… Weiß der Kuckuck, wie man das ausspricht, Nummer sechzehn.«

»Rua dos Mercadores.«

»Ja, danke. Wissen Sie, welches Haus die Nummer sechzehn ist?«

»Das weiß ich sogar ganz genau«, sagte Nadia. »Ich war nämlich schon einmal dort.«

»Ach?«

»Senhor Lazar ist der Schwager meines Onkels.«

»Wirklich?«

»Onkel Ewgenij war mit Senhor Lazars Schwester verheiratet. Das war auch der Grund dafür, weshalb er sich hier in Macau niedergelassen hat. Leider ist Tante Amelia inzwischen verstorben.«

»Das tut mir leid.«

»Jedenfalls«, sagte Nadia, »ist die Rua dos Mercadores die erste Straße links.«

»Sind Sie morgen hier im Laden?«, fragte Sutherland. »So um, sagen wir, zehn Uhr?«

»Vielleicht«, erwiderte sie. Ihr Atem kam flach und gepresst.

»Wollen Sie mit mir in die Vormittagsvorstellung von ›Tarzan und der goldene Löwe‹ gehen?«

Ihr Herz schlug plötzlich schneller. Sie lächelte. »Ich habe doch schon Nein gesagt.«

»Vielleicht könnten wir ja irgendwann auch einmal tanzen gehen«, sagte er und rückte seinen Hut wieder auf dem Kopf zurecht. »Können Sie Charleston tanzen?« Er beugte und streckte die Knie, machte dabei einen Schritt zur Seite.

»Ich liebe Charleston«, sagte sie.

»Dann gehen wir also miteinander aus? Im Rex soll zurzeit eine gute Filipino-Band spielen.«

»Nein.«

»Ihre Mutter kann uns selbstverständlich gern als Anstandsdame begleiten.« Er drehte sich um und nickte Nadias Mutter zu, die gerade den Verkaufsraum betreten hatte. »Ach, ich vergaß. Bei den jungen Damen von heute heißt das nicht mehr Anstandsdame. Wie sagen Sie dazu?«

Nadia hielt kurz inne. »Feuerlöscher.«

»Ah, ja. Ihre Mutter kann uns also gern als Feuerlöscher begleiten.«

»Ich glaube nicht, dass das eine gute Idee wäre. Aber wenn Sie sich bei ihr beliebt machen wollen, dann spenden Sie doch für die Organisation der weißrussischen Witwen.« Sie schob ihm eine Blechdose über den Ladentisch zu. »Wir schicken das, was wir gesammelt haben, jedes Jahr an die Zentrale in Schanghai.«

Iain kramte in seiner Hosentasche herum und steckte dann ein paar Münzen in den Schlitz der Dose. »Nun, dann vielleicht ein andermal.« Er ging zur Tür. Als er die Flügeltür mit ihren gravierten Glasscheiben öffnete, durchflutete helles Licht den Laden. Noch einige Zeit nachdem er gegangen war, hatte Nadia diesen exotischen Duft von Orangenschalen und Vetiver in der Nase. Sein Lächeln hatte ihre Knie so weich werden lassen, dass sie sich am Ladentisch festhalten musste. Plötzlich verspürte sie den überwältigenden Drang, irgendetwas zu putzen. Sie beschloss, den Boden im Badezimmer zu schrubben.

Schon am nächsten Morgen stand Iain Sutherland wieder im Laden, diesmal mit einem kleinen Blumenstrauß für Mamotschka. Er blieb vor der Ladentheke stehen und sah Nadia an, die hinter der Registrierkasse stand. »Kommen Sie doch bitte ein bisschen näher«, sagte er. Dabei stützte er sich auf seine Unterarme und beugte sich ein Stück nach vorn.

»Näher?«, fragte sie.

»Ja, genau. Heißen Sie nicht Nadia?«

»Ja, so ist es.« Sie verschränkte die Arme vor der Brust.

»Möchten Sie einen Schluck Whisky, Nadia?« Er zog einen Flachmann aus seiner Jacke.

»Nein!«, sagte sie. »Wirklich nicht.«

»Die Sache ist die«, sagte er. »Am 3. Juni sollte es ein offizielles Dinner in der Botschaft geben. Zur Feier des Geburtstags von König George ...« Er räusperte sich. »Und mir wollte einfach niemand einfallen, den ich gern mitnehmen würde.«

Nadia lächelte nervös.

»Aber dann habe ich an Sie gedacht und mir vorgestellt, dass Sie ja vielleicht Lust hätten mitzukommen. Nun ist das Dinner aber leider abgesagt worden.«

Nadia schwieg.

»Was hätten Sie geantwortet, wenn das Dinner stattgefunden hätte?«

»Ich hätte Nein gesagt.«

Sie drehte sich um, um ein paar Zigarrenkisten ins Regal zu stellen.

»Drehen Sie sich nicht um! Kommen Sie lieber noch etwas näher. Wir sind viel zu weit voneinander entfernt, um vernünftig miteinander reden zu können.«

Sie beugte sich über den Ladentisch ein Stück nach vorn.

»Wie wäre es mit Tee? Ihr jungen Mädchen mögt doch Tee.«

»Mr. Sutherland, ich möchte und ich werde nicht mit Ihnen ausgehen.«

Er spreizte den kleinen Finger ab und kitzelte sie am Unterarm. »Tee mit Honig vielleicht? Sie mögen doch Honig, oder etwa nicht?« Er begann zu lachen. Es war ein schalkhaftes, leises Lachen, bei dem auch sie unwillkürlich schmunzeln musste.

»Ihnen ist doch bestimmt bewusst, dass Sie ein ziemlich merkwürdiger Mensch sind?«, fragte sie.

»Ja.«

»Ich habe den Eindruck, dass Sie nur mit mir spielen wollen. Ist das so?«

»Trauen Sie mir das wirklich zu?«

Dann versuchte er fast eine Stunde lang, Nadia dazu zu überreden, mit ihm mittagessen zu gehen. Als ihm auch das nicht gelang, zuckte er schließlich resigniert mit den Schultern und versprach, schon bald wiederzukommen. Am folgenden Nachmittag erschien er dann mit einer Dose schottischer Kekse aus Nairn, und vierundzwanzig Stunden später stand er mit einer Schellackplatte von einem Mann namens Jimmy Mackay im Laden. Onkel Ewgenij nahm die Platte aus ihrer Hülle und spielte sie auf seinem 1921er Brunswick ab. Es stellte sich heraus, dass es sich um Akkordeonmusik handelte, vorgetragen von einem Einbeinigen aus Oban.

»Nun, wie finden Sie es?«, fragte Sutherland und vollführte dann ein paar Tanzschritte.

»Es klingt ein wenig ungewohnt…«, sagte Nadia. Die Musik störte sie nicht, solange der Mann aus Oban nicht auch noch sang. An einer Stelle war sie sich jedoch sicher, dass der Akkordeonspieler einer Katze auf den Schwanz getreten war.

»Sie sollten Jimmy erst einmal Dudelsack spielen hören… toll!«

»Haben Sie keine Platten von Ethel Waters oder Bessie Smith?«, fragte Nadia, die sich inzwischen ein wenig unter Druck gesetzt fühlte.

Als Iain den Laden verließ, warf er ihr eine Kusshand zu und berührte kurz ihr Kinn mit seinen Fingerspitzen. Ihre Lippen öffneten sich und begannen zu jucken. Sie hatte das Gefühl, als wären sie mit Terpentin benetzt worden.

6

Seit den schweren Regenfällen am ersten Sonntag nach Ostern waren inzwischen vierzehn Tage vergangen. Wenn Iain Sutherland nicht gerade in dem Tabakgeschäft war, saß er in seinem stickigen Büro in der Avenida da Republica, das er sich mit seinem chinesischen Assistenten Peter Lee teilte.

Die heiße, feuchte Luft des Sommers erfüllte die Straßen. Der Gesang der Zikaden lag über der Ruine von St. Paul, und in den Banyanbäumen an der Promenade begannen die Spatzen zu zwitschern. Es war seit Wochen der erste Morgen, an dem es nicht geregnet hatte, und die Sonne, die gleißend hell am Himmel stand, trocknete das Moos, die Flechten und die schaumigen Pfützen auf den Straßen.

Iain saß an seinem Schreibtisch unter einem Ventilator und starrte mit unverwandtem Blick die nautischen Karten mit den Wasserwegen von Hongkong und Macau an, die rechts und links neben dem Fenster an der Wand hingen. Die Karten waren mit roten und pinkfarbenen Reißzwecken übersät. Die roten Reißzwecken markierten dabei bekannte Absetzpunkte, die pinkfarbenen behelfsmäßige Anlegestellen, dort wo die Sampans und die Wallah-wallahs ihre verbotene Fracht aufnahmen. Nicht zum ersten Mal fiel Sutherland auf, dass die unvermeidlichen Stockflecken die Karten immer gelber werden ließen.

Seit dem letzten Wochenende hatte Iain den bisherigen Ablauf seines Arbeitstages rigoros verändert. Er kam jetzt schon im Morgengrauen in sein Büro im britischen Konsulat. Als Erstes holte er dann immer ein kleines Notizbuch aus seiner Schreibtischschublade, zündete sich dann eine Zigarette an und starrte schließlich über eine Stunde lang die Worte *Tabak, Kodein, Morphin, Opium* und *Papaverin* an, die in der oberen linken Ecke der Wandtafel standen. Er kannte niemanden, der so konzentriert und so systematisch an ein Problem herangehen konnte wie er selbst. Jeder überflüssige Gedanke, jede Ablenkung, jeder Geruch, jedes Geräusch und jede Emotion wurden einfach zur Seite geschoben, um das Rätsel, vor dem er stand, zu lösen. Der Raum wurde zu einer in sich abgeschlossenen Welt, seinem Refugium. Unter der Überschrift *Schmugglerrouten* listete er die Namen von Personen, von Organisationen, denen sie angehörten, und von Orten, an denen man sie beobachtet hatte, auf. Viele der Namen versah er mit einem Fragezeichen.

Heute schrieb er mit dicker, weißer Kreide die Buchstaben L-A-Z-A-R an die Tafel. Daneben notierte er *Wasserleiche, skelettierter Fuß*.

»Warum sind Sie in den letzten Tagen immer schon so früh hier?«, fragte Lee, ohne den Blick zu heben, während er auf seine Schreibmaschine einhämmerte. »Ich arbeite jetzt schon seit über einem Jahr für Sie, aber so früh wie die letzten Tage sind Sie noch nie ins Büro gekommen.« Er tippte nur mit neun seiner zehn Finger, denn der kleine Finger seiner linken Hand, den er sich in der Kindheit gebrochen hatte, war steif und stand in einem hässlichen Winkel ab.

Iain zündete sich eine weitere Zigarette an, bevor er langsam zur anderen Seite des Zimmers ging. Dort angekommen, drehte er sich um und steuerte wieder mit langsamen, bedächtigen Schritten auf die Wandtafel zu, wobei er seinen Blick nicht eine Sekunde von dem nahm, was er dort hingekritzelt hatte. *Lazar*, sagte er bei jedem Schritt leise vor sich hin. *Lazar*, *Lazar*, *Lazar*. Er vertraute offensichtlich darauf, dass ihm seine Intuition weiterhelfen würde. Dass sie ihm etwas offenbaren würde. Etwas, das er bis jetzt übersehen hatte. Aber da war nichts, zumindest noch nicht. Sutherland war ein hervorragender Beobachter. Es war nur so, dass ihm manche Dinge erst später bewusst wurden.

»Leiden Sie vielleicht unter Schlaflosigkeit, *Lo baan?*«, fragte Lee.

»Das kommt noch aus meiner Zeit beim Militär. Ich stehe immer früh auf. Außerdem habe ich immer wieder diese Migräne …«

»Sie waren in der Armee?«

»Ja, bei den Royal Scots Dragoons.«

»He! Ich bin auch ein Dragon. Ich bin neunzehnhundertfünf, also im Jahr des Drachen geboren. Sie also auch?«

»Seien Sie still, Sie Dussel.« Sutherland stellte sich jetzt direkt vor die Tafel. Er starrte den Namen finster an, ließ dabei das L und das Z auf der Zunge rollen. Dann schlug er sein Notizbuch auf, nahm einen Füller und machte ein paar flüchtige Notizen. In diesem Moment klopfte es laut an der Tür.

»Was ist?«, wollte er wissen.

»Post aus Hongkong, vom Kolonialministerium«, sagte ein Mann auf Englisch mit einem starken portugiesischen Akzent. Er hatte eine Stupsnase und einen dicken Bauch und lehnte, einen Strohhut in der Hand, lässig im Türrahmen.

Ein ins Purpur spielender Schatten fiel auf das Messingschild an der Tür. Die Worte »Amt für Passkontrolle«, der Tarnname des britischen Auslandsgeheimdienstes, verzerrte sich im wogenden Licht. Sutherland schob dem Mann mit dem Strohhut einen Stuhl mit geflochtener Sitzfläche hin. »Setz dich, Costa, und halt den Mund. Lee, lassen Sie uns bitte allein.«

Costa zog eine Augenbraue hoch. »Mal wieder schlecht gelaunt, *Vermelho*?«, fragte er und übergab Sutherland ein braunes Päckchen und mehrere Briefe, die mit britischen Briefmarken frankiert waren. Die beiden Männer nahmen Platz, nachdem Lee das Büro verlassen und die Tür hinter sich geschlossen hatte.

Sutherland erkannte die Handschrift auf den Briefen. Auch das Wachssiegel auf dem braunen Päckchen, das eine Königskrone und darunter einen Löwen und ein Einhorn zeigte, war ihm sehr gut bekannt. Es war das Siegel des Government House, und es war bereits gebrochen. Iain warf das Päckchen neben die Remington-Schreibmaschine auf den Tisch. »Hast du also wieder einmal meine Post gelesen, Costa?«

»*Naturalmente*.«

»Warum kannst du deine dicken Finger nicht von meinen Sachen lassen?«

Costa zog langsam die Schultern hoch und ließ sie wieder fallen. »Das muss so etwas wie eine Krankheit sein. Ich kann einfach nicht anders.«

Iain massierte sich die Nasenwurzel und schüttelte den Kopf. »Also dann sag schon, was drin steht.«

Costa zog das braune Päckchen zu sich heran und nahm ein paar Bogen Papier heraus. »Das hier ist das vertrauliche Bulletin, das alle zwei Wochen kommt«, verkündete er.

»Das weiß ich selbst, du Narr. Lies vor, was drinsteht.«

»Du willst, dass ich ihn dir vorlese?«

»Genau.«

»Auf Englisch?«

»Nein, du Idiot, auf Suaheli. – Natürlich auf Englisch!«

Costa stöhnte, dann räusperte er sich laut. »Da steht, dass die Opiumpreise im Fallen begriffen sind«, sagte er zögernd und starrte dabei angestrengt auf das Papier. »Der Preis für das Opium, das die Regierung von Hongkong, der das Monopol zusteht, verkauft, ist wegen des illegalen Handels gefallen. Das Britische Kolonialministerium schätzt, dass die Einnahmen aus dem Verkauf des Opiums dieses Jahr nur elf Prozent der Gesamteinnahmen der Regierung ausmachen werden.«

»Das wäre gegenüber dem letzten Jahr ein Rückgang um drei Prozent«, sagte Sutherland. Er schüttelte den Kopf. »Clementi wird darüber alles andere als erfreut sein. Das Monopol wurde schließlich vergeben, um den illegalen Handel in den Griff zu bekommen. Da die Regierung Seiner Majestät auf die Einnahmen aus dem Opiumgeschäft angewiesen ist, ist es kein Wunder, dass Clementi so scharf gegen die Schmuggler vorgeht.«

»Die internen Berichte belegen eindeutig, dass die Schmugglersyndikate immer größeren Einfluss gewinnen. Man nimmt an, dass der Schwarzhandel seit dem Chinesischen Neujahr mehr als hundertfünfunddreißigtausend Hongkongdollars allein in Hongkong umgesetzt hat. Vor sechs Wochen hat die Polizei dort bei einer Razzia in Wanchai zweitausend Pfund einer Tabak-Opium-Mischung, in Bündeln verpackt, entdeckt. Sie nehmen an, dass die Schmuggelware über Macau hereinkommt.« Costa hielt inne und wischte sich eine glänzende Schweißperle von seiner Wange.

»Und?«

»Und was?«

»Warum liest du nicht weiter?«

»Mein Englisch. Es ist nicht so gut. Das zu lesen, ist ziemlich anstrengend für mich, *Vermelho*.«

»Hör auf zu jammern, du Klotz, und lies weiter!«

Costa setzte ein mürrisches Gesicht auf und wandte sich dann wieder dem Bericht zu. »Hier steht, dass man aus den festgenommenen Schmugglern sechs Namen herausgeholt hat. Einer, ein gewisser Mr. Takashi, ist ein japanischer Geschäftsmann, der an mehreren Hotels und Spielhallen beteiligt ist. Er wurde bereits verhört und befindet sich zurzeit noch in Untersuchungshaft. Es liegen Hinweise vor, dass Takashi der Kopf des Syndikats Goldener Tiger ist – ein überaus gefährlicher Mann. Aus unseren Akten geht hervor, dass er drei Geschäftspartner hat. Einer von ihnen heißt Mister J. P. Lazar.«

»Was weißt du über Lazar?«

Der Macanese überlegte einen Augenblick, streckte dabei seine dicken Beine aus. Er bewegte sich zwar langsam und bedächtig, aber er war nicht träge. »Er ist um die sechzig, Hotelbesitzer, betreibt zwei, vielleicht auch drei Spielhallen, ohne die erforderliche Konzession dafür zu haben. Seine Schwester hat einen russischen Tabakhändler geheiratet, einen Mann namens Filipow. Sie starb vor fünf Jahren.« Costa zuckte mit den Schultern und erhob sich von seinem Stuhl. Er ging zum Fensterbrett hinüber, wo eine Reihe von Toilettenartikeln für Männer standen – ein Fläschchen Pimentöl, ein Tiegel Pomade und eine dunkelgrüne Flasche mit Musgo Real Agua de Colonia. Er nahm die Flasche mit dem Eau de Cologne in die Hand und sah sie sich genau an. »Ich war in dem Laden. Da ist eine dicke Russin, die die Kunden bedient, mit einem tollen großen Busen! Wie Melonen. An ihren Namen kann ich mich aber nicht erinnern.« Er schüttelte die Flasche. »Was macht eigentlich mein *Colonia* in deinem Büro?«

»Sie heißt Olga Schaschkowa.«

Costa setzte sich wieder auf seinen Stuhl. Er wiederholte den Namen und hob dann einen Finger. »Du glaubst also, dass Lazar und der Tabakhändler etwas mit dem Opiumschmuggel zu tun haben. Mit dieser Sache mit den Triaden. Habe ich recht, *Vermelho*?«

»Ich stehe unter Druck. Wir müssen dem Opiumschmuggel Einhalt gebieten. Ich muss also in jede nur denkbare Richtung ermitteln. Deshalb habe ich auch versucht, über die Tochter an ein paar Informationen heranzukommen.«

»Lazar hat eine Tochter?«, fragte Costa und beugte sich auf seinem Stuhl ein Stück nach vorn.

»Nein, es ist Olga Schaschkowas Tochter.«

Costa, noch immer nach vorn gebeugt, sah Sutherland aufmerksam an. »Sieht sie gut aus?«

Iain hielt inne, schob dann ein paar Unterlagen auf seinem Schreibtisch hin und her. »Irgendwie …«

Costa sah lächelnd zur Decke hinauf. Sutherland versuchte den Gesichtsausdruck seines Kollegen einfach zu ignorieren. »Ich möchte, dass du Lazar noch heute einen Besuch abstattest«, sagte er. »Zweitausend Pfund sind eine gewaltige Menge. Versuchen wir herauszufinden, ob es eine Verbindung zwischen dem Tabak, Lazar und diesem Filipow gibt. Vielleicht ist das Tabakgeschäft ja irgendeine Art von Tarnung. Ich werde mich weiter mit der Tochter befassen.«

»Deshalb hast du dir also mein *Colonia* ausgeliehen. Du magst sie, hm?« Costa grinste, während er ein einparfümiertes Taschentuch aus der Tasche zog, um sich den Schweiß vom Gesicht zu wischen. Dann holte er eine Tüte Pistazien aus einem Aktenschrank und begann die Nüsse von ihren Schalen zu befreien. »Du willst wohl die Mitternachtsrumba mit ihr tanzen, *Vermelho*?«

»Nein«, sagte Iain. Irgendetwas in seinem Hals zog sich zusammen. »Ich mache nur meine Arbeit.«

»Du gehst mit klopfendem Herzen zu Bett, hm?« Costas Gesicht wurde vor lauter Entzücken puterrot. Er nickte wissend vor sich hin. »*Amor, amor*«, sang er, und als er lachte, wurde sein Mund so breit wie der eines Kindes.

»Es ist der Schmugglerring, für den ich mich interessiere, und nicht das Mädchen«, sagte Sutherland betont sachlich. »Und dann ist da auch noch diese Leiche, die man im Hafenbecken gefunden hat…«

Costa, dem man deutlich ansah, dass er sich jahrelang dem Portwein und den hiesigen schweren, gewürzten Speisen nur allzu gerne gewidmet hatte, zuckte mit den Schultern und brummte: »Vielleicht war es Selbstmord.« Dann begann er seine Pistazien zu essen.

Sutherland erhob sich von seinem Stuhl und trat an das mit einer Jalousie versehene Fenster. »Du fesselst dir nicht die Hände und stopfst dir einen Rosenkranz in den Mund, wenn du dich umbringen willst. Und warum war am rechten Fuß kein Fleisch mehr?«

»Du glaubst also, dass es sich um einen Triaden-Mord handelt? Und deshalb vielleicht auch etwas mit Takashi zu tun hat?«

»Möglicherweise. Lee und ich werden heute Abend mit einem Kriminalbeamten zur Leichenhalle fahren, um uns den Toten anzusehen. Das wird bestimmt ein Riesenspaß. Du weißt gar nicht, wie sehr ich den Geruch von drei Wochen alten Leichen liebe.« Costa warf sich eine Pistazie in den Mund und zerbiss sie geräuschvoll.

Die Morgensonne fiel schräg durch die hölzernen Lamellen der Jalousie. Unzählige goldene Staubkörnchen tanzten in ihren Strahlen. Von der Straße drangen die Rufe der Kulis herauf, begleitet vom Plätschern des Springbrunnens in der Mitte des Promenadenplatzes. Sutherland erkannte in nicht allzu großer Entfernung die weite Fläche der Praya Grande, hörte, wie die Wellen an die Steine der alten Deichmauer schlugen. Er dachte an Nadia. Hochgewachsen, ruhig, stolz wie sie war, hatte sie ohne jeden Zweifel etwas Außergewöhnliches an sich, so als würde ihr Körper ein Geheimnis verbergen. War es Naivität oder jungfräuliches Selbstbewusstsein? Warum nahm er eigentlich so selbstverständlich an, dass sie noch Jungfrau war? Immerhin war sie schon Ende zwanzig. Es war irgendetwas, das er jedoch nicht identifizieren konnte. Vielleicht war es die Art, wie sie sich benahm, vielleicht war es aber auch nur der versonnene, arglose Zug um ihren Mund. Er mochte ihr Lachen, fand es sogar sehr anziehend. Und wenn er sich ihr Gesicht vorstellte – den Schönheitsfleck auf ihrem Kinn, die Sommersprossen unter ihren Augen, die losen Haarsträhnen, die ihre Wangen umschmeichelten – dann strömte etwas durch sein Blut, das sich anfühlte wie ein heißer Wind, der durch trockene Blätter streicht.

»*Amor, amor!* Erzähl mir mehr von dem Schaschkow-Mädchen«, sagte Costa.

»Da gibt es nicht viel zu erzählen.«

»*Entangled in desire …*«, sang Costa weiter. »*Oh, my sweet lady friend, won't you lend me your lips …*«

Iain Sutherland neigte den Kopf etwas zur Seite. Er spürte, wie ihn eine Pistazienschale im Nacken traf, eine weitere prallte an seiner Schulter ab. Ein flüchtiges Lächeln huschte über sein Gesicht. »Du bist wirklich einer der lästigsten Menschen, die ich kenne.«

»*Sweet lady friend, sweet lips of paradise …*«

Drei Pistazien klapperten gegen die Fensterscheibe. Sutherland drehte sich zu Costa um und sah ihn gereizt an. Costa erwiderte seinen Blick mit zusammengekniffenen Augen genauso wie ein Revolverheld in einem billigen Cowboyfilm und entblößte dann lächelnd seine Zähne. Er schloss ein Auge, wie ein Schütze, wenn er zielt, und bewarf seinen Freund dann wieder mit einer Pistazie. Sutherland stürzte sich auf ihn, packte ihn und versuchte dann, Costa das Hemd über den Kopf zu ziehen. Die beiden Männer rangelten miteinander. Costas Stuhl begann zu kippen. Er sprang auf und warf sich gegen Sutherlands Brust. Der Stuhl landete mit einem dumpfen Schlag auf dem Parkett, während die beiden Männer ebenfalls zu Boden gingen und, sich hin und herwälzend, Papier, Pistazien, Strohhüte, Füller, Büroklammern, Tintenlöscher und Aschenbecher im Zimmer verteilten. »Du bist bestimmt von ihren Melonen fasziniert«, kicherte Costa. Sie bliesen einander ihren Atem ins Gesicht, lachten beide laut. Costa biss Iain in den Ellbogen.

»Runter von mir, du fettes Wiesel«, schrie Sutherland. Sie rollten hin und her, stießen dabei mehrmals mit den Köpfen zusammen. Es war ein Augenblick wie im Rausch. Zwei Männer Anfang dreißig, alte Gefährten, miteinander ringend, so als wären sie wieder kleine Jungen.

»Halt!«, zischte Sutherland heiser, aber mit Nachdruck. »Da kommt jemand.« Er hörte, wie sich die Tür kratzend zu öffnen begann. Es war eine dicke Tür. Ihr Holz schleifte vibrierend über die Bodendielen. Sutherland und Costa erstarrten. Auf der Schwelle stand Mrs. Chan, die Büroleiterin. Sie hielt eine Kristallvase mit einem hübschen Strauß gelber Blumen in der Hand. Ein entsetzter und zugleich völlig verblüffter Ausdruck erschien auf ihrem Gesicht, als sie die Szene betrachtete, die sich da ihren Augen bot. Den Blick unverwandt auf die beiden Männer gerichtet, bückte sie sich langsam und stellte die Vase auf den Boden. Dann richtete sie sich wieder auf. Sie begann schweigend ihre fleischigen Oberarme zu kneten. Offensichtlich wusste sie nicht, was sie tun sollte. Costa hatte die Hände noch immer an Sutherlands Hals, während Sutherland sich mit den Fingern in Costas Haare krallte. Der Anblick, den die beiden Männer boten, war ungeheuerlich und lachhaft zugleich.

»Äh… Mrs. Chan«, sagte Sutherland und erhob sich dabei vom Boden. »Was haben Sie denn heute für mich?« Costa rappelte sich ebenfalls auf die Füße, sein Hemd war ihm aus der Hose gerutscht, sein Schmerbauch wabbelte. Stoff, Holz, Metall und Papier waren über den ganzen Boden verstreut – ein Wust vertraulicher Dokumente hatte sich auf dem Parkett verteilt.

»Ich dachte…«, flüsterte sie, »ich dachte, dass Ihr Büro vielleicht ein wenig Farbe vertragen könnte.«

»Sehr nett von Ihnen, Mrs. Chan. Ich werde den Strauß später auf den Tisch am Fenster stellen. Senhor Costa hat mir gerade ein paar neue Karateübungen gezeigt.«

Sie starrte ihn an, während ihre Lippen vor Missfallen bebten.

»Ist noch irgendetwas?«, fragte er verlegen und wandte seine Aufmerksamkeit kurz Costa zu, in dessen Hosenboden, wie er feststellte, ein langer Riss klaffte.

»Ja«, sagte sie. »Der Polizeikommissar wartet nebenan auf Sie.«

7

Am Abend gegen sechs Uhr trafen Iain und Lee im Hospital S. Lourenço ein. Die Leichenhalle befand sich im Untergeschoss, wo sie jetzt in einem hell erleuchteten Vorraum mit niedriger Decke warteten. Die Wände, so weiß wie bleiche Knochen, waren mit großen Schautafeln des menschlichen Nervensystems und Bildern der Jungfrau Maria geschmückt. Auf den gekalkten Regalen standen Behälter mit Lebern, Herzen und anderen Eingeweiden, die in Formaldehyd schwammen, und gesichtslos grinsende Zahnreihen, die auf kleine Holzblöcke montiert waren. In einer Ecke hing ein totes Schwein an einem Fleischerhaken. Auf seinem Rumpf stand, in blauer Tinte gestempelt, in chinesischen Schriftzeichen: »*Für den menschlichen Verzehr freigegeben. 40 % Fettanteil.*« Die haarige Schnauze des Tieres berührte den glatten Boden. Es war sehr kalt in diesem Raum.

Nach der Besprechung mit dem Polizeikommissar hatten Iain und Lee eine Sondergenehmigung erhalten, die sie berechtigte, der Autopsie in Begleitung eines Kriminalbeamten namens Poon beizuwohnen.

»Das hier werden Sie brauchen«, sagte Lee und gab Iain ein kleines rotgoldenes Döschen mit Tigerbalsam. »Gegen den Gestank. Schmieren Sie sich etwas davon unter jedes Nasenloch.« Iain trug die Kampfersalbe auf.

Nur wenige Sekunden später zischte das Kühlaggregat, und die Schiebetür des Autopsieraums öffnete sich. Ein überwältigender Geruch von Schwefeldioxid und Ammoniak schlug ihnen entgegen.

»Mr. Sutherland? Mr. Lee? Detective Poon?«, fragte ein kleiner Chinese, der einen weißen Laborkittel trug.

»Ja«, antworteten sie im Chor.

»Mein Name ist Koh. Bitte folgen Sie mir. Oh! Für das Schwein muss ich mich entschuldigen. Meine Nichte hat morgen ihre *Moon-yuet*-Feier. Das hier ist der einzige Ort, an dem es frisch bleibt.« Er machte ein paar trippelnde Schritte. »Man hat mir gesagt, dass Sie kein Polizist sind, Mr. Sutherland. Es ist nicht oft der Fall, dass ein Zivilist bei einer unserer Obduktionen anwesend ist, müssen Sie wissen.«

»Das kann ich mir denken. Ich vertrete die Regierung Seiner Majestät in Hongkong.«

»Ja, alles sehr verschwiegen und geheim. Keine Sorge, Ihre Namen werden in den Unterlagen nicht erscheinen.«

Der Obduktionsraum wurde von einer Reihe von Lampen an der Decke erleuchtet. Er war genauso hell wie der Vorraum, der Boden war großzügig mit Sägemehl bestreut. In der Mitte des Raumes stand ein metallener Operationstisch mit jeweils zwei Rinnen an den Seiten, über die das Blut und andere Körperflüssigkeiten ablaufen konnten. Auf einer Arbeitsfläche daneben sah Iain eine Spüle mit je einem Wasserhahn für heißes und kaltes Wasser. Außerdem gab es einen Fußhebel für einen Brauseschlauch und mehrere Steckdosen. Auf der Arbeitsfläche lag eine Reihe von Werkzeugen aus Edelstahl – Skalpelle, Knochensägen, Scheren, gezahnte Zangen, Nadeln, Meißel zum Öffnen eines Schädels und Schneidwerkzeuge zum Durchtrennen von Rippen.

Iain verschränkte die Arme vor der Brust.

»Ist dies Ihre erste forensische Autopsie, Mr. Sutherland?«, fragte Koh.

»Ja.«

»*Lo baan* war früher in der Armee«, sagte Lee. »Er hat keine Angst vor Toten.«

»Allerdings fühle ich mich seit dem Krieg in der Gegenwart von Leichen nicht besonders wohl.«

Ein weiterer Mann betrat den Raum. Das Kühlaggregat zischte wieder, stieß dabei eine weitere Wolke von Schwefel und Ammoniak aus. »Dies ist Ah-Kuen«, stellte Koh den Mann vor. »Er ist das, was wir hier den Präparator nennen. Er wird die Leiche bewegen, sie fotografieren und Proben von Haaren und Haut nehmen.«

Ah-Kuen ging zu einem hohen weißen Wandschrank und öffnete eine der Türen. Iain sah, dass sich in dem Schrank große Fächer befanden, in denen Leichen lagen, immer drei Reihen übereinander. Koh warf einen Blick in seine Unterlagen. »Ah ja, Nummer B 188. Einer unserer Langzeitgäste.«

Iain trat unwillkürlich einen Schritt zurück. Ah-Kuen bettete B 188 auf einen Rollwagen um und fuhr ihn dann zum Autopsietisch. Nachdem er die Leiche gereinigt hatte, verließ er den Raum.

Koh begann mit der Inaugenscheinnahme. »Männlich, Anfang dreißig. Rasse: Chinese, Schrägstrich Macanese. Keine sichtbaren Muttermale. Leberfleck auf dem rechten Oberschenkel. Rechter Fuß bis zum Knöchel skelettiert, erster bis fünfter Mittelfußknochen intakt. Das Gewebe des Unterschenkels ist teilweise zersetzt. Alle distalen und proximalen Glieder scheinen unverletzt. Laterales Keilbein zeigt eine Vertiefung. Anzeichen von Einwirkungen von außen – möglicherweise Bisswunden. Wenn wir weiter nach oben gehen, sehen wir eine Wunde am Hals und eine Eintrittswunde in der Brust. Narbengewebe durchweg konsistent. Tätowierung auf dem linken Unterarm. Beide Handgelenke weisen deutliche Abschürfungen auf, wahrscheinlich von Seilen oder Handschellen.«

»Was für eine Art von Tätowierung?«, fragte Iain.

»Das Bild eines roten Stabes, an dem eine blaue Laterne hängt, und die Zahl 426«, sagte Lee, der sich ein Stück nach vorn gebeugt hatte, um sich die Tätowierung näher anzusehen.

»Was heißt das?«

»Das heißt, dass der Tote Mitglied eines Geheimbundes war. Und zwar der Triade Wo Cheung Wo. Der rote Stab und die Zahl sagen, dass er ein ›Kämpfer‹ war. Die blaue Laterne bedeutet, dass er seinem Anführer treu ergeben gewesen ist.«

Ah-Kuen kam jetzt mit einer Kamera zurück und begann Fotos zu machen. Es blitzte mehrmals.

»Ich beginne jetzt mit der internen Untersuchung«, sagte Koh.

Ah-Kuen ging zum Obduktionstisch und schob einen Holzkeil so unter das Rückgrat von B 188, dass die Arme und der Nacken des Toten nach unten hingen. »Dadurch wird die Brust nach oben gedrückt und die Haut gedehnt«, erklärte Koh lächelnd. »Das erleichtert die Schnittführung erheblich.«

Iain wandte sich instinktiv ab.

»Alles in Ordnung mit Ihnen, *Lo baan*?, fragte Lee, der neben ihm stand.

»Nein.« Iain schluckte. »Ich habe im Krieg zu viele Tote gesehen. Ich werde nicht gern daran erinnert, ganz egal, in welcher Form der Tod kommt.«

»He, Sie waren doch Soldat. Scottish Dragoons. Warum haben Sie also Angst?«

»Ich habe keine Angst, Lee.«

»Und warum sind Sie dann weiß wie ein Tintenfisch?«

»Es sind die Erinnerungen.«

»Meine Ma-Ma sagt immer, der beste Weg, die Angst vor den Erinnerungen zu verlieren, ist, über sie zu sprechen.«

Koh sagte: »Ich führe jetzt einen tiefen Y-förmigen Schnitt von der linken Schulter über das Brustbein zur rechten Schulter.«

Iain hörte das leise Geräusch von reißender Haut und zuckte zusammen. Nach ein paar Sekunden sagte er: »Lee, wir warten besser draußen. Das hier müssen wir uns nicht unbedingt ansehen. Detective Poon kann uns später über die Einzelheiten informieren.«

Iain legte eine Hand auf die Türklinke. Die Tür öffnete sich zischend, und er trat in den hellen Vorraum mit der niedrigen Decke hinaus. Dort stand er dann zwischen den Behältern mit

Lebern und Herzen und fühlte sich unendlich müde und völlig desorientiert.

Es dauerte keine Minute, und Lee stand neben ihm. Er starrte stumm das Schwein an, so als wäre er hypnotisiert. Die beiden Männer gewährten einander eine lange Zeit des Schweigens.

Schließlich fing Lee an zu sprechen. »Schweine erinnern mich immer an meinen Vater. Er hat im Schlachthof gearbeitet«, sagte er und stieß dabei die Schnauze des Schweins mit seiner Schuhspitze an. »Wenn er abends nach Hause kam, hat er immer nach Blut gestunken, und seine Kleidung war völlig verdreckt von der Arbeit. Wenn er zu mir ans Bett kam, um mir einen Gutenachtkuss zu geben, habe ich ihn jedes Mal weggeschoben. Dann hat er eines Morgens, es war ein Tempeltag, sein bestes Hemd und seine sauberste Hose angezogen, um *bai sun* zu gehen und seinen Vorfahren seine Ehre zu erweisen. Er hatte zwei Orangen in den Händen. Ich glaube, er war ziemlich spät dran oder so. Jedenfalls wurde er von einem Auto überfahren. Damals gab es in Macau noch nicht sehr viele Autos. Mein Vater war nicht daran gewöhnt, auf den Verkehr zu achten. Die Polizei gab meiner Ma-Ma seine Brille, seine Schuhe und die beiden Orangen. Sie sind nicht der Einzige, *Lo baan*, der auf die Götter böse ist.«

Iain holte tief Luft. »Ich habe schon so viele Tote gesehen, Lee. Viel zu viele meiner Freunde …«

»Ich denke, es ist schlimmer, wenn jemand bei einem Unfall stirbt, so wie mein Vater. Gerade weil man es nicht erwartet hat.«

»Vielleicht ist das so«, sagte Iain. Die beiden Männer schwiegen wieder.

Iain konnte jetzt durch die Tür hindurch das Geräusch einer Säge hören.

»Haben Sie im Krieg einen Menschen getötet, *Lo baan*?«

»Ich werde gleich Sie töten, wenn Sie nicht endlich mit diesen Fragen aufhören.« Iain wischte sich mit einem Taschentuch übers Gesicht. »Lassen Sie uns das Thema wechseln. Was wissen Sie über den Goldenen Tiger, Takashis Organisation?«

»Sie sind dick im Geschäft, jedenfalls was Glücksspiel und die Drogen betrifft. Hauptsächlich *Pen-yan*-Opium.«

»Stehen sie in direkter Konkurrenz zu den Wo Cheung Wo?«

»Könnte sein.«

»Glauben Sie, dass wir es hier mit einem Bandenkrieg zu tun haben?«

»Ich glaube schon.«

»Ist es bei den Triaden üblich, eine Leiche einfach so herumliegen zu lassen?«

»Nein, normalerweise verschwindet jemand auf Nimmerwiedersehen. Wird mit einem Stein beschwert auf dem Grund des Meeres versenkt oder irgendwo vergraben.«

»Und warum hat man dem Toten einen Rosenkranz in den Mund gestopft?«

»Vielleicht ein katholisches Symbol?«

»Vielleicht bedeutet es auch: ›Verpisst euch aus Macau.‹«

»He, *Lo baan*! Wir sollten vorsichtig sein! Sonst bringen sie uns auch noch um.« Er sah Iain mit hochgezogenen Augenbrauen an. »Aber machen Sie sich keine Sorgen, ich kann *Hung kuen*!« Er ballte seine Hand zur Faust. »Und ich kann auch Kung-Fu – den Kranich-Stil.« Lee stellte sich auf ein Bein und streckte die Arme aus, sodass er an ein Kruzifix erinnerte.

»Da fühle ich mich doch schon viel sicherer«, sagte Iain. Durch die Tür drang jetzt ein Übelkeit erregendes, gurgelndes Sauggeräusch: Das Geräusch eines Hydro-Aspirators.

»Was zum Teufel macht Koh denn da gerade?«

»Ich glaube, er saugt Flüssigkeit aus der Lunge.«

»Also: Wenn wir das hier hinter uns haben, werden wir uns mit Costa treffen. Der Dicke hat heute Nachmittag mit Lazar gesprochen. Vielleicht hat er irgendetwas Neues in Erfahrung bringen können.«

Die Sekunden verstrichen.

Schließlich kam Koh zusammen mit Detective Poon aus dem Obduktionsraum.

»Und?«, fragte Iain.

»Der Mann ist ertrunken«, sagte Poon.

»Das hätte ich Ihnen auch sagen können«, sagte Iain.

»Aber er ist nicht im Salzwasser ertrunken, Mr. Sutherland«, sagte Koh. »Im Polizeibericht steht, dass die Leiche im Meer treibend aufgefunden wurde, aber in den Lungen des Toten war Süßwasser, kein Salzwasser. Das ist doch merkwürdig, finden Sie nicht auch?«

Nach seinem Treffen mit Costa machte Iain sich auf den Nachhauseweg. Es war schon spät, als er mit Lee die Rua Central entlangging.

»Sie glauben also, dass der Mann in der Kanalisation ertrunken ist?«

»Ja. Das würde auch erklären, wieso der Leichnam von Ratten angefressen wurde. Costa wird vom Bauamt eine Genehmigung einholen, damit wir uns in der Kanalisation umsehen können. Möglicherweise werden wir dort unten etwas finden.«

»Haben Sie im Krieg einmal einen Mann ertrinken sehen? Ich habe gehört, dass die Schützengräben voller nassem Schlamm waren. Wurden Soldaten angeschossen und sind dann im Schlamm ertrunken?«

Iain erinnerte sich, dass er während eines Gefechts einmal von Leiche zu Leiche hatte springen müssen, dass er auf die Rücken der Toten hatte treten müssen, damit er nicht im Morast versank. »Verdammt, Lee, was soll dieses ständige Gerede vom Krieg?«

»Ich liebe es, wenn etwas los ist. Ich liebe amerikanische Gangsterfilme, Action und Spannung. Deshalb habe ich auch diesen Job hier angenommen.«

»Dann sind Sie also ein Kämpfer. Haben Sie sich Ihren Finger bei einem Kampf gebrochen?«

»Was? Den hier?« Er hielt den krummen Finger seiner linken Hand in die Luft. »Kung-Fu! Das ist in einem Straßenkampf mit einer anderen Bande passiert. Der Mann, gegen den ich kämpfte, war ein Meister der betrunkenen Affen!«

»Ach, wirklich?«

»Ja, wirklich.« Ein Augenblick verging. »Nein, natürlich nicht. Als kleiner Junge hatte ich ein kleines Huhn als Haustier. Ich habe ihm eine Schnur um den Hals gebunden. Das andere Ende der Schnur habe ich um meinen Finger gewickelt. So sind wir dann immer spazieren gegangen. Aber dann kam einmal eine Katze, und das Hühnchen rannte los wie verrückt. *Wahh!* Es zog so fest, dass es mir fast den Finger abgerissen hat!«

Iain lachte.

Sie blieben vor einem *Dai pai dong*, einem Restaurant unter freiem Himmel, stehen, und bestellten sich zwei Schalen Wan-Tan-Nudeln. Der Duft von gedämpftem *Char siu* und gebratenem *Lahp cheung* stieg von den Öfen auf. Sie nahmen sich jeweils ein Paar Essstäbchen aus einem Bambusbehälter und aßen dann im Stehen ihre Nudeln.

»Hören Sie, *Lo baan*. Ich mache zwar immer Witze über Kung-Fu und so, aber wir sollten uns tatsächlich vor den Wo-Cheung-Wo-Triaden in Acht nehmen.«

»Wieso das?«

»Sie sind sehr gefährlich, und sie sind sehr gut informiert. Manche Leute behaupten, dass sie sogar Spitzel bei der Polizei haben. Sie schüchtern ihre Feinde so lange ein, bis sie sich ihnen unterwerfen. Und dann bringen sie sie doch um.«

»Ich glaube, damit kann ich leben.«

»Versprechen Sie mir einfach, dass Sie die Augen offen halten werden, o.k.?«, bat Lee inständig.

Iain schüttelte resigniert den Kopf. Er schob sich ein paar dicke Nudeln in den Mund. »In Ordnung …«

Zufrieden hob Lee das Schälchen an seinen Mund und schlürfte geräuschvoll die Brühe. »Ich sollte nicht zu viel essen. Meine Ma-Ma kocht heute Abend nämlich *Haam-yu-gai-faan*. Mein Bruder kommt auch zum Essen. He, *Lo baan*, haben Sie auch Geschwister?«

Iain bezahlte die Nudeln, dann überquerten sie die Fahrbahn in Richtung Lau Ming Street. Der blecherne Klang chinesischer Opernmusik schallte durch die heiße Nacht. Die Luft war erfüllt vom beißenden Geruch der Weihrauchbündel, die in den Warenhausschreinen brannten; einige davon waren den lokalen Gottheiten geweiht, andere Guan-Yin, der Göttin des Mitleids.

»Zwei Brüder.«

»Erzählen Sie mir von ihnen. Waren sie auch im Krieg?«

Iain seufzte und nickte gedankenverloren. »Ich habe mit ihnen ein Zimmer geteilt. James und Callum. Wir haben immer so getan, als wäre der alte Teppich in unserem Zimmer ein Schlachtfeld. James' Infanteristen und Reiter gegen Callums Füsiliere und meine Dragoner. Wir hatten über fünfzig davon.«

»Fünfzig wovon?«

»Soldaten. Wir haben sie in großen Colman-Senf-Dosen aufbewahrt. James, der Älteste von uns, benutzte immer sein Jagdmesser, um die Figuren aus Holunderzweigen zu schnitzen – da gab es Dudelsackpfeifer, Kanoniere, Infanteristen, Royal Scots, King's Borderers, Bombay Lancers und einen General, den Duke of Connaught's Own, den wir blau angemalt hatten. Manchmal weichte James das Holz vorher ein. Meine Aufgabe war es, die Figuren mit Tung-Öl zu tränken, das wir immer von einem alten Mann bekamen, dem ein kleiner Angelladen in der Strathnaver Street gehörte. Wenn wir keine Schule hatten, haben wir den ganzen Vormittag gespielt. Meine Familie war nicht wohlhabend. Wir hatten keinen nennenswerten Grundbesitz, nur einen kleinen Gemüsegarten, um den sich meine Mutter kümmerte, und drei Hühner, die Callum versorgte. James hatte überaus geschickte Hände. Er war auch ein guter Fußballer, spielte halblinks. Mit siebzehn hat er sogar am Auswahlverfahren für Aberdeen teilgenommen. Er starb 1916 in Verdun. Ein Bajonett hat seine Brust durchbohrt.«

Sie gingen schweigend weiter.

»Das tut mir leid, *Lo baan*. Ich sollte Ihnen keine Fragen mehr stellen, wenn die Antworten Sie traurig machen.«

Sie erreichten den Eingang des Gebäudes, in dem Iain wohnte. »Wollen Sie noch auf einen Schlummertrunk mitkommen? Einen Schluck Whisky vielleicht?«

»Nein, vielen Dank, ich sollte jetzt besser nach Hause gehen. Ma-Ma kocht *Haam-yu-gai-faan*.«

»Dann sehen wir uns also morgen früh.«

»He, *Lo baan*«, sagte Lee, während er zum Fenster im ersten Stock hinaufsah. »Anscheinend haben Sie heute früh das Licht brennen lassen.«

Iain sah ebenfalls nach oben und stellte fest, dass in seinem Fenster eine weiße Pfütze aus Licht schimmerte. Er zuckte mit den Schultern. »Schon möglich. Also dann bis morgen, Lee.«

Er stieg die Treppe hinauf. Irgendwo im Haus weinte ein Baby. Er ging auf seine Wohnungstür zu und hob bereits den Arm, um aufzuschließen, als er sich plötzlich irgendwie beobachtet fühlte. Er sah nach links, sah am Treppengeländer entlang, ließ seinen Blick dann langsam die Stufen zum nächsten Stockwerk hinaufwandern. Am Rande des Schattens schien sich etwas zu bewegen. Aber seine Augen vermochten die Dunkelheit nicht zu durchdringen.

Er steckte den Schlüssel ins Schloss. Als er die Tür öffnete, blieb ihm nur der Bruchteil einer Sekunde, um die Schrotkartusche in der Rattenfalle zu erkennen. Das Öffnen der Tür aktivierte den Draht. Er sah, wie die Federn auslösten, der Metallbügel schnappte zu. Iain versuchte den Kopf einzuziehen, als die Schrotkartusche explodierte.

8

Es war Sonntagmorgen, und der Tabakladen hatte geschlossen. Onkel Ewgenij saß im Hinterhof und entspannte sich. Der Hof war ein kleines Viereck, dessen Bild hauptsächlich vom Außenabort und den knorrigen Wurzeln eines großen Bauhinia-Baumes geprägt wurde, die die Pflasterdecke sprengten und diagonale Risse hatten entstehen lassen. Die Ruhe innerhalb der Mauern des Hofes wurde nur vom Zwitschern der Vögel und dem Miauen der

Katzen unterbrochen. Onkel Ewgenij genoss die Stille und Heiterkeit und den salzigen Geruch des Ozeans, der von der Uferpromenade herüberwehte. Jetzt verbreitete sich jedoch auch der beißende Geruch von Äthanol in der Luft. Hinter ihm, ein paar Meter von ihm entfernt, stand ein hochgewachsener Chinese, der gerade eine Drahtspule mit Alkohol desinfizierte. Onkel Ewgenij bat Herrn Ping, den Ohrenpfleger aus der Nachbarschaft, alle vierzehn Tage zu sich nach Hause. Bewaffnet mit seinen Pinzetten und Stößeln aus Draht erweckte Ping stets den Eindruck, als würde er in die Schlacht ziehen.

»Noch zwei Minuten, Sir. Ich bin gleich so weit.«

»Kein Problem, Ping. Lassen Sie sich nur Zeit.« Ewgenij hockte auf einem niedrigen Bambusschemel und fütterte die streunenden Katzen, die sich zwischen den Wäscheleinen herumtrieben. Als er mit der Fütterung fertig war, nahm er den Brief in die Hand, der auf einem kleinen Tisch neben ihm lag.

Als er die erste Zeile las, hörte er jemanden in der Küche rufen: »Ich werde es tun!«, woraufhin er seine strahlend blauen Augen zur Tür wandern ließ.

»Ich werde es tun!«, wiederholte Izabel, als sie hinausstürmte.

»Was wirst du tun?«, fragte Nadia, die jetzt neben ihr stand.

Izabel holte tief Luft. »Ich werde sie retten.« Um ihren Mund mit den fein geschwungenen Lippen lag jetzt ein entschlossener Zug. »Ich werde die ausgesetzten Babys retten.«

»Du meinst die Säuglinge, die vor den Toren des Krankenhauses zurückgelassen werden?«

Izabel nickte. »Ich werde nicht zulassen, dass das so weitergeht. In dieser Hitze überlebt ein ausgesetztes Kind nicht einen einzigen Tag. Und was ist, wenn es regnet? Ich werde zum Government House gehen und mit irgendjemandem sprechen.«

»Mit wem?«

»Dem Gesundheitsminister, dem Gerichtspräsidenten, dem Gouverneur. Keine Ahnung, mit wem. Aber ich werde es tun. Ich weiß, das hört sich lächerlich an, aber ich werde nicht zulassen, dass das so weitergeht. Kommst du mit?«

»Was soll ich machen?«, fragte Nadia und musste angesichts dieser törichten Idee lachen.

»Mich zum Government House begleiten.«

Zwischen Nadias Augen erschien eine Falte. Sie zögerte. »Was genau erwartest du von mir?«

»Ich erwarte gar nichts von dir«, sagte Izabel, »nur dass du mitkommst und mich moralisch unterstützt.«

Nadia begegnete dem strahlenden, herausfordernden Blick ihrer Freundin etwas unsicher. Dann zuckte sie mit den Schultern. »In Ordnung«, murmelte sie.

Izabel sah sich um und bemerkte erst jetzt Onkel Ewgenij, der neben einem geschmeidigen, athletischen Chinesen mit vollen Lippen saß, der sie strahlend anlächelte. »Oh, hallo, Ewgenij«, rief sie überrascht. »Ich wusste nicht, dass Sie hier draußen sind.«

»*Bom dia*, Izabel. Das hier ist mein Freund Ping.«

Nadia stöhnte. »O nein, nicht er schon wieder.«

Onkel Ewgenij ignorierte die Bemerkung seiner Nichte und wandte sich stattdessen wieder seinem Brief zu. Der Brief war an diesem Morgen mit dem Postschiff gekommen. Miguel Soon, der Wochenendpostbote, der ohnehin auf dem Weg zur Kirche gewesen war, hatte ihn gebracht. Onkel Ewgenij hatte die gestochene Handschrift und den Poststempel mit den kyrillischen Schriftzeichen und dem doppelten Ring sofort erkannt. Der Brief kam von seiner Cousine Zossima in Chelyabinsk.

In ihrem Brief schwelgte seine Cousine in Erinnerungen an ihre gemeinsame Kindheit in Russland, vor allem an die Picknicks, die ihre Haushälterin Marianna in den Sommerferien immer mit ihnen gemacht hatte. Nach den letzten Regenfällen im August war sie mit den beiden Kindern und seiner Schwester Olga immer mit der Troika in den Wald gefahren. Fjodor, der Stallknecht, hatte in der Mitte gesessen und kutschiert. Dann hatte Marianna, niemals mehr als ein Dutzend Meter von der Troika entfernt, einen dicken Teppich im Gras ausgebreitet und aus einem großen Weidenkorb eine Vielzahl köstlicher Speisen hervorgezaubert. Allein beim Anblick der Köstlichkeiten war ihnen allen schon das Wasser im Munde zusammengelaufen. Cousine Zossima erinnerte an die Äpfel von der Krim, an die Bonbons aus Kiew, an die eingelegten Aprikosen, die mit Honig beträufelten, in Butter gebratenen Birnen, an die mit Sahnebeeren gefüllten Gläser, an die Rauchgurken, die mit Salz bestreut waren, und an die vielen Flaschen mit gezuckertem Zitronensaft. Anschließend waren sie dann stets mit einem kleinen Boot über den Teich gerudert, um in einem Sommerhaus Tee zu trinken. Sie hatten im nahegelegenen Bach bunte Fossilien und Kieselsteine gesammelt und als krönenden Abschluss im Badehaus ein ausgiebiges Bad genommen, in Wannen mit dampfendem Wasser, das mit Wermut, Rosmarin und Rettich versetzt war.

In dem Brief stand auch, wie schwer das Leben gegenwärtig unter der Sowjetherrschaft geworden war. »*Es ist so traurig, dass wir jetzt selbst in den Sommermonaten kaum noch Obst bekommen. Das, was wir erhoffen können, sind Kartoffeln, Rüben und noch einmal Kartoffeln. Du hast Dich in Deinem letzten Brief nach Boris erkundigt. Der Zustand unseres geliebten Sohnes hat sich leider in keiner Weise gebessert. Die Krankheit frisst sich immer weiter in seinen Verstand hinein. Wir befürchten, dass schon bald nichts mehr von ihm übrig sein wird.*« Onkel Ewgenij wurde es schwer ums Herz, als er den Brief las. In diesem Moment spürte er eine Hand in seinem Haar, die seine Locken vorsichtig zur Seite strich.

»Darf Ping beginnen?«, fragte der Chinese und breitete seine Werkzeuge auf dem Tisch in der Nähe aus.

»*Da, da*«, antwortete Onkel Ewgenij auf Russisch. Er trank noch einen Schluck heißen, mit Aprikosen aromatisierten Oolongtee, dann nahm er seine Brille ab.

Ping begann sein Sortiment an Ohrenreinigern zu prüfen, die allesamt dünn wie Zahnstocher waren und eine weiße Spitze hatten.

Aus der Küche, die nur ein paar Meter entfernt war, klang jetzt plötzlich das klirrende Scheppern von Töpfen und Pfannen und zerstörte den Anschein des Friedens.

Sowohl Onkel Ewgenij als auch der Chinese drehten sich um.

Nadia, die am Fenster stand, runzelte voller Missfallen die Stirn, als der Gestank von Äthylalkohol immer stärker wurde. Izabel, die neben ihr stand und die Prozedur offensichtlich nicht mitansehen konnte, hielt sich die Augen zu, lugte dann aber doch zwischen ihren Fingern hindurch. »Warum tust du dir das an, Onkel?«, fragte Nadia.

»Die Ohren reinigen zu lassen ist sehr wichtig«, erwiderte er auf Portugiesisch, »und außerdem kann man in meinem Alter mit der Hygiene nicht sorgfältig genug sein.«

»Wenn du mich fragst, gibt es überhaupt nichts *Un*hygienischeres als das hier. Weiß der Himmel, bei wem er diese Werkzeuge sonst noch benutzt hat.«

»Bei den Augen des *Domowoi*«, seufzte Onkel Ewgenij laut. »Musst du ein solches Gezeter machen? Ping braucht für seine Arbeit eine ruhige Hand.«

Ping verdiente sich mit dem Reinigen von Ohren seinen Lebensunterhalt. Alles, was er dafür an Handwerkszeug brauchte, war ein zylindrischer Behälter aus Ulmenholz voller metallener Sonden, einen winzigen Staubwedel, der *Shuxeen* genannt wurde, ein weißes Handtuch mit einem großen Loch in der Mitte, eine Stimmgabel aus Kupfer und eine Flasche Äthylalkohol. Er reinigte Onkel Ewgenijs Ohren jetzt schon seit siebzehn Jahren.

Nadia und Izabel beschlossen, auf den Stühlen, die im Hof standen, Platz zu nehmen. Izabel trug einen kurzen Rock und heruntergerollte Strümpfe. Ihre Knie hatte sie mit Puder betupft. Nadia trug einen Rock mit Fransen, ein Oberteil mit Bubikragen und ihre Lieblingsschuhe. Diese Schuhe, die nur einen niedrigen Absatz hatten, nannte sie ihre »Wettkampfhüpfer«.

Sie unterhielten sich noch eine Weile, während sie dabei zusahen, wie Ping Onkel Ewgenijs Ohren reinigte.

Zuerst strich er Onkel Ewgenijs widerspenstiges Haar zur Seite und begann dann die Haut um sein Ohrläppchen herum mit einem kurzen, stumpfen Messer zu streicheln. »Das stimuliert die Akupunkturpunkte«, erklärte Ping. Die Mädchen sahen fasziniert zu, als er den *Shuxeen* mit der Sorgfalt und Präzision eines

Chirurgen im Gehörgang drehte, um ihn nur wenige Sekunden später wieder herauszuziehen und einen Kupferdraht mit einer Baumwollspitze einzuführen.

Izabel zuckte zusammen. Sie konnte einfach nicht länger zusehen. Stattdessen starrte sie zum Himmel hinauf und fragte Onkel Ewgenij beiläufig, wie es ihn denn ausgerechnet nach Macau verschlagen hätte.

»Schon mein *Djeduschka*, mein Großvater, war im Tabakgeschäft«, antwortete er ihr. »Er hat in mehreren kleinen Betrieben in St. Petersburg Zigaretten, die wir *Papirossi* genannt haben, herstellen lassen. Als ich alt genug war, um ins Familienunternehmen einzutreten, gab es für mich kaum etwas zu tun. Also schlug mein Vater vor, dass ich auf Reisen gehen und neue Tabaksorten ausfindig machen sollte. Ich reiste zuerst nach Osten, bis hinter den Ural, und sammelte dabei alle Arten von Tabak – *Samsun, Izmer, Bursa*. Dann versuchte ich mein Glück im Orient. Mein Vater sagte, dass es in Siam, auf den Philippinen und sogar im fernen China guten Tabak gäbe. Nun, ich reiste herum und schickte Hunderte von Proben nach Russland, aber ich selbst kam nur noch selten nach Hause. Und dann eines Tages, als ich mich in Hongkong gerade von einer langen Schiffsreise aus Siam erholte, lernte ich eine junge Frau kennen. Ihr Name war Amelia Lazar. Sie lebte in Macau.« Onkel Ewgenij hielt inne und machte dabei ein Gesicht, als wäre er das Opfer eines großen Unrechts geworden. Er seufzte. »Bei den Augen des *Domowoi*, der Rest ist Geschichte.«

»Und dann haben Sie Nadias Mutter überredet, auch nach Macau zu kommen?«

Onkel Ewgenij schwieg. Er hielt den Kopf so still wie möglich. Ping reinigte gerade sein Innenohr mit einem *Quezi*, einer Art Pfeifenputzer aus Kupfer. »Ich habe sie nicht überredet«, sagte er schließlich, und sein Ton war plötzlich ernst. Der Brief seiner Cousine Zossima zitterte ganz leicht in seiner Hand. »Olga hat diesen Entschluss ganz allein gefasst.«

Es folgte wieder ein längeres Schweigen. Nadia begann nervös zu werden. Sie sah, dass jetzt auf der Stirn ihres Onkels zwei tiefe Falten erschienen waren. Er sagte jedoch kein weiteres Wort mehr. Stattdessen begann er langsam mit dem Kopf zu nicken, was Ping dazu veranlasste, den *Quezi* herauszuziehen. Er nickte und nickte. Sein Gesicht wurde dabei röter und röter. Die Adern an seinem Hals schwollen an. Nadia holte tief Luft, stand von ihrem Stuhl auf und ging zu dem großen Bauhinia-Baum hinüber. Sie begann die trockenen Blätter aufzuheben, die sich in den Fugen zwischen den Pflastersteinen gesammelt hatten, und fragte sich dabei voller Sorge, ob ihr Onkel gleich einen dieser Anfälle bekommen würde, für die er berüchtigt war. Als sie eine gute Handvoll Blätter aufgesammelt hatte, warf sie ihrem Onkel einen kurzen Blick zu und sah, dass er mit dem Nicken aufgehört hatte. Sie glaubte schon, die Sache wäre ausgestanden, als plötzlich Onkel Ewgenijs Stimme die Stille zerriss. Es war ein schriller Schrei, nahe am Falsett. »Bei den Augen des *Domowoi*, das sind doch alles verdammte Mörder!«, schrie er und riss dabei die Arme hoch, sodass Ping ihn loslassen musste. Er schleuderte den Brief auf den Boden.

»Onkel Ewgenij, bitte, beruhige dich.«

Er setzte sich mit einer heftigen Bewegung die Brille auf. »Sie glauben, die beiden hätten Russland verlassen, weil sie das wollten? Nein! Sie wurden vertrieben! Die verdammten *Muschiks* haben im ganzen Land die Güter in Brand gesteckt, haben gutes Ackerland verbrannt. Sie haben auch ihr Haus niedergebrannt.«

Nadia ließ die Blätter wieder auf den Boden fallen.

»Sie haben ihr Haus niedergebrannt?«, fragte Izabel erschrocken. »Warum denn?«

Dies war eine Frage, die sich Nadia schon selbst unzählige Male gestellt hatte.

Onkel Ewgenij hörte jetzt nicht einmal mehr zu. Er starrte seine zitternden Hände an. »Das war im Jahr 1907«, sagte er. »Die Ernte war wieder ausgefallen. Russland hatte gerade einen Krieg gegen Japan verloren. Auf dem Land herrschte die blanke Anarchie, und in den Städten erhoben sich die Arbeiter.« Ein kühler Windstoß fegte plötzlich über den Hof und traf Nadia an ihren nackten Knöcheln. Sie fröstelte und bekam eine Gänsehaut auf den Armen. Dennoch lächelte sie. Es war jedoch ein gezwungenes Lächeln, und sie hoffte inständig, dass Izabel nicht bemerkte, wie unbehaglich ihr plötzlich zumute war.

»Wurde jemand verletzt?«, fuhr Izabel fort.

»Verletzt?«, sagte Onkel Ewgenij. »*Kanjeschna*, die Menschen wurden sehr wohl *verletzt*.« Die Art, wie er das sagte, zeigte Nadia, dass er fuchsteufelswild war. Sie hätte sich am liebsten schützend vor Onkel Ewgenij gestellt und Izabel angeschrien, dass sie den Mund halten solle. Stattdessen nahm sie jedoch nur Izabels Hand und schüttelte stumm den Kopf.

»Es war der Pöbel«, stieß Onkel Ewgenij schwer atmend und mit dunkelrotem Gesicht hervor. »Fünfzig Mann, bewaffnet mit Mistgabeln und Jagdmessern. Sie stürmten das Gut und griffen alles und jeden an. Wie wilde Tiere! Wie die dreckigen Ratten, die wir hier vor ein paar Wochen gesehen haben! Verdammte dreckige Ratten«, wiederholte er, wobei die Wut in seiner Stimme plötzlich zu einem Flüstern verebbte. Innerhalb weniger Sekunden hatte sich sein Zorn aufgelöst wie Wassertropfen über einem Feuer. »Bei den Augen des *Domowoi* … selbst nach so vielen Jahren spüre ich noch immer diesen Schmerz.«

Nadia merkte, wie heiß ihr Gesicht und ihr Hals geworden waren. Wieder sah sie den Pöbel vor sich, der von Männern der Bauernunion angeführt wurde, sah die Fackeln, die den Sommerhimmel erleuchteten, sah ihre Großmutter und Großvater Petrow, die in den Garten hinausgezerrt und geschlagen wurden, sah einen der Diener, der sie, Nadia, anbrüllte, sie solle davonlaufen. Der vordere Teil des Hauses stürzte ein. Die Menschen flüchteten in alle Richtungen davon. Sie erinnerte sich daran, wie ihre Mamotschka immer wieder ihren Namen geschrien hatte, erinnerte sich an den blendenden Schein der grellen, wie aus Phosphor entstehenden Hitze, an die gelben Mauern, die sich langsam schwarz färbten, an die Samen des Löwenzahns, die in den warmen Aufwinden tanzten, und an die Rauchschwaden, als sie, das Haus hinter sich lassend, mit ihrer Mutter durch den Garten und dann in den Wald hinein flüchtete. Die Männer rannten, mit langen Stöcken bewaffnet, hinter ihnen her. Sie wusste nicht einmal, wer diese Leute waren.

Schließlich versteckten sie und ihre Mamotschka sich unter den Büschen, die am Ufer des Flusses standen. In ihren Ohren das pulsierende Klopfen des Blutes, die Augen fest geschlossen, sodass sie nichts sahen, den Mund vor Anstrengung ganz verzerrt, um ja nicht zu schreien, verharrten sie beide stundenlang in ihrem Versteck an der schlammigen Uferböschung. Ihre Gesichter waren schwarz von Schmutz und Asche; nur dort, wo ihre Tränen hinunterrannen, zeigten sich helle Streifen. Dann hatten sie sich einen Platz auf einem Hügelkamm gesucht, von Bäumen abgeschirmt, neben einem langen Hain von Beerensträuchern. Mamotschka behandelte mit Ampferblättern und Beerensaft die schmerzhaften Verbrennungen an Nadias Arm, die sie davongetragen hatte, als das brennende Treppengeländer heruntergefallen war und sie am Arm getroffen hatte. Auf ihren Beinen hatte sie Streifen, die wie Erdbeermarmelade aussahen – Kratzer von den Dornen und Stacheln, an denen sie sich auf der Flucht durch den Wald verletzt hatte. Als es dunkel wurde, lauschten sie dem Wind und dem Rascheln der Blätter und beteten, keinen Zweig unter einem Stiefel knacken zu hören. Nadia sah ein rötliches Licht durch die Bäume schimmern. Sie wusste, dass das ihr Haus war, das da den Horizont erleuchtete. Und dann, nur wenige Sekunden später, hörte sie es mehrmals kurz krachen. Es klang, als würden Kiefernzapfen im Feuer explodieren. Sie wusste, dass das Schüsse waren. Sie erinnerte sich auch jetzt noch an die anderen Geräusche – Stimmen, die sich in den Abendhimmel erhoben, zu einer einzigen verschmolzen, und sich dann wie Feuer ausbreiteten. Ein verzweifeltes Schreien und Weinen, das sich brach, so wie Wellen an einem Ufer. Sie hatte stumm darauf gewartet, dass diese Geräusche verklingen, dass die Stimmen der Dorfbewohner verhallen, dass das Vogelgezwitscher zurückkehren würde.

Sie hatte stumm auf das gewartet, was auch immer als Nächstes geschehen würde.

Wenn sie doch nur früher zurückgelaufen wäre, um nach Papotschka zu sehen, dachte sie jetzt.

Ihre Erinnerung zeigte ihr keine Bilder mehr.

Sie sah Onkel Ewgenij an, sah, dass er wütend blinzelte. Als er ihrem Blick begegnete, sah er rasch weg. Sie mussten unbedingt das Thema wechseln. Nadia beobachtete den Gesichtsausdruck ihres Onkels, als sie zu sprechen anfing. Sie sah, dass sich sein Unterkiefer verkrampfte, und spürte, dass ihre Wangen glühten. »Ich glaube, es wäre besser, wenn wir nicht mehr über das alles sprechen würden. Denk an dein Herz, Onkel Ewgenij«, sagte sie.

Der alte Mann schwieg, hob einen Kieselstein vom Boden auf und warf ihn mit aller Kraft gegen die Mauer. Die Katzen stoben davon.

»Sieh dir das Land jetzt an!«, sagte er mit unüberhörbarer Bitterkeit in seiner Stimme. »Was hat uns diese gottverdammte Revolution gebracht? Stalin! Diesen Wahnsinnigen aus Georgien! Er will jetzt alle russischen Juden nach Birobidschan, einer kleinen Stadt an der russisch-chinesischen Grenze, umsiedeln. Und warum? Doch nur, damit er sie ohne großes Aufsehen ermorden kann! Er hat seinen Namen von Dschugaschwili in Stalin geändert, was ›Mann aus Stahl‹ bedeutet – das sagt doch alles, oder etwa nicht?«

Eine Minute verstrich. Nadia sah ihren Onkel ängstlich an. Er hatte ein hochrotes Gesicht und konnte sich offensichtlich noch immer nicht richtig beruhigen, war jedoch jetzt nicht mehr ganz so erregt. Die beiden Querfalten auf seiner Stirn begannen sich langsam wieder zu glätten. »Ich habe gehört, dass es in New Orleans einen neuen Tanz gibt«, sagte Nadia und wandte sich an Izabel. »Den Black Bottom. Kennst du den?«

Izabel musste den Ausdruck in Nadias Gesicht richtig gedeutet haben, denn sie reagierte schnell. »Natürlich«, sagte sie, während sie mit ihren Augen um Entschuldigung bat.

»Kannst du ihn mir beibringen?«

Izabel stand auf und nahm Nadia beim Arm. Dann gingen sie das halbe Dutzend Schritte zum anderen Ende des Hofes hinüber. »Wichtig ist dabei«, sagte sie, »dass du in den Knien beweglich bleibst. Stell dich zuerst einmal gerade und mit fußbreit geöffneten Beinen hin.«

»Tut mir leid«, flüsterte Nadia mit zusammengebissenen Zähnen, als sie begann, ihre Hüften kreisen zu lassen. »Er regt sich immer so sehr auf… Meine Großeltern wurden damals getötet, verstehst du?«

Izabel nickte. »Du musst mir das nicht erklären«, erwiderte sie ebenfalls flüsternd. »Ihr beide habt sicher schrecklich gelitten.« Sie hielt Nadia am Ärmel fest. »Auf eins musst du deine Knie nach rechts bewegen«, sagte sie laut. »Gleichzeitig hebst du die Ferse deines linken Fußes. Vergiss aber nicht, dass die Knie immer zusammenbleiben müssen. Auf zwei gehen beide Knie nach links und du hebst die rechte Ferse. Ja, so ist es gut. Die Kunst ist, zwei langsame, schaukelnde Bewegungen miteinander zu kombinieren und ihnen dann drei sehr schnelle, schaukelnde Bewegungen folgen zu lassen.«

Nadia, die ihre Füße beobachtet hatte, blickte auf und sah, dass Izabel lächelte. »So?«

»Genau so! Sehr gut.« Izabel begann laut zu lachen. »Hättest du nicht Lust, das heute Abend gleich auszuprobieren?«

»Heute Abend?«

»Ja, Carlos will mit uns tanzen gehen«, sagte Izabel mit einem schelmischen Lächeln. »Wir gehen wegen der Kinder nicht sehr oft aus, aber heute Abend machen wir eine Ausnahme. Wir gehen in den Club Camoens. Und ich glaube, dass ich auch schon den perfekten Tanzpartner für dich gefunden habe.«

Nadia stand da, sah ihre Freundin an und versuchte sich vorzustellen, wie ihr Tanzpartner wohl aussehen würde. Ein ruheloser, erregter Ausdruck huschte kurz über ihr Gesicht. Der Club Camoens lag im freizügigeren, aufregenderen Teil der Stadt, im Vergnügungsviertel, an einer Straße, die Rua da Felicidade oder

Glücksstraße hieß. Es war dies eine Gegend, die Nadia noch nie bei Nacht gesehen hatte. Sie schluckte, starrte die dunklen Schatten auf dem Boden des Innenhofs an. Es war schon einige Monate her, dass sie das letzte Mal tanzen gewesen war. Sie schob ihre Finger unsicher in ihre Rocktaschen.

»Wer ist es?«, fragte sie mit unüberhörbarem Argwohn in der Stimme. »Mein Tanzpartner, meine ich.« Sie hatte jetzt die Augen wie ein schüchternes kleines Mädchen auf den Boden gerichtet.

»Nun, es ist jedenfalls nicht meine Cousine Anna.« Izabel lachte, zuckte kurz mit den Schultern und schüttelte den Kopf. »Lass dich überraschen …«, sagte sie.

Nadia zischte: »Sag es mir.« Aber Izabels Schatten hatte sich schon entfernt, sodass jetzt nur noch Nadias dunkler Umriss auf dem Pflaster des Hofes zu sehen war. Als sie aufblickte, war Izabel bereits durch die Tür verschwunden, die in die Küche des Hauses führte.

»Dann gehst du heute Abend also aus?«, fragte Onkel Ewgenij, der noch immer auf seinem Bambushocker saß. Seine Ohren waren gereinigt. Ping desinfizierte bereits seine Instrumente mit Alkohol.

»Ja, in den Club Camoens.«

Ping erstarrte förmlich. Sowohl er als auch Onkel Ewgenij sahen Nadia verblüfft an.

»Der Club Camoens? In der Glücksstraße?«

»Ein sehr sündiger Ort«, sagte Ping kopfschüttelnd.

»Du solltest das deiner Mutter lieber sagen.«

»Ach, komm schon, Onkel Ewgenij, ich bin eine erwachsene Frau. Was soll mir schon passieren?«

9

Nadia verließ an diesem Abend erwartungsvoll das Tabakgeschäft, überquerte die Straße und stieg im Gebäude gegenüber die Treppe zu den Wohnungen im oberen Stockwerk hinauf, vorbei an den ockerfarbenen Tapeten und den mit Gift bestückten Kakerlakenfallen. Sie klopfte an Izabels Wohnungstür. Carlos, der Ehemann ihrer Freundin, bat sie freundlich lächelnd herein und führte sie dann den schmalen Flur entlang. Nadia mochte den Mann mit dem freundlichen Gesicht und den hängenden Augenlidern, die ihm das Aussehen eines Bluthundes verliehen, wegen seiner Höflichkeit und vor allem, weil er sie voll und ganz als Izabels Freundin akzeptierte. Am Kinderzimmer angekommen, sah Nadia, dass Izabel gerade ihren beiden Jungen gegenüber saß und ein großes Märchenbuch in den Händen hielt. Nadia lächelte sie an, als sie von ihrer Lektüre aufblickte. Dann begrüßte sie die Kinder, die sich neugierig zu ihr umgedreht hatten.

»Frau Lo wird gleich zu euch kommen, *meninos*«, sagte Izabel. »Seid also schön artig und geht ins Bett, wenn sie euch das sagt. Macht keinen Unsinn! Habt ihr mich verstanden?« Sie nahm beide Jungen in die Arme und drückte sie.

Nadia ging weiter den Flur entlang, um in dem kleinen Wohnzimmer zu warten, bis Izabel ihren Kindern Gute Nacht gesagt hatte. Während sie wartete, hörte sie ein leises Kratzen. Sie drehte sich um. Auf einer Chiffoniere stand ein viereckiger Bambuskäfig, in dem eine Gottesanbeterin herumhüpfte. Das Insekt bewegte sich hinter den dunklen, hölzernen Stangen ständig hin und her. Nadia fühlte sich nicht zum ersten Mal an diesem Abend an ihren Vater Ilja Schaschkow erinnert. Die Art und Weise, wie die Heuschrecke auf ihren Hinterbeinen tanzte, während sie wie ein Blatt im Wind schwankte, ähnelte auf kuriose Weise der Art, wie er mit Nadia zu tanzen pflegte, als sie fünf Jahre alt gewesen war. Ihr Vater hatte seine kleine Tochter an den Armen gehalten und dabei seine Ellbogen auf eine höchst unbeholfene Weise abgewinkelt, um Nadias mangelnde Körpergröße auszugleichen. Nur widerwillig erinnerte sie sich daran, wie es damals gewesen war, als sie nach Macau gekommen war – wie verzweifelt sie sich gewünscht hatte, erwachsen zu sein und ihre eigenen Entscheidungen treffen zu können. Und wie ungewohnt es gewesen war, dass ihr Vater nicht mehr bei ihnen war. Ein Kind zu sein hatte für sie jeden Zauber verloren, als ihr Papotschka erst einmal fort war.

Die Wanduhr schlug gerade acht. Izabel kam ins Zimmer gerannt. »Schau dir das kurz an, bevor wir gehen«, sagte sie atemlos, während sie eine Hand auf Nadias Arm legte und ihr ein Blatt Papier gab.

»Was ist das?«

»Eine Petition an den Gouverneur. Wegen der ausgesetzten Babys. Ich habe sie heute Nachmittag verfasst.«

Nadia warf Izabel einen beschwichtigenden Blick zu, dann überflog sie die Seite. »Bist du dir sicher, dass du das hier wirklich willst? Ich meine, es gehört sich im Grunde nicht, dass man den Gouverneur mit so etwas konfrontiert. Es gibt Regeln, und es gibt Konventionen …«

»Pah! Ich schere mich nicht im Geringsten um irgendwelche Konventionen. Aber wie dem auch sei, es ist ohnehin zu spät. Ich habe bereits Abschriften an den Gouverneur und seine Minister geschickt. Und am Dienstag werde ich in aller Frühe zum Government House gehen.«

»Und was wirst du tun, wenn er dich einfach rauswerfen lässt? Demonstrieren, Streikposten aufstellen?«

»Wenn es sein muss.«

»Allein?«

»Nein, natürlich zusammen mit dir.«

»*Bosche moj!*«

»Du wirst mich doch begleiten, nicht wahr? Du hast gesagt, dass du mir hilfst.«

Nadias gepuderte Wangen färbten sich rot. »Izabel, komm schon, das alles scheint mir doch ein wenig übertrieben zu sein.«

»Du hast gesagt, dass du mir hilfst!«

Nadia sah, wie Izabel ihre Stirn runzelte. Das Ganze kam ihr plötzlich ziemlich lachhaft vor. Sie zuckte mit den Schultern. »Also gut«, sagte sie, wenn auch nur, um ihrer Freundin einen Gefallen zu tun. »Ich mach es.«

»Versprochen?«

Nadia seufzte. »Ja, ich verspreche es.«

Izabel und Nadia traten auf den Treppenabsatz hinaus, während Carlos schon die Treppe hinunterlief, um zwei Kulis vom Rikschastand herbeizurufen.

»Mit wem treffen wir uns heute Abend eigentlich?«, fragte Nadia.

»Das wirst du schon noch sehen«, sagte Izabel mit diebischer Vorfreude in der Stimme. Nadia bemerkte erst jetzt, dass Izabel mehrere unterschiedliche Farbtöne auf ihr Gesicht aufgetragen hatte. Außerdem hatte sie noch rosa Puderrouge auf ihren Wangen verteilt. Sie trug ein reizendes rostfarbenes Kleid mit roten Ziermünzen. Es war so kurz, dass es gut zwei Zentimeter über ihren Knien endete. Dazu trug sie eine lange Perlenkette, in die sie einen Knoten geschlungen hatte. Nadia bemerkte auch, dass die Knie ihrer Freundin mit Rouge betupft waren.

»*Bosche moj*! Und wie sehe ich aus?«, fragte Nadia und strich dabei ihren ärmellosen Cheongsam aus grünem Seidenbrokat glatt, den ein zartes Muster aus Pflaumenblüten und Bambus zierte. Er reichte ihr bis zu den Waden und hatte einen Mandarinkragen, der mit Stoffknöpfen seitlich geschlossen wurde. »Im Vergleich zu dir komme ich mir so fade vor wie ein Grashalm.«

»Pah, was für ein Unsinn. Du siehst einfach *doocky* aus!«

»Nein, das tue ich nicht.«

»Warte eine Minute«, sagte Izabel und rannte noch einmal in die Wohnung zurück. Sie kam mit einem Paar langer Abendhandschuhe und einem schwarzen Samtstirnband mit Straußenfedern zurück. »Probier doch das mal.«

Begeistert steckte Nadia sich das Stirnband mit einer Nadel aus Seifenstein fest und zog dann die Handschuhe an. »*Choo'dnee*«, stellte sie auf Russisch fest, als das Narbengewebe auf ihrem rechten Arm darunter völlig verschwand. »Wunderbar.«

»Fertig?«, fragte Izabel.

»Ja, oh, nur noch eine Kleinigkeit«, sagte Nadia, kramte in ihrem mit Glasperlen bestickten Handtäschchen herum und nahm schließlich ein winziges Parfümfläschchen heraus. Sie tröpfelte etwas von dessen Inhalt auf ein Taschentuch und reichte es Izabel. »Das wirst du brauchen«, sagte sie. »Halte es dir vor die Nase, wenn wir durch den *Gai shi*, den Fischmarkt, fahren.«

Zehn Minuten später stiegen sie aus der Rikscha und standen auf der in einem weiten Bogen verlaufenden Rua da Felicidada. Obwohl sie gerade einmal einen Kilometer vom Largo da Sien entfernt waren, war die Atmosphäre hier in der Glücksstraße eine vollkommen andere. Die ganze schmale Straße entlang hingen Öllaternen an langen Haken. In den Türen der dreistöckigen Gebäude mit den geschnitzten roten Lackfassaden stellten sich die Prostituierten mit schamloser Unverfrorenheit zur Schau. Einige von ihnen winkten Carlos fröhlich zu. Beim Anblick der Frauen mit ihren Pfirsichwangen fühlte sich Nadia nicht nur peinlich berührt, sondern auch ein wenig gedemütigt. Sie hatte erwartet, dass diese Frauen mürrisch und verbittert aussehen würden. Stattdessen zeigten sie sich übermütig und fröhlich.

Izabel lächelte gequält. »Faszinierend, findest du nicht auch?«

»Ich glaube, wir müssen hier lang«, sagte Carlos.

Nadia ging über die mit Kopfsteinen gepflasterte Straße und versuchte dabei nicht in die Speichelklumpen, auf die unzähligen Schalen von Melonenkernen und in die regenbogenfarben schillernden Pfützen aus Paraffinöl zu treten. Am Ende der Straße stand ein großes, ebenfalls dreistöckiges Gebäude mit einem grünen Ziegeldach und einem geschwungenen Dachgesims. Das Haus hatte eine riesige Tür aus poliertem Messing und Stahl. Carlos klopfte mit der Seite seines Schuhs gegen das Metall, woraufhin sich ein kleines Guckloch in der Tür öffnete. Ein Gesicht mit rot gesprenkelten Augen erschien in dem kleinen Fenster. Nadia erkannte, dass die Pupillen vom Opium geweitet waren.

Sie versuchte einen Blick an dem Türsteher vorbei in den Raum zu werfen. Alles, was sie jedoch erkennen konnte, war dichtes Gedränge, helle Pfützen aus Licht und dichte Rauchschwaden, die sich in Spiralen zur Decke hinauf schraubten. Carlos schob einen Fünf-Pataca-Schein durch das Guckloch. Der Mann lächelte mit einer Hälfte seines Gesichts. Die Klappe des Gucklochs schloss sich, dann wurden die Riegel der eisernen Tür zurückgeschoben, und die sich öffnenden Türflügel schleiften mit der Unterkante über den Boden.

Als sie sich erst einmal in dem Haus befanden, führte man sie in ein weitläufiges Foyer und reichte ihnen ein dampfend heißes Handtuch, mit dem sie sich die Hände reinigen konnten. Dann gab es ein Glas kalten Pfefferminztee als Begrüßungsgetränk.

»Aufgeregt?«, fragte Izabel.

»Sehr«, antwortete Nadia, als sie langsam vom Foyer in den Hauptsaal hinüberschlenderten.

»Ich wünschte, meine Cousine Anna in Barreiro könnte das hier sehen. Sie liebt Orte wie diesen.«

Der rechteckige, hohe Saal war mit großen Spiegeln und kunstvoll geschnitzten Stühlen aus Eisenholz ausgestattet. Sie standen um einen sechs Meter langen Spieltisch herum, der mit hellbraunen Grasmatten bezogen war. Die Gäste waren gut gekleidet, und sie waren laut. Sie lachten und schrien voller Begeisterung. Nadia nahm in der Luft einen leichten Rosenwasserduft wahr, der wohl den Geruch der Zigaretten und die würzigen Aromen der kantonesischen Küche kaschieren sollte. Über ihr befanden sich zwei umlaufende Balkonreihen. Dort konnten die Gäste weiter Fan Tan spielen, während sie speisten. Dazu ließen sie ihre Einsätze an einem Seil in einem kleinen Weidenkörbchen herunter und zogen ihre Gewinne auf dieselbe Weise wieder nach oben.

»*Onde e o bar?*«, fragte Izabel.

»Die Bar und das Hauptrestaurant sind dort drüben«, sagte Carlos. Zuerst hatte Nadia geglaubt, im ganzen Saal nur einen einzigen langen Tisch zu sehen, dann aber, als sie ihren Blick langsam umherschweifen ließ, sah sie zuerst zwei und dann sogar drei weitere Tische, an denen gespielt wurde. An jedem von ihnen befanden sich ein mit einem Geländer abgetrennter Bereich und ein Hochstuhl für den Kassierer. Neben ihm stand eine kleine Tafel, auf der die Einsätze notiert wurden. Während die Quoten aufgeschrieben wurden, legte der *T'an kun*, der Bankier, der einen glänzenden blauen Hausanzug trug, zwei Handvoll kleiner weißer Knochenknöpfe unter einen glockenförmigen, silbernen Becher. Dann setzten die Spieler auf eines von vier Quadraten, die von eins bis vier durchnummeriert waren. Wenn alle gesetzt hatten, wurde der Becher umgekippt und dann immer vier Steine auf einmal weggenommen, bis nur noch vier oder weniger Steine auf dem Tisch übrig waren.

»Willst du dein Glück versuchen?«, fragte Nadia Izabel.

»Ich weiß doch gar nicht, wie das geht.«

»Du musst den Bankier beobachten, wenn er die Steine nimmt und unter den Becher legt. Jetzt liegen dort wahrscheinlich dreißig oder vierzig Steine. Das Spiel besteht darin, zu raten, wie viele übrig bleiben, wenn er immer vier Steine auf einmal von dem Haufen weggenommen hat.«

»Das Restaurant ist da drüben«, rief ihnen Carlos zu. Er war bereits zehn Schritte voraus und sah sich jetzt ungeduldig nach ihnen um.

»Ich glaube, es werden zwei Steine übrig bleiben«, sagte Izabel, die ihren Mann völlig ignorierte.

»Dann leg dein Geld auf das Quadrat mit der Nummer zwei«, sagte Nadia.

Izabel nahm ein paar Münzen aus ihrem Portemonnaie. »Ich habe früher in Barreiro jede Woche Lotterie gespielt«, flüsterte sie Nadia zu. »Carlos hat das aber nicht gewusst.«

»Wo in *ceu* bleibt ihr beide denn?«, fragte er gereizt.

»*Una minuto, Carlos!*«, rief Izabel. Sie setzte. Wenige Sekunden später klingelte ein Glöckchen, und der glockenförmige Becher wurde umgedreht. Der *T'an kun* teilte immer vier Steine auf einmal von dem Haufen ab und schob sie für alle gut sichtbar an den Rand des Tisches, wobei er einen spitz zulaufenden Stab aus Schwarzholz benutzte, der einem kleinen Rückenkratzer nicht unähnlich war. Die Gewinnzahl, die an die Tafel geschrieben wurde, war die Zwei. Izabel jauchzte vor Freude.

Carlos, durch den unverhofften Gewinn seiner Frau ermutigt, erzählte den beiden, was er über den Club wusste. »Man kann hier nicht nur Fan-Tan, sondern auch Bakkarat, Poker, Domino und *Ch'a t'an* mit sechsunddreißig Karten spielen. Außerdem kann man auch würfeln. Sogar Hahnenkämpfe gibt es. Ich habe gehört, dass die Vögel Sporen aus Metall tragen.«

Gerade als Izabel sich nach vorn beugte, um ihren Gewinn einzustreichen, eilte ein Kellner an ihnen vorbei. Er trug ein Tablett voller Teller mit gedämpften Garoupa mit Ingwer, Schweinefleisch mui-shui mit Taro und knusprig gebratene Shrimpsrollen auf Baby Pak Choy. Der köstliche Duft der kantonesischen Speisen erinnerte Nadia daran, dass sie heute noch nichts gegessen hatten. Sie zog Izabel vom Spieltisch weg. »Können wir bald etwas essen, Carlos?«, fragte sie.

»*Sim, sim*«, sagte Carlos und nickte eifrig. Er führte die beiden Frauen quer durch den Saal zu einem üppigen Satinvorhang, der mit einem Drachenmotiv bestickt war. Carlos zog den Vorhang zur Seite und streckte die Hand aus, um Nadia seinen Arm anzubieten. Als sie durch den Vorhang trat, fand sie sich in einer großen Suite wieder, deren mattschwarze Wände mit historischen Hanlin-Schriftrollen geschmückt waren. Sie sah rote Gebetsfahnen und gestickte Wandteppiche, die prächtige goldene Karpfen und anmutige Wasserfälle zeigten. Sechs ausladende Diwane, aus dunklem Holz und mit komplizierten Schnitzereien versehen, waren in gleichmäßigem Abstand zueinander in der Suite aufgestellt. Auf einem der Diwane lag ein Mann entspannt auf der Seite und ließ sich von einer hübschen jungen Chinesin die Schultern massieren. Nadia sah, dass er eine Kugel schwarzes Opium zwischen Zeigefinger und Daumen rollte. Sie sah auch die lange Elfenbeinpfeife mit dem Mundstück aus Jade, die neben ihm stand, sowie eine kleine, gläserne Lampe und etwas, das ein Satz Metallnadeln zu sein schien, die auf einem Stück Tuch ausgelegt waren. Der Mann starrte sie mit verschwommenem Blick an, als sie an ihm vorbeiging.

»Hier entlang«, sagte Carlos. Im angrenzenden Zimmer nahmen sie dann an einem kleinen, runden Tisch aus Rosenholz Platz, der von seegrün gestrichenen Pfeilern eingerahmt war. Die dazugehörigen Stühle aus Hartholz besaßen Lehnen aus Marmor. Von der Decke hingen mehrere Käfige mit Singvögeln, die munter zwitscherten, herab. Der Tisch war mit Essstäbchen aus Elfenbein und Löffeln mit Cloisonné-Stielen gedeckt. Auch zwei kleine Schälchen mit eingelegtem Ingwer standen bereit. Ein Kellner, der einen losen, schwarzen *Fu*, Filzpantoffeln und eine Mandarinjacke aus roter bestickter Seide trug, stellte gerade vier kleine Gläser und eine bauchige Flasche mit *Saam sair*, Schlangenwein, auf ein Sideboard. Dann goss er heißen Oolongtee in zarte Schälchen aus Knochenporzellan.

»Die Shrimps sind heute ganz frisch. Sehr gut«, sagte der Kellner. »Sind Sie heute Abend zu dritt?«, fragte er, während er die Teekanne auf ein spiritusbeheiztes Stövchen in der Mitte des Tisches stellte.

»Nein, *quattro*«, sagte Carlos.

»Und wer ist der vierte Gast?«, fragte Nadia.

»Ich«, ertönte plötzlich eine kiesige, regenschwere Stimme hinter einem der seegrünen Pfeiler.

Nadia drehte sich um. Plötzlich lag ein starker Duft nach Orangen und Vetivier-Öl in der Luft. »*Sie?*«, fragte sie ungläubig.

»Genau.«

»*Bosche moj!*« Nadia drehte sich wieder zum Tisch um und starrte Izabel an, als hätte sie gerade einen Wahnsinnigen gesehen. »Was soll das? Willst du mich umbringen?«

»Er war wirklich sehr überzeugend«, sagte Izabel. »Er kam gestern zu uns und hat gesagt, dass du in ihn verliebt seist, und dann hat er noch gesagt, du seist viel zu schüchtern, um es zuzugeben. Bei den anderen Dingen, die er sagte, war ich mir nicht sicher … sein Portugiesisch ist entsetzlich schlecht.«

»Und das hast du ihm geglaubt? Warum hast du mich nicht gefragt?«

»Ich dachte, dass es eine gelungene Überraschung für dich sein würde«, sagte Izabel schelmisch. Iain nahm einen Stuhl und setzte sich neben Nadia. Erst jetzt bemerkte sie, dass er einen dicken Verband um den Hals trug. Er bot Carlos eine Zigarette an, dann bestellte er eine Runde Drinks und bat den Kellner, ihm einen sehr trockenen Gibson zu machen, mit einer zu einer Spirale gedrehten Zitronenschale. Von der Tanzfläche drangen der Klang einer Klarinette und Klaviermusik, eine aufsteigende Melodie, die die trällernde Stimme eines Sängers begleitete, zu ihnen herüber. Nadia fühlte plötzlich eine leichte Berührung an ihrem Handgelenk und stellte fest, dass sich Iains kleiner Finger langsam ihren Unterarm hinaufarbeitete und sie dabei kitzelte. Sie schlug seine Hand kokett weg. Der Schreck, ihn zu sehen, war inzwischen einem Gefühl der Freude und der Neugier gewichen. In ihrem Innern hatte sich eine Art Glühen ausgebreitet. Sie schenkte ihm unwillkürlich ein dünnes Lächeln, worauf sich sein blasses Gesicht erhellte wie das eines Kindes.

10

Iain tanzte mit Nadia. Er führte sie über die Tanzfläche, während er immer wieder einen kurzen Blick auf die Profile der Tänzer um sie herum warf und sich dabei fragte, ob er beobachtet wurde. Als er sich schließlich sicher war, dass er nur von freundlichen Gesichtern umgeben war, entspannte er sich ein wenig. »Tolle Band, finden Sie nicht auch?«, fragte er.

»Wie bitte?«

»Ich sagte, ist das nicht eine gute Band?« Nadia hörte ihm jedoch gar nicht zu, sondern zog es stattdessen vor, ihren Blick im Raum umherwandern zu lassen, um ihm nur ja nicht in die Augen sehen zu müssen. Obwohl sie sich sehr darüber freute, dass

Iain ein so lebhaftes Interesse an ihr zeigte, gab sie sich ihm gegenüber lieber erst einmal kühl und zurückhaltend.

Iain tanzte weiter und lächelte dabei vergnügt in sich hinein. Er hatte durchaus bemerkt, wie angespannt ihre Nackenmuskeln waren und sie mit sich kämpfte. Er sagte eine Weile nichts mehr. Er überlegte.

Er versuchte mit Nadia von der Band wegzutanzen, dorthin, wo es nicht ganz so laut war. Die Tanzfläche begann sich inzwischen immer mehr zu füllen. Bald waren sie von grauhaarigen Männern, von schwarzhaarigen Frauen, von Männern mit pockennarbiger Haut und von Mädchen mit großen, geschminkten Augen umgeben. Ein Mann direkt neben ihm brüllte seiner Tanzpartnerin gerade irgendetwas auf Kantonesisch zu. Und alle Paare hielten einander fest umfasst.

»Was ist denn mit Ihrem Hals geschehen?«, fragte Nadia.

»Das ist beim Rasieren passiert. Ich würde sagen, dass ist das, was man eine gründliche Rasur nennt.«

Ein längeres Schweigen folgte.

»Wie laufen die Geschäfte?«, fragte er schließlich.

»Gut, vielen Dank.«

»Und die Wohltätigkeitsorganisation Ihrer Mutter?«

»Im letzten Monat haben wir dreihundert Patacas gesammelt.«

»Haben Sie in letzter Zeit Senhor Lazar gesehen?«

»Lazar?«

»Ja, war Lazar bei Ihnen im Laden?«

»Nein, warum sollte er?«

»Kauft er nicht bei Ihrem Onkel ein?«

»Er raucht nicht einmal.«

»Ich habe gehört, dass er zweitausend Pfund Rohtabak bei Ihrem Onkel erworben hat.«

»Wie kommen Sie denn darauf?«

»Was ist mit einem Mann namens Takashi … Sagt Ihnen der Name etwas?«

»Nein.«

Iain ließ seinen Blick wieder durch den Raum schweifen. Die Sprengfalle hinter seiner Wohnungstür hatte seine Instinkte aufs Äußerste geschärft. Er sah einen jungenhaft wirkenden Mann, der sie von der anderen Seite der Tanzfläche her anstarrte. Neben ihm stand eine Chinesin mit einer Stupsnase und einem eleganten Tuch um ihre Schultern. Die Augen der Frau waren durchdringend. Und sie waren schwarz, so schwarz wie Stiefelknöpfe. Der Mann machte plötzlich zwei rasche Schritte nach vorn und schob dabei seine Hand in seine Jackentasche. Iain spürte, wie eine Ader auf seiner Stirn zu pulsieren begann. Jeder Nerv in seinem Körper begann zu vibrieren. Der Mann bemerkte, dass Iain ihn ganz genau beobachtete. Er verharrte und zog ein Zigarettenetui aus seiner Tasche. Dann drehte er sich um und setzte sich an einen freien Tisch.

Iain entspannte sich. Seine Hand lag auf Nadias schlankem Rücken. Er spürte die Muskeln, die sich an ihrem Kreuz hinunterzogen. Er spreizte langsam seine Finger, zog dann ihre Hüften ganz sanft zu sich heran. Er fühlte durch die Seide hindurch ihren weichen Körper, der sich jetzt gegen ihn presste, das Zittern ihres Atems, ihre Rippen, die sich hoben und senkten, nahm schließlich den Schlag seines eigenen Herzens wahr, das immer schneller schlug. Er spürte, wie Nadia erschauderte.

Er öffnete den Mund, um ihr noch eine Frage zu Lazar zu stellen, schloss ihn aber wieder. Stattdessen begann er sich jetzt zu fragen, was er da eigentlich tat. Er hatte keine Ahnung, ja nicht einmal eine Vorstellung, wohin das mit Nadia noch führen würde. Was würde er tun, wenn er erst einmal alle Antworten von ihr erhalten hatte? Würde er dann einfach verschwinden, seine Fußspuren im Sand verwischen, nichts von sich zurücklassen? Es lag in der Natur seines Berufs, dass er nie er selbst sein durfte. Es kam ihm so vor, als würde er immer nur Theater spielen, so, als wäre sein Ich verwässert, verschwommen, als würde jeder Teil seiner Existenz von den Umständen seines Berufs beeinflusst. Er war ein Mann, der mit Haut und Haaren Whitehall gehörte. Ohne Wurzeln, ohne Kern, ohne Identität.

Wenn Iain jedoch mit Nadia zusammen war, mit dieser jungen Frau von achtundzwanzig Jahren mit den großen blauen Augen und dem unaussprechlichen zweiten Vornamen, dann war er wirklich glücklich. Überrascht stellte er jetzt fest, dass seine Gesichtsmuskeln schmerzten, weil seit zehn Minuten ein seltsames, unfreiwilliges Lächeln auf seinen Lippen lag. Was war nur mit ihm los? Warum hatte Nadia diese Wirkung auf ihn? Er empfand Zärtlichkeit für sie, und je länger er sie in seinen Armen hielt und mit ihr tanzte, desto mehr standen seine Gefühle für sie im Widerspruch zu seinen dienstlichen Pflichten. Seine Lippen waren vom vielen Lächeln und auch von dem Gibson, den er vorhin getrunken hatte, ganz trocken geworden. Jetzt drehte sie den Kopf, um ihn anzusehen. Er verspürte den brennenden Wunsch, ihr Gesicht in seine Hände zu nehmen.

»Alles in Ordnung?«, fragte er.

»Ja. Warum?«

»Weil Sie nicht mehr tanzen.«

»Oh, ich habe gar nicht gemerkt, dass ich aufgehört habe. Entschuldigung.«

Auf den Sänger der Band war ein heller Scheinwerfer gerichtet, sodass jeder sein Gesicht sehen konnte, während er sang. Iain kannte den Titel des Liedes nicht, aber er sah, dass Nadia den Text stumm mit den Lippen formte.

»Von wem ist das Lied?«, fragte er.

»Wie bitte?«

»Ich fragte, wer ist der …«

»Das Isham Jones Orchestra.«

Der Name erinnerte Iain unwillkürlich an seine Schulzeit.

»Ich habe während meiner Schulzeit das Zimmer mit einem Jungen namens Peter Isham-Wood geteilt«, sagte Iain. »Er hatte immer eine weiße Murmel in seiner Jackentasche. Während der Morgenandacht ließ er sie dann einmal auf den Steinboden fallen und sagte laut: ›Oh, verdammt! Mein Glasauge!‹«

»Sie kennen viele alberne Geschichten, nicht wahr, Mr. Sutherland?«

»Nennen Sie mich doch einfach Iain.«

»Wo sind Sie zur Schule gegangen? In Schottland?«

»In England, in Sussex.«

»Hat es Ihnen dort gefallen?«

»Nein. Ich war ein Außenseiter. Isham-Wood war einer der wenigen Jungen, mit denen ich gut ausgekommen bin. Er hänselte mich nicht ständig wegen meines Akzents oder meiner Herkunft. Für die anderen war ich immer nur der schottische ›Prolo‹.«

»Das Wort kenne ich nicht.«

»Karl Marx«, sagte Iain. »Der Ausdruck kommt vom Begriff ›Proletarier‹. Die älteren Schüler, die oft Aufsicht hatten, bewarfen mich manchmal sogar mit Schlamm und schrien: ›Verzieh dich nach Schottland, McProlo!‹«

Iain hatte schon damals erkannt, dass er nicht wie die anderen Jungen war. Außerdem war er sich bewusst, dass er nicht irgendein Schotte, sondern ein Sutherland war. Der Klan der Sutherlands war ein rein gälischer Klan. Ihr Familienwappen zierte eine schottische Wildkatze. Ihr Tartan zeigte ein gewagtes grünblaues Karomuster, und sie hatten einen Klanchef, der ›der große Chait‹ genannt wurde. Iain wusste, dass er einer langen Linie von stolzen, kämpferischen Menschen entsprang, und dennoch war sein Vater nur der Gewässeraufseher von Helmsdale gewesen, was Iain in den Augen seiner bornierten Schulkameraden zu einem unkultivierten Arbeiter machte. Das alles machte ihn aber auch zäh und einfallsreich.

»Warum hat man Sie denn überhaupt auf eine Schule in Sussex geschickt?«, fragte Nadia.

»Einer der Grundeigentümer von Helmsdale hatte Beziehungen zu einem gewissen Mr. Healy vom Außenministerium. Und der wiederum hat mir ein Stipendium vermittelt. Eines Nachmittags lernte ich Mr. Healy dann bei einer Tasse Tee auf dem Achantoul Estate persönlich kennen. Er kam gerade vom Angeln und trug noch seine Stiefel. Er befragte mich eingehend zu meinen Interessen, zu einer möglichen Laufbahn im Außenministerium, meiner Loyalität gegenüber Schottland, dem Empire und der Krone. Schon einen Monat später wurde ich in das Christ's Hospital in Sussex in den vierten Jahrgang aufgenommen. Ich war damals fünfzehn Jahre alt.«

Iain erwähnte nicht, dass er Helmsdale mit Schimpf und Schande verlassen hatte. Er erwähnte auch nicht, dass er damals, als er in einer graubraunen Tweedjacke, mit angeklatschten roten Haaren und einem billigen Koffer in der Hand aus dem Zug aus Inverness gestiegen war, einen Minderwertigkeitskomplex mit sich herumgetragen hatte, der mindestens so groß wie der Loch Naver gewesen war. Dass er damals leicht reizbar und querköpfig gewesen war. Ständig hatte er sich von irgendjemandem beleidigt gefühlt. Im Laufe des ersten Schuljahres war er dreimal zum Direktor zitiert und bestraft worden, weil er sich mit seinen Klassenkameraden geprügelt hatte. Einmal hatte er sogar einem wesentlich älteren Jungen das Jochbein gebrochen.

»Und was haben Sie nach Ihrem Schulabschluss gemacht?«, fragte Nadia.

»Nach meiner Zeit auf dem Christ's habe ich bei Mr. Healy eine einjährige praktische Ausbildung im Außenministerium durchlaufen. Dann, im Herbst 1917, als ich neunzehn Jahre alt war, hat mich der Krieg zusammen mit den Royal Scots Dragoons nach Amiens und an die Somme geführt, wo ich dann ein Jahr in den Schützengräben gekämpft habe. Nach dem Waffenstillstand wurde ich aus dem Militärdienst entlassen und habe wieder im Außenministerium gearbeitet.«

Vorsichtshalber ließ er aus, dass man ihn zuerst eine Zeit lang in einer Stabsstelle in Kensington untergebracht hatte, bevor er einen zehnmonatigen Aufenthalt in der Hauptabteilung für Dokumente, Personal und Hafenkontrolle absolvierte. Danach war er als Offiziersanwärter nach Kuangchow in China versetzt worden, um dort Kantonesisch zu lernen, bevor er schließlich zum Passkontrolloffizier – dies war die übliche Tarnbezeichnung eines SIS-Agenten im Ausland – für Südchina befördert und in Hongkong stationiert wurde.

Es hatte heftig geregnet, als Iain, unter einem großen braunen

Regenschirm verborgen, in Hongkong angekommen war. Binnen einer Stunde nach seiner Ankunft war er dem Kolonialsekretär und dem Gerichtspräsidenten vorgestellt worden. Man hatte ihn höflich gebeten, sich in das Gästebuch des Government House einzutragen. Anschließend hatte ihm ein wichtigtuerischer Beamter namens Fielding einen langatmigen Vortrag über die Gefahren gehalten, die von der Cholera, chinesischen Frauen und dem »Hongkong-Fuß« – einer juckenden Pilzerkrankung, die die Zehenzwischenräume befiel – ausgingen. »Wenn Sie dumm genug sind, ein Mädchen von hier zu heiraten«, hatte Fielding ihn gewarnt und dabei seine wulstigen roten Lippen mit einem Taschentuch abgetupft, »dann wird man Sie auf der Stelle auffordern, den Dienst zu quittieren. Haben Sie verstanden? Wenn Sie also ein bisschen Spaß haben wollen ... es gibt konzessionierte Bordelle auf der Lyndhurst Terrace. Ich habe gehört, dass es dort weder vulgär noch ungehobelt, sondern ziemlich zivilisiert zugehen soll. Es gibt dort eine annehmbare Mischung aus französischen, italienischen und ungarischen Huren. Wenn Sie wollen, können Sie auch eine der Weißrussinnen bumsen, hängen Sie das aber in keinem Fall an die große Glocke. Wir vermeiden es, uns mit anderen gesellschaftlichen Gruppen zu mischen. Haben Sie das verstanden?« Iain erinnerte sich daran, dass er für diesen Mann mit seinem schmutzigen Taschentuch nichts als Verachtung empfunden hatte. Es war dies eine seiner wenigen klaren Erinnerungen an seinen ersten Tag in Hongkong – dies und der Regen auf den Fensterscheiben, der wie flüssiges Silber ausgesehen hatte.

Je mehr Iain jetzt an diese Dinge dachte, desto fester hielt er Nadia. Sie starrte unverwandt geradeaus. Er merkte, dass er sie auf eine Weise in seinen Armen hielt, als wolle er sie beschützen, und spürte, dass sie sich in seinem Griff ein wenig hin und her wand. Sie erschien ihm so zerbrechlich, so anmutig. So verdammt schön. Er bewegte ihre Hand in der seinen, während sie tanzten. Zuerst langsam. Dann schneller. Er sah förmlich die Fragezeichen in ihren Augen.

Die Band spielte jetzt *I'm Just Wild About Harry*. Iain und Nadia begannen Charleston zu tanzen. Er räusperte sich. »Aber genug von mir. Erzählen Sie mir doch noch etwas mehr von Lazar. Gehe ich recht in der Annahme, dass er sonst keinerlei Beziehungen zu Ihrem Onkel hat?«

Sie drehte den Kopf ein kleines Stück, um ihn anzusehen. »Die beiden haben sich vor ein paar Jahren ziemlich gestritten. Das war kurz nach Tante Amelias Tod.«

»Angenommen, Lazar würde eine große Menge Tabak kaufen wollen, dann würde er doch noch immer zu Ihrem Onkel kommen, nicht wahr?« Die Bilder aus seinem alten Leben machten Iain plötzlich Angst. Er sprach jetzt viel lauter, musste fast schreien, um die Musik zu übertönen.

»Warum interessiert Sie das alles so sehr?«

»Einfach nur so.«

Der Sänger stimmte jetzt ein Lied an, das *The Varsity Drag* hieß. Iain betrachtete Nadias Gesicht. Sie war das, was man bei ihm zu Hause eine »Zuckerschnute« nennen würde. Ihr Mund war groß und voll. Er bemerkte, dass sie ihn niemals ganz schloss, ihre Lippen blieben stets ein wenig geöffnet. Ein hübscher Mund, entschied er. Die Lippen, die wie zerknitterte Blütenblätter aussahen, erinnerten ihn an die sahnigen Schokoladenriegel, die er als Kind so sehr geliebt hatte. Ich frage mich, dachte er, wie ihr Mund wohl schmeckt: wie feine Schokoladenpralinen mit Blätterkrokant und Pfefferminzaroma?

Ein Kellner trug ein Tablett voller Karamelltörtchen und Fondantquadraten vorbei.

»Mögen Sie Schokolade?«, fragte Iain. Nadias Kinn befand sich neben seiner linken Schulter. Er sah, dass ihr Nacken noch immer verkrampft war. »In Helmsdale, in der Strathnaver Street, gab es einen Süßwarenladen. Seine Fassade war aus Boroastein. Ich weiß noch, dass ich, als ich ungefähr fünf Jahre alt war, immer die Old Caithness Road entlanggegangen bin. Dort habe ich mir dann die Nase am Schaufenster des Ladens plattgedrückt und sehnsüchtig die Veilchenpralinen, die *Soor plooms* und die glänzenden Gläser voller Pfefferminzbonbons angestarrt. Selbst wenn ich heute die Augen schließe, sehe ich noch immer die vertrauten Gesichter, die engen Straßen, die dichten Reihen von niedrigen, gekalkten Häusern vor mir.«

»Mr. Sutherland …«

»Iain.«

»Iain, warum stellen Sie mir andauernd so sonderbare Fragen?«

»Was meinen Sie damit?«

»Letzte Woche haben Sie mich gefragt, ob ich Honig mag. Jetzt wollen Sie alles über Lazar wissen, und Sie fragen mich, ob ich gern Schokolade esse.«

»Das ist doch eine ganz harmlose Frage.«

Nadia gab sich plötzlich wieder distanziert. Aber hinter der Maske der Zurückhaltung konnte sie dennoch ein Lächeln nicht ganz verbergen. »Nun, ich finde es einfach nur merkwürdig.«

»Merkwürdig?«

»Ja, merkwürdig!« Sie zog eine Grimasse.

»Warum schreien Sie denn so?«

»Ich schreie doch nicht.«

»Doch, das tun Sie.«

Nadia sah ihn jetzt mit großen Augen aufmerksam an. Und in diesen Augen stand ein Lächeln. »Sie sind niemand, der schnell aufgibt, nicht wahr? Aber glauben Sie ja nicht, dass ich nicht böse auf Sie bin, Mr. Sutherland.«

»Ich heiße Iain. Bitte! Und warum sind Sie böse auf mich?«

»Ich hatte Ihnen doch gesagt, dass ich nicht mit Ihnen ausgehen will … Ich dachte eigentlich, dass ich das deutlich zu verstehen gegeben hätte. Und dann muss ich erfahren, dass Sie die *Tschwanstwo* besitzen, bei meiner Freundin zu Hause aufzutauchen …«

»*Tschwanstwo* … was ist denn das, eine *Tschwanstwo?*«

»Sie tauchen einfach bei meiner Freundin zu Hause auf und sagen ihr, dass … dass ich …« Sie verzog das Gesicht. »Dass ich Sie liebe. Sie *liebe!* Sind Sie völlig wahnsinnig geworden?«

»Ich glaube, das ist russisch.«

Eine längere Pause folgte.

»Was, glauben Sie, ist russisch?«

»Dieses Wort, dieses *Tschwanstwo*. Das, was Sie eben gesagt haben.«

»Das ist das russische Wort für Unverschämtheit und Wichtigtuerei. *Müssen* Sie ständig so unglaublich penetrant sein?«

»Wer ist denn hier penetrant? Ich habe doch nur gefragt, ob …«

»Ich werde jetzt zum Tisch zurückgehen.«

»Aber Sie haben meine Frage doch noch gar nicht beantwortet.«

Nadia seufzte. »Welche Frage denn?«

»Ob Sie Schokolade mögen.«

»Wenn Sie es unbedingt wissen wollen: Nein.«

Sie tanzten noch immer, hielten einander dabei fest im Arm. Seine linke Hand lag weiter auf ihrem Rücken. Jetzt begannen seine Finger sie zwischen den Rippen zu kitzeln.

»Hören Sie auf damit. Ich hasse es, wenn man mich kitzelt. Und was ist das überhaupt für ein schreckliches Eau de Cologne, das Sie da haben? Sie riechen wie eine ganze Parfümfabrik.«

»Daran ist sicher Ihr Vater schuld.«

»Mein Vater? Was um alles in der Welt hat mein Vater denn damit zu tun?«

»Wenn ein Vater seine Tochter nicht ein bisschen kitzeln und mit Schokolade verwöhnen kann, dann weiß ich nicht, wer es sonst könnte.«

Sie schüttelte den Kopf und sagte leise etwas auf Russisch vor sich hin.

»Sie sind ein Einzelkind, nicht wahr?«, sagte er schließlich. »Das bekannte Problem … Der Vater verwöhnt seine kleine Tochter über alle Maßen, bekommt dann aber irgendwann ein schlechtes Gewissen, weil er seine Frau vernachlässigt. Also zieht er sich zurück. Sein Verhalten schlägt ins genaue Gegenteil um, und er zeigt sich reserviert, was auf allen Seiten zu Verstimmungen führt. War es bei Ihrem Vater auch so?«

Die Überraschung in ihrem Blick verwandelte sich in Abscheu. »Wie können Sie es nur wagen?!«

»Was wagen?«

Plötzlich schossen ihr Tränen in die Augen. Sie warf trotzig den Kopf zurück. »Wie können Sie es wagen, meinen Vater da mit hineinzuziehen?« Sie gab ihm eine schallende Ohrfeige und stürmte dann von der Tanzfläche. Er sah ihr völlig verblüfft hinterher, als sie, gefolgt von ihrer Freundin Izabel, aus dem Restaurant rannte. Ihr schwarzes Stirnband mit den Straußenfedern war zu Boden gefallen.

11

Nadia war sich bewusst, dass ihr Zorn kindisch und völlig irrational war. Dennoch rannte sie blindlings weiter, ohne auch nur zu ahnen, wohin ihr Weg sie führte. Sie lief aus dem Klub und dann in eine Gasse, in der mehrere massive Türen, jede von ihnen so rund wie der Vollmond, sie zum Eintreten einluden. Giftgrüne Kerzen, an denen das Wachs heruntertropfte, sodass sie aussahen wie sich windende Pythons, hingen an weit geöffneten Portalen. Nadia stieg eine Treppe hinauf und trat durch eine der Türen.

Die Tränen, die sie noch immer vergoss, fielen auf einen Boden aus gestampftem Lehm. Schwarze Asche von Opfergaben aus Papier wurde bei ihrem Eintreten aufgewirbelt und schwebte jetzt wieder langsam zu Boden. Einige der Papierfetzen glühten noch. Sie befand sich vor einem schlichten Altar in einem kleinen Tempel.

Der Raum war sehr klein und bot höchstens einem Dutzend Menschen Platz. Er besaß nur ein einziges Fenster, durch das ein wenig Licht in den Tempel fiel. Die Luft roch schwer und feierlich. Es gab keine Bänke, nur Holzplatten, auf die sich die Menschen knien konnten. Unzählige Räucherstäbchen schwelten in verschwenderischer Fülle. Von der Decke hingen Weihrauchspiralen herab. Einige Duftlampen verströmten einen geradezu widerwärtig süßen Geruch nach Javablüten und Frangipani. An den Wänden zu beiden Seiten der Türen standen Ahnentafeln – schlichte, längliche Bretter aus Schwarzholz, in die in roter Schrift der Name und das Alter der Verstorbenen geschnitzt war. Nadia kniete sich vor das Götterbildnis des Schreins. Pfeile aus Licht schossen durch das winzige Fenster, erleuchteten den Altar. Messing, Silber und Stein schimmerten matt. Nadia fühlte sich vollkommen verloren und leer, so als würde sie die Luft anhalten und wisse plötzlich nicht mehr, wie sie weiteratmen sollte.

Die Zeit schien stillzustehen. Vor der Statue von Tin Hau, der Königin des Himmels und der Göttin der Meere, brannten Weihrauchstäbchen, die in großen, mit Sand gefüllten Urnen steckten. Nadia beobachtete, wie der Rauch an dem ernsten Gesicht des Bildnisses und dann an seinem Kopfputz aus sattem burgunderrotem Lack und reichlich Blattgold vorbeizog. Dann stieg er weiter hinauf und färbte die Bambuslatten der Tempeldecke schwarz. Ein Gong, der an der Seite des Schreins hing, reflektierte das Kerzenlicht. In ebendiesem Moment ergriff sie ein Gefühl der Hoffnung und der Erneuerung wie ein heftiger Fieberanfall. Sie hörte, wie Izabel den Tempel durch eine der mondförmigen Türen betrat. Und sie wurde sich auch Iains Gegenwart bewusst. Izabel näherte sich Nadia leise und kniete sich dann neben sie. Nadia spürte, wie ihre Freundin ihre Hand nahm und sie festhielt. Sie wollte stark sein, aber der Druck, der sich so viele Jahre lang in ihrem Inneren aufgebaut hatte, drohte sie jetzt zu zersprengen. Ihr Kopf war plötzlich voller Bilder ihres Papotschka. Ihre Wangen und ihr Gesicht brannten. Sie begann um den Vater zu weinen, den sie kaum gekannt hatte, weinte, um sein Andenken lebendig zu erhalten.

Lange Zeit sagte niemand ein Wort. Schließlich fragte Izabel leise: »Willst du mir sagen, was passiert ist? Was hat dich so aus der Fassung gebracht?«

Nadia spielte nervös an ihren Fingernägeln herum, starrte zu Boden. »Das ist schwer zu erklären.« Sie hob den Blick und sah die Sorge in Izabels Gesicht. »Manchmal überwältigt es mich einfach«, sagte sie.

»Was?«

Nadia schloss kurz die Augen, dann sah sie Izabel wieder an. »Es gibt Momente, in denen bin ich verwirrt und wütend über das, was in meinem Leben schon alles geschehen ist. Und wenn ich dann versuche, dem Ganzen einen Sinn abzugewinnen, breche ich manchmal regelrecht zusammen.« Nadia richtete jetzt ihren Blick auf die Pfütze aus Licht auf dem Altar. »Erinnerst du dich an den Brand, von dem Onkel Ewgenij erzählt hat? Der Brand, dem unser Zuhause zum Opfer gefallen ist?« Sie spürte plötzlich wieder heftige Emotionen in ihrem Hals klopfen. »Nun, die Bauern haben nicht nur das Haus niedergebrannt, sie haben auch meine Großeltern und meinen Vater in den Garten gezerrt und mit Stöcken auf sie eingeprügelt.« Sie zögerte einen Augenblick. »Ich weiß noch, dass ich gerade bei der Köchin in der Küche gesessen und mein *Uschin*, mein Abendbrot gegessen habe – Kartoffelpuffer mit Pilzsoße – und dass ich gerade den süßen gekochten Kohl geschnitten habe, den es als Beilage gab. Dann hörten wir die Hunde bellen. Laute Schreie ertönten. Die Köchin stürzte ans Fenster. Auch ich sprang von meinem Stuhl auf, ohne zu wissen, was das, was ich da gerade gehört hatte, genau bedeutete.«

Izabel strich Nadia über die Haare, dann legte sie ihre Ellbogen auf ihre Knie und bettete den Kopf ihrer Freundin in ihre Hände. »Als sie in dieser Nacht unser Zuhause in Brand steckten«, sagte Nadia, »war ich mir sicher, dass ich verloren war. Der Pöbel hatte mich von meinen Eltern getrennt.« Nadia sah wieder den Mob vor sich, die Gesichter voller Wut und Hass. Sie sah den gelben Rauch, die böse funkelnden Augen, die tobenden, schwitzenden Körper, die mit Keulen und Pferdepeitschen über sie herfielen. »Ich dachte, Papotschka wäre noch in seinem Arbeitszimmer«, sagte sie. »Ich hörte, wie meine Mamotschka nach mir rief, aber ich musste doch versuchen, ihn zu retten. Ich wusste nicht, dass sie ihn in den Taubenschlag gezerrt und seine Kleidung mit Paraffin überschüttet hatten. Ich erinnere mich, dass ich immer wieder seinen Namen schrie und versuchte, zu seinem Arbeitszimmer hinaufzukommen. Aber das Treppengeländer war schon herabgebrochen, und alles war voller Rauch. Der Boden fing an, sich zu bewegen und zu ächzen. Der Lärm war einfach ohrenbetäubend, Glasscheiben verzogen sich und zerplatzten. In der Küche explodierten Konservendosen. Ich konnte nichts sehen, und dann spürte ich, wie die Flammen an den Ärmeln meines Hemdes hinaufliefen. Es tat so weh, dass ich nicht einmal mehr schreien konnte. In diesem Moment packte meine Mutter mich, warf ihren Mantel über mich und erstickte so die Flammen. Wir rannten durch den Garten und hörten, wie die Hausmädchen weinend nach ihren Kindern riefen – doch der Pöbel verschonte niemanden. Dann rannten wir in den Wald.

Überall waren Menschen, die schrien und kreischten. Ich sah, wie ein Mann über eines der Dienstmädchen herfiel, sie neben dem Geräteschuppen zu Boden warf. Sie hieß Svetlina und war eine meiner Freundinnen. Es war … es war schrecklich. Als wir weiterrannten, sahen wir, dass das ganze Grundstück voller Menschen, voller jubelnder Menschen war. Zwei Männer kletterten auf die Fichten, um Seile an den Ästen zu befestigen. Es waren ebenjene Bäume, auf die auch ich immer geklettert war. Neben der Hauptauffahrt baumelte Marit, der zu unserem Küchenpersonal gehörte, an einem Baum. Sein Gesicht war purpurrot, und seine geschwollene Zunge hing ihm aus dem Mund. Jemand hatte ihm den Bauch aufgeschlitzt. Seine Eingeweide flatterten im Wind. Ich weiß noch, dass meine Mutter mir die Augen zugehalten hat. Ich war damals erst sieben Jahre alt«, sagte sie leise. »Später haben wir uns dann in dem dichten Gebüsch am Fluss versteckt und gewartet, bis es still wurde.

Am Tag nach dem Brand kehrten wir dann zu unserem Haus zurück. Es war nur noch eine verkohlte schwarze Ruine. Mamotschka und der Grundstücksverwalter, Mr. Bogdanow, schnitten meine Großmutter und meinen Großvater von den Fichten ab. Mr. Bogdanow hatte nur deshalb überlebt, weil er sich in der nahegelegenen Kirche versteckt hatte.«

»Warum haben sich die Bauern denn so plötzlich erhoben? Was ließ sie so gewalttätig werden?«

»Da gab es viele Gründe. 1904 begann Russland einen Krieg gegen Japan, in dem es um die Herrschaft über Korea und die Mandschurei ging. Wir haben den Krieg nicht nur verloren, wir wurden gedemütigt. Wir verloren unter anderem die gesamte Baltische Flotte. Die Wirtschaft lag vollkommen am Boden. Und dieser wirtschaftliche Zusammenbruch führte zu Revolten und Aufständen bei den Arbeitern, zu Demonstrationen, Eisenbahnstreiks, Meutereien und schließlich zum Blutigen Sonntag.«

»Dem Blutigen Sonntag?«

»Das war ein Massaker in Petersburg. Im Jahre 1905. Damals versammelten sich über zweihunderttausend Bauern und Arbeiter zu einem friedlichen Marsch, um dem Zaren eine Petition zu überreichen. Sie forderten einen Arbeitstag von acht Stunden und mehr Lohn. Die Armee geriet in Panik und eröffnete das Feuer auf die Demonstranten. Es heißt, dass mehr als tausend Männer, Frauen und Kinder im Kugelhagel starben. Ein paar Monate später begannen sich dann in allen ländlichen Regionen die Bauern zu erheben.«

»Was ist mit den Leuten geschehen, die euer Zuhause überfallen haben?«

Nadia seufzte und schüttelte den Kopf. »Es gab eine offizielle Untersuchung. Der Premierminister höchstpersönlich, ein Mann namens Stolypin, gab eine Erklärung ab, die mir meine Mamotschka vorlas. Verantwortlich für ›den tragischen und bedauerlichen Verlust von Leben und Eigentum‹ sei ›eine Bande von Schurken und Halunken gewesen, die viele Bauerngemeinden infiltriert hätten, um Volksverhetzung und Rebellion zu betreiben, mit dem Ziel, den Zaren und seine Regierung zu stürzen‹. Und Stolypin ließ daraufhin mehr als tausend Bürger hängen. Die Galgen wurden als ›Stolypins Krawatte‹ bekannt.«

»Und dein Vater? Was ist mit deinem Vater geschehen?«

»Wir haben überall nach Papotschkas Leiche gesucht. Hatte man ihn in einen Graben gestoßen, unter einem Haufen Steine begraben oder ihn vielleicht sogar über den *Awrak* auf die darunterliegenden Felsen geworfen? Wir wussten es nicht. Vielleicht war er im Haus verbrannt, seine Asche bereits mit der Erde vermischt – niemand konnte das sagen. Wir fragten in jedem Krankenhaus, erkundigten uns bei jedem Nachbarn, sahen in jeder Scheune und jedem Schuppen nach, aber wir fanden keine Spur von ihm.

Schließlich schickte man jemanden aus der Stadt. Ein *Gorodwoj* der Kaiserlichen Russischen Polizei kam mit seinem schwarzweißen Hut und zeigte uns Fotos von Leichen. Verkohlte Körper, die nebeneinander aufgereiht dalagen, Arme und Beine durcheinander. Er sagte, dass in unserer Gegend sechsunddreißig Menschen getötet worden seien. Mamotschka konnte anhand der Fotos vier Leichen identifizieren: einen Grafen und seine Frau – ihnen hatte ein benachbartes Landgut gehört –, einen Arzt, der auf der anderen Seite des Flusses gewohnt hatte, und unser Dienstmädchen Svetlina, deren nackte Leiche man eine Meile von unserem Haus entfernt gefunden hatte.«

»Und dein Vater?«, fragte Izabel noch einmal leise.

»Papotschka war nicht unter den Toten. Aber Mamotschka gab ihre Suche nicht auf. Nachdem wir meine Großeltern begraben hatten, lebten wir eine Zeit lang in Mr. Bogdanows Häuschen. So kurz nach einem solchen Gewaltausbruch war jedoch keiner der *Muschiks* bereit, meiner Mutter zu helfen. Sie suchte und suchte … vergebens. Aber sie gab trotzdem nicht auf. Sie klopfte bei jedem einzelnen Dorfbewohner an die Tür, suchte im Wald, schickte immer wieder Briefe an die Kaiserliche Polizei, in denen sie um Informationen bat. Aber niemand konnte oder wollte ihr irgendetwas über das Schicksal ihres Mannes sagen. Mit jedem Tag, der verging, wurde sie verzweifelter. Ich klammerte mich die meiste Zeit an sie, denn ich hatte große Angst, dass die Bauern wiederkommen könnten. Schließlich erschien ein hochrangiger *Gorodwoj* bei uns und sagte Mamotschka, dass Papotschka höchstwahrscheinlich tot sei.

Ein paar Monate später verließen Mamotschka und ich das Dorf mit dem, was von unserem Leben noch übrig war. Wir zogen zu unseren Verwandten nach Chelyabinsk. Ich wollte nicht von zu Hause fort. Ich erinnere mich, dass ich zu weinen begann, als es so weit war. Ich weinte so heftig, dass es mich regelrecht schüttelte. Ich hatte meine Arme fest um meinen Körper geschlungen, und Mamotschka wiederum hielt mich in ihren Armen. Ich wollte die Erinnerungen an meine Großeltern und an Papotschka nicht einfach so hinter mir lassen. Ich machte meiner Mutter das Leben zur Hölle. Es war für uns beide eine sehr schwierige Zeit.

In Chelyabinsk blieben wir dann drei lange Winter. Als wir auch nach vier Jahren noch keine Nachricht über den Verbleib von Papotschkas sterblichen Überresten erhalten hatten, beschloss Mamotschka, Russland für immer zu verlassen. Die Ereignisse jenes schlimmen Tages spielten sich wieder und immer wieder vor ihrem inneren Auge ab. Ständig sah sie Papotschka vor unserem Haus stehen, sah sein sonnengebräuntes Gesicht vor dem Hintergrund des von der Sonne rissig gewordenen Steins. Sah ihn darauf warten, dass der Pöbel kam und ihm alles nahm.«

In Nadias Augen schimmerte jetzt das freudlose Licht der sibirischen Sonne. Sie faltete ihre Hände und legte sie auf ihre Knie.

»Ist das der Grund, weshalb ihr hierhergekommen seid?«, fragte Izabel mit leiser Stimme.

Nadia nickte. »Ja. 1912 führte uns unser Weg dann weiter nach Osten. Wir wollten uns mit Onkel Ewgenij in Irkutsk treffen. Wir fuhren mit dem Zug am südöstlichen Ufer des Baikalsees entlang nach Chita und dann weiter über Harbin nach Wladiwostok. Dort gingen wir an Bord eines Schiffes nach Macau.« Nadia wurde noch ein wenig blasser. »Ein paar Jahre später hörten wir dann, dass es in Russland eine Revolution gegeben hätte. Wir blieben mit unseren Verwandten in Chelyabinsk in engem

Briefkontakt. Und dann erhielten wir eines Tages einen Brief mit einem uns unbekannten Poststempel.«

Nadia starrte jetzt unverwandt zu Boden. Ein paar Haarsträhnen fielen ihr ins Gesicht. »Das war ein Augenblick, den ich mein ganzes Leben lang nicht vergessen werde. Es war der 21. Februar 1919, ein Donnerstag, ein kühler Tag mit einem blauen, wolkenlosen Himmel. Ich war damals achtzehn Jahre alt. Mamotschka las mir den Brief vor. Er stammte von einem Arzt des Homöopathischen Krankenhauses Alexander II. in St. Petersburg. Sie hatten ihn gefunden. Sie hatten meinen Vater gefunden, Izabel. Und er war am Leben.«

12

Die Wachskerzen zu beiden Seiten des Hauptaltars leuchteten hell. Nadia rieb sich die Augen, die vom Rauch der Räucherstäbchen ein wenig brannten. Sie und Izabel knieten noch immer.

»Man hatte Papotschka bereits seit einigen Jahren in dem Krankenhaus behandelt, aber man hatte lange Zeit nicht herausfinden können, wer er war und wie er hieß.« Nadia spürte, wie sich ihre Lider wieder zu röten begannen. Sie hatte das Gefühl, als stünde sie völlig allein und verlassen am Rande eines wilden Dschungels. In ihren Augen standen jetzt Tränen. »Der Pöbel, der uns überfiel, hatte seine Kleidung, die mit Paraffin getränkt war, in Brand gesteckt und ihn dann hinter einem Pferd in den Wald geschleift. Dann hatten sie ihn einfach zum Sterben in einem Fluss liegen lassen. Er hatte am ganzen Körper schwere Verbrennungen, aber das kalte Wasser hat ihm das Leben gerettet. Dort fand ihn schließlich ein Imker.« Nadia stieß ein kurzes, freudloses Lachen aus. »Kannst du das glauben? Ein Imker hat ihm das Leben gerettet, indem er seine verbrannte Haut mit Honig und Kräutern behandelt hat.

Er hatte schreckliche Verletzungen davongetragen. Seine Beine waren bis zur Mitte des Oberschenkels völlig verbrannt. Schlimmer noch war, dass sein Gehirn eine Zeit lang keinen Sauerstoff bekommen hatte. Er war halb blind, konnte nicht sprechen, und auch sein Gedächtnis war schwer in Mitleidenschaft gezogen. Er blieb drei oder vier Jahre – ich weiß bis heute noch nicht genau, wie lange – in der Obhut des Imkers. Dann fanden ihn einige Ärzte aus der Stadt, die sich auf einer Hilfsmission befanden. Man brachte ihn in das homöopathische Krankenhaus in St. Petersburg.« Nadia schwieg. Sie musste jetzt an das denken, was ihre Mamotschka immer sagte, nämlich dass die Zeit alle Wunden heile. Aber Nadia wusste es besser – die Zeit heilte nicht alle Wunden. Und Nadia selbst kratzte am Schorf, riss die Wunde immer wieder auf, bis sie wieder zu bluten begann. Und wenn sie ehrlich war, dann wollte sie auch gar nicht geheilt werden. Der Kummer war ihr durchaus willkommen. Sie akzeptierte ihn, weil es ebendieser Kummer war, der die Erinnerung an Papotschka lebendig hielt. Ohne den Kummer würde sich sein Gesicht auflösen, bis nur noch ein teigiger Kreis ohne Konturen zurückblieb.

Sie schüttelte den Kopf. »Auch noch lange Zeit danach war alles verworren, unklar. Zuerst nichts über sein Schicksal in Erfahrung bringen zu können, dann um ihn zu trauern und sich immer wieder zu fragen, wie er gestorben war, das war schon schwer genug. Und dann Jahre später zu erfahren, dass er doch nicht tot, aber schwer verletzt war … Mit einem Mal war der ganze Kummer und die ganze Trauer wieder gegenwärtig … Du kannst dir gar nicht vorstellen, wie schwierig …« Ihre Stimme versagte. Sie holte tief Luft. »Mamotschka schrieb einen Brief nach dem anderen an ihn und an die Ärzte, die ihn behandelten. Wir schrieben an die portugiesische Botschaft in Schanghai, an die Kanzleien weißrussischer Anwälte, sogar an sowjetische Staatsminister in Moskau. Aber es war absolut unmöglich, ihn aus Russland herauszuholen. Nicht unter dem kommunistischen Regime. Mein Vater lebt, Izabel. Aber wir werden niemals wieder eine Familie sein.

Es sind inzwischen neun Jahre vergangen, seit wir diesen ersten Brief erhielten … Neun Jahre so zu leben, das ist für eine Familie eine lange Zeit … Manchmal weiß ich überhaupt nicht mehr, was ich denken soll. Habe ich nun einen Vater oder nicht? Ich weiß nicht, wie er jetzt aussieht, und an den Klang seiner Stimme kann ich mich überhaupt nicht mehr erinnern … Es ist alles wie ein Traum. So manche andere wäre vielleicht vor diesem Problem einfach davongelaufen. Aber ich kann nicht weglaufen, denn da ist ja noch Mamotschka. Und für mich kam Davonlaufen ohnehin nie in Frage. Es liegt einfach nicht in meiner Natur. Also schrieb ich meinem Vater einmal im Monat einen Brief, erzählte ihm von meinem Leben, von meinen Hoffnungen und meinen Träumen. Manche Briefe kamen durch, und gelegentlich erhielt ich sogar eine Antwort. Offensichtlich fand sich immer jemand, dem er diktieren konnte, denn seine Briefe trugen beinahe jedes Mal eine andere Handschrift. Und jeder Brief begann mit den Worten: *Mein liebes kleines Äffchen*. So hatte er mich schon als Kind immer genannt.«

Izabel sah Nadia jetzt plötzlich voller Argwohn an. »Und wohin schickst du die Briefe überhaupt? Wo lebt dein Vater jetzt?«, fragte sie.

»In Blagoweschtschensk.«

»Wo in aller Welt ist das denn?«

»In der Mandschurei nahe der russisch-chinesischen Grenze.«

»Wie ist dein Vater denn dorthin gekommen? Und wie hat er euch eigentlich gefunden?«

»Das ist eine lange Geschichte. Wir mussten uns dabei auf bruchstückhafte Informationen verlassen, im Wesentlichen auf ein halbes Dutzend Briefe von verschiedenen Leuten. Die Nachrichten, die wir erhielten, waren deshalb auch lückenhaft. Es ist uns aber trotzdem gelungen, die verlorenen Jahre einigermaßen zu rekonstruieren, jedenfalls in groben Umrissen. Als mein Vater in St. Petersburg im Krankenhaus war, wurde er von einem deutsch-russischen Arzt behandelt. Schon bald gab es erste Anzeichen einer Besserung. Er und der Arzt, ein Mann namens Riedle, wurden gute Freunde. Papotschka fing schließlich an, sich an Teile seiner Vergangenheit zu erinnern – an seinen Namen, seine Familie, sein Zuhause. Die Frage, wo seine Familie jetzt war und wie es ihr ging, ließ ihm von da an keine Ruhe mehr. Dann erinnerte er sich daran, dass wir Verwandte in Chelyabinsk haben. Über sie gelang es dem Krankenhaus schließlich, uns ausfindig zu machen.

Unsere Verwandten in Chelyabinsk boten uns an, sich um meinen Vater zu kümmern. Aber sie selbst haben einen geisteskranken Sohn, der ständiger Betreuung bedarf. Es wäre weder ihnen noch Papotschka gegenüber fair gewesen. 1920 wurde Papotschka dann in ein Pflegeheim verlegt, das jedoch schon im folgenden Jahr wegen Geldmangels schließen musste. Danach lebte Papotschka bei Doktor Riedle und seiner Familie auf einem kleinen Bauernhof im Ural. 1922 erhielten wir einen Brief von Doktor Riedle, in dem er uns mitteilte, dass seine Familie ihren Grund und Boden hatte verlassen müssen, weil in Russland jetzt überall Kolchosen gegründet wurden. Hätten sie sich geweigert, wären sie alle in ein Arbeitslager deportiert worden. Also machten sie sich zusammen mit anderen Angehörigen der deutsch-russischen Minderheit auf den Weg nach Osten. Papotschka ging mit ihnen. Jetzt leben sie am Fluss Amur, irgendwo in der Nähe der chinesischen Grenze. Riedle praktiziert in einem kleinen Krankenhaus bei Blagoweschtschensk.«

»Und es gibt keine Möglichkeit, deinen Vater zu sehen?«

»Nein.« Nadia seufzte. »Zuerst wusste ich überhaupt nicht, wohin mit meinem Zorn. Ich ging jeden Morgen auf den Hügel zum Leuchtturm der Festung Guia hinauf, um durch einen strammen Spaziergang all die Gefühle von Wut und Angst loszuwerden. Jetzt halte ich meinen Zorn unter Verschluss. Manchmal aber bricht er sich dann doch Bahn.«

Im Tempel wurde es jetzt wieder völlig still. Eine Fliege schwirrte um die Räucherstäbchen herum und landete schließlich auf einer der Kumquats, die auf dem Altartisch lagen. Das Insekt krabbelte zuerst auf der narbigen Schale herum, dann hielt es inne und begann sich mit den Vorderbeinen den Kopf zu putzen.

»Geht es dir jetzt ein wenig besser, nachdem du darüber gesprochen hast?«, fragte Izabel.

»Ja …«

»Nadia, das sind wirklich schreckliche Dinge, die du erlebt hast. Es tut mir so leid«, sagte Izabel und streichelte ihrer Freundin dabei tröstend den Rücken.

»Ich danke dir.«

»Ach, Quatsch! Wofür denn?«

»Dafür, dass du mir zugehört hast«, sagte Nadia. »Ich habe schon lange nicht mehr darüber gesprochen.«

Izabel nickte nachdenklich, lächelte dann. Sie umarmten einander.

Wieder vergingen einige Minuten. Nadia spürte, wie sich ihr Mund langsam zu einem Lächeln verzog. »Solltest du dich jetzt nicht besser auf die Suche nach Carlos machen? Wir wollen doch nicht, dass er ohne Begleitung durch die Rua da Felicidade spaziert, oder?«

»Das ist in der Tat ein gutes Argument.« Izabel erhob sich, winkte Nadia noch einmal kurz zu und war auch schon verschwunden. Nadia hörte, wie ihre Schritte die *Hutong* hinunter verhallten.

Einen Augenblick später erhob sich auch Nadia. Als sie auf die mondförmige Eingangstür zuging, sah sie Iain, der neben einer Öllampe kniete. Seine Jacke lag ordentlich zusammengelegt neben ihm auf dem Boden. Sie war sich zwar die ganze Zeit über bewusst gewesen, dass auch er sich im Tempel befand, ihre Erinnerungen hatten sie jedoch so überwältigt, dass es ihr irgendwann völlig egal gewesen war, ob er alles mit angehört hatte oder nicht. Er stand auf, und sie sahen sich ein paar Sekunden schweigend an. »Hallo«, sagte er schließlich. Nadia wandte den Blick ab. In der Ferne waren das Miauen von Katzen und leise Musik zu hören. Auf einem Balkon in der Nähe spielte ein Grammophon. »Es tut mir leid«, sagte er mit leiser Stimme. »Werden Sie mir verzeihen?«

Sie drehte ihm den Rücken zu, und als er versuchte, ihre Hand zu berühren, zog sie sie weg.

»Das mit Ihrem Vater tut mir entsetzlich leid, Nadia. Wirklich. Ich wollte Sie mit dem, was ich über ihn gesagt habe, keinesfalls beleidigen.«

In seiner Stimme lagen sowohl Freundlichkeit als auch Mitgefühl. Sie wandte sich zu ihm um und sah ihn an. Er hatte wieder eine Zigarette im Mund. Auf seiner Stirn zeigten sich tiefe Falten, und seine roten Haare waren feucht vom Schweiß.

»Sind Sie vorhin mit Izabel hereingekommen?«, fragte sie, obwohl ihr das bereits klar war.

Er nickte.

Ihr fiel auf, dass sein Hemd an seinem schweißnassen Rücken klebte.

»Dann warten Sie ja schon ganz schön lange auf mich.«

»Wenn es nötig gewesen wäre, hätte ich die ganze Nacht auf Sie gewartet.« Er wandte verlegen den Blick ab.

Nadia lächelte. »Wie geht es Ihrem Gesicht?«

Er rieb sich die Wange. »Für so ein zartes Mädchen haben Sie eine ganz ordentliche Handschrift.«

Sie machten sich gemeinsam auf den Rückweg zum Club. »Ich weiß bisher nur sehr wenig von Ihnen, Mr. Sutherland«, sagte sie. »Erzählen Sie mir doch etwas von sich. Ihr Dorf in Schottland, dieses Helmsdale, wo liegt das genau?«

»Ganz oben im Norden. An der Ostküste, ungefähr fünfzig Meilen von John O'Groats entfernt.«

»Aber Sie hören sich nicht anders an als die Engländer, denen ich hier begegne.«

»Meinen Akzent hat man mir in der Schule in England gründlich ausgetrieben. Das Christ's hat mich mit großer Sorgfalt von alldem gereinigt, was auch nur im Entferntesten Schottisch an mir war.«

»Ah ja, die Schule in Sussex. Haben Sie Familienangehörige hier in Macau?«

»Nein, meine Mutter und meine beiden Brüder leben in Schottland … das heißt, genau genommen nur noch ein Bruder. Er heißt Callum. Mein älterer Bruder James ist im Krieg gefallen.«

»Und was ist mit Ihrem Vater?«

Er zögerte. »Mein Vater lebt noch, aber wir… wir reden schon seit langer Zeit nicht mehr miteinander.«

»Sonst niemanden, der von Ihnen abhängig ist?«

»Es gibt einen Barkeeper im Rex, der ist ziemlich abhängig von mir, aber nein, sonst ist da niemand.«

»Dann müssen wir also beide mit einem Verlust leben«, sagte Nadia. Sie wurden sich beide plötzlich eines Gefühls der Zusammengehörigkeit bewusst und schwiegen. Sie gingen an den Gebäuden mit den geschnitzten roten Lackfassaden, an den geschminkten kantonesischen Prostituierten in ihren bunten Cheongsams und an den an Haken hängenden Öllaternen vorbei. Irgendwo in der Ferne schlug eine Glocke Mitternacht. Die weiße Sichel eines noch jungen Mondes stand hell am Himmel, ein weises, sich langsam bewegendes Auge. Der Beginn eines neuen Tages stand kurz bevor.

13

Am folgenden Morgen bestiegen Iain, Costa und Peter Lee eine Fähre, die sie zur Insel Taipa, dem ländlichen Erholungsgebiet südlich von Macau bringen sollte. Sie gingen schwimmen, tauchten im tiefen Wasser vor den Felsen, die der Bootsanlegestelle am nächsten waren. Iain war ein guter, begeisterter Schwimmer, der die kabbelige See in keiner Weise zu fürchten brauchte. Auch Costa war ein guter Schwimmer. Lee hingegen, der nie richtig schwimmen gelernt hatte, blieb lieber im flachen Wasser. Seine leichte Flanellhose hatte er anbehalten, aber bis zu den Knien hochgekrempelt.

Zuvor hatten sie ihre Strandtücher unter einem kleinen Unterstand zwischen den schattigen Bäumen ausgebreitet. Lee zog aus einer Tasche aus Leinwand einen Feldstecher, verschiedene Pläne und Landkarten heraus. Iain zog sich in der Zwischenzeit in einer der Nissenhütten, die in der Nähe standen, um. Als Costa dann in einem gestreiften, einteiligen Badeanzug mit breiten Trägern auftauchte, der seinen monströsen Bauch wie die dunkle, fettige Haut eines Wassergeists umschloss, brach er in schallendes Gelächter aus. »Gütiger Himmel!«, brüllte Iain. »Ein Nilpferd im Trikot!« Costa hatte gewisse Probleme mit seiner Badebekleidung, deren Stoff ihm ständig zwischen die Pobacken rutschte. »Deine Arme und Beine sehen aus wie gigantische Cocktailwürstchen!«

Iain zog es im Gegensatz zu seinem Freund vor, in einem Paar langer Unterhosen schwimmen zu gehen. Obwohl das Meerwasser in seiner Wunde am Hals brannte, liebte er das Gefühl, wenn das kalte Wasser seinen Körper umschloss und die Strömung seine Muskeln massierte. Er kämpfte mit großem Vergnügen gegen die Dünung an. Seine Gliedmaßen freuten sich geradezu über diese Herausforderung. Unterhalb der Gezeitenmarke sah Iain ganze Trauben von Seeigeln. Auf den Klippen wuchsen glitschiges Unkraut und einige zarte Blumen, denen es irgendwie gelungen war, in den schmalen Ritzen Fuß zu fassen: purpurrote Gerardia, eine bestimmte Sorte Strandflieder und ein paar kleine gelbe Blumen mit indigofarbenen Blättern, die oft so klein waren, dass sie mit dem bloßen Auge kaum mehr zu erkennen waren. Iain riss sich eine lange Gerardia-Girlande vom Fels und behielt sie in der Hand.

Als Costa aus dem Wasser steigen wollte, bot Iain ihm seine Schulter als Stütze an. Während der dicke Mann sich schnaufend auf die Füße rappelte, ließ Iain die Gerardia-Ranke in den Spalt zwischen Costas Pobacken rutschen. Iain freute sich diebisch, als er seinen Freund jetzt wie einen riesigen Troll mit Schlagseite den Strand hinaufwanken sah, die dünne purpurfarbene Pflanze, die aussah wie ein langer Schwanz, zwischen seinen dicken Pobacken. Iain hörte jetzt auch die anderen Leute kichern. Er selbst bemühte sich mit aller Macht, ernst zu bleiben. Erst als auch von den Sampans das schallende Gelächter der Fischerfrauen herüberhallte, griff Costa fluchend hinter sich.

Iain ließ sich von der Brandung ans Ufer tragen. Dem Wasser

entstiegen, ging er in die Hocke, stemmte dann die Hände in den Sand und begann mit einem Satz Liegestütze.

»Warum sind wir eigentlich hier, *Vermelho*?«, fragte Costa, der jetzt wie ein gestrandeter Pottwal auf der Düne lag.

»Wonach sieht es denn aus?«

»Also, im Moment sieht es für mich so aus, als würdest du den Boden bumsen.«

»Das nennt sich ›verschmelzen‹. Für jemanden, der uns beobachtet, soll es so aussehen, als würden wir einen Ausflug machen.«

»So was wie einen Betriebsausflug? Wie reizend! Ich hätte Tee und Kuchen mitbringen sollen!« Er bürstete sich den Sand von seinem Bauch, als wäre es Zucker. »Also«, sagte er. »Was steht im abschließenden Bericht des Leichenbeschauers?«

Iain keuchte vor Anstrengung, genoss dabei aber gleichzeitig das Brennen, das sich in seinen Muskeln auszubreiten begann. »Koh geht davon aus, dass man unser Opfer, B 188, an den Handgelenken aufgehängt hat. Dann hat man ihm einen Rosenkranz in den Mund gestopft, und schließlich ist er irgendwie in Süßwasser ertrunken.«

»Eine grausige Art zu sterben. Wie viele hast du schon?«, fragte Costa.

»Vierunddreißig… nur noch sechzehn. Halt jetzt den Mund, und warte, bis ich fertig bin!«

»*Vermelho*, warum musst du immer alles so verdammt ernst nehmen?«

»Warum? Weil jemand eine Sprengfalle in meiner Wohnung installiert hat und mir den Kopf wegpusten wollte. Ich bin davon überzeugt, dass man es wieder versuchen wird.«

Costa warf einen kurzen Blick auf Iains Hals. »Das ist doch nur ein Kratzer.« Er sah zum wolkenlosen Himmel hinauf, über dem noch ein Hauch rötliches Morgensonnenlicht lag, dann starrte er seine Zehen an. »Aaah! Verdammt! Eine Krabbe!«

»Hör auf zu jaulen, du alter Klotz. Die beißen doch nicht.«

Costa begann von einem Fuß auf den andern zu hüpfen.

»Kannst du dich nicht einmal hier am Strand benehmen wie ein normaler Mensch?«

»Tut mir leid, *Vermelho*.«

»Wenn ich fertig bin, machen wir ein Wettrennen zu Lee hinüber…« Und während er das sagte, wurde ihm bewusst, wie sehr er es genoss, sein Leben voll und ganz auszukosten. Ob er nun Liegestütze machte oder sich zum Frühstück pochierte Eier zubereitete, ob er einen Spaziergang in den Bergen machte oder eine Rede vor dem Ombudsmann hielt: Er gab immer sein Bestes, wählte nie den einfachen Weg. Das lag einfach nicht in seiner Natur.

»Immer geht es dir nur um den Wettbewerb. Wenn wir Golf oder Tennis spielen, versuchst du mich vom Platz zu fegen! Wenn wir zusammen einen trinken gehen, versuchst du mich unter den Tisch zu saufen. Du weißt doch sicher noch, wie die schottische Redensart lautet, die du mir beigebracht hast? Ich meine die, die ich meinen Nachbarn jetzt um drei Uhr in der Früh zubrülle?«

Iain beendete gerade seine dreiundvierzigste Liegestütze. »*Slainte mhath*!«, ächzte er.

»Richtig – ›*Slainte mhath!*‹, ›*Prosit!*‹ Inzwischen ist das bei mir schon zum Reflex geworden. Ich brülle es jedes Mal, wenn ich nach Hause komme. Meine Nachbarn halten mich inzwischen bestimmt für einen unverbesserlichen Säufer!«

Iain begann zu lachen. Es war ein ansteckendes Lachen, und schon bald lachte auch Costa. »Du bist wirklich ein komischer Kauz, *Vermelho*. Manchmal könnte ich mich über dich totlachen, und manchmal würde ich dir am liebsten den Hals umdrehen.«

Iain lachte noch immer. »Neunundvierzig… los, ich gebe dir fünf Sekunden Vorsprung. Der Verlierer zahlt das Mittagessen. Fertig?« Costa stürmte davon.

Iain vollendete noch seine fünfzigste Liegestütze und rannte ihm dann hinterher.

Sobald er und Costa den Unterstand mit ihren Strandtüchern erreicht hatten, begann Lee aufgeregt loszuplappern. Er hatte einen der Pläne des Bauamtes vor sich ausgebreitet, wobei er die Ecken mit Steinen beschwert hatte. »Sehen Sie sich das an, *Lo baan*!« Er zeigte auf die Karte. »Das hier sind die vier Stellen, an denen die Abwasserkanäle ins Meer münden. Der auf der Nordseite fließt in den *Canal dos Portos*.« Er tippte mit seinem Zeigefinger auf den oberen Teil der Karte. »Der zweite, der westliche, mündet hier in den *Porto Interior*, der dritte«, er zeigte nach rechts, »in den *Porto Exterior*. Und der letzte, dieser hier«, er deutete auf die ausgedehnte Wasserfläche zwischen Taipa und Macau, »das ist Barra Point, unten im Süden.«

Iain stand in der Sonne und rubbelte sich die Haare trocken. »Wir haben also vier Möglichkeiten. Wenn man jedoch die Meeresströmungen mit einbezieht, dann bleibt eigentlich nur einer übrig, auf den alle Kriterien passen. Die Leiche kann nur durch einen der dort mündenden Kanäle gespült worden sein.«

»Barra Point«, trompetete Costa atemlos, während er noch immer versuchte, den Stoff seines Badeanzugs zwischen seinen Pobacken hervorzuziehen. Ein Schauer von Meerwassertropfen fiel von seinen Armen und spritzte auf die Karte.

»So ist es. Und dann hat der Sog von der Taipa-Straße verhindert, dass die Leiche aufs offene Meer hinausgetrieben wurde.«

Costa nahm den Feldstecher zur Hand und sah hindurch. Er suchte anscheinend nach etwas, das sich auf der anderen Seite der Wasserfläche in der Nähe einer Reihe indischer Feigenbäume befand. »Und was nun?«

»Wir werden uns jeden einzelnen Abwasserkanal, der am Barra Point mündet, ansehen müssen.«

Die Speckrollen an Costas Backen bebten. »Ich werde mit absoluter Sicherheit in keinem dieser verdammten Kanäle herumkriechen.«

»Doch, das wirst du, Dicker. Ein alter Scheißkerl wie du sollte die Kloaken unbedingt einmal sehen.«

»Darf ich auch mitkommen?«

»Nein, Lee, Sie gehen nach Hause und verbringen ein bisschen Zeit mit Ihrer Mutter. Das hier ist nur etwas für die großen Jungs.«

»Ich werde Ihnen zeigen, das ich auch ein großer Junge bin!« Lee sprang mit im Wind flatterndem Hemd auf die Füße und spritzte dabei Sand über die Karten und die Handtücher. »Sehen Sie! *Haaachaaa*!« Er fuchtelte mit den Händen in der Luft herum, winkelte dann sein linkes Knie an. »Kung-Fu! Die Gottesanbeterin! *Horrr-chorrr!*« Er trat mit dem Fuß in die Luft, verlor prompt die Balance und fiel um.

Costa schüttelte den Kopf und seufzte. »*Deus!* Was für einen Idioten hast du uns da nur angeschleppt, *Vermelho!*«

In dieser Nacht stand Iain, unter den herabhängenden, dicht belaubten Zweigen eines indischen Feigenbaums verborgen, in der Dunkelheit und wartete. Die Rua da Barra war eine schmale, ruhige Allee direkt am Ufer, das den südlichsten Punkt der Stadt bildete. Er stand da, rauchte eine Zigarette und verhielt sich dabei absolut still. Er hatte auch große Vorsicht walten lassen, als er hierhergekommen war, hatte sich dann im tiefen Schatten des Baums verborgen. Jetzt beobachtete er ein paar Kulis, die an der Mole eine Reihe hölzerner Kisten abluden. An der Ponte No. 23 schlugen die Sampans und Wallah-Wallahs leise aneinander, während sie auf dem glasigen Strom dahindümpelten. Auf dem Boden um ihn herum lagen die zarten Blätter der Bäume. Iain hatte seinen Blick jedoch nicht auf den Boden, sondern auf das Meer gerichtet. Jetzt tauchten plötzlich in der Ferne zwei winzige Punkte auf dem schwarzen Wasser auf, die immer größer wurden. Es waren offenbar zwei Kerosinlampen. Die aufgeblähten gelben Lichter tanzten geräuschlos, während sie sich dem Ufer näherten. Nur ein paar Meter von ihm entfernt warf ein muskulöser Mann in einem ärmellosen Unterhemd ein Seil aus Kokosfasern ins Wasser. Iain sah, wie sich die Sehnen an den Schultern des Mannes spannten, als er den Sampan an der Mole festmachte. Dann wurden die Lampen gelöscht.

Ein anderer Mann, der vor einem Lagerhaus auf der anderen Seite der Straße stand, rief etwas in scharf klingendem Kantonesisch, offenbar eine Frage. Murmelnde Stimmen waren zu hören, verklangen dann. Schritte hallten auf Holz und entfernten sich. Iain drehte seine Zigarette herum und verdeckte das glimmende Ende in seiner Handfläche. So zu rauchen hatte er in Amiens gelernt. Die Zigarette so in der Hand zu halten war wegen der Heckenschützen überlebenswichtig gewesen. Er wartete, bis sich die Türen des Lagerhauses geöffnet und wieder geschlossen hatten und der Karren seine tiefen Furchen in den Boden aus gestampftem Lehm gegraben hatte. Er konnte die Silhouetten von vier, vielleicht fünf Personen erkennen, dann aber zogen dichte Wolken vor den Mond, und es wurde stockfinster. Vorübergehend war es vollkommen still. Iain erinnerte sich daran, dass es im Krieg genauso gewesen war wie jetzt. Damals hatte ihn jeder Zweig, den der Wind bewegte, und jedes Rascheln eines Blattes aufgeschreckt. Selbst das Zirpen einer Zikade hatte für ihn wie das leise Kratzen eines Messers geklungen. Irgendjemand schaltete jetzt eine kleine Taschenlampe ein. Iain sah, dass man den Karren inzwischen ans Ende der kleinen Mole geschoben hatte. Er war leer. Diese Leute arbeiteten wirklich schnell.

Der Wind hatte jetzt seine Richtung geändert und blies Iain einen salzigen Sprühnebel ins Gesicht. Er ließ sich von der Gischt die Haut kühlen und sah sich dabei noch einmal vorsichtig um. Er wollte absolut sichergehen, dass man ihn nicht bemerkt hatte. Inzwischen war der Mond wieder hinter den Wolken hervorgekommen. In den engen Gassen war jedoch keine Menschenseele zu sehen. Beruhigt wandte Iain seine Aufmerksamkeit wieder der Mole zu. Er warf einen Blick auf seine Uhr – viertel vor zwei. Ringsum erhob sich jetzt das laute Quaken der Baumfrösche und erfüllte die Luft. Als Iain die Mole beobachtete, sah er, dass die Männer die Holzkisten an Seilen zu dem kleinen Boot herabließen. Die Kisten waren offenbar ziemlich schwer, denn das Boot lag jetzt deutlich tiefer im Wasser. Er hörte das heisere Husten eines Dieselmotors, die Luft wurde in Zylindern verdichtet, und dann war da dieses charakteristische *chak-chak-chak* von Metall auf Metall. Der Motor erwachte schließlich knatternd zum Leben, und der Sampan setzte sich heftig vibrierend in Bewegung. Er teilte das schwere, dunkle Wasser der Bucht wie der Kopf eines Yangtze-Alligators, schnitt durch die niedrige Dünung, schlängelte sich tuckernd durch die Fluten, wurde immer kleiner, bis er sich schließlich in der dichten Dunkelheit verlor.

Trotz der leichten Brise war es noch immer sehr warm. Die Luftfeuchtigkeit lag in dieser Nacht bei fast neunzig Prozent. Iain zog seine Jacke aus, hängte sie sich über die Schulter und hielt sie mit zwei Fingern fest. Er schwitzte fürchterlich. Der Schweiß bedeckte seine Brust und seinen Hals und ließ wieder diesen juckenden Hitzeausschlag entstehen. Iain verließ den Schutz des Feigenbaums und ging dann langsam auf ein Fahrzeug zu, das in etwa fünfzig Metern Entfernung geparkt stand. Als er den Packard Sport Phaeton erreichte, begann es gerade, leicht zu nieseln. Er stieg in den Wagen, ließ die Tür aber weit offen stehen und starrte nachdenklich durch die Windschutzscheibe.

»Was hältst du davon?«, fragte er.

Costa hatte den Ellbogen ans Fenster gelehnt und den Kopf in die Hand gestützt. Sein Magen knurrte laut und vernehmlich. »Was ich davon halte?«, entgegnete er. *»Filho da puta!* Wir müssen komplett verrückt sein, um überhaupt darüber nachzudenken, nachts in der Kanalisation herumzukriechen. Vielleicht gibt es dort unten sogar Flusskrokodile!« Aus seinem Gesicht war alle Farbe gewichen. »Hast du eine Waffe?«

»Nein.«

»Hier, nimm die. Es ist eine Webley Mk VI.«

»Ich brauche keinen Revolver.«

»*Vermelho*, weißt du überhaupt, wie groß diese Kanalratten werden können? Denk nur dran, was sie mit dem Fuß dieses armen Kerls gemacht haben! Sie beißen sich einfach durch deine Schuhe hindurch und fressen dir dann die Zehen ab.«

»Also gut! Gib das Ding schon her. Und was ist mit dir?«

Costa schwenkte einen 45er Colt und wies damit in Richtung des Lagerhauses. »Wieso bist du eigentlich so überzeugt davon, dass das hier die richtige Stelle ist?«

»Die Männer im Lagerhaus haben irgendeine Schweinerei vor.

Die Spur ist ziemlich heiß, das spüre ich«, war alles, was Iain antwortete. Er nahm die Handkurbel aus Metall, die neben seinen Füßen lag, stieg aus und ging zur Front des Automobils. Ein paar Sekunden später leuchteten die beiden Scheinwerfer auf, und der schwere Achtzylindermotor erwachte dumpf grollend zum Leben.

In der völligen Dunkelheit sechs Meter unter der Erde suchten sich Iain und Costa, ausgerüstet mit starken Taschenlampen, ihren Weg durch die Kanalisation. Jeder Schritt führte sie tiefer in den Haupttunnel hinein, ein gemauertes Gewölbe, das wiederum auf Stützpfeilern aus Ziegelsteinen ruhte. Ein kleiner Bach mit schwarzem Wasser floss neben ihnen dahin und führte dabei jede Menge Feststoffe mit sich. Von den Wänden tropfte es beständig, Ratten rannten auf den Handläufen entlang. Der Gestank von Fäkalien wurde mit jedem Schritt stärker.

»Treten Sie in den Dienst der britischen Kolonialverwaltung«, Costas Atem zitterte hörbar, »und genießen Sie den Glanz des Empire. Lernen Sie die faszinierenden exotischen Orte kennen …«

»Sei still!«

Iain hob seine Taschenlampe. Der Boden stieg langsam und gleichmäßig an.

Sie erreichten jetzt die Mündung eines quer laufenden Kanals, bei dem ein Teil der äußeren Wand weggebrochen und auch die innere Röhre beschädigt worden war. Iain leuchtete mit seiner Taschenlampe die beschädigte Stelle aus. »Was hältst du davon?«

Costa bückte sich, um sich das Ganze genauer anzusehen. »Ich würde sagen, dass dieser Schaden durch extremen Wasserdruck verursacht wurde oder dass sich hier irgendetwas Großes und Festes verfangen hat. Es hat sogar das Rohr verformt.«

»Glaubst du, dass du da reinpasst?«

»Ich? Da rein? He, diese Hose habe ich mir gerade erst gekauft!«

»Komm schon, du Fettklops! Wenn du sie dir ruinierst, kaufe ich dir einen Kilt.« Er zog Costa am Arm. »Mir nach.«

Die Röhre maß ungefähr einen Meter im Durchmesser und war damit gerade breit genug, dass Costa sich in der Hocke hindurchzwängen konnte.

»Was ist, wenn ich stecken bleibe?«, fragte Costa.

»Na, dann hole ich halt einen Korkenzieher.«

»Du bist ein verdammter *Bastardo*, und das weißt du auch, nicht wahr?«

»Stimmt.«

Ihre Stimmen hallten durch die Röhre. Kaltes, klares Wasser umspülte ihre Knöchel. Costa ächzte bei jedem Schritt. Glücklicherweise weitete sich die Röhre immer mehr, je weiter sie nach oben führte. Costa begann zu husten. »Ich kriege hier unten kaum Luft. Wie weit ist es noch?«

»Drei Meter, vielleicht auch sechs, dann müsste diese Röhre in ein unterirdisches Auffangbecken münden.«

Iain schob sich entschlossen vorwärts. Die Wände des schmalen Tunnels wurden immer glitschiger. Er musste seine Finger jetzt in die glasierten Tonrillen der Röhre graben, um überhaupt noch voranzukommen.

Ein paar Minuten später plumpsten sie tatsächlich in ein Auffangbecken mit abgestandenem Regenwasser. Sie hielten ihre Arme hoch über ihren Köpfen, damit ihre Taschenlampen nicht nass wurden.

Wie zwei begossene Pudel kletterten sie aus dem Wasser und schüttelten sich. Dann tasteten sie sich in der Dunkelheit am schmalen Rand des Beckens entlang. Ratten sprangen vor ihnen ins Wasser und kamen wieder heraus. Schaben und weiße Tausendfüßler trippelten auf den mit Schlamm überzogenen Rändern auf und ab. Iain leuchtete mit seiner Taschenlampe zur Decke hinauf.

»Wonach genau suchen wir eigentlich?«, fragte ihn Costa. Beide Männer schwitzten mittlerweile heftig.

»Nach einem großen Metallhaken.«

Iain ging in die Hocke, folgte mit den Augen dem Strahl seiner Taschenlampe. »Da«, sagte Costa plötzlich und streckte seinen dicken, nassen Zeigefinger aus. Iain richtete seinen Blick auf die Stelle, auf die sein Freund zeigte.

Auf der anderen Seite des kleinen Sammelbeckens war eine Reihe langer, eiserner Spieße in die Ziegelwand eingeschlagen.

»Pass auf die Ratten auf«, warnte Iain Costa, dann schob er sich entschlossen weiter am Rand des Beckens entlang. Sich an die Wand lehnend, untersuchte er mit den Fingerspitzen vorsichtig die nach oben gebogene Spitze eines der Spieße und sagte dann über die Schulter gewandt: »Das scheinen Fleischerhaken zu sein.« Costas Taschenlampe blendete ihn. »Und wofür hältst du das?« Er zog an einem Strick, der an den Haken geknotet war.

»Das ist ein Stück von dem Seil, das unsere Wasserleiche am Handgelenk hatte.«

»Genau.« Iains Nackenhaare stellten sich auf. Ein kurzes Aufflackern von Nervosität und Angst, mehr nicht. »Dann hat man ihn also hier umgebracht.«

Er spürte, dass Costa seine Hand auf seinen Arm legte. »Ich glaube, ich weiß jetzt, was passiert ist.« Der dicke Mann ließ seinen Blick langsam von der Mündung einer Regenwasserröhre zu Iain und dann wieder zu der Röhre zurück wandern. »Da drüben.« Er machte ein paar Schritte nach vorn und richtete dabei den Strahl seiner Taschenlampe auf die Wand direkt über der Röhre. »In der Nacht, als der schwere Taifun tobte, kam das Regenwasser durch diese Röhre geschossen. Und zwar mit einer solchen Wucht, dass es unseren Mann vom Haken gerissen hat. Er muss mit dem Kopf unter Wasser geraten und ertrunken sein. Später dann wurden die Kanäle durch irgendetwas verstopft, und der Wasserspiegel begann zu steigen. Erinnerst du dich an die vielen Ratten? Sie waren in Panik. Ich denke, sie sind durch die Wartungstunnel geflohen.«

»Aber was hat die Kanäle verstopft? Unser Freund mit der Nummer B 188 war es jedenfalls nicht, sonst wäre er nicht ins

Meer hinausgespült worden. Nein, es muss etwas anderes gewesen sein.«

»Schau!«, sagte Costa. Der Strahl seiner Taschenlampe lag jetzt auf einer Metallplatte, die auf halber Höhe in die Wand eingelassen war.

»Das ist eine Luke oder eine Falltür. Ich wette, dass sie in den Plänen des Bauamts nicht zu finden ist.«

Iain kletterte auf Costas Schultern und rüttelte an der eisernen Platte. »Nicht aufzukriegen. Wahrscheinlich von innen verschlossen.«

»Kannst du irgendwelche Angeln erkennen?«

»Ja.«

»Dann schieß die Angelzylinder raus«, sagte Costa, der Iains Knöchel festhielt. »Und um *Punheteiros'* willen, beeil dich! Deine Schuhe stinken nach Scheiße!«

Iain gab Costa seine Taschenlampe und balancierte sich noch einmal aus, bevor er den Revolver von seinem Gürtel löste. Dann hielt er sich mit einer Hand am Rahmen der Luke fest und richtete den Lauf der Waffe auf die Angeln. Er feuerte dreimal. Der Rückstoß des Revolvers brachte ihn aus dem Gleichgewicht, aber es gelang ihm gerade noch, sich zu halten. Nur wenige Sekunden später quietschte es entsetzlich, und die Metallplatte fiel aus der Wand. Sie landete mit einem lauten Klatschen unter ihnen im Wasserbecken.

»Was ist dort oben, *Vermelho*?«

Iain beugte sich ein Stück nach vorn und berichtete ihm, was er sah. »Sieht aus wie ein Wäscheschacht. Hier«, er rollte eine Strickleiter aus, die an der Wand befestigt war, »komm doch rauf, und sieh es dir selbst an.« Seine Stimme hallte hohl in dem Schacht wider. Costa kam die Strickleiter herauf, dann kletterten sie nacheinander in den Schacht. Iains Herz hämmerte wie wild in seiner Brust, der Knall der Schüsse dröhnte noch immer in seinen Ohren. »Ich bin mal gespannt, wo wir jetzt rauskommen.«

Als sie das obere Ende des Schachts erreicht hatten, erhellte Costas Taschenlampe eine Kammer. Er ließ den Lichtstrahl langsam an den Wänden entlangwandern. Sie standen in einem länglichen, fensterlosen Raum. In der Mitte einer der Wände befand sich eine Holztür. Es stank penetrant nach Fußschweiß und nach schalem Tee. In einer Ecke lagen fünf oder sechs große Säcke aus wasserdichtem Material.

Iain kniff die Augen zusammen. In den Säcken befand sich eine dicke Schicht Holzwolle, die dazu diente, Hunderte von prallen, viereckigen Päckchen zu schützen. Diese waren sorgfältig in braunes Papier eingewickelt und mit Bambuszwirn verschnürt.

»*Dar o rabo!*«, rief Costa und fuchtelte dabei wie wild mit seiner Taschenlampe herum. Er wischte sich das Gesicht mit seinem Hemdärmel ab, bückte sich, nahm eines der Päckchen in die Hand und roch daran. Dann warf er triumphierend den Kopf in den Nacken. »*Vermelho*, das ist Opium!«

14

Eine angespannte Atmosphäre herrschte im Besprechungsraum im Keller des Britischen Konsulats. Es war neun Uhr morgens, und die Sonne war bereits als großer roter Ball aus dem Meer aufgestiegen. Genau zehn Schritte trennten Iain Sutherland von Utaro Takashi, dem Kopf des Geheimbundes Goldener Tiger. Takashi saß vornübergebeugt und in Handschellen an einem Tisch. Ein verschlagenes Lächeln lag auf seinem teigigen Gesicht. Er hatte gekrümmte Schultern, eine Adlernase und spitz auslaufende Augenbrauen, die sich wie Mondsicheln nach unten zogen. Iain fand, dass er aussah wie ein Geier.

Iain und Takashi starrten einander wie rivalisierende Jäger an.

»Warum haben Sie dem Opfer einen Rosenkranz in den Mund gestopft?«, fragte Iain.

»Das war eine Botschaft. Der Rosenkranz ist ein katholisches Symbol. Der Goldene Tiger befindet sich mit den katholischen Banden im Krieg.«

»Ist das nicht ein wenig zu melodramatisch?«

»Ich werde Sie nicht vergessen, Sutherland«, flüsterte Takashi. »Ich vergesse nicht, und ich vergebe nicht. Eines Tages, dann, wenn Sie es am wenigsten erwarten, werde ich Sie finden und töten.«

»Schicken Sie mir doch erst einmal eine Postkarte aus dem Gefängnis! Wären Sie so freundlich?«

»Jetzt lachen Sie noch. Aber wenn ich Ihnen ein Messer zwischen die Rippen gerammt habe, wird Ihnen das Lachen schon noch vergehen.«

Hinter ihnen spielte Costa an einer Kaffeetasse herum. Er sah sehr hungrig aus. In diesem Moment öffnete sich die Tür, und der Polizeichef betrat mit großen Schritten den Raum. Er rieb sich sichtlich erfreut die Hände. Iain riss seinen Blick von Takashi los und erhob sich.

»Hervorragende Arbeit, Mr. Sutherland«, sagte der Polizeikommissar.

Iain händigte dem Kommissar einen kurzen, handgeschriebenen Bericht aus, dann fasste er noch einmal kurz zusammen: »Immer wenn es eine Polizeirazzia gab, haben Takashis Leute die Säcke mit dem Opium wasserdicht verschlossen und den Schacht hinuntergeworfen. Dann haben sie das Loch im Boden verschlossen und einen Teppich darübergerollt. Irgendjemand hat dann unten die Säcke an die Haken gehängt, wo sie hängen blieben, bis die Luft wieder rein war.«

»Und was ist in der Nacht des Taifuns geschehen?«, wollte der Kommissar wissen.

»Das Wasser, das aus den Regenwasserkanälen hereindrückte, war so stark, dass es zuerst unseren toten Freund von seinem Haken gerissen und dann die Säcke davongeschwemmt haben muss …«

»Die daraufhin die Röhren verstopft haben.«

»Daher die Ratten.«

Die beiden Männer wechselten einen vielsagenden Blick. »Takashi wird schon bald wegen Opiumbesitzes und Opiumschmuggels vor Gericht stehen. Ach ja, was ich noch sagen wollte: Wir haben auch einen Sprengstoffspezialisten verhaftet. Wir wissen, dass der Mann mit Takashi in enger Verbindung stand. Er hatte sich auf Sprengfallen spezialisiert. Damit wäre also auch der Mordanschlag auf Sie geklärt. Sie haben nichts mehr zu befürchten.« Er schüttelte Iain kräftig die Hand.

Nadia und Izabel hatten sich schon in aller Frühe vor dem Government House eingefunden. Vor dem Eingangstor standen zwei angolanische Soldaten Wache, die durch sie hindurchstarrten, als wären sie Luft. Sie stiegen die steinerne Treppe zum vornehm widerhallenden Foyer hinauf und gingen dann durch das mit Azulejos-Kacheln geflieste Atrium. Töpfe mit Hinoki-Bäumen und riesige Ölbilder mit den Porträts früherer Gouverneure säumten die Wände. Die Empfangsdame begrüßte sie mit einem Nicken.

»Wir möchten den Gesundheitsminister Senhor Queiroz sprechen«, erklärte Izabel ihr.

Sie mussten über eine Stunde warten. Dann schickte man sie zu einem vertrottelt wirkenden Beamten, der sie wiederum an einen Kollegen verwies. Als sie dann wieder eine halbe Ewigkeit warten mussten, hatte Izabel endgültig genug. Sie sprach einfach einen Untersekretär an, der gerade zufällig vorbeikam, und behauptete, dass sie vom Roten Kreuz sei. Daraufhin führte man sie und Nadia unverzüglich zuerst eine mit einem roten Teppich ausgelegte Treppe hinauf und dann zu einem Büro am Ende eines langen Ganges, das von einem weiteren Soldaten in Paradeuniform bewacht wurde.

Izabel stürmte ohne anzuklopfen durch die Tür und sah sich einem elegant gekleideten Mann gegenüber, der an seinem Schreibtisch saß und ein unbequemes Nickerchen hielt. »Sind Sie der Gesundheitsminister?«, fragte sie ungehalten. »Sind Sie Senhor Queiroz?«

»*Que? Quem?*«, krächzte der Mann und griff erschrocken zum Telefon.

»Wir sind zu Ihnen gekommen, um uns in aller Form wegen der Babys zu beschweren«, sagte Izabel in energischem Ton. »Ich halte hier eine Petition in Händen, eine Petition, die ich bereits vor ein paar Tagen in dreifacher Ausführung an Ihr Büro gerichtet habe.«

Queiroz rieb sich die Nase. Den Telefonhörer am Ohr, ließ er seinen verwirrten Blick an Izabel vorbei zur Tür wandern. »Wer … wer sind Sie?«, fragte er.

»Mein Name ist Senhora Perera.« Sie nahm einfach gegenüber von Queiroz Platz und zog ihre Handschuhe aus. Auch Nadia setzte sich. Izabel sah den Minister unter ihrem eng sitzenden Glockenhut hervor böse an.

Queiroz versuchte es mit einem nervösen Lächeln. »Wenn Sie gekommen sind, um sich über Babygeschrei aus den Nachbarwohnungen zu beschweren«, mutmaßte er, »dann sind Sie hier an der falschen Adresse. In diesem Fall müssten Sie sich an Ihren Vermieter oder gegebenenfalls an den Minister für Wohnungsbau wenden.«

»Ich bin wegen der Babys gekommen, die vor den Toren Ihrer Krankenhäuser ausgesetzt werden«, sagte Izabel. Ihr Gesicht war jetzt sichtlich gerötet.

»Oh«, sagte er.

»Wie lange kann ein Baby Ihrer Meinung nach ohne Nahrung und schutzlos den Elementen ausgesetzt überleben? Und was ist mit den Ratten?«

Seine Stimme wurde jetzt fester, bekam ein gewisses Timbre. »Ich versichere Ihnen, dass man in unseren Krankenhäusern alles tut, was man kann. Aber wir haben einfach nicht die Möglichkeiten, um …«

»Unsinn!«

»Sie müssen wissen, dass jedes Jahr Hunderte von Kindern vor den Krankenhäusern ausgesetzt werden. Wenn wir das nötige Personal hätten, würden wir sie natürlich alle aufnehmen, aber wir können einfach nicht …«

»Also lassen Sie sie sterben. Einfach so. Sie lassen sie ohne die geringsten moralischen Bedenken einfach an Hitze, Kälte oder Hunger sterben. Ich aber höre ihr ersticktes Wimmern, Senhor Queiroz. Das sind winzige, hilflose Wesen. Diese Kinder sind zwei, drei Tage alt. Ihre nackten Füße sind purpurrot, und an vielen der Babys hängt noch die Nabelschnur …«

»In China werden weibliche Säuglinge verbrannt, erstickt oder streunenden Hunden zum Fraß vorgeworfen.«

»Wir sind aber nicht in China, falls Ihnen das entgangen sein sollte! Das hier ist eine portugiesische Kolonie! In Lissabon würde so etwas niemals passieren.«

Der Minister warf ihr jetzt einen langen, spöttischen Blick zu. »Dann erlaube ich mir den Vorschlag, dass Sie nach Lissabon zurückgehen.«

»Wie können Sie es wagen, Sie elender Wurm, Sie!«

»Senhora Perera, bitte. Sie verschwenden hier nur Ihre Zeit.«

»Was Sie eigentlich sagen wollen, ist doch, dass ich *Ihre* Zeit verschwende, nicht wahr? Wo ist der Gouverneur? Ich verlange ihn auf der Stelle zu sprechen.«

Queiroz beschäftigte sich damit, seine Ärmelaufschläge zurechtzuzupfen. »Der Gouverneur ist zurzeit nicht in der Stadt.«

»Dann werde ich mich eben an das Ministerium wenden!« Sie wedelte mit der Petition herum. »Ich werde bis zu dem für diese Kolonie zuständigen Minister und, falls es sich als nötig erweisen sollte, bis zum Richterausschuss gehen. Ihr Name und Ihre Ansichten werden groß und breit im *Jornal Acoriano Oriental* zu lesen sein. Das verspreche ich Ihnen!«

Senhor Queiroz' Stimme veränderte sich. Jetzt lagen unüberhörbar Unsicherheit und Beklemmung in seiner Stimme. Es schien, als hätte er plötzlich den verzweifelten Wunsch, zur Tür zu stürzen. »Senhora, bitte, verstehen Sie doch. Es gibt in ganz Macau nur ein einziges Waisenhaus.«

»Dann sollten Sie dringend ein weiteres bauen lassen! Hier geht es nicht um streunende Katzen. Es geht um Kinder! Um Babys! Deren Leben liegt in Ihrer Hand, und Sie lassen sie einfach untergehen! Sie ertränken sie!«

»Ich habe noch nie jemanden ertränkt«, erwiderte Quieroz.

»Das war eine Metapher«, warf Nadia ein.

»Wir werden ja sehen, was geschieht, wenn ich erst einmal mit dem Minister gesprochen habe. Mein Ehemann verfügt über gewisse Beziehungen, wie Sie schon bald merken werden!«

»Beruhigen Sie sich doch erst einmal, Senhora«, sagte Quieroz beschwichtigend.

»Mich beruhigen? Beruhigen? Da sterben direkt vor meiner Haustür drei Tage alte Säuglinge, und Sie sagen, ich solle mich beruhigen?« Izabel wurde fuchsteufelswild. Sie schlug mit der flachen Hand auf den Schreibtisch. »Sagen Sie dem Gouverneur, dass das mit Sicherheit nicht das Letzte war, was er von mir gehört hat!« Sie erhob sich und stürmte, Nadia im Schlepptau, ohne ein Wort des Abschieds aus dem Büro.

Sie stampften mit weit ausholenden Armen die Treppe mit dem roten Teppich hinunter.

»*Bosche moj!*«, sagte Nadia und konnte ein Lächeln nicht unterdrücken.

»War ich gut?«

»Gut? Ich kann überhaupt noch nicht glauben, dass du ihm derart die Meinung gesagt hast. Du hast dich da drin aufgeführt wie eine Furie!«

»Dieser abscheuliche Mensch!«, sagte Izabel immer wieder. »Abscheulich!«

Ihre Absätze klapperten wütend über die Azulejos-Fliesen.

»Und wohin gehen wir jetzt?«, fragte Nadia.

»Zum Schildermacher in der Rua do Bamboa. Weißt du zufällig etwas darüber, wie man eine Blockade organisiert?«

Ungefähr zur selben Zeit lehnte sich Costa in Iains Büro, wo Lee bereits wieder in der Ecke saß und auf seiner Schreibmaschine eifrig Aide-Mémoires tippte, in seinem Sessel zurück und stocherte mit einem Daumennagel zwischen seinen Zähnen herum. Er hatte beide Füße auf einen Aktenschrank gelegt und starrte Iain wortlos an.

Iain trommelte unablässig mit den Fingern auf seiner lederbezogenen Schreibtischplatte herum. Die Anspannung und die Nervosität der vergangenen Nacht pulsierten noch immer durch seine Adern.

»Du solltest lernen, dich zu entspannen, *Vermelho*. Angespannte Nerven führen zu verspannten Schultern und das wiederum führt schließlich zu einem verspannten Arsch. Und ehe du dich versiehst, ist deine Scheiße hart wie Stein, und du plagst dich den ganzen Tag auf der *Toalete* ab und ziehst dabei an deinen Schnürsenkeln.«

»Wovon zum Teufel sprichst du eigentlich?«

»Von Verstopfung. Einem trägen Darm. Dem großen Drücken. Auf Portugiesisch heißt das *Obstipacao*.«

»*Obstipacao*.«

»Ja. Eine schreckliche Sache. Wenn du nicht aufpasst, macht der Magenpförtner dicht, und dann füllt sich dein Magen langsam mit Gasen. Ihr Schotten leidet wahrscheinlich ständig unter Blähungen. Das kommt von eurer Ernährung. Was ihr braucht, ist Olivenöl. Das verhindert die Austrocknung. Olivenöl.«

»O Gott«, murmelte Iain. »Ich hatte völlig vergessen, dass du früher einmal Medizin studieren wolltest.«

»Aber ich habe natürlich das perfekte Allheilmittel.«

»Da bin ich mir sicher.« Iain sah Costa ohne größeres Interesse dabei zu, wie dieser seine dicken Waden vom Aktenschrank wuchtete und dann begann, in einer der unteren Schubladen herumzukramen.

»Das perfekte Schmiermittel«, sagte er mit einem breiten Grinsen im Gesicht. Dann stellte er zwei Gläser und eine halb volle Flasche Portwein auf den Büroschreibtisch.

»Das meinst du doch nicht ernst. Es ist gerade einmal zehn Uhr morgens, um Himmels willen.«

»Ach, wirklich?« Costa sah beleidigt aus.

»Wolltest du nicht heute Nachmittag diesen Melonenmann verhören?«

»Melonenmann?«

»Du weißt schon, den Kerl, der versucht hat, zwei Pfund Opium in einer ausgehöhlten Melone zu schmuggeln.«

Costa setzte eine Leidensmiene auf. »Und was soll ich bis dahin machen?« Er sah nachdenklich die Pistazienkrümel auf dem Schreibtisch an, befeuchtete seinen Zeigefinger und sammelte ein paar davon auf. Dann leckte er sich genüsslich den Finger ab. »Vielleicht sollte ich erst einmal Frühstück holen. Vielleicht ein süßes Brötchen mit Vanillecreme?«

»Bitte, tu das.«

Costa räusperte sich und spielte noch eine Weile mit den beiden Likörgläsern herum. Dann kratzte er sich resigniert seufzend am Nacken und schlurfte aus dem Zimmer.

»Lee«, sagte Iain und stand auf. »Hören Sie auf zu schreiben, und kommen Sie mit.«

Iain und Lee schlenderten im grellen Sonnenlicht von der Avenida da Republica auf die Praya Grande und den gesprenkelten Schatten der Banyanbäume zu.

»Wohin gehen wir eigentlich, *Lo baan*?«

»Zu einem Schmuckgeschäft.«

»Einem Schmuckgeschäft? Wieso denn das?«

»Sie müssen für mich feilschen.«

Als sie an den bewaffneten angolanischen Soldaten, die vor dem Amtssitz des Gouverneurs Wache hielten, vorbeigingen, wären sie fast mit Izabel Perera zusammengestoßen. »Olá!«, rief sie und hielt Iain sogleich eine Schriftrolle unter die Nase. »Bitte unterzeichnen Sie diese Petition«, bat sie aufgeregt. »Es geht um die Kinder.« Iain war sich nicht ganz sicher, worum es überhaupt ging. Dennoch unterschrieb er bereitwillig.

»Haben Sie Nadia heute schon gesehen?«, fragte er in holprigem Portugiesisch.

»Sie ist noch beim Schildermacher.«

Iain nickte verwirrt. »Ich muss jetzt weiter«, sagte er.

Fünf Minuten später war Iains Rücken schon klatschnass vom Schweiß. Also winkte er an der Einmündung der Rua Lisboa eine Rikscha heran und nannte dem Rikschajungen sein Fahrtziel. Dann stiegen er und Lee über die Zugstangen und nahmen auf dem Rattansitz in dem apfelgrünen Vehikel Platz. Das rote Verdeck, das dem eines Kinderwagens nicht unähnlich war, bot ihnen zumindest ein wenig Schutz vor der Sonne. Der Rikschajunge nahm die Stangen in die Hand und lief die Estrada do Penha entlang auf die eindrucksvolle Kirche auf dem Hügel zu, bevor sie dann die von Bäumen gesäumte Rua da S. Lourenço entlangrollten.

Ihr Weg führte sie an einem kleinen Park mit einem Lotusgarten vorbei. Iain spürte, wie sich seine Schultern allmählich zu lockern begannen und sein ganzer Körper sich langsam entspannte. Er betrachtete den kleinen Teich, den Steingarten, die künstliche Grotte, die Azaleen und die Bougainvilleas. Eine Gruppe von *Fah-wong*-Frauen kauerte auf dem Boden und schnitt das Gras mit Rasenscheren. Er sah auch einen Gärtner, der einen Bambusstab auf seiner Schulter balancierte, an dem zwei Bewässerungstrommeln hingen.

»Ist es nicht seltsam«, sagte er zu Lee, »dass chinesische Gärten immer um eine Wasserquelle herum angelegt werden?«

»Gibt es in Schottland auch Gärten?«

»Nicht viele. Die Gegend um Helmsdale und Golspie herum ist ziemlich karg, und Richtung Brora ist es auch nicht viel besser. In Dunrobin Castle allerdings gibt es ein paar Gärten. Sie sind denen von Versailles nachempfunden. Im Sommer sind sie wirklich schön. Sie gehören dem Duke of Sutherland.«

»Ist der Duke Ihr Vater?«

»Nein.«

»Ich habe gesehen, dass Sie heute einen Brief von zu Hause bekommen haben.«

Iain nickte. »Ja, von meiner Mutter. Sie wollte wissen, ob sie mir noch ein Paket mit Nairn-Keksen und Orkney-Haferkuchen schicken soll.«

»Haben Sie Sehnsucht nach Ihrer Mutter?«

»Ja.« Er hatte tatsächlich Sehnsucht. Er vermisste es, sie an der steinernen Spüle in der Küche stehen und Kartoffeln und Rüben schälen zu sehen. Er vermisste ihre großen, breiten Hände, mit denen sie nach einem Fußballspiel immer seine Knöchel massiert hatte. Er vermisste die kratzige Herzlichkeit ihrer Umarmung, den Geruch nach gebratenen Heringen, der in ihren Haaren hing, den Klang ihres ansteckenden Lachens. Er vermisste auch dieses wunderbare Gefühl, wenn er ihr zuhörte, wie sie zur Grammophonmusik mitsang. Was er jedoch mehr als alles andere vermisste, das waren die Gespräche mit ihr.

»Erzählen Sie mir mehr von Ihrer Mutter, *Lo baan*. Wie ist sie?«

»Sie ist der sanftmütigste Mensch, den ich kenne.«

»Und Ihr Vater?«

Iain versuchte sich seinen Vater mit seinen verächtlich geschürzten Lippen oder mit seinem zahnlückigen Lächeln vorzustellen. Sein Vater hatte als Junge beim Hockeyspielen ein paar Zähne verloren, sodass sein Mund, wenn er lächelte, dem Gitter eines Kreuzworträtsels ähnelte. Iain seufzte. Er fühlte sich nicht im Stande, über seinen Vater zu sprechen. Seine Laune verdüsterte sich mit einem Schlag.

Er erinnerte sich jetzt an die vertrauten Gesichter seiner Kindheit, die schmalen Straßen, das torfige Wasser, an die auf Beute lauernden Kormorane. Den Sonntagsgottesdienst in der Cross Free Kirk, die stumme Zusammenkunft von Männern und Frauen in grauem Tweed. Er hörte wieder die Rufe der Fischer von Helmsdale, wenn sie mit ihren Booten aufs Meer hinausfuhren, die vertrauten Stimmen der Frauen, die Wäsche aufhängten, das fröhliche Geschrei der Kinder, die mit dem Betttuch einer bedauernswerten Hausfrau ein Tauziehen veranstalteten. An all das erinnerte sich Iain in letzter Zeit öfter. Und dann war da noch etwas: Es war jetzt fast auf den Tag genau sechzehn Jahre her, dass …

Er sah den Zug nach Inverness, sah seine weinende Mutter, die ihm mit einem weißen Taschentuch zum Abschied zuwinkte, sah den Stationsvorsteher mit seiner blauen Kappe, die schräg auf seinem Kopf saß.

Der Geruch des blühenden Heidekrauts hatte in diesem heißen August über dem Land gelegen. Die Blüten mit ihren purpurfarbenen und roten Spitzen hatten über dem Heideland gewogt, Austernfischer hatten in der Ferne getanzt und den Horizont gesprenkelt. Seine Gedanken führten ihn wohl schon zum tausendsten Mal zu jenem einen Tag in dem weiten Tal zurück. Er sah die Szene auch jetzt wieder im Geiste vor sich: den dahinschießenden Fluss, dessen Wasser die Farbe von Kobalt hatte, die Sterne, die tief am Himmel standen. Er sah sich über den Viehzaun klettern und sich seinen Weg durch das Gebüsch bahnen. Und dann stand er plötzlich wieder am Fluss, unter dem schützenden Blätterdach einer großen Birke ganz in der Nähe der Kildonan Falls. Er kannte hier beinahe jeden Stein, jeden Zaunpfosten. Die kleine Lichtung war mit Hufspuren des Rotwildes und mit verrottenden Fichtenzapfen übersät. Der Geruch von aufgewühltem Schlamm lag in der Luft. Die nassen Blätter unter den Sohlen seiner hohen Wasserstiefel waren glitschig. Er sah sich, wie er das eine Ende des Dreimeternetzes mit hölzernen Pfosten in der Erde verankerte, dann, das andere Ende in der Hand, den Fluss an seiner schmalsten Stelle überquerte und es mit Steinen beschwerte. Anschließend warf er in die tiefen, unbewegten Stellen des Flusses ein Stück weiter unten ein paar Steine, um die Fische auf diese Weise stromaufwärts in seine Falle zu treiben. Er wiederholte das Ganze sechs-, sieben-, achtmal und machte in dieser Nacht einen guten Fang. Schließlich lagen die gefangenen Lachse wie sieben Barren Silber nebeneinander unter der Birke aufgereiht. So viele würde er kaum tragen können. Dann hörte er plötzlich einen Zweig knacken.

Sein Vater hatte sich ihm nahezu lautlos genähert. Iain erinnerte sich, dass er sich erschrocken zu der dunklen Gestalt umgedreht hatte, die plötzlich auf einem kleinen Pfad aus dem Unterholz herauskam, erinnerte sich, dass er den Kopf gehoben und das ungläubige Gesicht seines Vaters gesehen hatte. Er hatte sich dabei unendlich hilflos gefühlt. Das Licht des Mondes war mit einem Mal von der Wasseroberfläche verschwunden. Sein Vater, der Gewässeraufseher, das war der Jäger, und er, sein fünfzehnjähriger Sohn, er war der Gejagte. Er erinnerte sich, dass das Fischernetz, mit dem er schwarz gefischt hatte, in seinen Händen gezittert hatte, erinnerte sich an die schimmernden Lachse, die tot auf dem bröckelnden Ufer gelegen hatten. Beide, der Mann und der Junge, hatten wie erstarrt dagestanden. Dieser Ausdruck auf dem Gesicht seines Vaters! Diese unermessliche, unbegreifliche Schande!

Iain Sutherland schloss die Augen. Das alles war jetzt sechzehn Jahre her, hielt er sich vor. Sechzehn verdammte Jahre.

Am oberen Ende der Rua da S. Lourenço teilte sich die Straße. Die Rikscha bog in die Rua Central ein, wurde langsamer und kam schließlich fünfzig Meter vor einer Häuserzeile, in der sich eine Reihe von Juweliergeschäften und Goldhändlern befand, wackelnd zum Stehen.

Iain stieg aus und bezahlte den Rikschajungen.

»Ich möchte, dass Sie für mich verhandeln«, sagte er dann zu Lee, während er auf eines der Juweliergeschäfte zuging.

Lee nickte.

Iain spürte ein seltsames Gefühl in seiner Brust aufsteigen – eine merkwürdige, ungewohnte Mischung aus Freude, Aufregung und Angst. Schweiß rann seinen Rücken hinunter. Er warf einen Blick in das erleuchtete Schaufenster und sah dort das Schmuckstück liegen, das er schon vor Tagen ausgesucht hatte – es lag neben einer makellosen Perlenkette auf einem kleinen Samtkissen –, dann teilte er den roten Perlenvorhang mit beiden Händen und betrat zusammen mit Lee den Laden. Er ging zu den Schaukästen voller Elfenbein, Jade und in Platin gefasster Diamanten und bat den Juwelier, einen älteren Chinesen, sich das Stück, das er ausgesucht hatte, ansehen zu dürfen. Der Juwelier strahlte ihn mit einem breiten Lächeln, bei dem seine Goldzähne blitzten, an. Dann deutete er auf einen Stuhl und rief seiner Frau durch die Hintertür zu, dass sie Tee bringen solle. »Sie sind ein besonderer Kunde«, sagte er grinsend. »Und deshalb mache ich Ihnen einen besonders günstigen Preis.«

15

Am nächsten Tag gingen Iain und Nadia spazieren. Ihr Ziel war der Guia-Hügel. Man hatte von dort aus einen wunderbaren Blick auf die Inseln Taipa und Coloane, die für ihre Fabriken für Feuerwerkskörper, ihre Streichholzmacher und ihre schwarzen Sandstrände berühmt waren. Nadia deutete auf das weite Ackerland, auf die wogenden, grünen Hügel, die kleinen Hütten aus Bambus und Flechtwerk.

Oben angekommen, begann Nadia Flugblätter an die Passanten auszuteilen, auf denen das Ende der Kindestötungen gefordert und die Regierung zum Handeln aufgerufen wurde. Auf der Rückseite jedes der Flugblätter war in orangefarbener Schrift eine Einladung zu einem Kuchenverkauf gedruckt, der zugunsten der ausgesetzten Kinder im Garten der Kirche S. Lourenço stattfinden sollte. Obwohl Nadia dem ganzen Projekt anfangs noch ziemlich gleichgültig gegenübergestanden hatte, war sie inzwischen Feuer und Flamme für die Sache – Izabels Enthusiasmus hatte sich als überaus ansteckend erwiesen.

Nachdem sie ungefähr die Hälfte der Flugblätter verteilt hatte, stiegen sie den weiß gekalkten Leuchtturm hinauf. Sie blickten von der Aussichtsplattform auf den Hang hinunter, über die unzähligen Kiefern bis zum äußeren Hafen, wo die Silhouetten der langsam dahinziehenden Dschunken, die vom offenen Meer hereinkamen oder gerade aus dem Hafen ausliefen, zu sehen waren. Sie konnte auch drei winzige Gestalten ausmachen, die vor den Toren des Government House auf und ab marschierten. Ihre weißen Schilder leuchteten im Sonnenlicht. »Oh Gott, sag jetzt nicht, dass ich mit dem, was ich glaube, recht habe«, sagte Iain.

Nadia nickte. »Das sind Izabel, Mamotschka und Frau Lo.«

»Wie hat es deine Freundin nur geschafft, auch noch deine Mutter von ihrer Sache zu überzeugen?«

»Na, sie hat sie einfach zum Mittagessen eingeladen.«

»Und warum bist du nicht unten bei ihnen?«

»Ich? Ich habe doch die Aufgabe übernommen, die Flugblätter zu verteilen.«

»Du stehst voll und ganz hinter dieser Sache, nicht wahr?«

»Ja.«

Später sahen sie sich im Roxy in der Rua Victor eine Hollywood-Matinee an. Im Saal war es so heiß, dass sich fast alle Zuschauer mit einem Papierfächer oder einer Zeitung Luft zufächelten. Als Nadia weitere Flugblätter austeilte, wischten sich die Leute die Stirn damit ab, während sie sich alle wortreich über die drückende Hitze beklagten. In ebendiesem Moment begann die Wochenschau, über die Kinoleinwand zu flimmern. Berichtet wurde über den Bürgerkrieg in China – über die Kämpfe in Hailufeng, über Chiang Kai-sheks Truppen in Schanghai, die Jagd auf Kommunisten machten, über brennende Häuser in Ninggang und die Nationalisten der Kuomintang, die singend durch die Reisfelder einer südlichen Provinz marschierten –, und das Nörgeln verebbte schon bald zu einem gedämpften Flüstern.

Noch vor dem Ende der Vorstellung verließen sie das Kino und gingen in ein kleines *Restaurante* an der Ecke der Rua Direita. Dort bestellten sie dann ein würziges Afrikanisches Hühnchen und eine Platte mit gegrilltem Fisch. Unabhängig voneinander kam beiden der Gedanke, dass nur Menschen, die bereits miteinander sehr vertraut waren, ein gemeinsames Essen so sehr genießen konnten. Iain wollte unbedingt mehr über Nadia erfahren, wollte ihr aber gleichzeitig auch etwas von sich erzählen. Bei einer Flasche *Vinho verde* verrieten sie sich dann gegenseitig ihre kleinen Geheimnisse, ihre verborgenen Gedanken, machten Witze über ihre Essensvorlieben. Er gestand ihr sein Faible für scharfe Soßen und seine Schwäche für Schokoladencreme, Karamellbonbons und »soor plooms«. Sie beichtete ihm, dass sie schwarze Oliven hasste und eingelegte rote Bete mit Sahne liebte. Was sie ihm dann aber beim Kaffee erzählte, überraschte ihn wirklich – sie erzählte von ihrer Kindheit in Russland, und sie erzählte ihm von den tiefen Gefühlen, die sie mit ihrer Familie verbanden.

Sie erzählte ihm von den Sommern ihrer Kindheit, in denen sie in den riesigen Heumieten gespielt hatte, die auf den Wiesen errichtet worden waren. Sie war in das Heu hineingesprungen und dann wieder daraus aufgetaucht wie eine Forelle in einem Bach. Sie erzählte von den Wintern, wenn ihr Vater ihr eine Rodelbahn aus Eis gebaut hatte, die vom Balkon im ersten Stock bis zum Teich hinuntergeführt hatte. Ihre blauen Augen begannen, in der Sonne zu strahlen. Während sie all das erzählte, sah Iain nicht mehr die Frau im Restaurant vor sich, die sich mit beiden Händen an der Tischkante festhielt, sondern das kleine Mädchen, das mit seinem Vater über die Kornfelder lief, huckepack, die Arme um seine Schultern geschlungen, ein strahlendes Lächeln im Gesicht. Sie war verletzlich, weich, und sie war ohne jede Arglist. Iain kam sich angesichts all dessen mehr als nur niederträchtig vor; schließlich hatte er sich Nadia anfangs nur aus beruflichen Gründen genähert, hatte sie getäuscht. Und das war etwas, was sie bis heute nicht wusste. Er fragte sich ernsthaft, ob er ihr nicht doch alles gestehen sollte.

Ohne Iains plötzliche Unruhe zu bemerken, saß Nadia da, trank ihr Sodawasser und studierte aufmerksam die Speisekarte. Sie war sichtlich begeistert. Und es gab so vieles, was sie über Iain wissen wollte. Sie hatte so viele Fragen, die sie ihm stellen wollte. Sie spürte in der oberen Hälfte ihres Kopfes, direkt über ihren Augen, eine Leichtigkeit, eine freudige Erregung, die sich irgendwann über ihren Körper ausbreitete und schließlich den ganzen Raum erfüllte. Es weckte in ihr das Bedürfnis zu lächeln.

Nadia sah ihn an. »Sag, was machst du eigentlich beruflich?«, wollte sie wissen.

Er hielt inne, überlegte einen Moment. »Ach, mal ist es dies und mal jenes … Ich arbeite für die Regierung Seiner Majestät. Ich würde sagen, man könnte mich am ehesten als eine Art von behördlich zugelassenem Aufrührer bezeichnen.«

»Oooh …«, sagte sie mit leuchtenden Augen und verbarg ihr Gesicht neckisch hinter ihrer Serviette. »Du meinst, du bist ein Spion, ein Maulwurf, ein *Phantom*?«

»Nein, nichts dergleichen.« Er trank einen großen Schluck Bier, leerte dabei sein Glas. Sie lachte, als sie sein sichtliches Unbehagen bemerkte, und empfand dabei eine seltsame Genugtuung.

Ein paar Sekunden verstrichen, bevor er sagte: »Nadia, ich habe oft über deinen Vater nachgedacht. Willst du mir nicht mehr über ihn erzählen?«

Ihr Blick wanderte in die Ferne. Ein Kellner brachte einen Korb mit frischen, noch warmen Brötchen und eine Platte mit paprikafarbenen Würstchen als Vorspeise. »Was willst du denn wissen?«

»Im Grunde alles. An was kannst du dich noch alles erinnern?«

Sie überlegte einen Moment, lachte und hielt sich dabei verschämt die Hand vor den Mund. »Er hat mich immer sein kleines Äffchen genannt, weil ich ständig auf die Bäume in unserem Garten geklettert bin.«

Iain lächelte und wirkte dabei über alle Maßen zufrieden. »Sein kleines Äffchen, ja, das hast du bereits erwähnt. Was noch?«

Nadia lehnte sich auf ihrem Stuhl zurück. Sie hatte ein Brötchen in zwei Hälften gebrochen und höhlte es jetzt mit ihrem Daumen aus. Sie holte tief Luft und seufzte. »Er war ein wirklich gut aussehender Mann, vier Jahre älter als Mamotschka. Er hatte dunkle Haare, ein schmales Gesicht und die gleichen blauen Augen wie ich. Damals in Russland haben die Leute immer zu Mamotschka gesagt, dass sie großes Glück hatte, ihn bekommen zu haben. Mamotschka hat mir oft gesagt, dass er die Leute gern zum Lachen gebracht hat. Aber er hat das niemals auf Kosten anderer getan oder indem er sich aufgespielt hat, sondern er machte sich über sich selbst lustig. Einige sagten, wenn er einen ansah, dann sei es so gewesen, als würde die Sonne aufgehen. Ich aber glaube, dass der wahre Grund, warum die Leute ihn so sehr mochten, seine Zerbrechlichkeit war. Diese Zerbrechlichkeit konnten sie nicht einordnen. Er vermittelte anderen Menschen den Eindruck, dass er sie brauchte, dass er auf sie angewiesen war. Er und Mamotschka haben sich in einem Theater in Moskau kennengelernt, als er mitten in einer Vorstellung von Molières

Der Bürger als Edelmann durch die Bodendielen des ersten Ranges gebrochen und direkt in ihren Schoß gefallen war. Papotschka sagte immer, es habe sich angefühlt, als wäre er auf einer dicken Daunendecke gelandet. Als er dann den entsetzten Ausdruck auf ihrem Gesicht gesehen hatte, hatte er einfach lachen müssen. Die beiden verliebten sich auf der Stelle ineinander. Es waren also gewissermaßen die Holzwürmer, die sie zusammengeführt haben.«

Manchmal hatte Nadia auch heute noch seine Stimme im Ohr. Tief, sanft und mit einem schelmischen Unterton.

»Fehlt er dir sehr?«

Nadia sah die Flaschen an, die auf der Bar aufgereiht standen. Sie überlegte, während sie ein Würstchen in die ausgehöhlte Mitte ihres Brötchens legte. »Ich weiß es nicht«, sagte sie schließlich. »Ich weiß es wirklich nicht. Manchmal fühle ich diesen Schmerz in meinem Herzen.« Ihre Stimme verlor sich, wurde vom Bellen eines streunenden Hundes übertönt.

»Willst du ihn denn nicht wieder umarmen können? Willst du denn nicht, dass ihr wieder eine Familie seid?«

»Mein Vater verschwand aus meinem Leben, als ich sieben Jahre alt war. Vieles von dem, woran ich mich zu erinnern glaube, sind Eindrücke, die ich von Fotos habe. Er war nicht bei mir, als ich von einem Kind zu einer Jugendlichen wurde. Und auch als ich erwachsen wurde, war er nicht an meiner Seite. Er hat weder meine Erfolge noch meine Misserfolge miterlebt und auch nicht, wie ich mich verliebt und wieder entliebt habe. Ich konnte ihm keine der Fragen stellen, die eine Tochter ihrem Vater eben stellt. Das ist wie – ich kenne das englische Wort dafür nicht. Auf Russisch sagen wir *uresywat*. Es ist, als wäre einem irgendetwas Wichtiges genommen worden.«

»Eine Art Beschneidung?«

Sie nickte und biss von ihrem Wurstbrötchen ab. »Ja, eine Beschneidung, die einen für immer prägt. Eine der Hauptfiguren der Geschichte meines Lebens wurde viel zu früh einfach aus der Handlung herausgenommen. Ich wusste mit einem Schlag nicht mehr, was ich mit meinem Leben anstellen soll, was ich eigentlich will. Und dieses Gefühl hasse ich.«

»Sicher ist es noch nicht zu spät, um …«

»Das alles ist jetzt mehr als zwanzig Jahre her, Iain. Ich wünsche mir jetzt einfach nur noch irgendeine Lösung. Um mein eigenes Leben weiterführen zu können, musste ich ein Stück von ihm sterben lassen. Manchmal frage ich mich, was geschehen würde, wenn er jetzt zur Tür hereinkäme – ich habe nicht die geringste Ahnung, wie ich reagieren würde. Ein Teil von mir sehnt sich danach, die Vergangenheit auferstehen zu lassen, auch wenn es nur für wenige Minuten wäre. Aber dann ist da noch dieser andere Teil von mir. Der dunkle Teil. Der Teil, der die Vergangenheit einfach nur noch vergessen will. Und wenn auch nur, damit es endlich aufhört, weh zu tun.«

»Was ist mit deiner Mutter? Was empfindet sie?«

»Mamotschka?« Nadia seufzte. »Mamotschka ist wie ein Baum, der langsam seine Blätter abwirft … Ihr Herz wird noch lange Zeit brauchen, um zu sterben. Ich glaube, Mamotschka würde alles tun, um ihn wiederzusehen. Einfach alles.«

»Du sagst, dass er jetzt irgendwo am Amur lebt?«

»Ja. Bei einer Familie namens Riedle. Seine Briefe tragen den Poststempel von Blagoweschtschensk. Er schreibt jedoch, dass er in einem Dorf namens Elitschoko wohnt. Die Handschrift ist allerdings nicht die seine. Es muss also jemanden geben, der die Briefe für ihn schreibt.«

»Blagoweschtschensk«, sagte Iain und versuchte sich dabei die Karte der Mandschurei zu vergegenwärtigen. »Ich glaube, das liegt am linken Ufer des Amur. Der Fluss ist dort ziemlich mächtig und sehr, sehr breit. Im Winter friert er regelmäßig zu. In den Sommermonaten ist es sehr gefährlich, ihn zu überqueren. Die nächste Stadt auf der chinesischen Seite ist dann, wenn mich nicht alles täuscht, Heihe.«

Nadia schien ihm jedoch gar nicht zuzuhören. »Ist es nicht seltsam?«, sagte sie, offensichtlich tief in ihre eigenen Gedanken versunken. »Zuerst trennte uns das Feuer, und jetzt das Wasser.«

»Denkst du noch oft an den Tag, an dem euer Haus abgebrannt ist?«

Sie legte ihr halb aufgegessenes Brötchen auf den Teller. »Manchmal.«

»Stammt die Narbe an deinem Arm von damals?«

Durch diese unerwartete Frage verwirrt, berührte Nadia unwillkürlich ihren Unterarm. Sie spürte die harten Erhebungen auf der granulierten Haut – eine unauslöschliche Erinnerung an meine Vergangenheit, dachte sie.

Sie zuckte zusammen, als sie plötzlich seine Hand auf der ihren spürte. Ihr wurde in ebendiesem Augenblick zum ersten Mal bewusst, dass der Grund, weshalb sie ihn mochte, nicht sein Aussehen oder seine Stärke war. Es war seine Sensibilität, die sie so sehr anzog.

»Es tut mir leid, Nadia. Ich bin so ein verdammter Idiot. Ich hätte dieses Thema nicht ansprechen sollen.« Er streckte die Hand aus und strich ihr vorsichtig eine Strähne aus den Augen.

Sie spürte die Berührung seiner Hand noch Stunden danach.

16

Am nächsten Nachmittag gingen Iain und Nadia zum Schwimmen nach Taipa. »Musst du heute denn keine Flugblätter verteilen?«, fragte er.

»Nein.« Sie lachte. »Heute ist sozusagen Ruhetag. Izabel hat nämlich vom vielen Marschieren schon Blasen an den Füßen!«

Sie zogen sich in den Nissenhütten, die ein Ende des Strands säumten, um und hängten ihre Sachen an die dort angebrachten Haken. Nadia drehte sich auf dem grauen Betonboden, der von unzähligen Füßen blank gescheuert war, ein paar Mal hin und her. Einen gelben Schal hatte sie wie eine Zigeunerin um ihren Kopf geschlungen. Aber ob ihr Badeanzug mit dem offenen Kragen und den Rüschen, der nicht nur ihre Arme, sondern auch ihre Beine bis zur Mitte des Oberschenkels entblößte, nicht doch ein bisschen zu gewagt war? Jetzt war es ihr plötzlich doch ein wenig peinlich, so viel Bein in der Öffentlichkeit zu zeigen.

Iain sprang mit einem lauten Platschen von einem der Felsen in das tiefe Wasser, während sich Nadia lieber etwas abseits der schäumenden Wellen an den ruhigen, seichten Stellen aufhielt und ihre Beine von der herrlich seidigen Strömung umschmeicheln ließ. Kleine Fische mit getüpfeltem goldenen und grünen Schuppenkleid schwammen um ihre Knie herum, während bleistiftdünne Aale zwischen den Steinen und Gräsern nach Nahrung suchten. Nadia legte sich schließlich mit einem genussvollen Seufzer auf den Rücken und ließ sich etwas weiter hinaustragen. Dann drehte sie sich um und schwamm sogar ein Stück unter Wasser, wobei sie sich mit einer Hand die Nase zuhielt. Das Wasser war jedoch zu trüb, als dass sie viel hätte sehen können. Als sie und Iain genug geschwommen waren, fischte Iain eine Ranke Seegras aus dem Wasser, bewarf sie damit und schoss dann Richtung Ufer davon. Sie setzte ihm nach, hielt dann aber abrupt inne. Iain stand inzwischen schon auf dem Strand. Er drehte sich um und wartete auf sie.

»Was ist los?«, rief er schließlich.

»Ich komme erst aus dem Wasser, wenn du mir etwas zum Überziehen holst.«

»Warum?«

Sie hielt ihre Hände vor ihre Brust.

Er ging zu den Nissenhütten hinüber und kam mit ihren Sandalen wieder zurück, die er demonstrativ an ihren Riemen an seinen Fingern baumeln ließ. Sie musste lachen. »Dummkopf! Ich meinte natürlich ein Handtuch.«

Er stand da, sah sie an, während die Brandung seine Knöchel umschmeichelte und den Sand unter seinen Zehen wegspülte.

»Ich konnte leider keine Handtücher finden«, sagte er und zuckte mit den Schultern. »Tut mir furchtbar leid.«

Sie blieb mehrere Minuten lang trotzig stehen, dann kam sie doch aus dem Wasser. Mit einem Büschel Seegras in der Hand rannte sie hinter ihm her. Als sie ihn eingeholt hatte, schloss Iain sie in seine Arme und wirbelte sie herum, so als würden sie tanzen. Sie bog ihren Kopf in einer eleganten Tango-Bewegung zurück und lachte. Sie sahen einander dabei tief in die Augen.

Anschließend setzten sie sich auf die Klippen, beobachteten die Fischerdschunken und genossen einfach nur die Sonne. Nadia, die ihre Bluse über ihren Badeanzug gezogen hatte, spürte, wie der Stoff an ihren nassen Armen kleben blieb. Sie bastelten aus Gras und Koniferenschösslingen, die so dick wie der Finger eines Mannes waren, kleine Steckenmännchen. Später sammelten sie Kieselsteine und Muscheln, die in den von den Gezeiten geschaffenen Hohlräumen und Nischen lagen. Iain trug ihre Ausbeute in seinem weißen Hemd wie in einer Schürze vor sich her. Schöne Steine zu suchen, die fein strukturiert und unterschiedlich gefärbt waren, machte Nadia ebenso viel Spaß wie zu schwimmen. Einige der Kiesel waren grau wie die Stämme von Ebereschen und von rosa Linien durchzogen, andere zeigten ein tiefes Schokoladenbraun, unter dessen Oberfläche an mehreren Stellen ein himbeerroter Glanz lag. Die meisten aber wiesen ein kräftiges, dunkles Blau auf und waren mit silbernen Flecken oder weißen Streifen versehen.

Als sie des Steinesammelns überdrüssig waren, schlenderten sie zu dem kleinen Steg, an dem die Fähren anlegten, und setzten sich dort auf die Schwimmer aus Holz. Sie ließen ihre Beine im Meer baumeln, planschten herum und bespritzten sich gegenseitig. Als sie von ihrem Sitzplatz aus ins Wasser hinuntersahen, entdeckten sie kleine Wiesen aus Seegras, die sich sanft in der Strömung wiegten. Winzige, durchsichtige Fische schwammen um ihre Füße herum. Als Iain seinen Blick jetzt langsam umherschweifen ließ, bemerkte er eine Chinesin mit Stupsnase und stechenden, mit Mascara umrahmten Augen. Sie stand auf dem Steg und wartete wohl auf die nächste Fähre. Sie hatte einen Schal um ihre Schultern drapiert und einen dicken Strauß nasser, weißer Lilien in ihrer Armbeuge liegen. Iain nickte grüßend, woraufhin die Frau ihn auch mit einem Nicken bedachte.

Dann wandte sich Iain wieder Nadia zu. Dabei huschte ein rätselhaftes Lächeln über sein Gesicht. Er verschränkte unsicher die Arme vor seiner Brust. »Nadia«, sagte er vorsichtig und neigte kurz den Kopf. »Dein Vater … Papotschka …«

Sie blickte auf. In ihren Kleinmädchenaugen lag einen Moment lang plötzlich ein verwirrter Ausdruck. »Was ist mit ihm?«

»Ich würde gern etwas wissen.«

»Was denn?«

»Etwas über seinen Charakter … Was war er für ein Mensch?«

Nadia wirkte plötzlich sehr unglücklich. »Nein«, sagte sie. Es war dies ein ruhiges, aber bestimmtes Nein. Kein heftiges Aufbegehren, vielmehr eine stille Weigerung, die von den Wellen davongetragen wurde. »Das ist alles schon so lange her, Iain. Ich will nicht mehr darüber reden.«

»Warum nicht?«

»Ich will es einfach nicht.«

Er fragte sich, warum sie sich so nachdrücklich weigerte, über ihren Vater zu sprechen. Verheimlichte sie ihm vielleicht sogar etwas? Der Zweifel begann sich in seinem Kopf zu formen. Er versuchte ruhig zu bleiben und noch einmal alles zu ordnen. Als er sie im Restaurant gefragt hatte, ob sie ihren Vater vermisste, hatte sie ihm geantwortet, dass sie das einfach nicht mehr sagen könne. Aber Iain wollte Gewissheit. Wenn er seinen Plan in die Tat umsetzen wollte, musste er einfach sicher sein. Er schluckte heftig und atmete aus.

»Nadia«, versuchte er es noch einmal. »War er ein guter Vater? War er ein liebevoller Ehemann? Du hast mir gesagt, dass du nicht wüsstest, wie du reagieren würdest, wenn er plötzlich zur Tür hereinkäme.«

Nadia starrte wieder ins Wasser und rieb sich mit der Rückseite ihrer Hand über die Wangen. Dann begann sie den nassen Saum ihres Schals auszuwringen.

»Nadia, rede mit mir.«

»Es gibt ihn für mich nicht mehr, Iain. Er gehört der Vergangenheit an.«

»Es gibt ihn. Du hast mir selbst gesagt, dass ihr sogar von Zeit zu Zeit Briefe von ihm bekommt. Dass auch du ihm regelmäßig schreibst. Bitte, sag es mir, Nadia. War er ein guter Vater?«

Sie atmete hörbar aus, wirkte fast ein wenig hilflos.

Dann holte sie tief Luft, um sich zu sammeln. »Ja«, sagte sie. Sie wandte sich ihm zu und sah ihm direkt in die Augen. »Ja, das war er. Er war freundlich, er war lustig.« Sie hielt inne, dann fügte sie leise hinzu: »Er war das Zentrum meiner Welt, Iain.«

Iain spürte den beruhigenden Wellenschlag an seinen Füßen, während er sagte: »Ich will ihm helfen.«

»Ihm *helfen*?«

»Ja. Nadia! Was würdest du sagen, wenn ich in Kontakt mit ihm treten könnte?« Er sah sie eindringlich an. »Meine Arbeit, die Leute, mit denen ich zu tun habe … Sie können einiges tun, können Türen öffnen.«

Nadia ließ ihren Blick zum Horizont schweifen. Sie schüttelte energisch den Kopf. Ihre Stimme war jedoch nur noch ein fernes, zittriges Flüstern. »Das kannst du nicht – niemand kann das.«

»Das stimmt nicht.«

Nadia öffnete den Mund, um etwas zu erwidern, aber es kamen keine Worte heraus. Sie hatte sich immer wieder eingeredet, dass die Vergangenheit nicht mehr existierte, nur noch eine dunkle, formlose Masse war und dass es daran nichts mehr zu ändern gab. Sie hatte sich das so lange eingeredet, bis sie es fast selbst geglaubt hätte. Aber natürlich war es nicht so. Die Vergangenheit war stets gegenwärtig. Innerlich war sie noch immer das kleine, siebenjährige Mädchen, das vor dem Haus stand, auf die Wegbiegung hinausstarrte und darauf wartete, dass eine Troika hinter den Bäumen auftauchte. Wenn sie dann die Staubwolke gesehen hatte, die die großen hölzernen Räder auf dem Feldweg aufwirbelten, und Mamotschka mit einem lauten Freudenschrei aus dem Haus gerannt kam, waren ihr vor lauter Glück die Tränen in die Augen geschossen. Alles war gut, denn Papotschka war wieder da. Er war immer aus der Troika gesprungen und mit ausgestreckten Armen auf sie zugerannt, um sie hochzuheben und fest an sich zu drücken, während er sagte: *Ich bin wieder da, kleines Äffchen, ich bin wieder zu Hause.*

Nadia sah Iain jetzt wieder an. Das war die Chance, dachte sie, die Chance, dass ihr Leben wieder ins Lot kam. Ein Leben ohne Dunkelheit, Schmerz und ohne unbewältigte Vergangenheit. Einen Moment lang machte ihr Herz Freudensprünge. Dann aber sah sie, wie sinnlos das Ganze war. Sie erinnerte sich an all die bitteren Augenblicke, wenn sie und Mamotschka vor Enttäuschung geweint hatten, weil sich wieder einmal all ihre Träume von einem Wiedersehen einfach in Luft aufgelöst hatten.

Ihre Stimmung verdüsterte sich zusehends. Sie erinnerte sich an das tiefe, schwarze Loch, in das sie nach früheren Fehlschlägen stets gefallen war. An die Verzweiflung und an die Wut, die mit all diesen Enttäuschungen einhergegangen war. Immer wenn jemand behauptet hatte, Papotschka helfen zu können – die Beamten in der Botschaft, Rechtsanwälte, Diplomaten –, hatte derjenige versagt. Dies war inzwischen eine vertraute Erfahrung. Ein Weg, der nie zum Ziel führte. Plötzlich ärgerte sie sich maßlos über Iain, allein schon deshalb, weil er dieses Thema angesprochen hatte. Sie starrte ihn böse an.

»Ich kann ihn finden, Nadia.«

»Sag das nicht!«, rief sie und machte Anstalten, von den hölzernen Planken aufzustehen. »Sag das nicht, denn es ist nicht wahr!«

Er hielt sie am Arm fest. Sie entwand sich ihm wie ein Fisch und rappelte sich auf.

Ihre Stimme bebte. Sie zitterte heftig, so als stünde sie in winterlicher Kälte und nicht in der feuchten Hitze des Sommers. »Versuche ja nicht, dich auf diese Weise bei mir einzuschmeicheln. Indem du mir Versprechungen machst, die du niemals einhalten kannst. Hast du mich verstanden? Tu das niemals!«

»Ich versuche nicht, mich bei dir einzuschmeicheln, Nadia. Ich meine es ernst. Ich kann dir helfen, da bin ich mir absolut sicher. Ich kann deinen Vater aus Russland herausholen.«

17

Nadia musste Izabel den Verlauf des Mittagessens mit Iain noch einmal ganz genau schildern. Sie saßen in Izabels Wohnung an einem runden Tisch, dessen Oberfläche von Gabeln und Brotmessern verschrammt war, und hatten einen großen hölzernen Seiher voller Litschis vor sich stehen. Izabel wollte auch wissen, was passiert war, als sie schwimmen gegangen waren.

»Aber das habe ich dir doch schon fünfmal erzählt«, sagte Nadia.

»Das ist mir egal. Ich will es eben noch einmal hören«, drängte Izabel und beugte sich dabei erwartungsvoll ein Stück nach vorn. Sie hörte sich an wie ein kleines Mädchen, das um seine Lieblingsgutenachtgeschichte bettelt. Also berichtete Nadia ihr bei der inzwischen dritten Tasse Tee noch einmal in allen Einzelheiten, was auf welche Weise gesagt worden war und was sie gefühlt hatte, als sie in Iains Augen gesehen hatte. Sie erzählte Izabel alles. Während sie redete, wurde Izabel die ganze Zeit über von ihren Kindern in Anspruch genommen. Sie strich zerzauste Haare glatt, knöpfte Jacken zu, wischte mit Marmelade beschmierte Münder ab und fegte Krümel aus den Ritzen des Tisches.

»Was empfindest du, wenn du mit ihm zusammen bist?«, fragte Izabel. Dann hielt sie inne, da sie ihren Ältesten hinter den schweren Vorhängen im Wohnzimmer vor Freude quietschen hörte. »Du sollst nicht an den Vorhängen schaukeln, sonst reißt du sie noch herunter!«

Nadia wollte sagen, dass sie immer weiche Knie bekam, wenn sie Iain auch nur sah. Dass sie dann immer den unwiderstehlichen Wunsch verspürte, zu lachen, zu schreien und unverständliches Zeug zu plappern. Sie starrte auf den Tisch und hörte sich schließlich antworten. »Dann bin ich einfach nur glücklich«, sagte sie wie jemand, der eine geheime Leidenschaft beichtet. Eine unbekümmerte Leichtigkeit überkam sie plötzlich. »Er macht mich glücklich. Und er macht mich auch ein wenig atemlos, so als würde ich auf glühenden Kohlen sitzen. Es kommt mir manchmal so vor, als hätte ich mir gerade ein großes Glas Schokolade eingeschenkt, die aber noch viel zu heiß ist, um sie zu trinken.«

Izabel gab einen verblüfften Ton von sich und begann dann laut zu lachen. Nadia wurde rot.

»Was macht er eigentlich beruflich?«, fragte Izabel.

»Ich bin mir nicht sicher. Er hat irgendwie mit dem Britischen Konsulat zu tun, und er spricht mehrere Sprachen – Kantonesisch, ein bisschen Französisch.« Sie hielt inne. »Vielleicht ist er ja ein Spion.«

»Ein Spion? So ein Quatsch«, sagte Izabel. »Das Einzige, was der ausspionieren will, ist deine Unterwäsche.«

In diesem Moment wurde Nadia bewusst, wie sehr sie das alles genoss. Vor nicht allzu langer Zeit war ihr ihr ganzes Leben so unendlich langweilig erschienen. Die Dinge des täglichen Lebens zu tun, hatte ihr wenig bedeutet – jeden Tag zum Gemüsemarkt zu gehen, eine hellblaue oder eine weiße Bluse anzuziehen, zu kontrollieren, ob ihre Frisur saß, auch wenn es draußen windig war. Das alles waren einfach nur gewöhnliche und unwichtige Dinge gewesen. Plötzlich war jedoch alles wichtig, schließlich konnte jederzeit Iain vor ihr stehen. Das weiße Kleid aus Wollmusselin mit den Mottenlöchern an den Ärmeln, die Narbe auf ihrem rechten Arm, die schwarzen Schuhe, die schon völlig ausgetreten waren, ihr hängender Po – all das war jetzt plötzlich von großer Bedeutung. Und warum lächelte sie eigentlich ohne jeden Grund, wenn sie die Straße entlangging? Ein glückliches, fast schon idiotisches Lächeln, sodass völlig fremde Menschen sich veranlasst sahen zurückzulächeln. Wie seltsam und zugleich wunderbar dieses Gefühl doch war, das sie in Iains Gegenwart empfand. So als hätte sie eine Nacht auf hoher See verbracht, mit schwankenden Planken unter den Füßen. Es war ein eigenartiges, ein himmlisches Gefühl, auch wenn ihr dabei oft ein wenig schwindelig wurde.

Iain Sutherland war und blieb ihr ein Rätsel. Er war überhaupt nicht so, wie sie sich einen typischen Schotten vorgestellt hatte.

Er trug keinen Kilt und hatte auch keine falschen Zähne aus Holz. Er stolperte Freitagnachts nicht sinnlos betrunken durch die Gegend, er war weder geizig, noch litt er an regelmäßigen Anfällen von schlechter Laune oder Melancholie – ganz im Gegenteil. Er war großzügig, fröhlich und ehrlich. Tatsächlich hatte Nadia den Eindruck, als führte er ein vollkommen unbeschwertes Leben. Und dennoch gab es da Augenblicke – und zwar stets dann, wenn er ihr tief in die Augen sah –, in denen sie einen sehr nachdenklichen und tiefsinnigen Menschen vor sich sah. Er schien, wie ihre Mamotschka sagen würde, *w sowerschenstwe* zu sein – das hieß, dass er in keiner Weise etwas zu wünschen übrig ließ, ja fast schon vollkommen war. Nadia bekam stets schweißnasse Hände, wenn sie daran dachte. »Vollkommen«, das war ein Wort, das sie sonst nur verwendete, wenn sie einen russischen Obstkuchen oder eine Mozartarie beschreiben wollte – aber doch nicht ein männliches Wesen.

Trotz alledem gab es Momente, meistens spät in der Nacht, wenn sie in ihrem Bett lag, in denen Nadia ihre Gefühle hinterfragte, sich ins Gedächtnis zurückrief, was er gesagt hatte, nach versteckten Bedeutungen in seinen Worten suchte. Oft lag sie einfach nur da und starrte hellwach in die Dunkelheit, fand nur wenige Antworten und erlebte dabei eine Vielzahl widersprüchlicher Empfindungen: Angst, Aufregung, Freude, Erwartung. Vielleicht, so dachte sie manchmal, sollte sie ihn sich doch besser aus dem Kopf schlagen, sollte sie versuchen, sich selbst davon zu überzeugen, dass das alles nur eine vorübergehende Vernarrtheit war. Da sie jedoch so viel Zeit zum Überlegen hatte, drängten sich ihr die Gedanken an ihn zu jeder Tages- und Nachtzeit auf. Ihre Augen bekamen dann stets einen glasigen, abwesenden Ausdruck.

»Du denkst schon wieder an ihn, nicht wahr?«, fragte Izabel, die ihrem Sohn gerade ein Indianerstirnband um den Kopf band. Ihre Freundin hatte nämlich gute zwei Minuten lang einfach nur schweigend und mit entrücktem Blick dagesessen.

Nadia versuchte ihre Verlegenheit zu überspielen, nickte jedoch bestätigend. »Ich kann nichts dagegen machen. Ich wünschte, ich könnte diese Tagträume verscheuchen, aber es geht einfach nicht«, sagte sie. »Bevor ich Iain begegnet bin, hatte ich immer ein wenig Angst vor den Männern, weißt du. Aber wenn ich mit ihm zusammen bin, dann ist das nicht so. Je öfter ich an ihn denke, desto mehr verspüre ich den Wunsch, eine eigene Familie zu gründen. Ich beneide dich, Izabel! Weil du Ehefrau und Mutter bist. Zum ersten Mal in meinem Leben fühle ich mich versucht …« Sie lächelte, als sie das sagte.

»Hättest du gern Kinder?«

»Ja, irgendwann einmal. Will nicht jede Frau irgendwann einmal Kinder haben?« Sie spürte plötzlich ein Gefühl der Zufriedenheit in ihrer Brust. »Lieber Himmel, ich höre mich bestimmt lächerlich an.«

»Unsinn! Ich habe damals ganz genauso empfunden, als ich meinen Jorge kennengelernt habe.«

»Jorge? Ich dachte, dein Mann heißt Carlos. Wer in aller Welt ist denn Jorge?«

»Jorge war der Sohn des Metzgers. Er hat immer das Fleisch und die Wurst zu uns nach Hause gebracht. Ich weiß noch, dass ich damals neunzehn und einen ganzen langen, heißen Sommer lang völlig in ihn verschossen war. Er kam zweimal in der Woche mit seinem Lieferkarren zu uns. Ich wartete dann schon immer am Fenster auf ihn. Aber so, dass er mich nicht sehen konnte. Und dann beobachtete ich ihn dabei, wie er den Gartenweg entlang zu unserer Haustür ging. In seinem Korb lag immer das Päckchen mit den Sachen, die meine Mutter bestellt hatte, in Papier eingewickelt und mit Zwirn fest verschnürt. Wenn ich auch nur an ihn dachte, wurde ich schon ganz kribbelig und nervös.« Sie brach ab, als ihr Jüngster, Victor, hereinkam und ein paar Kekse haben wollte. Als Victor wieder fort war, beugte sie sich zu Nadia hinüber und flüsterte: »Einmal haben wir sogar in einer der Seitengassen miteinander geschmust, aber dann habe ich von einem der Nachbarsmädchen erfahren, dass er keinen hochbekommt … und von da an hat er mich nicht mehr interessiert.«

»Izabel!«

»Das ist doch so, als würde man in ein Restaurant gehen und eine ordentliche, herzhafte Platte mit *Chourico* bestellen und dann nur einen Teller lauwarme Kohlsuppe bekommen, findest du nicht auch?«

Sie saßen noch immer kichernd am Tisch, als Carlos zur Tür hereinkam. Seine schweren Augenlider verliehen ihm das schläfrige Aussehen eines Küchengehilfen, der gerade den Berg von Kartoffeln gesehen hat, den er schälen muss. Die beiden Frauen ließen ihn bei den Kindern zurück und rannten die Treppe hinunter. Dann liefen sie über die Straße zu Nadias Wohnung. In der Küche dort war es warm, und es roch köstlich. Auf der Arbeitsfläche standen Zucker, gewürfelter Knoblauch und Hackfleisch – alles in Gefäßen, die wiederum in größeren, wassergefüllten Schüsseln standen, damit die Speisen vor den Ameisen sicher waren. Mamotschka hatte ihre Küchenschürze umgebunden und füllte gerade knusprig gebratene Piroggen in eine blaue Keramikschüssel. Ihre Freundin, Frau Lo, die manchmal auch auf Izabels Jungen aufpasste, half ihr dabei.

»Hast du schon den neuen Hoagy-Carmichael-Song gehört?«, fragte Izabel Nadia.

Nadia schüttelte den Kopf. »Ich wünschte, Iain würde sich mehr für moderne Musik interessieren. Ich würde alles tun, damit er seine heiß geliebten Jimmy-Mackay-Platten gegen ein paar Bessie-Smith-Scheiben oder ein bissen Kansas-City-Jazz eintauscht.«

Nadias Mutter zwinkerte Izabel lächelnd zu. »Über was für einen Unsinn redet ihr beide denn da?«

»Wir reden über Männer. Über Verehrer genauer gesagt«, sagte Izabel.

»Oyo«, sagte Frau Lo zu Nadia. »Dann hast du also endlich einen Freund? Wahhh!« Sie nahm Nadias Gesicht in ihre Hände und machte ein Geräusch, das wie ein Spucken klang: *»Tschu, tschu, tschu, choy, choy, choy.«*

»Warum spuckt sie dich an?«, fragte Izabel Nadia.

»Das bringt Glück und wehrt böse Geister ab«, sagte Nadia.

»Wie heißt der Mann denn?«, fragte Frau Lo.

Nadia sah Izabel an. Offensichtlich wusste sie nicht, was sie sagen sollte.

»Es ist doch hoffentlich nicht dieser Richter, Senhor Pinto?«, neckte Mamotschka sie.

»Nein, der ist viel zu klein für sie«, sagte Frau Lo.

»Und zu alt«, fügte Izabel hinzu.

»So alt ist er doch gar nicht.«

»Was meinen Sie mit ›nicht alt‹?«, fragte Mamotschka. »Wenn er lächelt, dann schlägt seine Haut im Gesicht Falten wie die Lacklederschuhe eines *Gorodwoj*!«

»Ein Antlitz, das schon Tausende von Angeklagten in Angst und Schrecken versetzt hat«, fügte Nadia ironisch hinzu.

»In welchem Jahr wurde er geboren?«, fragte Frau Lo. »Vielleicht im Jahr des Drachen? Wenn er nämlich im Drachenjahr geboren ist, dann müssen Sie ihm unbedingt sagen, dass er bis zum Neumond rote Unterhosen tragen soll.«

»Ich glaube nicht, dass ich ihn gut genug kenne, um ihm einen solchen Rat geben zu dürfen, Frau Lo«, entgegnete Nadia.

»Mein Sohn ist auch ein Drache«, sagte Frau Lo. »Die rote Unterwäsche hat ihm viel Glück gebracht.«

Nadia wusste, dass Frau Lo gern über ihren Sohn sprach. »Was macht Lennox denn gerade so?«, fragte sie. »Ich habe gehört, dass es ihm recht gut gehen soll.«

Frau Lo strahlte übers ganze Gesicht. »Oh, ja! Es geht ihm gut. Er importiert Seife und andere feine Sachen aus Portugal. Die Seife gibt es bei *Musgo Real*. Ja, das ist mein Lennox. Das Geschäft läuft wirklich sehr gut.«

Zufrieden darüber, dass sie Frau Lo eine Freude gemacht hatte, wandte sich Nadia jetzt an ihre Mutter. »Mamotschka«, sagte sie. »Du bist doch eine erfahrene Frau. Was würdest du tun, wenn du das Herz eines Mannes gewinnen willst?«

»Liebe geht durch den Magen«, erwiderte ihre Mutter. »Du gewinnst das Herz eines Mannes mit gutem Essen. Mit Keksen funktioniert es auch recht gut. Gib ihm einfach ein paar Kekse zu essen.«

»Er ist doch kein Schäferhund, Mamotschka.«

»Ist er Russe?«, fragte Frau Lo.

»Nein, er ist Schotte«, erwiderte Nadia.

Frau Lo schüttelte den Kopf. »Ayaa! Ich habe gehört, dass die Schotten ganz langweilige Leute sind.«

» *Ljubow sla, poljubisch i kosla* – Liebe macht eben blind«, sagte Mamotschka.

»Es ist nicht ratsam, dass eine Russin einen Schotten heiratet. Ein Huhn und eine Ente sprechen nun einmal nicht dieselbe Sprache.«

»Schotte?«, sagte Mamotschka nachdenklich, so als würde ihr erst jetzt etwas bewusst. »Du meinst doch nicht etwa diesen rothaarigen Kerl, der uns über Lazar ausgefragt hat? *Bosche moj!* Warum ist mir das nicht schon früher aufgefallen?«

»Was denn?«

»Der Mann ist ein Betrüger.«

»Was meinst du denn damit?«, fragte Nadia.

»Er ist ein Schwindler! Das hat mir Lazar persönlich gesagt. Er ist eine Art von Polizist. Er fragt ständig alle möglichen Leute wegen des Opiumschmuggels aus. Das ganze Gerede von Liebe ist also nur leeres Geschwafel. Er macht dir schöne Augen, weil er über dich an Lazar herankommen will. Der Mann benutzt dich nur, Nadrischka!«

Nadia gehörte zu den Menschen, die grundsätzlich zuerst überlegten, bevor sie handelten. Es gelang ihr jedoch nicht, die ungeheure Wut, die sie jetzt verspürte, unter Kontrolle zu bringen. Also machte sie sich mit hochrotem Kopf auf der Stelle auf den Weg zum britischen Konsulat. Bei jedem Schritt hallte dabei die Stimme ihrer Mutter in ihren Ohren wider, die gesagt hatte, dass Iain sie nur benutzt hätte. Das, was Iain getan hatte, war einfach nur verabscheuungswürdig: seine hinterlistigen Fragen in Bezug auf ihre Familie, seine selbstgefälligen Versuche, sie mit Lügen zu umgarnen, seine falschen Küsse, sein nicht ernst gemeintes Versprechen, ihrem Vater zu helfen. Sie hatte geglaubt, sie würde ihn lieben … hatte geglaubt, auch er würde sie lieben.

Als sie die Avenida da Republica erreichte, hatte sie das Gefühl, als wäre ihre Zunge inzwischen so scharf wie ein Küchenmesser. Sie marschierte entschlossenen Schrittes die Treppe hinauf und baute sich dann zu voller Größe auf. »Wo finde ich Iain Sutherland?«, fauchte sie Costa an, mit dem sie zufällig am Treppenabsatz zusammenstieß. Auf ihrer Oberlippe standen Schweißtropfen.

Iain sah überrascht von seinem Schreibtisch auf, als sie sein Büro betrat. Er forschte eine Weile in ihrem Gesicht. Der angewiderte Ausdruck darauf schien den Himmel zu verdunkeln. »Geht es dir nicht gut?«, fragte er besorgt. »Bist du krank?«

»Du bist derjenige, der krank ist«, schrie sie, die Hände zu Fäusten geballt. *»Schri gowno i sdochni!«*

»Stimmt etwas nicht?«, fragte er verwirrt.

»Stimmt etwas nicht?«, äffte sie ihn nach. Ihre Stimme klang schrill und fremd. »Wenn hier etwas nicht stimmt, dann mit dir. Du bist ein Lügner. Ein verdammter, heuchlerischer, lügnerischer … aaach! Hast du wirklich gedacht, ich würde es nicht herausfinden?«

»Was herausfinden?«

Sie starrte ihn an. Ihr war vor lauter Zorn ganz schwindelig. Ihr Gesicht verzerrte sich. »Du bist ein verdammter Scheißkerl«, sagte sie.

»Ha!«, rief Costa, der in diesem Moment ins Büro kam, lachend. Er riss ein Streichholz an, um sich eine Zigarre anzustecken. Nadia starrte die Flamme an, deren Hitze jedoch bei Weitem nicht an die Glut heranreichte, die in ihrer Brust schwelte.

Nadia funkelte Costa böse an, dann wandte sie sich wieder Iain zu. »Wie konntest du mich anlügen? Wie konntest du sagen, dass du Papotschka helfen willst, wenn du doch nichts anderes wolltest, als über mich an Lazar heranzukommen? Du hast mich gedemütigt, hast dich über mich lustig gemacht!«

»Lazar? Darum geht es also? Lazar war doch nur eine Spur von vielen, der wir nachgegangen sind. Der Mann, hinter dem wir wirklich her waren, heißt Takashi. Und der sitzt bereits im Gefängnis.« Iain kam hinter seinem Schreibtisch hervor und trat einen Schritt auf sie zu. »Hör zu, ich habe dich nie angelogen. Ich habe dir nur nicht…«, er zögerte, »ich habe dir nur nicht die ganze Wahrheit gesagt…«

»Ich verstehe. Und das ist für dich in Ordnung?«

»Was ich in Bezug auf deinen Vater gesagt habe, ist wahr. Ich werde ihm helfen.«

»Du bist ein Lügner! Ein verdammter Lügner!«

»Die steht vielleicht unter Dampf!«, feixte Costa.

»Halt den Mund!«, schrie Iain ihn an. Costa zuckte zusammen und verließ dann schweigend das Büro.

»Nun, wenigstens hast du jetzt eine amüsante Geschichte, die du deinen Freunden erzählen kannst«, sagte sie scharf.

»Um Himmels willen, Nadia. Diese Sache mit Lazar, das war doch, bevor ich dich kennengelernt habe.«

Ein schmerzlicher Ausdruck trat plötzlich in ihre Augen. »Bevor du mich kennengelernt hast?« Sie schnaubte verächtlich. »Du kennst mich doch überhaupt nicht, Iain. Und du wirst mich auch nie kennenlernen.«

Er war sprachlos. Sie drehte sich auf dem Absatz um und verließ dann gemessenen Schrittes den Raum.

Als Iain Nadia die Treppe hinunter folgte, sah er, wie sie gerade in einen Bus stieg. Er rief ihren Namen, aber sie drehte sich nicht einmal mehr um. Dann fuhr der Bus los, beschleunigte und wirbelte dabei eine Staubwolke auf.

Zutiefst niedergeschlagen, wandte sich Iain wieder dem Eingang des Konsulats zu. Den sich rasch entfernenden Bus noch im Blick, sah er, dass Peter Lee die steile Straße, die die Praya mit dem Barra Hill verband, herunterkam. Er hatte ein Gefäß aus Ton in den Händen.

»He, *Lo baan*!«, rief er. «Meine Ma-Ma hat *Haam-yu-gai-faan* für Sie gekocht.«

Iain wollte ihm gerade danken, als er aus dem Augenwinkel heraus jemanden wahrnahm. Es war die Frau, die er vor ein paar Tagen an der Anlegestelle in Taipa gesehen hatte, die stupsnasige Chinesin mit den weißen Lilien. Der Duft der Blüten stieg ihm in die Nase, während ihm gleichzeitig eine Unmenge an Fragen durch den Kopf schossen: Hatte die Frau sich verlaufen? Verfolgte sie ihn? Was wollte sie mit diesen Blumen? Wollte sie sie verkaufen?

Einen Moment lang war er einfach nur verwirrt.

Die Frau kam im Laufschritt auf ihn zu. Schwarze Mascara war unter ihren Augen verschmiert. Iain stand da und wartete darauf, dass sie etwas sagte. Stattdessen schlug die Frau ihren Schal zurück und hatte plötzlich eine Pistole in der Hand. Die weißen Lilien fielen zu Boden, als sie mit ausgestrecktem Arm auf Iains Brust zielte. Als sie den Abzug drückte, kam ein zischendes Geräusch aus ihrem Mund.

Die nächsten Momente nahm Iain wie in Zeitlupe wahr. Ein lauter Schrei ertönte. Lee sprang, die gekrümmten Finger in Verteidigungshaltung nach oben gestreckt, auf ihn zu und stieß ihn zur Seite. Ein scharfer Pistolenknall zerriss die Luft. Dann ein erstickter Schrei, ein Regen von Blut. Lee fiel zu Boden, sein Kopf platzte einfach auf, seine Augen wurden groß, blickten in die Ferne, elfenbeinweiß.

Dann war da plötzlich Costa. Er hatte seine Hände am Hals der Frau, die Daumen an ihrer Luftröhre. Beide gingen zu Boden. Costa drückte mit aller Kraft zu. Die Frau würgte, gab dabei pfeifende Geräusche von sich. Ihr Gesicht wurde rot, dann dunkelrot, schließlich blau. Sie strampelte, trat wild um sich, zuckte und zappelte mit den Beinen. Sie entblößte ihre Zähne, in ihren Lungen gurgelte es.

Dann endlich erschlaffte ihr Körper.

Iain kniete sich neben Lee, nahm seinen Kopf in seine Hände, sah, wie das Licht in seinen Augen schwächer wurde, ängstlich flackerte. Dann spürte er warmen Urin an seinen Knien.

Die Kugel hatte Lees Schläfe weggerissen. Sein Kopf sah aus

wie ein angebissener Apfel. Lee schnappte nach Luft. Seine Augen wurden immer größer, eine unaussprechliche Angst lag in seinem Blick. Er streckte einen Arm aus und zog Iain zu sich heran. In ebendiesem Moment kam der Tod. Es war vorbei, sehr plötzlich. Iain legte seine Hände auf das, was vom Gesicht seines Assistenten noch übrig war. »Mein Gott«, sagte er. »Mein Gott.«

Um sie herum hatte sich inzwischen eine Menschentraube gebildet. Die Leute waren sich nicht sicher, was sie tun sollten. Einige von ihnen bekreuzigten sich dreimal. Ein Schauder überlief Iain. Eine dunkle Kammer in seinem Inneren öffnete sich, ließ seine Arme und Beine heftig zittern. Erinnerungen an den Krieg – an glitschige Laufbretter, Geschützfeuer, Explosionen, die von Granaten aufgerissene schwarze Erde – stürzten auf ihn ein. Er stieß einen lauten Klageschrei aus.

18

Iain stand am Fenster und sah hinaus. Wenn es so heiß war wie an diesem Morgen, stieg der Gestank der Abwässer von den offenen Abflussrinnen nach oben und legte sich zusammen mit dem Geruch von saurem Zimt wie ein feuchter Schleier über die Stadt. Sein Büro kam ihm mit einem Mal sehr klein und bedrückend vor. Der Migräneschmerz in seinem Kopf war so heftig, dass er das Gefühl hatte, sich auf der Stelle übergeben zu müssen.

»Peter Lees Tod«, sagte gerade der Polizeichef, der hinter ihm stand, »hat deutlich gemacht, in welcher Gefahr Sie sich befinden, wenn Sie in Macau bleiben. Wir haben die Lage leider vollkommen falsch eingeschätzt. Diese Frau gehörte ohne jeden Zweifel zu Takashis Leuten. Sie war eine hervorragend ausgebildete Attentäterin. Es ist zu befürchten, dass es noch viele andere wie sie gibt.«

Die Sonne stand noch tief am Himmel. Die Fenster der gegenüberliegenden Häuser waren vor lauter Wäscheleinen kaum zu sehen. Iain konnte die Hakka-Frauen unter ihren großen, schwarzen Hüten unten auf der Straße schwatzen hören. Ihre Stimmen hallten schmerzhaft in seinem Kopf wider. Es war Markttag. Iain nahm trotz seines vernebelten Verstandes die behelfsmäßigen Buden wahr, die auf dem Gehsteig aus Ziegelsteinen standen. Er sah die zum Kauf angebotenen Waren – gebratene Zimtklöße, Tempelweihrauch und Obst. Er hörte, dass die Leute unten auf der Straße über Politik diskutierten: über die Kommunisten, über den fehlgeschlagenen Aufstand in Nanchang, und vor allem darüber, dass die Geschäftsleute in Schanghai und Peking die Kuomintang mit großen Summen Geldes unterstützten. Er sah aber auch die dunklen Flecken auf der Straße. Das war Peter Lees Blut.

Iain legte die Hand auf seinen Nacken und würgte. Der Geruch der Zimtklöße schien an seinem Gaumendach zu kleben. Ein eigenartiges Gefühl der Kälte breitete sich auf seiner Stirn aus, gefolgt von einem Stechen, so heftig, dass er sich unwillkürlich zusammenkrümmte.

»Wir halten es deshalb für das Beste«, fuhr der Polizeichef fort, »wenn Sie Macau für eine gewisse Zeit verlassen. Denken Sie darüber nach, und teilen Sie uns bitte so bald wie möglich mit, wie Sie sich entschieden haben.« Der Polizeichef verließ das Büro.

Iain wandte den Blick von der Straße ab. Dann schloss er die Augen und sagte: »Er war doch erst dreiundzwanzig.«

»Du bist hier in Macau in größter Gefahr.« Es war Costas Stimme, die aus dem Halbdunkel zu ihm drang. Er hielt eine Tasse dampfenden *Café preto* in der einen und ein braunes Päckchen mit einem gebrochenen roten Wachssiegel in der anderen Hand. »Die Männer in den grauen Anzügen wollen dich versetzen.«

»Ich will aber nicht versetzt werden.«

Der dicke Macanese nickte. »Genau das habe ich denen auch gesagt.«

»Ich vermute, dass ich wieder in Hongkong eingesetzt werden soll.«

Costa, der in seinem Stuhl aussah wie ein gestrandetes Walross, sagte: »Whitehall macht sich langsam Sorgen wegen der Japaner. Vor allem nach diesem Vorfall in Schantung.« Er kratzte sich am Bauch. »Es hat eine kurze bewaffnete Auseinandersetzung zwischen den japanischen Streitkräften und der Südgruppe der Kuomintang gegeben. Dabei wurde der Gesandte der Kuomintang getötet.«

»Ich vermute, dass Whitehall davon ausgeht, dass es schon bald weitere Scharmützel geben wird.«

Costa zuckte mit den Schultern. »Ich habe gehört, dass sie jemanden in Tsingtao brauchen.«

Mit *jemanden*, so vermutete Iain, war Paul Katkoff gemeint, sein Kollege in Schanghai, das vierhundert Meilen von Tsingtao entfernt auf der anderen Seite des Gelben Meeres lag. »Du sprichst von Katkoff, nehme ich an.«

»Nein.«

Iain starrte ihn entgeistert an. »Du sprichst doch nicht etwa von mir?«

»Doch, ich spreche von dir.«

»Ich soll nach Tsingtao versetzt werden?« Iain schüttelte den Kopf. »Wer ist denn auf diese glorreiche Idee gekommen?«

»Du Maurier in Peking. Er hat ausdrücklich dich angefordert. Lies doch den Bericht selbst, wenn du mir nicht glaubst.«

»Wer ist der Verbindungsoffizier in Tsingtao?«

»Ein Bursche namens Fielding. Er kommt von der Verwaltung. Kennst du ihn?«

»Ja, den kenne ich. Er war schon Verbindungsoffizier, als ich damals zum ersten Mal nach Hongkong kam. Der Mann ist ein absolutes Arschloch. Ein *Trusdar*. Wie sieht es in Dairen aus? Haben wir einen Mann in Dairen?«

»Cooke«, sagte Costa. »Unser Mann in Dairen heißt Cooke. Warum willst du das wissen?«

Iain massierte seine Nasenwurzel. »Für wie lange sollte ich deiner Meinung nach von der Bildfläche verschwinden?«

Costa zuckte wieder mit den Schultern und fuhr sich mit der

Hand durch sein schweißnasses Haar. »Sechs Monate, vielleicht auch länger. Das lässt sich jetzt noch nicht so genau sagen. So lange, wie es eben dauert, bis sich die Lage hier wieder beruhigt hat.« Er beugte sich ein Stück nach vorn, wobei ein Knopf seines Hemdes aufsprang und den Blick auf seinen schwabbeligen rosa Bauch freigab.

»Warum schicken sie nicht Katkoff nach Tsingtao?«

Costa sah Iain ungläubig an. »Wir schreiben das Jahr 1928, *Vermelho*. Solltest du es noch nicht bemerkt haben: In China tobt gerade ein Bürgerkrieg. Die ausländerfeindlichen Gewalttaten haben bereits dazu geführt, dass die britischen Konzessionen in Hangkow und Nanking geschlossen werden mussten. Und in Schanghai ist die Lage noch immer nicht stabil – erst vor einem Jahr hat der Stadtrat den Notstand ausgerufen. Erinnerst du dich nicht mehr an die Kämpfe, die sich die Nationalisten und die Kommunisten ganz in der Nähe der britischen Siedlung geliefert haben? Nein, Katkoff darf nicht in Gefahr gebracht werden.«

»Ich aber schon?«

»In Tsingtao wärest du zumindest sicherer als hier. Du könntest dich natürlich auch ganz offiziell beurlauben lassen.«

Iain dachte über diese Möglichkeit nach. Ihm wurde erst jetzt bewusst, dass er wegen des Bürgerkriegs in China schon seit drei Jahren keinen Urlaub mehr genommen hatte. »Ja, in der Tat. Ich könnte mich beurlauben lassen.« Iain stand auf und ging zum Fenster. Er ließ seinen Blick langsam zum Government House hinüber schweifen, wo wieder einmal Izabel Perera mit zornrotem Gesicht auf und ab marschierte. Sie war in Begleitung einer älteren Chinesin, die ebenfalls ein Schild trug. Nadia aber schien heute nicht dabei zu sein. Dann entdeckte Iain sie doch noch. Sie stand ein Stück entfernt und starrte, die Hände zu Fäusten geballt, aufs Meer hinaus. »Wie weit ist Tsingtao eigentlich von Heihe entfernt?«, fragte Iain unvermittelt.

»Heihe?«

»Ja, Heihe in der Mandschurei. Am rechten Ufer des Amur.«

»Woher soll ich das denn wissen?«

»Hast du wenigstens eine ungefähre Vorstellung?«

»Warum stellst du mir immer so schwierige Fragen, *Vermelho?*« Er schloss die Augen, als versuche er vor seinem geistigen Auge eine Landkarte heraufzubeschwören. »Ich würde sagen, so um die tausend Meilen.« Costa zog fragend die Augenbrauen hoch. »Was willst du denn in Heihe? Hast du vor, dort Urlaub zu machen?«

Iain schwieg. In seinem Kopf nahm bereits ein Plan Gestalt an.

19

Am nächsten Abend stand Nadia zusammen mit ihrer Mamotschka in ihrer Küche, um einhundert Rambutan-Törtchen für den Wohltätigkeitsverkauf zu backen, der im Garten der Kirche S. Lourenço stattfinden sollte. Sie hatten tags zuvor von Peter Lees Ermordung gehört – die Presse vermutete einen Zusammenhang mit dem illegalen Opiumhandel –, was Nadia dazu veranlasste, alle Gedanken an Iain noch weiter von sich zu schieben.

»Entsetzlich, nicht wahr, Nadrischka?«

»Ja, fürchterlich.«

»Plötzlich geht es in dieser früher so friedlichen Stadt zu wie im Wilden Westen… Ich bin wirklich froh, dass du diesen Iain nicht mehr siehst.«

Nadia antwortete nicht. Stattdessen brach sie mit dem Daumennagel die haarige Schale einer Rambutan auf, klappte die Segmente dann wie Blütenblätter auseinander und drückte schließlich das weiße Mark heraus – köstlich, durchscheinend, weich und saftig glänzend.

Die Küche war zwar alt, aber sehr gemütlich. Sie besaß einen hellen Holzboden. Eine staubige Glühbirne hing in der Mitte der Decke und verströmte ein mattes Licht, das die Farbe von dünnem Tee hatte. Nadia und ihre Mutter standen an einem langen

Tisch aus Eichenholz, auf dem eine grüngemusterte Tischdecke aus Baumwolle lag. Im ganzen Haus roch es nach frisch gebackenem Kuchen.

In einer Schüssel befand sich mit Milch angerührtes Cremepulver, von einem dicken Holzlöffel tropfte Honig auf einen Teller, und auf dem Herd stand ein Schub Maismehl und getrocknetes Kokosfleisch. Auch eine Platte mit gehackten Rambutan und schwarzen Persimonen, deren zähe Samen bereits ausgelöst waren, ein Tablett mit Apfelschnitzen, eine Dose mit Banana Tapioca und ein großer Krug mit frisch geschlagener Sahne standen bereit. Teller und Untertassen stapelten sich zu kleinen Türmen. Nadia rührte mehrere Teelöffel Honig und Butterstückchen in die köchelnde Milch-Creme-Mischung, während es in ihrem Herzen brannte und schwelte.

»*Beris druschno, ne budet grustno* – gemeinsam fällt die Arbeit leichter«, sagte Mamotschka gerade.

»Begleitest du uns zum Government House, wenn wir mit dem Backen fertig sind, Mamotschka?«

»Nadrischka, ich will ehrlich zu dir sein. So sehr ich Izabels Ansichten unterstütze und ihre Überzeugung bewundere, so bin ich doch der Meinung, dass wir uns in dieser Sache lieber nicht mehr engagieren sollten.«

»Wie kommst du darauf?«

»Die Leute fangen schon an zu reden. Sie nennen sie eine Unruhestifterin.«

»Aber es handelt sich doch durch und durch um eine ehrenvolle Sache. Ich finde es beschämend, dass bis heute noch niemand etwas unternommen hat.«

»Das mag schon sein, aber du weißt doch, wie die Leute sind.« Die Stimme ihrer Mutter war sanft, aber eindringlich. »Sie sind wie Schafe, ängstliche Herdentiere. Sie wollen nicht gegen den Strom schwimmen. Außerdem solltest du nicht vergessen, dass wir Ausländer sind. Wir leben jetzt zwar schon seit fast zwanzig Jahren hier in Macau, aber man wird uns trotzdem nie als Einheimische ansehen. Das Letzte, was ich will, ist, dass uns die Behörden ebenfalls als Unruhestifter einstufen. Und wo sollen wir hin, wenn sie uns ausweisen sollten?«

»Jetzt sei doch nicht so melodramatisch, Mamotschka.«

»Ich bin nicht melodramatisch, Nadia. Ich bin einfach nur realistisch. Würdest du das hier bitte in den Ofen schieben?«

Gerade als Nadia sich anschickte, das Blech mit Teigförmchen in den Holzofen zu schieben, klopfte es. Onkel Ewgenij stand in der Tür. Mit seinen schweren Augenlidern und dem schläfrigen Blick sah er aus wie ein alter, missmutiger Bär, den man gerade aus dem Winterschlaf geweckt hat. Er blinzelte wie ein Maulwurf durch seine verschmierten Brillengläser, wischte sich die Hand am Tischtuch ab und verlagerte sein Gewicht dann auf ein Bein, um etwas aus seiner Hosentasche zu ziehen. Es war ein kleines viereckiges Schächtelchen, das in glänzend rotes Geschenkpapier eingewickelt war.

»Für dich«, sagte er zu Nadia.

»Was ist das?«

»Dein trotteliger, rothaariger Freund hat es im Laden für dich abgegeben. Warte. Es war auch ein Brief dabei.«

»W-was hat er gesagt?«

»Irgendetwas über Gemüse.«

»Über Gemüse?«

»Bei den Augen des *Domowoi*, du weißt doch selbst, wie schlecht sein Portugiesisch ist. Ich glaube, er wollte sagen, dass er bald verreisen wird.«

»Ist er noch unten im Laden?«

»Nein, er ist schon wieder weg. Er sagte noch etwas davon, dass er heute Nachmittag schon auf dem Dampfer nach Hongkong sei.« Onkel Ewgenij heftete seinen Blick jetzt auf die gehackten Rambutan. »Er hat mich auch um ein paar Fotos gebeten.«

»Fotos?«

»Ja, er wollte etwas haben, das ihn an dich erinnert. Und dann hat er mich gefragt, ob er auch das Foto haben könne, das dich mit deinem Vater vor dem Springbrunnen in Vadra zeigt.«

»Hast du es ihm gegeben?«

»Ja. Zuerst wollte ich ihm ein so kostbares Foto nicht überlassen, aber er hat mir hoch und heilig versprochen, gut darauf aufzupassen und es uns später zurückzugeben. Was ist? Habe ich etwas falsch gemacht?« Als Nadia schwieg, kratzte er sich verlegen am Kopf. »Wenn du mich brauchst – ich bin im Laden«, sagte er und ging, seine Brille mit dem Daumen abwischend, zur Tür hinaus.

Nadia riss den Umschlag auf und las, was Iain geschrieben hatte. *Liebe Nadia, ich muss Macau so schnell wie möglich verlassen*, stand dort. *Als wir neulich auf dem Platz unter dem großen Banyanbaum saßen, wollte ich dir etwas sagen.* Sie spürte, wie ihr Gesicht rot wurde. Sie presste die Lippen fest aufeinander, denn sie wollte jetzt auf keinen Fall zu weinen anfangen. *Ich hatte meine Worte stundenlang geprobt, aber sobald ich zu reden begann … nun, da hat mich ganz einfach der Mut verlassen. Bitte verzeih mir, falls ich dich auf irgendeine Weise verletzt haben sollte. Es lag nie in meiner Absicht, dich zu täuschen. Mein Herz gehörte dir schon von dem Moment an, als wir uns das erste Mal begegnet sind. Bitte, trage dieses Geschenk nah an deinem Herzen, und vergiss mich nicht. Dein Iain.* Sie nahm den Deckel von der kleinen roten Schachtel. Darin befand sich ein Bausch Watte. Auf der Watte lag ein Stückchen Stoff und auf diesem wiederum ein kleiner Anhänger aus Jade. Er hatte die Form eines Affen, der in einem Bananenblatt saß. Der Anhänger selbst hing an einem goldenen Kettchen. Nadias Hände begannen zu zittern. Sie spürte, wie die Luft keuchend aus ihren Lungen entwich. Ihr ganzer Zorn auf Iain war mit einem Mal verpufft. »O mein Gott«, sagte sie um Luft ringend und wandte sich ab.

»*Bosche moj!* Was ist denn geschehen, Nadrischka?«

»Er ist weg.«

»Wer ist weg?«

Ein unglückliches Schweigen folgte. Dann flüsterte Nadia nur ein einziges Wort: Papotschka. Sie sagte das so vorsichtig und leise, als wäre es ein Geheimnis, das ihr der Wind zugeflüstert hatte. Sie wollte die Küche verlassen, aber ihre Mutter stellte sich ihr in den Weg.

»Was meinst du damit, Nadrischka? Wovon sprichst du überhaupt?«

Nadia machte eine hilflose Geste. Sie hatte das Gefühl, nicht mehr klar denken zu können. »Oh, mein Gott! Mamotschka!« Sie war jetzt leichenblass. »Ich glaube, dass Iain etwas sehr Dummes vorhat.«

»Du sprichst in Rätseln, Kind. Und wieso siehst du mich so komisch an?«

Nadia ging zum Küchenregal und nahm eine Flasche Portwein von einem der Borde. Dann holte sie zwei kleine Gläser und stellte sie neben den Anhänger aus Jade, der auf dem Tisch lag. In ihrem Magen rumorte es. Voller Sorge und gleichzeitig voller Hoffnung entkorkte sie die Flasche und sagte: »Eigentlich wollte ich es dir gar nicht sagen, weil ich mir selbst nicht sicher bin.«

»Worum geht es? Was ist los? Jetzt sag schon!«

»Vielleicht täusche ich mich ja auch … aber … aber ich glaube, Iain will in den Norden.«

Mamotschka schüttelte den Kopf. »Ich verstehe nicht, was du meinst.«

»Ich glaube, dass er sich auf den Weg gemacht hat, um ihn zu holen.«

Mamotschka starrte Nadia völlig fassungslos an, so als hätte ihre Tochter sie auf irgendeine Weise verraten. Ihre Stimme zitterte jetzt. »Wen holen, Nadrischka?«

Nadia schlug die Hand vor ihren bebenden Mund und schloss die Augen.

»Nadrischka, warum weinst du? Was versuchst du mir zu sagen?«

»Ich glaube, Iain will Papotschka aus Russland herausholen.«

Zweiter Teil

Herbst 1928

1

In der ersten Woche nach Iains Ankunft in Dairen in der Mandschurei war es bitterkalt geworden. In den drei Monaten, die er für die Vorbereitung und für seine Reise nach Norden gebraucht hatte, war der Regen allmählich in Schnee übergegangen. Und jetzt blies von den Hochebenen im Landesinneren ein eisiger Wind ins Flachland herunter.

Iain war während dieser Zeit sehr beschäftigt gewesen. Als Erstes hatte er einen längeren Urlaub beantragt und sich die notwendigen Visa für die Reise durch die drei östlichen Provinzen besorgt. Dann hatte er sich mit seinen Kollegen vom SIS in der Mandschurei in Verbindung gesetzt und über diese eine geeignete Unterkunft suchen lassen. Er hatte sich auch mehrere Karten von Nordchina und dazu einen Reiseführer für den Fernen Osten gekauft. Außerdem hatte er verschiedene Personen bestochen, damit sie über seine Reise Stillschweigen bewahrten und er somit keinen Verdacht erregte. Danach hatte sich alles sehr schnell entwickelt.

Mit Wollschal und dickem Mantel, aber ohne Kopfbedeckung, sodass sich seine roten Haare im Wind kräuselten, wartete Iain jetzt warm eingepackt auf Cooke. Er frühstückte auf dem Platz gegenüber dem Yamoto-Hotel. Vor ihm stand eine Schale mit dampfenden Nudeln, von denen er jedoch nur wenig aß.

In der Ferne konnte Iain den Ozean sehen. Eine Vielzahl von Sampans, Leichtern, kleinen Booten, Doppelendern, Wallah-Wallahs und Schaluppen drängte sich Seite an Seite an den schmutzigen Kais. Überall im Hafen waren Schiffsglocken zu hören.

Dairen gefiel ihm nicht. War es noch vor nicht allzu langer Zeit Teil des von den Russen gepachteten Territoriums gewesen, so stand es jetzt unter der Hoheit eines japanischen Generalgouverneurs. Abgesehen vom alten russischen Gouverneurspalast und der unmittelbaren Umgebung des Nikolaiplatzes gab es nur wenig Sehenswertes. Iain fand die Stadt völlig uninteressant und hässlich – jedes zweite Gebäude war entweder ein Gaswerk oder eine Schwefelsäurefabrik. Dairen erinnerte ihn einfach zu sehr an Glasgow.

Cooke, ein Veteran, der bereits in Amiens gekämpft hatte, war hochgewachsen und schlank. Er hatte ein frisches, gesundes Gesicht und dicke Ohrläppchen. Er stieg gerade aus einer Rikscha und kam dann über den runden Marktplatz auf Iain zu, wobei er ihn schon von Weitem mit einem freundlichen Winken begrüßte. Cooke hatte im Krieg eine Hand verloren. Sein linker Unterarm endete in einem Stumpf, war am Handgelenk abgetrennt wie ein abgebrochener Eiszapfen.

Er nahm Platz. Ein Kellner kam und stellte eine Kanne Tee auf den Tisch. Cooke holte tief Luft und fuhr sich mit seiner verbliebenen Hand durch seine geölten Haare. »Also, ich glaube, dass ich jetzt alles habe, worum Sie mich gebeten haben«, sagte er.

Iain kramte in seiner Manteltasche, holte eine Zigarette hervor und steckte sie sich in den Mund. »Auch einen zuverlässigen Führer?«, fragte er.

»Ja, ich habe einen russisch sprechenden Führer ausfindig gemacht, der Sie über den Amur bringen kann.«

»Wie sieht es mit Waffen aus?«

»Ich habe zwei M-1891-Kosakengewehre aufgetrieben. Es handelt sich dabei um die Standardwaffe der russischen Infanterie. Wenn Sie nicht auffallen wollen, sollten Sie besser keine anderen Waffen bei sich haben.«

»Gut gemacht, danke.« Iains Gedanken eilten bereits voraus. »Und Pelze? Sie haben doch die Pelze? Gut. Wie kalt wird es Ihrer Meinung nach werden?«

»An schönen, windstillen Tagen minus fünf Grad. Im Winter

kann es aber über minus dreißig Grad werden. Sie sollten, wenn irgend möglich, an Ihrem Ziel angekommen sein, bevor es richtig kalt wird. Im Augenblick sind die Flusspatrouillen der Roten Garden noch in voller Stärke unterwegs. Deshalb ist es vermutlich das Beste zu warten, bis der Amur zugefroren ist. Dann können Sie den Fluss zu Fuß überqueren. Mit wie vielen Personen werden Sie zurückkommen?«

»Das weiß ich noch nicht genau«, sagte er. Er dachte dabei an die Riedles. »Höchstwahrscheinlich mit nur einer Person, die zudem sehr gebrechlich ist. Möglicherweise aber noch mit zwei oder drei weiteren.«

»Wenn Sie den Fluss zu früh überqueren, besteht die Gefahr, dass das Eis noch nicht trägt und Sie einbrechen. Überqueren Sie ihn zu spät, erfriert Ihr gebrechlicher Begleiter vielleicht. Ihnen bleibt also nur ein kleines Zeitfenster.«

Über ihnen schlug eine Uhr die Viertelstunde.

Cooke zog eine Uhr aus seiner Tasche, dann erhoben sich die beiden Männer von ihren Stühlen. »Gehen wir ein Stück zu Fuß«, schlug Iain vor.

Sie gingen langsam über den Platz und bogen dann in eine der Seitengassen ein. Jetzt zu Beginn des Winters fiel der Schnee pudrig wie gesiebtes Mehl. Bettler und Obdachlose, eingehüllt in zerlumpte Felle, drängten sich unter Unterständen zusammen, suchten in den Abfällen nach etwas Essbarem.

»Rikscha! Rikscha!«, schallte es von jeder Ecke her. Trotz des Schnees und des scharfen, kalten Winds waren auf den Straßen Dutzende von Kulis mit ihren mongolischen Ponys unterwegs, die auf ihren Karren Jutesäcke mit Korn, Reis, Melonenkernen, schwarzen Bananen, Strohlitze und Holz von Nord nach Süd quer durch die Stadt transportierten.

Iain und Cooke gingen stumm weiter. Ihr Weg führte sie an Gebäuden vorbei, deren Mauern mit chinesischen Schriftzeichen beschmiert waren: *Nieder mit dem Imperialismus! Keine Knebelverträge! Kauft keine japanischen Waren!*

Die dünne Schneeschicht knirschte leise unter ihren Füßen.

Das glitzernde Eis ließ die Straßen aussehen wie mit Schellack behandeltes Blech. Über ihren Köpfen ballten sich dunkle Wolken zusammen.

Cooke griff in seine Manteltasche und nahm zwei Zugfahrscheine heraus. »Ich habe morgen den Spätzug gebucht. Das bedeutet, dass wir auf der Fahrt ein bisschen schlafen können, wenn wir wollen. In Mukden müssen wir umsteigen. Ich werde Sie dann bis nach Changchun begleiten. Dort wartet Ihr Führer auf Sie. Ich habe einen Laster organisiert, der Sie von dort aus nach Heihe bringen wird.«

Iain dankte ihm noch einmal. Nach einer längeren Pause fragte er: »Wie sieht Ihre Abteilung zurzeit die Lage in Sowjetrussland? Wie schätzt sie das politische Klima dort ein? Muss ich mir Sorgen machen?«

Cooke hatte diese Frage bereits erwartet. Er zog ein weiteres Mal seine Uhr aus der Tasche und wirbelte sie an ihrer Kette um seinen Finger. »Stalins Regierung scheint sich zurzeit in einem Zustand des… nun, nennen wir es, des organisierten Chaos zu befinden. Man hat in den letzten Monaten versucht, die Sache mit den landwirtschaftlichen Kolchosen mit aller Kraft voranzutreiben. Inzwischen regt sich dagegen jedoch heftiger Widerstand. Im vergangenen Jahr wurde in Russland nicht genügend Getreide produziert, folglich ist das Brot jetzt knapp geworden. Das könnte wieder zu einer Hungersnot führen. Stalin versucht den Kulaks die Schuld an der Situation in die Schuhe zu schieben.«

»Wem?«

»Die Kulaken sind die wohlhabenden Großbauern. Der Ernteertrag des letzten Jahres fiel um drei Millionen Tonnen geringer aus als im Jahr zuvor. Als sie sich weigerten, ihr Korn zu dem vom Staat festgelegten Preis zu verkaufen, beschuldigte man die Kulaken zu hamstern. Aller Wahrscheinlichkeit nach wird Stalin schon bald den Notstand ausrufen, die Kulaken enteignen und ihr Land und Vieh den Kolchosen übergeben. Und dagegen wird es bestimmt erheblichen Widerstand geben. Ich habe gehört, dass die Unzufriedenheit auf dem Land immer größer wird. Die Leute sind argwöhnisch, und der Unmut wächst von Tag zu Tag.«

»Dann sollte ich also vorsichtig sein.«

»Auf dem Land wimmelt es geradezu von Kadern der Partei und von Rotgardisten. Es ist der denkbar schlechteste Zeitpunkt, ohne Einladung nach Russland einzureisen. Die Zustände dort werden immer katastrophaler.«

Sie überquerten die Straße. Am Busbahnhof sahen sie, wie ein Zug kahlgeschorener Chinesen mit Holzblöcken um den Hals und Ketten an den Füßen durch die Straßen der Stadt getrieben wurde. Auf den hölzernen Krägen stand: *»Wegen Widerstands gegen die Japanische Kaiserliche Armee zum Tode verurteilt.«*

Ein Stück weiter sahen sie, wie drei Weißrussen vor einem kaspischen Teehaus von japanischen Soldaten systematisch zusammengeschlagen wurden. Die Soldaten hatten offensichtlich die Papiere der Russen kontrollieren wollen, woraufhin diese jedoch nur abgelaufene zaristische Ausweise vorlegen konnten. Ohne zuständige Gerichtsbarkeit und ohne ein Konsulat, das sie geschützt hätte, machte ihre Staatenlosigkeit sie jetzt zum Freiwild.

»Die Situation hier wird auch von Tag zu Tag unerträglicher«, sagte Iain.

»Aber das ist alles noch nichts, verglichen mit dem, was sich derzeit in Russland abspielt.« Cooke kratzte sich am Hinterkopf. Dann ließ er seine Hand sinken. »Diese Leute, die Sie aus dem Land holen wollen«, sagte er und sah ihn dabei fragend an. »Um wen handelt es sich dabei? Warum nehmen Sie das alles überhaupt auf sich?«

Iain schwieg. Die Frage hing unbeantwortet in der Luft. Er fühlte sich in die Enge getrieben. Sollte er sich Cooke anvertrauen? Würde sein Kollege ihn verstehen? Sollte er zugeben, dass er gerade Gelder des SIS für private Angelegenheiten veruntreute? Dass er ein Narr war? Ein unverbesserlicher Romantiker? Als er jetzt in seinem Herzen forschte, fand er jedoch nur noch mehr unbeantwortete Fragen. Irgendetwas musste er seinem Kollegen jedoch erwidern. Er entschied sich schließlich dafür, Cooke einfach die Wahrheit zu sagen.

»Ich versuche, einen Vater und eine Tochter wieder zusammenzubringen, und hoffe, auf diese Weise einer Frau zu helfen, die mir sehr viel bedeutet.« Dann fügte er zu seiner eigenen Überraschung noch hinzu: »Ich versuche damit auch die Schuldgefühle zu lindern, die mich quälen, weil ich meine eigene Familie zerstört habe.«

Sie fanden ein leeres Abteil, machten es sich auf den Sitzen, die sich zu Betten aufklappen ließen, bequem und öffneten jeweils eine Flasche Bier. Ihre Fahrt nach Mukden im Norden sollte achteinhalb Stunden dauern, gefolgt von einer weiteren langen Zugfahrt nach Changchun, der nördlichsten Station der Eisenbahnlinie, die die Südmandschurei durchquerte. Um Iains Nerven zu beruhigen, nahmen sie Stift und Papier und spielten dann Schiffe versenken. Gelegentlich vertrieben sie sich auch mit ein paar Runden Fan Tan die Zeit. Als Spielsteine dienten ihnen dabei Melonenkerne, die sie sich aus dem Speisewagen besorgt hatten.

Als Iain die entspannende Wirkung des Biers zu spüren begann, erlaubte er sich, an Nadia zu denken. Ihm war bewusst, dass sie im Augenblick nicht gut auf ihn zu sprechen war. Dennoch versuchte er sich auszumalen, wie sie auf der Kaimauer stand und die warmen Sonnenstrahlen auf ihren Schultern genoss. Er versuchte sich vorzustellen, wie sehr sie sich freuen würde, wenn er mit ihrem Vater zurückkehrte. Aber es wollte ihm einfach nicht gelingen, dieses Bild heraufzubeschwören. Stattdessen wurde das brennende Gefühl der Erwartung in seinem Magen immer stärker. Je mehr sie sich Changchun näherten, desto unbehaglicher begann Iain sich zu fühlen, und irgendwann war ihm das auch anzusehen. Während er in die Dunkelheit hinausstarrte, dachte er an all das, was Nadia in ihrem Leben verloren hatte. Ihr Zuhause, ihre Kindheit, ihren Vater. All das war ihr vom Schicksal entrissen worden. Ihr Verlust erinnerte ihn an den Tag, an dem er als Junge auf dem Bahnsteig gestanden und

Helmsdale in Schimpf und Schande verlassen hatte. Iain war sich sicher, dass Nadias Leben in mancher Hinsicht ein Spiegel seines eigenen Lebens war. In seinem Fall war jedoch nicht das Schicksal schuld gewesen. Er hatte sich das alles ganz allein zuzuschreiben. Das war die harte, trostlose und brutale Wahrheit.

»Wir haben noch ein paar Stunden Zugfahrt vor uns«, sagte Cooke jetzt und musterte Iain dabei aufmerksam. Dann sah er aus dem Fenster. Ein Streifen roten Lichts schimmerte zwischen den Bergen hindurch. Der Himmel war jetzt wolkenlos. Schon bald würde es dämmern. »Sind Sie sicher, dass Sie zu alldem bereit sind?«

»Ich glaube schon.« Iain hatte den Kopf in die Hände gestützt. Er seufzte laut. »Wie stehen Ihrer Meinung nach meine Chancen?«

Cooke blinzelte und holte dann tief Luft. »Also gut. Sehen wir uns einmal die Fakten an: Sie müssen in einer feindlichen Umgebung agieren. Sie suchen eine Familie namens Riedle, die angeblich im Dorf Elitschoko bei Blagoweschtschensk lebt, aber sie kennen diese Leute nicht einmal. Falls es Ihnen tatsächlich gelingen sollte, sie ausfindig zu machen, können Sie unmöglich vorhersehen, wie sie auf Sie reagieren werden – es ist durchaus möglich, dass sie sich von Ihnen bedroht fühlen und die Behörden informieren. Aber nehmen wir einmal an, Sie werden von ihnen freundlich empfangen und man bringt Sie zu Schaschkow – einem Mann, dem Sie noch nie begegnet sind. Ist es da nicht wahrscheinlich, dass er Ihnen kein Wort glauben wird? Sie haben gesagt, dass Schaschkow krank ist. Wissen Sie, wie krank er tatsächlich ist? Ist er überhaupt in der Lage zu laufen? Sie wissen es nicht! Wird er die Reise überleben? Auch das ist ungewiss. Hinzu kommt, dass es überall von Roten Garden nur so wimmelt, dass Sie kein Wort Russisch sprechen und dass die gestrige Lufttemperatur in Heihe minus zweiundzwanzig Grad Celsius betragen hat. Alles in allem würde ich sagen, dass Ihre Chancen ziemlich schlecht stehen.«

All das war Iain nicht neu – derartige Zweifel quälten ihn

schon seit Wochen. Da er jedoch nur ungern daran dachte, stieß er jetzt ein freudloses Lachen aus. »Danke für Ihr Vertrauen.«

Cooke sah Iain forschend an. »Sie haben mir gestern erzählt, dass Sie hoffen, einer Frau helfen zu können. Verzeihen Sie, Iain. Aber wer ist diese Frau?«

Iain wollte ihm schon antworten, dann aber überlegte er es sich doch anders und schwieg.

»Ich nehme an, dass es sich um Schaschkows Tochter handelt.«

Schweigen. Das ratternde Geräusch des Zuges schwoll kurzzeitig an und wurde dann wieder leiser. »Sie heißt Nadia.«

Cooke sagte nachdenklich: »Offensichtlich liegt Ihnen sehr viel an ihr, sonst würden Sie all das hier bestimmt nicht auf sich nehmen.« Er wartete einen Herzschlag lang. »Sind Sie sich sicher, dass sie es auch wert ist?«

»Ja.« Iains Stimme klang voll und aufrichtig.

»Was ist mit den Riedles? Ich vermute, dass Sie versuchen werden, sie mitzunehmen. Was wollen Sie mit diesen Leuten machen, wenn Sie wieder in China sind?«

»Es gibt in Harbin eine lutheranische Mission, die den Russen hilft, die über die Grenze kommen.«

»Falls Sie es schaffen, werden Sie Nadia dann heiraten?«

Iain presste die Lippen aufeinander, so, als hätte er Sand zwischen den Zähnen. Sein Herz stolperte. Er zog die Schultern hoch und ließ sie langsam wieder sinken.

»Denken Sie, das wäre klug?«, fragte Cooke.

»Sagen Sie es mir.«

»Eine Weißrussin zu heiraten«, antwortete er freimütig, »würde Sie höchstwahrscheinlich Ihren Job kosten.«

Eine Zeit lang sagte keiner von beiden ein Wort. Sie saßen vollkommen reglos da, schienen nicht einmal mehr zu atmen.

Eineinhalb Stunden später, als sie sich den Randbezirken der Stadt näherten, klopfte der Schlafwagenschaffner an ihre Abteiltür. Er bot ein Tablett mit heißem Tee und chinesischen Brötchen an. Sobald er wieder gegangen war, schüttelte Cooke missbilligend den Kopf und nahm sich eine Tasse Tee. Er hielt die Tasse an seine Lippen und sah Iain durch den Dampf, der von ihr aufstieg, nachdenklich an.

»Man wird Sie als Spion hinrichten, wenn Sie geschnappt werden. Oder aber Sie werden den Rest Ihres Lebens in einer sibirischen Salzmine arbeiten. Bei Spionage kennen die Sowjets kein Pardon.«

Dies war ein Satz, den Iain schon oft gehört hatte. Trotzdem spürte er jetzt, wie ihm plötzlich kalt wurde. Etwas an der Art, wie Cooke »man wird Sie hinrichten« sagte, ließ ihn schaudern. Das war offensichtlich etwas, worüber er bis zu diesem Zeitpunkt nicht einmal nachgedacht hatte. Einen Moment lang nahm er Cooke dessen Ehrlichkeit sogar übel.

Cooke öffnete mit seiner unversehrten Hand seine Brieftasche und nahm ein zusammengefaltetes Stück Papier heraus. »Also«, sagte er. »Mir ist durchaus bewusst, dass dies eine inoffizielle Operation ist. Wir geben das hier normalerweise nur unseren Leuten im operativen Dienst, aber es könnte Ihnen das Leben retten.« Iain faltete den Zettel auseinander. Er bestand aus leichtem Papier, maß etwa dreißig mal vierzig Zentimeter und war in acht Segmente gefaltet gewesen. Der Text war sowohl auf Englisch als auch auf Russisch verfasst.

»Was ist das?«, fragte er.

»Wir nennen das einen Blood Chit.«

Iain studierte die Bildsymbole und die englisch-russischen Aussprachehinweise am Ende der Seite. »Ich bin britischer Staatsbürger. Bitte helfen Sie mir, zur chinesischen Grenze zurückzukehren. Die britische Regierung wird Sie dafür bezahlen. Man wird Sie für meine sichere Rückkehr großzügig in Gold entlohnen.«

Es gab auch eine in Lautschrift dargestellte Übersetzung der russischen Wörter für »nicht schießen«, »weit, nah«, »Essen, Brot, Trinkwasser«, »Arzt, Medizin«, »schlafen, verstecken« und »Ich werde Sie bezahlen«.

Er schürzte die Lippen, spürte, wie er sich innerlich völlig verkrampfte. Er heftete den Blick auf die Stelle, an der sich früher einmal Cookes linke Hand befunden hatte, auf die glänzende, rosa Haut des Stumpfs. Das musste eine Granate gewesen sein, dachte Iain. Entweder das oder die Kugel eines Heckenschützen. War es nachts passiert? Hatte Cooke in diesem Moment gerade eine Zigarette geraucht? War das rote Glühen in seiner Hand das Ziel gewesen? Mit Sicherheit war es jedoch schnell gegangen. Ein Schock.

Man wird Sie hinrichten.

Iain rieb seine Handflächen aneinander und fuhr sich dann nervös durch die Haare. Dann saß er lange Zeit schweigend und reglos da. Seine Hände jedoch zitterten.

Iain blickte angestrengt aus dem Fenster. Seine Augen spiegelten sich schimmernd in der Scheibe; jetzt gab es kein Zurück mehr. Er war bereit.

2

Die Sonne ging auf, und das Tal des Amur verwandelte sich in eine spiegelnde Fläche aus Eis, die sich bis zum Horizont und darüber hinaus erstreckte. Der zugefrorene Fluss schien im Licht des Tages förmlich Wellen zu schlagen – der Himmel weitete sich wie ein Raubvogel, der seine Schwingen ausbreitet.

Iain schirmte die Augen mit der Hand ab, um sich vor dem grellen Licht zu schützen. Die Fußspuren kleiner Tiere durchzogen die Ebene, befleckten das makellose Weiß des Schnees. Zu seiner Rechten sah Iain einen Streifen eisfreies Wasser, stahlgrau und kalt. Zu seiner Linken standen Tannen, von denen jedoch nur die höchsten eine Spur von Grün zeigten. Eine Windbö, scharf wie eine Peitsche, wirbelte Pulverschnee von ihren Wipfeln zu Boden. Iain verzog das Gesicht, als winzige Eissplitter seine Augen trafen. Dann ging er mit gesenktem Kopf weiter.

Eine Woche war inzwischen vergangen, seit er mit dem Zug

aus Dairen hier angekommen war. In dieser Zeit hatte er sich einen stoppeligen Bart wachsen lassen, einen staubig roten Pelz mit goldenen Einsprengseln. Obwohl der Bart sein Gesicht ein wenig vor den kalten Winden schützte und es außerdem auch noch von einer Aureole aus Kaninchenfell eingerahmt wurde, waren seine Wangen schon jetzt mit Frostbeulen überzogen und hatten die Farbe von Dosenlachs angenommen.

Das zusammengepresste Eis knirschte unter seinen Füßen, als er darüber ging. Iain blieb stehen, um sich die Eispartikel aus den Augen zu wischen. Er konnte kaum glauben, dass er sich bereits auf sowjetischem Gebiet befand. Am Straßenrand lag ein steifgefrorener Sikahirsch. Nur sein Kopf und die grauen Vorderläufe ragten aus dem Schnee. Iain blickte zurück. In der Ferne, jenseits des Flusses, standen verstreut die Häuser eines Dorfes. Außerdem war da noch ein großes Gebäude, das aussah wie eine Pelztierfarm. Iain überlegte noch einmal ganz genau. Er hatte sich vorgestellt, dass er und sein Führer in der Lage sein würden, den kranken Ilja Schaschkow eine halbe Meile weit zu tragen, bevor sie eine Pause einlegen mussten. Und das wiederum bedeutete, dass sechs bis acht Erholungspausen nötig sein würden.

Tags zuvor war er auf der Ladefläche eines Lasters von Sunwu nach Heihe gefahren. Die Straße von Hsi-gangshi zum Amur hinauf hatte dabei an Goldminen und Bergarbeiterstädten vorbeigeführt. Der Laster gehörte dem mandschurischen Kriegsherrn Chang Hsueh-linag. Die Männer auf dem Laster – neben dem Fahrer waren das drei bewaffnete Chinesen und ein russisch sprechender Führer gewesen – standen samt und sonders alle auf Changs Gehaltsliste. Jetzt warteten die drei bewaffneten Männer und der Fahrer auf der chinesischen Seite des Amur, während sich Iain und der Führer auf den Weg durch die Außenbezirke von Blagoweschtschensk gemacht hatten. Iain hatte keine andere Wahl, als dem Kriegsherrn und seinen Leuten zu vertrauen.

Dick in Pelze gehüllt und zusammengerollte Decken über den Schultern, trugen Iain und sein Führer jeder ein Gewehr, Wasserschläuche und lange Holzstöcke, die durch einen Streifen Leinwand miteinander verbunden waren, sodass sie später als Zugschlitten dienen konnten.

Am Vormittag erreichten sie dann irgendwann eine Senke, die von Bäumen gesäumt war. Als sie kurz darauf auf einen Hügel stiegen, sahen sie einen Weiler vor sich. Männer mit wettergegerbten Gesichtern kamen aus ihren Häusern, um Kaminholz zu holen. Ihre Gesichter waren runzelig wie alte Säcke aus Leinwand. Iain hielt den Blick gesenkt, weil er nicht angesprochen werden wollte.

»*Ne chuja sebe*«, sagte der Führer. Weiße Nebelgeister kamen dabei aus seinem Mund. »Wir sind da. Das hier ist das Dorf Elitschoko. Wir müssen jetzt sehr vorsichtig sein. Sie sagen kein Wort. Ich werde mit den Dorfbewohnern sprechen.« In diesem Moment kam ein Reiter an ihnen vorbei. In seinen Armen hielt er einen Amurleoparden.

»Wer war das?«, wollte Iain wissen, da er sich nicht sicher war, ob der Reiter möglicherweise ein Rotgardist war.

»Ein Jäger. Er geht mit seinem Leoparden auf Hirschjagd.«

Da es in dem kleinen Dorf Elitschoko mit seinen eng zusammengedrängten, ein- und zweistöckigen Häusern aus Reet, Lehm und Schlick keinen Strom gab, wurde es nachts stockfinster in dem Ort. Nach Einbruch der Dunkelheit war es dort auch so still, dass man eine Maus unter der Schneedecke herumhuschen hören konnte. Die unregelmäßigen, mit groben Steinen gepflasterten Straßen hatten wahrscheinlich noch nie ein Auto gesehen. Elitschoko war ein völlig von der Welt abgeschiedener Ort. Es gab jedoch eine kleine Klosterkirche mit drei niedrigen Apsiden, weißen Steinmauern und schmalen, abgeschrägten Fenstern.

»Folgen Sie mir«, sagte der Führer. »Wir brauchen Informationen. Ich denke, wir sollten es zuerst in der Kirche versuchen.« Sie gingen unter den Dachtraufen entlang, dann durch einen Bogengang und ein Tor zum Haupteingang der Kirche. Da sie die religiösen Gefühle der Menschen nicht verletzten wollten, ließen sie ihre Waffen im Vestibül zurück. Als sie aus dem kalten Wind heraus in das dunkle, kahle Innere der Kirche traten, stieg ihnen der Gestank von Tierhäuten und ungewaschenen Männern in die Nase. Eine Frau hustete, ein Baby weinte. Iain sah, dass auf dem Altar Kerzen brannten. Eine kleine Gruppe von Menschen stand mit dem Rücken zu ihm. Einige von ihnen hatten sich tief verbeugt.

Der Führer, der Iain zwei Schritte vorausging, stampfte mit seinen Pelzstiefeln fest auf den Boden, um den Schnee abzuschütteln. Iain tat es ihm nach, rieb dabei seine Hände, damit sie warm wurden. Die Menschen drehten sich um und sahen die Fremden erstaunt an. Iain ließ seinen Blick suchend über die erstaunten Gesichter schweifen. Einige von ihnen wechselten heimliche Blicke. Er ging auf die Gruppe zu, während alle Augen ihm folgten. Störte er gerade den Gottesdienst?, fragte er sich. Aber wo war der Geistliche? Dann sah er plötzlich ein Propagandaplakat an der Wand, auf dem ein Bauer mit einem Gewehr abgebildet war. Der Bauer saß auf einem riesigen Ei und schützte seine Ernte. Er wurde von einem gierig aussehenden Kulak, einem Priester und einem mit einem Messer bewaffneten Schwarzbrenner umringt. Nein, diese Kirche war kein heiliger Ort mehr. Sie war jetzt nur noch ein Ort für Versammlungen.

Jetzt trat ein Mann mit einem riesigen Backenbart aus dem Schatten heraus. Ein überlegenes Lächeln lag auf seinen Lippen. Er trug einen Bärenpelz und eine Armbinde, auf der ein großer roter Stern prangte. Sein Blick hatte etwas Berechnendes. »*Zalauba*. Ein Politkommissar«, flüsterte der Führer Iain ins Ohr.

Iain sah, dass der Mann ein rundes Gesicht und eine lange, knochige Nase hatte, die dem Schnabel eines Bussards ähnelte. Seine großen, feuchten Augen ähnelten denen eines Spaniels, und an seiner Stirn klebte ein brauner Fransensaum so wie ein Stück Speck an einer fettigen Pfanne.

»Kameraden«, rief der Kader jetzt den versammelten Menschen zu.

Die Leute gingen geschlossen ein paar Schritte nach vorn: Babuschkas mit Kopftüchern, die mit ängstlichem Blick den Mann anstarrten, junge Leute, die einen grüblerischen Zug um den

Mund hatten, ältere Männer mit Uschankamützen und Pferdefellen, die ihre Zähne entblößten.

Iain verharrte regungslos. Er hörte das Geräusch der atmenden Menschen, atmete dabei den Geruch von Unterdrückung und Tyrannei. Der Politkommissar sprach jetzt weiter. Sein Ton war barsch und aggressiv. Jetzt tauchte ein zweiter Mann mit einem Gewehr aus dem dunkelsten Teil der Kirche auf und stellte sich neben den Redner. Beide hatten Schnurrbärte, dicht wie Haarbürsten und so hart wie die Stacheln eines Igels. Sie sahen gut genährt aus. Im Gegensatz zu ihnen schienen ihre Zuhörer alle Hunger zu leiden.

Iain sah, wie die Kommissare die Menschenmenge mit blitzenden Augen musterten, sah, wie sich ihre Lippen kräuselten – war es pure Verachtung, die da in ihren Gesichtern stand? Iain beobachtete sie mit größter Aufmerksamkeit. Er hatte seinen Blick auf den ersten Mann geheftet, der heftig mit den Händen gestikulierte, obwohl er jetzt langsam und bedächtig sprach. Aus der Versammlung heraus war ein spöttisches Murmeln zu hören.

Der Kommissar setzte jetzt zu einer flammenden Rede an, wobei er die Fäuste immer wieder in die Handflächen schlug. Iain meinte aus dem Geschrei die russischen Worte für »kommunistische Partei«, und das Wort *Chljeb*, was Getreide bedeutete, herauszuhören.

Dann schien einer der Parteifunktionäre eine Frage in die Menge zu rufen. Er sah erwartungsvoll in das Meer von Gesichtern. Jemand hob den Arm und sagte etwas, woraufhin der andere Kommissar demonstrativ sein Gewehr anlegte. Der Mann ließ seinen Arm wieder sinken. Dann stellte der Parteifunktionär den Leuten offenbar noch einmal dieselbe Frage. Diesmal blieb es absolut still. Die Leute senkten die Köpfe und schlugen die Augen nieder. Die Babuschkas duckten sich. Niemand wagte sich auch nur zu rühren.

Der Sturz des Zaren lag bereits elf Jahre zurück, dachte Iain, aber noch immer zitterte das Land.

Der Funktionär starrte weiter mit finsterem Blick in die Runde.

Er ließ einige Augenblicke verstreichen, bevor er weitersprach. Iain glaubte herauszuhören, dass es jetzt um die Kulaken und die Abgabe von *Chljeb* ging. Eine Minute später schloss der Kommissar die Versammlung.

Die Menschen verteilten sich in der Kirche, liefen geschäftig in der samtigen Dunkelheit umher, ersetzten die Kerzen, die heruntergebrannt waren, und rückten Stühle zurecht. Einige der Babuschkas tauschten untereinander Gläser mit Kompott, Laibe von Schwarzbrot, Rettiche und Schnüre mit getrockneten Heringen. In einer Ecke sah Iain zwei Männer, die in einem Buch blätterten und über ein Gedicht zu diskutieren schienen. In einer anderen Ecke spielten ein paar Kinder mit einem Reifen aus Holz. Jetzt, da die Politkommissare gegangen waren, verwandelte sich die Kirche, wie Iain mit Erstaunen feststellte, in eine Art Freizeitzentrum.

Iain sah zu, wie die Babuschkas die getauschten Lebensmittel unter ihren Mänteln verbargen, sah ihr erleichtertes Lächeln. Andere Dorfbewohner wiederum verließen die Kirche mit niedergeschlagenen, ja zum Teil sogar mit bestürzten Gesichtern.

»Die Kommissare haben die Bauern aufgefordert, ihr Getreide zu einem geringeren Preis zu verkaufen«, flüsterte ihm der Führer zu.

»So etwas in der Art hatte ich mir schon gedacht«, erwiderte Iain.

Als sie wieder draußen in der Kälte standen, sprach der Führer einen alten Mann an und fragte ihn nach den Riedles. Der Mann schüttelte jedoch nur den Kopf und ging wortlos weiter. Kurz darauf fuhr ein Eselskarren auf den Platz. Dann wurden mehrere Bauernjungen von bewaffneten Rotgardisten zu dem Karren geführt. Plötzlich rannte eine ältere Frau auf die Gruppe zu und legte einem der Jungen eine Steppdecke um die Schultern. Einer der Rotgardisten stieß sie zu Boden und zwang dann die jungen Männer, auf den Karren zu steigen.

Zwei der jungen Männer wurden von den Rotgardisten noch einmal nach Waffen durchsucht. Sie fanden ein kleines Jagdmesser, das sie in den Schnee warfen. Einer der Jungen auf dem Karren hatte inzwischen begonnen zu pfeifen. Offensichtlich wollte er einen gleichgültigen Eindruck machen. Iain sah jedoch die Angst in seinen Augen. Einen Augenblick später stand ebendieser Junge auf und rief etwas, woraufhin er den Kolben eines Gewehrs, der laut gegen sein Schienbein krachte, zu spüren bekam.

Das hier waren doch alles die Nachbarn und Freunde der jungen Männer auf dem Karren, dachte Iain. Und dennoch unternahmen die Leute nichts. Es war wohl die nackte Angst, die die Menschen davon abhielt einzuschreiten.

Der Führer flüsterte Iain zu: »Sehen Sie? Sie werden bestraft, weil sie Mehl und andere Lebensmittel gehamstert haben.«

Iain bemühte sich, die Szene nicht weiter zu beobachten. Sein Führer ging jetzt quer über den Dorfplatz auf einen Mann zu. Die beiden sprachen miteinander, dann sah der Mann zu ihm herüber. Iain fühlte sich unbehaglich. Der Fremde trug schmutzige Kleidung. Er war schlecht genährt, und zahlreiche Geschwüre verunstalteten sein Gesicht. Der Führer sprach hastig und mit gedämpfter Stimme, während Iain das Ganze mit wachsender Besorgnis verfolgte. Der Fremde rieb sich über die Stirn und zeigte dann verstohlen auf einen Hügel. Der Führer drückte ihm einen Geldschein in die Hand. Dann gingen die beiden auf Iain zu.

Der Fremde, ein Mann namens Nikolai, führte sie zu einem Wirtshaus. Sie blieben kurz vor der Tür stehen, bevor sie eintraten. In der Gaststube blickte Iain ausnahmslos in ernste Gesichter. In den Augen vieler lag ein Ausdruck tiefster Hoffnungslosigkeit. Die Zinnbecher auf den Tischen waren alt und schwarz angelaufen. Die Regale waren bis auf eine Dose mit Rindfleisch und einen einsamen Laib Brot völlig leer. »Wir müssen eine Runde Wodka ausgeben, sonst werden die Männer nicht mit uns reden«, flüsterte ihm der Führer zu. Iain musterte die Muschiks mit ihren grauen Gesichtern. Tief in ihre Mäntel verkrochen, schienen viele von ihnen sogar zu müde zum Atmen zu sein.

Als der Wirt eine Flasche Wodka auf die Bar stellte, erschien auf einigen der Gesichter ein Lächeln. Jeder Gast im Wirtshaus erhielt einen Becher Wodka, und schon bald verwandelte sich das Lächeln in ein lautes Lachen. Der dürre Nikolai deutete mit einem Kopfnicken auf einen hochgewachsenen Mann, der auf der anderen Seite des Raums stand. Er trug eine Pelzmütze mit langen Ohrenklappen. Iain und sein Führer wechselten einen kurzen Blick, dann sahen sie aus dem Fenster und suchten die Umgebung ab. Die Rotgardisten waren verschwunden.

Kurz darauf stand Iain wieder draußen in der Kälte. Der hochgewachsene Mann hatte jetzt die Führung übernommen. Iain hatte die Augen fest zusammengekniffen, um sich vor dem beißenden Wind zu schützen, während sie durch den Schnee auf ein einsames Bauernhaus oben auf einem Hügel zustapften. Als er einmal kurz aufblickte, bot sich ihm ein geradezu majestätischer Anblick. Zwischen den verschneiten Birken stand ein prächtiger Elch. Das Tier besaß ein mächtiges Geweih, dessen Schaufeln über vier Fuß lang sein mussten. Iain konnte sein dichtes rotes Fell und die braunen Schattierungen an seinem Steiß erkennen. Der Elch verharrte mehrere Sekunden lang in stolzer Haltung vor ihnen, bevor er wieder im Wald verschwand.

»Jetzt ist es nicht mehr weit«, sagte der Führer.

Iain war voller gespannter Erwartung. Er dachte an Ilja Schaschkow. Das alte Foto in seiner Tasche zeigte einen Ilja mit slawischen Wangenknochen und geraden Schultern – würde Nadias Vater heute noch genauso aussehen? Hatte er die Augen seiner Tochter? Ihre Nase, ihren Charakter? Iain ließ seinen Blick langsam zur Kuppe des Hügels schweifen. Dort stand ein kleines Häuschen, aus dessen Schornstein Rauch aufstieg. Er fragte sich, ob Nadias Vater in diesem Moment am Fenster stand und sie dabei beobachtete, wie sie den Hügel heraufkamen. Iain sah im Geiste schon vor sich, wie er Iljas Hand schüttelte, ihm sagte, wer er war, sah vor sich, wie sich ein Lächeln auf dem Gesicht des alten Mannes ausbreitete. Der Gedanke, dass Ilja und Nadia bald wieder vereint sein würden, ließ das Herz in seiner Brust wie wild schlagen. Er hielt sich an diesem Gedanken fest, versuchte mit aller Macht, dem Drang zu widerstehen, einfach den Hügel hinaufzurennen.

Das Bauernhaus stand auf einem Felskamm, der aus einem Wald herausragte. Sie legten das letzte Stück Aufstieg schweigend zurück. An ihren Bärten und ihren Augenbrauen bildete sich Raureif, während sie einem Yak-Pfad folgten, der mit Tierhörnern bestückt war, um Wanderern den Weg durch die verschneite Landschaft zu weisen.

Als sie das Bauernhaus erreicht hatten, traten sie ohne anzuklopfen ein. Iain fiel auf, dass die Haustür überhaupt kein Schloss hatte. Offenbar durften die Menschen in Sowjetrussland kein Privatleben mehr haben. Trotz des hellen Schnees draußen war es im Inneren des Hauses düster. Iain erkannte im Halbdunkel eine Diele mit Stühlen aus karelischer Birke, einen fleckigen Holzboden und eine tickende Kaminuhr. An den erbsengrün gestrichenen, feuchten Wänden hingen zahlreiche schlichte Ikonen, die die heilige Paraskewa, die Geburt der Jungfrau Maria und die Kreuzigung zeigten.

Iain roch, dass irgendwo in diesem Haus ein Kamin brannte. Er folgte dem Geruch durch den langen Flur, bis er in der Küche stand. Dort fand er den Kamin, neben dem ein hoher Spiegel hing. An einem großen Holztisch saß ein älterer Mann in einer dicken Wolljacke, die an den Ellbogen fast durchgescheuert war, und starrte in das offene Feuer. Eine Milchkanne aus Blech und ein Topf mit Kartoffeln hingen an einer Metallstange neben dem Feuer. »Wer sind Sie? Was haben Sie in meinem Haus zu suchen?«, wollte er auf Russisch wissen, als er sie bemerkte.

Der Mann war ungefähr sechzig Jahre alt. Er hatte weißes, schütteres Haar und eingesunkene Wangen. Er machte einen intelligenten, gebildeten Eindruck. Vor ihm auf dem Tisch lagen ein Stift und eine blaue Lebensmittelkarte für Zucker. Ein Stück von ihm entfernt stand eine Frau mit einem Gesicht so rund wie ein Kürbis, die ein Tuch um ihren Kopf geschlungen hatte.

Iain trat, seinen Hut in den Händen, langsam und respektvoll einen Schritt nach vorn.

Der Führer kreuzte die Arme vor seiner Brust und verbeugte sich. Er entschuldigte sich für die Störung. »Sind Sie Doktor Riedle?«, fragte der Führer.

»*Da*«, sagte der weißhaarige Mann. Sein Mund wurde schmal.

»Leben Sie allein in diesem Haus?«

Riedle deutete auf die Frau hinter sich. »Ich wohne hier mit meiner Frau Nina und ...« Er brach ab.

»Und mit wem sonst noch?«, fragte der Führer.

»Mit sonst niemandem. Mein Sohn ist schon seit einigen Jahren verheiratet und lebt in Wladiwostok. Wir sind allein.«

»Wir suchen einen Mann namens Schaschkow. Ist er hier irgendwo?«, fragte der Führer.

Riedle erhob sich mit steifen Knien und wischte dabei versehentlich die Lebensmittelkarte vom Tisch. Er schüttelte den Kopf, schüttelte ihn immer wieder, während der Führer auf ihn einredete. Dann hörte Iain, dass der Führer das Wort »*Britanskij*« erwähnte.

»*Britanskij*«, wiederholte Riedle und auf seinem Gesicht breitete sich ein sowohl verblüfftes als auch erwartungsvolles Lächeln aus. »Sie sind also gekommen, um uns zu helfen?«, fragte er plötzlich auf Englisch und wandte sich dabei direkt an Iain.

»Das ist richtig«, erwiderte Iain.

»Was ist los?«, ließ sich in diesem Augenblick eine krächzende, matte Stimme aus dem Nachbarzimmer vernehmen. Iain drehte sich um und sah einen abgemagerten Mann mit spindeldürren Beinen in der Tür stehen. Er hatte blaue Augen, die jedoch vom grauen Star getrübt waren, und eine Haut so weiß wie Milch. Eine Hälfte seines Gesichts schien völlig in sich zusammengefallen zu sein. Sein linker Arm baumelte kraftlos an seiner Seite herunter. Obwohl die Spuren eines Schlaganfalls unübersehbar waren, hatte seine Haltung etwas Erhabenes an sich – der Mann hielt den Rücken gerade und trug den Kopf aufrecht. »Wer sind diese Leute?«, wollte er wissen und schlurfte dabei auf seinen Stock gestützt in die Küche.

»Geh wieder ins Wohnzimmer zurück, und ruh dich aus, *To-*

warischtsch«, sagte Riedle, der offensichtlich noch immer argwöhnisch war. »Das hier hat mit dir nichts zu tun.«

»Ist dieser Mann Ilja Schaschkow?«, fragte der Führer.

»*Njet, njet*«, versicherte ihm Riedle. Das kurze Zögern vor seiner Antwort verriet Iain jedoch, dass er nicht die Wahrheit sagte. »Das ist mein Bruder aus Lensk. Er ist gerade bei uns zu Besuch.«

Iain ging auf den gebrechlichen Mann zu, hielt ihn am rechten Ellbogen fest und sah forschend in sein Gesicht. Die Haut des Mannes war an manchen Stellen fast durchsichtig.

»Ich bin ein Freund Ihrer Tochter«, sagte er auf Englisch zu Schaschkow. »Ihrer Tochter Nadia. Nadia Schaschkowa. Ich habe ein Foto von ihr dabei. Sie müssen mir zuhören. Bitte.« Er dirigierte Ilja zu einem Stuhl und kniete sich dann vor ihn hin. »Wir haben nicht viel Zeit.«

Dann nahm Iain verschiedene Dinge aus seiner Umhängetasche – Postkarten von Macau, ein Foto von Nadia, Zugfahrscheine. Ilja Schaschkow starrte Iain schweigend an. Auch Riedle schwieg. Nur die Kaminuhr im Flur tickte.

Iain hatte mit seinen Worten für völlige Verwirrung gesorgt. Sie saßen jetzt alle an einem Tisch in der Wohnstube. Der hochgewachsene Mann mit den Ohrenklappen aus Pelz war inzwischen gegangen, die Kartoffeln im Topf waren kalt geworden. Niemand hatte auch nur daran gedacht, sie zu essen.

Iain blickte in die zutiefst verstörten Gesichter. Frau Riedle hatte besorgt ihre Hand auf Schaschkows Stirn gelegt, um seine Temperatur zu fühlen. »Ich bin gekommen, um Ihnen zu helfen, Ihnen allen«, wiederholte Iain.

Er hatte sich unzählige Male überlegt, was er sagen würde. Es würde gewiss nicht einfach werden, diese Leute davon zu überzeugen, dass sie ihm vertrauen konnten, aber er gab sein Bestes. »Sie hatten damals ein Haus«, sagte Iain, »ganz in der Nähe von Twer. Nadia hat mir oft davon erzählt. Sie hat mir auch von dem Brand erzählt, von Herrn Bogdanow, Ihrem Verwalter, und von dem Glücksbringer aus Glas, den Sie ihr geschenkt haben.« Er zeigte Nadias Vater jetzt ein neueres Foto seiner Tochter. Ilja streckte die Hände danach aus, hielt dann aber inne. Iain sah das Blut in seinen Schläfen pochen – er konnte seine Wärme riechen, seinen rasselnden Atem hören. In die Augen des alten Mannes trat ein zärtlicher Ausdruck. Er schien zu verstehen. »Sie hat mir auch von der Schlittenbahn aus Eis erzählt, die Sie für sie gebaut haben und die bis zum Teich hinunterführte.«

»Das kann unmöglich wahr sein«, sagte Nadias Vater auf Russisch, aber das Zittern in seiner Stimme strafte seine Worte Lügen. Sein Mund öffnete sich. Er stammelte etwas, seufzte, starrte dann angestrengt blinzelnd vor sich hin. Es war offensichtlich, dass er vollkommen verwirrt war.

Iain zog jetzt weitere Bilder aus seiner Tasche. Er drückte Ilja jenes in die Hand, das Nadia als kleines Mädchen zusammen mit ihm vor dem Springbrunnen zeigte.

Ilja starrte es lange an. »Das wurde in unserem Garten in Vadra aufgenommen!«, sagte er mit unüberhörbarer Freude in seiner Stimme. Dann begann er laut zu lachen. Das Lachen ging jedoch schon nach kurzer Zeit in einen heftigen Hustenanfall über.

»Sie müssen mich begleiten«, sagte Iain.

Riedle schüttelte heftig den Kopf. Seine Stimme knisterte wie trockener Weizen. »Ilja würde die Reise niemals überleben.«

»Aber er muss unbedingt mitkommen. Was hat er hier denn zu verlieren?«

Riedle antwortete ihm mit leiser Stimme: »Er hat seine Familie seit zwanzig Jahren nicht mehr gesehen. Nina und ich sind jetzt seine Familie. Sehen Sie denn nicht, wie krank er ist? Nein, er kann nicht mehr fort von hier.«

»Sollte er diese Entscheidung nicht lieber selbst treffen?«

»Ich bin nicht nur sein *Vrach*, sein Arzt, ich bin auch sein Freund.«

Iain warf einen Blick über seine Schulter zum Fenster hinüber, wo der Führer stand. »Wir müssen uns beeilen«, sagte dieser zu ihm. »Das Wetter verschlechtert sich zusehends, und ich fürchte, dass die Rotgardisten inzwischen von unserer Anwesenheit erfahren haben. Wenn Sie sich nicht beeilen …«

»Ich tue ja schon, was ich kann«, erwiderte ihm Iain kurz angebunden.

»Und außerdem, was soll dann aus uns werden?«, fragte Riedle.

»Wir werden Sie mitnehmen«, sagte Iain. »Ich werde Sie nach Harbin bringen.«

»Wir haben schon oft über eine Flucht gesprochen. Aber das ist unmöglich«, sagte Riedle. »Wenn man uns aufgreift, wird man uns auf der Stelle erschießen.«

Iain ließ sich nicht beirren.

»Überall sprechen die Leute davon, dass die landwirtschaftlichen Betriebe kollektiviert werden sollen. Sie werden alle langsam verhungern. Brot, Mehl, Zucker, Salz – all das ist auf dem freien Markt schon jetzt nicht mehr zu bekommen.«

»Es wird bestimmt wieder besser werden.«

»Nein, das wird es nicht.«

»Er hat recht«, sagte Nina Riedle jetzt auf Russisch. »Es wird immer schlimmer. Die Lebensmittelkarten reichen vorn und hinten nicht. Die Menschen sind auf den Schwarzmarkt angewiesen, obwohl die Preise dort unglaublich gestiegen sind. Die Frauen in den Städten verstecken sogar schon kleine Säckchen mit Mehl oder Zucker unter ihren Röcken, um sie eintauschen zu können.«

»Sei bitte still, Nina!«, rief Riedle.

Sie ignorierte die Worte ihres Mannes und fuhr fort: »Unser Brot besteht schon jetzt nur noch aus Maismehl oder gemahlenen Bohnen. Und manchmal wird sogar Stroh unter den Teig gemischt.«

Iain sah Nadias Vater an und drückte ihm die Fotos wieder in die Hand. »Ihre Tochter wartet auf Sie«, sagte er. Sein Gesicht glühte dabei vor Eifer.

Schaschkow hatte jetzt Tränen in den Augen. Sie hinterließen feuchte Spuren auf seinen Wangen.

»Aber was wird mit uns geschehen?«, fragte Riedle. »Nina und ich werden staatenlos sein. Wir haben kein Geld …«

»Im letzten Jahr hat die Lutheranische Mission in Harbin über einhundert Mennoniten betreut, die über die russische Grenze gekommen sind.«

»Wir sind aber keine Mennoniten.«

»Man wird Ihnen dieselbe Hilfe zuteil werden lassen. Es gibt viele von den Mennoniten geförderte Wohlfahrtsorganisationen, die Ihnen bestimmt helfen werden. Ich habe mich bereits erkundigt. Auch die amerikanische Regierung unter Präsident Hoover würde Sie als Einwanderer aufnehmen. Die Niederlassung der Mennoniten im kalifornischen Fresno wird es Ihnen ermöglichen, noch einmal ganz von vorn anzufangen. Denken Sie nur an die Milch, das Rindfleisch und die Eiscreme, die es in Amerika gibt.«

»Neu anfangen? In unserem Alter? Beim Geiste Lenins …«

»Man wird sich gut um Sie kümmern. Bitte vertrauen Sie mir.« Iains Stimme erfüllte jetzt das Zimmer.

»Pferde!«, rief der Führer. »Ich sehe Pferde!«

»Sie müssen sich entscheiden«, sagte Iain. »Jetzt! Je länger wir hierbleiben, desto gefährlicher wird es.« Die Kaminuhr in der Diele ließ einen einzigen Schlag ertönen.

»Die Reiter kommen den Hügel herauf!«, rief der Führer jetzt. »Es sind Rotgardisten! Ich kann ihre Armbinden sehen! Sie wissen anscheinend, dass wir im Dorf waren.«

»Sie müssen sich verstecken!«, sagte Riedle mit fester Stimme. Dann schob er Iain und den Führer einfach in die Küche. Dort waren die Holzscheite für den Kamin zu einer kleinen Mauer aufgeschichtet. »Hier!«, sagte er. »Verstecken Sie sich hinter den Scheiten.« Riedle breitete ein paar Satteldecken über sie aus und verteilte dann noch ein bisschen Zunder darüber. »Rühren Sie sich nicht, und geben Sie keinen Laut von sich!«

Die Hitze des Feuers im Kamin rötete schnell ihre Wangen. Während sie, nebeneinander gequetscht wie Paprikaschoten in einer heißen Pfanne, hinter den Scheiten warteten, zog der Klang leiser Stimmen durch das Haus. Riedle stand im Korridor und warf immer wieder einen besorgten Blick in die Küche.

Plötzlich erstarrte der Führer neben Iain. »Unsere Gewehre!«, flüsterte er. »Ich muss sie holen!«

»Wo sind sie denn?«

»In der Stube. Sie stehen zusammen mit unseren Taschen hinter der Tür!« Er vergrub seinen Kopf in den Händen. Dann waren plötzlich neue Geräusche zu hören – das Klappern von Hufen und lautes Rufen – gefolgt von einem Windstoß und dem dumpfen Geräusch von Schritten im Flur.

Iains Herz begann zu rasen. Er wagte kaum noch zu atmen.

Durch einen Spalt zwischen den aufgeschichteten Holzscheiten konnte Iain den vorderen Teil der Küche überblicken. Er beobachtete, wie sich etwas Dunkles vor ihnen auf und ab bewegte. Die Nagelschuhe eines Mannes, schwarz und nass vom Schnee, durchquerten den Raum, blieben vor dem Speiseschrank stehen. Eine Hand griff hinein und nahm Brot und Zwiebeln heraus. Neben der Tür stand ein zweiter Mann. Von seinem langen Übermantel tropfte schmelzendes Eis.

»Wo sind sie?«, rief einer der Rotgardisten.

»Es waren zwei Männer hier. Sie sagten, dass sie aus dem Norden, aus Tugur, kämen. Sie wollten etwas zu essen haben. Ich glaube, das waren Konterrevolutionäre, Kamerad«, sagte Riedle. »Ich habe ihnen ein paar Rüben gegeben, weil ich fürchtete, sie könnten uns sonst etwas antun. Sie hatten Gewehre, Kamerad.«

»*Blin!* Hast du gesehen, welchen Weg sie genommen haben, *Starik*?«

»Sie haben den Weg genommen, der vom Dorf nach Süden führt.«

Plötzlich hörte Iain Frau Riedle im Wohnzimmer laut schimpfen. Ihr Unmut galt offensichtlich den Männern in der Küche, die sich auf ihre Worte hin zu ihr umdrehten und ihr die Zwiebeln zurückgaben, die sie zuvor in ihren Taschen hatten verschwinden lassen.

»Wir werden jedes Haus von Elitschoko bis Blagoweschtschensk durchsuchen«, sagte der Rotgardist und warf dabei einen finsteren Blick Richtung Tür. »Wenn du den *Swoloch* noch einmal siehst, dann geh zur Kirche hinunter und läute die Glocke. *Vrubatsa*?«

Die beiden Riedles nickten mit ausdruckslosen Gesichtern. Die Nagelschuhe entfernten sich polternd. Iain hörte, wie die Haustür zuschlug, dann ertönte Hufgetrappel, das immer leiser wurde, als die Rotgardisten davonritten. Iain drehte sich um und starrte den Führer an. Nur das Ticken der Kaminuhr war jetzt noch zu hören.

3

Die traurigen Rufe des Lotusporridge-Verkäufers hallten von der mit Kopfsteinen gepflasterten Straße herauf. »*Leen sum bak ton juk*«, sang er. Seine Stimme klang dabei so hoffnungslos wie die eines Seemanns, der im dichten Nebel seine Flasche mit Rum verloren hat.

Nadia saß mit ihrer Mutter in der Küche und zählte die Unterschriften, die Izabel gesammelt hatte. »Bei der großen Unterstützung, die wir bekommen, wird die Regierung irgendwann zum Handeln gezwungen sein. Sie wird ein neues Waisenhaus bauen müssen. Bis jetzt haben wir zweihundertachtundsechzig Unterschriften. Das ist nicht schlecht«, verkündete sie. »Wir werden die Liste am Montag im Government House vorlegen.«

»Izabel wird sich damit in große Schwierigkeiten bringen. Denk an meine Worte«, sagte Nadias Mutter.

»Ich wüsste nicht, warum.«

»Nun, niemand mag es, wenn man ihn unter Druck setzt, und genau das tut Izabel bei diesem Queiroz gerade. Und du unterstützt sie auch noch dabei. Senhora de Souza hat mir gesagt, dass man bereits daran denkt, Izabel wegen Störung der öffentlichen Ordnung zur Rechenschaft zu ziehen. Es besteht also durchaus Grund, ein wenig vorsichtiger zu sein.«

»Das ist doch Unsinn, Mamotschka. Wir tun doch nichts Unrechtes. Es ist sogar unsere moralische Pflicht, das hier durchzufechten.«

Ihre Mutter hörte ihr jedoch schon gar nicht mehr zu. Ihr Blick war wieder zu dem Stapel alter Fotos gewandert, den sie in der Hand hielt. »Das hier ist alles, was mir von deinem Vater geblieben ist«, sagte sie. Die Bilder waren verblasst und hatten einen erdigen gelben Farbton angenommen. »Cousin Myshkin hat sie mir gegeben, weil unsere Fotos damals alle verbrannt sind.«

»Warum hast du sie herausgeholt?«

»Wegen Iain. Du hast gesagt, dass er versuchen wird, Papotschka nach Hause zu bringen.«

Nadia steckte die Liste mit den Unterschriften in einen Ordner und ging dann zum Herd hinüber. »Wir sollten uns besser keine allzu großen Hoffnungen machen.«

»Komm doch bitte zu mir, und sieh dir die Fotos zusammen mit mir an.«

»Iss du zuerst ein paar Löffel Suppe«, sagte Nadia. Sie schöpfte etwas Rinderbrühe aus einem Tontopf in eine Schale und stellte diese vor ihrer Mutter auf den Tisch. »Schau, was ich gekocht habe. Soljanka, genau so, wie ich sie schon für dich gemacht habe, als ich fünfzehn Jahre alt war. Weißt du noch?«

»Ja, ich erinnere mich.« Ihre Mutter zögerte kurz, dann fragte sie: »Du hast doch auch immer diese dicken chinesischen Pilze, diese *doong goo* in die Suppe gegeben. Sie waren so etwas wie dein Markenzeichen.« Mamotschka seufzte. »Diese ersten Jahre waren unerträglich«, sagte sie. Sie hatte den Blick jetzt auf einen Punkt an der gegenüberliegenden Wand geheftet. »Ich war einsam, und ich hatte Angst. Du warst damals noch so jung. Wir waren wie zwei Schwestern, die Schiffbruch erlitten haben.« Sie seufzte. »*Schisn proschit, ne pole perejti* – das Leben ist kein Spaziergang.«

Sie saßen an dem langen Küchentisch aus Eichenholz. Mitten auf der polierten Tischplatte stand die glänzend rote Schachtel mit dem Äffchen aus Jade. Das Äffchen war Nadias Talisman geworden. Es war überaus kostbar für sie, denn es half ihr, ihre

Angst zu bannen, die Angst davor, dass Iain nicht wieder zurückkehren würde.

Mamotschka sah, dass Nadias Blick auf dem Anhänger ruhte. »Hast du Iain inzwischen verziehen?«

»Ja«, antwortete ihr Nadia. »Ich glaube schon.« Sie streckte ihre Hand über den Tisch, verschränkte ihre Finger dann mit denen ihrer Mutter und drückte sie kurz.

An der Wand hinter Mamotschka sah sie die kleinen, horizontalen Tintenstriche, die sie daran erinnerten, wie oft sie als Teenager dort gestanden hatte, barfuß, während Onkel Ewgenij gemessen hatte, um wie viel sie gewachsen war. Er hatte dazu ein Lineal auf ihren Kopf gelegt, die entsprechende Stelle an der Wand markiert und dann daneben das Datum notiert. Die Markierungen waren noch immer zu sehen, auch wenn sie inzwischen stark verblasst waren.

Sie dachte an ihre ersten Tage hier in Macau. Ihre Mutter hatte sich ständig über irgendetwas beschwert – über das Essen, das ihr nicht schmeckte, die Gerüche, die ihr fremd waren, über das Labyrinth von Gassen, in dem sie sich nicht auskannte. »Wo sind die Bäume, wo sind die Wiesen?«, hatte sie oft gefragt. Für Mamotschka war Macau nur ein Ort gewesen, an dem sie wegen ihrer Erinnerungen trauerte. Für Nadia hingegen war es ein Ort, wo sie ihre Erinnerungen begraben konnte.

Mamotschka starrte eine Weile in den Dampf, der von der Schale Soljanka aufstieg. »Jahrelang war mein erster Gedanke morgens, wenn ich aufwachte, ob es in Twer gerade regnete. Irgendwann lernte ich dann, meine Gefühle zu verbergen und so zu tun, als wäre ich mit diesem oder jenem beschäftigt.«

»Deine Suppe wird kalt«, sagte Nadia. Mamotschka nahm einen Löffel und tauchte ihn in die Brühe.

»Ist vielleicht zu viel Pfeffer in der Suppe? Wenn sie dir nicht schmeckt, laufe ich schnell hinunter und kaufe beim Straßenhändler ein bisschen Lotusporridge.«

»Nein, sie ist sehr gut, Nadrischka.«

Sie betrachteten jetzt gemeinsam ein Foto von Papotschka, das aufgenommen worden war, als Nadia drei Jahre alt gewesen war. Im Laufe ihres Lebens hatte Nadia dieses Foto bestimmt schon Hunderte Male angesehen. Es war eines von denen, das sie immer wieder zur Hand nahm, so wie man ein Lieblingsgedicht immer wieder liest. Auf diesem Foto hatte ihr Vater den Blick von der Kamera abgewandt. Eine Hälfte seines Gesichts lag im Schatten. »Er hat wirklich sehr gut ausgesehen«, sagte sie.

»Genau so wie Lionel Barrymore«, sagte ihre Mamotschka versonnen. »Nur nicht ganz so kräftig gebaut.«

Nadia schob ihren Stuhl zurück, ging um den Tisch herum und umarmte ihre Mutter. »Ich kann mich noch ganz genau an den Tag erinnern, an dem du mir gesagt hast, dass Papotschka wohl tot sei. Ich war damals sieben Jahre alt.«

»Ja. Diesen Tag habe auch ich nicht vergessen.«

Nadia dachte wieder an jenen Herbstabend ein paar Monate nach dem Brand, an dem Mamotschka ihr erzählt hatte, wie ihr Vater vermutlich gestorben war. Der *Gorodwoj* hatte gerade Herrn Bogdanows Haus verlassen. Und wieder hatte es keinerlei Hinweis auf den Verbleib von Papotschkas Leiche gegeben. Zu diesem Zeitpunkt hatten sie bereits überlegt, zu ihren Verwandten in Chelyabinsk zu ziehen.

Mamotschka und sie hatten im Häuschen des Verwalters am Kamin gesessen. Die glühende Asche hatte dem schlichten Wohnzimmer einen blassen, beinahe fiebrigen Schimmer verliehen. Ihre Mutter hatte ihr erklärt, dass es Papotschka wie dem kleinen Nachtfalter in der Geschichte »Die kleine Raupe und das Feuer« ergangen wäre. Der kleine Nachtfalter mit den transparenten Flügeln.

»Was ist transparent?«, hatte Nadia gefragt. Sie hatte dabei ihrer Puppe ein kanariengelbes Kleid angezogen. Die Puppe war ein Geschenk des *Gorodwoj* gewesen.

»Das ist, wenn das Licht hindurchscheint«, hatte Mamotschka ihr geantwortet.

»Du meinst, so wie wenn das Licht durch einen Geist durchscheint?«

»Soll ich dir die Geschichte weitererzählen?« Nadia, die jetzt gerade mit einem Puppenschuh herumhantierte, hatte stumm genickt, und ihre Mutter war fortgefahren. »Es waren einmal eine kleine Raupe und ein kleiner Nachtfalter mit transparenten Flügeln. Die beiden wohnten zusammen in einer Streichholzschachtel. Einmal kochten sie Suppe in einem kleinen Stück Eierschale, da fiel der kleine Falter in das Feuer und starb. Als die kleine Raupe das sah, begann sie laut zu wehklagen und zu weinen. Der Samowar hörte ihr Weinen und fragte: ›Was ist denn los, kleine Raupe?‹

›Der kleine Falter ist verbrannt.‹

Da begann der Samowar, schrill zu pfeifen.

Eine Gewitterwolke, die gerade vorbeizog, fragte: ›Was ist denn geschehen, Samowar?‹

Der Samowar sagte: ›Der kleine Falter ist verbrannt, und die kleine Raupe weint.‹

Daraufhin begann die Gewitterwolke zu grollen, und es begann heftig zu regnen.

Da sagte der Fluss: ›Ist etwas passiert, Gewitterwolke?‹

Die Gewitterwolke sagte: ›Der kleine Falter ist verbrannt, die kleine Raupe weint, und der Samowar pfeift.‹

›Oh‹, sagte der Fluss und trat über seine Ufer. Er überschwemmte das Land, sodass seine Fluten den verbrannten Falter aufs Meer hinaustrugen.

›Warum hast du das getan?‹, fragte die Gewitterwolke.

›Damit das große Meer seine Verbrennungen lindern und seine Seele reinigen kann.‹

Die Gewitterwolke schwebte über dem dahintreibenden Falter und beobachtete ihn – sah, wie seine leblosen Flügel im Wasser trieben, sich auf den Wellen ausbreiteten. Das rastlose Wasser liebkoste die Gliedmaßen des kleinen Nachtfalters, benetzte seine transparenten Flügel, brachte Licht in die Dunkelheit. Der weiche Mund des Meeres hob ihn von der Wasseroberfläche, und schon bald erwachte der Falter wieder zum Leben. Er flog in Richtung des Mondes und umkreiste die Erde dann ein letztes Mal.«

Als Nadia jetzt im sanften Licht der Lampe in der Küche saß, versuchte sie das Bild, wie ihr Vater an den Knöcheln in den Taubenschlag gezerrt und in Brand gesteckt wurde, mit aller Gewalt zu verdrängen. Sie nahm einen kleinen Gegenstand aus der Tasche ihres Kleides und erinnerte sich dabei an den Tag, an dem sie am Fluss geangelt und ihr Vater ihr dieses glatte, kleine Stück Glas in die Hand gedrückt hatte. Es war noch warm von seiner Hand gewesen. Als sie ihre Finger geöffnet hatte, hatte dort etwas gelegen, das die Form einer Krone hatte: ein Stück blaues, wolkiges Glas, das die Farbe aquamarinblauen Sirups hatte. Es war ihr als ein überaus persönliches Geschenk erschienen.

Plötzlich kam sie sich wieder wie ein kleines Mädchen vor, das selbstvergessen im Meer schwimmt und dabei nicht auf die Strömungen achtet. Es war, als hätte sie plötzlich das Ufer aus den Augen verloren. Die Worte, die ihr Vater ihr vor so vielen Jahren ins Ohr geflüstert hatte, hallten mit einem Mal laut in ihrem Kopf wider: *Wir Russen haben das Problem, dass wir ständig nur in Erinnerungen schwelgen und darüber die Gegenwart vergessen. Wir müssen das lieben, was wir jetzt haben, bevor es für immer verschwunden ist.* Dieser Gedanke ließ sie erstarren, ernüchterte sie völlig. Sie sah ihre Mutter an und fragte sich, warum das einzige Gesicht, das sie jetzt ständig vor Augen hatte, das von Iain war.

4

Sie beschlossen, bis zur Morgendämmerung zu warten. Da es ihm nicht ratsam schien, sich einfach schlafen zu legen, blieb Iain am Fenster stehen, um Wache zu halten.

Sobald das Licht jedoch körnig grau wurde, waren sie auch schon unterwegs und arbeiteten sich durch den Schnee. Der Führer wies mit einem Kopfnicken auf den gelben Strahlenkranz der Sonne, dann setzten er und Iain Ilja Schaschkow gemeinsam auf die Leinwand des Zugschlittens. Der Führer band seine Mütze unter seinem Kinn fest, packte dann entschlossen die Stangen und begann kräftig zu ziehen.

Nach ungefähr einer Stunde legten sie die erste Pause ein. Die Riedles hatten in aller Eile und beim schwachen Schein einer Öllampe ihre Sachen gepackt und die Dinge, die ihnen am wichtigsten waren, in eine bunte Ansammlung von Taschen gestopft. Jetzt kämpften sie sich mit großen, schweren Schritten durch den tiefen Schnee, während ihr Atem in der kalten Luft vor ihren Gesichtern zu kleinen weißen Wölkchen kondensierte.

Gegen acht Uhr hatten sie dann schließlich den Amur erreicht. Als sie den zugefrorenen Fluss zum ersten Mal durch eine Lichtung hindurch sahen, begannen sie zu rennen, bis sie alle vollkommen außer Atem waren. Dann brachen plötzlich die Stangen des Zugschlittens, und Schaschkows Arme und Beine krachten mit einem dumpfen Schlag auf den Boden.

»Wir werden ihn tragen müssen«, sagte Iain.

»Den zugefrorenen Fluss zu überqueren ist ziemlich gefährlich«, sagte der Führer. »Wir werden dort draußen ein leichtes Ziel für die Rotgardisten sein. Mit ihren Präzisionsgewehren können sie auf mehr als zweihundert Metern treffen.«

Iain hatte einen Arm um Ilja Schaschkows gebrechlichen Körper gelegt, während er ihn mit der freien Hand an seinem Mantel gepackt hatte, um ihn auf diese Weise durch den Schnee zu zerren. Sie waren jetzt nur noch wenige Meter vom Ufer des zugefrorenen Flusses entfernt. Iain verzog sein Gesicht zu einer Grimasse wilder Freude. Das erregende Gefühl, es fast geschafft zu haben, war berauschend.

»Warten Sie!«, zischte der Führer plötzlich.

»Was ist?«, fragte Iain.

»Haben Sie das nicht gehört?«

»Nein.«

»Riechen Sie das nicht?«

»Was soll ich denn riechen?« Aber genau in dem Moment, in dem er das fragte, wurde Iain klar, was der Führer meinte. In der Luft hing der beißende Gestank von Pferdeäpfeln.

In der Ferne ertönte jetzt nicht nur Hundegebell. Iain war sich sicher, dass da plötzlich auch noch andere Geräusche waren – die hallenden Rufe von Männern, das Wiehern von Pferden, das trampelnde Geräusch von Stiefeln. »Sie sind uns also schon auf den Fersen?«, fragte er.

Der Führer legte sein Gewehr an.

Mit zitternden Muskeln und vor Kälte blauen Lippen versteckten sie sich hinter dem Wurzelteller eines umgestürzten Baumes. In ihre Pelze eingehüllt, bemühten sie sich, ihren keuchenden Atem zu beruhigen.

Nadias Vater begann zu röcheln. Er hustete Blut. Sein Körper zuckte und bebte. »Es geht ihm sehr schlecht, sein Puls ist sehr schwach«, sagte Riedle. »Er muss unbedingt etwas trinken.«

»Sehen Sie sie schon?«, fragte Iain.

»Noch nicht. Aber ich kann sie hören. Halten Sie sich still, dann werden sie vielleicht vorbeireiten.«

»Haben Sie mich nicht verstanden?«, rief Riedle. »Dieser Mann hier liegt im Sterben.«

In den Adern an Schaschkows Schläfen pulsierte sichtbar das Blut. Iain versuchte ihn zu beruhigen, indem er seinen Rücken massierte. »Atmen Sie ruhig und gleichmäßig«, sagte er auf Englisch. »Atmen Sie tief ein und aus. Und hier«, er nahm einen Wasserschlauch aus seiner Umhängetasche. »Trinken Sie«, sagte er zu Ilja. Er hielt ihm den Schlauch an die Lippen. Ilja Schaschkow nickte, schien ihn zu verstehen. Er streckte seine rosa Zunge heraus, groß und dick wie ein Stück geräucherter Schinken. Das Wasser im Schlauch war zum Teil gefroren, aber ein paar Tropfen fanden dennoch ihren Weg durch Iljas Kehle.

»*Nadia*«, stieß er aus dem Winkel seines schiefen Mundes hervor, während er trank, sodass ihm das Wasser das Kinn hinuntertropfte. »*Mne nuschno posmotret Nadju*.« Er bedeutete Iain mit seiner Hand, dass er noch einmal ihr Foto sehen wollte.

»Später! Sie werden sie bald sehen«, sagte Iain. »Das verspreche ich Ihnen. Schlafen Sie jetzt nicht ein, Ilja. Haben Sie mich verstanden? Sie dürfen jetzt nicht einschlafen!«

Frau Riedle legte ihre Hand auf Schaschkows Stirn. »Er glüht.«

»Er wird das nicht überleben«, sagte Riedle. »Wir müssen ihn so schnell wie möglich ins Warme bringen.« Er löste sich aus den Armen seiner Frau und stand so schnell auf, dass es aussah, als sei er eine Marionette, die an ihren Fäden nach oben gerissen wird. »Runter!«, fuhr ihn der Führer an. »Sie werden uns sonst noch entdecken!«

Aber Riedle war schon halb den Wall aus Erde hinaufgeklettert.

Iain streckte den Arm aus und versuchte ihn festzuhalten. In diesem Moment schoss eine große Raubkatze an ihnen vorbei. Wenige Sekunden später folgte ihr ein riesiges, schwarzes Pferd. Das Pferd machte einen großen Satz, sprang über sie und den Wurzelteller des umgestürzten Baumes hinweg und galoppierte dann in hohem Tempo weiter. Sein Reiter, der im Jagdsitz im Sattel saß, hielt die Zügel in einer Hand, während er in der anderen einen gebogenen Säbel schwang.

»Was zum Teufel war denn das?«, fragte Iain.

»Rotwildjäger«, sagte der Führer.

»Rotwildjäger?«

»Haben Sie die Raubkatze nicht gesehen? Das war ein Leopard. Er gehört den Waldbewohnern. Sie setzen diese Tiere ein, um Sikahirsche zu jagen.«

»Dann sind das also gar keine Rotgardisten?«

»Nein.«

»Dann nichts wie weiter! Wir müssen Schaschkow so schnell wie möglich über den Fluss bringen!«

Iain hörte, schmeckte und fühlte nur noch den Wind.

Die Wolken über ihren Köpfen hatten den Himmel an einigen Stellen dunkelblau gefärbt, sodass es aussah, als wäre er mit Blutergüssen überzogen. Sie hatten den Fluss gerade zur Hälfte überquert, als ein gewaltiger Donnerschlag die Luft erschütterte. Einige Sekunden vollkommener Stille folgten.

Dann brach der Schneesturm los.

Iain taumelte wie eine Krabbe in das Schneegestöber hinein. Verzweifelt kämpfte er sich vorwärts. Er legte seine Arme um Ilja Schaschkow und atmete tief aus. Sie befanden sich in einem Wirbel aus Flocken, der sie wie eine riesige weiße Hand packte und einfach hin und her schob.

Das Eis in der Mitte des Flusses war wesentlich dünner als am Rand. Iain wusste, dass sie bei jedem Schritt Gefahr liefen einzubrechen. Um sie herum knackte das Eis.

Nadias Vater war inzwischen vollkommen erschöpft und knickte alle paar Schritte ein. Iain wagte es nicht, schneller zu gehen; er fürchtete, sie könnten einbrechen. Er ballte seine linke Hand zur Faust. Sein Herz begann wie wild zu schlagen, als ihm klar wurde, dass er bereits Erfrierungen an den Händen hatte und seine Finger langsam abzusterben begannen. Sie gingen weiter – einen Schritt, zwei Schritte – und versuchten auf ihrem Weg ins Ungewisse immer wieder die Eiskruste, in der sich bereits Risse gebildet hatten, auf ihre Tragfähigkeit zu prüfen. Obwohl es um die minus fünfzehn Grad Celsius hatte, waren sie mittlerweile völlig durchgeschwitzt. Der Schweiß verwandelte sich, wann immer sie stehen blieben, auf ihrer Haut sofort in Reif. Ein paar Minuten später hörte Iain den Führer rufen: »Folgen Sie meiner Stimme. Bleiben Sie zusammen!«

Kurz darauf begann Ilja wieder roten Schleim zu husten. Mit zitternden Beinen nahm Iain ihn auf den Rücken, sodass Iljas Wange an seinem Ohr lag. *Wir sind fast da*, versicherte er Ilja ein ums andere Mal, *fast da.*

Sie schleppten sich langsam voran.

Iain fragte Schaschkow immer wieder, wie es ihm ging. Er erhielt jedoch keine Antwort.

Der Führer rief wieder etwas, aber seine Worte wurden vom Sturm weggerissen.

Iains Stimme war ruhig. »Sagen Sie etwas, Ilja.« Schaschkow aber schwieg, und dieses Schweigen dröhnte laut in Iains Ohren. »Ilja Schaschkow!«, schrie er jetzt. Die Worte kamen ganz tief aus seinem Körper. »Wagen Sie es bloß nicht, jetzt zu sterben!«

Iain kämpfte sich weiter voran. Vor seinen Augen wirbelte eine wogende, weiße Masse aus Schnee. Er ging förmlich in eine weiße Wand, die so blendend hell war, dass seine Augen schmerzten, hinein. Irgendwo vor ihm hörte er plötzlich das Geräusch eines Motors. Dann sah er den Laster mit den vier Männern auf sich zukommen. Die Gesichter weiß von Schnee, wirkten sie wie Geister, die aus dichtem Nebel auftauchen.

Er spürte, wie sie Ilja Schaschkow von seinem Rücken zogen, ihn in Decken hüllten.

Er spürte auch noch, wie sie ihre Arme fest um seine Taille legten. Seine Sinne schwanden. Jetzt durfte er sich ausruhen, sagte er sich. Er durfte sich ausruhen. Sekunden später verlor er das Bewusstsein.

5

»Das macht dann fünfzehn Patacas und dreißig Avos, Senhor Pinto«, sagte Nadia und legte dabei eine lackierte Schachtel mit Cluebras-Zigarren in eine Tragetasche aus Papier.

»Wir sollten unsere Schwingen ausbreiten und gemeinsam davonfliegen«, flüsterte er, als er ihr ein paar Scheine und Münzen zusteckte.

Nachdem Iain jetzt schon einige Monate fort war, hatten sich mehrere Männer, darunter auch Richter Senhor Pinto, wieder für Nadia zu interessieren begonnen.

»Vielleicht«, fuhr der kleine Mann mit einem freundlichen Lächeln fort, bei dem die Haut seines Gesichts unzählige Fältchen warf, »könnten wir ja mit einem Spaziergang an der Praya beginnen und uns gemeinsam den Sonnenuntergang ansehen.«

»Ich habe momentan hier im Laden sehr viel zu tun. Wie Sie wissen, hat sich Onkel Ewgenij so gut wie zur Ruhe gesetzt, und deshalb muss ich jetzt das Geschäft führen.« Sie warf einen Blick auf das Hauptbuch. In den letzten drei Monaten hatte sie tatsächlich viel gelernt: wie man ein Bestandsverzeichnis führte, wie man Inventur machte, wie man den Bedarf abschätzte und was es bedeutete, einen Kredit bei einer Bank zu beantragen. Sie hatte sogar die Kurbel an der alten Registrierkasse repariert, sodass die Kasse jetzt wieder laut klingelte.

Senhor Pinto legte seine Hand auf die ihre. Seine Hand war kalt und fühlte sich an wie die Haut einer Eidechse. »Ich habe ein paar bestickte Taschentücher für Sie. Wunderschöne kleine Kraniche und Schwäne, alles im Plattstich. Aber natürlich sind sie bei weitem nicht so schön, wie Sie es sind.« Nadia spürte, wie sich ihr Magen verkrampfte. »Darf ich sie Ihnen zum Geschenk machen?«, fragte er und zwirbelte dabei aufgeregt seinen Schnurrbart.

»Sie sind zu freundlich, Senhor Pinto. Aber ich kann das leider nicht annehmen.«

»Warum denn nicht? Finden Sie mich etwa zu alt?«

»Taschentücher bringen Tränen«, sagte sie.

»Unsinn! Sie finden mich zu alt! Aber ich bin jung! Sehen Sie sich nur diesen *musculo* an!« Er beugte den Arm und ließ sie seinen Bizeps fühlen. »Ich mache jeden Tag *muito exercicio.*« Nadia stellte sich vor, wie der alte Mann, nur mit einer Unterhose bekleidet, in seinem Schlafzimmer schnaufend und pustend an seinem mit Zugfedern ausgestatteten Apparat trainierte. Bei dieser Vorstellung erschien ein breites Lächeln auf ihrem Gesicht.

»Sehen Sie?«, fragte er. »Ich bringe sogar das kälteste Herz zum Schmelzen.«

Senhor Pinto küsste ihre Hand und verabschiedete sich, gerade als Mamotschka und Onkel Ewgenij den Verkaufsraum betraten. Mamotschka trug, wie auch sonst immer, ein schwarzes Organdykleid mit langen Ärmeln. »*Adeus,* Olga«, rief Senhor Pinto und ging dabei schnellen Schrittes zur Tür. »Ich muss zu Gericht.«

»*Adeus,* Pedro.« Mamotschka nahm wie üblich in ihrem Sessel neben dem Teetischchen in der Ecke Platz. »Noch mehr Taschentücher?«, fragte sie.

Nadia nickte und notierte ein paar Zahlen in das Hauptbuch, bevor sie sich wieder der Weihnachtsdekoration widmete.

»Warum verschwendest du deine Zeit mit der Schaufensterauslage?«, fragte Ewgenij.

»Ich versuche dem Laden ein etwas moderneres Aussehen zu geben. Ein Schaufenster mit einer schönen Weihnachtsdekoration wird sicher Kunden anziehen.«

»Ich finde das lächerlich. Das hier ist schließlich ein Tabakladen und kein Spielzeuggeschäft.«

»Man nennt das Fortschritt.«

»Fortschritt? Der Fortschritt ist gestorben, als sie den Zaren ermordet haben.« Onkel Ewgenij verließ sichtlich verärgert den Laden.

Nadia schüttelte den Kopf. Sie hatte den größten Teil des Vormittags an der weihnachtlichen Schaufensterdekoration gearbeitet. Um den Stern von Bethlehem zu symbolisieren, hatte sie eine Murmel mit goldener Farbe angemalt. Außerdem hatte sie einen dichten Teppich aus Heu ausgelegt, das aus den Etiketten von Montecristo-Zigarren bestand. Auch die heiligen drei Könige, aus Papiermachee und mit Silberpapier umwickelt, fehlten nicht. Nadia hatte sogar die Worte *Feliz Natal* und *Happy Christmas* aus Zigarrenbanderolen geformt und dann als Spruchband über den Fensterrahmen drapiert.

Sie war gerade dabei, Weihnachtssterne aus Papier an einem Streifen Flaggentuch zu befestigen, als die Ladenglocke ertönte und ihre Mutter einen Kunden begrüßte.

»Mamotschka«, sagte sie, ohne von ihrer Arbeit aufzublicken, »würdest du dich bitte um unseren Kunden kümmern?«

»Aber Sie sind es, die ich sprechen möchte«, verkündete eine Stimme auf Englisch. »Ich habe hier etwas, das ich Ihnen geben möchte, Senhora.«

Nadia drehte sich um und sah in das Gesicht von Fernando Costa. Neben seiner massigen Gestalt wirkten die Glasvitrinen mit ihren Gefäßen aus Porzellan und den Bruyerepfeifen klein und zierlich.

Costa zog aus der tiefen Tasche seines üppigen Mantels einen Brief hervor.

»Heute Morgen ist mit der Diplomatenpost ein Brief aus dem Norden gekommen.«

»Aus dem Norden?« Ihre Augen weiteten sich erwartungsvoll.

»Der Brief ist an Sie adressiert.« Er hielt den Umschlag hoch.

Sie machte einen Schritt nach vorn, streckte die Hand aus. »Geben Sie ihn mir.«

Costa hielt den Brief weiter hoch über seinen Kopf, außerhalb von Nadias Reichweite. »Das werde ich. Aber erst müssen Sie mir noch eine Frage beantworten.«

»Geben Sie mir den Brief!«

»Wo ist Iain? Können Sie mir sagen, wo er hin wollte?«

»Das weiß ich nicht. Ich habe seit vier Monaten nichts mehr von ihm gehört. Aber Ihnen als seinem Freund hat er es doch sicherlich gesagt.«

»Nein, das hat er eben nicht. Vermutlich weil er ganz genau wusste, dass ich alles versucht hätte, um es ihm auszureden.«

»Nun, ich weiß wirklich nicht, wo er ist.«

»Sind Sie sicher? Er hat nicht zufällig einmal die Mandschurei erwähnt?«

»Wahrscheinlich steht es in dem Brief.«

»Nein, das tut es nicht.«

»Heißt das, dass Sie ihn schon gelesen haben?«

Ein flüchtiges Lächeln huschte über Costas Gesicht. »Selbstverständlich habe ich das.« Er gab ihr den Umschlag. »Der Brief kam über das Britische Konsulat in Dairen. Er wurde vor fast fünf Wochen aufgegeben. Ich frage noch einmal. Hat Iain Ihnen gesagt, wohin er wollte? Was er vorhatte?«

Nadia zögerte. »Vor einigen Monaten«, sagte sie dann und runzelte nachdenklich die Stirn, »da hat er einmal meinen Vater erwähnt.«

»Ihren Vater?«

»Er sagte etwas davon, dass er versuchen wolle, meinen Vater aus Russland herauszuholen. Aber ich hätte nie gedacht …«

»*Putanheiro!* Die werden ihm die Hölle heiß machen! Kein Wunder, dass wir keine Nachricht von ihm haben.«

»Wollen Sie damit sagen, dass Iain vermisst wird?«

Costa sah ihr jetzt in die Augen. »So ist es. Seit Dairen haben wir nichts mehr von ihm gehört.« Nadia starrte Costa fassungslos an, während dieser fortfuhr: »Wir wollten ihm schon seit längerer Zeit mitteilen, dass er nach Macau zurückkehren kann. Sie erinnern sich vielleicht an den Mann, der versucht hat, ihn umzubringen? Utaro Takashi, der Kopf des Goldenen Tigers? Nun, er wurde schon vor geraumer Zeit der Polizei von Osaka übergeben. Iain könnte also wieder nach Hause kommen.«

Es war der Tag nach Weihnachten. Ein pudrig blauer Himmel spannte sich über Macau. Izabels Söhne spielten auf dem Platz Fußball, und am Vormittag hatten die Kirchenglocken länger als sonst geläutet. Nadia saß in ihrem Zimmer an ihrem Schreibtisch. Sie wurde durch dicke braune Vorhänge von der Welt abgeschirmt. Nur die alten Fotos ihrer Familie umgaben sie.

Sie öffnete jetzt die Vorhänge. Die Sonne stand schon hoch am Himmel. Auf der Tagesdecke aus Chenille lag ein Telegramm der Great Northern Telegraph. Nadia starrte das zarte, blau gefärbte Stück Papier an. Sie fuhr die Worte mit ihrem Zeigefinger nach. Die Tage und Wochen ohne Iain waren für sie zu einer Art Wüste geworden und hatten eine unglaubliche Leere entstehen lassen. Nach einer schier endlosen Zeit des Wartens, eines unendlich quälenden Wartens, in der sie ohne jede Nachricht geblieben war, war dann völlig unerwartet dieses Telegramm gekommen. Sie musste die Worte immer wieder lesen, und wenn auch nur, um sich davon zu überzeugen, dass sie sich nicht nur einbildete, was da stand. Sie wollte nicht weinen. Als sie dann aber doch damit anfing, konnte sie einfach nicht mehr aufhören. Schließlich räusperte sie sich und hörte ihre Stimme noch einmal laut verkünden:

ANKOMME IN MACAU MIT HANDESLMARINESCHIFF TAIBU AM 26. DEZEMBER ABENDS STOP FREUE MICH SCHON AUF SCHALE HEISSES PORRIDGE STOP IAIN

Nach schier endlosen hundertzweiundfünfzig Tagen würde sie ihn endlich wieder in ihre Arme schließen können, würde sie spüren, wie seine muskulösen Arme sie festhielten, sie mit seiner Liebe einhüllten. Die Zeit war ihr wie eine Ewigkeit vorgekommen, und sie war entschlossen, niemals wieder von ihm getrennt sein zu wollen.

Sie straffte die Schultern und spürte dabei eine unangenehme Nervosität. Eigentlich hätte sie jetzt voller Vorfreude sein müssen, aber da war plötzlich dieses unangenehme und beunruhigende Gefühl, das sie in ihrer Brust spürte. Und in ebendiesem Moment konnte sie sich dieses Gefühl auch erklären. In dem Telegramm stand nichts von ihrem Vater. Warum hatte Iain diese für sie so ungeheuer wichtige Frage offengelassen?

Nadia nahm das Jadeäffchen und das wolkige Stück Glas, das die Form einer Krone hatte – diese beiden Dinge waren ihre kostbarsten Besitztümer – in die Hand und drückte dann beides an ihre Lippen. Dann sah sie das Bild der Jungfrau Maria an, das in einer Ecke des Zimmers hing. Sie sprach ein Gebet zum Heiligen Nikolai Chudotvorets und zur heiligen Muttergottes, um für das Wunder zu danken, das sie bewirkt hatten. Nachdem sie sich bekreuzigt und tief verbeugt hatte, nahm sie das Telegramm und rannte die Treppe hinunter, um mit ihrer Mutter zu sprechen.

Nadia fand Mamotschka in der Diele vor der Küche, wo sie in einem Sessel saß, der neben einem kleinen Konsoltischchen stand. Obwohl es schon nach Mittag war, trug sie noch immer ihren bauschigen, mit Quasten verzierten Morgenmantel, dessen Federn sich im Rhythmus ihres Atems hoben und senkten. Sie sah aus, als wäre sie eine Qualle, die gerade ans Ufer gespült worden war. Der samtige, gerüschte Stoff ihres Morgenmantels erinnerte dabei an die blaue Luftkammer einer portugiesischen Galeere. Von ihrem Platz in dem schlichten Korbsessel aus konnte sie durch das kleine Fenster auf die Straße hinuntersehen. Ihre Haltung, ihr gesamter Körper war verkrampft, ihr Gesicht angespannt. Sie hielt eine Schale mit Suppe in den Händen, die Izabel ihr eine Stunde zuvor zubereitet hatte. Die Suppe war inzwischen kalt geworden. Sie hatte keinen Löffel davon gegessen.

Nadia legte ihrer Mutter beruhigend die Hand auf den Rücken, woraufhin Olga Schaschkowa den Kopf hob und ihre Tochter ansah. Sie lächelten beide. Nadia drückte noch einmal das Jadeäffchen an ihre Lippen und küsste es. In diesem Moment stieß Mamotschka einen tiefen, abgehackten Seufzer aus. Dann holte sie tief Luft und seufzte noch mehrmals, so als würde ihr das Atmen schwer fallen.

»Wie fühlst du dich?«, fragte Nadia.

»Na ja, so, wie sich wohl jede Frau fühlt, wenn sie nach zwanzig Jahren ihren Ehemann wiedersieht. Ich habe schreckliche Angst.«

»Mamotschka«, sagte Nadia vorsichtig. »In dem Telegramm stand doch überhaupt nichts von Papotschka.«

»Dein Vater ist mit Iain auf diesem Schiff, Nadrischka.«

»Mamotschka, bitte, ich rate dir dringend … bitte mach dir keine zu großen Hoffnungen.«

Es folgte ein Moment des Schweigens. Die Geräusche der Straße drangen ins Haus, Stimmen hallten vom Kopfsteinpflaster herauf. Nadia, beunruhigt durch die starre Haltung und das mühsame Atmen ihrer Mutter, spürte plötzlich das Bedürfnis, das Schweigen zu brechen. »Woran denkst du gerade?«, fragte sie schließlich.

»Du meinst jetzt, in diesem Augenblick?«

»Ja.«

»Ich habe gerade überlegt, ob wir nicht schon einmal das Gästezimmer vorbereiten sollten. Wir müssten das Bett beziehen. Wo soll dein Vater denn sonst schlafen?«

»Wird er denn nicht bei dir schlafen?«

»Ich habe deinen Vater seit fast einem Vierteljahrhundert nicht mehr zu Gesicht bekommen! Ich werde mein Bett doch nicht mit einem Fremden teilen!«

Nicht zum ersten Mal in letzter Zeit war Nadia vollkommen verwirrt. Jahrelang hatte sie alles versucht, um den Schmerz und den Kummer, den der Verlust ihres Vaters für sie bedeutet hatte, zu bewältigen. Und jetzt musste sie plötzlich mit seiner Auferstehung fertig werden. Was sollte sie ihm sagen? Sollte sie ihn umarmen, ihn küssen? Vielleicht hatte Mamotschka ja sogar recht. Vielleicht war er inzwischen tatsächlich ein Fremder, ein völlig Unbekannter für sie. Sie konnten unmöglich wissen, was für ein Mensch aus ihm geworden war.

»Weißt du«, sagte Mamotschka, »dass dein Vater früher Schiffsreisen immer gehasst hat? Der Ärmste wurde nämlich immer seekrank. Glaubst du, dass es ihm jetzt auf diesem Schiff schlecht geht?«

Nadia schüttelte den Kopf und lächelte. Sie nahm ihrer Mutter die Schale mit der kalten Suppe aus den Händen. Sie hatte nicht gewusst, dass ihr Vater leicht seekrank wurde. Es musste noch unzählige andere Dinge geben, die ihr nicht bekannt waren. Im Laufe der nächsten Wochen würde sie noch vieles über ihren Vater erfahren, sagte sie sich jetzt. Sie stellte die Schale auf das Konsoltischchen und begann ihrer Mutter die Schultern zu massieren. Während sie die Verspannung aus ihren Muskeln herausknetete, sagte sie: »Sollten wir uns jetzt nicht ansehen, was die Damen zu Iains Heimkehr zubereitet haben?«

Frau Lo, Izabel und ihre beiden Kinder hängten gerade große Papierbögen, die mit chinesischen Schriftzeichen in roter Tusche bemalt waren, auf. Sie verteilten die achtundachtzig Symbole für *Shou* (langes Leben), *Fu* (Glück) und *Ai* (Liebe und Zuneigung) an den Wänden in der Küche, im Flur und im Treppenhaus bis hinunter ins Erdgeschoss. Nadia sah, dass man sogar das gute Silberbesteck aus dem Schrank geholt hatte und dass sich der Küchentisch unter der Vielzahl von Speisen geradezu bog – da waren zwei dicke Laibe frisches Weißbrot, gedämpfte süße Brötchen, ein mit Meersalz gewürztes Spanferkel, eine Terrine *Calod verde*, eine Schüssel gerösteter Mandeln, Knoblauchmuscheln, Würstchen mit grünen Bohnen, marinierte Heringe, ein großes Stück importierter portugiesischer Käse namens *Queijo da ilha*, ein ganzer Berg wackelndes Erdbeergelee, verschiedenes Obst und jeweils drei Flaschen Rotwein, Bier und Selters. In allen vier

Ecken des Raumes standen außerdem kleine Schalen mit Eiern, die mit *Yen chih* rot gefärbt worden waren, was Glück bringen sollte.

Als Mamotschka die vielen Speisen sah, verschlug es ihr den Atem. »*Bosche moj!*«, sagte sie. »Davon wird ja eine ganze Kompanie satt!«

Frau Lo schlug plötzlich die Hände zusammen und sagte: »Ayhah! Wir haben vergessen, Fisch zu kochen. Fisch steht für Glück. Ich sollte für deinen Mann noch einen Fisch kochen und ihm die Kiemen zu essen geben!« Dann fragte sie: »Olga, in welchem Jahr wurde dein Ehemann geboren? Wenn er nämlich im Jahr des Schweins geboren wurde, müssen wir alle etwas Purpurfarbenes tragen. Das bringt Glück.«

Von der Frage überrumpelt, musste Mamotschka erst überlegen, bevor sie antwortete: »1865 … ja, er wurde 1865 geboren …«

»Er ist ein Ochse! Wahhh! Dann muss er ein ganz besonderer Mann sein! Ein sehr treuer Ehemann, ein Mann mit einem Herzen so stark wie ein Stier! Mein Sohn Lennox ist ein Drache. Er hat einen sehr anpassungsfähigen und vorsichtigen Charakter.«

Mamotschka lächelte und sagte nur: »*Wek schiwi, wek utschis. – Lebe ein Jahrhundert, und du lernst ein Jahrhundert lang.*«

»Nun, wir haben noch genügend Zeit, um einen Fisch zu kaufen«, sagte Frau Lo. »Einen mit schönen großen Kiemen.«

Nadia sah sich veranlasst, noch einmal alle daran zu erinnern, dass es überhaupt nicht sicher war, dass Papotschka auf dem Schiff sein würde. »Iain kommt vielleicht allein«, sagte sie.

»Was?«, sagte Frau Lo, die sich jetzt anscheinend doch damit begnügte, eine Dose Sardinen zu öffnen. »Sie glauben, Iain kommt mit leeren Händen? Wie ein Bettler? *Choy! Dakka laisee!* Oyo, das glaube ich nicht.«

Nadia sah trotzig in die Runde. »Alles, was ich damit sagen will, ist, dass wir möglicherweise enttäuscht werden.«

Izabel, die bislang geschwiegen hatte, entschloss sich jetzt, auch etwas zu sagen. Sie zog dabei ihre geschwungenen Augenbrauen nach oben. »Schau! Was auch immer geschehen mag – wir wissen jedenfalls, dass es Iain gut geht. Und das ist es doch, was wirklich zählt«, sie streichelte Nadias Arm, »habe ich nicht recht?«

Wen wollte sie lieber zurückhaben? Das war die Frage, die Nadia jetzt sich selbst stellte. Iain oder ihren Vater? Sie dachte eine Weile darüber nach. Iain war ihre Zukunft. Ihr Vater war ihre Vergangenheit. Wenn sie zwischen den beiden wählen müsste, dann würde sie sich für ihre Zukunft entscheiden. Sie war Iain dankbar für das, was er getan hatte. Und sie fühlte sich mit ihm verbunden. Dennoch war sie auch wütend auf ihn, weil er nach Russland gegangen war und sich einem solchen Risiko ausgesetzt hatte.

»Habe ich nicht recht?«, fragte Izabel noch einmal.

Nadia nickte stumm.

»Glaubst du, dass wir noch mehr Wein brauchen?«, fragte Frau Lo. »Wir sollten vielleicht doch noch ein paar Flaschen *vinho verde* kaufen … und ein paar Knallfrösche, vielleicht auch ein paar Blumen.«

»Kamelien wären einfach *doocky*!«, fügte Izabel hinzu.

Mamotschka, die zwischen Begeisterung und Besorgnis hin und her gerissen war, sagte: »Ja, Blumen wären nett. Aber keine gelben, und pass auf, dass du keine gerade Zahl kaufst. Gerade Zahlen sind bei den Russen für Begräbnisse bestimmt.«

Wenige Augenblicke später betrat Onkel Ewgenij die Küche. Er stieß einen Freudenschrei aus, als er all die Speisen sah. »Sollten wir nicht schon ein bisschen feiern? Wo ist der Wodka?«

»Das Schiff läuft doch erst in vier Stunden ein!«, sagte Mamotschka.

»So? Ich könnte aber durchaus schon jetzt einen Schluck vertragen!«, sagte er. »Bei den Augen des *Domowoi*. Seit wann braucht ein Filipow einen Grund, um etwas zu trinken?«

»*Die Freude Russlands ist das Trinken*«, sagte Nadia und zitierte damit Prinz Wladimir, einen russischen Monarchen aus dem zehnten Jahrhundert.

»*Und ohne Trinken können wir nicht sein*«, beendete Onkel Ewgenij das Zitat.

»Nun, wir könnten ja vielleicht ein kleines Gläschen Portwein trinken«, schlug Nadia vor.

»Pah!«, sagte Izabel. »Warum sollten wir uns mit einem kleinen Gläschen begnügen, wenn wir auch ein großes trinken können?«

Auf dieses Stichwort hin entkorkte Onkel Ewgenij sichtlich erfreut eine Flasche Sandeman und begann mehrere Gläser nach Art der Kosaken bis zum Rand zu füllen. Dabei stimmte er ein Lied über das alte Mütterchen Russland an. Nach einer Weile sangen alle mit, und Frau Lo steuerte noch eine Melodie aus einer Kanton-Oper bei.

Während sie danach alle lachend am Küchentisch saßen, beschlossen sie, lieber keine zweite Flasche Port mehr zu öffnen. Stattdessen ließen sie das Schälchen mit gerösteten Mandeln herumgehen und diskutierten darüber, ob sie gemeinsam zum Pier gehen sollten oder ob Onkel Ewgenij Iain allein abholen sollte.

Drei Stunden und eine Flasche Rotwein später hatten sie dann endlich den Entschluss gefasst, dass Onkel Ewgenij allein gehen sollte. Die Frauen sollten zu Hause warten. Nadia, deren Mund inzwischen so trocken wie eine Hostie war, betonte ihre Augen mit ein wenig Make-up und zog dann ein kurzes, hellgelbes Baumwollkleid mit Empire-Taille an. Als sie sich dann jedoch noch einmal im Spiegel betrachtete, zog sie das Kleid sofort wieder aus, um stattdessen in ein von Madame Chéruit inspiriertes Kleid zu schlüpfen. Unzählige kleine Schmetterlinge flatterten jetzt wie wild in ihrer Brust. Sie fühlte sich unendlich verletzlich und hielt es vor Aufregung kaum noch aus.

Dann warteten Nadia und ihre Mutter, umgeben von chinesischen Schriftzeichen und bunten Lampions, unter dem Kristalllüster gemeinsam in der großen Eingangshalle ihres Hauses. Nervös beobachteten sie die Eingangstür und die Schatten der Passanten, die an den Fenstern vorbeigingen. Die Arme um den Oberkörper geschlungen, lauschten sie auf die Schritte, die sie vielleicht in eine ungewisse, vollkommen neue Welt führen würden.

Sie holten tief Luft, als sie hörten, wie eine Hand am Türknopf rüttelte und dann der Schlüssel ins Schloss gesteckt wurde. Dann drehte sich der Türknopf.

Sie schlangen die Arme noch fester um ihre Körper.

Sie weinten nicht. Nein, sie würden nicht weinen.

6

Es war Iain, ein bärtiger und lächelnder Iain, den Nadia als Erstes sah. Und hinter ihm stand ein grauhaariger alter Mann.

Aus Angst, zu viel zu sagen oder etwas Falsches zu tun, standen sie sich eine Zeit lang einfach nur gegenüber. Offensichtlich wusste keiner von ihnen, ob er versuchen sollte, den anderen zu umarmen. Dann aber streckte Nadia ihre Hände aus, es war fast eine Bitte. Das Gesicht ihres Vaters, so runzelig und faltig, zerknitterte jetzt noch mehr, als sie aufeinander zugingen und einander in die Arme schlossen. Seine rissige Hand lag auf ihrer Wange, ihre Hände streichelten sanft seinen Rücken. Streichelten und streichelten, streichelten die Traurigkeit weg. Ihr Vater war nur noch Haut und Knochen. Nadia spürte jetzt Mamotschkas Hand auf ihrer Schulter. Reibend, tröstend, knetend, so als wisse sie nicht, was sie sonst tun sollte. Es waren plötzlich so viele Emotionen im Raum, dass sie fast mit Händen greifbar waren. Jeder von ihnen wollte etwas sagen, aber ihre Lippen waren nicht in der Lage, Worte zu formen. Stattdessen weinten sie jetzt alle. Sie klammerten sich aneinander, während ihnen die Tränen über die Wangen liefen. »Ich habe die Hoffnung nie aufgegeben«, sagte Ilja Schaschkow leise. Nadia war noch nie in ihrem Leben so glücklich und gleichzeitig so traurig gewesen. Sie wusste, dass es unendlich lange dauern würde, bis die vielen Jahre des Verlusts nicht mehr schmerzten.

In den folgenden Tagen erfüllte Mamotschka das Haus mit einer schier unglaublichen Geschäftigkeit. Sie öffnete grundsätzlich alle Fenster, damit jeder ihr Glück sehen konnte. Sie gab Teegesellschaften und Soireen, veranstaltete Wohltätigkeitsessen und Tombolas. Es war, als würde sie nach all den Jahren endlich wieder leben. Sie ließ eine Anzeige in die Zeitung setzen, in der sie bekannt gab, dass ihr Ehemann aus Russland zurückgekehrt sei. Sie sagte es dem Metzger, dem Bäcker und dem *Char-siu*-Händler, dem Rattenfänger und dem Ohrenpfleger, ja selbst der Näherin, mit der sie seit über zehn Jahren kein einziges Wort mehr gesprochen hatte. In ihrer Freude stiftete sie der Kirche sogar eine Statuette der Jungfrau Maria. Und als draußen auf dem mit unzähligen Flaggen und bunten Wimpeln geschmückten Platz das neue Jahr gefeiert wurde, stand sie fröhlich auf der Treppe und lachte lauter als alle anderen.

Papotschka allerdings versuchte dem ganzen Trubel aus dem Weg zu gehen und ruhte sich stattdessen lieber in seinem Zimmer aus.

Das neue Leben hatte für Mamotschka jedoch auch seine Schattenseiten. Obwohl ihr Iljas Rückkehr ohne Zweifel ein völlig neues Lebensgefühl geschenkt hatte, brachte es auch Schwierigkeiten mit sich. Nachdem sich im Laufe der Jahre eine gewisse alltägliche Routine eingestellt hatte, hatte sie sich jetzt plötzlich um einen Invaliden zu kümmern. Sie musste für ihn einkaufen und für ihn kochen, ihn baden und ihn rasieren, ihn anziehen und sein Bett machen. Sie musste ihm sogar seine Schnürsenkel binden. Und obwohl Nadia ihr bei alledem zur Seite stand, war ihr diese neue Verantwortung manchmal einfach zu viel.

Wenn sie dann mit Nadia und Izabel spät am Abend noch einen Becher heißen Kakao trank, klagte sie manchmal darüber, wie sehr es ihr zuweilen zu schaffen machte, diesen Mann in ihrem Haus zu haben. Diesen Mann, der herumschlurfte und ihre Sachen verlegte und der ständig sagte: »Hilf mir bitte, meine Schuhe anzuziehen, Olga«, »Kannst du mir bitte ein Kissen bringen, Olga?«, und »Olga, hol dies, Olga, hol das.«

»Er hat eben viel durchgemacht«, sagte Izabel.

»Er tut nichts anderes, als sich auszuruhen und zu schlafen«, sagte Mamotschka. »Und wenn er einmal wach ist, denkt er die ganze Zeit nur an Russland. Man könnte meinen, er hätte seine Familie dort zurückgelassen.«

»Nun, in gewisser Weise hat er das ja auch. Glaubst du, dass er noch wach ist?«, fragte Nadia. »Ich möchte mit ihm reden.«

»Als ich vor ein paar Minuten bei ihm war, lag er im Bett und hat die Zimmerdecke angestarrt«, erwiderte ihre Mutter und nahm ihr Strickzeug zur Hand, nur um es gleich wieder wegzulegen.

Nadia stieg die knarrende Treppe in den zweiten Stock hinauf und blieb dann im dunklen Flur stehen. »Olga, bist du das?«, hörte sie die Stimme ihres Vaters hinter der Tür des Gästezimmers.

»Nein, ich bin's, Papotschka.« Sie steckte ihren Kopf ins Zimmer und sah ihren Vater im Bett liegen. Er hatte die dünne Decke bis zur Brust hochgezogen. Das matte Licht der Lampe fiel auf sein Gesicht und auf seine Hände.

»Nadia, komm doch rein, und setz dich ein wenig zu mir.«

Sie nahm auf der Bettkante Platz. »Mamotschka sagt, dass du ständig in Gedanken bist.« Er sah sie kurz an, dann wandte er den Blick wieder ab. »Stimmt das?« Er nickte. »Nur unglückliche Menschen grübeln ständig. Und schlafen die ganze Zeit. Eigentlich solltest du glücklich sein. Bist du es?«

Er wandte sich ihr wieder zu und hob die Hand, um sanft ihre Wange zu berühren. »Nadia, meine Nadia. Nein, ich bin nicht unglücklich.« Sein Blick war warm, und seine Augen lächelten. »Ich bin vielmehr …« Er hielt inne. »Ich mache mir nur Sorgen.«

»Sorgen um wen?«

»Ich mache mir große Sorgen um die Menschen, die ich in Harbin zurückgelassen habe, Nadia. Die Riedles waren viele Jahre lang meine Familie. Ich verdanke ihnen mein Leben. Sie sind für mich wie Bruder und Schwester. Ich muss einfach wissen, ob es ihnen gut geht.«

Er hatte Nadia noch nicht viel über die Riedles erzählt. Dennoch war ihr bewusst, wie wichtig sie für ihn waren. »Iain hat mir gesagt, dass sich die lutheranische Mission in Harbin um sie kümmert«, versuchte sie ihren Vater zu beruhigen.

»Aber ich bin dafür verantwortlich, dass sie sicher nach Amerika, nach Kalifornien, kommen.« Er stieg aus dem Bett und begann eine Manschette seines Hemdes zuzuknöpfen. »Und ich muss dafür sorgen, dass sie in Kalifornien das bekommen, was ihnen versprochen wurde.«

»Was machst du denn da?«, fragte Nadia erschrocken. »Du brauchst Ruhe.«

»Ruhe, Ruhe! Ich ruhe mich jetzt schon viel zu lange aus. Ich werde mit deinem Iain sprechen. Ich brauche einfach die Gewissheit, dass meine Freunde in Sicherheit sind.«

»Was? Jetzt auf der Stelle? Es ist fast elf Uhr!«

»Na und? Das kann nicht warten. Ich muss sofort mit Iain sprechen.«

»Du kannst das Telefon unten im Laden benutzen.«

»Telefon? Ich habe in meinem ganzen Leben noch kein Telefon benutzt. Gib mir bitte meinen Stock, und hilf mir, meine Hose anzuziehen. Und dann geh nach unten, und ruf eine Rikscha.«

»Wo willst du denn hin?«

»Zu Iain. Und du wirst mich begleiten.«

»Aber Papotschka, du kannst doch nicht einfach nachts durch die Gegend fahren. Dazu bist du viel zu schwach.«

»Unsinn! Ich habe zwanzig Jahre als kranker Mann überlebt, dann wird mich das auch nicht umbringen. Und jetzt hol mir bitte meine Schuhe. Es ist an der Zeit, dass du erfährst, von wem du deinen starken Charakter geerbt hast.«

Zwei Stunden später kam Ilja, nachdem er Iains Korrespondenz und zahlreiche Telegramme der Mennonitenbrüder im kalifornischen Fresno gelesen hatte, zu dem Schluss, dass die Riedles tatsächlich in Sicherheit waren. Den Unterlagen zufolge befanden sich Peter und Nina Riedle in diesem Augenblick auf einem Schiff kurz vor der Bucht von San Francisco. Ilja musste angesichts dieses Gedankens unwillkürlich lächeln. Vielleicht probierte Nina zum ersten Mal in ihrem Leben amerikanische Eiskrem. Er stützte sich mit einer Hand auf Iains Küchentisch ab und stand dann auf. »Sie dürfen uns jetzt nach Hause bringen«, sagte er.

Zu Hause angekommen, sagte Ilja Nadia und Iain hastig gute Nacht und mühte sich dann, jede Hilfe ablehnend, die Treppe hinauf. Oben am Treppenabsatz stand Mamotschka, die ihn mit erhobenem Zeigefinger begrüßte. »Weißt du eigentlich, wie spät es ist?«, schimpfte sie. »Für wen hältst du dich, dass du dich wie ein alter Kater bis zum frühen Morgen draußen herumtreibst! Ins Bett mit dir! Aber sofort!«

Iain lächelte Nadia an, woraufhin sie ihm einen merkwürdigen Blick zuwarf. Sie gingen den langen Flur entlang in den Zigarrenladen. Nadia schaltete das Licht an. Dann standen sie zwischen den weißen Behältern mit Zubelda und Mild Virginia und sahen einander an.

»Seitdem ich zurück bin, haben wir noch nicht viel miteinander gesprochen«, stellte Iain fest.

»Nein.«

»Ich habe auch noch keinen Kuss von dir bekommen.«

»Iain«, sagte sie entschlossen. »Wir müssen miteinander reden.«

»Worüber denn?«

»Über alles Mögliche … Über dich zum Beispiel … darüber, dass du einfach verschwindest und irgendwelche Dinge tust, ohne mich auch nur zu fragen. Das ärgert mich. Das, was du getan hast, ärgert mich.«

»Was meinst du damit?«

»Deine Reise in den Norden … Es war nicht fair von dir, mit meinen Gefühlen und mit den Gefühlen meiner Mutter so zu spielen.«

»Ich verstehe wirklich nicht, was du meinst. Ich habe niemals mit dir gespielt.«

»Du spielst Gott, Iain. Wer hat dir die Erlaubnis gegeben, meinen Vater aus Russland herauszuholen? Wer hat gesagt, dass du die Riedles um den halben Erdball schicken sollst?«

»Erlaubnis? Wovon sprichst du überhaupt? Ich brauche dafür doch keine Erlaubnis.«

»Er ist mein Vater.«

»Immerhin habe ich ihn in einem Stück zurückgebracht, nicht wahr?«

»Aber was wäre gewesen, wenn dir das nicht gelungen wäre?«

»Ich glaube, du hast nicht die geringste Ahnung, was wir durchgemacht haben.«

»Die habe ich sehr wohl, Iain. Mein Vater hat mir von dem Schneesturm erzählt, von den Rotgardisten und davon, dass du ihn nie aufgegeben hättest. Aber hast du auch an die Risiken gedacht? Ist dir auch nur ein einziges Mal in den Sinn gekommen, dass er auf dieser Reise hätte umkommen können? Auch du hättest dabei sterben können!«

»Natürlich habe ich daran gedacht. Warum tust du so, als hätte ich etwas verbrochen?«

»Hör zu, Iain. Wenn wir Freunde sein wollen, dann kann es einfach nicht sein, dass du derart weitreichende Entscheidungen triffst, ohne mit mir vorher darüber gesprochen zu haben.«

»Freunde? Ist das alles, was wir sind? Freunde?«

Sie sah, wie schwer es ihm fiel, ihre Worte zu verdauen. »Ja, Freunde. Hast du etwa schon vergessen, was geschehen ist, bevor du in den Norden gegangen bist? Ich habe dich einen Lügner und Betrüger genannt. Sag bitte nicht, dass du die Sache mit Lazar schon vergessen hast.«

»Nein, ich habe sie keineswegs vergessen.«

Sie griff in die Tasche ihres Mantels und ging dann zur Eingangstür des Ladens. Die Schlösser an der Tür klapperten, dann öffnete sie die Tür.

»Du willst also, dass ich gehe?«, sagte er und zog dabei fragend die Augenbrauen hoch.

Sie hielt ihm wortlos die Tür auf.

Iain trat in die kühle Nacht hinaus.

Dann ging er mit energischen Schritten über den Largo da Sien. Auf der anderen Straßenseite hob gerade ein Hund sein Bein an einem Laternenpfahl. Iain wartete auf den vertrauten Ruf der Rikschajungen, der jedoch ausblieb. Keine einzige Rikscha war in Sicht. Iain stand eine Weile in der Dunkelheit und starrte den Boden zu seinen Füßen an.

Drei Minuten später trommelte er mit den Fäusten an die Tür des Zigarrengeschäfts.

»Du hast mich auch ein Arschloch genannt«, sagte er.

»Ja, sogar ein verdammtes Arschloch, wenn ich mich recht erinnere.«

»Ich habe lange und gründlich über dich nachgedacht, Nadia Schaschkowa«, sagte er. »Lange und gründlich.«

»Und?« Sie verschränkte die Arme vor der Brust.

»Hier drin war immer ein heißer Stein«, er deutete auf sein Herz. »Da war etwas Fremdes, etwas Drängendes und Ungeduldiges, das die Leere hier drin ausfüllte. Aber dieses Etwas ist jetzt verschwunden. Es ist dir gelungen, es zu vertreiben.« Sie ließ ihre Arme sinken. »Man wird mich nach Hongkong schicken. Vielleicht nicht sofort, aber bestimmt irgendwann. Es wird sogar gemunkelt, dass ich irgendwann nach Schottland versetzt werden soll.«

»Dann solltest du das tun.«

»Ich möchte, dass du mich in jedem Fall begleitest.«

»Es wäre deiner beruflichen Karriere bestimmt nicht zuträglich, wenn du mit einer Weißrussin daherkommst, nicht wahr?«

»Es ist ein Wagnis, das ich gerne einzugehen bereit bin.«

»Also, wenn es dir nur um den Nervenkitzel geht, dann solltest du dein Glück an den Fan-Tan-Tischen versuchen.« Sie warf demonstrativ einen Blick auf ihre Uhr. »Der Club Camoens hat noch geöffnet.«

»Nein, ich meine: Wenn ich zwischen dir und meiner Karriere wählen müsste, würde ich mich immer für dich entscheiden. Du bist mir wichtiger als alles andere.«

»Willst du damit sagen, dass du mich heiraten willst?«

Er versuchte sie auf den Mund zu küssen, aber sie entzog sich ihm.

Er hielt inne und sah sie an. »Ich weiß es nicht. Sag du es mir.«

»Meine Mutter hat schon immer gesagt, dass du ein Schmeichler und ein Betrüger bist.«

»Deine Mutter ist ja auch eine kluge Frau.«

Nach einer Weile breitete sich ein Lächeln auf ihrem Gesicht aus. »Als du weg warst«, sagte sie, »habe ich mich oft gefragt, wen ich lieber würde zurückhaben wollen, falls nur einer von euch beiden zurückkommen könnte. Dich oder Papotschka.«

»Und? Für wen hast du dich entschieden?«

Nadia lachte und kitzelte ihn. Dann sah sie ihm tief in die Augen. »Ich bin dir sehr dankbar für das, was du getan hast, Iain. Wirklich, das bin ich. Versteh mich bitte nicht falsch. Aber du darfst niemals wieder ein solches Risiko eingehen. Und spiele niemals wieder Gott. Nie wieder, versprichst du mir das?« Als sie das sagte, sah sie ihn mit einem weichen Blick an.

»Ich verspreche es dir.«

»Dann ... Gute Nacht.«

»Gute Nacht.« Er drehte sich um und ging wieder in die Nacht hinein. Ein Gefühl tiefster Zufriedenheit hüllte Nadia ein wie ein warmer Regenguss. Sie drückte ihre Nase an die Scheibe und sah ihm nach, bis er in der Dunkelheit verschwand.

Während der folgenden Wochen genoss Nadia ein ruhiges und zufriedenes Leben. Dann aber tauchte ein Problem auf, das sich wie eine Sumpfschlange in einem überfluteten Reisfeld langsam seinen Weg zur Oberfläche bahnte.

Eines Abends, als Nadia mit ihrer Mutter wie üblich bei einer Tasse Kakao in der Küche saß, stürmte plötzlich Izabel herein und begann Töpfe und Pfannen auf den Boden zu werfen.

»Izabel!«, rief Nadia. »Was soll denn das? Hör sofort auf damit!«

Izabel starrte ihre Freundin einen Moment lang mit bleichem Gesicht an, dann stieß sie einen Wutschrei aus.

»Was ist denn geschehen?«, fragte Nadia beunruhigt. »Ist irgendetwas mit den Jungen? Oder mit Carlos?«

»Die Behörden haben mir eine Vorladung geschickt«, würgte Izabel hervor.

»Was soll das heißen?«

Izabel setzte sich und schlang die Arme um ihren Oberkörper. »Man wirft mir vor, die öffentliche Ordnung gestört zu haben. Sie sagen, dass meine Demonstrationen ›den Tatbestand der Belästigung erfüllen‹.«

»Der Belästigung? Das ist doch lächerlich. Alles, was du getan hast, war, an der Praya auf und ab zu gehen, und das, ohne irgendwelche Parolen zu rufen oder sonstigen Lärm zu machen. Du hast weder herumgepöbelt noch irgendjemanden beleidigt.«

»Ich habe Queiroz einen elenden Wurm genannt.«

»Das haben bestimmt auch schon viele andere getan.«

»Glaubst du, dass ich ins Gefängnis muss?«

»Unsinn, Izabel! Du hast doch nichts verbrochen.«

Sie schüttelte den Kopf. »Was soll ich nur machen?«

Jetzt mischte sich Mamotschka ein. »Gibt es jemanden, der uns helfen könnte? Was ist mit Iain? Kann er nicht etwas für uns tun? Kennen wir irgendjemanden, der für die Justiz arbeitet?«

»Sie werden mich vielleicht nach Portugal zurückschicken«, sagte Izabel. »Und was geschieht mit Carlos? Was ist, wenn er meinetwegen seine Arbeit oder seine Mitgliedschaft im Klub verliert? Die Schande wäre gar nicht auszudenken.«

»Vielleicht gibt es ja jemanden in der Regierung, der uns helfen könnte«, sagte Mamotschka.

»Ich kenne aber niemanden in der Regierung.«

»Oder vielleicht ein Richter, der …« Mamotschka verstummte.

Im Halbdunkel der Küche lag plötzlich ein bedrückendes Schweigen über ihnen.

Nadia sah ihre Mutter mit großen Augen an. »Senhor Pinto«, sagte sie. »*Bosche moj!* Warum ist mir das nicht schon früher eingefallen? Er ist doch Richter. Ich werde mit Senhor Pinto sprechen.«

Am nächsten Morgen stattete Nadia Senhor Pinto einen Besuch in seinem Büro in der Rua da Colina ab. Ein Messingschild prangte an dem Gebäude: *Supremo Tribunal de Justicia*.

Nadia klopfte leise und öffnete dann die Tür. Als sie eintrat, kam der Richter hinter seinem Schreibtisch hervor und hieß sie mit einem jungenhaften Grinsen willkommen.

»Setzen Sie sich doch«, sagte er und rückte ihr einen Stuhl zurecht. Sie gab ihm ein Päckchen, das in Silberpapier eingewickelt war.

»Was ist das?«, fragte er.

»Ach, nichts Besonderes«, sagte sie. »Nur eine Kleinigkeit.« Nadia ließ ihren Blick unauffällig durch den Raum wandern, während Senhor Pinto ihr Geschenk auspackte. Senhor Pintos Amtsräume waren überaus luxuriös eingerichtet. Nadia sah Régence-Möbel, schwere Samtvorhänge und ledergebundene Bücher, die in mit üppigen Schnitzereien versehenen Regalen standen. Ventilatoren an der Decke sorgten für ein angenehmes Klima.

»Bestickte Taschentücher!«, rief er erfreut.

»Ja, wunderschöne kleine Chrysanthemen! Und alle im Plattstich«, sagte sie.

»Aber Sie sagten doch, dass *lencos* Tränen bringen.«

»Nun, diese hier werden Ihnen gewiss nur Freudentränen bringen.«

Er dankte ihr mehrmals und zupfte dann an seiner Nasenspitze herum. »Also«, sagte er. »Was kann ich für Sie tun?«

Pinto trug eine Robe aus einem glänzenden schwarzen Stoff, die mit Perlenknöpfen verziert war. Auf seiner Brust schimmerte das Richtermedaillon. Er hörte Nadia aufmerksam zu, als sie Izabels Geschichte erzählte. Sein Blick wanderte dabei die ganze Zeit über ihr Gesicht. Sie kam sich vor wie ein Käfer in einem Marmeladenglas. »Dann sind Sie also zu mir gekommen, weil Sie mich um einen Gefallen bitten wollen?«, sagte er und lehnte sich dabei in seinem Sessel zurück.

»So ist es.«

Es folgte eine längere Pause. Senhor Pinto trommelte mit den Fingern auf seinen Schreibtisch. Seine Augen funkelten. »Angenommen, ich tue Ihnen diesen Gefallen, welche Gegenleistung könnte ich dann von Ihnen erwarten?«

Nadia starrte zu Boden und wurde rot. Als sie den Kopf wieder hob, sah sie, dass Senhor Pinto sie freundlich anlächelte.

»Ich wollte Sie doch nur ein bisschen ärgern«, gestand er. Er reichte ihr seine linke Hand, die sie ergriff und küsste. »Kommen Sie morgen Mittag wieder. Ich werde sehen, was ich für Sie tun kann.«

Nadia hatte sich mit Izabel in einem Café in der Straße der Großen Schritte verabredet. Es war dasselbe *chau lau*, in dem sie auch schon vor ein paar Monaten, kurz nachdem sie sich kennengelernt hatten, gesessen hatten. Sie bestellten beide eisgekühlten Pfefferminztee mit Limetten. Dann sahen sie einander an.

»Und? Was hat Pinto gesagt?«

»Nicht viel«, antwortete Nadia.

Izabel, die ein helles, schmal geschnittenes Leinenkleid und einen Schal aus Seide trug, nahm den Schal von ihrem Hals und hielt ihn sich vor die Augen. »Was soll ich nur machen?«

»Kann ich die Vorladung einmal sehen?«

Sie griff in ihre Handtasche. »Hier.«

Nadia las die Anklage. Dort stand unter anderem, dass Izabel einundzwanzig Tage nach Zustellung dieser Vorladung vor *Corte* zu erscheinen habe. Sollte sie der Vorladung nicht Folge leisten, würde das Gericht ein Urteil im Sinne der Anklage sprechen.

»Carlos ist fuchsteufelswild.«

»Das überrascht mich nicht.«

»Er sagt, dass wir Queiroz gegenüber höflicher und mit mehr Respekt hätten auftreten sollen.«

»Wir haben nur das getan, wovon wir überzeugt waren. Und wir sind noch immer davon überzeugt.«

»Du hast recht.«

»Ich denke trotzdem, dass du dir einen Anwalt nehmen solltest.«

»*Merda*! Ein Anwalt kostet viel Geld. Carlos wird das ganz und gar nicht gefallen.«

»Kann denn Carlos nicht mit Queiroz reden? Sie sind doch beide Mitglied im selben Sportclub.«

»Das hat er bereits getan. Queiroz hat ihn einen Idioten genannt und ihm gesagt, er solle *coma a merda e morra*.«

»*Bosche moj!*«

»Aber da ist noch etwas.«

»Was?«

»Queiroz hat auch etwas über dich gesagt.«

»Was denn?«

»Er sagte, dass er dich ebenfalls zur Rechenschaft ziehen will, Nadia. Er will dich ausweisen lassen.«

Am nächsten Tag betrat Nadia erneut Senhor Pintos Amtsräume.

»Bitte, setzen Sie sich«, sagte er und bot ihr mit ernstem Gesicht einen Stuhl an.

Nadia sah ihn mit großen, hoffnungsvollen Augen an. »H-haben Sie eine Lösung?«, fragte sie schließlich mit zitternder Stimme. »Haben Sie eine Lösung für das Problem meiner Freundin gefunden?«

Pinto schüttelte den Kopf. »Ich kann Ihnen leider nicht helfen.«

Nadia war am Boden zerstört.

Pinto hatte den Blick gesenkt. Als er sie wieder ansah, lag ein breites Grinsen auf seinem Gesicht. »Haaaahaaaa!«, jauchzte er. »Jetzt habe ich Sie schon wieder hereingelegt! Natürlich kann ich Ihnen helfen.« Er lächelte und um seine Augen herum erschienen unzählige kleine Fältchen. »Ich teile nämlich die Ansicht Ihrer Freundin. Was mit diesen Babys geschieht, ist eine einzige Schande. Das Problem muss auf der Stelle entweder von der Gesetzgebenden Versammlung oder vom Gesundheitsministerium angegangen werden.«

»Aber was ist mit Queiroz? Er wird nicht so leicht aufgeben … Er fühlt sich in seiner Ehre gekränkt.«

»Unsinn! Queiroz wird sowieso in zwei Monaten zurück nach Lissabon versetzt. Seine dreijährige Amtszeit hier geht dann zu Ende. Seine Meinung hat hier keinerlei Gewicht mehr.«

»Aber was ist mit der Vorladung?«

Senhor Pinto erhob sich von seinem Sessel, nahm Nadia beim Arm und führte sie zur Tür. »Überlassen Sie das ruhig mir, Nadia. Richten Sie Ihrer Freundin Senhora Perera aus, dass sie diese Vorladung zerreißen kann. Ich habe bereits mit dem Gouverneur gesprochen. Die Vorladung ist mit sofortiger Wirkung aufgehoben.«

»Wirklich?«

»*Sim*, wirklich. Sagen Sie Ihrer Freundin, dass *Juiz* Pinto, Richter am Berufungsgericht von Macau, die Angelegenheit persönlich geregelt hat.«

»Ich weiß gar nicht, wie ich Ihnen danken soll …«

»Ich möchte Ihnen beiden übrigens auch in dieser Sache mit dem Waisenhaus helfen.«

»Sie möchten uns helfen?«

Er hob einen Zeigefinger, um seine Worte zu unterstreichen. »Hier wird schon bald ein neues Waisenhaus gebaut werden. Denken Sie an meine Worte.«

»Ich kann kaum glauben, was ich da höre.«

»Glauben Sie mir ruhig, meine Liebe! Glauben Sie mir. Der alte Pinto hat noch immer einiges drauf.« Er ließ die Muskeln in seinen Armen spielen.

Nadia umarmte den alten Mann stürmisch und drückte ihm einen Kuss auf die Wange. Senhor Pinto wurde rot und sah verlegen nach rechts und links. »Bitte, Nadia, ich habe schließlich einen Ruf zu verlieren.« Er zog einen Kamm aus seiner Gesäßtasche und fuhr sich damit mehrmals durch die Haare.

»Danke, Senhor Pinto! Ich danke Ihnen!« Sie stürzte aus dem Büro und rannte dann die Treppe hinunter, wobei sie immer zwei Stufen auf einmal nahm.

Draußen wartete Iain und schwang dabei seinen Regenschirm

hin und her, als wäre er ein Golfschläger. Nadia lief auf ihn zu und warf sich in seine Arme. »Wie ist es gelaufen?«, fragte er. Nadia lächelte strahlend und verkündete voller Freude, dass es besser gar nicht hätte laufen können. Dann kehrten sie dem Gerichtsgebäude den Rücken und gingen in Richtung Praya, den Blick in die Ferne gerichtet, während die Sonne ihre Schultern wärmte und ihre Zukunft strahlend und voller Hoffnung vor ihnen lag. Auf halber Strecke blieb Nadia stehen und sah sich noch einmal um. Sie sah Senhor Pinto, der an einem Fenster im zweiten Stock stand. Sie winkte ihm zu, während sie Iains Hand nahm. Pinto lächelte und schwenkte ein besticktes *lenco*. Auch sie zog nun ein Taschentuch aus der Tasche ihres Rocks und hielt es hoch in die Luft, sodass es fröhlich in der Brise flatterte.

Noch nie in ihrem Leben hatte sie sich so lebendig gefühlt.

Dritter Teil

1937

1

Nadias erster Eindruck von Schottland war höchst unerfreulich. In Glasgow war es an diesem Morgen Anfang Februar nass und beißend kalt. Es roch nach Schlamm, Rauch und matschigen Straßen. Alles war grau in grau, die triste Umgebung war mit endlosen Silhouetten von Kraftwerken, Lagerhäusern und hässlichen Fabrikschloten geradezu übersät. Die Stadt kam Nadia wie ein alter, ausgetretener Schuh vor.

Nadia ging die schmale, überdachte Landungsbrücke hinunter, die das Schiff mit dem Land verband. Es nieselte. Auf dem Landungssteg wimmelte es von Menschen, ein einziges wogendes Meer von Tweedmänteln, Tweedröcken und großen Überseekoffern. Der scharfe Wind peitschte ihr die schulterlangen Haare in die Augen und kühlte ihre Wangen aus, sodass ihre Haut schon bald unangenehm zu kribbeln begann. Sie griff in die Tasche ihres Mantels und zog einen seidenen Schal heraus. Im Schatten der Gepäckstücke, die in Netzen aus dem Laderaum des Schiffes gehievt, und ächzender Paletten, die nach oben gezogen wurden, band sie ihren Schal unter dem Kinn fest und ging dann, umgeben von den lauten Rufen der Schauerleute und dem Lärm scheppernder Glocken, mit großen Schritten an Land.

»He, McCleish! Du Volldiot!«, ertönte plötzlich ein Ruf von oben. »Steh nicht so dämlich rum, kümmer dich um die Taschen!«

Nadia wandte ihren Blick wieder geradeaus. Sie musste sich mit Gewalt durch das Gewimmel der Hafenarbeiter, Gepäckträger und Neugierigen schieben, um Iain, der ihr bereits einige

Schritte voraus war, einzuholen. Aber anstatt zu ihm aufzuschließen, vergrößerte sich der Abstand zwischen ihnen immer mehr. Ständig irgendwie mit den Hüften, Armen und Schultern anderer Menschen zusammenstoßend, schlängelte sie sich durch das Gewühl und eilte ihm hinterher. Irgendwo ganz in der Nähe ertönten plötzlich Dudelsäcke – vielleicht eine Kapelle, die zur Begrüßung spielte –, während sich unzählige Passagiere und Dockarbeiter um sie herum drängten. Wo war nur das Schottland aus den Reiseführern?, fragte sie sich. Sie hatte eigentlich mit tiefen Burggräben umgebene Schlösser erwartet, mit Disteln bestandene Hänge und von Pferden gezogene Straßenbahnen, auf denen bunte Reklameschilder für Nain's Handbaked Scottisch Oatcakes warben – aber doch nicht das hier. Alles andere, aber nicht das.

Nachdem Iain längere Zeit vor dem Hafenbüro gewartet hatte, ohne irgendein bekanntes Gesicht zu sehen, hob er schließlich den Arm und winkte irgendjemandem zu. Dann ließ er Nadia einfach beim Gepäck zurück und rannte mit flatterndem Wintermantel los, um einen Mann mit glänzenden dunklen Augen und schlanker Statur zu umarmen. Die beiden Männer standen ein paar Sekunden da und musterten einander voller Bewunderung. »Nadia, das ist mein Bruder Callum. Callum, darf ich dir meine Frau Nadia vorstellen?«

Callum, der eine dunkle Überfallhose und einen Tweedmantel trug, nahm seine flache Mütze vom Kopf. Nadia schüttelte ihm die Hand – eine große Hand, schwielig und stark –, dann sprach sie ihm ihr Beileid aus. »Das mit deiner Mutter tut mir sehr leid«, sagte sie.

»Ja, sie war eine tolle Frau. Ehrlich gesagt kann ich noch immer nicht glauben, dass sie wirklich tot ist. Auch wenn das alles jetzt schon drei Monate her ist. Ich freu mich, dass du zum Gedenkgottesdienst gekommen bist.«

»Der findet am Sonntag statt?«, fragte Iain.

»Aye. Am Sonntag.«

Callum schob sich durch die Menge, um den Wagen zu holen.

Es war ein Hillman Minx. Nachdem er ihr Gepäck auf dem Dach festgezurrt hatte, stieg Iain vorn bei seinem Bruder ein, der am Steuer saß. Nadia nahm hinten Platz.

Callum zog den Anlasser und fuhr los.

»Schicker Wagen«, sagte Iain.

»Aye! Auf jeden Fall besser als der Schaftransporter, den ich normalerweise fahre. Schau«, sagte er und nahm beide Hände vom Lenkrad. »Schau nur, wie gut er die Spur hält. Wär schön, wenn's meiner wäre! Aber er gehört dem Gut«, sagte Callum. »Hab ihn mir für heute ausgeliehen. Unsere Benzinzuteilung ist allerdings so gut wie auf null gekürzt worden.«

»Du hattest trotzdem die ganze Zeit zu tun?«

»Oh, aye. Letzte Nacht war es besonders schlimm. Wir mussten zusammen mit dem Verwalter und den Wildhütern ein paar von den umgestürzten Bäumen um Badenloch herum wegräumen. Deshalb hab ich auch noch meine Arbeitskleidung an.«

Von ihrem Sitz im Fond des Wagens aus beobachtete Nadia voller Neugier, wie die Stadt vor ihren Augen vorbeizog: durch die leichten Nebelschleier hindurch sah sie immer wieder Schlangen von Hungernden und von Demonstranten. Sie sah mit Brettern vernagelte Fabriken und mit Zeitungspapier zugeklebte Schaufenster. Kinder, die in Schuhen ohne Schnürsenkel nach allem suchten, was essbar war. Eine elektrische Straßenbahn rollte müde durch den Regen. Ein Stück weiter ragten viktorianische Mietshäuser, braun vom Ruß und vom rostigen Metall, wie verwitterte Grabsteine auf. Sie befanden sich in unterschiedlichen Stadien des Verfalls.

Sie sah schwere Zugpferde, die sich an die Mauern von Eisenbahnviadukten lehnten, Arbeiter in ausgebeulten blauen Overalls, die sich Zigaretten drehten, zwei Säufer, die sich wohl um einen kläglichen Rest Whisky in einer Flasche prügelten, Arbeitslose, die in kleinen Gruppen zusammenstanden oder die scheinbar ziellos auf den Eisenbahngleisen dahingingen und unter Brücken herumstanden. Sie hörte ihre gutturalen Vokale, hörte ihre ruckartigen, durch schadhafte Zähne hervorgestoßenen Worte vor der brausenden Geräuschkulisse der U-Bahnen. Inzwischen verstand sie die Bedeutung des Ausdruckes »Rezession« – dies hier waren die Opfer der Wirtschaftskrise, des ökonomischen Niedergangs. Es kam ihr so vor, als würde sich diese Fäulnis schon bald noch weiter ausbreiten.

Callum sah sie im Rückspiegel an. »Also, Nadia, das ist wohl dein erster Besuch in Schottland. Wie findest du es?«

»Ziemlich feucht«, erwiderte sie ihm.

»Ach, der Nieselregen ist gut für die Haut. Bewirkt wahre Wunder.« Callum Sutherland fuhr fort. »Die schottischen Mädchen sind für ihre rosigen Wangen bekannt, weißt du? Das liegt am Nieselregen, sage ich dir, am schottischen Nebel.« Er lachte. »Stimmt's , Iain?« Er drehte sich zur Seite und boxte Iain auf den Oberarm. Nadia glaubte, einen unfreundlichen Unterton aus Callums Stimme herauszuhören. Kam das vielleicht daher, dass Iain, wie sie wusste, mit seinem Vater niemals Frieden geschlossen hatte? Nie irgendeine Art von Aussöhnung gesucht hatte?

»Wie lange seid ihr beide jetzt schon verheiratet? Sechs Jahre? Länger?« Callum reckte seinen Hals, um im Spiegel wieder einen Blick auf Nadia zu werfen. »Wie sieht's denn bei euch mit Kindern aus? Kündigt sich endlich Nachwuchs an?«

Seine Direktheit verschlug Nadia die Sprache. Sie rutschte unbehaglich auf ihrem Sitz hin und her. Als sie bemerkte, dass Iain stumm aus dem Fenster starrte, antwortete sie mit einem Kopfschütteln: »Nein, noch nicht.«

»Na, vielleicht ist ja nur deine Hose zu eng, Iain«, sagte er und boxte seinen Bruder wieder auf den Oberarm. Erneut glaubte Nadia diesen aggressiven Unterton zu hören.

»Worauf wartet ihr beiden denn?«

Nadia holte tief Luft. »Wir warten auf gar nichts«, erwiderte sie.

So harmlos, wie die Frage auch sein mochte, so tat sie ihr dennoch weh. Ihr war bewusst, dass ihr eine solche Frage nichts hätte ausmachen sollen, und dennoch war es so. *Wir warten auf gar nichts* – die Worte kamen ihr plötzlich selbst lächerlich vor. Sie war inzwischen sechsunddreißig Jahre alt! Und sie hätte ihren Eltern so gern ein Enkelkind geschenkt. Wie viel Zeit ihnen wohl noch blieb?, fragte sie sich. Konnten Frauen auch mit über vierzig noch schwanger werden? Sie kannte keine, bei der das der Fall gewesen wäre. Und war nicht bekannt, dass ältere Frauen eine Fehlgeburt riskierten? Eine Steißgeburt? Mongolismus?

Sie fragte sich, was Iain gerade durch den Kopf ging. Sie wusste, dass er sich genauso verzweifelt Kinder wünschte wie sie. Aber warum wurde sie dann nicht schwanger? Ihre Ehe war gut, nicht perfekt, aber gut. Sie hatte das Gefühl, als würde sie ihren Mann im Stich lassen. Vor allem jetzt, da sie mit Izabel schon seit einiger Zeit im Waisenhaus gearbeitet hatte, war ihre Sehnsucht, ein eigenes Baby in den Armen zu halten, größer denn je.

Während sie in den nächsten Stunden nach Norden fuhren und dabei durch Städte wie Dunkeld, Pitlochry und Dalwhinnie kamen, dachte Nadia immer wieder über ihre Situation nach. Früher hatte sie ihre Unabhängigkeit geliebt, und allein schon die Vorstellung, Mutter zu werden, hatte in ihr Panik ausgelöst. Sie hatte sich vor der Verantwortung, dem Verzicht und vor allem vor dem Verlust ihrer Freiheit gefürchtet. Jetzt jedoch wünschte sie sich nichts sehnlicher, als ein Kind zu bekommen. Aber aus irgendeinem Grund wurde sie einfach nicht schwanger – und an einem Mangel an Gelegenheit lag es bestimmt nicht. Ein Kind zu bekommen war inzwischen zu einer fixen Idee für sie geworden.

Zuerst hatte ihre Mutter nur hin und wieder eine kleine Bemerkung gemacht, hatte ihr versichert, dass es nur eine Frage der Zeit wäre, bis sie schwanger würde. Nach ein paar Monaten hatte ihre Mamotschka jedoch zu fragen begonnen, hatte heimlich ihre Wäsche durchgesehen, sich nach ihrer monatlichen Blutung erkundigt – ob sie regelmäßig komme, eine einheitliche Farbe hätte, wolkig, cremig oder klumpig sei, wie sich der Schmerz anfühlte. Sei er stechend? Oder eher dumpf? Ob sie beim Wasserlassen Schmerzen habe? Ob sie während ihrer Periode jedesmal unter Übelkeit leide? Und warum sie immer schweißnasse Hände habe? Papotschka hatte ihre Mutter immer wieder gebeten, sich in diese Dinge nicht einzumischen, und dennoch hatte sie schon bald damit angefangen, dass Nadia zu dünn sei, dass sie nicht ordentlich essen würde, dass sie Fleischprodukte meiden und mehr Alfalfa, Kürbiskerne, Avocados und Weizen essen sollte.

»Was ist mit Kaffee?«, hatte Mamotschka eines Tages gefragt.

»Was soll damit sein?«

»Lass ihn weg.« Und als auch das nicht funktioniert hatte, hatte Mamotschka zusammen mit Nadia einen Kräuterkundigen in der Rua da Palha aufgesucht. Dieser hatte ihr geraten, heiße Bäder zu meiden, da sie Einfluss auf den Eisprung hätten. Er hatte ihr empfohlen, große Mengen Birnensaft zu trinken, um die Schmerzen in ihrer Blase zu lindern, die sie beim Wasserlassen oft verspürte. Dann hatte er ihr einen Aufguss aus Gelbem Ampfer, Kamille und chinesischer Engelwurz empfohlen, den sie zweimal täglich zu sich nehmen sollte. Außerdem hatte er ihr eine Salbe aus wilder Yamswurzel verordnet, mit der sie ihren Bauch jede Nacht vor dem Zubettgehen einreiben sollte. Zusätzlich empfahl er ihr, dass sie nach erfolgtem Samenerguss zwanzig Minuten lang auf dem Rücken mit erhobenen Beinen liegen bleiben sollte. Einen Monat später hatten sie den Kräuterkundigen noch einmal aufgesucht, und diesmal hatte er ihr eine Kräuterarznei, die aus Süßholz und falschem Einhorn bestand, verschrieben. Passiert war jedoch überhaut nichts. Sie bekam weiter ihre Regel.

Das Ganze war äußerst frustrierend.

»Vielleicht liegt es ja an ihrem Ehemann«, hatte Mamotschka, die verzweifelt nach einer Erklärung suchte, dann eines Tages gesagt.

Der Kräuterkundige hatte genickt, und schon bald hatte Mamotschka begonnen, heimlich Leinöl in Iains Essen zu mischen und ihm außerdem große Mengen an gekochten Muscheln, Pinienkernen und Sesamsamen zu servieren, weil diese Lebensmittel für ihren hohen Gehalt an Zink bekannt waren. Es hatte nicht lange gedauert, und Iain hatte sich über einen metallischen Geschmack im Mund und über Übelkeit beklagt, sodass sie gezwungen war, die Dosis erheblich zu verringern.

»Du steckst deine Nase wohl ständig in irgendwelche Bücher? Du bist eine richtige Leseratte, habe ich recht?«

Nadia blickte auf und sah im Spiegel Callums Augen. »Wie bitte?« Eine Ausgabe von *Auf der Suche nach Indien* lag aufgeschlagen in ihrem Schoß; sie hatte jedoch noch keine einzige Zeile von Forsters Roman gelesen.

»Wie wär's mit einer Tasse Tee und einem kleinen Imbiss?«

»Mein Bruder möchte wissen, ob du Hunger hast«, sagte Iain und drehte sich lächelnd zu ihr um.

Zwischen den Bäumen tauchte jetzt eine Seitenstraße auf. Als sie in diese Straße einbogen, kamen sie schon bald in eine Stadt namens Aviemor, wo sie vor einem Restaurant mit Blick auf die Cairngorm Mountains anhielten. Dort läuteten sie und bestellten Cullen Skink mit Käsekräckern.

Die Männer unterhielten sich über Golf und Rugby und über einen Hirsch, einen Zehnender, den man oben auf Achantoul Estate geschossen hatte. Nadia schrieb in der Zwischenzeit eine Postkarte, in der sie ihrer Familie mitteilte, dass sie gut angekommen seien. Sie betrachtete eine Weile die kleinen Schnörkel aus Tinte, die ihre Handschrift so unverwechselbar machten. Dann hielt sie die Postkarte gegen das Licht, das durch das Fenster fiel, und verfolgte den Flug eines Kormorans, der hoch in den Wolken dahinschwebte. Der Vogel hatte wohl erst vor kurzer Zeit sein Nest verlassen, überlegte sie.

Sie vermisste ihre Mutter schon jetzt.

Es war ihr erster Nachmittag in Helmsdale. In dem kleinen Häuschen war es kühl und trocken. An den Wänden hingen die Geweihe von Rehböcken und gesteppte Tartans. Nadia gefiel ihr Zimmer – die Türen quietschten, die Polsterung der Sessel kratzte, die Rohre neben dem Waschbecken brummten (das Wasser, das aus der Leitung kam, war ganz braun vom Torf), und das alte schwarze Radio knisterte – all das vermittelte ihr das Gefühl, willkommen zu sein.

Nadia saß mit Callums Frau Jane am Erkerfenster, das aufs Meer hinaussah. Helle Sonnenstrahlen fielen durch das Glas, ließen goldene Stäubchen im Zimmer aufleuchten. Nadia folgte mit ihren Augen den hellen Wolkenstreifen am Horizont. Der Himmel über der Nordsee kam ihr irgendwie farblos vor, so wie wässriges Elfenbein. Und über den Schlehdornsträuchern lag ein frostiger Glanz, der wie heller Sand an einem Strand schimmerte.

Nach einer Weile wandte sie sich wieder Jane zu. Iains Schwägerin war eine schlanke, geschäftig wirkende Frau von ungefähr dreißig Jahren mit Haaren, die so widerspenstig wie ein Bündel Stroh waren. Sie hatte einen wachen, intelligenten Blick, war freundlich und redselig und genoss es offensichtlich sehr, sich mit Nadia unterhalten zu können. Sie wollte alles über ihre Reise, das Schiff und die Häfen wissen, die sie unterwegs angelaufen hatten. Sie war sehr wissbegierig, und obwohl sie dem Land offenbar verbunden war, hatte Nadia schon bald bemerkt, dass Jane sich danach sehnte, der Enge des dörflichen Lebens zu entkommen. Da sie sonst nur den Dorftratsch zu hören bekam, lechzte sie jetzt regelrecht danach, von neuen, ihr unbekannten Dingen zu erfahren.

»Ich bin wirklich froh, dass ihr ein Weilchen bei uns bleibt«, sagte Jane, deren Akzent bei weitem nicht so stark war wie der ihres Mannes Callum. In ihrer Stimme lag dabei eine unüberhörbare Bestimmtheit. »Wir haben hier so gut wie nie Besuch aus dem Ausland. Aus Iains Briefen weiß ich aber schon sehr viel über dich. Eine Russin, die im Fernen Osten lebt! Das klingt so exotisch! Ich musste erst im Atlas nachsehen, wo Macau überhaupt liegt. Ich wusste nicht, dass es nur vierzig Meilen von Hongkong entfernt ist. Iain hat geschrieben, dass du einen Zigarrenladen hast. Also, bei uns würdest du ein ziemlich gutes Geschäft machen, denn hier raucht fast jeder.« Jane hielt während der ganzen Zeit ein weißes Taschentuch aus Baumwolle in den Händen. Erst jetzt fiel Nadia auf, wie lang und schlank Janes Finger waren. Je lebhafter sie erzählte, und sie redete nahezu ohne jede Unterbrechung, desto heftiger kneteten ihre Finger das Tuch. »Wer hätte geglaubt, dass du den ganzen weiten Weg auf dich nimmst, nur um uns in unserem winzigen Helmsdale zu besuchen. Ich habe zwar auch Verwandte, die uns immer an Weihnachten besuchen – sie leben übrigens in Oban –, und dann haben wir ja auch noch jedes Jahr die Highland Games in Inverness, aber es kommt wirklich nur ganz selten vor, dass jemand um die halbe Welt reist, um uns zu besuchen!«

Nadia sah Jane freundlich an und lächelte. »Ihr gehört doch zur Familie. Es ist uns ein Vergnügen, euch zu besuchen.«

Dann begann Jane von ihren Kindern zu erzählen, die sechs, acht und elf Jahre alt waren und alle die Schule am Ort besuchten. Nadia gelang es jedoch, das Gespräch auf Iain zu lenken – auf seinen Beruf, seine Hobbys … und dies alles nur, um der gefürchteten Frage aus dem Weg zu gehen, die da lautete: »Und was ist mit euch, Nadia? Wollt ihr nicht auch Kinder haben? Vermisst du nicht das Trippeln kleiner Füße?«

Im Laufe des Gesprächs stellte Nadia fest, dass sie und Jane viele gemeinsame Interessen hatten und dass sie deshalb gut miteinander auskommen würden.

»Callum hat erwähnt, dass Iain in zwei Wochen nach Edinburgh fahren wird«, sagte Jane.

»Ja, er will sich dort mit ein paar alten Kollegen treffen. Anschließend werden wir dann noch zehn Tage in London verbringen, wo er eine Besprechung mit seinen Vorgesetzten hat.«

»Wirst du ihn begleiten? Du weißt, dass du so lange auch gern hier bei uns bleiben kannst.«

»Das ist sehr nett von euch.« Nadia spürte, wie ihr Mut sank. Sie dachte an ihren Termin bei Dr. Goode, dem Gynäkologen. »Aber ich denke, ich sollte ihn begleiten.« Dann schwieg sie und lauschte dem Geschrei der Möwen in der Bucht.

»Edinburgh wird dir sicher gefallen. Es ist eine wunderschöne Stadt und hat viel zu bieten.«

»Ja«, antwortete Nadia einsilbig.

Wieder schwieg sie, als hätte ihr der Gedanke an den anstehenden Termin bei Dr. Goode die Sprache verschlagen. Sie hatte Angst davor, dass man ihr sagen könnte, dass sie niemals ein Kind bekommen würde. Warum, so fragte sie sich, gab es Frauen wie Jane, die sechs, sieben, ja sogar acht Kindern das Leben schenkten, während andere unfruchtbar waren? War sie unfruchtbar? Brachte ihr Schoß nur verdorrte Früchte hervor? Allein schon diese Vorstellung tat ihr im Herzen weh. Was stimmte nicht mit ihr? Sie versuchte die dunklen Gedanken zu verdrängen.

»Also«, sagte Jane und sah dabei auf ihre Uhr, »ich denke, dass die Männer nicht vor drei Uhr aus dem Pub zurückkommen werden. Es gibt da ein gewisses Problem, das ausgeräumt werden muss. Aber wir sollten nicht den ganzen Tag damit vertun, auf sie zu warten, oder? Möchtest du mit mir einen Spaziergang um das Dorf machen, bevor das Wetter umschlägt? Wir könnten das Grab meiner Schwiegermutter besuchen.« Sie seufzte. »Die Ärmste. Sie hat sich bis zu ihrem Tod darüber gegrämt, dass sich Iain nie mit seinem Vater ausgesöhnt hat.«

»Ja, ich weiß. Wie ist er eigentlich gestorben? Iains Vater, meine ich. Iain spricht nicht gerne darüber.«

»Er hatte Leberkrebs. Er hat uns 1935 verlassen.«

»Oh.«

»Den armen Callum hat das alles sehr mitgenommen. Er und sein Daa standen sich sehr nahe, nachdem James im Krieg gefallen und Iain die ganze Zeit im Ausland war. Ich glaube nicht, dass Callum Iain je verziehen hat, dass er seinem Vater das Herz gebrochen hat.« Sie seufzte wieder. »Aber wie dem auch sei: Vorbei ist vorbei. Gott hab ihn selig. Also, wie wäre es mit einem kleinen Spaziergang?«

Nadia stellte ihre dickwandige Teetasse auf den Tisch. »Ja, gern.«

»Es gibt im Grunde nicht viel bei uns zu sehen. Nur die Kirche und die Lachse, die jetzt im Frühjahr an der Mündung des Flusses springen. Callum ist der Verwalter eines der Güter hier.

Er hat, wie du weißt, den Rest des Nachmittags frei, aber er hat mir erlaubt, dir das Gänsemoor zu zeigen. Ich würde dir auch gern das kleine Haus zeigen, in dem Iain und Callum aufgewachsen sind.«

»Das klingt bezaubernd.«

»Aber wir können dich so, wie du jetzt angezogen bist, unmöglich hier herumlaufen lassen, nicht wahr?«

Janes Worte überraschten sie. Nadia sah an sich herunter, betrachtete ihren schmal geschnittenen, wollenen Rock und den hellgelben Pullover. Es war das, was sie ihren Myrna-Loy-Look nannte. »Warum geht das denn nicht?«

»Weil dir auf der Stelle sämtliche Kinder des Dorfes hinterherlaufen würden. Sie würden glauben, dass die Herzogin von Argyll bei uns zu Besuch ist.«

»Sind meine Sachen zu elegant?«

»Komm«, sagte Jane und nahm dabei Nadias Hand. »Sehen wir einmal, ob wir nicht ein paar Sachen aus Tweed und ein Paar Gummistiefel für dich finden.«

Der Friedhof befand sich auf einer kleinen Landspitze. Von dort aus blickte man direkt auf den dunklen, kiesigen Strand hinunter.

Der Himmel über den Highlands war heute grau. Es wurde rasch dunkler. Ein leichter Sprühregen benetzte den Stechginster und den gelben Geißklee. Als Nadia zurückblickte, sah sie einen kahlen Hügel und eine Reihe einsamer, weiß gekalkter Häuschen am Ufer stehen. Austernfischer stießen aufs Meer herab, Seevögel und Silbermöwen zogen am Himmel ihre Kreise.

Es war inzwischen Spätnachmittag, und die Reiher nahmen gerade ihre Plätze am Rande der Klippen ein.

Nadia, die jetzt ein Paar grüne Gummistiefel trug, hielt in der einen Hand zwei kleine hölzerne Boote und in der anderen einen kleinen Blumenstrauß. Sie kniete neben einem weißen Grabstein nieder. Die Gedenktafel war noch neu und deshalb makellos, die Inschrift darauf lautete: *Susan Valentina Sutherland 1874–1936, ge-*

liebte Ehefrau und Mutter. Daneben, gerade einmal einen Meter weit entfernt, befand sich das Grab von Iains Vater, der vor über zwei Jahren gestorben war. Die rosa und kanariengelben Blumen, die sie im Dorfladen gekauft hatte, nickten im Sturmwind heftig mit ihren Köpfen. Nadia legte den Strauß auf das Grab von Iains Mutter und beschwerte ihn dann mit einem Stein.

Jane, die hinter ihr stand, starrte auf den Ozean hinaus. Wenn der Wind vom Norden her blies, trug er den Geruch von Felsenkraut, Immergrün und süßem, frisch gemähtem Heu mit sich. Callums Frau beobachtete jetzt die Fischer, die ihre kurzen, hölzernen Boote ins Meer zogen. Jeder der Männer trug ein kleines Netz voller Fische über der Schulter.

Die Brandung toste, sprühte kleine Wassertropfen in den Wind, benetzte die Gesichter der Fischer. Ein jeder Mann wusste genau, was er zu tun hatte, als die Boote auf die Dünung trafen. Weiter draußen, jenseits der brandenden Wellen, schaukelte bereits eine Gruppe von Booten gelassen auf dem Wasser. Die Fischer, beladen mit aufgewickelten Tauen und Netzen, versahen ihre Schnüre mit Ködern für die Fische, wobei sie mit ihren platten Daumen genau 150 Angelhaken pro Leine mit Muscheln bestückten.

Nach einer Weile verließen Nadia und Jane die Landspitze. Sie nahmen einen schmalen Pfad, der den Hügel hinunter zum Meer führte. In der Ferne, in dem kleinen Hafen, hörten sie die Rufe der Hummerfischer – ein Schauder der Begeisterung packte sie, als die Männer die Seehunde fütterten, die aus dem Wasser kamen und ihnen den Fisch direkt aus der Hand fraßen.

Nadia hatte sich bei Jane untergehakt, als sie durch das seichte Wasser wateten und dabei spürten, wie die Wellen ihre Stiefel umspülten. Der Wind peitschte ihnen die Haare ins Gesicht. Die beiden Frauen hielten die beiden hölzernen Schiffsmodelle in den Händen, chinesische Dschunken, in die sie brennende Räucherstäbchen gesteckt hatten. Körbe aus Seegras und ausgeworfene Netze hüpften auf dem Strandkies, als die Brandung wie eine gierige ausgestreckte Hand heranbrauste und ihre Fußabdrücke wegspülte. Die Wangen mit salziger Gischt benetzt, schoben sie die Boote ins schäumende Wasser. »Weihrauch, um die Seelen der Toten zu reinigen«, flüsterte Nadia.

Die Wellen brachen sich am Ufer. Der Ozean sang. Die kleinen Boote tanzten auf dem perlenden Schaum, bis sie schließlich in den Fluten versanken.

2

Die Cross Free Kirk befand sich in der Strathnaver Street. Ihre farbigen Glasfenster leuchteten wie bunte Schmetterlinge in einem Schlehdornbusch. Iain, der ganz vorn in der vom Duft von Ringelblumen erfüllten Kirche saß, spürte, wie die Finger seiner Frau nach seiner Hand tasteten. Er sah Nadia an, die seinen Blick mit einem Lächeln erwiderte.

Für Iain war alles hier voller Erinnerungen – die schmalen Straßen dort, wo er mit seinen Brüdern immer Fußball gespielt hatte, die alten Platanen, auf die sie geklettert waren und die jetzt so viel größer und deren Äste so viel dicker waren als früher, die verwitterten Mauern der kleinen Schule in der Rutherford Terrace. Ob etwa der vergilbte Kittel des Chemielehrers noch immer an einem Haken in der Aula hing?, fragte er sich. Und was war mit dem freundlichen alten Vikar, der da jetzt vor ihm stand? War das wirklich der grimmig dreinschauende Mann von damals, der den Sutherland-Jungen so oft gedroht hatte, dass sie in die Hölle kommen würden?

Iain drehte sich langsam um und beobachtete unter gesenkten Lidern hervor die versammelte Gemeinde. Er atmete dabei so flach, dass er kaum noch Luft bekam. Auf dem Boden der Kapelle hatte der geschmolzene Schnee überall kleine Pfützen hinterlassen. Er sah gesenkte Köpfe und verschränkte Arme, eine Haltung, mit der die Menschen dem kalten Wind trotzten, der durch die ungeheizte Kirche zog. Bis auf einige wenige Verwandte, Onkel,

Tanten und einen Cousin, kannte er hier niemanden mehr. Onkel Johnny war der Einzige, der seinen Blick erwiderte. Er schien ihn nicht gerade freundlich anzustarren. Da Iain jedoch wusste, dass seine kurzsichtigen Augen vom grauen Star verschleiert waren, vermutete er, dass der alte Mann einfach nur schlecht sah.

Sie stimmten jetzt alle zusammen ein Kirchenlied an, und Mrs. McManus, eine schon lange pensionierte Lehrerin, begleitete die Gemeinde mit ihrem Orgelspiel.

Dann rezitierte der Vikar das Ritual der Segnungen. Kniend und mit gefalteten Händen vor der Stirn versuchte Iain sich auf die Worte des Vikars zu konzentrieren, die durch die Kirche hallten. Er nahm sie jedoch kaum wahr, denn er war in Gedanken bei seiner Mutter. Er wünschte sich von ganzem Herzen, er hätte sie noch einmal küssen und ihr ein letztes Mal Lebewohl sagen können.

Eine Stunde später saß Iain dann in einem Pub, während Nadia und Jane am Meer spazieren gingen. Sein Bruder Callum hatte ihn auf einen »Drink und einen Schwatz mit den Männern des Dorfes« eingeladen. Die Wände des Pubs waren marineblau und grün gestrichen. Es waren die Farben des Sutherland Highlanders Regiments. Das Licht der Nachmittagssonne spiegelte sich im polierten Holz der Bar, so hell, dass es Iain fast blendete, als er seine Umgebung betrachtete: die abgeschabten Tische aus Eichenholz, den mit Sägemehl bestreuten Boden, die verschlissenen roten Vorhänge, die Spucknäpfe, die Halterungen mit den umgedrehten Flaschen und die skurril anmutende Ansammlung von feucht riechenden Hunden, die sich vor dem offenen Kamin zusammengerollt hatten.

Männer mit Stiernacken, Lederkappen und Tweedjacken standen, ihre Whiskygläser in der Hand, an der Bar und starrten Iain an. Iain fragte sich, ob er versuchen sollte, höfliche Konversation zu machen. Er nickte und lächelte den Männern zu, aber kaum jemand von ihnen erwiderte sein Lächeln.

»Es muss schon ziemlich seltsam für dich sein, nach so vielen

Jahren wieder hierherzukommen«, sagte schließlich jemand. Es war sein kurzsichtiger Onkel Johnny, der Bruder seines Vaters.

»Es ist schön, wieder hier zu sein.«

»Du erwartest doch nicht etwa von uns, dass wir dir das glauben? Du hast deine eigene Familie verraten, und du hast deine Mutter im Stich gelassen, und jetzt sagst du uns, dass es schön sei, wieder hier zu sein? Wir sind uns jedenfalls nicht sicher, ob wir dich hier haben wollen, mein Junge.«

»Ich bin hier, um meiner Mutter die letzte Ehre zu erweisen …«

»Du hast ihr nicht viel Ehre erwiesen, als sie noch lebte, oder? Du hättest fünfunddreißig, als dein Vater gestorben ist, hierherkommen sollen, um sie zu trösten. Aber das hast du nicht getan.«

»Wie du weißt, lebe ich buchstäblich am anderen Ende der Welt! Da kann ich nicht so einfach herkommen. Ich bin hier, um ihr ein letztes Lebewohl zu sagen, und nicht, um mich in euer Leben einzumischen.«

»Wenn es nach mir ginge, mein Junge, würdest du dich sowieso bei niemandem einmischen.«

»Was soll das heißen?«

»Das soll heißen, dass ich dich auf der Stelle rausschmeißen würde, wenn ich könnte.«

»Da brauchst du dir keine Sorgen zu machen; in ein paar Tagen bin ich sowieso schon wieder weg.«

»Du weißt, was die Leute hier über dich sagen, nicht wahr?«, fuhr Onkel Johnny unbeirrt fort. »*Da ist dieser Sutherland, Callums Bruder. Der Bursche mit dem englischen Akzent, der total eingebildet und nur noch mit sich selbst beschäftigt ist. Er ist sogar zu stolz, um sich noch einen echten Schotten zu nennen.*«

»Das stimmt nicht, und das weißt du auch. Ich bin stolz auf meine Herkunft.«

»Einen Dreck bist du. Du bist nicht so wie wir. Du gehörst nicht mehr hierher!«

Iain machte unwillkürlich einen Schritt zurück. Er warf Callum einen hilfesuchenden Blick zu, erhielt von ihm jedoch keinerlei Unterstützung. Im Gegenteil: Sein Bruder sah ihn genauso böse an wie sein Onkel Johnny.

Ein angespanntes Schweigen legte sich über die Bar.

Nach einer Weile sagte Callum mit bebender Stimme: »Hör zu, Iain, wir suchen keinen Streit mit dir. Wir, vor allem aber Onkel Johnny und ich, wollen einfach nur wissen, warum du das getan hast. Warum hast du Daa das angetan? Sag es uns.«

Iain sah zuerst Callum und dann Onkel Johnny an.

»Ihr habt recht! Vielleicht bin ich wirklich nicht mehr so wie ihr. Vielleicht gehöre ich wirklich nicht mehr hierher. Aber ich sage euch eines. Es vergeht kein Tag, an dem ich nicht an Helmsdale und an das denke, was ich meiner Familie angetan habe.«

»Warum hast du Daa so verletzt? Warum?«

Iain trank einen kräftigen Schluck Whisky. »Ihr wollt es also wissen? Nun gut, dann werde ich es euch sagen. Ich habe genau sechsmal unerlaubt Lachs gefangen. Die ersten fünf Mal hatte ich Glück. Mein Fang brachte mir bei Cameron's Fishmongers in Golspie fast zweiunddreißig Shilling ein. Ich habe mir jedes Mal dein Fahrrad dafür ausgeliehen, Callum, und ich habe den Lachs in einem Sack auf dem Rücken transportiert. Wenn ich nach Hause kam, habe ich das Geld unter meinem Bett versteckt. In der Colman's-Senfdose, in der ich meine Soldaten aus Holz aufbewahrte.« Er hielt inne. »Beim sechsten Mal hat mich Daa dann erwischt.« Er trank wieder einen großen Schluck Whisky. »Ich habe hoch gespielt, und ich habe verloren. Ihr wollt sicher wissen, warum ich es getan habe. – Ich habe es für James getan. Für meinen Bruder James.«

»Für James?«

»Aye, für James. Könnt ihr euch noch daran erinnern, dass es damals, als er siebzehn war, sein größter Wunsch war, an den Auswahlspielen in Aberdeen teilzunehmen? Wisst ihr noch, wie er immer geprahlt hat, was für ein toller Fußballer auf Halblinks er doch sei? Er musste damals etwa zwei Guineen zusammenbekommen. Das war das, was er für den Zugfahrschein und die

Unterkunft brauchte. Aber Daa wollte ihm das Geld nicht geben. Er sagte, dass der Fußball keine Zukunft hätte. Was würde er tun, wenn er sich verletzte und nicht mehr spielen könnte? Wie würde er dann seinen Lebensunterhalt verdienen? Und was würde er tun, wenn er über fünfunddreißig wäre und seine Beine nicht mehr mitmachten? Die Karriere eines Fußballers sei kurz – hätte er überhaupt schon einmal darüber nachgedacht, was er dann machen wolle? Unglücklicherweise konnte James ihm seine Fragen nicht beantworten, also hat Daa sich geweigert, ihm das Geld zu leihen.«

»Und dann hast du es ihm geliehen?«

»Ich habe es ihm geschenkt, aber er musste mir hoch und heilig versprechen, dass er niemals sagen würde, von wem er es hatte. Es reichte gerade für die Fahrt nach Aberdeen. Den Rest verdiente er sich damit, dass er für die Hummerfänger im Dorf arbeitete.«

Callum legte seine Hand auf Iains Schulter. »Aber du hast nie erwähnt …«

»Lass mich zu Ende erzählen. Nachdem James gefallen war, hatte ich das Gefühl, ich müsse sein Andenken schützen. Ein paar Monate lang habe ich mir sogar Vorwürfe gemacht, ob nicht ich für seinen Tod verantwortlich war, weil es gerade die Gordon Highlanders in Aberdeen gewesen waren, denen er beigetreten ist. Ich weiß, dass das vollkommen idiotisch war, aber wenn ich ihm nicht das Geld gegeben hätte, damit er an den Auswahlspielen teilnehmen konnte, dann wäre er vielleicht nicht in den Süden gegangen. Vielleicht wäre er sogar in ein anderes Regiment eingetreten. Er wäre vielleicht zusammen mit mir zu den Dragoons gegangen, und dann hätte ihn dieses Bajonett nicht durchbohrt. Vielleicht wäre er dann heute sogar hier bei uns. Aber wie dem auch sei, als ich erfahren habe, dass er gefallen war, habe ich geschworen, die Sache mit dem Geld geheim zu halten. Ich wollte, dass auf seinen Namen nicht der geringste Makel fällt, also habe ich zwanzig Jahre lang geschwiegen.«

»Du hättest es uns sagen sollen, vor allem hättest du es Daa sagen sollen.«

Iain schüttelte energisch den Kopf. »Nein. Du weißt selbst, wie er war. Daa hätte das niemals verstanden. Er hat seinen Fluss über alles geliebt. Was ich getan hatte, war in seinen Augen absolut unverzeihlich.«

Eine Minute verstrich, dann noch eine. Niemand sagte ein Wort. Plötzlich spürte Iain Callums Hand auf seiner Schulter. Er sah seinem Bruder in die Augen. »Es tut mir leid, dass ich euch so viel Schmerz bereitet habe … Aber das habe ich nie gewollt.«

Auf Callums Gesicht lag ein tieftrauriger Ausdruck. Er presste die Lippen fest aufeinander, so als müsse er einen Schrei unterdrücken. »Ich wünschte nur, du hättest uns das alles früher erzählt.«

»Ich weiß«, sagte Iain.

Die beiden Männer umarmten einander. Ein alter Mann, der mit seinem Hund neben dem Kamin saß, stieß einen Jubelschrei aus und klatschte begeistert Beifall.

»Das heißt aber nicht, dass wir dich jetzt plötzlich alle mögen«, sagte Onkel Johnny lachend. »Ach, zum Teufel! Die nächste Runde geht auf mich! Whisky für alle!«

Am Montag ging Iain mit Nadia angeln. Sie kletterten über löchrige Felsen und groben Kies. Als sie das Unterholz verließen, führte Iain Nadia zum grasbewachsenen Ufer hinunter. Iain hatte eine rund drei Meter lange Angelrute aus Grünholz dabei. Sie trugen beide dunkle Kleidung und Anglerstiefel, die ihnen bis zum Oberschenkel reichten. Es war noch sehr früh, und eine langgestreckte Wolkenbank verhüllte die Morgensonne. Als sie das Flussufer erreicht hatten, war es beinahe windstill.

»Wem gehört dieses Gelände? Darf man hier überhaupt angeln?«, fragte Nadia.

»Ja, das hier ist Gemeindegebiet. Hier darf jeder angeln, vorausgesetzt, er hat eine Erlaubnis des hiesigen Angelclubs. Aber dort drüben«, er zeigte stromaufwärts, wo ein Saum hoher, schmaler Bäume wuchs, »da ist der Whinnie, die Grenze von Revier Nummer eins. Jenseits davon dürfen nur die Eigentümer angeln. Es gibt sechs ungefähr gleich große Reviere, die den jeweiligen Gutsbesitzern gehören.«

Sie wateten ins Wasser. Iain stellte sich neben Nadia und erklärte ihr die Köder. »Wir werden zwei verschiedene Arten von Fliegen verwenden«, sagte er. »Eine Hairy Mary als Tailfly und einen Jock Scott als Springer.«

Nadia sah an ihren Beinen hinab. Wann immer sie sich bewegte, stiegen kleine schillernde Bläschen auf. Je tiefer sie in den Fluss hineinwatete, desto deutlicher spürte sie den Druck des Wassers an ihren Zehen und Knöcheln. »Gut«, sagte sie und atmete dabei tief die winterliche Luft ein. »Und wie wirft man eine Angel aus?«

»So.« Er wählte eine kurze Schnur und hob die Rute, bis sie etwa einen rechten Winkel zu seiner Schulter bildete. Dann hielt er kurz inne, bevor er den Rutenkopf ruckartig nach vorn bewegte. Die Schnur schoss daraufhin mit einem sirrenden Geräusch pfeilgerade auf die Mitte des Flusses zu. Dann wiederholte er das Ganze, damit Nadia sich den Bewegungsablauf genau ansehen konnte. Sie versuchte sich die Haltung seiner Hände und die Art, wie sich sein Körper bewegte, einzuprägen. Dann streckte sie ihre Arme aus und ahmte seine Bewegungen einige Male nach. »Vergiss nicht, nach der Aufwärtsbewegung eine kleine Pause zu machen, und lass die Angel auf keinen Fall wie eine Peitsche schnalzen, sonst lösen sich die Fliegen.«

Nadia nahm die Angel in ihre behandschuhten Hände und versuchte seinen Anweisungen genau zu folgen. Sie hörte das *Swisch-swusch* der Schnur, die durch die Luft segelte. Dann beschrieb die Schnur eine Art Zickzackkurs und fiel schließlich in den Fluss. »War das in Ordnung?«

»Gar nicht mal so schlecht.« Er klang beeindruckt. »Versuch das nächste Mal in einem Winkel von ungefähr fünfundvierzig Grad zu werfen und warte, bis die Fliege ganz nach vorn kommt. Nach jedem Wurf machst du dann einen großen Schritt stromabwärts. Auf diese Weise decken wir den gesamten Bereich des ruhig fließenden Wassers ab.«

Sie arbeiteten sich bis zur nächsten Biegung den Fluss hinunter. Von Zeit zu Zeit kam einer der Lachse in einem hohen Satz aus dem Wasser und landete dann mit einem lauten Bauchklatscher wieder im Fluss. Iain sah zum Himmel hinauf und betrachtete die Wolken. »Ich glaube, wir werden bald Schnee bekommen«, sagte er.

Nach einer Pause meinte er dann: »Hast du das gesehen?«

»Was?«

»An deiner Fliege war ein Fisch. Ich habe es genau gesehen.« Dort, wo der Lachs an die Oberfläche gekommen war, bildeten sich jetzt konzentrische Kreise.

»Wirklich? Ich habe nichts gesehen.« Aber Nadia beobachtete ihren Schwimmer auch gar nicht. Sie genoss einfach die frische Luft, den Gesang der Vögel und das Rauschen des Wassers, das ihre Unterschenkel umspülte. Kurz zuvor hatte sie am gegenüberliegenden Ufer einen Otter beobachtet, der sich elegant ins Wasser hatte gleiten lassen. Hinter ihr, auf einem der Hügel, luden gerade Eisenbahnarbeiter am Lokomotivdepot Vieh aus Thurso aus.

Nach einer Weile fragte sie: »Was glaubst du? Was werden sie dir nächste Woche sagen?«

»Du meinst meinen Termin in Edinburgh? Nun, ich vermute, dass sie erst einmal von mir wissen wollen, ob ich in Asien bleiben möchte.«

»Willst du das?«

Iain warf seiner Frau einen kurzen Blick zu. »Du weißt, dass ich das will«, versicherte er ihr.

»Was ist, wenn sie dir vorschlagen, dich hierher zu versetzen?«

»Warum sollten sie das tun?«

»Es heißt, dass es in Europa bald Krieg geben wird. Sie brauchen dich möglicherweise in Paris oder Amsterdam oder …«

»Nun, dann werde ich das eben ablehnen! Nadia, was ist los

mit dir? Ich werde dich nicht verlassen, falls es das ist, worüber du dir Sorgen machst. Warum sollte ich nach Europa zurückkehren wollen?«

»Weil das hier dein Zuhause ist.«

»Nein, das ist es schon seit zwanzig Jahren nicht mehr. Ich könnte niemals wieder hier leben. Ich habe mich verändert. Ich bin nicht mehr wie die Leute hier. Ich denke anders als sie. Ich höre mich anders an als sie … Vielleicht bin ich einfach schon zu lange fort, um mich hier noch heimisch zu fühlen. Vielleicht reißt aber auch meine Anwesenheit hier in Schottland zu viele alte Wunden auf. Ich habe meinen Eltern vor langer Zeit sehr weh getan, und ich habe nie die Chance bekommen, mich dafür bei ihnen zu entschuldigen.« Nadia erinnerte sich jetzt daran, dass er ihr einmal erzählt hatte, wie sein Vater ihn dabei ertappt hatte, als er schwarz Lachse gefangen hatte.

»War es hier? Hat er dich damals hier an dieser Stelle erwischt?«

»Nein, das war in der Nähe der Kildonan Falls. Das ist ein Stück weiter flussaufwärts.« Er sah auf die Spitze ihrer Angel. »Wirf die Angel noch einmal aus, bevor die Schnur sich in den Wasserpflanzen verfängt.« Sie schnippte die Schnur über ihren Kopf und warf sie aufs Wasser hinaus. »Du musst die Schnur noch ein wenig mehr mit der Hand führen, damit sich der Köder bewegt«, sagte er.

»Warum hast du das gerade jetzt gesagt?«

»Was?«, fragte er.

»Du hast gesagt ›Ich werde dich nicht verlassen‹.«

»Nun, weil es so ist.«

»Heißt das, dass du schon einmal darüber nachgedacht hast? Willst du mich verlassen?«

»Natürlich nicht! Himmel, was ist denn plötzlich in dich gefahren?«

Er sah sie irritiert an. Sie wandte den Blick ab. »Es ist überhaupt nichts in mich gefahren. Ich bin einfach nur ständig von Frauen umgeben, die alle wunderbare Mütter sind – Mamotschka, Izabel, Frau Lo, Jane … vielleicht hättest du ja lieber jemanden, der dir Kinder schenken kann.«

»Das ist doch Unsinn.«

Die Frage schien ein Eigenleben zu entwickeln, begann sie beide wie ein Raubvogel zu umkreisen.

Sie gingen schweigend zum nächsten Abschnitt mit ruhigem Wasser. Sie angelten dort, ohne ein einziges weiteres Wort zu wechseln. Ein Chor von Austernfischern betonte mit seinem Geschrei noch das unangenehme Schweigen, das sich zwischen ihnen ausgebreitet hatte. Nadia hätte am liebsten laut geschrien, denn sie wusste, wie sehr Iain es hasste, über ihre Kinderlosigkeit zu sprechen.

»Ich wünsche mir eine Familie, Iain. Wünschen wir uns das nicht alle – eine Familie, die wir lieben?«, fragte sie schließlich.

»Aber du hast doch eine Familie.« Iain schob seine Hand unter ihren Tweedrock und in ihre Strumpfhose. Dann flüsterte er: »Ich liebe dich, Nadia Swiaschski Schaschkowa. An meinen Gefühlen wird sich nichts ändern, egal ob wir nun ein Kind haben werden oder nicht. Und wenn du auch nur einen Moment lang daran zweifelst, bist du total verrückt. Du musst endlich aufhören, dich deswegen zu quälen.« Seine Finger liebkosten die weiche Haut unterhalb ihrer Taille, wanderten zärtlich über ihre Pobacken. Sie spürte, wie er über den dünnen Stoff zwischen ihren Beinen strich, wie seine Finger zwischen den Baumwollfalten suchten.

»Lass das«, sagte sie, während ihre eigene Erregung wuchs. »Man kann uns sehen.«

»Da ist aber niemand.« Er begann ihren Nacken zu küssen, ihren Hals, ihre feuchten Augen.

Dort wo er ihren Rock hochgehoben hatte, spürte sie einen kalten Luftzug. Seine Berührung fühlte sich auf ihrer warmen Haut sehr kühl an. Sie protestierte leise und wollte ihn schon wegschieben. In diesem Moment spürte sie, wie er ihren Schlüpfer zur Seite zog, spürte plötzlich seine Finger zwischen ihren Beinen. Dann waren seine Fingerspitzen in ihr. Sie sah Sterne. Ihr Herz begann wie wild zu klopfen. Sie bekam weiche Knie, und ihr Körper wurde feucht. Der Fluss floss schwer und dunkel unter ihren Lenden dahin. Sie spürte Iains Mund auf ihrer Wange. Spürte durch seine Hose, wie hart er war. Sie hätte ihm am liebsten die Kleider vom Leib gerissen.

Sie zog ihn am Ärmel, um ihn tiefer in sich einzuführen. Sie wollte ihn in sich aufsaugen. Sein heißer Atem wärmte ihre Wange; sie roch das Vitalis in seinen Haaren, während sie einander umschlungen hielten. Sie wollte gerade die Angel einfach fallen lassen, als plötzlich ein schrilles Geräusch sie auseinanderfahren ließ.

Ggtsssssssssssssggtssssssssssssss ...

Es war die Rolle.

»Verdammt!«, rief Iain. »Da hat einer angebissen.«

Nadia hüpfte vor Aufregung auf und ab. »Was muss ich tun?«, schrie sie. Die Angelrute bog sich mittlerweile in ihren Händen auf besorgniserregende Weise.

»Halt die Angel hoch!« Er fasste sie um die Taille und zog sie in Richtung des Ufers. Als sie dann festen Boden unter sich hatte, sagte er: »Jetzt folge dem Fisch, und versuch dabei so nah an ihn heranzukommen, wie du kannst. Spule so viel Schnur wie möglich auf. Die Schnur darf auf keinen Fall durchhängen. Du musst sie die ganze Zeit unter Spannung halten, aber wenn der Fisch schwimmen will, dann lass es zu.«

»*Bosche moj, Bosche moj!*«, sagte sie immer wieder. Der Lachs sprang hoch in die Luft, schoss hierhin und dorthin, zog dabei v-förmige Wellen hinter sich her. Die Rolle sang dabei wie eine betrunkene Sopranistin.

Sie rannten dreißig Meter den Fluss hinauf. Dann machten sie eine Kehrtwendung und rannten wieder dreißig Meter zurück. In Nadias Kopf überschlugen sich die Gedanken.

Sie kämpfte weitere fünfundzwanzig Minuten mit dem Fisch. Ihre Arme kribbelten, ihre Schultern schmerzten. Ihre Wangen glühten vor Aufregung. In ihre Stiefel war eiskaltes Wasser gelaufen. »Jetzt wird er langsam müde«, sagte Iain.

»Da ist er nicht der Einzige!«

»Schau, sein Kopf ist schon an der Oberfläche aufgetaucht. Das heißt, dass er fast so weit ist. Himmel, was für ein Prachtkerl! Er muss über zwanzig Pfund schwer sein!«

»Hol das Netz!«, schrie sie.

»Welches Netz?«

»Hast du kein Netz mitgenommen?«

»Ich habe nicht damit gerechnet, dass du einen Fisch fängst.«

»Du hast nicht damit gerechnet!?«

»Nein.«

»Wie sollen wir ihn dann an Land holen?«

»Überlass das ruhig mir.« Seine Stimme klang aufgeregt. »Halt ihn von den Wasserpflanzen fern. Und halt deine Angel hoch. Wenn sich der Springer da drin verfängt, verlieren wir ihn.«

Der Schwanz des Lachses klatschte laut auf die Wasseroberfläche. Er versuchte mit letzter Kraft zu fliehen, als er sah, dass Iain sich ihm näherte. Nadia kurbelte. Die Rolle kreischte wieder. »Was soll ich tun?«, schrie Nadia.

»Versuch noch etwas Schnur einzuholen. Halt die Angel hoch, und richte sie flussaufwärts.«

Einen Moment lang schien die Zeit stillzustehen, während sie den erschöpften Fisch, dessen Maul jetzt über der Wasseroberfläche war, langsam auf das Ufer zu zog. Dann packte Iain ihn mit einer raschen Bewegung am Schwanz und warf ihn auf den Kies.

»Mein Gott!«, sagte er. »Was für ein Monster! Es ist ein Männchen. Und noch dazu eines, das erst seit kurzem hier im Fluss ist. Siehst du das, das sind Seeläuse.«

Sie schlang die Arme um seinen Nacken und küsste ihn.

Er begann den doppelten Haken der Hairy Mary aus seinem Kiefer zu entfernen. Er sprudelte geradezu über vor Begeisterung. »Wer hätte das gedacht… wer hätte das verdammt noch mal gedacht… ein Zwanzigpfünder! Du bist unglaublich, Nadia! Absolut unglaublich!«

Nadia starrte den silbrig glänzenden Fisch ehrfürchtig an. »Er ist so wunderschön.«

»Du hast nicht zufällig einen Hammer zur Hand?«

»Einen was?«

»Oder irgendetwas anderes, um ihm damit auf den Kopf zu schlagen?« Iain machte sich auf die Suche nach einem geeigneten Stein.

»Du wirst ihn doch nicht töten«, sagte sie.

»Natürlich werde ich das.«

»Können wir ihn nicht wieder in den Fluss werfen?«, fragte sie.

»Du willst ihn zurücksetzen?«

»Ja.«

»Warum?«

»Ich will es einfach.«

Iain sah sie fassungslos an, so als wäre sie nicht mehr Herrin ihrer Sinne. »Bist du dir sicher?«

»Ja, ganz sicher«, beharrte sie.

Er kratzte sich an seinem stoppligen Kinn. »Na gut. Aber zuerst«, sagte er und bückte sich, um dem Lachs mit dem Daumen über das karminrote Maul zu streichen, »musst du noch deine Anglertaufe erhalten.« Er schmierte einen Streifen roten Bluts auf ihre Stirn. »Dein erster Lachs!« Er wischte sich die Hände am gefrorenen Boden ab.

Dann hielt er den Fisch vorsichtig ins seichte Wasser. Der Lachs schoss wie ein Blitz davon und verschwand. Ein gurgelnder, silberner Sprühregen, eine Rückenflosse, die wie Rauch im Wind verschwand.

Der Wind trug den Geruch von Salz und einem brennenden Holzfeuer vom Meer herüber. Iain und Nadia gingen über eine Brücke und bogen dann nach rechts in eine gepflasterte Straße ein, in der sich viele Handwerksbetriebe befanden. Dort bogen Männer unermüdlich Metall oder bearbeiteten Holz. Sie sahen Großmütter mit Hängebacken, die am Fenster saßen, Socken stopften und die Welt um sie herum beobachteten wie wachsame Nachteulen. Frauen in ihren besten Straßenkleidern reihten sich in die Schlange der Wartenden an der Bushaltestelle ein. Fischer verpackten Hummer, die für die großen Restaurants in der Stadt bestimmt waren, in Kisten mit zerstoßenem Eis. Sie gingen an Reihen gekalkter Häuser vorbei, die wie Klumpen von Marzipan aneinanderklebten, und standen schließlich vor einem Süßwarenladen, in dessen Schaufenster die verschiedensten Süßigkeiten in allen Farben des Regenbogens lockten. Sie sahen Gummidrops, bunte Bonbons und Veilchenpralinen, was Iain dazu veranlasste, hineinzugehen und gleich darauf mit einer Karamellkugel für Nadia wieder herauszukommen. Sie lutschte daran wie ein glückliches Schulmädchen, während ein leichter Schneefall ihre Gesichter zu benetzen begann.

Kurz darauf erreichten sie das Haus von Callum und Jane. Als sie durch die Hintertür eintraten, schlug die Uhr in der Küche gerade vier. Es begann bereits dunkel zu werden. Der Schein der Abenddämmerung erfüllte das Innere des Hauses mit einem seltsamen, wabernden orangefarbenen Licht. Sie wuschen sich die Hände an dem großen steinernen Waschbecken, zogen ihre Anglerstiefel und ihre mittlerweile völlig durchnässte Kleidung aus und legten sie zum Trocknen neben den Boiler. Jane, die in der Küche gerade eine Kartoffel-Nieren-Pastete zum Abendessen vorbereitete, brachte ihnen zwei warme Decken. Dann zogen sie frische Sachen an. Sie wärmten ihre Hände am Kamin im Wohnzimmer und sahen dabei den Flammen zu, die fröhlich hin und her tanzten.

»Die Kinder kommen in ungefähr zwanzig Minuten aus der Schule! Genießt die Ruhe, solange ihr noch könnt«, sagte Jane. »Callum muss noch bis sechs Uhr arbeiten.«

Nadia und Iain lachten und alberten die ganze Zeit über herum, flüsterten einander kokette, zärtliche Worte ins Ohr. Zum ersten Mal seit fast einem Monat spürte Nadia wieder diese stille Fröhlichkeit. Sie hatte das Gefühl zu schweben, und es fiel ihr nicht schwer, die Gedanken an ihren Termin bei Dr. Goode weit weg zu schieben. Statt dessen redete sie nur über ihren Fisch – wie stark er gewesen war, wie wunderbar gezeichnet und wie sehr er sich gewehrt hatte. Sie fragte sich, was ihm wohl durch den Kopf gegangen sein mochte, als ihn diese zwei Menschenungeheuer aus dem Wasser gezogen hatten. Und immer wieder lächelte sie Iain an, der ihr Lächeln mit einem jungenhaften, zärtlichen Grinsen erwiderte.

Jane, die spürte, dass die beiden in Feierlaune waren, ging in die Küche, um einen Kessel mit Teewasser aufzusetzen und ein Päckchen Nain-Haferkekse zu öffnen. Sie kam mit einem Tablett zurück, auf dem drei Tassen Brodie's Tee, ein Teller »Haferwaffeln« und ein Krug mit Schafsmilch standen. Als sie es sich, ihren Tee in der Hand, in den Lehnsesseln mit den kratzigen Bezügen bequem gemacht hatten, vernahmen sie aus dem Radio:

›*Gut informierte chinesische Quellen haben bestätigt, dass Chiang Kai-shek, der Oberbefehlshaber der chinesischen Nationalistischen Armee, im Dezember von Agenten des früheren Mandschurischen Kriegsherrn Zhang Xue-liang entführt und zehn Tage später unverletzt wieder freigelassen wurde. Chiang Kai-sheks Nationalisten, die Kuomintang, liefern sich mit der aufständischen Chinesischen Kommunistischen Partei seit über einem Jahrzehnt einen erbitterten Bürgerkrieg. Führende Chinaexperten gehen davon aus, dass Zhang Chiang Kai-shek entführt hat, um ihn dazu zu bringen, seinen Kampf gegen die Kommunisten einzustellen und eine gemeinsame Front gegen die Japaner zu bilden. Japanische Truppen halten seit 1931 große Gebiete im Norden Chinas besetzt …*«

Iain setzte sich ruckartig in seinem Sessel auf.

»Was bedeutet das?«, fragte Nadia. Jane stand neben ihr. Ihre Hände waren weiß vom Mehl, da sie gerade den Pastetenteig geknetet hatte.

Iain antwortete ihr nicht. Stattdessen atmete er laut durch seine Nase aus und überlegte, während er mit starrem Blick in das matte Zwielicht starrte.

»Nun, ich vermute, dass Japan bald seine Karten aufdecken wird«, sagte er schließlich. »Sie werden versuchen, auch den Süden Chinas unter ihre Kontrolle zu bringen.«

»Ich verstehe nicht.«

»Die chinesischen Splittergruppen sind in Panik geraten, weil Japan gedroht hat, in China einzumarschieren. Chiangs Entführung wird die Nationalisten und die Kommunisten entweder vereinigen oder sie wird sie noch mehr entzweien. Wie auch immer: Es ist nur eine Frage der Zeit, bis die Japaner versuchen werden, weiter ins Kernland vorzudringen. Ihre Expansionsbestrebungen sind Whitehall durchaus bekannt. Ich bin mir sicher, dass sich sowohl China als auch Japan auf einen Krieg vorbereiten.«

3

Nadia saß mit Iain zusammen auf dem Rücksitz eines Taxis und sah unverwandt durch das Fenster, während sie am Coladonian Hotel und den Princess Street Gardens vorbei zum West End fuhren.

Jetzt ist es also so weit, dachte sie. Ich stehe am Scheideweg. Der Arzt wird mir alles sagen, was ich wissen muss: ob ich fortpflanzungsfähig bin, ob mein Zervixschleim normal ist, ob meine Gebärmutter richtig liegt, ob meine Eierstöcke gesund sind, ob ich überhaupt einen Eisprung habe. Sie hatte irgendwann einmal gelesen, dass eines von acht Paaren keine Kinder bekam. Sie versuchte sich all die zukünftigen Weihnachtsfeste und Geburtstage vorzustellen, an denen sie auf das Lachen von Kindern würde verzichten müssen. Und sie dachte auch an Mamotschka – stellte sich dabei vor, wie sie unter dem Bauhinia-Baum im Hinterhof ihres Hauses in Macau saß, die streunenden Katzen fütterte und dabei das Glück genoss, ihre Enkelkinder zu ihren Füßen spielen zu sehen. Der Gedanke, sie dieser Freude zu berauben, war Nadia unerträglich.

Iain hielt ihre Hand, als sie über den St. Andrew Square gingen. Die Bäume auf dem Platz waren kahl und im Frost erstarrt. In der Mitte des Platzes gab es ein kleines Viereck aus hart gefrorenem braunem Rasen, durch das ein kleiner Weg führte.

»Ich bin nervös«, sagte sie.

»Du kriegst das schon hin. Du bist doch mein starkes kleines Mädchen.«

»Ich mag vielleicht stark erscheinen. Aber ich bin einfach nur eine gute Schauspielerin. In Wahrheit habe ich genauso viel Angst wie alle anderen Menschen auch.«

»Ich weiß, dass du Angst hast. Aber es gibt nichts, wovor du dich fürchten müsstest. Bist du dir sicher, dass ich dich nicht doch begleiten soll?«, fragte er.

Sie spürte einen Knoten in ihrem Magen. »Ja, ich bin mir sicher.« Er nahm sie in die Arme und drückte sie fest an sich. Er hielt sie so fest, dass sie kaum noch Luft bekam. Dann gingen sie auseinander.

Nadia hatte um fünfzehn Uhr einen Termin bei Dr. Goode. Sie war zwanzig Minuten zu früh in seiner Praxis in der George Street. Besser zu früh, als zu spät, sagte sie sich.

Als sie jetzt den Fahrstuhl betrat, um in den fünften Stock hinaufzufahren, kam sie sich unendlich allein und verletzlich vor. Sie vermisste ihre Mutter so sehr. Es waren Momente wie diese, in denen sie Mamotschka gern an ihrer Seite gehabt hätte. Der Liftboy zog das Gitter mit einer eleganten Bewegung zu, und der Fahrstuhl setzte sich in Bewegung.

Sie nahm im Wartezimmer Platz. Dann zog sie einen Brief von Izabel, den sie tags zuvor erhalten hatte, aus der Tasche ihres Mantels. Izabel berichtete darin von dem Wohltätigkeitsball, den sie und Senhor Pinto geben wollten, um Geld für ihr kleines Waisenhaus in der Rua da S. Lourenço zu sammeln. Sie schrieb, dass sie bereits Einladungen an die Mitglieder des Clube Milita und der Jai Alai Association geschickt hatte, an den Kämmerer des Trotting Club und an die Herausgeber der Lokalzeitung. Sie hatte sogar alle Ärzte, Schwestern und Sozialarbeiter in der Umgebung angeschrieben.

In Izabels Brief stand auch, dass ihre Cousine Anna wohlbehalten aus Barreiro eingetroffen sei. Sie erzählte vom chinesischen Neujahrsfest, das sie in ihrer Wohnung gefeiert hatten, und berichtete von all den Leuten, die da gewesen waren – Onkel Ewgenij und Nadias Eltern seien an diesem Tag besonders gut in Form gewesen. Sie seien bis weit nach Mitternacht geblieben. Senhor Pinto hätte ein wenig zu viel getrunken und später auf dem Boden im Wohnzimmer Liegestütze gemacht. Er sei jedoch von Costa ausgestochen worden, der in der Küche eine ganze Batterie Knallfrösche losgelassen und prompt ein großes Loch in die Wand gesprengt hatte. Alles in allem sei es eine tolle Feier gewesen, aber alle seien sich daüber einig gewesen, dass ohne Nadia und Iain irgendetwas gefehlt habe und dass sie deshalb so schnell wie möglich nach Macau zurückkommen sollten.

Der Brief löste bei Nadia eine wahre Flut von Bildern aus – Papotschka, der so gebrechlich und dennoch so voller Leben war. Onkel Ewgenij, der bei jeder sich bietenden Gelegenheit russische Trinklieder sang. Frau Lo, die immer so stolz von ihrem Sohn Lennox erzählte. Costa, der stets ein totales Chaos verursachte. Senhor Pinto, der noch immer bestickte Taschentücher verschenkte, und Mamotschka, die das ganze Durcheinander mit einem freundlichen, geduldigen Lächeln ertrug.

Die Stimme einer Frau riss sie aus ihren Gedanken. »Mrs. Sutherland, Dr. Goode erwartet sie jetzt«, sagte die Schwester mit einem rätselhaften Lächeln.

Die Praxis war hell erleuchtet, und es roch nach Kampfer und Jod. Die Schwester klopfte an eine Tür und wartete. Als von innen ein »Herein« ertönte, drückte sie die Türklinke herunter und bat Nadia hinein. Dr. Goode war ein Mann von etwa fünfzig Jahren mit schmalen Schultern und einem Kitchener-Schnurrbart. Er trug eine Nickelbrille. Aus seinen Ohren sprossen weiße Haare. Eine Wolke von Pfeifenrauch umgab ihn. Er hatte bleiche, schmale Hände und sah sie mit einem völlig humorlosen Gesichtsausdruck an, als sie sein Sprechzimmer betrat. Sobald er jedoch merkte, wie angespannt sie war, wurde sein Blick milder.

»Bitte setzen Sie sich, Mrs. Sutherland.«

Nadia nahm Platz, legte ihre Hände auf ihre Knie und umfasste sie mit festem Griff. Sie sah, dass der Schreibtisch des Arztes penibel aufgeräumt war. Keine Büroklammern, keine Füllfederhalter und auch sonst keine Unterlagen. In die Schreibtischplatte war ein gläsernes Tintenfass, das aus zwei Behältern bestand, eingelassen. Seine beiden silbernen Deckel waren aufgeklappt. Nadia konnte die trocknende Tinte riechen. Trocken, dachte sie, genau wie ich.

Dr. Goode wollte zuerst von ihr wissen, wie lange sie schon versuchte, schwanger zu werden. Dann fragte er nach ihrem Alter und ihrer Krankengeschichte, und ob sie eine Weizenallergie hätte. Er erkundigte sich nach ihren Ernährungsgewohnheiten, fragte, ob sie Kaffee trank, weißes Mehl, fette Speisen oder Alkohol zu sich nahm, ob sie rauchte und auch, ob Iain rauchte. Er fragte nach ihrem Zyklus und danach, ob sie schon einmal eine Fehlgeburt erlitten hatte, ob sie unter Zysten an den Eierstöcken litt, und er erkundigte sich nach Symptomen wie unregelmäßigen oder ausfallenden Regelblutungen. Nadia beantwortete seine Fragen so gut sie konnte, während sie sich die ganze Zeit über der vielen Fotos bewusst war, die überall im Zimmer an den Wänden hingen. Bilder von Kindern, Säuglingen, Kleinkindern – all die kleinen Menschen, denen er geholfen hatte, auf die Welt zu kommen.

»Haben Sie während Ihrer Monatsblutung starke Schmerzen?«, fragte er.

»Ja, manchmal.«

»Fühlen sich diese Schmerzen an wie Messerstiche oder eher so, als ob Sie etwas Falsches gegessen hätten?«

»Wie ein Messer.«

»Und empfinden Sie dann starke Erschöpfung oder Übelkeit?«

»Ja, beides.«

Seine Finger schlossen sich um den Kopf seiner Pfeife. »Haben Sie, wenn Sie Ihre Regelblutung haben, auch Schmerzen beim Wasserlassen?«

»Manchmal.«

»Haben Sie Schmerzen beim Beischlaf?«

»Nicht oft.«

»Aber manchmal schon?«

Sie nickte.

»Wie sieht es mit heißen Bädern aus?«, fragte er und wechselte damit abrupt das Thema. »Nimmt Ihr Mann oft heiße Bäder?« Sie verneinte das und erklärte, dass Iain lieber duschte. »Er leidet im Sommer oft unter Hitzeausschlägen, deshalb duscht er häufig, um sich abzukühlen.«

Sie spürte, dass sie rot wurde. War es die Intensität seines Blickes, die sie wegsehen ließ? Sie war sich nicht sicher. Ihr Blick wanderte im Zimmer umher, streifte dabei die zahlreichen medizinischen Diplome und Zertifikate, die wie Medaillen an der Wand hingen. Dann begann er ihr den Ovulationszyklus zu erklären. »Der exakte Zeitpunkt ist dabei überaus wichtig«, fügte er hinzu. »Wenn Ihnen das nicht gelingt, ist eine Empfängnis so gut wie unmöglich. Wenn ich einen Vergleich aus dem Billardspiel heranziehen darf, so ist das in etwa so, als würden Sie versuchen, beim Snooker eine Kugel einzulochen, obwohl die Taschen blockiert sind.«

Nadia nickte.

»Also, meine Liebe«, sagte er, während er seine Pfeife ausklopfte und sie dann umgedreht hinlegte, »ich denke, ich sehe Sie mir jetzt einmal genauer an. Besser jetzt als später.«

Er bat sie in ein angrenzendes Zimmer und zeigte auf eine Untersuchungsliege. »Dort hinter dem Vorhang liegt ein Morgenmantel für Sie bereit«, sagte er. »Ziehen Sie sich bitte aus. Ich bin in wenigen Minuten wieder bei Ihnen.«

»Aber ich habe mich noch nie vor einem anderen Mann als meinem Ehemann ausgezogen.«

Sein Kitchener-Schnurrbart zuckte. »Mrs. Sutherland! Ich bin Arzt. Sie brauchen sich also bestimmt nicht vor mir zu genieren. Aber wenn Sie möchten, bitte ich eine Schwester hinzu.«

Nadia schlang die Arme um ihren Oberkörper, so, als würde sie frieren. »Ja, das wäre mir angenehm.«

Er zog den Vorhang zu.

Nadia wurde für den folgenden Tag, einen Mittwoch, wieder in Dr. Goodes Praxis bestellt. Dort musste sie dann eine ganze Reihe komplizierter und oft auch schmerzhafter Untersuchungen, unter anderem auch einen Blut- und einen Urintest und einen Scheidenabstrich, über sich ergehen lassen. Außerdem wurde bei ihr in regelmäßigen Abständen der Blutdruck gemessen.

Als sie in ihr Hotel zurückkehrte, legte sie sich ins Bett und fiel, das Gesicht in ihr Kissen vergraben, das sie fest umschlungen hielt, in einen erschöpften Schlaf, nur um sich am nächsten Tag erneut den verschiedensten Untersuchungen zu unterziehen.

Am Freitagmorgen saß sie dann wieder Dr. Goode gegenüber. Dieser zündete sich umständlich seine Pfeife an. »Bei Ihnen kann ich im Grunde nicht viel finden, Mrs. Sutherland«, sagte der Arzt und starrte dann nachdenklich seinen Aschenbecher an.

Nadia wollte schon erleichtert lächeln, wagte aber nicht, das Schicksal auf diese Art und Weise herauszufordern.

»Das heißt jedoch nicht«, fuhr er fort und strich sich über den Schnurrbart, »dass ich Ihren Fortpflanzungsorganen eine gute Gesundheit bescheinigen kann.«

»Oh«, sagte sie.

»Es gibt vieles, was die Medizin bereits über die Fruchtbarkeit herausgefunden hat. Es gibt aber auch vieles, was uns bis jetzt verborgen geblieben ist. Und das gilt leider auch in Bezug auf Ihre Eileiter – wir können nicht sagen, ob sie funktionieren oder nicht, ob sie verdreht, infiziert oder blockiert sind. Zu einer Empfängnis kann es erst kommen, wenn ein weibliches Ei aus den Eierstöcken ausgestoßen wird und die Eileiter hinunterwandert. Irgendwo auf diesem Weg begegnet unser Ei dann dem männlichen Spermium, das es befruchtet. Dann beginnen sich die Zellen zu teilen und zu vermehren, bis schließlich daraus ein Baby entsteht. Sie haben gesagt, dass Sie manchmal während Ihrer Menstruation unter heftigen Schmerzen leiden und auch von Zeit zu Zeit beim Beischlaf Beschwerden haben. Dies und die Tatsache, dass ich bei Ihnen Anzeichen für eine leichte Entzündung und außerdem Narbengewebe an Ihrem Blindsack entdeckt habe, weisen darauf hin, dass Sie möglicherweise unter Endometriose leiden.«

Ein angstvoller Ausdruck erschien in Nadias Augen. Sie schluckte heftig, hielt sich die Hand vor den zitternden Mund. »Was ist das genau, dieser Endoterminus?«

»Endometriose. Es handelt sich dabei um eine immunologische Störung, bei der sich die Zellen, die wir normalerweise nur an der Innenwand der Gebärmutter finden, auch an anderer Stelle des Körpers ausbilden, was dann in aller Regel zu Entzündungen und manchmal sogar zu inneren Blutungen führt.«

»Ich … ich verstehe.«

»Ich würde sagen, dass Ihr Problem – aber bitte, das ist nur eine Vermutung – darin besteht, dass sich bei Ihnen diese Zellen in den Eileitern eingenistet haben.«

»Und das bedeutet?«

Er legte die Fingerspitzen aneinander und betrachtete nachdenklich seine Finger. »Nun, die Prognose ist leider nicht gut. Es bedeutet, dass Ihre Eileiter möglicherweise blockiert sind. In einigen Jahren wird man das vielleicht behandeln, vielleicht sogar heilen können, aber im Moment …«

Nadia spürte, wie ihr Herz in ihrer Brust hämmerte. Ihr Blick lag unverwandt auf dem doppelten Tintenbehälter im Schreibtisch des Arztes. Die Tinte war jetzt vollkommen trocken. Sie wartete ein paar Sekunden, bevor sie verzweifelt fragte: »Wie stehen meine Chancen, Kinder zu bekommen?«

»Ich fürchte«, er hielt mitten im Satz inne, »ich fürchte, Sie werden möglicherweise niemals schwanger werden können.«

Aus ihren Lippen wich alle Farbe. Sie versuchte etwas zu sagen, bekam aber keinen einzigen Ton heraus. Seine Worte hatten alles ausgelöscht. Einfach alles.

Die Tische und die hölzernen Schemel in dem Pub waren fast alle unbesetzt. Es war elf Uhr vormittags. In der Gaststube roch es nach schalem Bier, nussigem Pfeifenrauch und den Zigaretten vom letzten Abend. Der Wirt, ein beleibter Mann, der eine Meerjungfrau auf dem linken Unterarm tätowiert hatte, bestückte die Tische gerade mit neuen Bierdeckeln und sauberen Aschenbechern. Dann stellte er die frisch gespülten Gläser ins Regal. Er musste sich noch seines schmutzigen Netzhemdes entledigen. Außer Iain und Nadia waren nur noch zwei weitere Gäste im Pub, beides Männer, und beide hielten sich an einem Glas McEwan's Ale fest. Die anderen Frühaufsteher, so schien es, ließen noch auf sich warten.

Iain saß Nadia gegenüber und hielt ihre Hände. Sie hatten sich einen Tisch am Fenster ausgesucht, von dem aus man auf die Straße hinaussehen konnte. Als er seine Frau ansah, stellte er fest, dass der Schock einen Schleier über ihre Augen gelegt hatte.

Sie zitterte am ganzen Körper. Zuerst waren es nur ihre Hände gewesen, dann hatten die Muskeln in ihrem Hals zu klopfen begonnen und schließlich vibrierte ihr gesamter Körper. Sie erinnerte ihn an ein von einem Auto angefahrenes Reh, das er einmal gesehen hatte. Das Tier war davongelaufen, aber ihm war bewusst gewesen, dass irgendetwas nicht stimmte, dass das Tier entsetzliche innere Verletzungen davongetragen hatte. Irgendetwas Entsetzliches, so wusste er, geschah jetzt auch in Nadias Innerem. Die Frau, die er liebte, stand kurz davor, zu zerbrechen.

»Ich will nach Hause«, sagte sie leise.

»Ich rufe ein Taxi, das uns ins Hotel zurückbringt.«

»Nein, ich meine nach Macau.«

»Wir werden bald wieder zurück sein.« Iain drückte ihre Hand, die in der seinen lag. Er fragte sich, ob er es ihr jetzt erzählen sollte.

Seine Gedanken wanderten zu dem dunklen Büro in der Jamaica Street, in dem er noch vor einer Stunde gesessen hatte. Vier Männer waren anwesend gewesen: Fielding vom Hauptquartier im Regent's Park in London, den Iain bereits in Hongkong kennengelernt hatte, Bowman von der Inneren Sicherheit, Patterson-Muter vom Archiv und Ridley von Briefing und Debriefing.

»Wie lange sind Sie jetzt schon verheiratet?«

»Seit sieben Jahren.«

»Ihnen ist doch klar, dass Sie durch Ihre Ehe mit einer Russin gegen die Regeln verstoßen haben.« Es war Fielding, der das gesagt hatte. Seine Lippen waren so dick und rot wie ein Abflussstampfer.

»Warum in aller Welt bringen Sie das jetzt nach so langer Zeit noch zur Sprache?«

»Mein lieber Junge, Sie hatten schon seit fast zwölf Jahren kein volles Debriefing mehr. Sie sind nicht einfach auf der anderen Straßenseite stationiert, wissen Sie? Wir wollen Sie nur noch einmal auf die politischen Verhaltensregeln aufmerksam machen.«

Iain hatte ihnen gesagt, dass ihm die politischen Verhaltensregeln scheißegal wären.

»Scheißegal? Mein lieber Junge …«

»Hören Sie mit diesem verdammten *mein lieber Junge* auf, Fielding.« Iain hatte die drei mit dem kalten, berechnenden Blick eines Mannes angestarrt, der nun schon fast ein ganzes Jahrzehnt lang ähnlich selbstgerechte Bemerkungen zu hören bekommen hatte. »Meine Ehe hat nichts mit meinem Beruf zu tun.« Er hatte mit dem Nachdruck eines achtunddreißigjährigen Mannes mit untadeligem Ruf gesprochen. »Ich habe mich verliebt, und ich habe geheiratet. Ende der Geschichte.«

»Sie haben Glück, dass die Herren in den grauen Anzügen im neunten Stock Sie noch immer sehr schätzen, Sutherland«, hatte Patterson-Muter bemerkt, »sonst hätte man Sie, jedenfalls meiner Meinung nach, inzwischen längst gefeuert.«

»Offen gesagt ist mir Ihre Meinung ziemlich egal. Das Innenministerium hat der Ehe mit meiner Frau, die jetzt im Übrigen auch einen britischen Pass besitzt, zugestimmt, und ich habe die volle Unterstützung sowohl von C persönlich als auch von der Sektion VII. So weit es mich betrifft, ist das alles, was zählt. Wenn Sie ein Problem damit haben, dann sollten Sie sich an C oder Ihren Abteilungsleiter wenden. Im Übrigen würde ich es sehr schätzen, wenn Sie meine Privatangelegenheiten außen vor ließen, in Ordnung?« Er hatte den Satz einen kurzen Moment wirken lassen. »Also gut. Dann lassen Sie uns zum nächsten Thema übergehen.« Iain hatte weiterhin seinen Standpunkt behauptet. Er wusste, dass er die Besprechung unter Kontrolle hatte. Er brauchte keine halbe Stunde, um die Versetzung zu bekommen, die er gewollt hatte.

Seine Aufmerksamkeit kehrte jetzt wieder zu Nadia zurück.

»Hat dir der Arzt irgendein Medikament verschrieben? Kann das Ganze behandelt werden?«, fragte er. »Oder wird es sich von selbst wieder geben?«

Sie schlang die Arme um ihren Oberkörper, so als würde sie trotz ihrer dicken Strickjacke frieren. Sie fühlte sich unendlich schwach und verletzlich. »Nein, es gibt keine Behandlungsmöglichkeit. Und er hat mir auch keine Hoffnung machen können, dass sich daran je etwas ändern wird.« Sie dachte an das kleine Fläschchen mit Tabletten, das sie in ihrer Handtasche hatte, und lächelte ihn dann voller Sarkasmus an. »Aber er hat mir immerhin Aspirin gegen die Schmerzen mitgegeben.«

»Aber du hast selbst gesagt, seine Diagnose gründet sich nur auf eine Vermutung … Er hat nicht gesagt, dass er sich absolut sicher sei.«

Eine Pause.

Iain wusste, was Nadia jetzt gerade durch den Kopf ging – es war, als stünde plötzlich ihre Weiblichkeit, ja ihre ganze Existenz in Frage. Sie war voller Sorge. Verzweiflung und Zukunftsängste beherrschten sie; das Gefühl der Hilflosigkeit drohte sie zu überwältigen.

»Weißt du noch, was ich dir gesagt habe?«, fragte er so sanft er konnte. »Es macht mir nichts aus.«

»Aber mir, Iain. Es macht mir etwas aus. Dass du mit jemandem zusammen sein musst, der dir keine Kinder schenken kann. Kannst du dir vorstellen, wie ich mich als Frau fühle? Wie ich mich als Ehefrau fühle? Ich wünsche mir so sehr eine Familie. Und ich weiß, dass das auch dein Wunsch ist.«

»Wir könnten doch ein Kind adoptieren.«

»Ich will aber kein Kind adoptieren!«, antwortete sie ihm mit scharfer Stimme. »Mir ist bewusst, dass das sehr selbstsüchtig von mir ist, vor allem, da ich in einem Waisenhaus arbeite … Aber ich möchte einfach ein eigenes Kind haben. Ein Baby, das unser Fleisch und Blut ist, in dem wir beide uns wiederfinden.«

Er verschränkte die Arme vor der Brust.

»Ich glaube nicht, dass du verstehst, wie wichtig das für mich ist«, sagte Nadia.

»Doch, das verstehe ich sehr genau.«

Nadia zupfte an den Ärmeln ihrer Strickjacke herum. Sie schüttelte den Kopf. »Ich will einfach nur, dass diese Woche endlich zu Ende ist.«

Iain nickte. »Wie wäre es mit einem Drink? Ein Brandy wird dir sicher nicht schaden«, sagte er und zwang sich dabei zu einem Lächeln. Er warf einen Blick über seine Schulter und winkte den Wirt heran.

Der Wirt brachte zwei Brandys und ging dann, Iains Geld auf einem Teller, zur Kasse.

»Trink das«, sagte Iain. »Es wird dir guttun.«

Nadia nippte an ihrem Glas, hörte jedoch nicht zu zittern auf. Durch das Fenster sah sie einen Lumpensammler, der gerade mit seinem Karren vorbeizog. »Wie war dein Vormittag? Was haben sie dir im Büro gesagt?«

»Ach«, seufzte er. »Zuerst haben sie mir die üblichen unsinnigen Fragen gestellt – ob das Verhalten der chinesischen Nationalisten vorhersehbar sei, ob der Kommunismus eine Gefahr für die Region darstelle, ob Japans Kräfte im Norden gebunden werden könnten. Nichts, was ich nicht schon mehrfach beantwortet hätte.«

»Haben sie auch irgendetwas Neues angesprochen? Irgendetwas, das uns direkt betrifft?«

»Nun ja, da war schon etwas.«

»Was?«

Er zögerte. »Vielleicht ist das jetzt nicht gerade der beste Zeitpunkt, um es dir zu sagen.«

»Doch, sag es mir. Ich will es wissen.«

»Nun, die Sache ist die. Ich habe um eine Versetzung nach Hongkong gebeten. Sie haben zugestimmt. Zur Krönung im Mai soll ich bereits dort sein.«

Es folgte eine weitere Pause.

»Jetzt, da Japan immer kriegslüsterner wird, ist es von großer Wichtigkeit, dass alle Südchina-Agenten in Hongkong zusammengezogen werden.«

Schweigen.

»Hongkong«, sagte sie schließlich.

»Ja.«

»Warum?«

»Weil es dort am sichersten ist. Hongkong ist eine Kronkolonie.«

»Wann? Wann gehen wir nach Hongkong?«

»So bald wie möglich.«

»Was ist mit Izabel?«

»Was soll mit ihr sein?«

»Sie gibt einen Ball. Ich muss dort sein.«

Iain erinnerte sich, dass Izabel das erst vor kurzem eröffnete Hotel Bela Vista für den Abend des achten Mai reserviert hatte. »Wir werden am Tag nach dem Ball abreisen.«

»Am Tag nach dem Ball«, sagte sie benommen, den Blick auf einen Punkt auf dem Boden geheftet. Sie schien ganz weit weg zu sein.

»Vielleicht wird dir ein Tapetenwechsel guttun. Vielleicht hilft er dir …« Er wollte sagen *hilft er dir ja, über diese Enttäuschung hinwegzukommen,* aber er ließ diese Worte ungesagt. Stattdessen berührte er leicht ihre Hand. Er sah sie an, aber sie hörte ihm schon gar nicht mehr zu. Sie nahm ihr Glas und kippte den Brandy in einem Zug herunter.

Dann breitete sich wieder Schweigen zwischen ihnen aus. Iain erkannte an ihrem gepeinigten Blick, dass sie nicht nur an sich selbst dachte. Sie dachte an ihre Eltern und an Onkel Ewgenij.

Nadia fuhr sich mit der Hand durch die Haare und seufzte. Sie seufzte immer wieder, während sie ihren Blick jetzt auf ihr leeres Glas gerichtet hatte. Dann begann sie mit langsamen Bewegungen ihre Strickjacke glatt zu streichen.

Iain stand auf. Er ging um den Tisch herum zu ihr und nahm sie in die Arme. Ihr Mund zuckte.

»Ist schon in Ordnung«, sagte er. »Wir kriegen das hin.«

Nadia sah Iain an und wusste, dass er das ehrlich meinte. Sie fragte sich jedoch, ob er, wenn Tage, Monate und Jahre ohne ein Kind verstrichen, noch immer so aufrichtig und ehrlich zu ihr sein würde.

4

Durch das Bullauge ihrer Kabine kam endlich wieder Land in Sicht. Eine kleine Gruppe von Inseln, dunkel, grün und dicht bewaldet. »*O console dos Ladroes*«, sagte Nadia. »Das ist der Name, den die Portugiesen damals Hongkong gegeben haben – die Insel der Diebe.« Sie gingen an Deck und sahen auf das glitzernde Wasser vor der Landzunge von Chai Wan hinaus. Es würde schon bald dämmern. Eine Viertelstunde später befanden sie sich bereits im Hafen und fuhren an unzähligen Bojen, kleinen Fischerdschunken, Lateinsegelbooten, Sampans und Wallah-Wallahs vorbei. Sie hielten einander in den Armen und freuten sich, dass sie fast wieder zu Hause waren, während sie zu den smaragdgrünen Hügeln der Kronkolonie hinübersahen, die in der untergehenden Sonne leuchteten.

Nachdem sie in so vielen Häfen Anker geworfen hatten – in Alexandria, Aden, Bombay, Galle, Rangun und Singapur – waren sie jetzt nur noch sechs Fahrtstunden von Macau entfernt. Sie hatten eine anstrengende Reise hinter sich. Mit an Bord war eine Gruppe von zwanzig holländischen Holzhändlern gewesen, die ständig irgendwelche Zoten von sich gegeben hatten. Wenig angenehm war auch gewesen, dass sie sich mit den Reisenden dreier anderer Kabinen ein einziges Badezimmer hatten teilen müssen. Ihre Mitpassagiere hatten sich schon während des Tages laut und unflätig verhalten und bei Nacht, wenn sie reichlich Gin und Schnaps getankt hatten, waren sie noch lauter und unflätiger gewesen. Dennoch war es Nadia gelungen, während der Reise *Auf der Suche nach Indien* und noch zwei weitere Romane von Forster zu lesen. Nach dreißig Tagen auf See mit schwankenden Betten, festgelegten Essenszeiten, Tee mit viel Sahne, unzähligen Würsten im Teigmantel und mit Aufenthaltsräumen, die mit verstaubten Pfauenfedern dekoriert waren und in denen sie sich gefühlt hatten wie Heringe in der Dose, waren sie nun endlich fast wieder zu Hause.

Sie nahmen den Nachtdampfer und schliefen trotz der stampfenden Maschinen drei Stunden lang in den Schaukelstühlen aus Korb sitzend, mit denen ihre winzige Kabine ausgestattet war. Als sie im Morgengrauen aufwachten, stellten sie fest, dass sie nur noch eine halbe Meile vom Land entfernt waren. Ihr Empfangskomitee wartete schon, lachend und ausgelassen, am Kai auf sie. Selbst aus einigen hundert Metern Entfernung erkannte Nadia ihre Eltern und Onkel Ewgenij mit seinem wilden grauen Haar. Auch Frau Lo, Costa und Senhor Pinto waren gekommen. Sogar mehrere Vertreter des Pinto-Perera-Waisenhauses waren erschienen, um sie zu Hause willkommen zu heißen. Nur Izabel und ihre Familie fehlten.

Sobald die Taue an den Pollern festgemacht waren, gingen die Passagiere von Bord. Nadia umarmte als Erstes Mamotschka, dann ihren Vater. Papotschka war mit seinem Gehstock zwar ein wenig wacklig auf den Beinen, was ihn jedoch nicht daran hinderte, sie mit aufgeregten Fragen geradezu zu überschütten – wie es denn gewesen sei, durch den Suezkanal zu fahren, ob es in Bombay tatsächlich von Schlangenbeschwörern und Astrologen nur so wimmelte, ob sie im Roten Meer gebadet hätten, ob sie im Hotel Taj Mahal ein Curry-Gericht gegessen hätten, wie der Tee in Galle geschmeckt habe, ob es ihnen möglich gewesen sei, die Shwedagon-Pagode in Rangun zu besuchen? Ob in Europa bereits über einen möglichen Krieg gegen Deutschland gesprochen würde? Ob Russland in den Krieg eintreten würde? Nadia hatte das Gefühl, als versuchten alle gleichzeitig zu reden. Es kam ihr so vor, als hätte sie einen Chor von Kuckucksuhren vor sich.

Iain bedankte sich bei allen Anwesenden für ihr Kommen und erklärte, dass sie beide sehr müde seien und etwas Ruhe brauchten. Dann lud er alle Anwesenden zum Abendessen ein. Onkel Ewgenij nahm seinen Hut vom Kopf, um sich damit Luft zuzufächeln, und bezahlte drei Kulis, die die Koffer zum Haus transportieren sollten.

»*Kak dela?*«, fragte Nadia ihre Mutter.

»Es geht mir gut, *spasiba*.«

»Ist mit dem Haus alles in Ordnung?«, fragte Nadia, während sie in eine der Rikschas stieg.

»Ja. In den drei Monaten, die ihr fort gewesen seid, war ich jeden Tag dort und habe ein bisschen Staub gewischt und geputzt, damit alles schön sauber ist, wenn ihr wiederkommt«, sagte Mamotschka und winkte ihr hinterher, als sich die Rikscha in Bewegung setzte.

»Danke, Mamotschka. Ich sehe euch dann alle heute Abend!«, rief Nadia über die Schulter gewandt. »Und vielen Dank, dass ihr uns abgeholt habt! *Do swidanja!*«

Die Rikscha fuhr die Praya entlang. Sie hatten gerade die Bucht hinter sich gelassen, als Iain den Rikschajungen anhalten ließ. Er stieg aus und ging in eine Gasse, die von einer Reihe baufälliger Gebäude gesäumt wurde. Nadia wartete im Schatten eines ausladenden Banyanbaumes. Sie wusste, dass Iain Peter Lees Mutter besuchte.

Nadia und Iain hatten schon seit längerem ein Haus auf dem Penha Hill, direkt hinter dem Britischen Konsulat, bezogen. Man betrat das Grundstück durch ein schmiedeeisernes Tor. Die Auffahrt zum Haus führte an mehreren verkümmerten Ahornbäumen und einigen zu groß gewordenen Bambussträuchern vorbei.

Als sie das Haus betraten, ging Nadia von Zimmer zu Zimmer,

betrachtete alles, als wäre es das erste Mal. Es war ein geradezu berauschendes Gefühl für sie, wieder in den eigenen vier Wänden zu sein. Nachdem sie ihre Reisekleidung abgelegt und einen Kimono angezogen hatte, ließ sie sich aufs Bett fallen und stieß einen zufriedenen Seufzer aus. Nach der Hektik auf dem Schiff und dem Lärm am Hafen kam ihr dieses Haus jetzt wie eine Oase der Stille vor. Und im Gegensatz zu der frostigen Kälte von Dr. Goodes Praxis war es ein freundlicher, einladender Ort. Das hier, dachte sie, das ist das Paradies. Sie schloss die Augen und atmete tief aus, spürte, wie sich ihre Muskeln entspannten. Dann aber regte sich plötzlich ein brennendes, unangenehmes Gefühl in ihrer Brust. Der Umzug nach Hongkong schwebte als eine Art verschwommenes Gespenst vor ihr. Nein, sie wollte jetzt einfach nicht daran denken, dass sie all das hier bald würde hinter sich lassen müssen.

Iain duschte gerade, als das Telefon klingelte. Nadia nahm ab.

»Willkommen daheim!«, hörte sie Izabels fröhliche Stimme. »Tut mir leid, dass ich nicht zum Hafen gekommen bin. Ich musste zwei kleine Mädchen aus dem Waisenhaus zur Kirche bringen.

Aber jetzt bin ich wieder da, und Cristiano und Victor wollen dich unbedingt sehen. Dürfen wir vorbeikommen?«

»Was für eine Frage! Natürlich dürft ihr das!«

»Dann sind wir gleich bei dir.«

Die nächsten paar Minuten lehnte sich Nadia in ihre Kissen und lauschte Iains Stimme, der unter der Dusche stand und vor sich hin sang. Als er fertig war, ging sie ins Bad und bespritzte sich das Gesicht mit kaltem Wasser. Bevor sie ein leichtes Sommerkleid anzog, nahm sie das Kleingeld aus ihren Manteltaschen und steckte die Münzen und kleinen Scheine dann in einen Umschlag, auf dem *Wohltätigkeitsfonds für die weißrussischen Witwen* stand. Schließlich begann sie ihre Koffer auszupacken. Sie hängte ihre Safariblusen in den Schrank und stellte ihre Schuhe in die Ablage.

Sie hielt gerade ihre Abendschuhe und die Pantoffeln aus Satin in der Hand, als sie in der Auffahrt Stimmen hörte. Sie drehte sich um und sah Izabels Jungen, vierzehn und fünfzehn Jahre alt, die ihre Nasen gegen die Fensterscheibe drückten. »Tante Nadia!«, riefen sie und klopften dabei begeistert an die Scheibe.

Nadia lief nach draußen und schloss Izabels Söhne in die Arme. »Du meine Güte, wie groß ihr beide geworden seid! Ihr seid ja mindestens drei Zentimeter gewachsen. Wie ist denn das möglich? Ich war doch nur zwölf Wochen weg!« Nach einer kurzen Pause fragte sie dann: »Aber warum seid ihr denn nicht in der Schule?«

»Heute ist doch Sonntag«, antwortete Cristiano, der Ältere.

»Ach ja, natürlich. Wie dumm von mir.«

Izabel, die stets mit der Mode ging, trat jetzt einen Schritt nach vorn, um Nadia ihre neue Frisur vorzuführen. »Na, was hältst du davon?«, fragte sie und klimperte dabei mit den Wimpern wie ein Filmstar.

»Sieht irgendwie nach Bette Davis aus.«

»Gefällt es dir?«

»Ja, ich finde, der Schnitt steht dir wirklich gut.«

»Oh, ich bin auch sehr zufrieden damit. Ich denke, er sieht einfach *doocky* aus«, sagte Izabel sichtlich erfreut. »Das hier ist übrigens Anna, meine Cousine aus Barreiro. Ich habe dir von ihr geschrieben. Erinnerst du dich?«

Vor Nadia stand eine hochgewachsene Frau mit olivfarbener Haut und atemberaubenden, dunklen Augen. Eine schwarzhaarige Greta Garbo, das Bild dessen, was ihre Mutter eine »feurige Latina« nennen würde.

»Anna Lopes«, sagte sie und streckte ihr die Hand entgegen.

»Sie ist Krankenschwester«, erklärte Izabel.

»Freut mich, dich kennenzulernen«, sagte Nadia.

»Ebenso«, erwiderte Anna mit einem strahlenden Lächeln.

»Kommt doch bitte rein«, sagte Nadia, die sich mit einem Mal ihrer zerzausten Haare und ihres ungeschminkten Gesichts bewusst wurde.

»Hast du schon die Einladungen für den Ball gesehen?«, fragte

Izabel. Als Nadia verneinte, überreichte Izabel ihr eine elegante Karte aus dickem, hochwertigem Papier, das mit einem Prägedruck versehen war.

»Die ist wunderschön«, sagte Nadia. »Geht doch schon mal rein und macht es euch bequem. Ich mache uns Tee.«

Als sie das Haus betraten, kam Iain gerade aus dem Schlafzimmer. Er trug eine Leinenhose, hatte aber noch kein Hemd an.

»Izabel! Wie schön, dich zu sehen!«, rief er auf Portugiesisch und strich sich über die Haare, die er gerade mit Vitalis geglättet hatte. *»Como está?«*

»Gut«, sagte sie. Er gab ihr einen flüchtigen Kuss auf die Wange.

»Hattet ihr eine angenehme Reise?«

»Ja, danke …«

»Darf ich dir meine Cousine Anna vorstellen?« Nadia sah, wie Anna – die hochgewachsene, atemberaubende Anna mit der olivfarbenen Haut – mit eleganten, leichten Schritten auf Iain zuging. Sie sah, wie sie einander die Hand gaben. Iain starrte Izabels Cousine mit einem bewundernden Blick an. Nadia glaubte auch ein Funkeln in seinen Augen zu entdecken. Und wenn sie eines über ihren Mann wusste, dann, dass seine Augen niemals logen.

Ein unerwarteter Anflug von Eifersucht überkam sie. Sie entschuldigte sich und eilte in die Küche, um den Kessel mit Teewasser aufzusetzen.

Eine Minute später kam sie mit Geschenken beladen wieder ins Wohnzimmer zurück.

»Ich habe dir«, sagte sie zu Izabel, »ein paar Geschirrtücher aus irischem Leinen mitgebracht. Und du, Cristiano, bekommst einen Ochsenziemer aus Bombay von mir. Er ist aus echtem Leder. Aber sei vorsichtig, damit du deinem Bruder nicht wehtust. Für dich, Victor, habe ich diese Angel. Sie ist aus Schottland. Es ist auch eine Schachtel mit Ködern dabei. Jetzt kannst du draußen am Barra Point angeln. Ihr werdet es kaum glauben, aber ich habe in Schottland tatsächlich einen zwanzig Pfund schweren Lachs gefangen!«

»Wirklich?«, riefen die Jungen wie aus einem Munde.

»Ja. Onkel Iain war dabei. Ihr könnt ihn fragen. Es hat eine Ewigkeit gedauert, bis ich den Lachs an Land hatte.«

»Ihr hättet Nadias Gesicht sehen sollen, als wir ihn aus dem Wasser gezogen haben«, sagte Iain.

»Ich dachte, mir würden gleich die Arme abfallen.« Sie warf ihrem Mann, der sich inzwischen ein Hemd übergezogen hatte, einen verstohlenen Blick zu. Anna, die neben ihm stand, betrachtete seine Hände, während er die Manschetten zuknöpfte. Sie lächelte ihn an.

Er erwiderte ihr Lächeln.

Nadia lief plötzlich ein kalter Schauder über den Rücken. Ihre Nackenhaare stellten sich auf. Ihr Mund war mit einem Mal staubtrocken, so als hätte sie ein Päckchen alter Kekse gegessen. So hatte sie sich noch nie zuvor gefühlt.

»*Bosche moj!*«, rief sie. »Das Wasser kocht sicher schon längst. Ich gehe und hole den Tee.«

An diesem Abend aßen sie alle zusammen in einem kleinen Freiluftrestaurant, das für seine gedünsteten Knoblauchmuscheln und seine gemütliche Atmosphäre bekannt war. Bis auf Papotschka, der lieber zu Hause geblieben war und sich ausruhte, waren alle gekommen. Auf dem großen, rotweiß karierten Tischtuch standen Krüge mit Sangria blanco, Körbe mit frisch gebackenem Walnussbrot, eine Platte mit brasilianischen Saubohnen und gebratenem Schweinefleisch und eine bauchige Terrine aus Keramik, in der sich Lacassa, eine Suppe mit Shrimps und Nudeln, befand. Außerdem gab es Curry-Krabben, die mit Koriander bestreut waren, würzigen gebratenen Reis mit gesalzenem Kabeljau und natürlich die Spezialität des Hauses, köstliche Knoblauchmuscheln, die in Weißwein und Zitronensaft gedünstet und mit getoastetem *broa* serviert wurden.

Nadia konnte sich in dem großen Spiegel sehen, der an der gegenüberliegenden Wand hing. Sie fand, dass ihre Haut heute blass und fleckig aussah. Der rote Lippenstift, den sie aufgetragen hatte, wirkte in ihrem hellen Gesicht wie eine blutige Wunde. Sie rieb sich mit der Rückseite ihres Handgelenks über die Wange, spürte dabei das Narbengewebe, das sich über ihren Arm zog, an ihrem Kinn.

»Die Reise muss dich sehr ermüdet haben, Nadrischka«, sagte Mamotschka, die neben ihr saß.

»Ein wenig.«

»Du hast mir noch gar nicht erzählt, was der Doktor in Schottland gesagt hat.«

Nadia fürchtete einen Moment lang, sie könnte etwas Unüberlegtes sagen. Schließlich hatte sie dieses Thema absichtlich gemieden. Ihre Mutter wusste noch nicht einmal von dem geplanten Umzug nach Hongkong.

»Wir reden später darüber«, erwiderte sie und legte ihre Gabel auf den Teller mit Schweinefleisch, von dem sie noch keinen Bissen gegessen hatte.

Sie warf einen Blick zu Iain hinüber, der zwischen Frau Lo und Anna saß. Er erzählte schon die ganze Zeit Witze und gab gerade die Geschichte von dem Seiltänzer zum Besten, den sie in Bombay gesehen hatten. Im Laufe der letzten Jahre hatte sich sein Portugiesisch erheblich verbessert. Auch die säuselnden Zischlaute dieser Sprache waren inzwischen kein Problem mehr für ihn. Niemand machte sich mehr über seinen Akzent lustig, bemerkte Nadia. Am wenigsten Anna. Nadia bekam wieder einen trockenen Mund, die Haut in ihrem Nacken begann zu kribbeln.

Ihr Blick fiel auf Anna. Das Mädchen lachte gerade über etwas, das Iain gesagt hatte, und hielt sich dabei verschämt die Hand vor den Mund. War es ihre Schönheit, ihre Jugend, ihre Sinnlichkeit, die sie so bedrohlich fand? Nadia konnte es nicht sagen. Waren es ihre Ohren, ihre Lippen, ihre Brüste, ihre Haare? War es ihr flacher Bauch? Oder waren es diese dunklen Augen, mit denen sie ihren Ehemann unverwandt ansah? Was auch immer es war – Nadia mochte diese Frau nicht. Und jetzt legte sie auch noch die Hand auf Iains Arm!

»Iain«, sagte Nadia und versuchte auf diese Weise, seine Aufmerksamkeit auf sich zu lenken. »Erzähl doch Ewgenij von dem Fisch. Von dem Lachs, den ich gefangen habe.«

»Nicht jetzt, Liebling«, erwiderte er und würgte sie damit einfach ab.

Nadia spürte plötzlich einen heftigen Schmerz in ihrer Hand. Als sie ihre Hand ansah, stellte sie fest, dass sich ihre Fingernägel so fest in ihren Daumenballen gegraben hatten, dass sie dort vier blutige Abdrücke hinterlassen hatten. Sie runzelte verärgert die Stirn. Sie konnte jetzt beinahe hören, wie es zwischen Iain und Anna knisterte.

Nadia sah Anna böse an, warf ihr ein giftiges Lächeln zu. Anna fuhr sich daraufhin mit ihren Händen verstohlen über ihre Brust – eine Geste, ebenso verschlagen wie lustvoll. Ob das ihre Brustwarzen waren, die sich da wie Erdbeeren unter ihrem dünnen Baumwollkleid abzeichneten?, fragte Nadia sich. Was für ein Flittchen! Warum konnte sie nicht Pickel und vorstehende Zähne haben und plump wie eine Ente daherwatscheln?

Sie sah, wie Iain einen Stift in die Hand nahm und etwas auf eine Speisekarte kritzelte. Anna warf den Kopf zurück und lachte. Einen Augenblick lang hatte Nadia das Gefühl, das, was Iain da gerade geschrieben hatte, betraf sie. Nein, das ist nicht möglich, dachte sie dann, so etwas würde Iain niemals tun. Er würde sich niemals über sie lustig machen! Oder vielleicht doch? Sie war inzwischen völlig verunsichert und fühlte sich gedemütigt. Nadia spürte, dass sie rot wurde. Dennoch starrte sie die beiden weiter unverwandt an.

Nadia war entschlossen herauszufinden, was Iain da gerade geschrieben hatte. Dann aber warf Anna einen Blick in ihre Richtung, und beide Frauen starrten einander einen Moment lang an. Nadia hätte diesem blasierten Flittchen am liebsten die Augen ausgekratzt.

»Was hat Iain denn da gerade geschrieben?«

»Wie bitte?«, fragte Mamotschka.

»Auf dem Stück Papier, was steht da?«

»Was denn für ein Papier?« Ihre Mutter sah sie verwirrt an.

»Das Stück Papier, das Anna gerade unter dem Tisch hat verschwinden lassen. Diese blöde Kuh.« Jetzt sah auch Iain sie an. Ihre letzten Worte waren völlig unangebracht. Und das wusste sie auch.

»Kuh? Was für eine Kuh? Wovon sprichst du überhaupt, Nadrischka?«

»Von nichts. Es war nicht wichtig.«

Ein kalter Schauder kroch Nadia über den Rücken und hinterließ eine Gänsehaut. Sie wandte sich ab und richtete ihre Aufmerksamkeit auf das Fenster, das auf die Rua das Lorchas hinausging. Ihr Blick fiel auf ein riesiges Kinoplakat auf der anderen Straßenseite. Dort wurde für »Anna Karenina« geworben. Das war der neue Film mit Greta Garbo. Greta Garbo! Man möchte es nicht glauben, sagte sie zu sich. Verdammt, man möchte es nicht glauben!

»Zum Teufel damit!«, entschied sie. Sie nahm ihr Glas, das mit Sangria gefüllt war, und leerte es in drei großen Zügen.

Costa, der ihre plötzliche Vorliebe für Alkohol bemerkt hatte, trank ebenfalls aus. Dann wischte er sich mit der Hand über den Mund und bestellte noch eine Flasche Wein. Schon bald war der Ruf »*Slainte Mhath!*« am Tisch zu hören, gefolgt von seinem portugiesischen Äquivalent »*tchin-tchin!*« und dem russischen »*Na sdarowje!*«

Der Wein wurde in einer gut gekühlten, bauchigen Flasche serviert. Costa schenkte Nadia ein, und als sie auch dieses Glas einfach hinunterkippte, johlte er vor Begeisterung. Sein Lachen war so tief und volltönend wie das eines Riesen. Heute, so beschloss Nadia in diesem Moment, würde sie sich sinnlos betrinken.

Nach ihrem fünften Glas klopfte Nadia mit einem Löffel an die leere Flasche. »Ich habe euch etwas Wichtiges zu sagen«, erklärte sie und erhob sich von ihrem Stuhl.

Ihre Mutter sah sie erwartungsvoll an – konnte es sein, dass sie jetzt das hören würde, was sie sich schon seit so langer Zeit wünschte? Würde Nadia gleich verkünden, dass sie schwanger war? Mamotschka faltete die Hände und presste sie gespannt an ihre Lippen. Aber alle Hoffnungen, dass man im Zuhause der Schaschkows bald das Trippeln kleiner Füße hören würde, wurden bereits mit den ersten Worten zunichte gemacht.

»Es tut mir leid, wenn ihr das jetzt als ein wenig förmlich empfindet. Es mag für euch sehr überraschend kommen, aber ich muss euch sagen, dass man Iain eine Versetzung angeboten hat.« Nadia verzog den Mund, während sie sich darum bemühte, die Fassung zu bewahren. »Es ist für uns eine großartige Gelegenheit. Obwohl ich sehr traurig bin, dass ich euch und Macau, mein Zuhause, verlassen muss, hoffen Iain und ich, dass wir euren Segen bekommen. Wir werden nächsten Monat nach Hongkong ziehen, rechtzeitig zu den Vorbereitungen für die Krönung des Königs.« Sie setzte sich wieder und bereute schon in diesem Augenblick, was sie da gerade getan hatte. Verlegen und wütend auf sich selbst fragte sie sich, warum sie so grob, so kalt gewesen war – wollte sie Anna damit treffen? War dies nichts anderes als der verzweifelte Versuch gewesen, ihre Rechte auf Iain noch einmal deutlich zu machen? Etwas in ihrem Hals begann zu zittern. Die versammelte Runde war verstummt. Nadias Blick wanderte nervös über den Tisch. Dann starrte sie den Boden zu ihren Füßen an. Sie wusste, dass sie den Ausdruck auf Mamotschkas Gesicht nicht ertragen würde.

Nadia saß in der sonnigen Ecke des kleinen Innenhofs hinter dem Tabakgeschäft und hielt die zerbrechliche Hand ihres Vaters. Sein Gehstock lehnte am Bauhinia-Baum neben der Wäsche, die in der sanften Brise auf einer Leine trocknete.

Sie tippte mit der Spitze ihres linken Schuhs gegen eine der dicken, knorrigen Wurzeln, die durch das Pflaster gebrochen waren.

»Papotschka«, begann sie. »Ich muss dir etwas sagen. Etwas, was dir vermutlich nicht gefallen wird. Ich habe dir doch von Iains Arbeit erzählt und auch, dass man ihn eines Tages in ein anderes Land schicken könnte. Nun«, sie hielt kurz inne. »Jetzt ist es so weit. Iain wird nach Hongkong versetzt.« Sie spürte, wie sich die Finger ihres Vaters fester um ihre Hand schlossen.

Er schwieg eine Weile. Dann wandte er ihr sein Gesicht zu und sagte: »Deine Mutter hat es mir schon gestern Abend nach dem Essen gesagt. Aber was wird mit eurem Haus auf dem Penha Hill?«

»Das werden wir vermutlich verkaufen.« Sie zuckte mit den Schultern.

»Wann genau werdet ihr umziehen?«

Sie starrte in sein verwaschenes Gesicht, betrachtete seine bleiche Haut, die keine Sonne vertrug. »In weniger als einem Monat.«

Der alte Mann blinzelte mehrmals kurz.

»Papotschka, es tut mir wirklich weh, dich verlassen zu müssen.«

»Nadia.« Er sah ihr fest ins Gesicht, verschlang es geradezu mit den Augen. »Wir hatten neun wunderbare Jahre in Macau – etwas, an das ich nicht einmal mehr zu glauben gewagt habe, wenn man bedenkt, was mir in Russland widerfahren ist. Ich mag noch neun weitere Jahre geschenkt bekommen, oder aber auch nur neun Monate. Aber das habe nicht ich zu entscheiden. Das liegt allein in Gottes Hand. Was ich dir jedoch sagen will, ist, dass du immer an der Seite deines Ehemannes sein solltest, wenn er dich braucht. Er ist ein guter Mann, Nadia.«

»Das weiß ich.«

Ilja sah seine Tochter mit großem Stolz an. »Und aus dir ist eine großartige Frau geworden.«

»Du wirst mir fehlen, Papotschka. Bitte verzeih mir, dass ich von hier fortgehen muss.«

Er antwortete auf ihre Entschuldigung mit einem Lächeln, glättete dann mit seinen Fingerknöcheln sanft die Falten auf ihrer Stirn. »Aber warum sollen wir alle so traurig sein? Hongkong liegt doch nicht am anderen Ende der Welt. Es ist gerade einmal vierzig Meilen von Macau entfernt. Wir werden also sogar Weihnachten zusammen feiern«, versicherte er ihr. »Vielleicht können wir uns auch an den Geburtstagen sehen. Ich werde dieses Jahr zweiundsiebzig. Wir könnten ein richtig großes Fest feiern. Du würdest doch auch kommen, nicht wahr?«

»Natürlich werde ich kommen, Papotschka.« Sie legte ihm den Talisman aus Glas, den er ihr als Kind geschenkt hatte, in seine gesunde Hand. »Und bis dahin möchte ich, dass du das hier behältst.«

Ilja Schaschkow drückte das glatte Stück Glas zärtlich an seine Lippen. Tränen stiegen ihm in die Augen. »Du lieber Himmel. Ich kenne dieses Stück Glas. Du warst gerade erst fünf Jahre alt, als ich es dir geschenkt habe. Ich weiß noch, dass ich es im Fluss gefunden habe. Schau, es hat immer noch die Form einer Krone. Du hast es tatsächlich die ganze Zeit aufgehoben?«

Nadia nickte und schloss die Augen. Gab sich ihren Erinnerungen hin. Dann sagte sie mit noch immer geschlossenen Augen: »Ich habe heute Morgen ein paar Mangos aus Rangun für Onkel Ewgenij gekauft. Ich werde dir eine schälen. *Ya sichas virnus*.« Sie wollte sich von ihrem Stuhl erheben.

»Warte«, sagte er. Er versuchte seinen gelähmten Arm zu heben, der jedoch sofort wieder kraftlos an seine Seite schlug. »Noch immer so nutzlos wie ein Feuerwehrschlauch in der Wüste«, sagte er lachend. »Das sollte eigentlich eine Umarmung werden.«

»Ich werde dir helfen.« Nadia legte seinen Arm über ihre Schulter und hielt ihren Vater dann in ihren Armen, während das Sonnenlicht sanft durch die Blätter der Bauhinia fiel. Ein Schatten lag auf der einen Hälfte seines Gesichts. Nadia dachte einen kurzen Moment lang, dass er jetzt wieder wie Lionel Barrymore aussah, dem er damals, vor so vielen Jahren, geähnelt hatte.

5

Um das wunderbare Frühlingswetter auszunutzen, lud Izabel sie alle am folgenden Samstag zum Picknick nach Coloane ein. Nadia klappte zwei Liegestühle auseinander und bedeutete Papotschka, er solle sich schon einmal setzen, während Iain das Auto auslud und dann mit einem großen Weidenkorb und mehreren Decken im Arm zu ihnen kam. In dem prall gefüllten Korb befanden sich Chorizo-Sandwichs, eingelegte Shrimps, Käse, gekochte Eier, Melonen, Äpfel, Fava- und Kürbiskerne. Auch kaltes Bier und Limonade für die Jungen, die bereits zum Strand hinuntergelaufen waren, um Sandburgen zu bauen und Muscheln zu sammeln, hatten sie mitgenommen.

Sie suchten sich in der Nähe des Strandes eine geschützte Stelle auf einem Grasstreifen, der im Schatten eines Baumes lag. Ein Stück von ihnen entfernt baute gerade ein Straßenhändler neben einem Feldweg seinen Stand auf. Dort würde es später gebratene Nudeln und Erdnussklößchen geben. Der Verkäufer hatte bereits seine Markise aufgespannt und machte sich gerade jetzt daran, die Kohlen anzuzünden. Seine Frau stand neben ihm und polierte ihre Küchenutensilien aus Blech, wozu sie die Blätter eines Sandpapierstrauchs benutzte, der ganz in der Nähe wuchs. Schon bald zog der scharfe, würzige Duft von Gebratenem über die Straße, sodass allen das Wasser im Mund zusammenlief und der Magen zu knurren anfing.

Carlos hatte sich an den Stamm des Baumes gelehnt und begann jetzt auf seiner portugiesischen Gitarre zu klimpern. Anna stimmte ein Lied an und drehte dabei versonnen eine Strähne ihres Haares um ihren Finger. Ihre Stimme war klar und anrührend und strahlte wie ein safrangelber Sonnenaufgang. Anschließend schnitt Izabel eine Melone in kleine Stücke, die sie dann verteilte.

»Was war das für ein Lied, das du gerade gesungen hast?«, fragte Iain.

»Es heißt *Bella Aurora.*« Sie senkte ihre Lider mit den langen Wimpern.

»Das war wunderschön«, sagte er. Die Sonne hatte seine Haut schon ein wenig gerötet. »Immer wenn ich singe, sucht alles, was Beine hat, schlagartig das Weite.«

Nadia reichte ihm seinen Hut. »Liebling, setz den auf, sonst bekommst du noch einen Sonnenbrand.«

»Ich brauche keinen Hut«, sagte er verärgert. Offensichtlich fühlte er sich von ihr bevormundet.

Nadia ging zum Strand hinunter, wo Cristiano und Victor im Sand Fußball spielten. Während sie den Jungen zusah, steckte sie sich die Haare hoch. Dann löste sie die Frisur wieder. Schon eine Minute später steckte sie die Haare wieder hoch. Irritiert durch Iains barschen Ton verschränkte sie dann die Arme vor der Brust und starrte böse aufs Meer hinaus.

Nach einer Weile kam Mamotschka zu ihr.

»Habe ich dir eigentlich schon gesagt, dass wir einen Brief aus Amerika bekommen haben? Die Riedles haben uns geschrieben, dass sie aus Fresno in Kalifornien weggezogen sind. Dr. Riedle arbeitet jetzt wieder als Arzt. Es ist ihm sogar gelungen, seinen Sohn und seine Schwiegertochter aus Wladiwostok herauszuholen. Sie leben jetzt alle zusammen in Seattle im Staat Washington.«

»Das ist schön.«

Mamotschka atmete tief ein, so als wäre die Luft hier am Meer besonders gesund und wohltuend. Ihr Brustkorb weitete sich.

»Wir haben auch einen Brief von unseren Verwandten in Chelyabinsk bekommen. Man hat ihnen Boris, ihren geisteskranken Sohn, weggenommen und in eine Anstalt gesperrt. Offensichtlich hat einem der Parteifunktionäre sein Gesicht nicht mehr gefallen. In Russland wird es anscheinend immer schlimmer. Die politische Unterdrückung und Verfolgung hält unvermindert an. Ich weiß nicht, wie es mit der Ernährungslage aussieht, aber ich habe schon einmal ein Lebensmittelpaket für unsere Verwandten gepackt – ein paar Dosen mit gepökeltem Rindfleisch und

Suppe und solche Dinge – und ihnen außerdem auch ein wenig Geld geschickt. Ich weiß einfach nicht, was ich sonst noch für sie tun könnte.«

Nadia zuckte mit den Schultern. »Du hast getan, was du konntest, Mamotschka.«

Sie sahen zu, wie Victor den Ball trat. Der Ball sprang seitlich von seinem Fuß weg und landete im Wasser. Cristiano lief ihm hinterher.

Nadia sagte: »Ich würde Ostern im Tabakladen gern eine kleine Spendenaktion veranstalten, und außerdem möchte ich die Einnahmen dieses Tages Izabels Waisenhaus spenden. Glaubst du, dass Onkel Ewgenij etwas dagegen hat?«

»Nein, ich glaube nicht.«

»Gut. Dann werde ich ihn morgen darauf ansprechen.« Nadia bückte sich und grub ihre Finger in eines der Krabbenlöcher im Sand.

»Papotschka sieht gut aus! Findest du nicht auch?«, sagte ihre Mutter.

»Ja, sehr gut.«

»Ich glaube, das warme Klima hier bewirkt bei ihm wahre Wunder. Seine Arthritis hat sich deutlich gebessert. Seine Beine sind bei weitem nicht mehr so steif. Manchmal kann er sogar auf seinen Stock verzichten. Dieser Kräuterkundige in der Rua da Palha hat ihm wirklich sehr geholfen. Erinnerst du dich noch an ihn?«

»Ja, ich erinnere mich«, sagte Nadia. »Wir waren letztes Jahr bei ihm« – und das hat mir verdammt viel genützt, fügte sie in Gedanken hinzu. Der Schock, den Dr. Goodes Diagnose bei ihr ausgelöst hatte, hatte wochenlang angehalten. Zuerst hätte sie sich am liebsten einfach irgendwohin zurückgezogen und nur noch geweint, hätte sich am liebsten stundenlang im Bett verkrochen. Ihre Gefühle verwandelten sich jedoch bald in Ablehnung, die eine weitere Woche andauerte. Im Augenblick befand sie sich in der von Zorn und Verzweiflung gekennzeichneten Phase der sieben Stadien der Trauer. Sie suchte gerade nach jemandem, dem sie die Schuld an allem geben konnte.

Mamotschka fuhr fort. »Dieses Stärkungsmittel, das Papotschka jeden Tag zu sich nimmt, hat Wunder gewirkt.«

»Was ist denn in dem Mittel?«

»Weiße Pfingstrosenwurzel, Seerinde, Papaya und Gott weiß, was sonst noch. Ich gebe ihm außerdem Weißdornwurzel, das fördert die Durchblutung, und ich koch ihm regelmäßig einen Sud aus Katzenminze und Heidelbeere. Ist dir schon aufgefallen, dass sich sogar sein grauer Star ein wenig gebessert hat?«

»Ja, das habe ich bemerkt. Du bist inzwischen also zu einer glühenden Verfechterin der Kräutermedizin geworden?«

»*Wsekomu owoschtschu swojo wremja* – jedem Gemüse seine Zeit.« Mamotschka hüstelte, bevor sie fortfuhr. »Er braucht dich sehr, weißt du?«

»Wer?«

»Papotschka. Sein Zustand wird sich sicher wieder verschlechtern, wenn du fortgehst.« Sie seufzte. »Und ich weiß wirklich nicht, was aus dem Geschäft werden soll … und aus mir. Ich verbringe so viel Zeit damit, mich um deinen Vater zu kümmern, dass ich langsam das Gefühl habe, keine eigene Identität mehr zu haben. Ich höre ständig nur noch: ›Hol dies, hol das, bring dies, bring das.‹«

Sie betrachteten die Wellen, die an den Strand rollten, spürten, wie sie sanft ihre Knöchel umspülten.

Sie schwiegen beide eine Weile. Schließlich begann Mamotschka wieder zu sprechen. »Nadrischka«, sagte sie. »Du führst hier doch ein ruhiges und angenehmes Leben. Iain ist zufrieden, und du bist es auch. Musst du wirklich von hier fortgehen?«

Nadia hatte nichts anderes erwartet. Sie wusste, dass ihre Mutter sie nicht gehen lassen wollte. »Ich muss dahin gehen, wo auch Iain hingeht.«

»Ich habe gehört, dass man es als Russin in Hongkong nicht gerade leicht haben soll.«

»Ich bin schon seit Jahren Bürgerin von Macau. Und durch meine Ehe mit Iain habe ich jetzt auch die britische Staatsbürgerschaft.«

»Darum geht es doch gar nicht. Die Engländer sehen uns Russen einfach nicht als gleichwertig an.«

»Die Engländer sehen niemanden als gleichwertig an.«

»Ich habe gelesen, dass in Hongkong ständig Leute entführt werden, dass dort die Cholera grassiert und … und Mücken schlimme Krankheiten verbreiten.«

Nadia schüttelte den Kopf. »Mamotschka, du weißt genauso gut wie ich, dass das nicht stimmt.«

»Warum musst du gehen?«

»Weil ich mit Iain verheiratet bin und weil es ihn glücklich macht.«

»Und was ist mit dir? Wird es dich auch glücklich machen?«

»Mir geht es gut, Mamotschka.« Nach einer Pause fügte sie hinzu: »Abgesehen davon, hilft das Aspirin gegen die Schmerzen.«

Nach dem Mittagessen und einem kurzen Nickerchen beschlossen alle außer Papotschka und Onkel Ewgenij, einen Spaziergang am Strand entlang zu machen. Die beiden alten Männer dösten, ihre Strohhüte auf dem Kopf und ein Lächeln auf dem Gesicht, weiter in ihren Liegestühlen vor sich hin.

Anna und Nadia spazierten nebeneinander über den Strand. Anna bückte sich, um ihre Hände ins Wasser zu tauchen. Sie sah aufs Meer hinaus und fragte Nadia, ob sie nicht ein bisschen schwimmen wolle.

»Vielleicht nachher«, erwiderte Nadia. »Ich denke, ich sollte erst einmal einen kleinen Verdauungsspaziergang machen.« Sie gingen weiter am Strand entlang. Es war offensichtlich, dass sie beide krampfhaft versuchten, höflich miteinander umzugehen. Nadia fühlte sich trotzdem sehr unbehaglich. Nach einem kurzen Schweigen sagte sie: »Du bist also Krankenschwester?«

»Ja.«

»Macht es dir Spaß?«

»Was? Meine Arbeit?« Anna klang abwehrend.

»Ja! Macht es dir Spaß, als Krankenschwester zu arbeiten?«

»Es ist ganz in Ordnung.«

»Ich finde es erstaunlich, dass dich noch kein Arzt zum Altar geführt hat.«

Nadia fragte Anna nicht, warum sie nach Macau gekommen war. Ob sie vor irgendetwas davongelaufen war – vor einer kaputten Beziehung, einem gebrochenen Herzen? War sie zu Hause in Portugal von einem Mann verschmäht worden? Hatte sie zu Hause nur Unheil angerichtet und hatte man sie deshalb aus der Stadt gejagt? So gern Nadia ihr all diese Fragen auch gestellt hätte, sie hielt lieber ihren Mund.

»Ich interessiere mich nicht für Ärzte«, sagte Anna und wandte den Blick ab. Sie machte ein finsteres Gesicht und wirkte gedankenverloren. »Oder für das Heiraten«, fügte sie hinzu. »Ich bin glücklich, so, wie es ist. Ich fühle mich durchaus wohl in meiner Haut.« Sie waren jetzt am Ende des Strandes angelangt. Bis auf den Stand des Straßenhändlers und einen mageren streunenden Hund lag die Szenerie verlassen vor ihnen.

»Nun, vielleicht lernst du ja auf dem Ball einen netten Mann kennen.« Sie lächelten sich sparsam an.

Sie kehrten um und gingen, begleitet vom leisen Klatschen der Wellen, dieselbe Strecke wieder zurück. »Dein Badeanzug gefällt mir«, sagte Anna jetzt mit zuckersüßer Stimme.

»Es freut mich, dass er deine Zustimmung findet«, erwiderte Nadia. Es war ein »Ladies Uplifter«, figurbetont geschnitten und mit Schulterträgern, die sich zum Sonnenbaden herunterstreifen ließen. Sie hatte ihn bei Whiteley's in London gekauft.

»Wenn man bedenkt, dass er für eine viel jüngere Frau gedacht ist, trägst du ihn wirklich mit Fassung.«

Nadia blieb wie angewurzelt stehen. Sie öffnete den Mund, um zu protestieren, aber Anna hatte sich schon umgedreht und rannte, irgend etwas Unverständliches vor sich hinmurmelnd, auf Victor und Cristiano zu.

Nadia wusste nicht, wie sie reagieren sollte. Wollte Anna sich über sie lustig machen? Hatte sie sie vor den Kopf stoßen wollen? Oder war das nur ein geschmackloser Witz gewesen? Nadia schüttelte den Kopf. Dann packte sie glühender Zorn. »*Bosche moj*!«, zischte sie. »So eine Unverschämtheit!« Sie spürte, wie sich die Muskeln in ihren Schultern zu harten, faserigen Knoten verspannten. Als sie jetzt zu Anna hinübersah, die mit ihren kleinen Cousins herumalberte, als wenn überhaupt nichts gewesen wäre, verfinsterte sich ihr Gesicht zusehends. Sie hätte ihr am liebsten einen Tritt in den Hintern versetzt. »So eine verdammte Frechheit!« Sie stapfte wütend mit dem Fuß in den Sand und ging dann mit großen Schritten ins Meer hinein, bis sie knietief im Wasser stand. Sie hielt sich die Nase zu, machte einen Hechtsprung und tauchte in die Wellen ein.

Sie schwamm zwanzig Minuten lang ohne jede Pause. Sie schwamm, bis ihre Arme schmerzten und ihr Herz raste. Sie ging bis an die Grenze ihrer Leistungsfähigkeit, nur um diese Angst, die sie ergriffen hatte, zu vertreiben.

Der Himmel über ihr wurde allmählich bewölkt. Die Sonne, die gegen Mittag noch strahlend hell am Himmel gestanden hatte, hatte sich, wie dies in den Tropen durchaus nicht ungewöhnlich war, im Laufe des Nachmittags hinter einer grauen Wolkendecke versteckt. Am Horizont ballten sich die ersten Gewitterwolken zusammen und bildeten seltsame schwarze Muster am Himmel. Ohne sich um das heraufziehende Unwetter zu kümmern, ließ sich Nadia auf dem Rücken liegend treiben, lauschte dem Wogen und Branden des Meeres, spürte dabei, wie die Gezeiten an ihren Armen und Beinen zerrten und zogen. Sie blieb fast eine ganze Stunde lang im Wasser, während sie krampfhaft versuchte, ihr inneres Gleichgewicht wiederzufinden.

Sie hatte Iain, der am Strand entlangspazierte und Muscheln sammelte, die ganze Zeit im Blick. Dicht hinter ihm ging Anna, die ihm wie ein wunderschönes Äffchen mit purpurfarbenem Hintern folgte und ihm alles nachmachte. Nur wenige Minuten zuvor hatte sie mitansehen müssen, wie ihr Ehemann Anna im Meer in den Armen gehalten hatte, die eine Hand auf ihrem flachen Bauch, die andere auf ihrem Rücken, und ihr das Schwimmen beibrachte. Sie hatte mit ihren langen Beinen herumgestrampelt und herumgezappelt wie eine junge Gazelle.

Ein tiefes Grollen rollte jetzt über den Himmel, und nur wenige Augenblicke später begannen dicke Tropfen auf das Meer herunterzuprasseln. Nadia verließ so schnell wie möglich das Wasser, während Carlos weiter mit seinen Söhnen Fußball spielte und Onkel Ewgenij und ihr Vater unter dem Baum Schutz gesucht hatten und ihre Strohhüte als Regenschirme verwendeten. Anna, Izabel und Iain drängten sich auf der anderen Straßenseite, begleitet von lautem Lachen, eng unter der Markise des Straßenhändlers zusammen.

Nadia holte tief Luft und zählte bis zehn.

Iain hatte seine Arme um beide Frauen gelegt, während das Wasser auf beiden Seiten der Markise herabströmte. Izabel und Anna kicherten laut. Obwohl sie sichtlich ein wenig fröstelten. Als Nadia Anna ansah, glaubte sie zu sehen, dass diese ihr zuzwinkerte. Die Adern an ihrem Hals begannen wieder zu pulsieren, und auch die Muskeln in ihren Schultern verkrampften sich wieder.

Nadia atmete tief aus. Gott sei Dank, sagte sie sich und hielt dabei ihre Hände schützend vor die Stirn, damit ihr der Regen nicht in die Augen lief: Gott sei Dank ziehen wir bald nach Hongkong.

Zu Hause behandelte Nadia dann erst einmal Iains Sonnenbrand mit Kamillenwasser und Gurkenstreifen. »Ich habe dir doch gesagt, dass du einen Hut aufsetzen sollst«, sagte sie.

Iain schloss die Augen und stöhnte. Er lag, nur mit seiner Unterwäsche bekleidet, auf dem Bett.

»Wenn du das nächste Mal nicht vorsichtiger bist, bekommst du noch Blasen.«

Er setzte sich langsam auf und fing dabei die Gurkenstreifen auf, die von seinem Gesicht herunterrutschten. »So schlimm ist es nun auch wieder nicht.«

»Du hast heute ganz schön angegeben.« Als sie das sagte, wurde der Schmerz in ihrem Bauch wieder stärker. Sie hatte an diesem Abend ihre Periode bekommen. Wieder war ein Monat vergeblichen Hoffens vorbei. »Du bist herumstolziert und am Strand auf und ab gerannt wie ein Teenager.«

»Wann soll das gewesen sein?«

»Ich habe dich dabei beobachtet, wie du mit den Jungen Fußball gespielt hast. Du hast dabei die ganze Zeit den Bauch eingezogen.«

Er zuckte mit den Schultern und gab ein kehliges Geräusch von sich.

»Du bist neununddreißig Jahre alt, Iain. Es wäre bestimmt nicht verkehrt, wenn du dich manchmal deinem Alter entsprechend benehmen würdest. Du musst niemandem mehr etwas beweisen.«

»Ich weiß nicht so recht, wo diese Unterhaltung hinführen soll«, sagte er.

»Sie ist sehr hübsch, nicht wahr?«, sagte Nadia nach einer Weile.

»Wer?«

»Anna.«

»Um ehrlich zu sein, darauf habe ich nicht geachtet.«

»Du hast nicht darauf geachtet?« Nadia beugte sich ein Stück nach vorn und forschte in seinem Gesicht. »Du lügst.«

»Ich lüge nicht.«

»In deinem Beruf bezahlt man dich dafür, zu lügen und Geheimnisse zu wahren.«

Iain schüttelte verärgert den Kopf. »Aber ich bin jetzt nicht bei der Arbeit, oder? Ich bin zu Hause und versuche, mein Wochenende zu genießen.«

»Du hast mich damals mit Lazar angelogen. Wie kann ich sicher sein, dass du es jetzt nicht wieder tust?«

»Nun, weil ich es eben nicht tue!«

Nadia sah zum Frisiertisch hinüber, wo ihre Tabletten lagen. Sie hasste es, sich so verletzlich und unsicher zu fühlen. »Wie kann es sein, dass Anna ihr ganzes Leben in Portugal verbracht hat, ohne je schwimmen zu lernen?«

»Vielleicht stammt sie nicht von der Küste.«

»Barreiro liegt wohl kaum in den Bergen, oder?«

»Woher soll ich das denn wissen?«

Wieder kündigte sich einer dieser Unterleibskrämpfe an. Wenn sie ihre Regel hatte, war ihr normalerweise die ganze Zeit übel und sie war ständig müde. Jetzt aber hatte sie das Gefühl, als würde sie von Messerstichen durchbohrt. »Es überrascht mich, dass du sie nicht gefragt hast. Du scheinst sehr interessiert an allem zu sein, was sie tut, schreibst ihr kleine Botschaften und…«

»Ich schreibe kleine Botschaften? Wovon redest du eigentlich?«

»Du hast ihr letzte Woche etwas auf die Speisekarte geschrieben.«

Er schüttelte den Kopf. »Welche Speisekarte?«

»Du magst sie, nicht wahr?«

»Um Himmels willen, hör jetzt bitte auf!«

Nadia stand auf, öffnete ein Tablettenröhrchen und nahm ein Aspirin, das sie mit einem Glas Wasser hinunterspülte. Ihr Herz klopfte ihr bis zum Hals hinauf. Das Blut hinter ihren Augen, die sich fiebrig anfühlten, floss dick und zähflüssig dahin. Sie ging zum Fenster und zog die Rollläden zu.

Iain verschränkte die Hände hinter dem Kopf und starrte ein paar Sekunden schweigend die Wand an. Dann schaltete er das Licht aus und kehrte ihr den Rücken zu. Normalerweise kuschelte er sich immer an sie, seine Knie in ihren Kniekehlen. Heute Nacht aber schlief er zur anderen Seite hin.

Keiner von beiden wünschte eine gute Nacht.

Nach langem Schweigen legte Nadia sich hin und überprüfte noch einmal, ob die Binde zwischen ihren Beinen richtig saß. Sie begann bereits zu bluten. Ihre Brüste waren empfindlich, und in ihrem Innern spürte sie weiter diesen brennenden, bohrenden Schmerz. Sie verstrich etwas Yamsbalsam auf ihrem Bauch und versuchte dann die Schmerzen wegzumassieren. Während sie sich der Dunkelheit hingab, lauschte sie dem Wind. Es regnete noch immer. Mit einem Mal spürte sie den überwältigenden Drang, irgendetwas zu putzen. Sie stand auf und begann den Boden in der Küche zu schrubben.

6

Der Tag des Balls war gekommen. Das Parkett des Hotels Bela Vista war auf Hochglanz gebracht worden und auch die Kristalllüster schimmerten in üppigem, wässrigem Luxus. Ein Dutzend Tische waren mit Tischtüchern aus Leinen und Spitze, mit Silberbesteck von Sheffield und mit wertvollen Baccarat-Gläsern gedeckt. An jedem Tisch standen acht Stühle aus Rosenholz, ein jeder von ihnen mit einem hellgelben Damastkissen versehen.

Nadia traf bereits wesentlich früher ein, da sie Izabel angeboten hatte, sich um die Sitzordnung, die Blumenarrangements, die Gastgeschenke und die Versteigerung zu kümmern. Sie trug ein schwarzes Abendkleid mit schmaler Taille und eng anliegenden Ärmeln, dazu nagelneue Schuhe. Sie zog die noch unbequemen Schuhe jedoch aus, bevor sie sich an die Arbeit machte. Zuerst stellte sie auf jeden Tisch einen Tafelaufsatz aus Orchideen. Als Nächstes verteilte sie Masken aus Papier und in Folie gewickelte Schokolade zwischen den Gedecken. Nachdem sie dafür gesorgt hatte, dass den Gästen ausreichend Zigarren aus dem Tabakladen zur Verfügung standen, machte sie sich daran, die Platzkarten der Sitzordnung entsprechend aufzustellen.

Sie selbst würde zwischen einem hiesigen Hotelier und dem Herausgeber der Lokalzeitung, einem Mann namens Rodrigues, sitzen. Iain platzierte sie an den Tisch Nummer eins zwischen Izabel und der Frau des Gouverneurs, Senhora de Bousa Barbossa. Anna setzte sie so weit von Iain weg, wie es der Saal überhaupt zuließ, an den Tisch mit der Nummer zwölf.

Nachdem sie alles erledigt hatte, kontrollierte Nadia noch einmal ihr Make-up in einem der hohen, goldgerahmten Spiegel.

Dann strich sie ihr Kleid mit den Händen glatt. Sie warf einen Blick auf ihre Uhr. Es war an der Zeit, die Auktionskataloge zu verteilen. Sie legte auf jeden Stuhl ein Exemplar. Dann ließ sie ihren Blick über die ersten sechs Angebote schweifen. Da war zunächst einmal ein kleines Aquarell des Künstlers George Chinnery, welches der Gouverneur höchstpersönlich gespendet hatte. Dann zwei Eintrittskarten für eine Vorstellung von La Traviata im Dom-Pedro-V-Theater, ein Paar Manschettenknöpfe aus Jade und Onyx, ein handgeschnitztes Modell einer chinesischen kaiserlichen Dschunke aus philippinischem Mahagoni, ein Festessen für vier Personen im Foo Lum Noodle Cafe, und – Nadia musste unwillkürlich lächeln – ein Gutschein für einen Unterricht im Schottischen Tanz, der von Herrn Iain Sutherland erteilt werden würde.

Nadia legte eine Schallplatte, eine 78-er von Jimmy Mackay, auf Iains Gebotsblatt, dann ging sie quer durch den Saal, um ihre Schuhe zu holen.

Pünktlich um sechs Uhr trafen die ersten Gäste ein. Sie nahmen ihre Drinks von einem Silbertablett entgegen und gingen dann auf die luftige Veranda, die auf die Praya hinaussah und von mehreren großen Gartenfackeln erleuchtet wurde. Frauen in eleganten Abendroben streiften einander im Vorbeigehen. Betraten und verließen den Saal, begrüßten einander mit einem Händeschütteln oder einem kleinen Küsschen, wobei sie die Namen der ihnen vorgestellten Personen rasch wieder vergaßen, während sie wie Schmetterlinge von einer Gruppe von Gästen zur nächsten flatterten. Seide raschelte an Chally vorbei, Batist berührte Tüll, Haut liebkoste Haut. Schon bald wurden die ersten Flaschen entkorkt, Gläser mit Wein gefüllt. Die Bar wurde gut besucht. Um viertel vor sieben begann die Jazzband sich einzuspielen.

Die Kellner trugen auf großen Platten eine Auswahl an Kanapees herein: in Speck gewickelte Austern, gebratene Kalamares, gefüllte Wachteleier, Würstchen in Blätterteig. Der Saal füllte sich zusehends mit weiteren Gästen.

Senhor Pinto entdeckte Nadia und schob sich, die kurzen Arme hoch in die Luft gereckt, durch das Gedränge, um sie mit einem Kuss auf die Wange zu begrüßen. »Wie geht es Ihnen, meine Liebe?«, fragte er und musste dabei schreien, um den Lärm zu übertönen.

»Danke, gut.«

»*Fantastico*«, sagte er und faltete die Hände. »Hier ist ganz schön was los, hm?« Er warf ihr ein Stan-Laurel-Lächeln zu und kratzte sich am Scheitel.

Auf der Veranda erhob sich plötzlich lautes Gelächter, ergoss sich wie ein Fluss, der über seine Ufer tritt, in den Saal.

»Vielleicht sollten wir auch nach draußen gehen«, sagte Pinto. »Dort bekommen wir ein wenig frische Luft und können an dem Spaß teilhaben.«

Sie kämpften sich nach draußen durch. Nadia sah Iain, der sich angeregt mit einem Mann unterhielt, der in der feinen Gesellschaft Macaus als »Grande Daddy« bekannt war – sie sprachen gerade über Fußball und die bevorstehende Weltmeisterschaft, die in Frankreich stattfinden sollte. Nadia entschuldigte sich bei Senhor Pinto und ging dann nach drinnen, um zu sehen, wie die stille Auktion lief. Sie ließ ihren Blick an den Konsoltischchen entlangwandern. Bis jetzt hatte erst ein Gast zweihundert Patacas für das Aquarell von Chinnery geboten, aber es gab schon neun Gebote für die Manschettenknöpfe aus Jade und Onyx. Sie wollte sich schon umdrehen, um wieder nach draußen zu gehen, als sie sah, dass jemand seinen Namen auf Iains Gebotsblatt gekritzelt hatte. Du meine Güte, dachte sie lächelnd, da hat doch tatsächlich jemand ein Gebot für schottische Tanzstunden abgegeben.

Sie senkte den Kopf, um zu lesen, welcher Name und welche Summe dort stand.

Anna Lopes – fünfzehn Patacas.

Sie spürte, wie sich ihre Schultern verspannten. Hastig nahm sie den Stift und trug ihren Namen und die Summe von achtzehn Patacas ein.

Dann machte sie sich auf die Suche nach Iain. Sie fand ihn zusammen mit Costa. Beide waren in ein Gespräch mit dem Generalkonsul von Japan vertieft.

»Ich kann Ihnen versichern, dass Nippon keinerlei Absicht hat, in Südchina einzumarschieren«, sagte der Generalkonsul gerade.

»Wie können Sie das behaupten?«, erwiderte Iain. »Ich weiß aus gesicherter Quelle, dass die japanische Armee in Fengtai in der Nähe von Peking große Truppenübungsplätze angelegt hat. Ihre Streitkräfte bereiten sich auf einen Krieg vor, das können Sie doch nicht leugnen.«

»Versuchen Sie mich zu provozieren?!«, rief der Diplomat verärgert.

»Nicht mehr, als Sie versuchen, andere zu provozieren.«

Nadia sah Costa an. »Wie geht's?«, fragte sie. »Viel zu tun?«

»*Deus*! Ich hatte noch nie so viel zu tun wie jetzt! Da Vermelho jetzt nach Hongkong geht, hat er alles mir übergeben. Ich ersticke fast im Papierkram!«

Ein Gong ertönte, und die Gäste nahmen ihre Plätze für das Dinner ein. Kurz darauf wurde auch schon die Vorspeise serviert. Rodrigues, der Zeitungsmensch, der rechts neben Nadia saß, ließ sich seine gebackenen Garnelen und den Zitrus-Fenchel-Salat sichtlich schmecken.

Um zwanzig Uhr hielt dann Senhor Pinto im Namen des Aufsichtsrates des Waisenhauses eine Rede und dankte allen für ihre Unterstützung und ihre Großzügigkeit. Er wünschte den Gästen viel Vergnügen und bat sie, zugunsten der Kinder tief in die Tasche zu greifen.

Als er sich setzte, vernahm Nadia forsche Schritte, die über die Tanzfläche klapperten. Sie drehte sich um und sah Anna, in einer Hose, wie sie auch Katherine Hepburn in ihren Filmen oft trug, und einer frischen, weißen Bluse, auf das Tischchen mit Iains Gebotsblatt zustreben.

Kurze Zeit später entschuldigte sich Nadia bei Senhor Rodrigues, mit dem sie sich gerade unterhalten hatte, und eilte zu dem Tischchen, um ihr Gebot auf sechsundzwanzig Patacas zu erhöhen.

»Ist mit Ihnen alles in Ordnung, Senhora?«, fragte Rodrigues, als sie an ihren Platz zurückkehrte. »Sie wirken so nervös.«

»Es geht mir gut«, entgegnete sie ihm barsch.

»Ich habe gerade gesehen, dass der japanische Generalkonsul den Ball vorzeitig verlassen hat. Hat Sie das so verärgert?«

»Bosche moj!« Nadia schüttelte den Kopf. Sie sah zu Iain hinüber. Ein selbstzufriedenes Lächeln lag auf seinem Gesicht.

Zehn Minuten später hörte sie erneut Annas forsche Schritte über die Tanzfläche klappern.

Nadia nahm ihre Dessertgabel und begann sich mit den scharfen Zinken geistesabwesend über die Rückseite ihres Daumens zu fahren.

»Mmmgoy«, verkündete plötzlich eine Stimme hinter ihr. *»Perdoe-me.«* Nadia legte die Gabel an ihren Platz zurück. *»Galinha a Africana«*, sagte der Kellner und stellte einen Teller mit gewürztem, gebratenen Hühnchen und in Butter geschwenkten Karotten vor sie auf den Tisch.

Nadia trank einen kleinen Schluck Wein und stocherte lustlos in ihrem Essen herum. Schließlich aß sie doch ein wenig Gemüse.

Als die Hauptgerichte abgetragen waren, entschuldigte Nadia sich erneut bei ihrem Tischnachbarn. Trotz ihrer unbequemen neuen Schuhe schwebte sie mit hoch erhobenem Kopf geradezu über das Parkett. Diesmal lautete ihr Gebot vierunddreißig Patacas.

Iain warf ihr einen merkwürdigen Blick zu, als sie an seinem Tisch vorbeiging. Er stand auf und kam auf sie zu.

»Nadia, ich weiß ganz genau, was hier vor sich geht«, sagte er. »Du spielst ein kindisches, und, wie ich hinzufügen möchte, auch ein kostspieliges kleines Spiel mit Anna.«

»Ich finde es nicht kindisch.«

»Was willst du damit beweisen?«

»Ich will überhaupt nichts beweisen. Ich will einfach nur den Highland Fling lernen.«

»Den kann ich dir auch zu Hause zeigen.«

»Ich weiß ja nicht, welche Art von Honorar du von mir verlangst. Hier kann ich mir wenigstens sicher sein, dass mein Geld einem guten Zweck dient.«

»Lieber Himmel, Nadia. Du bist meine Ehefrau. Glaubst du tatsächlich, ich würde von dir verlangen, dass du mich für ein paar alberne Tanzstunden bezahlst?«

»Nun, du bist schließlich Schotte.«

Sie setzte sich mit einem Lächeln auf dem Gesicht wieder an ihren Tisch.

Das Ganze ging fast zwei Stunden so weiter, so lange, bis Izabel Nadia bat, mit ihr gemeinsam einen Blumenstrauß zu überreichen. Der Strauß – eine fantastische Kreation aus Tigerlilien, Gartenwicken, Geißblatt und langstieligen Rosen – war für Senhora de Sousa Barbossa bestimmt. Der Gouverneur hatte gerade verkündet, dass die De-Soussa-Barbossa-Stiftung dem Waisenhaus eine Spende von fünfundzwanzigtausend Patacas hatte zukommen lassen, woraufhin spontaner Applaus aufgebrandet war.

Als Nadia endlich wieder Zeit fand, zu den Konsoltischchen zu gehen, war die stille Auktion bereits beendet. Das Siegergebot für Iains heiß begehrte Tanzstunden lautete:

Anna Lopes – hundert Patacas.

Nadia hätte vor Wut am liebsten laut geschrien.

7

Ein wahrer Konfettiregen ging auf Hongkong nieder und bedeckte die mit Säulen versehenen viktorianischen Gebäude und die Boulevards der Stadt mit Papierschnitzeln. Entlang der Des Voeux Road standen mehrere Reihen von Soldaten Spalier. Überall um sie herum wehten Wimpel, Fähnchen und Banner, an glänzenden Balustraden aus Granit hingen bunte Lichter, um ionische Säulen und koloniale Türmchen wanden sich unzählige rote und goldene Bänder, und riesige Gestelle aus Bambus waren mit Blumen und Papierlaternen geschmückt. Es war ein heißer Mittwoch im Mai, der Tag, an dem Georg VI. zum König gekrönt wurde.

Eine Blaskapelle in der Uniform des Middlesex Regiments spielte »It's a Long Way to Tipperary«. Flaggen und Spruchbänder flatterten im Wind, und Hunderte von Menschen schwenkten begeistert den Union Jack.

Nadia und Iain hatten nur noch ganz hinten in der Menschenmenge einen Platz gefunden. Sie waren auf Stühle geklettert und winkten jetzt, umgeben vom unglaublichen Krach von Knallfröschen und Autohupen und dem Geschrei der begeisterten Menschenmenge, allem und jedem fröhlich zu. Wohin sie ihren Blick auch wandten, es gab überall etwas zu sehen. Auf den Drachenbooten im Hafen wurden riesige Feuerräder entzündet. Kinder schlugen auf Trommeln aus Blech. Die Leute lachten und sangen. Nadia hörte die Glocken der vorbeifahrenden Straßenbahnen, deren Seiten ein »God Save the King« schmückte. Am Clocktower zogen Truppen von Akrobaten vorbei, schlugen Saltos und liefen auf den Händen. Und unten am Kai erwachte der silberne Drache der Fischergilde zum Leben, als Lady Caldecott, die Frau des Gouverneurs, seine Augen mit schwarzen Tuschepunkten versah. Iain erklärte Nadia, dass es Brauch sei, dass eine Person von Rang und Namen die Feierlichkeiten eröffnete, indem sie dem Tier symbolisch das Augenlicht schenkte.

Der Drache besaß einen Kopf so groß wie ein Schrank. Die Tänzer an der Spitze, die enge Beinkleider aus Seide trugen, hielten ihn mit Hilfe von Streben, die wie Zeltstangen aussahen, in der Luft. Seinen Rumpf schätzte Nadia auf mehr als fünfundzwanzig Meter. Er war über und über mit silbernen Borten und königsblauem Brokat geschmückt. Nadia musste bei seinem Anblick unwillkürlich an den Löwentanz denken, den sie und Izabel sich vor zehn Jahren angesehen hatten. Sie reckte den Hals, als die Truppe von Akrobaten sich durch die vielen kleinen Gassen wand – während Tausende von Menschen, die Becken und Gongs schlugen, dem Drachen auf seinem Weg folgten.

Als der Drache außer Sicht war, ließ Nadia den Blick langsam zu den Galerien des Gerichtsgebäudes hinaufschweifen. Sie sah vornehme Damen, die in der einen Hand einen Sonnenschirm und in der anderen einen Fächer hielten, während die Männer Tropenhelme trugen oder sich weiße Taschentücher um den Kopf gebunden hatten. Mit fleckigem Gesicht und wässrigen Augen tranken sie auf ihren viktorianischen Veranden schwarzen Tee und ließen silberne Tabletts mit delikaten Sandwichs herumgehen.

Kurz darauf betrat der Gouverneur, Seine Exzellenz Andrew Caldecott, eine Plattform am Kai. Er war von hohen Militärs, die allesamt ihre Galauniform trugen, umgeben. Er selbst trug einen Anzug aus cremefarbenem Leinen und einen Hut mit Straußenfedern. Als er die Anwesenden begrüßte und sie zum heutigen historischen Anlass willkommen hieß, rief plötzlich jemand mit lauter Stimme: »Und was ist mit den Japanern?« Nadia spürte, wie sich die Stimmung daraufhin ein wenig veränderte. Ihr war bekannt, dass Hongkong das Hauptquartier des britischen Flottenstützpunktes in diesem Teil der Welt war. Und auch wenn die wachsenden Spannungen zwischen Japan und China der Kolonie Wohlstand bescherten – ein Wohlstand, der daraus resultierte, dass der Frachtverkehr nach Schanghai zum größten Teil nach Hongkong umgeleitet wurde und sich die Einwohnerzahl der Stadt in wenigen Monaten fast verdoppelt hatte, da sowohl arme als auch reiche Chinesen vom Festland hier Zuflucht suchten –, spürte doch jeder, wie explosiv die Lage geworden war.

Später wurde Nadia dann anlässlich eines Cocktailempfangs in der britischen Kaserne mehreren Offiziersfrauen vorgestellt, die ihr bestenfalls mit mildem Desinteresse begegneten. Einige von ihnen zeigten sich ihr gegenüber so kalt und abweisend, dass sie hätte schwören können, Raureif auf ihren Lippen zu sehen. Andere wiederum starrten sie nur mitleidig an. Dann stellte man sie einer gewissen Lady Hoarde vor.

»Ist dies Ihr erster Auslandsaufenthalt?«, fragte Lady Hoarde, eine grobschlächtige Frau unbestimmten Alters, die aussah wie ein Mops in einem geblümten Kleid. »Frisch vom Bananenboot, nicht wahr? Nehme an, dass Sie in Southampton ausgelaufen sind.«

»Also, ich…«, begann Nadia.

»Name des Ehemanns?«

»Sutherland«, antwortete Nadia in ihrem besten Englisch. »Er ist der leitende Beamte im Passkontrollamt.«

Lady Hoarde schniefte, so als wäre dies ein völlig unbedeutender Posten. »Habe noch nie von ihm gehört. Aber keine Sorge, Sie werden sich in kürzester Zeit hier eingewöhnen.« Sie winkte herrisch einen der Kellner zu sich und ließ sich einen Gin mit Limone bringen. Dann drehte sie sich wieder zu Nadia um und bellte sie an: »Jeden Dienstag ist Damen-Teeparty. Und am Mittwoch findet im Golfclub ein Bridgeabend statt. Aber natürlich müssen wir Sie zuerst noch auf Ihre Unbedenklichkeit hin überprüfen.«

Nadia sah sie mit ausdruckslosem Gesicht an.

»Haben Sie überhaupt schon Haushaltspersonal? Wir arbeiten gerade einen neuen Küchenjungen ein. Eine einzige Katastrophe! Bohnen auf Toast sind anscheinend das Einzige, was er zubereiten kann. Und man sollte nicht für möglich halten, wie ungepflegt er ist. Fingernägel wie ein alter Seemann. Weiß der Himmel, warum ich ihn überhaupt in die Küche lasse!« Sie musterte Nadia von oben bis unten. »Wer hat Ihnen Ihren Küchenjungen empfohlen? Daphne Soames? Mary Willis? Oh, Sie sollten unbedingt einmal Marys Biskuitkuchen probieren. Ihr kleiner Diener Ah Wah ist wirklich sehr begabt. Er war früher bei der Familie Jardine als Konditor angestellt.«

»Wir haben keinen Küchenjungen«, sagte Nadia, als Lady Hoarde endlich eine Pause machte.

Lady Mops holte entsetzt Luft und riss dabei die Augen weit auf. »Gütiger Gott, warum denn nicht? Sagen Sie mir jetzt nicht, dass Sie die ganze Küchenarbeit allein erledigen.« Sie stieß ein gehässiges Kichern aus.

»Das ist richtig. Ich mache alles selbst.«

Lady Hoarde zog eine Grimasse. Ein großer, bärtiger Mann,

offensichtlich ihr Ehemann, trat jetzt an ihre Seite. Er stellte sich als Sir Peter Hoarde vor und sagte, dass er im Zuckerhandel tätig sei, bevor er seinen Blick über Nadias Schulter hinweg durch den Raum schweifen ließ, um zu sehen, ob es nicht doch einen interessanteren Gesprächspartner für ihn gab.

»Wir haben erst einmal eine Unterkunft im Regierungsviertel an der Caine Road bezogen. Mein Mann und ich sind erst vor kurzem aus Macau hierhergekommen …«, sagte Nadia, als sie sah, dass Iain auf sie zukam. Sie streckte die Hand aus und ergriff seinen Arm.

»Macau? Was für ein gottverlassener Ort! Die Leute dort haben nicht die geringste Ahnung, was Stil ist. Ich wäre überrascht, wenn sie überhaupt jemals etwas von Bridge gehört hätten. Wie haben Sie es nur geschafft, dort nicht verrückt zu werden?«

»Ich habe dort ein Zigarrengeschäft geführt …«

»Ein *Zi-gaaaarren*-Geschäft?«, platzte Sir Peter heraus.

»Sie meinen, Sie haben tatsächlich *gearbeitet*?«, fragte der Mops sichtlich erschüttert und trank auf diesen Schreck erst einmal einen großen Schluck Gin mit Limone.

Nadia konnte sich nicht erinnern, jemals einer selbstgefälligeren alten Hexe begegnet zu sein. »Lady Hoarde, es gibt Menschen, die gern etwas zu tun haben. Das Leben hat mehr zu bieten als Cocktailpartys und Bridgeabende. Vielleicht sollten Sie es auch einmal versuchen.«

»In einem Geschäft arbeiten … Warum sollte eine ehrbare englische Frau so etwas tun?«

»Aber Euer Ladyschaft! Ich bin doch gar keine Engländerin.« Sie wartete eine Sekunde, gab ihren Worten so Zeit zu wirken. »Ich bin Rrrrrussin.«

»Du lieber Himmel«, sagte der Mops und rümpfte die Nase. »Oh Gott, oh Gott, oh Gott …« Sie drehte sich um, packte ihren Mann beim Arm und ging davon.

Nadia sah Iain an und schüttelte den Kopf. Sie verdrehte die Augen und wollte den Empfang auf der Stelle verlassen.

»Warte«, sagte er. Offensichtlich entschlossen, das letzte Wort zu haben, machte er einen Schritt nach vorn. »Hören Sie, Lady Hoarde«, rief er so laut, dass man ihn auch am anderen Ende des Raums noch verstehen konnte.

Der Mops drehte sich um und sah ihn mit scharfem Blick an, legte dann verächtlich den Kopf schief. »Was ist?«

»Ich wollte Ihnen nur sagen, dass Sie sich wirklich keine Sorgen zu machen brauchen. Das Ganze muss Ihnen auch nicht peinlich sein. In den Tropen fangen sich die Menschen ständig irgendwelche Würmer ein. Ich werde meinen Arzt bitten, Ihnen gleich morgen das richtige Medikament zu schicken. Dann sind Sie diese widerlichen kleinen Dinger in kürzester Zeit wieder los. Und falls auch das nicht helfen sollte, wird er Ihnen einen Einlauf mit warmem Wasser gegen die Darmwinde machen. In Ordnung? Dann also Prost – und noch viel Vergnügen heute Abend!«

Der ganze Raum schien die Luft anzuhalten. Alle Gespräche verstummten. Dann begannen ein paar der Gäste zu kichern, während an Lady Hoardes Gesicht deutlich abzulesen war, wie gedemütigt sie sich fühlte.

Iain ergriff Nadias Hand. »So, das wäre erledigt«, sagte er zu ihr. »Wie wäre es, wenn wir jetzt etwas zu Abend essen?«

»Wer sind diese schrecklichen Menschen?«, fragte Nadia.

»Er ist Zuckerhändler und macht Geschäfte mit den Japanern. Er glaubt, dass er gute Beziehungen zu den Japanern hat, nur weil er ihre Sojasoßen und ihr eingelegtes Gemüse süßt.«

Sie traten in die dampfige Nacht hinaus. »Wohin gehen wir?«, wollte Nadia wissen.

»Das ist eine Überraschung.« Sie setzten sich in den Fond eines Wagens des Außenministeriums und wurden durch den westlichen Teil der Stadt in Richtung des Bezirks Sheug Wan chauffiert. Die Architektur veränderte sich zusehends – die koloniale Würde Königin Viktorias wich; stattdessen säumten jetzt niedrige, mit kleinen Balkonen versehene Geschäftshäuser, die mit Ladenschildern und Verzierungen regelrecht überhäuft waren, die Straßen. Das lebhafte Klappern von Mahjong-Steinen war zu hören, dann die auf und ab schwellenden Melodien einer chinesischen Oper, gefolgt von den lauten Rufen der Obstverkäufer, dazu der Ton eines Tempelgongs und das Klirren von Kochgeschirr. Schließlich bog ihr Chauffeur in eine Sackgasse ein, die von großen, bauchigen Papierlaternen an langen Stangen erleuchtet wurde. Unweit des Nachtmarkts bei der Shek Tong Road hielt er dann an.

Iain sprang aus dem Wagen und ging auf die andere Seite herum, um Nadia die Tür zu öffnen. »Wir sind da«, verkündete er.

»Wo ist ›da‹?«, fragte sie, da sie nur einen kleinen Gewürzladen und ein Teehaus sah.

»Dort, wo wir zu Abend essen werden. Und anschließend haben wir die Gelegenheit, bei einem chinesischen Festtagsbrauch zuzusehen.«

»Einem Festtagsbrauch?«

»Ja, er nennt sich ›Chinesische Brötchen-Zeremonie‹, aber davon später. Zuerst werden wir noch ein paar Freunde treffen.«

Sie überquerten die Shek Tong Road und betraten ein hell erleuchtetes chinesisches Restaurant mit weißem Fliesenboden. Ein Schild verkündete, dass die Spezialität des Hauses der Schmorbraten war. An einem großen Tisch in der Mitte des Raumes saßen Costa, Izabel und Carlos sowie ihre beiden Jungen. Sie standen alle auf, um sie zu begrüßen.

»Izabel!«, rief Nadia. Die beiden Freundinnen umarmten sich. »Du hast mit keinem Wort erwähnt, dass du nach Hongkong kommen würdest!«

»Du weißt doch, wie sehr ich es liebe, dich zu überraschen«, sagte Izabel und strahlte dabei unter ihrer modischen Baskenmütze. »Ich habe versucht, Mamotschka zu überreden, uns zu begleiten, aber sie wollte lieber bei deinem Vater und Onkel Ewgenij bleiben.«

»Ist sie noch immer beleidigt, weil ich Macau verlassen habe?«

»Ach, nur noch ein bisschen.«

Nachdem sie alle voller Freude begrüßt hatte, spürte Nadia

plötzlich eine Hand auf ihrer Schulter. Sie drehte sich lächelnd um und erkannte Anna. Sie trug eine schwarze Chinesische Maske vor den Augen. Ihre Haare hatte sie zu einem Pferdeschwanz zurückgenommen, und um ihren Hals hatte sie einen pinkfarbenen Leinenschal drapiert. »*Recordar-me?* Erinnerst du dich an mich?«, fragte sie Nadia mit einem affektierten Grinsen.

»Wie könnte ich dich vergessen«, sagte Nadia tonlos. Ihre Freude war plötzlich verpufft, so als wäre sie fröhlich einen Strand entlanggelaufen und hätte den weichen Sand unter ihren Füßen genossen, nur um sich die Zehen an einem Stein anzustoßen. »Was machst du denn hier?«

»Ich bin gekommen, um meinen Auktionsgewinn einzulösen. Die schottischen Tanzstunden.«

»Natürlich. Wie nett von dir, nach Hongkong zu kommen«, sagte Nadia.

Der Höhepunkt der Festlichkeiten war ein fünfzehn Meter hoher Turm aus Brötchen, genauer gesagt, eine Bambuspyramide, die mit Hunderten gedämpfter süßer Brötchen garniert war. Punkt Mitternacht kletterten mehrere Teams von Männern an den Seiten des Turms hinauf, um so viele Brötchen wie möglich einzusammeln. Je höher jemand kletterte, desto mehr Glück brachte er seiner Familie.

Die Menge auf der Straße tobte vor Begeisterung, als ein Junge von fünfzehn Jahren die Spitze erreichte. Gleichzeitig wurden riesige Papierpuppen, die Di Zhang, den König der Geister, darstellten, angezündet, während man die Brötchen und Räucherstäbchen an alle Anwesenden verteilte.

Nadia hatte auf eine Gelegenheit gewartet, Izabel zur Seite zu nehmen, um mit ihr über Anna zu sprechen.

»Deine Cousine ist eine unverschämte Person«, sagte Nadia.

Izabel sah ihre Freundin zweifelnd an. »Ich kann mir zwar durchaus vorstellen, dass Anna manchmal ein wenig unsensibel und boshaft ist und dass sie leichtfertig mit ihrem Geld umgeht, aber unverschämt? Nein, das ist sie bestimmt nicht.«

»Doch, das ist sie«, sagte Nadia. Ihr Körper warf unter den Deckenleuchten einen schlanken Schatten auf den Boden. »Sie benimmt sich mir gegenüber absolut unverschämt.«

Völlig verwirrt fragte Izabel: »Was genau hat sie denn gesagt oder getan?«

»Sie hat gesagt, dass mein Badeanzug einer jüngeren Frau besser stehen würde.«

Izabel sah sie irritiert an. »Das hat sie heute Abend zu dir gesagt?«

»Nein, natürlich nicht. Das war letzten Monat bei unserem Picknick.«

Izabel lächelte. »*Sim*, das hört sich durchaus nach Anna an. Sie kann unangenehm ehrlich sein. Sie sagt gern, was sie denkt.«

»Ich bin mir auch sicher, dass sie alles versucht, um mir meinen Mann wegzunehmen.«

Izabel blinzelte mehrmals, ihre dichten Augenbrauen zuckten. Es vergingen ein paar Sekunden, während derer sie offensichtlich versuchte, Nadias Worte zu verdauen. Dann wurde ihr Lächeln noch breiter.

Nadia sagte: »Ich habe bemerkt, wie sie ihn immer ansieht. Und ich erkenne es auch an ihrer Körpersprache. Warum grinst du so? Ich finde das überhaupt nicht lustig!«

»Ich weiß, dass du das nicht lustig findest«, erwiderte Izabel, und hielt sich dabei die Hand vor den Mund, um ihr Lachen zu verbergen.

Es begann zu regnen. Es war ein dampfiger Regen. Einzelne dicke Tropfen fielen auf ihre Schultern. Nadia hatte ihre flachen Satinsandalen ausgezogen und hielt sie nun in den Händen.

»Sie ist hinter meinem Mann her. Da bin ich mir sicher.«

»*Isso e impossivel*«, sagte Izabel.

»Warum?«

»Weil sie ihr Kleid verkehrt herum trägt.«

»Was in aller Welt soll das denn jetzt wieder heißen?«

»Das ist ein portugiesischer Ausdruck. Ich versuche dir zu sagen, dass Anna nicht das ist, was du glaubst …«

»Sie ist schamlos, und sie will meine Ehe zerstören.«

»Nein, das stimmt nicht.«

»Hör auf, sie in Schutz zu nehmen.«

»Ich nehme sie nicht in Schutz.«

»Doch, das tust du!«

»Anna will keine Ehe zerstören, und sie ist auch ganz bestimmt nicht hinter Iain her, weil sie ...«

»Weil sie was?«

»*Porque e uma lesbica*. Weil sie *lesbica* ist. So, jetzt weißt du es.«

»*Lesbica?*«

Izabel sprach langsam, so als würde sie mit einem Kind reden: »Leees-biiii-caaa. Sie mag nur Frauen.«

Nadias Mund wurde groß und rund. »Nein!«

»*Sim.*«

»Aber ...«

»Zu Hause in Portugal hat es einen richtigen kleinen Skandal gegeben. Sie hatte eine Beziehung mit einer anderen Krankenschwester. Und das hat sich in dem Krankenhaus in Barreiro, in dem sie gearbeitet hat, herumgesprochen. Es wurde viel geredet und, nun ja, wie du weißt, ist Portugal zutiefst katholisch. Irgendwann haben es einfach zu viele Leute gewusst. Also hat man sie aufgefordert, von sich aus zu kündigen. Das ist auch der Grund, weshalb sie nach Macau gekommen ist. Sie wollte dem ganzen Gerede entfliehen. Zum Glück hat ihr das Krankenhaus in Barreiro noch ein gutes Zeugnis ausgestellt.«

»Aber warum ist sie dann zu Iain immer so unglaublich freundlich?«

»Dass sie Frauen mag, heißt doch nicht, dass sie nicht auch mit einem Mann befreundet sein kann.«

»Du hättest mir das sagen sollen.«

»Nadia! Das ist doch nichts, was man einfach so herumposaunt, vor allem nicht bei jemandem, der zur Familie gehört.«

»Oh, mein Gott.«

»Was ist?«

»Jetzt verstehe ich auch, warum sie so seltsam reagiert hat, als ich sie auf das Heiraten angesprochen habe. Sie sagte, sie sei weder an einer Ehe noch an den Ärzten interessiert. Sie muss geglaubt haben, dass ich sie ärgern will.«

»Ach, ich glaube, das hat ihr überhaupt nichts ausgemacht. Im Gegenteil, sie hat mir sogar einmal gesagt, dass ihr die Wortgefechte mit dir großen Spaß machen.«

Sie standen unter dem verzierten Geländer des Teehauses, direkt gegenüber dem chinesischen Restaurant. Der Regen zog in dichten Schwaden durch die Straßen, durchnässte alles und jeden. »Vielleicht sollten wir wieder hineingehen«, sagte Nadia, die sich fühlte, als hätte man ihr eine Zentnerlast von den Schultern genommen.

»Ja, das sollten wir wohl.«

»Aber zuerst muss ich noch etwas erledigen.« Nadia rannte zum Nachtmarkt hinüber, auf die hellen roten Glühbirnen zu, die in den Verkaufsständen der Blumenhändler hingen. Sie rutschte mit ihren nackten Füßen immer wieder auf dem nassen Boden aus. Kurz darauf kam sie dann mit einem glücklichen Ausdruck auf dem Gesicht und einem Strauß aus Pfingstrosen und blauem Rittersporn in den Armen wieder zurück.

Sie schoben sich durch das hektische, laute Gedränge, gerade als sich ein großer Festzug durch die Straßen bewegte. Sie sahen Kinder, die als Gottheiten verkleidet waren und auf langen Stangen getragen wurden, sodass sie über der Menge dahinschwebten, als würden sie auf den Spitzen von Papierfächern balancieren. Es dauerte eine Weile, bis Nadia Iain und die anderen auf der Straße entdeckt hatte. Sie sahen sich gerade ein kantonesisches Puppenspiel an. Anna stand mit ihren Cousins unter einer Markise, die mit großen roten chinesischen Schriftzeichen bemalt war. Nadia ging direkt auf sie zu. Dann legte sie ihren Arm um ihre Schulter und drückte ihr den Blumenstrauß in die Hand. Anna schien zuerst überrascht, dann aber lächelte sie erfreut. In ihren Augenwinkeln erschienen kleine Fältchen.

»Womit habe ich das denn verdient?«, fragte sie verwundert.

»Ich hätte das schon viel früher machen sollen«, sagte Nadia. »Es ist eine Entschuldigung.«

»Eine Entschuldigung wofür?«

»Für alles. Ich hätte netter zu dir sein sollen, als du zu uns nach Macau gekommen bist.«

Anna lächelte wieder. Sie beide spürten, wie sich die Atmosphäre zwischen ihnen entspannte.

»*Voce esta molhado*. Du bist ja pudelnass«, sagte Anna und löste dabei schon ihren Leinenschal von ihrem Hals. »Trockne deine Haare damit, sonst erkältest du dich noch.«

Nadia schüttelte das Wasser aus ihren Haaren und raffte ihr regennasses Kleid zusammen. Ein Gefühl absoluter Hochstimmung ergriff sie. Der süße Duft der Blumen erschien ihr mit einem Mal noch süßer.

Mit dem Beginn des Sommers wurden die Tage immer länger, und es wurde auch immer heißer. Der Ventilator an der Decke des Schlafzimmers schwirrte leise. Iain rollte sich von Nadia herunter. Ihrer beider Haut war feucht und rot. Schweiß sammelte sich in kleinen Pfützen um ihre Bauchnabel und in den kleinen Kuhlen an ihren Hälsen und kitzelte sie, als er auf die Laken hinunterlief.

Iain legte sich so hin, dass Nadia ihren Kopf auf seine Brust legen konnte, während er seinen Arm auf ihrer Taille ruhen ließ. Seine Muskeln waren schlaff und müde.

»Iain …«

»Hmmmm?«

»Ich muss mich bei dir entschuldigen.«

»Was?«, sagte er schläfrig.

»Ich muss mich wegen Anna bei dir entschuldigen. Das Ganze war einfach nur ein großes Missverständnis. Es war dumm von mir, mich so zu benehmen. Sehr dumm. Es tut mir wirklich leid.« Er küsste sie auf den Scheitel. »Und ich glaube, ich habe mich jetzt endlich damit abgefunden«, fuhr sie fort.

»Womit hast du dich abgefunden?«

»Dass ich keine Kinder bekommen kann.«

Iain küsste sie noch einmal. Er hatte seine Hand gerade auf ihre Wange gelegt, als plötzlich das Telefon auf dem Nachttisch klingelte. Sein Blick wanderte über die Kopfkissen. Er griff durch den Schlitz im Moskitonetz und nahm den Hörer ab.

»Sutherland«, sagte er mit einer Stimme, die noch immer belegt von der Erregung des Liebesaktes war. Sein ganzer Körper war erhitzt, doch sobald er den Oxfordakzent am anderen Ende der Leitung vernahm, lief ihm trotz der Hitze dieser Julinacht ein kalter Schauder über den Rücken.

»Die Marco-Polo-Brücke? – Verstehe«, sagte Iain. Er setzte sich auf und nahm dabei seinen Arm von Nadias Hüfte. »Wann genau haben die Japaner das Ultimatum gestellt? Ich verstehe. Sie haben also schon kurz nach Mitternacht begonnen, die Stadt unter Artilleriebeschuss zu nehmen?« Wenige Augenblicke später legte er den Hörer wieder auf die Gabel und stieg aus dem Bett. Er ging zum Schlafzimmerfenster und sah zum Himmel hinauf, wo gerade der tiefblaue Schatten einer Wolke in Richtung Mond zog.

»Was ist los?«, fragte Nadia schläfrig und streckte ihre Beine auf der Decke aus.

Seine Haut war im Mondlicht bleich wie Kerzenwachs. »Südwestlich von Peking sind zwischen der chinesischen und der japanischen Armee schwere Kämpfe ausgebrochen.«

»Wer war am Telefon?«

»Jemand aus dem Büro.« Er drehte sich um und sah sie an. »Er sagte, dass das weiter reichende Folgen haben könnte. Nadia, falls irgendetwas passieren sollte, dann möchte ich, dass du sofort nach Macau zurückkehrst. Hast du mich verstanden?«

»Was meinst du mit: *Falls irgendetwas passieren sollte?*«

»Ich meine, falls es Krieg gibt. Und falls Großbritannien in diesen Krieg hineingezogen wird.«

»Aber Hongkong ist doch sicherer als Macau. Schließlich ist hier die britische Flotte stationiert.«

»Ich will mit dir jetzt nicht darüber diskutieren.« Er kam wieder zum Bett zurück, schob das Netz zur Seite und setzte sich auf die Bettkante. »Versprich mir, dass du nach Macau zurückfährst, wenn ich dich darum bitte.«

Sie sah die Entschlossenheit in seinen Augen. In ihrem Hals begann etwas zu zittern. Die Worte stiegen wie von selbst in ihrem Innern auf. »Ja, ich verspreche es«, sagte sie und krallte sich dabei mit beiden Händen in ihr Kopfkissen.

»Gut«, sagte er. Er nahm sie in die Arme und hielt sie fest an sich gedrückt, während er spürte, wie sich eine große Angst in seinem Bauch auszubreiten begann. Er versuchte, die Ohren vor dem lauten Schlag seines Herzens zu verschließen, das in seiner Brust hämmerte, als wäre er gerade eine steile Treppe hinaufgerannt. Stattdessen richtete er seinen Blick auf sein Abbild im Spiegel, der auf dem Nachttisch stand. Das Gesicht, das er in diesem Spiegel sah, war totenbleich. Die Augen hatten einen kalten Glanz. Es kam ihm so vor, als könne er plötzlich in eine gefahrvolle und blutige Zukunft sehen.

Vierter Teil

1945

1

Der Mann hatte fast zwei Wochen in Einzelhaft verbracht, achtzehn Stunden pro Tag mit hinter dem Rücken gefesselten Armen. Das war die Strafe für sein respektloses Verhalten gegenüber den japanischen Wachtposten gewesen. In diesen zwei Wochen hatten die Wachen auf ihn uriniert und Glasscherben in seinen Mund und seine Nase gestopft. Als er sich dennoch standhaft weigerte, sich bei ihnen zu entschuldigen, verloren seine Peiniger irgendwann das Interesse an ihm und ließen ihn gehen.

Als er sich, den Hügel hinunterwankend, von den Toren des Gefängnisses entfernte, streckten ein paar Mitgefangene ihre nackten Arme aus den vergitterten Fenstern. Sie riefen ihm etwas zu und winkten ihm nach. Er winkte nicht zurück. Stattdessen betastete er mit unbeholfenen Fingern den Verband an seinem Mund – die brennenden Schmerzen hatten fast zehn Tage angehalten, und noch jetzt fühlten sich sein Kinn und sein Zahnfleisch wie verbrüht an, so als hätte er Brennnesseln gekaut. Er hatte einen metallischen Geschmack wie von einem blechernen Löffel im Mund. Während er den Hang hinunterstolperte, begann er vorsichtig die Bandage abzulösen. Seine Füße fühlten sich an, als wären sie mit Blei beschwert, aber es war sein Gesicht, das ihm wirklich Sorgen machte – irgendetwas stimmte damit nicht. Er hatte das Gefühl, als wären die Muskeln, die er früher zum Lächeln benutzt hatte, nicht mehr da. Er sah, wie die schmutzige, ockergelbe Gaze, die er abgewickelt hatte, zu Boden fiel. Er versuchte seinen Kiefer zu bewegen. Er hatte keinen Speichel mehr im Mund, und seine Lippen fühlten sich an wie zugeklebt. Vor seinen Füßen lagen Stofffetzen. In diesem Moment kam ihm ein entsetzlicher Gedanke: Hatten sie ihm vielleicht die Zunge herausgeschnitten?

Sergeant-Major Hamuri zufolge hatte man den Häftling 6177 anlässlich des vierundvierzigsten Geburtstags von Kaiser Hirohito als Zeichen der Gnade vierundzwanzig Stunden früher als vorgesehen entlassen. Die Mitglieder der nahegelegenen Garnison trugen zur Feier des Tages gestärkte Uniformen mit hohen, steifen Krägen. Der Lagerkommandant steckte sich ein Chrysanthemen-Emblem an die Krempe seiner Mütze. Soldatenstiefel wurden auf Hochglanz poliert, bis sie ein spiegelndes Schokoladenbraun zeigten, Bajonettschlaufen wurden eingefettet und Katanaschwerter mit Nelkenöl behandelt. Sogar die als Wachtposten eingesetzten Sikhs, die ihre Wäscheleinen auf den Felsenspitzen über der Tai Tam Bay aufgespannt hatten, tauschten ihre schmutzigen roten Turbane gegen frische gelbe aus.

Am Vormittag war ein Unwetter mit Blitz und Donner über Hongkong hinweggefegt und hatte die ausgedörrte Erde mit kühlem Nass getränkt. Es hatte auch die harte Erde vor Block B und C durchweicht und in eine Matschlandschaft verwandelt. Seit dem Unwetter waren inzwischen drei Stunden vergangen. Es ging auf die Mittagszeit zu. Die Aprilsonne schien strahlend vom Himmel, und die Küstenvögel und Elstern begannen wieder mit ihrem Gesang. Es war der Geburtstag des Kaisers, und es war auch der Tag, an dem die Mehlzuteilung eingestellt wurde.

Im Vorratslager neben der Küche, die im gesprenkelten Schatten eines Kassia-Zimtbaums lag, stand ein hochgewachsener Mann mit krausen braunen Haaren. Sein Name war Friendly. Sein abgemagerter Oberkörper war nackt, und er trug Shorts, die aus alten Reissäcken gefertigt waren. Friendly war früher Architekt bei Leigh & Orange gewesen. Neben ihm stand Stepney, der aus Yorkshire kam und ehemals Geschäftsführer eines Restaurants gewesen war. Er beugte sich hungrig und mit gierigem Blick nach vorn. Auf seiner Schulter saß Mr. Yorkie, seine zahme

Maus. Stepney hatte eine angeborene Fehlstellung der Beine; sein rechtes Bein bog sich am Knie nach außen und sein linkes nach innen, was ihm das Aussehen einer Comicfigur verlieh, die im Wind schwankte. Die beiden Männer lächelten – sie hatten Fleisch gefunden.

Das dunkle Innere der Küchenbaracke wurde nur durch den matten Schein einiger Batterielichter erhellt. Die Luft war stickig und die Hitze fast unerträglich. Der Geruch von etwas Feuchtem hing im Raum. Der Geruch eines modrigen Fells. Es war der Geruch eines Wildtieres, der an den verschwitzten Händen der Männer zu kleben schien. Friendly packte den Hinterkopf der Katze, wich dabei ihren Zähnen und spitzen Krallen aus. Er presste das Tier mit der Hand fest gegen den Holzblock, drückte es mit seinem ganzen Gewicht nach unten. Monströse Schatten tanzten über die Wand. Stepney war so hungrig, dass er unbewusst eine Hand zum Mund führte und erwartungsvoll an seinen Fingern saugte. Die Katze kratzte und wehrte sich mit ihren Vorderbeinen, während ihre Hinterbeine festgehalten wurden. Mr. Yorkie auf Stepneys Schulter versteckte sich erschrocken hinter seinem Nacken.

Der Schweiß rann an Friendlys Nacken herunter, als er den Kopf der Katze auf das Schneidbrett drückte. Seine Schläfen schienen sich in Schweiß aufzulösen, seine Augen zogen sich in ihre Höhlen zurück. »Herrgott, bring das verdammte Vieh endlich zum Schweigen!«, zischte Stepney, als die Schreie des Tieres durch das mit Steinplatten ausgelegte Küchengebäude hallten, sich an der Decke brachen, sich über die rissigen Balken, die hölzernen Arbeitstische und die tiefen, steinernen Spülbecken ausbreiteten.

Eine andere Stimme meldete sich jetzt ungeduldig zu Wort: »Jetzt mach schon, verdammt noch mal!« Es war Hoarde, der Zuckerhändler, der einst so gute Geschäfte mit den Japanern gemacht hatte – inzwischen war er nur noch Haut und Knochen. Sein kleiner Bart glänzte vor Schweiß.

Friendly mit dem krausen braunen Haar hob das Hackbeil und

ließ es dann mit einem Keuchen herabsausen. Einen Moment lang geschah gar nichts. Dann hörte das Zappeln auf, und der Kopf der Katze rollte, den geistesabwesenden Ausdruck eines Tagträumers in den Augen, über den Boden davon. »Beeil dich«, sagte Stepney, dessen Brille beschlug. »Sonst kriegt es noch jemand mit.« Friendly nickte. Er hackte dem Kadaver den Schwanz und die Füße ab. Rote Pfützen bildeten sich auf dem gelblichen Betonboden. Als Nächstes grub Stepney seine rissigen Fingernägel in das lockere Fell am Stumpf des Halses. Er zog die Haut weg, so als würde er eine unreife Grapefruit schälen. Es gab ein lautes, kratzendes Geräusch, das klang, als würde man einen festen Stoff zerreißen, gefolgt von einem gurgelnden, blubbernden Geräusch, das aus den blutgefüllten Lungen des Tieres entwich.

Nachdem Friendly das Tier ausgeweidet hatte, begann er, die Schultern und Rippen durchzusägen. »Sieht aus, als bekämen wir heute eine Extraportion Fleisch, was, Stepney?«

Der Mann aus Yorkshire antwortete nicht. Er starrte die toten Perlenaugen der Katze an. Sie sahen ihn unverwandt vom Boden aus an. Er fragte sich, ob er sie schließen sollte. Dann aber wandte er seinen Blick ab und starrte stattdessen stumm aus dem Fenster. Mr. Yorkie gab ein leises Piepsen von sich und kam wieder hinter seinem Nacken hervor.

Nicht weit vom Küchentrakt entfernt standen abgemagerte Männer und Frauen am Rand des Lagers Schlange, um etwas zu trinken zu bekommen. Mit vor Durst verkniffenen Gesichtern bewegten sie sich vorwärts, so als würde sie jemand an einem Nasenring ziehen. Sie tranken abgestandenes Wasser aus Tassen, die sie aus Blechdosen hergestellt hatten, während sie dastanden wie hagere Schatten. Sie hatten die Schultern hochgezogen, ihre Schlüsselbeine waren entblößt, ihre Knie krumm. Ein Stück weiter entfernt saßen andere magere Gestalten, den Kopf in die Hände gestützt, mit krummem Rücken und den Mund so starr, dass es schien, als könnten sie niemals wieder Worte formen. Sie alle starrten zum Horizont, in der Hoffnung, dass irgendwann in der blauen Weite amerikanische Flugzeuge auftauchen würden.

Die kleine Halbinsel, auf der die Internierten untergebracht waren, hieß *Chek Chue*. Die Briten hatten sie Stanley getauft. Im Jahr 1842 war sie für kurze Zeit sogar das Verwaltungszentrum von Hongkong gewesen. Sie lag ganz im Süden der Kolonie und hatte früher chinesischen Banditen als Versteck gedient. Das Fischerdorf Stanley befand sich in einem kleinen Tal mit einem steilen, trichterförmigen Kamm auf der einen Seite und der Maryknoll-Mission auf der anderen. Das Internierungslager selbst bestand aus den ehemaligen Schlafsaal-Bungalows der St. Stephens School und den Nebengebäuden des alten Kolonialgefängnisses. Es umfasste ein Areal, das ungefähr elfhundert Meter lang und an einigen Stellen bis zu sechshundertfünfzig Meter breit war. Bis zur Mündung der Bucht erstreckten sich an den Grenzlinien hohe Drahtzäune und Wachhäuschen, die mit Sikhs und Formosanern besetzt waren. An den meisten Vormittagen hing gelber Staub wie eine Wolke von Mücken über dem Gelände. Es war der Staub, den die Truppen des zweihundertdreißigsten japanischen Regiments aufwirbelten, dessen Kasernen sich eine Viertelmeile weiter südlich auf dem Ma Kok Hill befanden.

Plötzlich rief Stepney, der noch immer aus dem Fenster starrte: »Ist denn das zu fassen? Seht doch nur, wen sie da gerade aus dem Gefängnis entlassen haben.« Friendly und Hoarde beugten sich nach vorn und bückten sich, um besser sehen zu können. Sie sahen den Mann mit dem bandagierten Gesicht blinzelnd in der hellen Mittagssonne stehen, sichtlich irritiert vom Wind, dem grellen Licht und dem hellen Glanz des Meeres. Er hatte dreizehn Tage in Einzelhaft verbracht. Sein hellrotes Haar war struppig und seine magere Brust war noch ein wenig magerer geworden. »Ich glaub's einfach nicht. Er ist noch am Leben«, sagte Stepney.

»Zäh wie eine alte Schuhsohle, dieser Sutherland«, sagte Hoarde. »Zäh wie eine verdammte alte Schuhsohle.«

2

Es war heiß. Nicht der kleinste Windhauch regte sich. Das Sonnenlicht ergoss sich über Iains Profil, hob die tiefen Falten um seine Augen, die hageren Wangen und die dunklen Krusten geronnenen Blutes hervor. Er hatte einen Spiegel und eine Schüssel aus Steingut vor sich, in der sich frisches Wasser befand. Er stand in der ehemaligen kleinen Speisekammer, die die Internierten in einen kleinen Waschraum umgewandelt hatten. Der Spiegel, gesprungen und fleckig, hing von den Dachbalken herunter, während die Schüssel aus Steingut auf übereinander gestapelten Brettern balancierte, die angeschwemmt worden waren. Iain tauchte einen Stofffetzen ins Wasser, sah in den Spiegel und betupfte dann vorsichtig sein Gesicht mit dem feuchten Lappen. Einst sehnig und athletisch, wirkten seine Gesichtszüge jetzt ausgezehrt und verwelkt. Er war sechsundvierzig Jahre alt, und seine üppige rote Mähne begann langsam, weiß zu werden. Es war das helle Haar eines Polarfuchses. Sechsundvierzig! Er konnte nicht glauben, dass er schon so alt war. Ob er seinen siebenundvierzigsten Geburtstag noch erleben würde?, fragte er sich. Er bewegte seine linke Schulter. Sofort war da wieder dieser Schmerz. War es Rheuma, was er da spürte? Vielleicht war es auch nur eine Sehnenentzündung, die sich auf das Schultergelenk auswirkte. Oder eine Entzündung, die sich in dem weichen Gewebe neben dem Schlüsselbein ausgebreitet hatte. Er zuckte zusammen, als er versuchte, die Schulter noch einmal zu bewegen.

Seine Hand berührte seine Rippen, die unter seiner Haut hervorstanden. Er hielt überrascht inne, konnte es kaum fassen, dass er in zwei Wochen so viel an Gewicht verloren hatte. Er hob seine Hände an seine Lippen. In dem gesprungenen Spiegel sah er, dass die Verletzungen in seinem Gesicht nur langsam verheilten, sah die ausgeprägten Blutergüsse auf seiner terrakottafarbenen Haut. Dort, wo die Glassplitter seinen Mund verletzt hatten, sah er gezackte Narben. Außerdem waren da noch mehrere weiße Geschwüre in seinem Mund. Sein Zahnfleisch blutete noch immer, aber seine Zunge war unverletzt. Er ließ die Hand wieder sinken. Seine Augen, die für ihren scharfen Blick bekannt waren, wirkten matt und trüb. Er nahm zwar die Geräusche seiner Umgebung wahr, aber er war noch immer so benommen, dass er kaum etwas davon wirklich aufnahm. Seine Arme kamen ihm so schlaff wie Seegras vor, sein Rücken so steif wie der Panzer einer Schildkröte. Aber ganz egal, wie schlecht er sich fühlte und wie elend er aussah, viel größere Sorgen machte er sich um Nadia. Wenn er sie nur sehen könnte! Er wusste, dass sie und ihre Familie in Macau überlebt hatten, er wusste aber auch, dass sich die Bedingungen dort ständig verschlechterten, dass die Japaner Macau völlig sich selbst überließen. Und deshalb machte er sich Sorgen.

Iain zwang sich jetzt, seinen Blick von dem ausgezehrten Mann im Spiegel zu nehmen. Hinter ihm, in den schwindenden Schatten, sah er Friendly und Stepney, die auf dem Boden hockten und Käfer aus einem kleinen Sack Reis klaubten. Sie zerquetschten sie mit den Fingern. Mr. Yorkie sprang auf Stepneys Arm und hielt sich dort in den schwarzen Haaren fest, während sein langer Schwanz in den Reis hing.

Etwas zu essen zu finden, nahm in seinen Gedanken jetzt die erste Stelle ein. Iain war zusammen mit sechzig anderen Internierten in dem Gebäude untergebracht, das früher als Speisesaal gedient hatte. Es war eine Ironie des Schicksals, dachte er jetzt, dass es ausgerechnet im ehemaligen Speisesaal niemals etwas zu essen gab. Die beiden Mahlzeiten, die die Internierten erhielten, mittags um zwölf und nachmittags um fünf, reichten niemals auch nur annähernd zum Sattwerden aus. Zweimal am Tag läutete die Messingglocke, woraufhin sich endlos lange Zweierreihen bildeten. Hunderte von Mündern kauten schon, bevor das Essen auf ihre Teller geklatscht wurde. Sie hatten inzwischen genug Zeit gehabt, um sich an den Geruch von gekochtem Reis zu gewöhnen, an braunen Haferschleim, der nach Erde schmeckte, an das Geräusch, wenn selbst noch die Eierschalen zermahlen wurden, weil sie Kalzium enthielten, an die Fliegenschwärme.

Der Hunger wand sich um seinen Magen wie eine Riesenschlange, zog ihn immer fester zusammen. Er hatte seit mehr als acht Tagen keine feste Nahrung zu sich genommen, und plötzlich kam ihm sein Kopf so leicht vor wie ein Korken, der auf dem Wasser schwimmt. Beriberi, Ruhr, eitrige Wunden und andere Hautinfektionen setzten ihm zu. Er dachte an Schüsseln mit heißer, würziger Nudelsuppe, dachte daran, dass er früher oft bei den Straßenhändlern in der Rua da Republika *laap cheong faan* gekauft hatte, an große Teller mit gebratenen Eiern und Chorizos, dazu Berge von knusprigem, mit Butter bestrichenem Toast. Er dachte daran, wie er in einer Bar ein kühles Bier getrunken und dem Sonnenuntergang über der Praya Grande zugesehen hatte – wie sehr er den schläfrigen Rhythmus von Macau vermisste, das Lachen von Nadia und ihrer Familie und die Freundlichkeit von Izabel und Frau Lo.

Iain streckte die Arme über den Kopf aus, versuchte dabei eine flüssige, geschmeidige Beugung der Ellbogen auszuführen. Dann nahm er die Arme wieder herunter und betrachtete seine Hände. Seine Fingernägel hatten schon vor Monaten aufgehört zu wachsen. Er starrte seine nackten Beine an – seine Oberschenkel waren noch immer dicker als seine Knie. Jetzt, da die Wirtschaftsblockade tatsächlich Wirkung zeigte, war die Mehlzuteilung eingestellt worden. Jetzt gab es pro Mahlzeit nur noch hundert Gramm Reis oder zweihundert Gramm Kartoffeln. Fleisch war komplett vom Speiseplan gestrichen worden, aber sie erhielten noch zweimal pro Woche eine Gabel voll Fisch und jeden neunten Tag ein Ei. Angehörige neutraler Staaten durften den Internierten alle vierzehn Tage ein Päckchen schicken, dessen Inhalt es jedoch nur in den seltensten Fällen an den wachhabenden Sikhs vorbei schaffte.

Iain führte an sich selbst wöchentlich einmal eine Art Gesundheitstest durch – dabei behielt er vor allem die zunehmende Kraftlosigkeit seiner Glieder im Auge, prüfte mit einem Gummiball seine Reflexe, beobachtete die Entzündungen an seinen Beinen, seine hervorstehenden Rippen und die spitzen Knochen seiner Handgelenke. Er hatte schon längst aufgehört, einen Kalender an die Wand zu kritzeln. Er sprach immer seltener über die Zukunft und über eine mögliche Repatriierung. Stattdessen befasste er sich mit dem Hier und Jetzt – den kleinen Siegen über die Widrigkeiten des Lagerlebens. Die Siege, die darin bestanden, Kohl, Kartoffeln und Rüben anzubauen und zu ernten, etwas aus dem Verpflegungslager der japanischen Garnison zu stehlen, das Funkgerät zu verstecken und die Kurierverbindungen und den daraus resultierenden wöchentlichen Kontakt mit der British Army Aid Group – BAAG – in Waichow im freien China geheim zu halten. Dies wurde zum Fundament seines Lebens. Es waren die wenigen Dinge, auf die er an einem Ort ständig wechselnder Gefahren noch Einfluss hatte.

Er sah wieder in den Spiegel. Im Hintergrund war jetzt eine kleine Gestalt, ein drohender schwarzer Schatten aufgetaucht. Plötzlich überkam Iain eine böse Vorahnung.

»Sie widmen sich einem gefährlichen Zeitvertreib. Einem sehr gefährlichen.«

Die Stimme schnitt in Iains erschöpfte Gedanken so wie ein Hai, der durch flaches Wasser pflügt. Mit einem Schlag war er wieder zurück in der Gegenwart. Er hielt inne, wappnete sich für das, was da kam, denn er hatte die Stimme sofort erkannt. Er senkte den Blick und schauderte, während er einen geradezu überwältigenden Drang verspürte, einfach davonzulaufen.

Er drehte sich um und sah Sergeant-Major Hamuri in der Tür stehen. Neben ihm stand Hoarde. Hamuris Uniform, an deren Kragen das Chrysanthemen-Emblem der Gendarmerie steckte, war sauber und frisch gebügelt. Iain, Friendly und Stepney salutierten, dann verbeugten sie sich tief. Der Sergeant-Major trug trotz der brütenden Hitze seine schwarzen Soldatenstiefel, die mit Nieten besetzt waren. Er watschelte wie eine Ente mit Verstopfung herein.

Zwei japanische Wachtposten folgten ihm. Einer von ihnen schrie: »*Achtung!*«, trat einen Schritt zur Seite und blieb dann stocksteif stehen. Der andere drehte sich um und schlug dem immer noch in gebeugter Haltung verharrenden Friendly ins Gesicht und versetzte ihm, als er zu Boden stürzte, noch einen Tritt.

»Neineinein«, jaulte Friendly. Er hielt seine Hände schützend vor seinen Unterleib und flehte: »Aufhören, bitte aufhören.« Mr. Yorkie sprang von Stepneys Schulter und verschwand in einem Loch in der Wand.

»*Ken'aku*. Sehr gefährlich«, wiederholte Hamuri. Er sprach Englisch, fiel aber von Zeit zu Zeit ins Japanische. »Ein Funkgerät zu verstecken ist ein schweres Vergehen.« Er hatte das skulpturhafte Äußere einer Schaufensterpuppe an sich. Sein Gesicht und seine Stirn waren absolut faltenfrei. Er starrte Friendly und Stepney an. Hoarde hatte sich ans andere Ende des Raums zurückgezogen. »Stimmen Sie mir da zu?« Sie schwiegen einen Augenblick. Dann begann Friendly energisch zu nicken. Stepney nickte sogar noch energischer. »Man hat mich davon in Kenntnis gesetzt, dass sich in diesem Quartier ein Funkgerät befindet. Ist das zutreffend?«, fragte er.

Seine Frage traf auf Schweigen. Er runzelte die Stirn, zündete sich umständlich eine Zigarette an und zog gierig daran, drehte sich schließlich um und sah Iain mit wildem Zorn an.

»Ist das zutreffend?«, schrie er. Die Worte trafen Iain wie eine Keule.

»Nein«, antworteten Friendly und Stepney wie aus einem Munde. Sie wichen ein Stück vor ihm zurück. Hoarde beobachtete die Szene schweigend.

Der Sergeant-Major starrte weiter unverwandt Iain an. »Haben Sie Ihren Aufenthalt im *kangoku* genossen?«

»Ich habe mich bestens amüsiert.«

»Vermutlich hat mein Kollege vergessen, Sie nach dem Funkgerät zu fragen.« Er sog Luft durch seine Zähne. »Wir können doch alle mal etwas vergesslich sein. Also, haben Sie ein Funkgerät?«

Iain verzog das Gesicht und zuckte mit den Schultern.

»*Nisemono!* Vielleicht sollten Sie noch einmal vierzehn Tage in der Zelle verbringen«, sagte der Sergeant Major drohend.

Iain ignorierte Hamuris aggressiven Ton. Stattdessen behandelte er den japanischen Offizier vollkommen zwanglos, so als wäre er nur vorbeigekommen, um eine Tasse Tee mit ihm zu trinken. »Es ist nicht nötig, sich so aufzuspielen, Hamuri. Ja, es stimmt«, sagte Iain. »Wir *hatten* tatsächlich ein Radio. Bis letzten Monat, um genau zu sein. Aber als wir hörten, dass der frühere Lageroberaufseher, Yamashita-san, nach dem Gerät suchen ließ, haben wir es mit einem Hammer zerstört und die Teile in der Nähe der indischen Quartiere über den Zaun ins Meer geworfen.«

Hamuri schien irritiert. Mit dieser Antwort hatte er offensichtlich nicht gerechnet. Er hatte ein entschiedenes Nein erwartet. Ein sowohl erstaunter als auch zweifelnder Ausdruck erschien in seinen Augen. Er sah zu Hoarde hinüber und ließ dann seinen Blick wieder zu Iain zurückwandern. »Zerstört?«, fragte er. »Warum zerstört?«

»Weil man uns auf der Stelle exekutiert hätte, wenn man es bei uns gefunden hätte. Sehen Sie, Hamuri, ich habe gerade zwei Wochen hinter mir, in denen mir Ihre Clowns den Mund zerschnitten haben. Ich bin nicht scharf darauf, dass man mir auch noch den Kopf abschlägt. Der Hunger und die Langeweile machen mir schon genug zu schaffen.« Iain ging zum Fenster hinüber, wo ein Hemd auf einem Bügel hing. Er klopfte mit der flachen Hand auf dessen Brusttasche, nahm eine leere Schachtel Lucky Strikes heraus und zerknüllte sie in seiner Faust. »Haben Sie vielleicht eine Zigarette für mich, Hamuri? Wie Sie sehen, herrscht bei mir zur Zeit Ebbe.«

Der Sergeant-Major starrte Iain mit durchdringendem Blick an. Ein freundlicher, wenn auch missbilligender Ausdruck huschte über sein Gesicht. »Jeder Splitter, der aus dem Holz ragt, muss abgehobelt werden«, sagte er. Dann plötzlich quollen ihm seine Augen vor Wut fast aus den Höhlen. »Alles durchsuchen! Sofort!«, schrie er den Wachtposten zu, bevor er mit seinen schwarzen Stiefeln aus dem Raum watschelte.

Als die Wachen endlich wieder gingen, ohne ein Funkgerät oder irgendeinen anderen verbotenen Gegenstand gefunden zu haben, fragte Iain: »Wie zum Teufel hat er von dem Funkgerät erfahren?«

Alle zuckten mit den Schultern.

»Nur gut, dass sie nicht auf die Idee gekommen sind, auch noch die Dachkammer zu durchsuchen.«

»Wann hast du es in der Dachkammer versteckt?«, fragte Hoarde mit verschlagenem Blick.

»Letzte Nacht«, sagte Iain. »Ich habe dort oben unter den Dielenbrettern einen kleinen Hohlraum gefunden.« Er bückte sich und hob Hamuris Zigarette auf, zog ein paar Mal an der Kippe, bis sie wieder richtig brannte, und rauchte sie dann bis auf den letzten Rest herunter, wobei er sich die Fingerspitzen verbrannte. Iain sah Hoarde jetzt an. »Du warst es, der ihnen von dem Funkgerät erzählt hat, habe ich recht? Du hast sie hergeführt.«

Hoarde schüttelte den Kopf. »Wie kommst du denn dazu, so etwas zu behaupten?« Sein Gesicht nahm einen wachsamen Ausdruck an.

»Du hast bewusst in Kauf genommen, dass man uns alle umbringt. Was hat man dir versprochen? Mehr Essen und mehr Zigaretten?«

Hoarde erstarrte. »Ich weiß nicht, was du meinst«, wimmerte er. Seine Nasenlöcher weiteten sich über seinem feuchten Bart.

»Du würdest alles tun, um dir einen Vorteil zu verschaffen, nicht wahr?« Iain kam mit seinem Gesicht ganz nah an das von Hoarde heran. »Ja, du würdest sogar deine eigenen Leute verraten.«

Sie bauten sich voreinander auf.

»Raus!«, sagte Iain.

»Hau bloß ab«, fügte Stepney hinzu.

Hoarde schniefte verächtlich, dann spuckte er auf den Boden. Sie starrten ihm wortlos nach, als er den Raum verließ. Als er außer Hörweite war, sagte Friendly: »Dieser verdammte Hoarde. Seit seine Frau letztes Weihnachten gestorben ist, ist er einfach nicht mehr derselbe.«

»Warum hast du ihm gesagt, wo du das Funkgerät versteckt hast?«, fragte Stepney. »Er wird mit dieser Information sofort zu Hamuri rennen.«

»Weil es gar nicht dort ist«, sagte Iain. »Ich habe es heute Morgen geholt. Es ist jetzt in Block D, versteckt unter den Bodendielen des Aborts.«

»Schlau«, sagte Stepney und streichelte Mr. Yorkies Kopf. »Sehr schlau.«

»Wir werden das verdammte Ding heute Nacht trotzdem vergraben«, sagte Iain. »Setz dich vorher noch mit der BAAG in Verbindung, und sag ihnen, dass wir das Funkgerät einen Monat lang nicht benutzen werden, dann nimm es auseinander, wickle die Teile in Decken, und vergrabe sie hinter dem alten Block des indischen Quartiers. Dort ist der Boden weicher, und man wird deshalb auch nicht sehen, dass dort etwas vergraben wurde. Mach es gleich nach dem Anwesenheitsappell. Und sag zu niemandem ein Wort, vor allem nicht zu Hoarde. Morgen tritt der neue Lagerkommandant seinen Dienst an. Und er ist vielleicht nicht so nachsichtig, wie Yamashita es war.«

Sowohl Friendly als auch Stepney nickten zustimmend.

Iain lächelte bitter und ging dann zu seinem Bett hinüber, das nicht mehr als ein Holzbrett war, das auf Ziegelsteinen ruhte. Er setzte sich. Er machte sich Gedanken wegen Hoarde, denn er wusste, dass er sie wieder verraten würde. Iain musste auf der Hut sein. Eine Wanze huschte über die Matratze. Iain fing sie und zerquetschte sie zwischen seinen Fingern, hörte, wie ihr Leib platzte. Er hielt sie an seine Nase und roch ihr Blut – ein saurer Gestank nach Kokosnüssen und rostigen Nägeln. Er ließ die Hand sinken.

Die Erschöpfung der letzten Tage, in denen er kaum geschlafen hatte, überkam ihn. Sein Blick senkte sich und fiel auf seine knochigen Finger. Er starrte den Ringfinger seiner linken Hand an und dachte an den Tag, an dem man ihn gezwungen hatte, seinen Ehering und alle anderen persönlichen Dinge den Japanern auszuhändigen. Schmerzliche Verzweiflung überkam ihn.

Sein ganzer Körper bog sich nach vorn, und er stützte den Kopf in die Hände. Er wünschte sich nichts sehnlicher, als bei Nadia zu sein, sie in seinen Armen zu halten. Er versuchte sich ihr Gesicht vorzustellen, aber seine Augen fielen ihm ständig zu. Wo ist Nadia jetzt?, fragte er sich. Wo?

3

Das Licht der schräg stehenden Sonne tanzte auf dem Wasser. Es funkelte wie ein Amulett aus Jade. Obwohl es schon spät am Nachmittag war, war es noch immer sehr heiß. Das Meer hatte sich beruhigt. In der Ferne, im Westen, unterbrachen Dutzende von Fischerdschunken die Linie des Horizonts. Die Spitzen ihrer gerippten Segel schienen dabei wie hungrige Barrakudas nach der leuchtenden Sonne zu schnappen. Vom kräftigen Wind unbehelligt, errötete ein Nest von orange gesäumten Wolken im Abendlicht.

Im Schutz eines matter werdenden Himmels fuhr die Dschunke an den Po-Toi-Inseln vorbei in die Gewässer Hongkongs ein. Das Segel hing, wie bei diesen Fahrzeugen üblich, auf der Steuerbordseite des Mastes. Nadia betrachtete das Land, das sich vor ihr ausbreitete und dessen Farben einen lebhaften Kontrast zum Blau des Meeres bildeten. Sie sah bergiges Terrain. Bambuswälder. Armselige Hütten, die wie Ameisenhaufen in den flacheren Tälern klebten, kahle Felsen und kleine Wasserfälle, die wie helle Bänder schimmerten. Die Dschunke segelte jetzt in einen schmalen Kanal hinein. Das musste die East Lamma Strait sein, dachte Nadia. Ihr Herz begann heftig zu klopfen. Es war dies der erste Punkt, der auf ihrer Karte markiert war, jenseits davon, rot eingekreist, befand sich die Stelle, an der sie an Land gehen sollte – die Aberdeen Bay. Sie faltete die Karte sorgfältig wieder zusammen und steckte sie dann in das Futter ihres Kittels.

In diesem Teil des Territoriums gab es nur wenige Gebäude. Sie sah lediglich ein paar Häuser, die im europäischen Stil errichtet waren und sich wie weiße Klingen von Schwertern vor dem satten Grün ihrer Umgebung abhoben. Nadia sah dunkle Hügel, tropisches Laubwerk und die zusammengedrängten Sampan-Dörfer mit ihren schwimmenden Geschäften und Restaurants. Hier lebten die Wasserzigeuner, die *tang-kah*. Das Heck ihrer Dschunken war ihr Zuhause, der Platz, wo sie wohnten und arbeiteten. In Hausanzüge gekleidet, kamen die Frauen ihren Pflichten nach. Sie bauten Gemüse in Wannen mit Erde an, hielten sogar Hühner und Schweine unter den Besansegeln ihrer Dschunken.

Nadia wurde von den ebenfalls auf dem Wasser lebenden Hoklo nach Hongkong gebracht. Auch sie waren Wasserzigeuner, die sich jedoch auf den Opiumhandel und die Piraterie verlegt hatten. Dafür, dass sie Nadia aus dem neutralen Macau in das besetzte Hongkong brachten, hatten sie eine stattliche Summe erhalten. Nur die Hoklo wussten, wie man den Minen auswich, mit denen die Wasserwege geradezu verseucht waren. Sie hatten sich auf den dreißigsten April, den Tag nach dem Geburtstag des Kaisers, geeinigt, in der Hoffnung, dass die Kapitäne der japanischen Patrouillenboote einen Kater haben oder, noch besser, ihren Dienst gar nicht erst antreten würden.

Die Sonne berührte jetzt den Horizont. Nadia stand unter dem Fockmast im von der Sonne gesprenkelten Schatten, direkt am Bug, sodass sie vor dem schwarzen Deck kaum zu erkennen war. Die Gischt hatte den Boden unter ihren Füßen nass und glitschig werden lassen, deshalb hielt sie sich an den schaumigen Tauen des Fockmastes fest. Sie trug einen breitkrempigen Strohhut und die dunkle, weite Hose der Fischer, die aus grobem Tuch bestand. Ihr kragenloser Kittel war an den Seiten geschlossen, darunter trug sie eine Schärpe, die sie wie einen japanischen Obi um ihren Brustkorb gewickelt hatte. Sie hatte ihn mit Hilfe von Haken und Ösen festgezogen, um ihre Brüste flach zu drücken. Jetzt fasste sie kurz ihre plattgedrückte linke Brust an, dann die rechte, nur um sich zu vergewissern, dass sie beide noch da waren. Nur wenige Augenblicke später wanderten ihre unberingten Hände zu ihrem Nacken. Ihre Haare, die ihr bis vor kurzem noch bis zur Mitte des Rückens gereicht hatten, waren jetzt kurzgeschnitten wie die eines Jungen, so kurz, wie sie sie damals mit Ende zwanzig getragen hatte. Das nackte Gefühl in ihrem Nacken kam ihr fremd und dennoch angenehm vertraut vor. Sie hatte eine Stoffschere genommen und ihren Zopf, den sie sechs Jahre lang hatte wachsen lassen, einfach abgeschnitten. Es war ein seltsam befreiendes Gefühl gewesen; sie war sich vorgekommen wie Jeanne d'Arc, die in die Schlacht zog.

Inzwischen hatten die Hoklo mit großer Geschicklichkeit begonnen, ihre Schleppnetze einzuholen, wobei schon der Zug an der Langleine den Fischern sagte, ob der Fang gut war. Wegen der vielen Minen war ihr Fanggebiet auf das sechs Meilen große Hufeisen zwischen den beiden Lamma-Kanälen beschränkt. »*Yut, yee, saam!*«, riefen sie unisono, während sie die Muskeln ihrer Arme anspannten. »*Yut, yee, saam!*« Und binnen weniger Minuten waren die Laderäume mit Butterfischen, Barschen und Lippfischen gefüllt.

Eine kräftige Brise blies Nadia jetzt ins Gesicht. Die Segel knatterten im Wind. Es klang, als würde ein riesiger Vogel aus Leinwand mit den Flügeln schlagen. Der Himmel wurde zusehends grauer. Er schloss sich um sie wie eine Hand, und seine Farbe wurde dabei so dunkel wie eine mit Henna bemalte Handfläche. Sie dachte an das, was vor ihr lag – es kam ihr so vor, als würde ihr Blut in ihren Adern erstarren und alle Luft aus ihren Lungen weichen. Seit sie an Lantau Island vorbeigesegelt waren, rumorte es in ihren Eingeweiden. Sie hatte sich, einen galligen Geschmack im Mund, bereits ein paar Mal stöhnend nach vorn gebeugt. Sie beobachtete die Schatten, die über das sich kräuselnde Wasser tanzten, und hasste sich dafür, dass sie seekrank war.

Ihre Hände schlossen sich um den Jungfernblock, eine lange hölzerne Latte, die das Tau sicherte, mit dem das Segel hochgehalten wurde. Die beiden Säcke aus Baumwolle, in denen sich ihre Habseligkeiten befanden, hatte sie zwischen ihre Beine gestellt. An ihren nackten Füßen spürte sie die Nässe des Teakholzdecks. Sie sah zum Nachthimmel hinauf, ließ ihren Blick langsam an den elliptischen Kurven der Masten vorbeischweifen. Ihr Mund formte ein stilles Gebet. Sie bekreuzigte sich. Immer benommener werdend, spürte sie wieder brennende Magensäure im Mund. Sie würgte und spürte, wie ihr Tränen in die Augen schossen.

Costa brummte und sah sie dabei finster an. So als wolle er sagen, dass es einfach nicht sein könne, dass eine dreiundvierzigjährige Frau seekrank wurde. Er schüttelte den Kopf. Nadia konnte seine olivfarbene Kopfhaut durch seine lichten Haare sehen. Er gab ein leises Kichern von sich und kratzte sich am Bauch.

»Worüber lachst du?«, fragte sie.

»Ich wusste, dass das keine besonders gute Idee ist.«

»Halt die Klappe.«

»Halt du doch die Klappe.«

Nadia spürte, wie sich ihr Mund plötzlich mit Speichel füllte.

»Aus dem Weg!«, sagte sie.

»Warum?«

»Ich sagte aus dem Weg, *Zasranec*!« Sie kletterte über Costas massigen Körper hinweg und übergab sich dann heftig über die Bordwand.

Sternschnuppen fielen vom Himmel, ihre Schweife leuchteten auf wie geschmolzenes Silber. Costa und Nadia hatten jetzt schon seit dreißig Stunden nicht mehr geschlafen, dazu waren sie viel zu aufgeregt und nervös. Aber unter Costas kegelförmigem Fischerhut strahlte sein Gesicht jetzt voller Vorfreude. Durch sein Fernglas konnte er die japanischen Soldaten sehen, die an der Uferstraße von Aberdeen patrouillierten. Auf ihren Gewehren und Bajonetten glänzte das fahle Licht des Mondes. Er schüttelte den Kopf, schenkte dem Gurgeln und Knurren seines Magens keine Beachtung.

Nadia zog ein Paar schwarzer Kuli-Schuhe an und ging im Geiste noch einmal all die Gegenstände durch, die sich in den beiden Säcken zu ihren Füßen befanden: zweiunddreißig Schachteln Zigaretten, fünf Dosen Pall-Mall-Tabak, eine Handvoll japanischer Yen und ein gefälschter Ausweis, eine Schweizer Armbanduhr mit Leuchtzeigern und Leuchtziffern, vier Tangerinen, eine Flasche Jod, gut eingepackt in Zeitungspapier, Kekse, eine Drahtschneidezange, mehrere Bienenwachskerzen, getrocknetes Obst und getrocknetes Fleisch, zwei Feldflaschen mit Wasser, eine abgegriffene Faltkarte von Hongkong und ein Stapel europäischer Postkarten, auf denen nackte Frauen in verführerischen Posen zu sehen waren. Und da war noch dieses eine andere Foto. Es steckte in einem Umschlag aus Manilapapier und war nicht für fremde Augen bestimmt.

»Es ist viel zu gefährlich für dich, hier an Land zu gehen«, sagte Costa und schüttelte wieder den Kopf. Seine Stimme klang wie ein dumpfes Donnergrollen. Er gab ihr das Fernglas, das sie in einem der Beutel verstaute.

»Aber das ist der Treffpunkt«, protestierte Nadia. »Pater Luke wird schon warten.«

Costa schüttelte jetzt so heftig den Kopf, dass sein Kinn dabei wackelte wie das eines baktrischen Kamels. »Nein, das werde ich nicht zulassen. Wir werden versuchen, dich an einem der kleinen Strände in der Repulse Bay abzusetzen.«

»Und wie soll ich dann Verbindung zu Pater Luke aufnehmen?«

»Überlass das ruhig mir. Wenn du an Land bist, geh nach Westen. Meide die Straßen und versuch, den japanischen Patrouillen aus dem Weg zu gehen. Ich werde Luke benachrichtigen, dass du ihn in der Deep Water Bay treffen wirst. An der Stirnseite der Bucht stehen drei große Palmen. Es ist nicht schwer zu finden.«

Nadia nickte unsicher. Sie kannte Pater Luke nicht. Man hatte ihr lediglich gesagt, dass die katholische Diözese seit der japanischen Okkupation unter der Kontrolle der portugiesischen Eurasier stand und dass sich Pater Luke als einer der leitenden Kleriker dazu bereit erklärt hatte, ihr zu helfen.

»Bist du nervös?«

»Ja.«

»Das brauchst du nicht zu sein. Du wirst in guten Händen sein. Möchtest du eine *balada* hören? Das wird dich sicher entspannen. Meine Mutter hat sie mir immer vorgesungen, wenn mich wieder einmal die Verstopfung geplagt hat.«

»Nein, bitte nicht. *Bosche moj*. Ich glaube nicht, dass ich deinen Gesang im Augenblick ertragen kann.«

Trotz ihres Einwands begann Costa jetzt leise zu singen. *»Oh, ihre Nase war voller Mitesser, und doch war sie die Schönste auf dem Ball …«*

Nadia schüttelte verzweifelt den Kopf und warf ihm einen tadelnden Blick zu. Dann musste sie doch lächeln.

Die Dschunke segelte langsam nach Osten. An der Küste sah Nadia jetzt ausgedehnte Flächen mit wuchernden Rasenflächen, die wohl früher Teil eines Golfplatzes gewesen sein mochten. Bilder von Iain, der seinen Abschlag übte, kamen ihr in den Sinn – die Neigung seiner Schultern, der elegante Bogen seines Schwungs, die Drehung seiner Hüften, das Strecken seiner Arme. Das Bild blieb eine ganze Weile vor ihrem inneren Auge stehen. Tief in Erinnerung versunken liebkoste sie mit ihrer rechten Hand das Jadeäffchen an ihrem Hals. Sie hatte Iain nicht mehr gesehen, seit man ihn im Januar 1942 interniert hatte. Das war vor neununddreißig Monaten gewesen. Er durfte ihr einmal im Monat schreiben. Während dieser Zeit hatte sie sechsundzwanzig Briefe von ihm erhalten, ein jeder mit zunehmend unsicherer Handschrift geschrieben. Sie hatte jeden einzelnen seiner Briefe inzwischen so oft gelesen, dass sie sie alle auswendig konnte. In ihrer Linken hielt sie jetzt sein letztes Schreiben. Das Licht reichte gerade aus, dass sie ihren Namen auf dem Umschlag lesen konnte. Sie drehte ihn um und sah die Rückseite an, dort wo die Worte »Kriegsgefangenenpost« und »Freigegeben von Zensor 3287« in chinesischen Schriftzeichen aufgestempelt waren.

Wie schon so oft zuvor hatte Iain ihr in seinem Brief von seinem kribbelnden Hitzeausschlag berichtet, dem furchtbaren Essen und dem endlosen Warten. Er hatte ihr geschrieben, dass er nicht mehr wusste, welcher Tag es war, dass er seine Essensbehälter aus alten Cornedbeefbüchsen gefertigt hatte und dass er bald in ein neues Quartier verlegt werden sollte. Er schrieb, dass in Block F ein anämisches Baby zur Welt gekommen war – drei Pfund, hundert Gramm schwer, ein Mädchen. Man ging nicht davon aus, dass es überleben würde. Er hatte auch geschrieben, dass seine Adresse, jedenfalls bis auf weiteres, dieselbe bleiben würde: Internierungslager für Zivilisten, Block C, Zimmer 11, Stanley. Der Inhalt seines Briefes schien vollkommen unverfänglich, und dennoch hatte der Zensor zwei Abschnitte mit schwarzer Tinte unkenntlich gemacht. Nadia rätselte, was dort gestanden haben mochte. Hatte es etwas mit der BAAG zu tun, der Widerstandsorganisation, die Gefangenen zur Flucht verhalf? War es vielleicht eine geheime Nachricht gewesen, die nur sie verstanden hätte? Oder hatte dort etwas über die fehlgeschlagenen Fluchtversuche gestanden, von denen Costa ihr erzählt hatte? Sie fragte sich immer wieder, was den Zensor dazu veranlasst hatte, diese Abschnitte zu schwärzen. Hatte Iain sie vor irgendetwas warnen wollen? Gab es da etwas, das sie wissen sollte? Was hatte den Zensor gestört?

Die Dschunke näherte sich jetzt einer kleinen Bucht.

»Weißt du«, sagte Costa und fiel dabei ins Portugiesische, während er amüsiert die Augenbrauen hochzog, »dass Iain und ich früher mindestens einmal im Monat nach Coloane gefahren sind? Wir waren so oft dort, wie wir konnten, und haben gegen die macanesischen Jugendlichen im Dorf Fußball gespielt. Iain war ein schneller Rechtsaußen, und seine Flanken waren erstklassig. Dein Mann war *louco* nach Fußball. Ja, er war wirklich gut. Danach sind wir dann immer alle zusammen zu einem der *Pousadas* am Strand gegangen und haben würzige Garnelen, gesalzenen Kabeljau und Spanferkel im Teigmantel gegessen. Wir sind damals nie vor Sonnenaufgang nach Hause gekommen. Das war in dem Jahr, bevor er dich kennenlernte … ja, das muss 1927 gewesen sein. Ich hätte nie geglaubt, dass er je glücklicher sein könnte, als er es damals war. Aber ich habe mich geirrt. Denn dann ist er dir begegnet, und ich habe ihn nie, noch niemals zuvor so strahlend lächeln und noch nie so viel lachen sehen.« Ihre Blicke trafen sich kurz. »Dir ist doch bewusst, dass er mein bester Freund ist?«

»Natürlich.«

»Und du wirst ihn für mich finden?«

»Ja.«

Costa holte tief Luft. »Bist du dir wirklich sicher, dass du das alles auf dich nehmen willst?«, fragte er und wechselte dabei wieder in sein weiches, einschmeichelndes Englisch. »Das hier ist nichts Offizielles. Wenn die BAAG davon erfährt, bekommen wir alle entsetzlichen Ärger. Du bist eine Amateurin. Ich würde es selbst tun, aber die Japaner haben wahrscheinlich schon eine Akte über mich angelegt. Wenn sie mich schnappen, werden sie mich mit Sicherheit auf der Stelle exekutieren.«

»Das war allein meine Entscheidung, Fernando. Ich muss es tun, vor allem, da jetzt der neue Lagerkommandant jeden Tag eintreffen kann. Wenn er Iain erkennt, wird er ihn erschießen. Ich muss ihn so schnell wie möglich herausholen.«

»Du hast vier Tage Zeit. Wir werden am verabredeten Punkt auf dich warten. Du weißt, wo?«

»Ja«, erwiderte sie. Obwohl in ihrer Stimme unüberhörbar ein besorgter Unterton mitschwang, war sie tief in ihrem Herzen ohne jede Furcht. Sie spürte, dass sie Iain immer näher kam. Schon bald würde sie ihm helfen und ihn trösten können. Sie sah Costa noch einmal an und war überrascht, dass sie trotz seines raubeinigen Äußeren eine so große Sensibilität in seinen Augen entdeckte. Ein Gefühl des Mitleids überkam sie, als ihr bewusst wurde, dass dieser dicke Macanese Iain fast so nahe stand wie sie selbst.

»Ich bin es *Vermelho* schuldig, dass ich euch beide sicher wieder zurückbringe«, sagte er.

Sie berührte Costas Hand. »Ich weiß. Danke«, sagte sie und sah jetzt zum Land hinüber, entschlossen, den Mann, den sie liebte, zu finden. Den Mann, der jetzt schon seit siebzehn Jahren Tag und Nacht in ihren Gedanken war, sodass eine unauflösliche emotionale und geistige Verbindung zwischen ihnen entstanden war.

»Ich werde ihn finden, Fernando, und ich werde ihn nach Hause bringen.«

Eine Pause folgte. Ein flüchtiger Moment ehrfürchtigen Schweigens. Ein Flüstern der Hoffnung, das zwischen ihnen hing, bevor es der Wind davonwehte. Er nickte zustimmend. »Ich weiß, dass du das wirst, Nadia. Gott sei mit dir.«

Costa ließ die Baumwollsäcke mit einem dumpfen Geräusch in den Sampan fallen.

Nadia blieb noch eine Weile unter dem Quartermast stehen. Ihre Gedanken überschlugen sich. Sie hatte die Augen geschlossen und ihr Gesicht zum Himmel gerichtet. Sie tastete mit einer Hand nach dem Glücksbringer aus Glas, den ihr Vater ihr geschenkt hatte und den sie seitdem an einer dünnen Kette um den Hals trug. Costa schürzte die Lippen und gab eine Art Pfeifen von sich.

Nadia knöpfte ihren Kittel fest zu.

Sie sah zu Costa hinunter, dessen erhobene, geballte Faust ihr sagte, dass es für sie Zeit war zu gehen. Sie rückte noch einmal ihren geflochtenen Hut mit der breiten Krempe zurecht und kletterte dann die Strickleiter in den Sampan hinunter. Die Leiter knirschte und klapperte unter ihrem Gewicht. Auch die See war jetzt wieder unruhiger geworden. Die Frau in dem Sampan sah sie an, als wäre sie ein Dämon aus dem Meer. Offensichtlich war sie die erste kaukasische Frau, die sie in ihrem Leben zu Gesicht bekam.

Nadia spürte, wie sehr der Boden unter ihren Füßen schwankte, kämpfte verzweifelt darum, aufrecht stehen zu bleiben. Der Sampan hüpfte auf den Wellen dahin. Das Wasser war pechschwarz. Sie schmeckte salzige Gischt auf ihren Lippen, spürte die Feuchtigkeit auf ihrem Gesicht. Sie warf noch einmal einen Blick zurück und sah Costas dunkle Silhouette am geschwungenen Bug der Dschunke. Sie winkte ihm zu, aber er reagierte nicht. Das

Letzte, was er ihr auf den Weg mitgegeben hatte, war, dass sie die Küstenstraße entlang nach Westen gehen und am folgenden Morgen am Strand mit den drei Palmen nach Pater Luke Ausschau halten sollte.

Sie war jetzt völlig auf sich allein gestellt.

Sie sprang über die Bordwand ins Wasser. Als sie Grund unter ihren Füßen hatte, spürte sie sofort, wie die Gezeiten ihre Beine packten und sie hin und her zogen, ihre Knie beugten. Sie kämpfte sich, eine Baumwolltasche über jeder Schulter, ans Ufer, wo sie sich auf alle viere fallen ließ, wobei ihr der Hut vom Kopf rutschte. Die einzige Lichtquelle war der Mond, der jedoch auch immer wieder hinter Wolkenfetzen verschwand. Es herrschte gerade Ebbe, und so erstreckte sich zwischen dem Meer und dem Gebüsch am bewaldeten Ufer ein ungefähr fünfundzwanzig Meter breiter Sandstreifen.

Mit glucksendem Wasser und Sand in den Schuhen, ging Nadia geradewegs auf eine Reihe hoher Bäume zu, bis sie nur noch etwa fünfzehn Meter von der Straße entfernt war. Jetzt, da sie allein war, zuckte sie beim leisesten Geräusch – dem Rascheln des Windes in den Bäumen, dem zischenden Geräusch der Brandung – heftig zusammen. Sie strengte die Augen an, versuchte die Dunkelheit zu durchdringen. Abgesehen von ein paar hektisch herumlaufenden Krabben, schien der Strand jedoch vollkommen leer und verlassen zu sein. Sie rannte in gebückter Haltung los, ihre Füße sanken tief im Sand ein, ihre Taschen schlugen gegen ihren Rücken. Sie rannte, als würde sie von einer mächtigen, unsichtbaren Hand vorwärtsgetrieben. Sie hörte ihren keuchenden Atem. Der kühle Schweiß auf ihrem Gesicht fühlte sich wie leichter Regen an.

Sie war noch ungefähr zehn Meter von der Straße entfernt, als sie plötzlich stolperte und stürzte. Sie war mit dem Fuß an irgendetwas hängen geblieben, etwas, das so rund und ungefähr so groß wie eine Kokosnuss war. Als sie sich wieder aufgerappelt hatte, ließ sie ihren Blick suchend über den Boden hin und her schweifen. Am oberen Teil des Strands verstreut lag etwas, das sie in der Dunkelheit für große Steine hielt. Sie bückte sich und streckte ihre Hand aus. Das, was ihre Finger berührten, fühlte sich jedoch eher wie weiches Kokosfasergarn oder wie Stroh an. In genau diesem Moment kam der Mond hinter den Wolken hervor und warf sein geisterhaft blaues Licht auf den Strand. Sie zog blitzartig ihren Arm zurück. In ihren Adern schien das Blut zu gefrieren. Sie ballte die Hände zu Fäusten und presste sie auf ihren Mund. Ein Mann starrte sie mit einem entsetzten, atemlosen, anklagenden Ausdruck auf dem Gesicht an. Seine Zähne schimmerten im Mondlicht strahlend weiß. Sein dunkles Haar war gelockt. Seine Augenhöhlen waren voller Fliegenlarven, die sich wie klebrige Reiskörner im fahlen Licht wanden. Ein paar Schritte weiter entfernt glotzte ein anderer Mann stumm und unverwandt die Sterne an.

Der Geruch des Todes stieg ihr jetzt in die Nase. Rechts und links von ihr lagen noch mehr rumpflose Köpfe, einer davon trug noch seine Brille. Fünf Meter entfernt sah sie jetzt eine Gruppe kopfloser Körper, die auf dem Rücken lagen. Alle hatten aufgeschlitzte Bäuche. Der Sand ringsum war mit Blut geradezu getränkt und mit Eingeweiden übersät. Offensichtlich hatten sich bereits streunende Hunde an den Leichen gütlich getan. Nadia zählte insgesamt elf Leichen.

Der Wind kam jetzt in heftigen Böen, wirbelte den Sand auf. Ein eiskalter Schauder lief Nadia über Arme und Nacken. Sie kniff die Augen zusammen. Plötzlich leuchteten die Bäume vor ihr auf. Sie hörte das an- und abschwellende Dröhnen eines schweren Lkw-Motors und das Geräusch von Reifen, die auf der nassen Straße zischend zum Stehen kamen. Dann tauchte ein zweiter Laster auf und hielt ebenfalls an. Scheinwerferstrahlen kreuzten sich in der Dunkelheit, beleuchteten den Strand. Sie kletterte Hand über Hand, während sich ihre Schuhe aus Tuch Halt suchend in die Erde gruben, einen kleinen Grat hinauf und versteckte sich dann hinter einem Gestrüpp aus Disteln. Sie verharrte regungslos und hielt den Atem an. Die Adern in ihrem Hals begannen heftig zu pulsieren.

Eine stählerne Stimme rief laut: »*Sousou, sousou!*« Sie sah Bajonette glitzern. Ein japanischer Offizier, die seitlichen Schlitze seiner Tropenjacke für den Wind geöffnet, führte eine Prozession von gefesselten Männern auf ein freies Areal mit hohem Gras. Einer der Gefangenen versuchte Widerstand zu leisten und bekam deshalb sofort den Kolben eines Gewehrs zu spüren. Ein schriller Schrei ertönte, der Ruf nach Gnade. Nadia glaubte, englische Worte zu hören. Die Scheinwerfer eines der Laster erleuchteten das gequälte Gesicht eines Mannes. Sie sah fünf Gestalten, kniend, die Köpfe gesenkt wie zum Gebet. Mit trockenem Mund unterdrückte sie nur mit großer Mühe ein Schluchzen. Der Offizier rückte den Kinnriemen seiner Mütze zurecht und legte die schwarz lackierte Degenscheide auf den Boden. Dann hob er sein Schwert hoch über den Kopf und holte mit Schwung aus.

Im Schatten verborgen, die Hände fest auf die Brust gepresst, konnte Nadia nicht mehr aufhören zu zittern. Sie wollte nicht zusehen, aber es gelang ihr einfach nicht, den Blick abzuwenden. Sie spürte, wie ihr eine eisige Kälte bis ins Mark kroch. Die Welt erstarrte in Stille.

4

Nadia legte in dieser Nacht zwei Pausen ein. Die zweite davon machte sie am Strand in der Nähe eines im europäischen Stil gehaltenen Bungalows, der von chinesischen Palmen und Bauhinias umgeben war. Schließlich suchte sie sich in einem trockenen Bachbett einen Platz zum Schlafen, wobei ihr trockene Blätter und Zweige als Decke und ihre Säcke als Kopfkissen dienten. Sie konnte jedoch lange Zeit nicht einschlafen. Das Bild der Männer, die schreiend ihren letzten Atemzug taten, der Scheinwerfer der Laster, die durch die Nacht schnitten, und der wehrlosen Opfer, die im Sand lagen, erfüllte sie mit Grauen. Sie hatte das Gefühl, als würde ihre Seele unter der Last dieser Bilder zusammenbrechen. Die Bilder ließen sie einfach nicht mehr los, wollten einfach nicht verblassen. Erschöpft und voller Angst zwang sie sich jedoch, die Augen zu schließen, und versuchte sich einzureden, dass morgen alles gut sein, dass die Albträume dann verschwunden sein und dass sie das, was sie gesehen hatte, vergessen haben würde.

Sie lag in der Dunkelheit, fuhr acht- oder neunmal auf, um in das finstere Bauhiniawäldchen zu starren, weil sie glaubte, ein Flüstern gehört zu haben. Sie musste an die alten Geschichten denken, die man ihr als Kind erzählt hatte. Die Geschichten von Baba Yaga – der bösen Hexe, die im Wald in einem Haus aus Hühnerbeinen und Menschenschädeln lebte und Kinder fraß.

Sie warf sich unruhig hin und her, bis die Erschöpfung sie schließlich übermannte und sie, die Hände zwischen ihre Knie geschoben, in einen unruhigen Schlaf fiel. Sie träumte von kopflosen Soldaten, die rückwärts ins Meer gingen, und von Schwertern, die wie die Strahlen des Mondes vom Himmel fielen.

Sie erwachte beim ersten Licht des Morgens von ihrem eigenen Husten. Als sie die Augen öffnete, sah sie die ersten Sonnenstrahlen durch die Zweige sickern und auf ihren Körper fallen. Irgendwo im Dickicht krähte ein Hahn. Als sie ihr Gesicht von den Blättern befreite, schmeckte sie die Seeluft auf ihren Lippen. Sie setzte sich auf. Die Morgendämmerung küsste die Brandung, und über der gesamten Küste lag ein pudriger Dunstschleier. Es waren weder leichte Kreuzer noch Patrouillenboote der Japaner zu sehen.

Unwillkürlich begann sie sich zu kratzen. Die blutsaugenden Moskitos hatten sie die ganze Nacht über attackiert, und die Stiche auf ihrer Haut waren inzwischen zur Größe kleiner gekochter Eier angeschwollen. Sie gratulierte sich insgeheim dazu, dass es ihr gelungen war, trotz der vielen Stiche und des beständigen lauten und hohen Summens der Tiere zu schlafen. Jetzt aber war ihre Kleidung feucht, und ihr gesamter Körper war mit Stichen geradezu übersät. Ihr Gesicht juckte, ihre Augenlider juckten, sogar ihre Knöchel und Zehen juckten. Nadia richtete sich auf und entfernte einen Wurm aus ihren Haaren und einen Stinkkäfer aus einem ihrer Schuhe. Die letzte Nacht, die sie im Freien verbracht hatte, das war noch in Twer gewesen, die Nacht, in der ihr Zuhause niedergebrannt worden war. Sie massierte ihren steifen, schmerzenden Nacken. An ihrer Hose klebte Schlamm. Sie hatte Sand in den Augen. Während sie von einer Kamillenlotion träumte, rieb sie sich mit den Händen über ihr Gesicht. Alles, was sie sich jetzt wünschte, war, ihre Brust von dem Obi zu befreien und sich solange zu kratzen, bis es blutete.

Nadia zog aus einem ihrer Säcke eine Karte von Hongkong heraus. Sie faltete die Karte, die alt und vom vielen Gebrauch ganz speckig geworden war, sorgfältig auseinander und stellte fest, dass der Ort Stanley ganz im Süden der Insel lag. Während die Adern auf ihren Schläfen plötzlich wieder zu pulsieren begannen, rechnete sie sich aus, dass sie nicht mehr als sechs oder sieben Kilometer vom Internierungslager und damit von Iain entfernt sein konnte. War das hier gerade die Repulse Bay oder die Deep Water Bay? Da sie diese Frage an Ort und Stelle nicht beantworten konnte, beschloss sie, erst einmal das Gelände zu erkunden.

Sie ging durch das hohe Gras und stellte fest, dass sie sich in einem Tal befand. In den Vorhügeln standen zwei Hütten, die aus Treibholz, Wellblech und Lehm erbaut waren. Abgesehen von einer Frau, die in einiger Entfernung Wäsche in einem Bach wusch, war keine Menschenseele zu sehen. Nadia behagte das überhaupt nicht. Sie ging weiter und kam zu einem verlassenen Bungalow. Die weiß gekalkten Mauern waren mit Einschusslöchern übersät, die Türen herausgetreten und die Fensterscheiben eingeschlagen. An eine der Mauern hatte man ein hölzernes Schild genagelt, dem die Witterung bereits sehr zugesetzt hatte. Der Regen hatte die schwarze Schrift verwaschen, und die Sonne hatte die Buchstaben ausgeblichen. Dennoch konnte Nadia noch lesen, was dort stand:

Britische Offiziere und Soldaten! Ergebt Euch! Glaubt ihr immer noch, dass euch die Chungking-Armee retten wird? Sie wird niemals kommen! Die Malay-Halbinsel und die Philippinischen Inseln stehen bereits vollständig unter japanischer Kontrolle. Eure Kameraden aus Kowloon sind bereits in Shamchun und genießen ein frohes, besinnliches Weihnachtsfest. Denkt an Eure Familien. Dies ist die letzte Chance, Euch zu ergeben.

Die japanische Armee, 20. Dezember 1941

Ein Stück weiter stieß sie auf eine Ziegelmauer. An dieser war ein Messingschild befestigt. Das Schild war fleckig, schmutzig und völlig verkratzt. Es wurde von Schrauben gehalten, die in der salzigen Meeresluft Rost angesetzt hatten. Erst als sie mit dem Daumen den Dreck entfernt hatte, konnte sie die Aufschrift entziffern. Das Schild sagte ihr, dass sie sich auf dem Gelände des Golfplatzes von Deep Water Bay befand. Sie sah sich um und entdeckte die drei hohen Palmen, von denen Costa gesprochen hatte.

Auf der Suche nach einem Platz, wo sie sich verstecken konnte, ging Nadia das Fairway entlang, das jetzt üppig grün und mit kniehohem Gras bestanden war. Schließlich entschied sie sich für eine Stelle unter einigen Schatten spendenden chinesischen Pinien, an der der Weg eine Kurve machte und dann den Hügel hinaufführte. Hier setzte sie sich hin und sah auf das im Sonnenlicht glitzernde Wasser der Bucht hinaus. Sie war noch immer erschöpft und inzwischen auch sehr hungrig.

Um Kraft zu tanken, trank sie ein paar große Schlucke Wasser aus ihrer Feldflasche und aß einen Keks und eine der Tangerinen. Sie hätte nur allzu gern im Meer gebadet und sich die Schrecken der vergangenen Nacht abgewaschen. Aber das Risiko, entdeckt zu werden, war einfach zu groß. Stattdessen schloss sie die Augen und hielt ihr Gesicht in die Sonne. Rote und orangefarbene Flecken bildeten sich hinter ihren Augenlidern. Die salzige Meeresbrise, der Geruch von Regen, der in der Luft hing, der Gesang der Vögel in den Bäumen, all das stand in krassem Gegensatz zu der Angst und der Hoffnung, die ihr Inneres beherrschten.

Nadia wurde von den schrillen, krächzenden Rufen eines Falken aus ihrem Tagtraum gerissen. Sie sah dem Vogel zu, der über dem Wasser der Deep Water Bay kreiste. Sein Kopf war nach unten gerichtet, während er das gekräuselte Wasser nach Fischen absuchte, die unter der Meeresoberfläche dahinschossen.

Der Himmel hatte sich inzwischen bewölkt. Nur noch ein paar verstreute Sonnenstrahlen fielen wie kleine Honigtropfen durch die Wolken und sprenkelten das Grau mit goldenen Tupfen. Erste Regentropfen benetzten ihre Wangen. In diesem Moment vernahm sie in der Ferne das Brummen eines Motors. Sie setzte sich kerzengerade auf, dann zog sie sich in das Dickicht hinter ihr zurück und legte sich dort flach auf den Bauch. Ein uralter Morris Cowley fuhr auf die drei Palmen zu. Die mit Holzspeichen versehenen Räder kamen schlitternd zum Stehen, gerade als es wie aus Kübeln zu schütten begann. Als Nadia den tiefen Ton der Autohupe hörte, sprang sie aus ihrem Versteck auf und rannte, über Unkraut und Steine stolpernd, durch den sintflutartigen Regen auf den Wagen zu. Eine schwarz gekleidete Gestalt starrte sie durch die Windschutzscheibe an. Der Regen prasselte auf sie hernieder.

5

Im Inneren des 1932er Morris Cowley war es feucht und eng. Der Gestank von toten Tieren war überwältigend. Die Sitze waren klebrig, die Fensterscheiben ockergelb und körnig, und an der Türfüllung hingen zerzauste Hühnerfedern. Auf dem Rücksitz scharrte eine weiße Henne nach Würmern. Der Geruch ließ Nadia würgen.

Sie sah Pater Luke Chow einen Moment lang an, studierte seinen allmählich kahl werdenden Kopf und seine abstehenden Ohren. »Hallo«, sagte sie.

Er antwortete ihr nicht. Ohne ihr auch nur zuzunicken, begann er das Auto zu wenden, wobei seine Hinterräder über den grasbewachsenen Seitenstreifen holperten. Ein unangenehmes Schweigen breitete sich zwischen ihnen aus. Vielleicht hört er schlecht, überlegte Nadia. Vielleicht war er auch nur ein wenig schüchtern, und man musste ihn erst aus der Reserve locken. Sie versuchte es noch einmal, diesmal mit etwas lauterer Stimme. »Mein Name ist…«

»Ich weiß, wer Sie sind!«

Der Morris machte einen Satz nach vorn. Pater Luke, ein verbraucht aussehender Eurasier von ungefähr fünfzig Jahren mit der salzigen, zerknitterten Haut einer Landschildkröte, saß mit krummem Rücken, angespannten Schultern, zusammengebissenem Kiefer und abgespreizten Ellbogen am Lenkrad. Irgendwie sah er aus wie ein Affe auf dem Schleifstein. Er wirkte barsch und abweisend. Die menschlichen Tragödien, mit denen er tagtäglich konfrontiert wurde, hatten ihn offensichtlich hart und unempfindlich werden lassen. »Als Erstes«, sagte er zu Nadia in einem Ton, als wäre sie seine Untergebene, »ziehen Sie Ihre Sachen aus«, seine Hände, lang und knotig, tauchten aus den tiefen Ärmeln seiner schwarzen Soutane auf, »und ziehen das hier an.« Er griff zwischen die beiden Sitze und zog eine lange, dunkle *sottana* hervor, deren Vorderseite mit einer Reihe brauner Knöpfe versehen war.

»Was? Sie meinen… jetzt sofort?«

»Ja! Sofort! Wir kommen gleich an eine Straßensperre. Aber Sie brauchen sich keine Sorgen zu machen. Ich habe sie gesegnet!«

»Was, die Straßensperre?«

»Natürlich nicht!« Er ließ das Lenkrad los. »Sperren Sie gefälligst Ihre Ohren auf.« Er hustete und zuckte zusammen, als hätte jemand einen Dolch durch seine Lungen gebohrt. »Die Soutane! Ich habe die Soutane gesegnet. Ziehen Sie sie an!«

Nadia rutschte ein Stück zur Tür hinüber und drehte ihm den Rücken zu. Sie zog ihren Fischerkittel aus, der von dem nassen Gras, in dem sie gelegen hatte, noch immer feucht war, und zog die Soutane an. Dann knöpfte sie sie diagonal von ihrer rechten Schulter bis zur Spitze ihres linken Schuhs zu.

»*Paschalsta*, wohin fahren wir?«

»Zum Gebetshaus, das dem wundertätigen St. Nikolai geweiht ist.« Seine Stimme bewegte sich im Einklang mit den Unebenheiten in der Straße auf und ab. »Es befindet sich in der Wing Lok Street im Bezirk Sheung Wan. Dort werden Sie die nächsten Tage verbringen.«

»Aber warum fahren wir nicht zur Kathedrale in der Caine Road oder zur St.-Stephen-Kirche?«

»Die Kathedrale wurde durch Bomben schwer beschädigt, und St. Stephen«, er lachte bitter, aber sein Ton war jetzt nicht mehr ganz so schroff, »nun, St. Stephen wird zurzeit von den Japanern als Pferdestall genutzt.«

»Das tut mir leid. Das wusste ich nicht.«

Pater Luke zog die Schultern hoch und winkte ab. Der Morris ratterte die Teerstraße entlang, machte einen Schlenker nach links, dann wieder einen nach rechts, um den Granatenkratern auszuweichen. Nadia hatte das Gefühl, als würden die Eingeweide in ihrem Körper gründlich durcheinandergeschüttelt, während sie von einem Schlagloch ins nächste holperten.

»Sie sind ein guter Fahrer«, sagte sie nicht ohne Sarkasmus, als sie sich mit beiden Händen an ihrem Sitz festkrallte. Obwohl er die Ellbogen noch immer wie Flügel abspreizte, schien sich Pater Luke bei ihren Worten ein wenig zu entspannen. Als Nadias weiße Fingerknöchel wieder einen rosa Farbton angenommen hatten, fragte sie: »Ist das Ihr Wagen?«

»Ja, der Wagen gehört mir. Ich habe großes Glück, dass ich ihn behalten darf. Die Japaner haben Tausende von Autos und Straßenbahnen requiriert und eingeschmolzen, weil sie Metall für ihre Waffen brauchen. Wegen meiner Behinderung habe ich eine Ausnahmegenehmigung von Oda Takeo im Außenministerium erhalten.« Nadia warf einen flüchtigen Blick auf den verdrehten Spann seines Klumpfußes. Er sah kurz zu ihr hinüber. »Passt Ihnen die Soutane?«

Die Ärmel reichten ihr zwar bis zu den Fingerspitzen, aber abgesehen davon passte ihr das Gewand. Nadia nickte.

»Setzen Sie das auf«, sagte er und gab ihr eine schwarze *Biretta*, einen steifen, viereckigen Hut, wie er von den Geistlichen getragen wurde. Die *Biretta* war ihr jedoch viel zu groß und rutschte ihr deshalb über die Augen. »Recken Sie Ihr Kinn! Dadurch wirken Sie männlicher.«

Nadia schob ihre Lippen vor.

»Nein, das ist ein Schmollmund! Ich meinte so!« Er schob sein Kinn nach vorn, sodass er jetzt aussah wie eine verwirrte Schildkröte.

Sie versuchte es noch einmal, zog dabei ihre Nase kraus.

»Schon besser!« Er nickte, und auf seinem zerfurchten Gesicht erschien sogar die Andeutung eines Lächelns. »Noch etwas: Hat Costa Ihnen die Ausweispapiere gegeben?«

»Ja, das hat er«, sagte sie.

»Halten Sie sie bereit. Die Japaner sind Priestern gegenüber nach wie vor argwöhnisch. Sie sollten also besser kein Wort sagen. Ich werde mit den Soldaten am Kontrollpunkt reden, falls es nötig sein sollte. Wenn wir anhalten, steigen Sie langsam aus, stellen sich aufrecht hin und verbeugen sich dann tief. Ich werde dasselbe tun. Haben Sie mich verstanden?«

»Ja.« Nadia nickte.

Es hatte inzwischen aufgehört zu regnen. Die Sonne brach durch die Wolken, spiegelte sich in den Pfützen auf dem Boden, sodass sie aussahen wie glänzende Platten aus Edelstahl. Sie kamen an einer ausgebombten Polizeistation und am Hauptquartier der Western Brigade vorbei. Über die niedrige Hügelkette des Mount Nicholson spannte sich ein prächtiger tropischer Regenbogen. Auf die erste Straßensperre trafen sie in der Stubbs Road, die etwas mehr als dreihundert Meter vom katholischen Friedhof entfernt im Happy Valley begann. Nadia sah ein halbes Dutzend japanische Infanteristen. Sie standen in der Nähe einer Maschinengewehrstellung, um die ein fast einen Meter hoher Wall aus Sandsäcken errichtet worden war. Es sah aus, als wolle man sich vor einer Flut schützen. Die Soldaten trugen ihre unverwechselbaren khakifarbenen Uniformjacken und Kampfmützen.

Ihre Pantalons waren mit Wickelgamaschen befestigt. Einer von ihnen schlug gerade einem Chinesen mitten ins Gesicht, weil dieser eine Sonnenbrille trug – sie nicht abzunehmen galt als Affront gegen die Armee.

Pater Luke starrte mit dem resignierten Gesichtsausdruck eines Patienten, der im überfüllten Wartezimmer eines Arztes sitzt, geradeaus. Ein Soldat, der an seinen roten *Passants* als Offizier zu erkennen war, kam auf sie zu. Er hatte die Gesichtsfarbe einer Taroknolle, die zu lange in der Sonne gelegen hatte. Als Pater Luke nickte, stieg Nadia langsam aus dem Wagen. Sie verbeugte sich tief, so wie er es ihr gesagt hatte, schob dann ihr Kinn vor und heftete den Blick auf den Boden. Die *Biretta* rutschte über ihre Ohren. Der Offizier studierte sorgfältig die Papiere, die ihm Pater Luke zeigte, brummte etwas Unverständliches und ließ sie dann passieren, ohne Nadia auch nur eines einzigen Blicks gewürdigt zu haben.

Als sie weiterfuhren, bekreuzigte sich Pater Luke. Die Henne auf dem Rücksitz gab ein leises Gackern von sich. Nadia sagte: »Das ging ja richtig gut. Man könnte fast meinen, dass die Soldaten täglich weiße Gesichter zu sehen bekommen.«

»Das ist auch so. In Hongkong leben Hunderte von Menschen, die so wie wir ›Drittnationen‹ angehören – Portugiesen, Eurasier und Russen. Auch Deutsche und Italiener.«

»Wovon leben diese Leute?«

»Einige von ihnen treiben Handel.« Pater Luke hielt an einer Straßenkreuzung an und ließ einen Panzerspähwagen der Kaiserlichen Armee vorbei. Während er wartete, zog er nervös an seinen Fingern, bis die Gelenke knackten. Sein linkes Bein zuckte und pumpte ruhelos auf und nieder. »Einige von ihnen haben, gemeinsam mit den reichen chinesischen Familien, inzwischen enge Verbindungen zu den Japanern geknüpft. Viele von ihnen …«, er verzog das Gesicht und krümmte sich zusammen, »… sind einfach nur Betrüger. Sie haben überhaupt keine Skrupel und tun einfach alles, um Geld zu verdienen. Sie mischen gemahlenen Sand unter den Reis, geben gebleichten Lehm zum

Milchpulver und verkaufen das Ganze dann an die hungernden Menschen. Und deshalb sterben hier jeden Tag Kinder. Das sind Sünden, die ich diesen Betrügern niemals vergeben kann. Ganz egal, was sie beichten und wie viel sie beten, ich werde ihnen das nicht vergeben.« Er fand jetzt wieder zu seiner freundlichen Klerikerstimme zurück. »Ich tue, was ich kann, um den hungernden Menschen zu helfen, wissen Sie? Ich baue Auberginen, Kohl und Brokkoli an und verteile das Gemüse dann an die Menschen, die in der Nähe der Mission leben. Es gibt da auch noch eine Gruppe kommunistischer Guerillas. Sie kommen einmal im Monat und verteilen Reis. Sie leben drüben in Sai Kung und kommen im Schutz der Nacht heimlich mit dem Boot.«

Der Morris fuhr jetzt an der Wellington-Kaserne vorbei, einem ausgedehnten viktorianischen Gebäudekomplex, in dem gegenwärtig die Verwaltung der Kaiserlichen Marine untergebracht war. Ein paar Minuten später umrundete der Wagen den Murray Parade Ground, auf dem indische Truppen exerzierten. Abgesehen von einem Armeelaster waren auf der Straße keine anderen Fahrzeuge zu sehen. Pater Luke folgte Nadias Blick.

»Sehen Sie dort drüben?«, fragte er. »Das sind ehemalige Kriegsgefangene. Sie gehörten den Regimentern aus dem Rajput und dem Punjab an. Sie haben die Seiten gewechselt. Man sieht jetzt viele indische Soldaten auf den Straßen patrouillieren, weil ein Großteil der japanischen Truppen in den Pazifik zurückbeordert wird.«

»Wollen Sie damit sagen, dass das Verräter sind?«

»Nun, sie selbst ziehen es vor, sich als Soldaten der neuen indischen Nationalarmee zu sehen.«

Nadia atmete tief aus und fühlte sich plötzlich wieder sehr müde und erschöpft. Sie starrte aus dem schmutzigen Fenster und sah die Lethargie und den Stillstand, der die Stadt langsam ruinierte. Inzwischen waren mehr als drei Jahre vergangen, seit sich Hongkong den Japanern ergeben hatte. Nadia hatte eigentlich erwartet, dass man mittlerweile die Ordnung wieder hergestellt hatte, doch mit Ausnahme einiger planloser Aufräumaktionen in den wichtigsten Geschäftsbezirken der Kolonie waren die Spuren und die Auswirkungen der Kämpfe allgegenwärtig. In einigen Teilen des Western District, dort, wo lange Reihen von mit Türmen und Zinnen versehenen drei- und vierstöckigen Häusern standen, trugen die Mauern der Gebäude die Spuren von Granateneinschlägen. Nadia sah herausgerissene Türen und weggesprengte Dächer. In Sheung Wan ragten zerschmetterte Bettgestelle und kaputte Rikschas aus den Bergen von Schutt hervor. In der Pottinger Street war die Treppe, die zu einer unterirdischen öffentlichen Toilette führte, in zwei Hälften gespalten wie der Rücken eines alten Buches, während auf dem Queen's Square die kaiserliche Armee mit ihrem unersättlichen Appetit nach Schrott die Bronzestatuen abmontiert und nach Japan verschifft hatte, wo sie dann eingeschmolzen worden waren.

Bibliotheken, Schulen, Restaurants und Geschäfte – fast alle öffentlichen Einrichtungen blieben geschlossen. Auf den Straßen fuhren weder Autos noch Busse. Rikschas und Dreiräder waren die einzigen verfügbaren Transportmittel. Aus einer der Gassen kamen Menschen mit Handkarren, die mit einer merkwürdigen Auswahl an Waren beladen waren – Säcke mit Reis, Tische aus Korb, Stoffschuhe, Bündel Holz, Fahrradreifen, Pelzhandschuhe, Dosenmilch – Dinge für den Tauschhandel. Als sie die Shek Tong Tsui entlangfuhren, sah Nadia, dass das kleine Restaurant, in dem sie vor vielen Jahren gegessen hatten und dessen Spezialität der Schmorbraten gewesen war, nicht mehr existierte. An seiner Stelle befand sich jetzt ein Bordell. Sie sah auch, dass man alle Straßennamen geändert hatte. Wo Nadia auch hinsah, an allen Gebäuden und Fahnenmasten hing die kaiserliche Flagge, die *Hinomaru*, mit ihrem großen roten Kreis, die aussah wie das Bettlaken einer Braut nach der Hochzeitsnacht. Ein Blutfleck auf jungfräulich weißem Grund.

»*Paschalsta*, was ist denn mit den Straßenschildern geschehen? Früher waren sie doch alle Englisch beschriftet.«

»Die alten Schilder sind jetzt nur noch Feuerholz. Sie wurden samt und sonders durch Schilder mit chinesischer und japanischer Beschriftung ersetzt. Die Japaner wollen eine pan-asiatische Harmonie und Demokratie schaffen. Sie sagen, dass die westlichen Nationen nichts als Räuber und Diebe seien und dass es deshalb ihre Pflicht sei, Asien vor dem Kolonialismus zu retten. Es hat weitreichende antikoloniale Aktionen durch die indischen Gemeinden gegeben. Und auch viele der wohlhabenden Chinesen haben sich den Japanern angeschlossen.«

Ein Stück weiter die Straße hinunter sah Nadia eine Gruppe von Kulis, die mehrere Chow-Chows und Mischlingshunde zusammentrieben. Die Tiere, die sich wehrten, schlugen sie mit langen Bambusstangen.

»Die Einheimischen sagen, dass die Hunde mit schwarzen Zungen am besten schmecken«, sagte der Pater, und an seinem Blick war deutlich zu erkennen, wie sehr er das alles missbilligte.

Die Kulis hatten den Hunden Seile um den Hals gebunden und schlugen sie, wenn sie sich auf die Hinterbeine aufrichteten, auf die Schnauzen. Nadia wurde bleich und wandte den Blick ab. Das hässliche, albtraumhafte Jaulen der Hunde verfolgte sie noch den ganzen Weg bis zur Wing Lok Street, wo Pater Luke den Morris in einer Garage in der Nähe des Postamtes von Sheung Wan abstellte. Sie stiegen aus dem Wagen. Sobald sie sich wieder auf der offenen Straße befanden, wurden sie von Kindern umringt, die sie um etwas zu essen oder um Geld anflehten. Zerlumpte Jungen und Mädchen mit schmutzigen Gesichtern, die dreckverkrusteten Füße mit Ekzemen übersät, rannten neben ihnen her. Pater Luke griff in die Tasche seiner Soutane und gab jedem Kind eine Rosine.

Wohin Nadia auch sah, sah sie die hungrigen, verängstigten Gesichter der Armen, die so in Mitleidenschaft gezogen und kaputt erschienen wie die Gebäude, die sie umgaben. Beim Anblick dieser ausgezehrten, schmutzverkrusteten Gesichter musste sie unwillkürlich an Iain denken. Sie betete inständig darum, dass es ihm besser ginge als diesen armen, notleidenden Kreaturen.

Zerlumpte Männer suchten mit halb geöffnetem Mund die Straßen nach Brennmaterial ab – sie nahmen alles mit, angefangen von getrocknetem Gras bis hin zu Blättern. Alte Frauen, die schmutzigen Haare voller Nissen, starrten aus den Fenstern der geplünderten Ladengeschäfte auf die Straße hinaus und kratzten sich dabei an den Geschwülsten auf ihren Wangen. Spatzen vollführten mit zuckenden Köpfen Pirouetten auf den gekappten Stromleitungen und tanzten einen Todestanz. Die Leitungen zitterten leicht unter ihrem Gewicht.

Sie näherten sich jetzt einem befestigten Gebäudekomplex. Der Hof der Mission war von einem hohen Eisenzaun umgeben. »Kommen Sie.« Pater Luke nickte ihr zu, sperrte das Tor und dann ein zusätzlich angebrachtes Vorhängeschloss auf.

Sie stiegen eine schmaler werdende Treppe hinauf. Pater Luke standen dicke Schweißtropfen in den lichten Haaren, während er mit seinem Klumpfuß die Stufen hinaufhinkte. »Tut mir leid«, japste er, »mein Herz ...« Die Mauern waren feucht, glitschig und mit Fliegen übersät. Als sie in einem großen Raum im Innern des Gebäudes angekommen waren, zündete er eine Kerze an. Nadia blinzelte, wartete darauf, dass sich ihre Augen an das schwache Licht gewöhnten. Sie sah ein Bett und noch einige wenige andere Einrichtungsgegenstände. »Mein Zuhause«, sagte er und verzog dabei seine ledrigen Lippen zu einem Lächeln. Er begann wieder, an seinen Fingern zu ziehen, bis seine Gelenke knackten.

Nadia sah durch das kleine Fenster dunkle Wolken am Himmel. Und aus der Ferne zogen noch dunklere Wolken heran. Obwohl es Vormittag war, war es in dem Zimmer so dunkel, dass man das Gefühl hatte, sich tief unter der Erde zu befinden. »Die Elektrik ist kaputt«, erklärte der Priester. »Nehmen Sie das hier.« Er griff in dem fahlen Licht nach einer Karbidlampe. Die Lampe besaß zwei übereinander liegende Kammern. Die obere Kammer war mit Wasser gefüllt, während die untere einen Würfel Karbid enthielt. Pater Luke drehte an einem kleinen Ventil, sodass Wassertropfen in die untere Kammer auf das Karbid fielen. Bald brannte das auf diese Weise entstehende Äthylengas und verlieh dem Zimmer Farbe. »Im oberen Stockwerk gibt es noch ein Schlafzimmer«, sagte er. Sein Schildkrötengesicht glühte in der überirdischen gelben Fluoreszenz. »Dort finden Sie ein Bett. Ich schlage vor, dass Sie sich jetzt erst einmal ein wenig ausruhen.«

Nadia zögerte noch einen Moment. Dann nahm sie die Lampe, hängte sich die beiden Baumwollsäcke über die Schulter und stieg die Treppe hinauf.

Ihr Zimmer war kahl und voller Spinnweben. In der Mitte des Raumes stand ein einzelnes Bett, dessen Beine in wassergefüllten Schüsseln standen, um Ameisen, Tausendfüßler und Küchenschaben abzuhalten. Sie ließ ihre Säcke auf den Boden fallen und schloss die Tür. Den hohen, offenen Raum erfüllte ein ranziger, abgestandener Geruch. Es war der Geruch von Sonnenschein, Regen und Staub, der hier jahrelang gefangen gewesen war, bis er schließlich irgendwann in einen sauren Modergestank umgeschlagen war.

Die Luft war stickig wie in einem Kesselraum. Sie stellte die Lampe auf den Boden, zog ihre Soutane aus und nahm die *Biretta* ab. Dann legte sie sich auf das Bett. Sie drehte der hellen Lampe den Rücken zu und starrte aus dem kleinen Fenster. Sie wollte sich nicht ausruhen, wollte nicht schlafen. Sie wollte zu Iain. Sie wollte sich jetzt sofort auf den Weg machen. Die Sehnsucht nach ihm war beinahe unerträglich geworden. Dennoch gähnte sie jetzt und verspürte dabei ein leichtes Schwindelgefühl. Ihre Muskeln begannen sich zu entspannen. Ihre Augen verloren ihren Fokus. Farben verblassten, verschwanden schließlich ganz. Innerhalb weniger Minuten war sie eingeschlafen. Es war ein tiefer, ein todesgleicher Schlaf.

Nadia fuhr aus dem Schlaf hoch. Der laute Knall eines Schusses, dumpf und dennoch kratzend, rollte die Straße entlang. Noch völlig benommen, wusste sie zuerst nicht, wo sie war. Sie fühlte sich langsam und träge, so als hätte man sie unter Wasser getaucht, und dennoch klopfte das Blut in ihrem Kopf. Im Halbdunkel sah sie im unteren Teil des Fensters ihr Spiegelbild – etwas Weißes, Seidiges und Verschwommenes, etwas wie einen

Geist. Wie lange mochte sie geschlafen haben?, fragte sie sich. Was hatte sie geweckt? Die Karbidlampe war fast erloschen.

Ein weiterer Schuss ließ sie zusammenzucken. Der Knall hallte in ihrem Zimmer wider wie ein Donnerschlag und erfüllte es mit gestaltlosem Lärm. Draußen waren jetzt laute Stimmen zu vernehmen, dann hörte sie unten auf der regendunklen Straße das Geräusch rennender Schritte. Eine Frau schrie. Zwei Gebäude weiter begann ein Hund wütend zu bellen. Nadia ging ans Fenster, sah jedoch nichts als Regen. Die Frau schrie wieder, dann breitete sich eine unheilvolle Stille aus.

Nadia öffnete das winzige Fenster, presste den Kopf gegen die Eisenstäbe, um etwas erkennen zu können. Rostpartikel und abblätternde Farbe lösten sich vom Rahmen und fielen in ihre Haare. Sie wandte das Gesicht ab. Dann war da ein anderes Geräusch, das sie zuerst nicht erkannte. Erst nach einiger Zeit wurde ihr bewusst, dass da jemand wild auf Gongs und Kochtöpfe einschlug. Es folgten wieder Schreie, diesmal so hoch, dass sie an das Quietschen von jungen Mäusen erinnerten, die in einen Wok mit brutzelndem Öl geworfen werden. Das Scheppern der Gongs und der Töpfe wurde immer lauter. Nadia trat einen Schritt vom Fenster zurück. Von unten kam jetzt ein tiefes, bedrohliches Rumpeln herauf, so als versuche eine Menschenmenge durch eine Mauer zu brechen. Kurz darauf ertönte ein krachendes Geräusch im Treppenhaus und erschütterte sie bis ins Mark. Sie wurde leichenblass. Dann hörte sie, dass jemand vor ihrer Tür etwas rief, die Stimme klang katarrhalisch und nervös. Sie starrte über das Bett hinweg zur Tür und sah, dass sich der Türknopf langsam drehte. Sie starrte die Schwärze an, so wie ein Blinder die Welt anstarrt.

»Nadia!« Es war Pater Luke, der in der Tür stand. »Sie müssen mitkommen!«, sagte er. »Unten ist die japanische Militärpolizei.«

6

Nadia sah ihn mit weit aufgerissenen Augen an. Auf ihrer Wange zeichneten sich noch die Abdrücke des harten Kopfkissens ab. Die Schreie hatten bei ihr Erinnerungen an ihre Kindheit geweckt, daran, was Svetlina, dem Dienstmädchen, geschehen war. »Diese entsetzlichen Schreie, dieses Kreischen, was war das?«, fragte sie mit schläfriger Stimme.

»Zwei Männer haben versucht, ein Schwein zu stehlen«, erwiderte Pater Luke. Er sah zu Boden und starrte seinen verdrehten linken Fuß an, als wäre ihm erst jetzt bewusst geworden, dass er sich im Schlafzimmer einer Frau befand. »Die Leute aus der Nachbarschaft sind aus ihren Häusern gekommen und haben mit Gongs und ihren Töpfen einen Heidenlärm veranstaltetet, um die Diebe zu vertreiben.«

»Aber ich habe auch Schüsse gehört.«

»Das war die Militärpolizei. Sie haben einen der Männer angeschossen. Einen Kuli. Er ist über den Zaun geklettert und in dieses Gebäude geflohen.« Pater Luke begann plötzlich zu grinsen, dann lachte er laut und musste deshalb husten. »Die Kugel hat ihn an einer … sagen wir, unglücklichen Stelle getroffen. Nämlich in sein Hinterteil.«

»Und die *Kempeitai* sind jetzt unten?«

»Ja. Drei Militärpolizisten. Zwei davon sind Offiziere. Sie wollen wissen, warum der Dieb ausgerechnet hier Zuflucht gesucht hat. Sie verlangen mit jedem zu sprechen, der sich in diesem Gebäude aufhält. Und dann werden sie das Haus Zimmer für Zimmer absuchen. Sie müssen also mitkommen.«

»Ja, natürlich«, sagte sie. »W-Wie spät ist es eigentlich?«

»Wir haben frühen Nachmittag. Fast dreizehn Uhr. Sie haben sehr lange geschlafen. Aber jetzt müssen Sie wirklich mit nach unten kommen.« Er hinkte die Treppe hinunter.

Nachdem Nadia sich die Soutane übergezogen hatte, nahm sie eine der Tangerinen aus ihrem Beutel. Die Frucht war weich, denn sie war in der feuchten Wärme nachgereift. Nadia stopfte sie sich vorn in ihre Hose, die sie unter ihrer Soutane trug. Außerdem steckte sie sich noch ein Bündel Geldscheine in ihren Schuh, bevor sie die Treppe nach unten ging.

Als Nadia in Pater Lukes Wohnung kam, herrschte dort eine merklich angespannte Atmosphäre. An seinem Schreibtisch saß ein Japaner, der gerade ein Dienstbuch ausfüllte. Er benutzte dazu einen feinen chinesischen Pinsel anstelle von Füller und Tinte. Er war noch jung, ungefähr zwanzig, und trug die Standard-Felduniform M1938. Die anderen beiden Männer waren älter als er. Sie trugen Kavallerieuniformen, dazu hohe Lederstiefel. An den Ärmeln ihrer Uniformjacken waren schwarze Winkel aufgenäht. Alle drei waren vom Regen klatschnass. Die beiden älteren Männer standen am Fenster, an dessen Scheibe das Kondenswasser herunterlief. Nadia erkannte, dass es sich bei ihnen um Unteroffiziere handelte, da sie *Shinai*, Kendo-Schwerter aus Bambus, trugen und nicht die prestigeträchtigen Samuraischwerter, die von den Offizieren getragen wurden. Vor ihnen saß ein chinesischer Kuli auf einem Schemel, der allenfalls für ein Kind eine Sitzgelegenheit gewesen wäre. Er hatte den Kopf gesenkt. Auf dem Dielenboden neben dem Waschtisch bildete sich eine kleine Pfütze von Blut. Der Kuli war bis auf seine Unterwäsche nackt, seine Kleidung hatte man in Streifen gerissen und seine linke Hüfte damit bandagiert.

Einer der Unteroffiziere begann Pater Luke jetzt auf Japanisch eine Reihe von Fragen zu stellen. Pater Luke zog die Augenbrauen hoch und breitete die Hände aus, brachte damit seine Verwirrung zum Ausdruck. Der Unteroffizier zog eine Grimasse. Er schürzte dabei die Lippen, sodass sie einem Schließmuskel ähnelten. Dann fixierte er Nadia mit einem argwöhnischen Blick und ging auf sie zu, während er etwas sagte, das sie nicht verstand. Nadia schüttelte den Kopf. Er musterte sie von oben bis unten. »Du«, sagte er und fiel ins Pidgin-Englisch. »Du Junge oder Mädchen?« Seine Stimme klang hell und schrill wie eine kleine Glocke.

»Ich bin ein Junge«, sagte sie selbstsicher.

Der Mann schürzte wieder die Lippen, jetzt glichen sie dem Anus einer Katze. »Junge?«, wiederholte er fragend. Es wurde still. Er beugte sich ein Stück nach vorn, so als wolle er ihr etwas Vertrauliches mitteilen, dann griff er ihr plötzlich zwischen die Beine. Nadia gab ein ersticktes Jaulen von sich. Einen Moment später spürte sie, wie Tangerinensaft an der Innenseite ihres Oberschenkels herunterlief.

»Junge«, sagte sie trotzig und mit fester Stimme.

»Ha ha! Kono yaro«, sagte er barsch und entblößte dabei seine krummen Zähne. Eine Minute später führten die *Kempeitai* den Kuli im Polizeigriff die Treppe hinunter und aus dem Gebäude.

Nadia und Pater Luke lauschten ihren sich entfernenden Schritten, warteten, bis sich das Eingangstor mit einem metallischen Klirren geschlossen hatte.

»Sie werden ihn für den Diebstahl zum Tode verurteilen und ihm den Kopf abschlagen«, sagte er. »Die *Kempeitai* sind Tiere.« Nadia musste an die Hinrichtungen am Strand denken, deren Zeuge sie geworden war. »Aber wie haben Sie … die Beule … wie haben Sie das gemacht … äh, wie ein Mann?«, fragte der Priester und kratzte sich dabei verblüfft an seinem kahlen Schädel.

»Das war ein einfacher Trick.« Sie holte die Tangerine aus ihrer Hose hervor und hielt sie in die Luft. Dabei fiel ihr auf, wie ruhig ihre Hand war. Das überraschte sie. Als der japanische Soldat sie angestarrt hatte, hatte sie erwartet, dass ihre Hand zittern würde, doch das war nicht der Fall gewesen. Sie war offensichtlich mutiger, als sie gedacht hatte. »Ich habe von dem gehört, was in Nanking geschehen ist«, sagte sie und sah Pater Luke an, »von den Tausenden Mädchen und Frauen, die vergewaltigt wurden, und von den Wettbewerben, bei denen es darum ging, zu sehen, wie viele Babys man an einem einzigen Tag mit dem Bajonett töten kann. Ich wollte in keinem Fall ein Risiko eingehen.«

»Sie sind sehr einfallsreich.«

Nadia zuckte mit den Schultern. »Was machen wir jetzt?«

»Jetzt? Jetzt wischen wir erst einmal das Blut vom Boden auf.

Dort hinter der Tür steht ein Mopp. Danach beten wir einen Rosenkranz und essen gemeinsam etwas. Anschließend fahren wir dann zum Queen's Pier. Die *Owa maru* hat heute angelegt. Wir werden die Hilfsgüter des Roten Kreuzes abholen und sie zum Lager bringen.«

»Werde ich Iain sehen?«

»Ja, Sie werden Ihren Mann sehen.«

Die *Owa maru* war minzpastillengrün gestrichen und trug auf den Seiten und den Schornsteinen das Rotkreuzzeichen. Das Achttausendtonnenfrachtschiff, rostig und mit abblätterndem Anstrich, der Rumpf mit Entenmuscheln überzogen, hatte Hilfspakete aus Wladiwostok aufgenommen und verteilte sie jetzt an die Lager in Burma, Formosa und Japan.

Nadia und Pater Luke standen am Pier, umgeben von einem Wirrwarr angespannter Stimmen und am Kai aufgereihter Rikschas. Verkäufer breiteten ihre Waren, alles in getrocknetem Zustand, auf schmutzigen Deckchen aus. Nadia sah auf Stöcke gespießte Eidechsen mit weit abgespreizten Gliedmaßen, Seepferdchen, schwarze Pilze und gesalzene, glupschäugige Tintenfische. Ein Mann mittleren Alters rollte eine Rattanmatte aus, auf der er anscheinend seine letzten Habseligkeiten zum Kauf anbot – eine alte Rübe, eine schwarze Banane, eine Kirchenkerze und drei grinsende Gebisse. »*Sun seenlor bak!*«, rief der Händler. »*Ho sun seen!*«

Schaulustige und Obdachlose gesellten sich zu ihnen, zusammen mit ein paar nervösen Katzen, die wie hungrige Seevögel herbeiströmten und die Luft mit sauren, widerstreitenden Gerüchen erfüllten. Frauen hockten auf den Landungsstegen und pulten Krabben. Verhutzelte alte Männer, deren Haut vom Wind, der vom Meer her blies, salzig war, beobachteten die Arbeiter, die ohne Hemd und mit kurzen Haaren aus den kleinen Lastkähnen stiegen und Kisten mit Milchpulver und Konservendosen auf ihre Schultern hoben. Sie luden die Waren unter den wachsamen Augen der Schauermänner auf bereitstehende Laster. Nadia sah, dass auch andere Dinge aus dem Schiff ausgeladen wurden – große Blöcke mit Eis aus der Mandschurei, eingepackt in Sägemehl, die so schnell wie möglich zum Kühlhaus in der Ice House Street gebracht wurden. Außerdem Ersatzteile für Flugzeuge, Propeller und Munitionskisten, die getrennt von den anderen Gütern auf Militärlaster verfrachtet wurden.

»Ich dachte, das sei ein Rotkreuzschiff«, sagte sie. »Dürfen diese Schiffe denn auch Waffen transportieren?«

»Pah! Aufgrund eines Übereinkommens, das sowohl die japanische als auch die amerikanische Regierung unterzeichnet hat, wird diesen Schiffen freie Fahrt zugesichert. Natürlich beladen die Japaner die Schiffe mit allem Möglichen, angefangen bei Gewehren über Eisenbahnschwellen bis hin zu Rohöl. Alle anderen Schiffe würden sofort von den amerikanischen U-Booten torpediert werden.« Er hielt inne, weil er wieder husten musste. »Aber bei den japanischen Politikern hat das Lügen und Betrügen schließlich Tradition. Sie belügen und betrügen sogar ihr eigenes Volk. Sie behaupten, dass ihre Armee jede Schlacht gewinnen würde, was jedoch in keiner Weise den Tatsachen entspricht. Was ist denn in Midway passiert?« Er zeichnete mit den Händen Blitze in die Luft. »Changsha? Guadalcanal? Und was ist mit den amerikanischen Luftangriffen, die wir hier jeden Tag erleben? Sie sagen ihrem Volk nichts von den Verlusten, sie sprechen nur von Siegen.

Und jetzt kommen sie als Invasoren nach Hongkong. Aber sie behaupten den Chinesen gegenüber, dass sie keine Imperialisten seien, keine Besatzer, sondern Befreier. Dass sie die Chinesen von der westlichen Herrschaft befreien. Dass sie ihnen pan-asiatische Harmonie und Demokratie bringen. Das sind doch alles nur Lügen!

Wissen Sie, dass sie sogar behaupten, in Tokio und Osaka würde es keine Lebensmittelknappheit geben? Wie kommt es dann, dass die Menschen dort nichts zu essen haben? Der Reis ist rationiert, der Sake ebenso. Es gibt keine Eier und kein Gemüse. Sogar der Zoo von Tokio ist betroffen. Sie konnten die Elefanten, die Löwen und die Bären nicht mehr ernähren, also haben sie sie vergiftet.« Er fuchtelte jetzt mit den Händen wild in der Luft herum. »Alle Tiere sind tot. Keine Lebensmittelknappheit? – Pah!«

Nicht allzu weit entfernt, nahe den Kowloon-Lagerhäusern, schlugen die Fischer mit ihren Rudern aufs Wasser und trieben so Fische in ihre Netze, während ihre in Lumpen gekleideten Kinder vorbeifahrenden Schiffen zuwinkten und ihnen etwas zuriefen. Nadia sah ein japanisches Schiff, das in den Hafen geschleppt wurde. Sein Rumpf war mit Einschüssen übersät. Ein Teil des Hauptdecks war von amerikanischen Bomben zerstört.

Hinter Nadia flimmerten die verfallenen Straßen aus der viktorianischen Zeit in der Hitze des Monsuns. Spiralen aus gelben Blättern wurden vom sanften Wind herumgewirbelt, hinterließen dabei ihre Spuren auf den schlammigen Straßen. Die großen Gebäude mit ihren steinernen Fassaden im italienischen Stil, das Gerichtsgebäude, das Postamt und die Warenhäuser, die schon vor langer Zeit geplündert worden waren, waren inzwischen von Hausbesetzern und Obdachlosen in Besitz genommen worden. Auf der anderen Seite der Straßenbahngleise hingegen waren die Gebäude völlig verlassen. Dort waren die Fliesen herausgebrochen, die mit Boi überzogenen Tische zerschlagen, Türknäufe, Installationsteile und Armaturen herausgerissen. Selbst der zerklüftete Berg im Hintergrund, der seinen riesigen nachmittäglichen Schatten auf die Stadt warf, wirkte wie eine schwarze Haube, die drohend über den Häusern aufragte.

Nadia musste an den Leichenzug denken, den sie kurz zuvor gesehen hatte. Eine Familie, in weiße Trauergewänder gekleidet und mit Kapuzen auf dem Kopf. Sie hatten ausgesehen wie Angehörige des Ku-Klux-Klans. Sie folgten einem Wagen mit einem Sarg, der von einem Mann mit einem Tau durch die Straße gezogen wurde. Die Luft war von Weihrauch erfüllt, um den widerlich faulen Geruch des Toten zu überdecken. Wann immer Nadia in diesen Tagen einen Leichenzug sah, musste sie unwillkürlich an Iain denken. Sie konnte nicht sagen, warum es so war, aber diese Bilder quälten ihre Seele. Sie belasteten ihren Verstand und weckten Panik in ihr.

Nicht zum ersten Mal an diesem Tag fühlte sie sich überfordert. So als würde sie hilflos in eine unbekannte Zukunft hineinstolpern. Immer öfter überkamen sie jetzt Selbstzweifel. Lag es daran, dass sie am Rande der Finsternis stand? Vor einem Abgrund, während ihr Schicksal unter ihren Füßen wie lockere Erde abzubröckeln drohte? Lag es daran, dass sie das Wagnis hierherzukommen, möglicherweise mit dem Leben bezahlen würde, oder, schlimmer noch, dass es ihren Mann das Leben kosten könnte? Sie hatte einen Monat lang Nacht für Nacht wach gelegen und darüber nachgedacht, wie sie nach Hongkong kommen und wie sie Iain helfen könnte. Das Ganze zu planen hatte dann noch einmal mehrere Wochen in Anspruch genommen. Jetzt war sie hier, in diesem am Boden liegenden Land, und kam sich vor wie ein kleines Mädchen, das im Meer baden wollte und dabei von der Strömung immer weiter hinausgezogen worden war. Ein kleines Mädchen, das jetzt verzweifelt kämpfte, um wieder ans Ufer zurückzukommen. Dies war ein Bild, das sie immer wieder vor Augen hatte. Eines, das sie einfach nicht mehr aus ihren Gedanken verdrängen konnte.

»Ist mit Ihnen alles in Ordnung, Senhora?«

Nadia fing sich wieder und sah dem Priester in die Augen. Bei ihrer ersten Begegnung war er ihr gegenüber noch bärbeißig und einschüchternd gewesen. Jetzt aber hatte sich sein Verhalten verändert, sein Ton war freundlicher geworden. »Ja, natürlich«, sagte sie. »Es geht mir gut.« Sie war versucht, ihn zu fragen, ob er wisse, wie viele Menschen schon in den Lagern gestorben waren, aber dann überlegte sie es sich doch anders. Sie würde nicht zulassen, dass ihre Ängste sie besiegten, genauso wenig wie sie sich von dem brennenden Schmerz in ihrem Magen besiegen lassen würde. Sie würde diese bedrückenden Gedanken nicht länger zulassen. Sie holte tief Luft und sah zum Himmel hinauf, spürte, wie ihr Herz sich beruhigte. Eine kupferfarbene Sonne war wieder hinter den Wolken hervorgekommen. Ihre starken Strahlen begannen bereits die Haut auf Pater Lukes kahlem Schädel zu röten. »Glauben Sie an das Schicksal, Pater?«

»Als Mann der Kirche vertraue ich lieber auf den Willen Gottes.«

»Ich glaube an das Schicksal. Nicht in der Weise, dass unser Leben vollkommen vorbestimmt wäre, sondern vielmehr, dass es eine Art Karte für jeden von uns gibt, an der wir uns orientieren sollen. Wie wir diese Karte lesen und was wir entscheiden, wenn wir an eine Weggabelung kommen, das bleibt uns überlassen.«

»Könnte es sein, dass Sie gerade an Ihren Mann denken? Dass Sie sich fragen, ob es richtig war hierherzukommen?«

»Ja.«

»Sind Sie ein gläubiger Mensch?«

»Ich wurde im orthodoxen Glauben erzogen.«

»Was ist mit den Bräuchen der katholischen Kirche?«

»Nun, ich versuche meine Seele zu retten, indem ich freitags Fisch esse, falls es das ist, was Sie meinen.«

Pater Luke verzog seinen Mund zu einem Lächeln. »Der Herr wird Sie beschützen, Senhora. Sie haben Mut. Sie sind tapfer.«

»Ich? Tapfer? Das glaube ich nicht. Vielleicht bin ich verzweifelt und ganz sicher bin ich verängstigt, aber ich bin bestimmt nicht tapfer. Aber wie dem auch sei, ich habe einmal gelesen, dass Mut die andere Kehrseite der Angst ist. Das eine ist ohne das andere nicht möglich.«

»Vertrauen Sie der Stimme Ihres Herzens. Sie müssen Ihrer inneren Stimme folgen, solange Ihre Motive selbstlos sind.«

»Manchmal glaube ich, dass ich genau das Gegenteil von selbstlos bin. Ich hatte das Gefühl, dass ich keinen einzigen weiteren Tag mehr leben könnte, ohne Iain zu sehen. Ich habe meine Familie allein gelassen, die jetzt für sich selbst sorgen muss, nur damit ich dem Mann, den ich liebe, helfen kann – ist das nicht die reine Selbstsucht? Meine größte Angst ist, ihn niemals wiederzusehen, ohne ihn leben zu müssen. Die Wahrheit ist, dass ich das Warten einfach nicht mehr ertragen habe, dass ich Angst davor hatte, eines Tages einen Brief in den Händen zu halten, in welchem mir ein völlig Fremder schreibt: ›Ich bedaure, Ihnen mitteilen zu müssen, dass Ihr Ehemann …‹

Ich stelle mir oft vor, wie er nach Hause kommt, wie er mich die Treppe hinaufträgt, das Haus mit seinem Lachen und mit Blumen erfüllt. Anscheinend ist es so, dass ich, wenn ich mich einmal an jemanden binde, nie wieder loslasse.«

Pater Luke nickte und warf einen Blick zum Himmel hinauf. Er bekreuzigte sich und murmelte etwas vom Markusevangelium, aber Nadia hörte ihm schon gar nicht mehr zu. Sie war mit ihren sorgenvollen Gedanken bereits ganz woanders. Sie versuchte gerade, sich vorzustellen, was Iain sagen würde, wenn er sie sah. Würde sie ihm verändert erscheinen? Wie sehr unterschied sie sich inzwischen von der Frau, die er vor drei Jahren das letzte Mal gesehen hatte? Und was war mit ihm? Hatten die Schrecken des Lagers ihn verändert?

Ein paar Minuten später tippte Pater Luke ihr auf die Schulter. »Die Laster sind beladen«, sagte er. »Es ist soweit. Wir fahren zu Ihrem Mann. Aber ich muss Sie warnen, Senhora! Das, was Sie vorfinden werden, wird Ihnen möglicherweise nicht gefallen.«

7

Das übel riechende kleine Zimmer lag versteckt hinter dem Küchentrakt von Block C. Es besaß ein einziges kleines Fenster, das zu der großen Latrine im Freien hinausging. Die Wände, früher in einem hellen Beige gestrichen, waren jetzt schwarz vor Schimmel. Die Decke war dort, wo Regenwasser eingedrungen war, abgeblättert. Stepney warf eine kratzige Baumwolldecke über das Fenster, um sich und seine Freunde vor neugierigen Blicken abzuschirmen. »Alles klar«, sagte er. Mr. Yorkie, der wie immer auf seiner Schulter hockte, wackelte zustimmend mit dem Kopf.

Iain beugte sich über die Tafelkreide und verwendete Stepneys Brille als Vergrößerungsglas. Er hob den Kopf und starrte die nackte, zischende Glühbirne an, die an der Decke hing. Sie brummte wie eine Zero mit ihrem schweren Maschinengewehr.

»Ich sehe so gut wie gar nichts«, sagte er.

Stepney humpelte auf seinen krummen Beinen zu Friendly hinüber und gab ihm eine lange Metallröhre. Friendly streckte die Arme zur Decke und schob die Glühbirne in die Röhre. Sofort wurden Iains Hände in Licht getaucht.

»Besser?«, fragte Friendly und richtete den Strahl noch einmal aus.

»Viel besser.«

Iain verwendete ein Messer mit Wellenschliff, während er durch Stepneys Brille sah und die Tafelkreide in kleine weiße Scheibchen schnitt, die winzigen Eishockeypucks ähnelten. Als Nächstes ritzte er mit Hilfe eines Metalllineals eine Kerbe in die Mitte des Scheibchens und schnitzte dann in die obere Hälfte die Aufschrift *M&B 693*.

Während er arbeitete, atmete er mehrmals tief ein, versuchte sich nicht durch die unerträgliche Hitze, die im Raum herrschte, ablenken zu lassen. Auch nicht durch die kitzelnden Schweißtropfen, die beständig seinen Nacken herunterrannen, oder das grelle Licht, das ihm jetzt in den Augen brannte. Er musste mit Daumen und Zeigefinger Druck ausüben, aber wiederum nicht so viel, dass die Kreide splitterte oder zerkrümelte. Der Schweiß tropfte ihm jetzt auch von der Stirn.

Zwanzig Minuten später hatte Iain trotz seiner zitternden Hände dreizehn Tabletten hergestellt. Er massierte den Knöchel seines rechten Daumens, die Gelenke kribbelten.

»Was ist?«, fragte Stepney.

»Ich habe einen Krampf in den Fingern. Kannst du weitermachen?«

»Ich glaube nicht, dass meine Hände ruhig genug dafür sind.«

Sie stellten gefälschte Tabletten her, die sie dann als Sulfapyridin an die Japaner verkauften. Das im Original von May&Baker Ltd. in London hergestellte Medikament wurde von den Japanern gegen die Geschlechtskrankheiten verwendet, die die Soldaten sich in den Wohnwägen der *Jugun ianfu*, der Prostituierten in ihren fahrenden Bordellen, geholt hatten.

Die drei Männer hatten bislang weder über den amerikanischen Sieg gegen die Japaner in der Bismarcksee gesprochen noch über das mit Zwillingsturmgeschützen bewaffnete Schlachtschiff der *Fuso*-Klasse, das im Hafen von Hongkong Patrouille fuhr. Auch das Gerücht, dass amerikanische Dechiffreure den fünfstelligen Zahlencode von Admiral Yamamotos geknackt hätten, war bis jetzt nicht erwähnt worden. Stattdessen verhielten sie sich absolut still, während Iain mit dem scharfen Messer die Kreide zerschnitt.

Ein Schweißtropfen perlte von seiner Stirn und fiel auf die Kreide. »Mist!«, sagte Iain.

Er schob frustriert die Hände nach vorn, und das Metalllineal fiel klappernd zu Boden. Er stieß einen langgezogenen Seufzer aus und massierte dann die Muskeln in seinem Nacken. Sein Gesicht fühlte sich aufgedunsen und gespannt an. Er hatte ein belegtes, sandiges Gefühl im Mund. Er spürte, wie sich etwas hinter seinen Augenlidern zusammenzubrauen begann. Ein Migräneanfall kündigte sich an. Er strich seine Haare zurück, beugte sich dann nach vorn und ließ die Arme locker zwischen seinen Beinen hängen. Mit einem Schlag fühlte er sich hoffnungslos erschöpft. Er presste die Handballen an seine Schläfen und spürte dabei, wie sich die Muskeln seines Kiefers anspannten. Seit seiner Entlassung aus der Einzelhaft waren inzwischen fünf Tage vergangen. Seine Kräfte kehrten nur langsam zurück, und auch seine Wunden heilten nur langsam. Wenige Sekunden später läutete die Glocke zum nachmittäglichen Anwesenheitsappell.

Die Internierten waren auf dem staubigen Platz zum Appell angetreten. Ein ungestalter, magerer Körper mit spitzen Ellbogen und Knien nach dem anderen, bildeten sie mehrere ungeordnete Reihen in der staubigen Hitze. Iain stand in der vordersten Reihe. Die Nachmittagssonne brannte in seinen Augen. Sein Kopf schmerzte.

»*Hai!*«, rief eine der Wachen. Alle verbeugten sich tief.

»Der neue Lagerkommandant«, flüsterte jemand hinter ihm.

Iain stellte sich neugierig auf die Zehenspitzen und reckte seinen Hals, um besser sehen zu können. Er sah, wie Sergeant-Major Hamuri ein paar Schritte vortrat und salutierte. Dann schritt der neue Lagerkommandant mit eingezogenen Schultern die Reihen der Internierten ab. Iain wartete gespannt darauf, dass er näher kam. Seit seiner Internierung hatte er eine Art sechsten Sinn entwickelt. Und irgendetwas an diesem japanischen Offizier sagte ihm, dass dieser Mann gefährlich war.

Unter der großen Mütze des Kommandanten erkannte Iain eine Adlernase und eine Haut so dunkel wie Leinöl. Die verschwommenen Gesichtszüge erinnerten ihn an irgendjemanden. Der Kommandant blieb nicht weit von Iain entfernt stehen und sah sich um.

»Ich darf Ihnen Ihren neuen Lagerkommandanten vorstellen«, verkündete Hamuri. »Colonel Takashi.«

Der Name Takashi kam Iain irgendwie bekannt vor, aber er kam einfach nicht darauf, woher. Dann plötzlich fiel es ihm ein. Er wurde leichenblass. Es war, als wäre er neben einer Kobra aufgewacht.

Der Lagerkommandant stieg auf eine umgedrehte Seifenkiste, damit er auf die vor ihm stehenden Internierten herabblicken konnte. Er hatte gekrümmte Schultern, eine Adlernase und sich verjüngende Augenbrauen, die sich wie Mondsicheln bogen.

»Darf ich zunächst einen von Ihnen bitten, zu mir nach vorn zu kommen. Internierter Nummer 6177.«

Sergeant-Major Hamuri bedeutete Iain mit einem Wink, dass er der Aufforderung Folge leisten sollte.

Iain trat aus der Reihe hervor und ging langsam auf Takashi zu. Er hatte das Gefühl, sein Mund wäre mit einer Kruste aus Schmutz ausgekleidet. Er fühlte sich allein und isoliert. Die Farben waren irgendwie zu grell, die Geräusche kamen ihm gedämpft und unnatürlich vor. Sein Kopf schmerzte mehr denn je.

»*Konichiwa*, Mr. Sutherland.« Takashi lächelte ihn bösartig an.

Iain antwortete nicht. Er verbeugte sich wieder.

»Ich erinnere mich noch sehr gut an unsere gemeinsame Zeit in Macau«, sagte der Kommandant mit einem unheilvoll drohenden Unterton in der Stimme.

Die Geieraugen von damals sahen Iain finster an, taxierten ihn. Er sah, dass Takashi eine lederne Reitpeitsche in der Hand hielt. Er hob die Peitsche. Dann wird das jetzt also eine öffentliche Auspeitschung, dachte Iain.

Iain wappnete sich, wartete auf den ersten Hieb. Stattdessen klopfte ihm Takashi freundschaftlich mit der Hand auf den Rücken.

»Hören Sie«, sagte der Kommandant und wandte sich dabei an die Menge. »Ich möchte Iain Sutherland ganz offiziell zu seiner Arbeit hier im Lager gratulieren. Sie können von diesem Mann alle etwas lernen. Er hat bewiesen, dass wir Seite an Seite arbeiten und gut miteinander auskommen können. Er hat uns mit vielen Informationen hinsichtlich der Organisation, die sich BAAG nennt, versorgt und uns auch über alle anderen wichtigen Dinge informiert. Seine Kenntnis möglicher Fluchtwege nach China war höchst aufschlussreich für uns. Ich bitte Sie, bewerten Sie seine Kooperation nicht als Verrat, sondern sehen Sie sie mehr als eine Brücke zwischen uns. Aufgrund der hervorragenden Zusammenarbeit mit Mr. Sutherland werden Sie morgen alle eine zusätzliche Portion Fisch bekommen.« Takashi gab ein scharfes, höhnisches Lachen von sich. »Das wäre dann alles.«

Die Menge, die bis jetzt geschwiegen hatte, wurde unruhig. Ein aufrührerisches Murmeln – ein gedämpftes, bösartiges Summen – war jetzt zu hören. Eine Australierin in einer der hinteren Reihen, die Iain nur als Mrs. P. kannte, rief: »Sutherland, du bist ein verdammter Verräter!«

»Halt den Mund, Frau!«, brüllte Friendly sie an. Sie verstummte erschrocken.

Takashi schnitt der Frau eine Grimasse und drohte ihr wie ein Pantomime übertrieben böse mit dem Finger. Dann stieg er von der Seifenkiste herunter, kam mit seinem Mund ganz nah an Iains Ohr und sagte mit leiser Stimme: »Ich werde bestimmt noch großen Spaß mit Ihnen haben, Mr. Sutherland. Ungefähr so wie die Katze, die mit einer Maus spielt.« Er packte Iain am Oberarm und drückte kurz zu, dann ging er in Richtung Offiziersmesse davon, während Iain wieder in die Reihe zurücktrat.

Später an diesem Nachmittag lag Iain, die Knie an die Brust gezogen wie ein kleines Kind, zusammengerollt auf seinem Bett. Der Kreidestaub wirbelte über den Boden und tanzte dabei über den Mäusedreck hinweg wie Wüstensand über Dünen. Iain hörte das Lachen von Kindern, das aus einem der angrenzenden Zimmer kam, während irgendwo im Hintergrund ein leises, dumpfes Klopfen zu vernehmen war. Das unerwartete Kichern drang in seinen Traum ein, verwässerte ihn. Die Bilder von Schneestürmen in der Mandschurei verblassten, lösten sich in Nichts auf, so als wäre der Vorhang im Theater plötzlich gefallen und hätte damit die Vorstellung abrupt beendet. Iain erhob sich langsam vom Bett, um zu sehen, was da vor sich ging. Er fand Friendly, der mit einer Taschenlampe und seiner Hand Schattenfiguren an die Wand warf. Er war von einem Dutzend dünner kleiner Jungen und Mädchen aus dem Quartier der Verheirateten umringt.

»Wie geht's deinem Kopf?«, fragte Friendly und nahm dabei den Blick von dem Schatten eines Häschens auf der Wand.

»Schon viel besser, danke. Der Schlaf hat mir gutgetan. Aber ich bin verdammt hungrig.«

»Sind wir das nicht alle? Hör zu, Sutherland, du solltest wissen, dass keiner von uns auch nur ein Wort von dem glaubt, was Takashi da draußen gesagt hat. Wir wissen alle ganz genau, was für ein Spiel er spielt. Er will uns gegen dich aufhetzen. Offensichtlich kennt er uns nicht sehr gut. Du brauchst dir auch keine Sorgen wegen Mrs. P. zu machen. Wir haben ihr bereits den Kopf gewaschen.«

»Danke! Ich weiß das zu schätzen.«

Iain ging zu einer Bank hinüber und setzte sich. Jetzt hörte er wieder dieses Klopfen, das aus einem offenen Fenster in Block B drang. Offensichtlich knetete dort jemand Teig – verarbeitete den letzten Rest Mehl, den sie erhalten hatten. Er spürte, dass sich der Hunger wie eine Drahtschlinge um seinen Magen zuzog. Allein schon bei dem Gedanken an heißes, gebackenes Brot lief ihm das Wasser im Mund zusammen. Er versuchte sich den kissenartigen, schwammigen Klumpen aus Mehl und Hefe vorzustellen, den jemand in die Hände nahm, auseinanderzog, dann flach drückte und formte. Ob man ein Ei dazugeben würde, um ihn zu glasieren und ihm damit eine wunderbare goldene Farbe zu verleihen?, fragte er sich. Gerade als er in Erinnerungen an Hafermehlkuchen und Hefeteigsemmeln, Brötchen und Brioches, Bauernbrote, Sauerteig, Maiskuchen, Hefegebäck mit Sahne, dicke Scheiben Butter und Unmengen von Marmelade zu schwelgen begann, kam Stepney ins Zimmer gerannt. Er war völlig außer Atem. Sein Hemd klatschnass vom Schweiß. Mr. Yorkie, der auf seinem Kragen balancierte, putzte sich eifrig die Schnurrhaare.

»Was ist denn los?«, fragte Iain. Die Kinder hörten auf zu kichern. Friendly erhob sich.

Die Brille des Mannes aus Yorkshire beschlug. »Rotkreuz-Pakete«, japste er und versuchte wieder zu Atem zu kommen, »Pater Luke ist mit den Hilfslieferungen gekommen, und er hat jemanden mitgebracht.«

»Wen?«

»Eine Frau. Als Priester verkleidet. Sie hat eine der Frauen im holländischen Block angesprochen und ihr diese Zigarette gegeben. Sie sagte, dass sie dich dringend sprechen muss.« Er nahm seine Brille ab und wischte sich mit dem Ärmel übers Gesicht.

»Gib schon her.«

Iain nahm die Zigarette. Er rollte sie auseinander und verstreute dabei Tabakkrümel. Auf der Innenseite des Papiers stand in einer kleinen, mädchenhaften Handschrift eine Nachricht. *Komm sofort. Habe Plan. N.* Iain las die Botschaft mehrmals, die

Worte ergaben für ihn jedoch keinen Sinn. Wer in aller Welt war *N.?* Warum schickte die BAAG eine Frau? Und warum hatten sie das in ihrer letzten Nachricht nicht erwähnt? Verwirrt zerriss er das Papier in kleine Fetzen und ging zur Tür hinaus.

Iain und Stepney warfen im Licht der Abendsonne lange Schatten, als sie über das mit Buschwerk bestandene Gelände vor Block B gingen. Sie kamen an einer Reihe von mit Einschüssen übersäten Quartieren vorbei, in denen einst die St. Stephen's School untergebracht gewesen war. Dann gingen sie auf die Lagerhäuser zu, die zur Bucht hin standen. Friendly war schon vorausgerannt. Hier, am Fuße des Hanges, stand der Verpflegungslaster normalerweise. Iain fragte sich laut, warum die BAAG eine Chinesin geschickt hatte. Als Frau war sie für die *Kempeitai* doch ein leichtes Ziel.

Sie überquerten die schmale Straße und wirbelten dabei eine Wolke aus gelbem Staub auf, der ihre Knöchel bedeckte. In der Ferne exerzierten zwei Sikhs. Sie marschierten hinter eine Gruppe von Bäumen und verschwanden aus dem Blickfeld. Ein kleines Stück weiter sah Iain jetzt den grünen Versorgungslaster stehen.

Er öffnete gerade den Mund, um etwas zu Stepney zu sagen, als plötzlich seine Beine ihren Dienst versagten und er mitten auf dem Weg in die Knie ging. Er starrte unverwandt geradeaus, dann traf ihn plötzlich eine Welle der Übelkeit. Von einem Schwindelgefühl gepackt, das ihm den Magen umdrehte, starrte Iain schließlich stumm den Boden an.

»Sutherland!«, rief Stepney. Erst in diesem Moment wurde Iain bewusst, dass er auf allen vieren kauerte und die Muskeln und Sehnen in seinen Armen unkontrolliert zitterten. »Es geht gleich wieder«, flüsterte er. Er versuchte sich zu sammeln, schüttelte dabei mehrmals den Kopf. Das waren die Folgen der vielen Tage des Hungerns, sagte er sich. Folgen auch der Migräneanfälle, der Verhöre durch die *Kempeitai*, der Verletzungen in seinem Gesicht. All das war nicht spurlos an ihm vorübergegangen. Er unterdrückte das Zittern und die Übelkeit und hob den Kopf.

Stepney zeigte auf einen Felsbrocken. »Du solltest dich hinsetzen.«

»Ich will mich aber nicht hinsetzen.«

»Was du jetzt brauchst, ist ein schöner Becher Fleischbrühe«, sagte Stepney. »Das wäre doch was, oder?«

Iain nickte. »Es geht mir schon wieder besser«, sagte er.

»Nun, dann sehen wir einmal, ob wir nicht ein oder zwei Päckchen vom Laster für dich organisieren können.«

Sie stolperten ein paar Meter weiter, den Blick fest auf den Horizont gerichtet. Die untergehende Sonne hatte das Meer mittlerweile in ein strahlendes Pink getaucht. Die Wellen trugen weiße Schaumkronen. Iain verlangsamte seine Schritte, damit Stepney ihm auf seinen krummen Beinen folgen konnte.

»Ist der besoffen?«

Iain drehte sich um und sah, dass der bärtige Zuckerhändler Hoarde ihn höhnisch angrinste. Er hatte eine Katze auf dem Arm. Unter den anderen hatte er sich eine Dose mit Peacock's Pfirsichen geklemmt.

Hoardes Lippen wurden schmal und giftig. »Wie zwei Glasgower Säufer am Samstagabend auf Kneipentour.«

»Er hat tagelang nichts Richtiges zu essen bekommen«, antwortete ihm Stepney. Mr. Yorkie krabbelte von seiner Schulter und versteckte sich in seiner Hemdentasche.

»Du brauchst mich nicht zu verteidigen.« Iains Blick wanderte von Stepney zu Hoarde.

»Was hast du mit der Katze vor?«, fragte der Mann aus Yorkshire.

»Die werde ich morgen zum Frühstück verspeisen. Hübsches kleines Ding, findet ihr nicht auch?«

»Jedenfalls hat sie eine bessere Abstammung als ihr Besitzer, das ist sicher«, sagte Iain.

»Ich mache mir Sorgen um dich, Sutherland. Wie soll dir denn die Flucht gelingen, wenn du nicht einmal aufrecht stehen kannst?«

»Wie kommst du auf die Idee, dass ich fliehen will?«

»Man muss kein Genie sein, um zu wissen, was du vorhast. Ich wäre an deiner Stelle etwas vorsichtiger, Sutherland. Du hast dir hier im Lager eine Menge Feinde gemacht, vor allem jetzt, da du als Kollaborateur entlarvt bist.«

»Wir wissen beide, wer von uns der Kollaborateur ist. Und jetzt verpiss dich, sonst ...«

»Sonst was?« Hoarde strich sich über den Bart, entblößte seine Zähne und stieß dabei ein trockenes Lachen aus. Dann drehte er sich um und ging langsam den Hügel hinauf, wobei er die Dose mit Pfirsichen wie eine Trophäe schwenkte. »Oh«, rief er. »Wenn du Takashi siehst, dann sag ihm, dass wir uns unterhalten haben. Und richte ihm doch bitte aus, er möge mir zu meinen Pfirsichen etwas von der Kondensmilch schicken, die er in seinem Zimmer hat. Wir sehen uns dann vor der Indienbaracke. *Sayonara!*«

»Widerliches, verräterisches kleines Arschloch«, sagte Stepney. »Zwischen seinen Ohren hat der so viel Dreck, dass man dort Kartoffeln anpflanzen kann.«

Sie schlurften nebeneinander den Hang hinunter, wo ein Militärlaster stand. Um den Laster drängten sich etwa fünfzig Menschen, die lange, scharfe Schatten warfen. Männer mit nacktem Oberkörper luden Kiste um Kiste mit Kondensmilch und Dose um Dose mit Tapioka und Cornedbeef aus. Friendly trat jetzt aus dem Schatten eines Baumes und blieb dann vor den Türen des Lagerraums stehen, um auf sie zu warten. Direkt hinter ihm waren ein Dutzend Wäscheleinen zwischen Bambusstäben gespannt, auf denen Kleidung und Bettwäsche hing. Auf dem Boden stand eine lange Reihe von verzinkten Blecheimern, in denen die Wäsche gewaschen wurde.

Die Eimer funkelten in der Sonne. In ebendiesem Moment erkannte er Nadia. Sie stand, im Gewand und mit der *Biretta* eines Priesters, als reglose Silhouette vor dem Hintergrund flatternder, grauweißer Betttücher. Vollkommen verwirrt, wollte er zuerst seinen Augen nicht trauen. Hatte er den Verstand verloren? Befand er sich bereits im Delirium? Er blinzelte heftig, um die Halluzination zu vertreiben – aber je öfter er blinzelte, desto deutlicher zeigten ihm seine Augen ihre Gestalt, ihr Gesicht. Ein Freudenschrei kam aus seinem Mund.

Seine Übelkeit war wie verflogen. Iain rannte los, trieb seine Beine an, sich so schnell zu bewegen, wie sie es seit Monaten nicht mehr getan hatten. Ein Lächeln breitete sich auf seinem Gesicht aus. Er sah, wie sich ihre Augenbrauen hoben; ein Ausdruck des Glücks, der Erleichterung, der Linderung. Mit einem Kloß im Hals sah er, wie ihre Lippen seinen Namen formten; er sehnte sich nach diesen Lippen, sehnte sich danach, Nadias weichen Körper an sich zu drücken. Er wollte ihr Gesicht in seine Hände nehmen, sie in seine Arme schließen, sie küssen, ihren Namen rufen. Das Bedürfnis, sie zu umarmen, war geradezu überwältigend. Er ging jetzt langsamer, begann, sich mit den Fingern durch die Haare zu fahren, strich seine Hose glatt. Dann jedoch, sechs oder sieben Schritte von ihr entfernt, blieb er plötzlich stehen. Ein Schatten zog über ihn hinweg. Eine einzelne Träne lief sein Gesicht hinunter. Er wischte sie schnell weg.

Ihm war klar geworden, dass er sie nicht umarmen durfte – den Wachen würde das nicht entgehen. Ihm war auch klar, dass sie sich in größter Gefahr befand. »Wie kommst du hierher?«, fragte er. Gelähmt von den Tausenden sich widersprechender Fragen in seinem Kopf, forschte er in ihrem Gesicht nach Antworten. »Was machst du hier?« Der Zorn packte ihn. »Nadia, um Himmels willen …«

Er sah, wie sich angesichts seines ungerechten Tons Falten um ihren Mund bildeten und ihre Nase spitz wurde.

Sie bekam einen trockenen Mund. »Was glaubst du wohl, das ich hier tue? Ich bin gekommen, um dich zu sehen«, sagte sie mit leiser Stimme.

Er war so zornig, dass auf seinen Wangen jetzt hektische rote Flecken erschienen. Schweiß begann seinen Nacken und seinen Rücken hinunterzulaufen. Er rannte davon, stellte nach ein paar Schritten fest, dass er nirgendwohin gehen konnte, und kam wieder zurück. »Du bist gekommen, um mich zu sehen? Hast du überhaupt eine Vorstellung davon, in was du dich da reingeritten …«

»Ich bin gekommen, um dir zu helfen. Ich habe dir etwas mitgebracht – hier in diesem Sack sind Zigaretten und alle möglichen anderen Dinge für dich«, sagte Nadia.

»Nein. Du musst sofort von hier verschwinden. Sofort«, sagte er und sah sich um.

Ihre Stimme wurde höher. »Hör mir zu …«

»Dreh dich um, und geh.«

»Ich sagte, hör mir zu! Würdest du mir jetzt bitte zuhören! Wir haben das hier wochenlang geplant«, sagte sie. »Ich werde dich hier rausholen, ob es dir nun passt oder nicht. Ich weiß nicht, wo dieser Krieg noch hinführt, und ich weiß nicht, wer ihn gewinnen wird, aber eines weiß ich genau: Ich werde dich nicht hier zurücklassen. Du bist alles, was ich habe, Iain. Ich will und ich darf dich einfach nicht verlieren. Ich will verdammt sein, wenn ich dich hier drin verrotten lasse!«

»Das ist Costas Idee gewesen, nicht wahr? Er war es, der dich zu diesem Wahnsinn überredet hat. Habe ich recht?«

»Es hat mich niemand überredet, Iain. Ich mache das hier, weil ich es will. Es war allein meine Entscheidung hierherzukommen. Als wir das mit Takashi hörten, wussten wir, dass wir dich hier so schnell wie möglich rausholen müssen.«

Iain hörte, wie jemand leise seinen Namen rief. Es war Friendly. Ein warnender Ruf. Iains Blick richtete sich auf die hochgewachsene Gestalt eines wachhabenden Sikh, der, einen Gummiknüppel in der Hand, mit großen Schritten auf sie zukam. Er bekam Angst. Nicht um sich, sondern um Nadia. Er spürte, wie sich seine Schultern versteiften. In seinen Eingeweiden tobte und brodelte jetzt ein neues Gefühl. Panik. Sie schnürte ihm den Hals zu wie eine Würgeschlange, die immer fester zudrückt. In dem instinktiven, primitiven Drang, Nadia zu schützen, versuchte er sich vor sie zu stellen, sie mit seinem Körper abzuschirmen.

»Sie beide!«, rief der Sikh. »Was machen Sie da?«

»Überlass das mir«, sagte Nadia mit ruhiger Stimme. Dann schob sie Iain einfach zur Seite.

Iains Gesicht sah angespannt aus. »Nicht, Nadia… sie könnten…«

»Was könnten sie? Mich zum Verhör mitnehmen? Ich wäre ein *Yebanat vonuchii*, wenn ich mich dadurch aufhalten ließe.«

Sie zeigte dem Mann aus dem Punjab, dessen Haut so dunkel wie Teeblätter war, ihre Papiere.

Er warf einen flüchtigen Blick auf die Dokumente. »Ich habe Sie beide tuscheln sehen.« Seine Stimme klang scharf. »Was planen Sie da gerade?«

»Wir planen überhaupt nichts«, sagte Nadia. »Dieser Mann hat mich gerade gefragt, ob wir ein Liniment für sein Gesicht haben.«

»Lini-ment?«

»Haben Sie De Witt's Golden Liniment in Ihren medizinischen Vorräten? Oder irgendein vergleichbares chinesisches *Deet Da Jow*?«

»Ich verstehe nicht.«

»Sehen Sie sich das Gesicht dieses Mannes an! Sehen Sie sich diese Wunden an. Die Prellungen sehen aus wie verbrannter Toast. Müsste er nicht im Krankenrevier sein?«

»Das zu entscheiden, gehört nicht zu meinen Aufgaben.«

»Nun! Jedenfalls ist es Aufgabe des Roten Kreuzes, dafür zu sorgen, dass die Internierten gemäß den internationalen Vorschriften behandelt werden, und es ist Aufgabe der katholischen Kirche sicherzustellen, dass es in diesem Lager zu keinen Misshandlungen kommt.«

Der Sikh war sichtlich verunsichert. »Ich habe diesen Burschen nicht geschlagen.«

»Niemand hat behauptet, dass Sie das getan haben. Wenn es Ihnen nichts ausmacht, dann lassen Sie uns jetzt bitte in Ruhe.« Bei diesen Worten winkte sie Iain heran. »Und Sie sind bitte so freundlich und setzen sich auf diesen Blecheimer. Ich werde sehen, ob wir eine Salbe für Sie im Laster haben.«

Der Sikh brummte irgendetwas Unverständliches und ging dann verärgert davon, verzichtete jetzt jedoch darauf, seinen Gummiknüppel zu schwingen.

Draußen vor dem großen Doppeltor des Lagers, direkt neben einer Wand blühender blauer Hortensien, bat Nadia den Fahrer des Lasters anzuhalten, weil sie pinkeln müsse. Den Saum ihrer Soutane raffend, hastete sie an den Torwachen vorbei, dann lief sie am Zaun des Lagers entlang auf die Klippen zu, die einen großartigen Blick auf die Stanley Bay gewährten.

Schließlich blieb sie stehen und holte tief Luft. Sie wusste, dass Iain nur deshalb so aggressiv zu ihr gewesen war, weil er Angst um sie hatte. Nicht einmal ein Lächeln oder ein »Wie geht es dir?« hatte er für sie übrig gehabt! *Swolotsch! Sooksin!* Sie war froh, dass sie das Lager erst einmal wieder verlassen hatte. Als sie ein paar Sekunden lang noch einmal über alles nachdachte, war ihr Zorn verflogen. Sie spürte plötzlich eine kaum zu beschreibende Leichtigkeit. Und je mehr sie versuchte, dieses Gefühl zu unterdrücken, desto stärker wurde es. Fast hätte sie zu kichern angefangen. Sie fragte sich, woher diese plötzliche Heiterkeit kam, und ihr wurde bewusst, dass sie einfach nur glücklich darüber war, dass Iain noch am Leben war. Und was für ein Gesicht er gemacht hatte! Zum Schreien komisch! Wie ein Pickel, der ausgedrückt werden wollte – er hatte ausgesehen, als würde er gleich platzen! Sein Mund, seine Nase und seine Ohren waren tomatenrot geworden, so als säße er auf einer Distel! Der blöde Kerl! Jetzt, da ihr Zorn verraucht war, begann sie in aufrichtiger Freude vor sich hinzulächeln. Sie musste sich sogar auf die Zunge beißen, damit sie nicht laut loslachte.

Als sie einen Blick über ihre Schulter warf, sah Nadia, dass die beiden Wachen am Tor mit Pater Luke sprachen – wohin der junge Priester gegangen sei, was er vorhabe. Sie hörte ihn antworten, dass es einem Mann Gottes nicht erlaubt sei, sich vor den Augen normaler Sterblicher zu erleichtern.

Binnen einer Minute war sie am nächsten Wachturm vorbeigegangen und hatte die Felsklippe aus Muschelkalk erreicht, die sich am Rande des mit einem Drahtzaun eingefriedeten Areals entlangzog. Den Rücken den Wachen zugekehrt, tat sie so, als würde sie wie ein Mann pinkeln und versuchte dabei, sich im schwindenden Licht des Tages das Terrain einzuprägen. Sie sah eine lange, gewundene Linie aus Burma-Schilf und einen schmalen Pfad, der am Rand der Klippe außen am Zaun entlanglief. Direkt neben dem Pfad ging es über dreißig Meter weit steil in die Tiefe. Am Fuß des Abhangs befand sich ein wirbelnder Strudel mit Flutwasser, in dem das Meer gegen die Felsen brandete.

Die Haut über ihren Wangen spannte sich unwillkürlich an, als sie sich vorstellte, wie sie in stockdunkler Nacht diesen schmalen Pfad entlanggehen würde. »Wir treffen uns bei dem Flammenbaum«, hatte Iain gesagt, und sein Gesicht war dabei so angespannt gewesen, wie sie es noch nie gesehen hatte. »Um vier Uhr morgens bei dem großen Flammenbaum auf der Seite des Lagers, die zur Stanley Bay zeigt. Und sei um Himmels willen vorsichtig.«

Sie strengte ihre Augen an – erst jetzt wurde ihr bewusst, dass sie keine Ahnung hatte, wie ein Flammenbaum aussah. Sie ließ ihren Blick langsam an der doppelten Reihe aus Draht und gezacktem Metall entlangschweifen, zupfte an ihrem verschwitzten Kragen. Zwischen den beiden Zäunen waren Spiralen aus Stacheldraht ausgelegt. Ungefähr hundert Meter weit entfernt, dort, wo der Zaun eine Kurve beschrieb, berührte der rötlich belaubte Ast eines Baumes den Zaun. Sie prägte sich die Stelle genau ein, versuchte die Entfernung zwischen den Stellen abzuschätzen, die Deckung boten. Dann drehte sie sich um und ging zu dem wartenden Laster zurück.

8

Schlingpflanzen hingen wie riesige Spinnweben von den Bäumen herunter. Versteckt wie eine Falltürspinne in ihrer Röhre zählte Nadia die Stunden und Minuten und warf dabei immer wieder einen Blick auf die Leuchtzeiger ihrer Armbanduhr. Sie wartete bis drei Uhr. Wartete, bis das Flüstern und die vereinzelten Gespräche verstummt waren. Als sie davon überzeugt war, dass die Wachtposten aus Formosa eingeschlafen waren, verließ sie ihr Versteck.

Rauchschwaden aus der Feldküche der Wachen zogen über den Mond. In der Luft lag der Geruch von gekochtem Reis und getrocknetem Fisch. Ein heißer, böiger Wind strich durch die Bäume. Blätter raschelten. Bambusdickichte schauderten. Die Luft war erstickend.

Eingebettet in einen undurchsichtigen Nebelschleier, der sich über sie gelegt hatte, huschte Nadia in geduckter Haltung durch die Dunkelheit. Sie wusste, dass sie sehr vorsichtig sein musste. Deshalb vermied sie es auch, auf die trockenen Zweige und Äste zu treten, die überall auf dem Boden lagen. Trotzdem bewegte sie sich, immer im tiefen Schatten, mit schnellen, elastischen Schritten vorwärts. Die schweren Säcke aus Baumwolle schlugen ihr beim Gehen gegen die Rippen, die Schulterriemen schnitten in ihre Schultern. Das Gewicht der Taschen brachte sie zum Schwitzen, und der salzige Schweiß rann in ihre Augen. Im Dunklen konnte sie vielleicht fünf Meter weit sehen, mehr nicht. Ein Blatt knisterte, als sie ihren Fuß auf den Boden setzte. Sie erstarrte, wartete. Ihre Augen suchten die nebelverhangene Umgebung ab. Sie war so sehr damit beschäftigt, das Geräusch ihrer Schritte zu dämpfen, dass sie fast den Wachturm vergessen hätte, der hoch über ihr aufragte und dessen Messing und dickes Glas im Schatten des Scheinwerfers matt schimmerten. Sie sah eine der Wachen mit gesenktem Kopf, anscheinend in irgendeine Art von Buch vertieft. Als sie eine Minute später wieder hinsah, war der Mann verschwunden. Vom Nebel und den dichten Schatten verschluckt.

Ihr Herz zitterte wie das Licht einer Kerzenflamme, als sie bis zehn zählte und dabei die Luft anhielt. Dann schlich sie so schnell wie möglich am Zaun entlang. Es waren nur wenige Momente vergangen, als sie, ein Bein in der Luft, mitten im Schritt verharrte, um auf die sie umgebenden nächtlichen Geräusche zu lauschen. Das Rascheln im Mulch aus Ahornblättern, das Huschen der Eichhörnchen in den Koniferen. Sie brauchte schließlich mehr als fünfzig Minuten, um die etwa hundert Meter zum Treffpunkt zurückzulegen. Als sie endlich den Baum mit den roten, gelappten Blättern erreicht hatte, war sie völlig erschöpft und hatte so viel Adrenalin im Blut, dass sie zitterte. Tief unter ihr schlugen die Wellen gegen die Felsen.

Sie berührte ihren gläsernen Glücksbringer, den sie um den Hals trug. Der Boden war mit unzähligen Farnnadeln bedeckt, die sie in die Arme und Ellbogen stachen und ein Muster wie eine Kreuzschraffur auf ihrer Haut hinterließen. *Chock, chock, chock* ertönte der Gesang der Baumfrösche. Sie lag hinter einem Streifen aus hohem Gras. Dicht hinter ihr befand sich die dreißig Meter tief abfallende Klippe. Ihre Ohren fingen immer wieder die Stimmen der patrouillierenden Soldaten auf, hörten das Rascheln der nachtaktiven Tiere, das *Huh-hu-huu* der Ohreule, das schwüle Wispern des Windes, der durch die Bäume strich, das Tosen des Wassers tief unter ihr. Sie konzentrierte sich darauf, diese Geräusche voneinander zu trennen, sie aufzuteilen, sodass sie eine drohende Gefahr erkennen konnte.

Sie drückte ihr Gesicht ins Gras, während die Schwüle der Nacht sie wie eine Faust umschloss. Umgeben von den Gerüchen von Tang und feuchter Erde, wartete sie, während ihr der Schweiß den Hals und den Rücken hinunterlief. Sie lauschte dem Zirpen der Grillen und erinnerte sich jetzt daran, dass Onkel Ewgenij ihr einmal beigebracht hatte, anhand des Zirpens die Lufttemperatur zu bestimmen. »Zähle, wie viele Male die Grillen in fünfzehn Sekunden zirpen, und addiere zu dieser Zahl neununddreißig hinzu«, hatte er gesagt. Sie rechnete und kam auf sechsundachtzig Grad Fahrenheit – dreißig Grad Celsius.

Die Zeit schien unendlich langsam zu vergehen. Eine Prozession dunkler Ameisen zog mit den Überresten einer Wespe beladen direkt an ihrer Nase vorbei. Sie sah zu, wie der schwarze Leichenzug, einer Reihe von Totengräbern mit glänzenden schwarzen Hüten gleich, in einem Loch verschwand.

Sie spähte in die Nacht, ließ ihren Blick suchend umherschweifen, hielt dabei den Kopf so ruhig wie möglich. Sie wartete geduldig, versuchte die natürlichen von den künstlichen Geräuschen zu unterscheiden. *Chock, chock, chock* ertönte wieder der Gesang der Baumfrösche. Gab es hier vielleicht wilde Hunde? Geräuschlose Jäger der Nacht? Vielleicht sogar Tiger? Eine Fledermaus schoss über ihren Kopf hinweg, erfüllte die Nacht mit ihrem aufgeregten Piepsen, während sie mit ihren runzeligen Flügeln durch die Luft segelte. Ein Ast neigte sich und trug einen Klumpen schweren, trockenen Gefieders. Und dann waren da plötzlich Stiefel. Zwei Männer, Formosaner, unterbrachen mit ihrem Gespräch die spannungsgeladene Stille. Sie kamen auf den Drahtzaun zu und blieben stehen. Nadia wusste nicht, ob sie sie gesehen hatten. Nur durch die beiden im Abstand von ungefähr einem Meter parallel verlaufenden Zäune von ihnen getrennt, nahm Nadia den süßen Geruch brennenden Tabaks wahr. Sie sah eine rot glimmende Zigarette, sah die Augenhöhlen der Männer, ihre grotesken Silhouetten.

Die Zigarette wurde von einer schwarzen Hand zur nächsten weitergereicht.

Die Wachen räusperten sich und husteten trocken. Es hörte sich an wie das Geräusch von Knochen, die in einem Sack klapperten.

»*Hoi!*«, rief einer von ihnen plötzlich. Er schien Nadia direkt anzustarren. Sie versteifte sich. Eine dunkle, metastasierende Angst überfiel sie, breitete sich in ihr aus wie Ganglionwurzeln, kroch ihr Rückgrat hinauf.

Der Mann hob einen Stein vom Boden auf und warf ihn dann in das Gebüsch zu ihrer Linken. Es gab ein dumpfes Geräusch, dann folgte Stille. Während Nadia mit verkrampften Muskeln dalag, rannte eine aufgeschreckte Eidechse über ihre Beine. Sie spürte ihre Krallen in ihrer Kniekehle. Das Tier schoss mit schlängelndem Schwanz durch das Gras davon. Nadia machte sich so klein wie möglich und verharrte in Totenstille. Über ihre Arme, die noch immer die schraffurähnlichen Abdrücke des Farns trugen, kroch eine Gänsehaut. Sie grub ihre Finger in die Erde, machte sich zur Flucht bereit. Wenige Sekunden später waren die Wachen verschwunden, hatten sich in den großen Wogen der Finsternis verloren. *Chock, chock, chock*, ertönte wieder der Gesang der Baumfrösche.

Sie hatte ihn dabei beobachtet, wie er sich auf sie zubewegte, wie er durch die verschiedenen Stufen zwischen Licht und Schatten auf sie zugehuscht kam, so wie eine schwarze Krähe, die durch einen Vorhang aus Nebel hüpfte.

Die letzten Meter bis zum Zaun legte er auf dem Bauch kriechend zurück.

Flach auf dem Boden liegend, sahen sie einander an. Sein Hemd war zerrissen und bis zur Brust aufgeknöpft. Sie bemerkte, wie lang und mager sein Hals war. Seine Augen kamen ihr in seinem ausgezehrten Gesicht geradezu riesig vor. »Wie fühlst du dich?«, fragte sie ihn flüsternd.

»Wie eine ausgequetschte Zitrone«, sagte Iain, und sein Gesicht glänzte vor Feuchtigkeit. »Saftlos, verbraucht und sauer.«

»Ich bin froh, dass du wenigstens deinen Humor noch nicht verloren hast.« Sie waren durch die beiden Drahtzäune einen Meter voneinander getrennt. »Das hier ist übrigens ein Rotahorn, kein Flammenbaum.«

»Ich komme aus Sutherland. In Sutherland haben wir keine Bäume. Nur Disteln.« Er lächelte. Es war ein Lächeln, so willkommen wie ein Schirm im Regen. Er wandte sein Gesicht zum Himmel und kniff die Augen zusammen. Es begann leicht zu nieseln. »Deine Haare sehen hübsch aus«, sagte er. Sein Groll war verschwunden. »Ein bisschen kürzer, als ich es in Erinnerung habe. Erinnert mich an deine Zeit als Flapper.« Er starrte sie einen Moment lang an. Dann sagte er mit belegter Stimme: »Du hast sicher auch einiges durchgemacht.« Und dann, kaum hörbar: »Wie geht es dir?«

Die Vergangenheit pulsierte in ihr. Nadia wollte seine Hand nehmen, mit ihren Fingern über seine Wangen streichen, ihn zärtlich berühren. Stattdessen streckte sie ihren Arm durch den Zaun, um Iain mehrere Schachteln Zigaretten und ein paar Päckchen mit getrocknetem Fleisch und Trockenobst zu geben. »Es geht mir gut.« Ihre Augen wanderten zärtlich über sein Gesicht. »Iss das.« Es war eine Tangerine.

Er nahm die Tangerine, biss ein Loch in die Schale und begann dann die Frucht auszusaugen. »Was ist mit Mamotschka? Wie geht es ihr?«, fragte er.

»Es geht ihr gut. Sie fragt sich nur ständig, warum ich nicht wie Maria Carvalho von nebenan sein kann. Die hat nämlich einen Arzt und keinen schottischen Staatsbeamten geheiratet.«

Iain grinste. »Und Papotschka?«

»Er wird immer vergesslicher. Aber bei seinen achtzig Jahren kann man wohl nicht mehr erwarten. Er verbringt den größten Teil des Tages damit, mit Onkel Ewgenij Schach oder chinesisches Dame zu spielen. Die arme Mamotschka ist ständig damit beschäftigt, irgendetwas im Haus zu suchen, weil er immer alles versteckt.«

»Versteckt?«

»Für den Fall, dass die Japaner den Tabakladen annektieren.« Ihre Mundwinkel gingen ein kleines Stück nach oben. Sie hatte eine Dose mit Pall Mall in der Hand. »Das hier ist aber nicht zum Rauchen gedacht. Das ist so gut wie bares Geld.«

»Hast du einen Plan?«

»Ja. Ein Boot. Es wird uns nach Macau bringen.«

»Ein Boot? Das ist viel zu gefährlich. Die Wasserwege sind mit Sicherheit mit magnetischen Minen verseucht, und die japanischen Barkassen sind schnell und schwer bewaffnet. Wir würden ihnen niemals entkommen.«

Nadia ging mit keinem Wort auf seine Bedenken ein. »Es wird in drei Tagen hier sein. Du musst mir nur sagen, wann und an welcher Stelle ich den Draht durchschneiden soll.«

»Du hast einen Drahtschneider mitgebacht?«

»Ja.«

»Gib ihn mir.«

»Nein, Iain. Wenn man dich damit erwischt, wird man dich auf der Stelle exekutieren.«

Er sah sie an. »Das Problem beim Durchschneiden des Drahtes ist, dass es einen Höllenlärm machen wird. Hör mal.« Er schlug mit dem Handgelenk leicht gegen den Draht, woraufhin ein dünner heller Ton den ganzen Zaun hinunterhallte. »Das ist ein großes Wagnis…«

»Ach, ich war schon immer eine gute Fan-Tan-Spielerin.«

»Sobald du anfängst, werden die Wachen das hören.«

»Dann wird sie eben jemand ablenken müssen. Gib den Wachen die Lebensmittel und den Tabak. Und die unanständigen Postkarten.«

»In Ordnung. Wir treffen uns morgen zur gleichen Zeit genau hier. Zur gleichen Zeit. Dann werden wir es versuchen.« Sie nickte, gab ihm noch eine Schachtel Zigaretten, wobei sie darauf achtete, dass sie mit ihrem Arm nicht am Stacheldraht hängen blieb. Er legte seine Hand auf ihr Handgelenk. Nadia erstarrte. Sie hatte das Gefühl, keine Luft mehr zu bekommen.

Einige Augenblicke vergingen in einem langen, regenfeuchten Schweigen. Dann ließ Iain los und packte seine Beute in eine Decke, wobei er die jeweils gegenüberliegenden Ecken zusammennahm und die Zipfel zusammenknotete, sodass sie einen Griff bildeten. »Geh jetzt«, sagte er, »bevor dich noch jemand sieht.« Auch er schickte sich an, den Rückzug anzutreten.

»Warte.«

Ihr Herz arbeitete wie eine Pumpe.

Im Licht des Mondes reichte sie ihm noch etwas durch den Zaun. Einen Umschlag aus Manilapapier.

Iain sah Nadia an. »Was ist das?«, fragte er und drückte sein Gesicht gegen den Zaun, der die Grenze zwischen dem Schatten und dem Licht bildete. In dem Umschlag befand sich ein kleines Viereck aus glänzendem Papier.

»Ein Foto«, sagte sie.

Das Schwarzweißfoto zeigte das Gesicht eines kleinen Kindes. Er hielt das Bild ins Licht. »Wer ist dieses kleine Mädchen?«

Ein flehentlicher Ausdruck breitete sich auf ihrem Gesicht aus. Ihre Wangen wurden heiß. »Sie heißt Valentina, und sie wird im September drei Jahre alt.« Schweigen. »Ich habe sie nach deiner Mutter genannt. Das ist deine Tochter, Iain.«

Er stieß ein heiseres Krächzen aus, als ihm das Foto aus seinen ungeschickten Fingern rutschte. Das Lächeln des kleinen Mädchens landete im Matsch.

»Ich dachte, dass du keine Kinder bekommen kannst?«, stotterte er. »Das verstehe ich nicht.« Seine Augen wurden groß. »Wie … in deinem Alter …?«

»Ich war vierzig, als ich mit ihr schwanger wurde.«

»Wie …«

»Das weiß ich auch nicht, Iain. Es ist eben einfach passiert.« Sie sah ihren Ehemann an. Sie konnte kaum glauben, wie viele Einzelheiten seines Gesichts sie bereits vergessen hatte – die Form seines Mundes und der Lippen, die Sommersprossen neben seiner Nase. »Erinnerst du dich an diese Nacht im Dezember? Drei Tage bevor ich Hongkong verließ, um nach Macau zurückzukehren? Nun, unsere Tochter wurde am 22. September geboren.«

Er starrte sie vollkommen verblüfft an.

»Warum hast du mir das nicht geschrieben?«

»Ich hatte Angst.«

»Wovor?«

»Ich hatte Angst, dass du dann einen unbesonnenen Fluchtversuch riskieren würdest, um zu uns zu kommen. Ich hatte Angst, dass man dich fassen und …« Sie wollte nicht den Eindruck erwecken, sich rechtfertigen zu müssen.

Iain schwieg lange.

»Sie sieht mir ziemlich ähnlich, findest du nicht auch?«, sagte er schließlich, und betrachtete dabei das Foto.

»Sie ist dir wie aus dem Gesicht geschnitten. Wenn ich sie stillte, habe ich immer weinen müssen, weil sie mich so sehr an dich erinnert hat. Das müssen die Hormone oder so gewesen sein.« Sie war – wie ihr Mamotschka oft genug erklärt hatte – eine überaus ängstliche Mutter.

»Du musst sofort nach Macau zurückkehren!«, forderte er sie auf.

»Ohne dich gehe ich nirgendwo hin«, zischte sie zurück. »Ich werde dich hier rausholen. Du kannst auf keinen Fall in diesem Lager bleiben, nachdem jetzt Takashi hier das Sagen hat. Willst du, dass deine Tochter ohne ihren Vater aufwachsen muss?«

»Jedenfalls will ich nicht, dass sie eine Waise wird!«

»Nicht so laut.«

»Wer in aller Welt kümmert sich denn jetzt um sie? Wie kannst du sie überhaupt so lange allein lassen?«

»Sie ist nicht allein. Sie ist bei Mamotschka und bei Izabel, Anna und Frau Lo – sie ist in der Obhut von Menschen, die ich liebe und denen ich vertraue.«

Ein Bild erschien plötzlich vor Nadias innerem Auge. Ein überaus schmerzliches Bild: Sie sah sich in einer Rikscha, die sich langsam vom Tabakladen entfernte, während Valentina mit ihren Zöpfen am Fenster stand. Sie sah sich immer weiter die Straße entlangfahren, während ihre kleine Tochter ihr nachsah, den Mund zu einem Weinen verzogen. Sekunden später war sie aus ihrem Blickfeld verschwunden.

»Wenn du glaubst, dass ich sie gern zurückgelassen habe, dann irrst du dich gewaltig. Es bringt mich fast um, nicht bei ihr zu sein.«

»Aber …«

»Kein Aber, Iain. Du wirst jetzt genau das tun, was ich dir sage. Ich habe alles unter Kontrolle. Ich werde dich morgen Nacht hier rausholen. Danach werden wir erst einmal bei Pater Luke Zuflucht finden. Wenn du mir vertraust und wenn du Costa vertraust, dann wirst du das tun, was ich dir sage.« Sie starrte ihm ins Gesicht, den bitteren Geschmack der Verzweiflung in ihrem Mund. Sie konnte in seinen Augen lesen, wie sehr er mit sich kämpfte. »Takashi wird dich töten, wenn du nicht fliehst. Hast du gehört, was ich gesagt habe? Er wird dich töten.« Iain schwieg lange Zeit. Er schloss die Augen, so als würde er einen geheimen Wunsch formulieren. Nadia wusste, dass er in wenigen Sekunden entweder zustimmend nicken oder einfach aufstehen und gehen würde. Mit angehaltenem Atem wartete sie auf seine Entscheidung.

»Was hat dich nur so zäh werden lassen?«, sagte er schließlich.

»Ich bin seit drei Jahren alleinerziehende Mutter.«

»Valentina.« Er wiederholte den Namen zwei, drei, vier Mal. »Erzähl mir von ihr.«

Nadia erzählte ihm von Valentinas ansteckendem Lachen, ihren ersten Worten. Erzählte ihm, wie sie, sich an Mamotschkas Daumen festhaltend, laufen gelernt hatte und dass sie jeden Abend an ihrer Schmusedecke nuckelte, bevor sie einschlief. Dass sie mit Onkel Ewgenijs Unterhose auf dem Kopf ums Haus rannte und aus Zigarrenkisten Puppenhäuser baute.

Dann wurde sie wieder ernst und sagte: »Morgen Nacht ab drei Uhr muss jemand die Wachen ablenken. Es wird ungefähr eine Stunde dauern, diesen Zaun aufzuschneiden. Du musst pünktlich um vier hier sein. Und komm allein. Wir können es uns nicht erlauben, uns von irgendjemandem aufhalten zu lassen. Pater Luke wird ungefähr eine halbe Meile entfernt, an der Kreuzung nach Tai Tam, auf uns warten. Ich werde dich also zum Fuß des Hügels bringen und dich dann in sein Auto setzen. Hör auf, mich so anzustarren, sonst fallen dir noch die Augen raus.«

Iain nickte, kicherte leise. Er schob das Foto wieder sorgfältig in den Umschlag aus Manilapapier und klopfte leicht mit der Hand darauf. Dann stemmte er sich aus der Bauchlage heraus auf seine Knie und erhob sich schließlich zu einer halb gebückten Haltung. Er sah sie an. Sie sah ihm zu, wie er rückwärts in der alles einhüllenden Dunkelheit der Schatten verschwand.

Nadia wartete noch zehn Minuten. Sie wartete, bis die Leuchtzeiger ihrer Uhr halb fünf zeigten. Dann begann sie leise in die Richtung zu gehen, aus der sie auch gekommen war, vorbei an den Schling- und Kletterpflanzen. Trockene Blätter und Farnnadeln knirschten leise unter ihren Sohlen. Sie bewegte sich so vorsichtig wie möglich. Nicht weit entfernt sah sie jetzt die Feldküche der Wachen – der Geruch nach gekochtem Reis war jetzt weniger stark. Sie hätte noch konzentrierter und wachsamer sein sollen, aber das war sie nicht. Sie musste ständig an Iain denken.

Und dann sah sie etwas. Ein schwarzer Schatten, halb im Dunklen verborgen, lehnte an der bleichen Mauer des Wachturms. Es war die Gestalt eines Mannes. Schmutzig und gebrochen stand er wie ein streunender Hund hinter dem Zaun und beobachtete sie. Er starrte sie vollkommen emotionslos an. Sie sah, dass er einen Bart trug und dass er europäische Gesichtszüge hatte. Sie erstarrte. Sie fassten einander mehrere Sekunden lang ins Auge, dann ging der Mann ein paar Schritte rückwärts und verschwand aus dem matten Licht.

Als sie noch einmal hinsah, war er verschwunden.

Als Iain in sein Quartier zurückkehrte, bemerkte er sofort, dass Hoardes Bett leer war. Stepney lag auf dem Rücken und schnarchte, Mr. Yorkie hatte sich auf seiner Schulter zusammengerollt. Friendly schlief auf der Seite liegend. Aber wo war Hoarde? War er in seinem Bett gewesen, als Iain sich hinausgeschlichen hatte, um sich mit Nadia zu treffen? Er konnte sich einfach nicht mehr erinnern. Iain setzte sich auf sein Bett. In seiner Brust braute sich eine unheilvolle Mischung aus Neugier und Beklommenheit zusammen. Er ging noch einmal in die Nacht hinaus und sah sich um. Als er keine Spur von Hoarde entdeckte, ging er wieder hinein und legte sich ins Bett.

Nachdem er sich längere Zeit ruhelos hin und her geworfen hatte, kam er zu dem Schluss, dass es keinen Sinn hätte, wenn er einzuschlafen versuchte. Er verscheuchte die Fliegen von seinem Gesicht und lag dann mit offenen Augen da und dachte über das nach, was Nadia ihm erzählt hatte. Er starrte in der Dunkelheit das Foto seiner Tochter an, versuchte die Form ihres Mundes, ihrer Augen zu erkennen. Nadia hatte gesagt, dass sie mit einem Boot nach Macau fliehen würden. Er wusste, dass das nicht einfach werden würde, vor allem, da die kaiserliche Marine den Hafen streng überwachte und Militärpatrouillen auch das Südufer der Insel kontrollierten. Dies war auch der Grund dafür gewesen, dass die Japaner ihn damals überhaupt geschnappt hatten.

Plötzlich hatte er wieder den Tag nach Weihnachten des Jahres 1941 vor Augen. Er hatte sich an Bord einer beschlagnahmten Polizeibarkasse befunden. Nur wenige Tage zuvor hatten die Briten ihm zusammen mit Mitgliedern des italienischen Geheimdienstes die Flucht aus Hongkong angeboten. Er hatte abgelehnt. Stattdessen hatte er die Barkasse selbst gesteuert und die Männer in der Mirs Bay abgesetzt. Von dort aus konnten sie zu Fuß ins freie China fliehen. Er hatte sich ausgerechnet, dass er genügend Benzin hätte, um damit bis nach Macau zu kommen. Doch bereits als er die Mirs Bay wieder verlassen wollte, hatten ihn drei japanische Torpedoboote abgefangen und sofort mit ihren Geschützen das Feuer auf ihn eröffnet. Er hatte keine andere Wahl gehabt, als sich zu ergeben.

Drei Tage später hatten die Japaner ihre Siegesparade abgehalten. Zweitausend kaiserliche Soldaten, angeführt von Lieutenant General Sakai, der auf einem Schimmel ritt, waren durch die Straßen von Viktoria hinauf zum Happy Valley marschiert. Am dritten Januar hatte Iain dann zusammen mit zweitausendachthundert anderen britischen, amerikanischen und holländischen Staatsangehörigen den Befehl erhalten, sich auf dem Paradeplatz an der Murray Road einzufinden. Von dort waren sie dann die acht Meilen bis zur Halbinsel Stanley marschiert.

Iain wurde durch laute Stimmen aus seinen Gedanken gerissen. Sechs Wachen stürmten in ihr Quartier. Stepney versuchte noch aus dem Bett zu klettern, verlor jedoch die Balance und stürzte zu Boden. Einer der Formosaner drückte Stepney nieder, während ein anderer den Kolben seines Gewehrs auf Mr. Yorkie herabsausen ließ und seinen kleinen Kopf zerschmetterte.

Iain setzte sich auf und hielt abwehrend beide Arme vor sein Gesicht. Die Wachen packten ihn bei den Haaren und zerrten ihn durch die Tür. Er spürte, wie ein Stiefel seine Rippen traf. Er wollte wissen, was los war, warum man ihn nach draußen zerrte, und dann wurde ihm bewusst, dass sie ihn zu den indischen Quartieren schleiften. Mit einem Schlag erinnerte er sich an Hoardes Worte: *Wir sehen uns bei der indischen Baracke*. Man hatte ihn verraten.

Nur wenige Sekunden später stand er vor einem Haufen frisch aufgeworfener Erde. Das Funkgerät, das sie vergraben hatten, lag, in seine Einzelteile zerlegt, oben auf dem Erdhaufen. Im Schatten sah er einen bärtigen Mann. Dessen Augen glänzten im Triumph. »Hoarde, was zum Teufel hast du getan?«, schrie er. »Hoarde!«

9

Nadia verbrachte ein paar höchst unangenehme Stunden in den Bergen. Sie hatte mit Pater Luke vereinbart, dass er sie um acht Uhr abholen würde; bis dahin waren es jedoch noch zwei Stunden. Kurz nach Tagesanbruch schüttelte ein Unwetter mit Blitz und Donner die Bäume. Amerikanische B25-Bomber und P40-Jagdflugzeuge flogen im Gewitterregen vom Landesinneren her Victoria Harbour an. Es dauerte nur wenige Minuten, dann war in der Ferne das Sperrfeuer der Flugabwehrgeschütze zu hören, gefolgt von dem dumpfen *Whump* und *Badang* explodierender Bomben.

Nadia saß, die Berge im Rücken, im Wipfel eines Baumes. Die Wangen nass vom Regen, beobachtete sie die Internierten durch ihren Feldstecher. Die Männer und Frauen hatten eine lange Reihe gebildet und stellten sich gerade für ihr Frühstück an. Die meisten von ihnen waren barfuß und trugen alte Unterhemden und Schals als Kopfbedeckung, um sich gegen den Regen zu schützen. Einige hatten offensichtlich Mühe, sich auf den Beinen zu halten, weil sie keine Luft bekamen. Andere kauerten sich nieder, um ihr Essgeschirr in den Regenpfützen oder in den Feldkesseln zu spülen. Der Rest stand da wie dünne Schösslinge, mit trübem Blick und dennoch ungebrochen, während der Regen unablässig auf sie herabprasselte. Einige von ihnen duckten sich jedes Mal instinktiv, wenn ein Flugzeug der Alliierten über sie hinwegflog. Hin und wieder gab eine Wache aus Formosa auf gut Glück einen Schuss aus ihrem Karabiner ab.

Die amerikanischen Luftangriffe konzentrierten sich im Allgemeinen auf den Distrikt Wanchai. Nadia fragte sich, was die Amerikaner eigentlich davon abhielt, Stanley selbst zu bombardieren. Immerhin lag das Lager direkt neben der Kaserne. Sollten die Dächer der Quartiere, in denen sich die Internierten befanden, nicht mit dem roten Kreuz gekennzeichnet sein? Und warum, so wurde ihr jetzt plötzlich voller Entsetzen bewusst, befanden sich Maschinengewehrstellungen auf dem Dach des alten Kolonialgefängnisses? Verbot das internationale Recht nicht den Gebrauch von Flugabwehrwaffen innerhalb von Internierungslagern?

Nadia steckte das Fernglas wieder in ihre Tasche.

Ihre Gedanken rasten. Das *Whump* und *Badang* in der Ferne hielt unvermindert an. Sie schürzte die Lippen. Ihr Blick lag auf einer dünnen schwarzen Rauchsäule über dem Wasser. Eine entsetzliche Vorahnung traf sie wie Erinnerungsfetzen eines Albtraums. Die Bomben fielen wie Regentropfen.

Einige der Internierten schlossen Wetten ab, wie lange Sutherland diesmal durchhalten würde. Ein Holländer setzte auf eine Chance von zwei zu eins, dass er die Woche überleben würde. Andere wetteten eine ganze Dose mit Sahnemais, dass er den nächsten Morgen nicht mehr erleben würde. Es ging das Gerücht um, der neue Kommandant hätte Hoarde die Freiheit versprochen, weil er das Versteck des Funkgeräts verraten hatte. Die Internierten wussten zu diesem Zeitpunkt noch nicht, dass man Hoarde eine Stunde nach Tagesanbruch als Strafe dafür, dass er ein *Uragiminomo*, ein Verräter, war, enthauptet und seinen Körper über die Klippen geworfen hatte.

Oben am Himmel krächzten Krähen und zogen Beute suchend

ihre Kreise. In ihren karminroten Schnäbeln trugen sie die Reste von Hoardes Eingeweiden.

Die Tür war mit einem hölzernen Riegel verschlossen. Auf dem schmalen Tisch konnte Iain eine Reihe von Skalpellen und Gummischläuchen erkennen. Das fahle Licht einer einzelnen Öllampe erhellte die Dunkelheit.

Sie hatten seine Hände mit einem Seil zusammengebunden und ihn dann mittels eines Flaschenzugs nach oben gezogen, sodass er jetzt unter der Decke hing. Auch seine Füße waren gefesselt und bis zu den Knöcheln mit Melasse eingerieben worden. In seinen Kniekehlen hatten sie angespitzte Essstäbchen befestigt, die verhinderten, dass er seine Beine nach oben ziehen konnte.

Direkt unter ihm stand ein Ölfass, in dem sich ein Knäuel ausgehungerter Ratten immer wieder gegen die glatte Innenwand warf.

Der Rollkolben quietschte, als sie das Seil lockerten und begannen, ihn über dem Ölfass herabzulassen. Er begann zu stöhnen und sich zu wehren.

»Schonen Sie Ihre Kräfte«, sagte Takashi, der in einem Meiji-Drachenstuhl saß. »Sie werden sie noch brauchen.« Er lächelte. »Vor vielen Jahren haben Sie in den Abwasserkanälen einen Mann gefunden, dessen Fuß bis auf die Knochen abgenagt war. Erinnern Sie sich noch daran?«

»Das dürfen Sie nicht tun. Die Genfer Konvention legt fest …«

»Sie sind ein Spion, Mr. Sutherland. Wir haben ein Funkgerät bei Ihnen gefunden. Yamashita-san, mein Vorgänger, hat das nicht gewusst, aber ich führe schon seit einiger Zeit eine Akte über Sie. Ich kann mit Ihnen also machen, was ich will.«

Die Ratten wurden zu einem wirren Haufen verfilzter Haare. Sie schnellten wie springende Fische nach oben und knirschten dabei mit ihren gelben Zähnen. Die Vibrationen, die ihre Krallen in dem Fass verursachten, pflanzten sich im Zimmer fort.

»Ich bin außerdem darüber informiert«, fuhr Takashi fort, »dass

Sie außerhalb des Lagers eine Verbündete haben. Eine Frau, die sich als Priester verkleidet hat.«

»Das ist doch blanker Unsinn.«

»Ich kann Ihnen versichern, dass wir uns mit ihr noch näher befassen werden. Aber zuerst sollen meine Wachen noch ein bisschen Spaß mit ihr haben, nicht wahr?«

Iain senkte den Blick und sah, dass seine Zehen sich langsam zum Rand des Fasses hinunterzusenken begannen. Jetzt konnte er bereits erkennen, dass glänzende schwarze Knopfaugen zu ihm heraufstarrten. Die Ratten, die offensichtlich die Melasse rochen, stellten sich auf ihre Hinterbeine und entblößten ihre rasiermesserscharfen Zähne. Das Seil ächzte. Er versuchte seinen Körper hin und her zu schwingen, versuchte seine Hände von den Fesseln zu befreien, aber der Knoten gab keinen Millimeter nach.

Die Ratten sprangen hoch, schnappten wild in die Luft. Sie versuchten die Krallen in seine Füße zu schlagen, aber seine Zehen befanden sich noch ein paar Zentimeter außerhalb ihrer Reichweite. Er sah, wie eine Ratte ihr Maul aufriss und dann wieder schloss. Wenige Sekunden später sprang sie wieder hoch.

Iains Körper verkrampfte sich.

Seine Knöchel krachten laut gegen die Wand des Fasses.

Nadia zuckte beim Geräusch der fallenden Bomben und des wütenden Abwehrfeuers im Osten jedes Mal zusammen. Hin und wieder vibrierte der Himmel. Dann stieg immer eine schwarze Wolke aus Pulverdampf auf. Da sie sich nicht sicher war, ob sie von ihrem Platz aus alles sehen konnte, kletterte sie vom Baum herunter. Unter Palmwedeln versteckt, beobachtete sie eine amerikanische P-40, deren Tigerhaimaul im Morgenlicht glitzerte, während sie die japanischen Kriegsschiffe im Hafen mit Leuchtspurmunition beschoss. Eine höher fliegende B 25 warf gerade eine Fünfhundert-Pfund-Bombe auf das japanische Marinehauptquartier auf der anderen Seite des Hafens ab.

Im Gras liegend, nahm Nadia wieder ihren Feldstecher zur

Hand und sah zu, wie der Jagdbomber mit ständigen Ausweichmanövern versuchte, dem Abwehrfeuer zu entgehen, wobei sein Motor immer wieder heulte, während er Sturzflug um Sturzflug vollführte. Nach kurzer Zeit erhielt die P-40 von einer zweiten Maschine Verstärkung, woraufhin jetzt die beiden Jagdflieger die Schiffe beschossen.

Nadia beobachtete das Ganze wie versteinert, während die Angst ihr die Kehle zuschnürte. Das ist nicht gut, sagte sie sich, das ist gar nicht gut. Sie sah zum Lager hinunter und stellte fest, dass man jetzt die internierten Kinder zum Block F führte, während die Sikhs mit ihren Karabinern wie wild in den mit Schäfchenwolken überzogenen Himmel feuerten.

Plötzlich war da ein neuer, ein entsetzlicher Lärm. Viel näher. Nadia ließ das Fernglas sinken und sah ein paar japanische Soldaten, die die Maschinengewehrstellung auf dem Dach des Gefängnisses besetzt hatten. Auch sie feuerten jetzt auf die Flugzeuge.

Die Piloten der P-40 benötigten nur ein paar Sekunden, um zu realisieren, dass sie von einer weiteren Stellung aus angegriffen wurden. Sie drehten ab, gingen tiefer, flogen an und überzogen die Mauern des Gefängnisses mit einem Hagel von Siebenkommaneun-Millimeter-Geschossen.

Die Maschinengewehrbatterie auf dem Dach feuerte unbeirrt weiter.

»*Bosche moj*«, sagte Nadia. »Die wissen nicht, dass das ein Internierungslager ist.«

Voller Entsetzen sah sie zu, wie eine der P-40 am roten Morgenhimmel in den Steilflug überging.

Nur Sekunden später zog eine Gruppe von Soldaten eine Flak in den Vorhof der japanischen Garnison.

»*Bosche moj*«, wiederholte Nadia kopfschüttelnd.

Die Soldaten brachten die Fünfundsiebzig-Millimeter-Flak in Stellung.

In diesem Moment sprang Nadia auf und rannte den Hügel hinunter.

Sie war noch siebzig Meter vom Lager entfernt. Fünfzig. Dann noch zwanzig. Die beiden P-40 drehten bei, machten sich für einen weiteren Angriff bereit.

Nadia begann mit weit ausgestreckten Armen zu winken, um den Piloten zu signalisieren, dass sie abdrehen sollten. Ihre Hände fuchtelten wild in der Luft herum.

Sie sah, wie die beiden P-40 von der Tia Tam Bay her tief hereinkamen, etwa dreißig Meter über den Bäumen, und durch eine Wolke von Flugabwehrfeuer flogen.

Die Flak eröffnete jetzt das Feuer. Die Schüsse ließen die Erde unter Nadias Füßen beben.

Die beiden P-40 mit ihren gefletschten Haifischzähnen kamen immer näher. Die auf der Nase der Flugzeuge angebrachten Maschinengewehre ratterten los. Nadia sah, wie sich die beiden Bomben von ihren Aufhängevorrichtungen unter den Tragflächen lösten. Die Bomben flogen in einer Spirale nach unten, trudelten aus dem wolkenlosen Blau herab wie Fischadler, die nach Aalen tauchen. Nadia hörte ein leises, zischendes Pfeifen, dann stiegen dreifache Rauchfahnen auf.

Die Bomben schlugen in das Lager und in das Gefängnisgebäude ein. Die Explosionen ließen den Boden beben. Nadias Kopf, ihre Brust, ihre Seele wurden leer. Die Welt brach vor ihren Augen auseinander.

Erdklumpen und aufgewirbelter Schmutz regneten vom Himmel. Die Gewalt der Explosionen riss Nadia von den Füßen und warf sie zu Boden. Sie traf sie wie eine Welle aus heißer, fester Luft. Nadia wollte sofort wieder aufstehen, musste aber feststellen, dass sich um sie herum alles drehte und sie keine Luft in ihren Lungen hatte. Sie blinzelte, blinzelte noch einmal. Mit Erschrecken stellte sie fest, dass es um sie herum still geworden war. Kein Maschinengewehrfeuer mehr, keine explodierenden Bomben, einfach gar nichts mehr. Stattdessen hatte sie ein scharfes, anhaltendes Zischen in ihren Ohren. Ein dumpfer und zugleich heller Ton, der alle anderen Geräusche überlagerte.

Mit steifen Nacken- und Schultermuskeln versuchte sie aufzustehen, doch die sich noch immer fortpflanzenden Druckwellen warfen sie wieder um. Verzweifelt richtete sie sich ein weiteres Mal auf. Als das Zischen in ihren Ohren nachließ, hörte sie wieder das *Whump* und *Badang* der Fünfhundert-Pfund-Bomben und das stotternde Abwehrfeuer der Flak. Nun stand wieder dieses Bild vor ihren Augen: das Gefängnis, das getroffen wurde. Rauch, Staub und Abfall, der in die Luft gewirbelt wurde, gefolgt von einem Feuerball und der erbarmungslosen Welle aus Hitze.

Sie schüttelte mehrmals den Kopf, um die wattige Benommenheit loszuwerden, die ihr Gehirn einhüllte. Dann rannte sie den Hügel hinunter. Den Blick wegen der grellen Sonne gesenkt, überquerte sie die Straße, rannte an der Wand aus blauen Hortensien vorbei. Am Tor des Lagers saß noch immer einer der Wachtposten. Er hatte ihr den Rücken zugekehrt. Sein Kopf war einfach nicht mehr da. Der andere Wachtposten war nirgendwo zu sehen. Sie rüttelte an den Flügeln des Tores, aber sie bewegten sich keinen Millimeter.

»Aufmachen!«, rief sie und begann wieder am Tor zu rütteln, in der Hoffnung, es würde nachgeben, was jedoch nicht der Fall war. Dann versuchte sie, unter dem Metallrahmen des Tores hindurchzukriechen, blieb jedoch auf halbem Weg stecken. Sie kroch wieder zurück und stand auf. »Du verdammtes Ding, geh schon auf!«, schrie sie und trat mit dem Absatz dagegen.

Nadia wurde nur langsam bewusst, dass ihr der Zugang verwehrt war. Dann aber hörte sie plötzlich ein klingelndes, rasselndes Geräusch, das hinter den Bäumen ertönte. Es waren die Glocken des Feuerwehrautos der Garnison, das den Hügel heraufgefahren kam. Sie versteckte sich im Gestrüpp.

Kurz darauf folgte sie dem Feuerwehrauto durch das jetzt geöffnete Tor ins Lager und ging dann über den Vorplatz. Bäume standen in Flammen. Auf dem Boden lagen brennende Leichen. Die Hitze war schier unerträglich. Es fühlte sich an, als hätte die Sonne ihren Schlund geöffnet.

Alles war mit weißer Asche bedeckt. Der Salpeter brannte in ihren Augen. Sie hielt sich einen Ärmel ihrer Soutane vors Gesicht und rannte keuchend weiter. Das Atmen fiel ihr immer schwerer.

Unten am Hang, eine Viertelmeile entfernt, sah Nadia, wie die Soldaten der japanischen Garnison aus ihren Unterkünften rannten. Einige trugen ihre Uniform, andere waren wiederum halb nackt und hatten nur ihre *Fundoshi* – knappe kleine Lendentücher – am Leib. Sie feuerten blindlings in den Himmel.

Ein Mann rannte an ihr vorbei, die Hände schützend über den Kopf erhoben. Sie lief ihm hinterher. »Iain Sutherland«, rief sie ihm zu. »Wo ist er?«

»Hier entlang«, erwiderte der Mann und kniff die Augen zusammen, als eine Maschinengewehrsalve in das gegenüberliegende Gebäude einschlug. Der Mann rannte weiter und streckte dabei seine Hand aus, die sie ergriff. Sie erreichten das Gebäude mit Block B und C.

Nadia sah zum ersten Stock von Block C hinauf. Nichts deutete darauf hin, dass sich noch Menschen in dem Gebäude befanden. Sämtliche Fensterscheiben waren zersprungen. »Iain!«, rief sie laut. Sie wischte sich mit dem Handrücken den Schweiß von der Stirn. »Iain!«, rief sie noch einmal, dann zwängte sie sich durch die verzogene Tür. In der Dunkelheit konnte sie erkennen, dass die Treppe zusammengebrochen war und ein Loch in den Boden geschlagen hatte, so groß, dass ein Laster hineingepasst hätte. Sie hielt ihre Hände als Trichter vor den Mund und brüllte: »Iain!« Nichts rührte sich. Sie tastete eine Weile in der Dunkelheit umher, fand jedoch nichts. Möglicherweise lagen in diesem Gebäude noch verletzte Internierte unter den Trümmern, aber sie hatte keine Möglichkeit, dies festzustellen. Nadia ging wieder nach draußen. Sie war sich nicht sicher, wo sie jetzt noch suchen sollte.

Die pure Verzweiflung packte sie. Sie wusste, dass Iain verletzt war. Sie spürte es, fühlte es mit jeder Faser ihres Körpers. »Iain Sutherland!«, rief sie. »Ich suche Iain Sutherland!« Sie schlug mit der flachen Hand frustriert auf eine Mauer ein.

»Hier sind alle noch rausgekommen«, sagte plötzlich jemand

zu ihrer Linken. Einige der Internierten kümmerten sich bereits um die Überlebenden aus Block B. Sie knieten auf dem schlammigen Boden und verbanden Wunden.

»Ich suche Iain Sutherland«, sagte sie noch einmal.

»Haben Sie es schon im Gefängnis probiert?«, hörte sie eine andere Stimme hinter sich. Es war eine der Frauen, die sich um die Verwundeten kümmerten. »Ich habe gehört, dass er heute Morgen von den Wachen abgeholt wurde.« Nadia spürte, wie eine Welle der Hoffnung ihre Erschöpfung und Angst verdrängte. »Aber Sie sollten sich besser auf das Schlimmste gefasst machen«, fuhr die Frau fort. »Das Gefängnis hat einen Volltreffer erhalten.« Nadias Hoffnung löste sich in Nichts auf.

Mit rasendem Herzen rannte sie zum Gefängnis. Zwei Gebäude weiter tobte noch immer ein Flammeninferno. Aus den Fenstern wurden Menschen geborgen und über Leitern nach unten getragen. Die meisten von ihnen waren tot. Im Rauch erstickt. Sie hörte das Feuer toben und krachen. Eine furchtbare Angst schloss sich wie eine Hand um ihre Kehle. »Lassen Sie mich durch!«, schrie sie und versuchte ins Gebäude zu gelangen. Vergebens. »Mein Mann ist dort drinnen! *Lassen Sie mich durch!*«

Ein paar Leute brachen eine Bresche in die bereits beschädigte Mauer und stürmten ins Gebäude. Nadia schloss sich ihnen an. Sie kletterte über den Schutt, der dort lag. Mauerwerk brach unter ihren Händen ab. Sie fürchtete, das beschädigte Gebäude könnte um sie herum jederzeit wie ein Kartenhaus zusammenfallen. Die Ost- und die Nordwand des Gefängnisses waren bereits eingestürzt, das Dach war einfach verschwunden. Als Nadia ihren Blick über die Trümmer schweifen ließ, sah sie die einzelnen Gefängniszellen, die von den Bomben verwüstet worden waren. Überall lagen verkohlte Gliedmaßen herum, ein Toter baumelte an einem Telefondraht.

Plötzlich ertönte eine blecherne Stimme. Sie hörte sich an wie aus einem Lautsprechersystem, dann aber erkannte Nadia, dass eine der japanischen Wachen durch ein Megaphon sprach. Der

Mann wies die Leute auf Englisch an, sich von dem Gefängnisgelände fernzuhalten, warnte vor den Gefahren der freiliegenden Gasleitungen und herabstürzenden Trümmer. Nadia war verzweifelt. Nur mit Mühe konnte sie die Tränen unterdrücken.

Sie sah durch die unzähligen vergitterten Fenster. Eine Glocke aus Rauch und Ziegelstaub lag über allem. Aus einer aufgerissenen Wasserleitung schoss Wasser und ergoss sich über den Boden. Das Atmen fiel ihr noch immer schwer. Es ist ihm bestimmt nichts passiert, sagte sie sich immer wieder. Er wird ein paar blaue Flecken haben, aber ansonsten wird es ihm gut gehen. Sie schob mit bloßen Händen verkohlte Ziegel und Steine zur Seite, suchte Raum für Raum ab, vertraute dabei ihrem Instinkt, während sie über die Trümmer stolperte und sich dabei immer wieder den Staub aus den Augen wischte. Von weit her drang jetzt ein Schmerzensschrei an ihre Ohren. Er klang weit entfernt und dünn. Dann plötzlich hörte sie eine verwirrte Stimme schreien: »Ich komme, Liebling! Ich komme!« Erst viel später wurde ihr bewusst, dass das ihre eigene verzweifelte Stimme gewesen war.

In einem kleinen Raum am Ende eines langen Ganges stieß sie auf ein Ölfass aus Metall, ein paar zerfetzte Ratten und glühende Asche. In einer Pfütze aus schwarzem Blut lag, wie eine umgedrehte Wasserspinne, eine abgetrennte Hand. Sie schrak zurück.

Sie stand am Rande des Trümmerfeldes, das die Bombe hinterlassen hatte, und starrte angestrengt in den noch immer mit Rauch erfüllten Raum. Papiere und Unterlagen lagen verstreut herum, wurden mit jedem Windstoß aufgewirbelt. Nadia drehte sich langsam um und sah eine mit Asche bedeckte Leiche. Ihre Gliedmaßen waren in seltsamen Winkeln verdreht, wie bei einem überfahrenen Hund, der tot am Straßenrand liegt. Sie drehte die Leiche vorsichtig um und sah in das Gesicht einer japanischen Wache. Sie atmete tief aus.

Einen Augenblick später zuckte ein Schatten in der Ecke des Raums. Sie glaubte auch, eine Bewegung gesehen zu haben. Ein Fuß, gefolgt von einem Unterschenkel, einem Knie und einem mit dunklen Flecken besudelten Oberschenkel war im flackernden Schatten zu erkennen. Es war ein Mann.

Er lag reglos auf dem Boden, sein geschwärztes Gesicht war ihr abgewandt. Überall um ihn herum glänzten Pfützen, rot wie Druckerfarbe.

Nadia raffte ihre Soutane hoch und kniete sich nieder, wischte ihre Hände ab und berührte den Mann. Sein Rücken war klebrig und glitschig von Blut. Sie versuchte ihn umzudrehen. Sein linker Arm fehlte, war unterhalb der Schulter einfach abgerissen. Sie erschauderte. Ein Windstoß bewegte seine Haare. Ihr stockte der Atem.

Es war Iain.

Dort, wo ihre Finger ihn berührten, war sein Körper so warm wie ihre Hand. Er atmete noch. Nadia zog ihre Soutane aus und begann den Stoff in lange Streifen zu reißen. Sie zog den Ärmel seines Hemdes zurück, sah den freiliegenden Knochen und das zerfetzte, purpurfarbene Fleisch. Dann drückte sie den Stoff fest auf den Armstumpf.

Obwohl sie fest auf die Wunde drückte, blutete es weiterhin stark. Da die Soutane inzwischen völlig durchtränkt war, begann Nadia jetzt den Obi abzuwickeln, den sie um ihre Brust trug. Schon bald waren ihre Hände bis zu den Handgelenken voller Blut. Sie versuchte es mit einer Aderpresse, faltete sechs Lagen über die Wunde und drückte sie fest zusammen. Dann suchte sie sich einen kurzen Stock und befestigte ihn mit einem Kreuzknoten an der Aderpresse. Sie drehte den Stock, bis die Blutung aufhörte. Iains Gesicht sah in der Dunkelheit völlig ausgezehrt aus, seine Haut war blass und schien so dünn und verletzlich zu sein wie Vulkanasche. Sie sicherte den Stock, sodass er nicht verrutschen konnte, dann rollte sie Iain ganz vorsichtig auf den Rücken und drehte seinen Kopf zu sich. »Iain«, flehte sie. »Iain, sieh mich an. Wach auf.« Sein Atem war flach und schnell. »Iain!«, rief sie noch einmal.

Mit flatternden Lidern begann er sich zu regen. Er stieß einen langen, gurgelnden Schmerzenslaut aus, dann begann er zu husten. Als er schließlich die Augen öffnete, verzogen sich seine Mundwinkel zu einem grimassenhaften Lächeln.

»Meine Füße«, sagte er dann plötzlich voller Panik. »Die Ratten waren an meinen Füßen.«

»Deine Füße und Beine sind in Ordnung«, beruhigte sie ihn. »Ein paar kleine Wunden an den Knöcheln, aber nichts Ernsthaftes. Deine Zehen sind unversehrt.« Sie sah ein Skalpell auf dem Boden liegen und schnitt damit das Seil um seine Knöchel durch. »Iain«, sagte sie ernst. »Du hast einen Arm verloren.«

»Einen Arm verloren?«, fragte er verblüfft und mit stockender Stimme.

»Und du hast auch eine Menge Blut verloren. Ich muss dich sofort hier rausbringen. Kannst du gehen?«

»Ja, ich kann gehen«, stieß er mühsam hervor.

Er versuchte sich zu bewegen, zuckte jedoch vor Schmerzen zusammen. Nadia schaukelte ihn auf die linke Seite und dann auf die rechte. Als Nächstes zog sie ihn, einen Arm um seine Taille gelegt und den anderen unter seiner rechten Achsel, in eine sitzende Position. Er fluchte, dann gab er einen erstickten Schrei von sich. Nadia hatte das Gefühl, als müsse sie einen schweren Sack Reis hochheben, als sie ihn auf die Füße stellte.

»Du musst deinen linken Arm hochheben. Der Stumpf muss höher als dein Herz sein. Geht das?«

Er nickte.

Nadia sah ihn an. Er atmete schwer. Die Adern an seinem Hals traten deutlich hervor. Sie musste ihn festhalten.

»Himmel, für ein so kleines Mädchen bist du wirklich stark«, sagte er und versuchte damit seine Schmerzen zu verharmlosen.

»Meine Vorfahren müssen allesamt *Muschiks* gewesen sein. Guter, starker Bauernschlag.«

Draußen hörten sie jetzt die Rufe der japanischen Wachen. »Wie bekomme ich dich aus dem Lager raus?«, fragte sie ihn. »Und wie kommen wir an den Wachen vorbei? Ich bin so gut wie nackt.«

»Da drüben«, sagte er und wies mit dem Kinn auf den herabgefallenen Schutt. »Ich war mit Takashi und einer Wache in diesem Raum, als das Dach einstürzte. Er müsste irgendwo dort drüben liegen.«

Sie lehnte Iain an eine der noch stehenden Wände. Salziger Schweiß sammelte sich in seinen Mundwinkeln. Während er, schweißüberströmt und blutverschmiert, dort stand, schob Nadia mit dem Fuß den herabgefallenen Schotter zur Seite. Schon bald fand sie Takashis Leiche. Ohne zu zögern, begann sie, dem Toten die Uniformjacke, die Hose und die Stiefel auszuziehen. Sie hantierte an den Knöpfen, ignorierte dabei den großen blutigen Fleck in seiner Herzgegend. Dann zog sie die Uniform an. Die Schultern hingen und die Hemdenzipfel reichten ihr bis zur Mitte der Oberschenkel. Sie steckte die Uniformjacke in die Hose.

»Nimm seine Mütze. Du musst dein Gesicht darunter verbergen«, sagte Iain mit schwächer werdender Stimme.

Nadia nahm die Schirmmütze von Takashis Kopf, setzte sie auf und zog sie tief in die Stirn.

Im Gang war niemand zu sehen. Die Luft war drückend heiß. Von heftigen Schmerzen gequält, wankte Iain nach draußen, wobei er versuchte, sich auf Nadias Schulter abzustützen. Ins Freie hinauszugehen, war, als würde man in einen tropischen Strudel hinaustreten – sie sahen einen dunstverhangenen Ort der Zerstörung, einen Krater voller Rauch und verbrannter Erde. »Wir bleiben auf keinen Fall stehen«, sagte sie. »Hast du mich verstanden? Ganz egal, wie schlimm deine Schmerzen auch sein mögen, wir werden auf keinen Fall stehen bleiben.« Die dumpfen Einschläge der Bomben hatten aufgehört, das ratternde Maschinengewehrfeuer war verstummt. Nadia wartete, bis zwei Männer in senfgelben Uniformen mit Eimern voller Sand an ihnen vorbeigerannt waren. »Komm schon, komm schon«, hörte sie sich immer wieder sagen.

Iain hatte inzwischen so viel Blut verloren, dass er zu zittern begann. Seine Beine fühlten sich weich und schwach an. Bei jedem Schritt schoss ein stechender Schmerz seinen linken Arm hinauf und wieder hinunter. Er hob sein Gesicht zur Sonne, schnappte nach Luft, hätte am liebsten einfach losgeschrien. Die Schmerzen machten ihn hilflos. Er stolperte, fing sich wieder. Sein Blick verschwamm, glänzende weiße Punkte tanzten vor seinen Augen. Nadia musste ihn festhalten.

Das Chaos, das im Lager herrschte, war zu ihrem Vorteil. Niemand würdigte sie auch nur eines Blickes. Sie brauchten ganze zwölf Minuten, um das Tor des Lagers zu erreichen, auch wenn sie beide das Gefühl hatten, als würde die Zeit rasen, wie im Zeitraffer vergehen.

Der Körper des toten japanischen Wachtpostens lag noch immer am Tor. Nadia sah, dass das Tor nur angelehnt war. Man hatte es nicht wieder geschlossen, nachdem die Löschfahrzeuge hindurchgefahren waren. Sie gingen, beide inzwischen schwer atmend, so schnell es möglich war durch das Tor und dann die Straße hinunter.

Nur wenige Augenblicke später sah Nadia den Morris Cowley. Ein überaus nervöser Pater Luke saß am Steuer.

»Ist das Ihr Mann?«

»Ja.«

»Was ist geschehen?«

»Eine amerikanische Bombe«, war alles, was Nadia herausbrachte, während sie Iain vorsichtig in den Wagen schob und dann auf die Rückbank legte.

»Was sollen wir mit ihm machen?«

»Ihn in ein Krankenhaus bringen, natürlich. Er muss medizinisch versorgt werden.«

»Wenn Sie ihn in ein Krankenhaus bringen, haben wir in kürzester Zeit die Japaner auf dem Hals.«

»Dann holen Sie eben einen Arzt! Er wird sterben, wenn wir nicht …«

»Auch das ist viel zu riskant!«, fiel er ihr ins Wort. Er ließ die Gelenke seiner Finger knacken. »Ich kann einen einarmigen *Gweilo* und eine Frau, die sich als japanischer Offizier ausgibt, unmöglich in mein Haus bringen! Es gibt Blockwarte, die der Militärpolizei über alle ungewöhnlichen Vorkommnisse sofort Bericht erstatten.«

Nadia schlug wütend mit der Hand auf die Motorhaube. Sie sah ihn mit grimmigem Blick an. »Er wird verbluten, wenn er nicht behandelt wird.«

»Steigen Sie in den Wagen«, befahl er ihr. »Ich lasse mir unterwegs etwas einfallen.« Er hielt inne und fasste sich an die Brust, als hätte er Schmerzen.

»Was ist los mit Ihnen? Sind Sie verletzt?«

»Nein, das war nur ein Stechen. Ich habe das öfter. Beeilen Sie sich. Wir müssen los.«

Sie machten sich in einem gespannten, unfreundlichen Schweigen auf den Weg zur Repulse Bay. Nadia drehte sich von Zeit zu Zeit um und versuchte einzuschätzen, wie es Iain ging. Er sah angespannt und blass aus, hatte die Lippen fest aufeinandergepresst. Nach ein paar Minuten fragte sie: »Was sollen wir tun, wenn wir an einem Kontrollpunkt angehalten werden?«

Pater Luke ignorierte Nadias Frage. Er nahm einfach die lange Route um die Insel herum in Richtung Aberdeen. »Selbst wenn ich Sie zu meinem Haus brächte, würde ich keinen Arzt finden. Ich habe zwar ein paar Medikamente da, aber ich könnte ihm nicht wirklich helfen. Sie müssen sich damit abfinden, dass er es wahrscheinlich nicht schaffen wird.«

Es gefiel Nadia nicht, dass der Priester redete, als wäre Iain gar nicht da.

»Und selbst wenn er überlebt«, fuhr er, ein wenig außer Atem, fort, »könnte ich ihn nur kurze Zeit vor den Japanern verstecken. Sie werden ein Haus nach dem anderen durchsuchen. Spätestens morgen Abend werden sie wissen, dass er aus dem Lager geflohen ist.« Er hielt seinen Blick fest auf die Straße gerichtet. »Wann wollten Sie sich mit Costa treffen?«

»In zwei Tagen.«

»Zu lange.«

»Aber wir müssen doch irgendetwas tun!« Sie versuchte ihre Panik in den Griff zu bekommen.

Sie erreichten die Straße zur Deep Water Bay und fuhren an dem verwilderten Golfplatz vorbei. Pater Luke straffte plötzlich die Schultern. »Ich habe eine Idee«, sagte er.

»Was?«

Pater Luke nuschelte etwas, das Nadia nicht verstand. »Was haben Sie gesagt?«

»Ich sagte, dass ich Sie mit dem Boot nach Sai Kung bringen werde.«

»Wo ist Sai Kung?«

»Auf der anderen Seite der Bucht, in den New Territories. Dort gibt es eine Gruppe von ungefähr hundert kommunistischen Guerillas, die dort schon seit Jahren in den Bergen hausen. Sie behaupten, zur East-River-Kolonne zu gehören. Sie haben mit den Japanern vereinbart, dass sie sich gegenseitig in Ruhe lassen. Ihr Anführer war früher Barkeeper im Peninsula-Hotel. Sein Name ist Pang. Wir sind zusammen in die Grundschule gegangen. Zwei seiner Leute waren Chirurgen im Tung-Wah-Hospital.«

»Woher wissen Sie das?«

»Woher weiß ich was?«

»Woher wollen Sie wissen, dass die Ärzte noch dort sind? Wenn Sie sich irren, wird Iain sterben.«

»Ich weiß, dass sie noch da sind, weil erst letzte Woche einige der Guerillas bei mir waren. Pang schickt mir ein- oder zweimal im Monat Lebensmittel, die ich dann an die Armen verteile. Als ich sie das letzte Mal nach Chung, dem Chirurgen, gefragt habe, sagten sie, dass er noch bei ihnen sei.«

»Sind Sie sicher, dass Sie ein Boot organisieren können?«

»Ja. Im Hafen von Aberdeen. Die Dschunke eines Fischers. Aber wir werden für die Fahrt zahlen müssen.«

Nadia zog einen ihrer Stiefel aus und nahm das Bündel Bargeld heraus. »Ich habe japanische Yen.« Ihr Gesicht erhellte sich. »Aber warum müssen wir nach Sai Kung fahren? Warum kann uns die Dschunke nicht gleich nach Macau bringen?«

»Weil das nicht geht, Nadia. Die Leute in Aberdeen sind einfache Fischer. Sie werden niemals riskieren, die Gewässer Hongkongs zu verlassen.«

»Dann bleibt uns also keine andere Wahl als Sai Kung.«

10

Die beiden Hakka-Frauen zogen mit gleichmäßigen Bewegungen an ihrem langen Ruder und steuerten so ihr Gefährt durch das schmale Hafenbecken. Der Sampan glitt still durch den morgendlichen Nebel. Unter ihren nackten Füßen, versteckt unter ein paar losen Deckplanken, lagen Nadia, Iain und Pater Luke flach auf dem Rücken. Nadia wusste, dass sie auf diese Weise vor den Blicken der Japaner geschützt waren, dennoch war ihre Angst größer als je zuvor.

»Wie geht es dir, Iain?«, flüsterte sie, nur wenige Zentimeter vom Gesicht ihres Mannes entfernt.

Iain nickte stumm und mit zusammengebissenen Zähnen.

Nadia spürte seinen Kopf, der auf ihrer Brust lag. Sein Atem ging flach und schnell. Sie drückte ermutigend seine rechte Hand. Alle drei waren sie in Schweiß gebadet.

Die einzigen Geräusche, die sie hörten, waren die Wellen, die gegen den Rumpf klatschten, und das Quietschen des Ruders in der Riemendolle. Aber selbst in ihrem Versteck unter den breiten Holzplanken liegend spürte Nadia, dass der Wind auffrischte. Die salzige Luft drang durch die kleinsten Ritzen. Sie stellte sich vor, wie sie jetzt aus dem äußeren Hafen fuhren und in die tiefen, unruhigen Wasser des East Lamma Channel glitten. Alles war schwarz; nichts hatte Farbe.

Oben auf dem Deck flatterten die weiten Hosen der Hakka-Frauen im Wind. Nadia sah durch einen winzigen Spalt, wie sich ihre Knie beugten, streckten, wieder beugten, hörte das gelegentliche Platschen des Wassers. Sie konnte die runzligen, ledrigen Sohlen ihrer nackten Füße sehen.

Die Strömungen des Frühsommers trugen den Sampan aufs Meer hinaus, ließen sein Heck auf und ab hüpfen.

Die Hakka-Frauen bewegten das kleine Boot mit der Kraft ihrer Arme unermüdlich voran.

Irgendwo in der Ferne hörte Nadia jetzt die Glocke einer Boje. Sie hob den Kopf so weit sie konnte, versuchte durch die Ritzen etwas zu erkennen. Und dann sah sie sie hoch über sich aufragen – sechs Segel, an deren Mastspitzen kleine rote Wimpel flatterten, sogar die Persenningleisten aus Bambus konnte sie erkennen. Es war eine kleine hochseetüchtige Dschunke.

Der Kapitän der Dschunke war ein Mann mit rotem Gesicht und dem Lächeln eines Piraten. Nadia folgte Pater Luke über eine Reihe wackliger Leitern in die Kombüse hinunter, wo die Luft nach heißem Blech und Chaulmoogra-Öl roch. Alles an Bord dieses Schiffes quietschte und knarrte. Sie hörte eine rasselnde Metallkette und nahm deshalb an, dass man gerade den Anker lichtete. Hoch über ihr knatterten die Leinwände im wechselnden Wind. »Hier entlang«, sagte Pater Luke zu den beiden Seeleuten, die Iain trugen. Die Männer taten sich schwer damit, Iain aufzuheben, und noch schwerer taten sie sich damit, ihn die Strickleitern hinunterzutransportieren. Sie kletterten, Iain auf ihren Schultern, eine Hand unter der anderen nach unten. Iain holte durch seine zusammengebissenen Zähne zischend Luft, als sie ihn schließlich in eine Koje legten.

»Wie weit ist es bis Sai Kung? Wie viele Stunden werden wir unterwegs sein?«, fragte Nadia. Pater Luke zündete eine Kerze an und sah sich um. Begutachtete die Kojen, die Dosen mit Lebensmitteln, die Säcke mit Zuckerhirse und die Schläuche mit Trinkwasser.

»Ungefähr drei Stunden«, erwiderte er. »Wenn wir angekommen sind, werde ich so schnell wie möglich mit den Guerillas Verbindung aufnehmen und Sie dann bei ihnen lassen. Sie haben von ihnen nichts zu fürchten. Es sind gute Menschen.«

Nadia dankte ihm. Sie war gerade dabei, die Kuli-Kleidung anzuziehen, die ihr Kapitän Woo gegeben hatte. »Ich komme mir vor, als würde ich in einem Theaterstück mitspielen, bei dem ich ständig das Kostüm wechseln muss«, sagte sie, als sie die Kordel um ihre Taille band. Dann machte sie sich daran, Wasser zu kochen. Es gab eine Holzkiste zum Sitzen, daneben stand ein tragbarer Kerosinofen mit einem kleinen Kochfeld.

Die Dschunke begann zu vibrieren, als sie Fahrt aufnahm. Die Geräusche der Segel wurden lauter. Sie rauschten jetzt wie hohe Palmen. Nadia streichelte Iains Stirn.

»Wird er es schaffen?«, fragte Pater Luke, der auf der Holzkiste saß und sich die linke Seite seiner Brust hielt.

Nadia gab ihrem Mann einen Kuss auf die Wange. Iain reagierte auf sie. Er zog die Augenbrauen hoch, hielt die Augen jedoch weiter geschlossen. Sein Atem ging langsam. »Natürlich wird er es schaffen«, sagte sie. »Er muss es einfach. Seine Tochter wartet doch auf ihn.«

Die Seeleute trugen Iain auf einer Trage, die sie aus Segeltuch und Bambus hergestellt hatten. Sie überquerten einen Fluss und stiegen dann einen steilen Berg hinauf, der zunächst mit einzelnen Bäumen bestanden war, die sich schließlich zu einem Wald verdichteten. Pater Luke folgte ihnen, fiel aber mit jedem Schritt ein Stück weiter zurück. Er kam immer mehr außer Atem, bis er schließlich stehen bleiben musste. Der schmale Pfad verlief am Rand einer tiefen Schlucht, in der ein Fluss dahinströmte. Kleine, schmutzige Hütten, die aus Bambus und Flechtwerk bestanden, schmiegten sich an den Hang des Berges wie eine Reihe schlafender Mäuse. Als die Hunde zu bellen begannen, kamen die Dorfbewohner aus ihren Behausungen und starrten die seltsamen Fremden neugierig an. Die Männer legten Iain zunächst im Schatten eines großen Baumes ab, um ihn dann später in eine Art Feldlazarett zu bringen. Schon nach kurzer Zeit zerstreute sich die Menschenmenge wieder.

»Wo ist Pater Luke?«, fragte Nadia. Auf ihre Frage konnte ihr jedoch niemand eine Antwort geben. Dann ging sie zu den

Chirurgen und erklärte ihnen mit vollkommen ruhiger und beherrschter Stimme, was mit Iain passiert war.

Die beiden Chirurgen, ein Mann namens Chung und eine Frau namens Lee-Phua, taten für ihn, was sie konnten. Sie entnahmen ihrem begrenzten medizinischen Vorrat ein Fläschchen mit Morphium und Säckchen mit Schwefel. Sie stillten die Blutung aus der Subklavia, der Arterie, die unter dem Schlüsselbein verläuft, reinigten die Wunde und vernähten alles so gut, wie es unter den Umständen möglich war. Als sie sich sicher waren, dass die Blutung gestillt war, stieß Chung ein scharfes zweischneidiges Messer durch den Muskel in der Nähe des Schultergelenks und trennte ein Stück Gewebe ab, um daraus eine Art Lappen zu bilden. Dann bedeckten sie damit den freiliegenden Knochen. Sie nähten den Lappen fest und trugen anschließend eine Mischung aus Teebaumöl und Jod auf, um einer Infektion vorzubeugen. Schließlich polsterte Lee-Phua den Stumpf mit Gaze und verband ihn mit Bandagen, die mit Knoblauch getränkt waren. Dann legte man Iain in eine abgedunkelte Hütte.

Am nächsten Abend, dem Abend, an dem man Pater Lukes Leiche in der Schlucht fand, bekam Iain hohes Fieber.

Chung erklärte Nadia, dass Iain aufgrund der langen Internierung und seines schlechten Ernährungszustandes nur noch über sehr geringe körperliche Widerstandskräfte verfügte.

Man gab ihm eine Brühe aus ausgekochten Wurzeln und Gräsern zu trinken. Das Fieber stieg jedoch weiter. Er fror und schwitzte gleichzeitig, und wenn er die Augen öffnete, verlor sich sein Blick in der Ferne.

Sie zogen Eiter aus dem Arm ab und verabreichten Iain einen Tee aus Holunderblüten, Opium und Kamille. Sie gaben ihm Zitronenmelisse, damit er noch mehr schwitzen konnte. Der Schüttelfrost dauerte Stunden. Dann begann er zu halluzinieren. Nadia rieb seinen Körper mit lauwarmem Wasser ab und flößte ihm immer wieder Flüssigkeit ein. Mitten in der Nacht geschah dann etwas Schreckliches: Er bekam eine Art Fieberkrampf. Seine Beine begannen unkontrolliert zu zucken, und er schrie. Chung und

Lee-Phua mussten ihn festhalten. »Wird er sterben?«, hörte Nadia sich selbst schreien. »Bitte lassen Sie ihn nicht sterben!« Sie fixierten seine Beine mit Seilen am Bett. Aus seinen Mundwinkeln quoll Schaum.

Nadia fiel auf die Knie. Der matte Schimmer einer Kerze erhellte die Hütte. Sie betete zu Jesus. Sie betete zum Heiligen Nikolai Chudotvorets und der Heiligen Mutter Gottes. Sie betete, bis die Kerze herunterbrannte und erlosch und das Zimmer schwarz von ihren Tränen wurde.

Iain lag jetzt totenstill auf seinem Bett.

Ein paar Tage zuvor in ebendieser Woche hatte Nadias Mutter den Gouverneur von Macau aufgesucht, da sie sich inzwischen absolut sicher war, dass sich ihre Tochter in größter Gefahr befand. Dies begründe sich auf den Instinkt einer Mutter, sagte sie. Der Gouverneur konnte ihr jedoch auch nicht weiterhelfen. Soweit er wusste, waren aber in letzter Zeit keine Berichte darüber eingegangen, dass macanesische Bürger in Hongkong zu Schaden gekommen oder in Gefangenschaft geraten seien.

»Aber meine Tochter müsste schon seit gestern wieder hier sein. So war es jedenfalls geplant!«

Der Gouverneur zog mitfühlend die Mundwinkel herunter und zuckte bedauernd mit den Schultern.

Nach einem weiteren Tag qualvollen Wartens war dann ein an Mrs. Nadia Sutherland adressierter Brief eingetroffen. Der Umschlag trug den Absender »Internierungslager Stanley« auf der Rückseite und war mit japanischen 2s-Besatzungsmarken frankiert. Quer über die Vorderseite waren in schwarzer Tinte die Worte »Freigegeben von Zensor 3472« gestempelt.

Begierig auf jede Information, die ihren Schwiegersohn betraf, ließ Nadias Mutter Valentina in der Obhut ihres Großvaters zurück und ging in ihr Schlafzimmer. Ihre Lippen bebten, und ihr Gesicht war leichenblass. Sie holte ein paar Mal tief Luft und versuchte sich zu beruhigen. Dann öffnete sie den Umschlag.

Sehr geehrte Mrs. Sutherland, las sie laut und mit brüchiger

Stimme. *Zu meinem großen Bedauern muss ich Ihnen mitteilen, dass Ihr Ehemann, Iain Sutherland, Internierter Nummer 6177, als vermisst gilt. Es steht zu befürchten, dass er infolge einer Reihe von Luftangriffen der USAAF auf Hongkong, in deren Verlauf auch die Halbinsel Stanley bombardiert wurde, ums Leben gekommen ist. Eine gründliche Überprüfung der Liste von Verwundeten im Tweed-Bay-Krankenhaus ist leider ohne Ergebnis geblieben. Nehmen Sie bitte mein tief empfundenes Mitgefühl entgegen. Möge Gott Ihnen in diesen langen, dunklen Stunden zur Seite stehen.*

Reverend John Anderson
Internierungslager Stanley

Mamotschka starrte die Worte noch eine Zeit lang an. Ihre ersten Gedanken galten ihrer Tochter. Dann erinnerte sie ein eiskalter Stich in ihrem Herzen daran, dass auch Nadia verschollen war – dass sie ebenfalls vermisst wurde, vielleicht auch schon tot war … Bisher verdrängte Albträume jeder Art bemächtigten sich ihrer Seele. Ein scharfer, hoher Ton kam aus ihrer Brust. Sie faltete den Brief sorgfältig wieder zusammen und steckte ihn in den Umschlag zurück. Dann presste sie den Umschlag an ihre Stirn und begann zu weinen.

Nadia ging den Hügel hinunter auf eine Reihe von chinesischen Grabsteinen zu. Dann kniete sie neben einem erst kürzlich aufgestellten Kreuz nieder. Die gelben Wildblumen, die sie in ihrer Hand hielt, kamen ihr irgendwie so dürftig vor. Sie legte sie dennoch auf das Grab. Der Himmel war grau geworden.

Sie fuhr mit den Fingern den Namen nach, der so grob und unbeholfen ins Holz geschnitzt war, und spürte, wie ihr eine Träne über das Gesicht lief.

Hinter ihr stand eines der Kinder aus dem Dorf und starrte stumm auf das Tal hinunter, wo ein Wasserbüffel einen Pflug durch die Reisfelder zog. Der Junge hielt ein kleines Boot aus Holz in seinen Händen. Nach einer Weile ging Nadia den Pfad zum Bach hinunter. Der kleine Junge gab ihr das hölzerne Boot, und sie zündete mit einem Streichholz ein Räucherstäbchen an.

»Weihrauch, um die Seelen zu reinigen«, flüsterte sie und umfasste dabei den Glücksbringer aus Glas, den sie um den Hals trug. Sie setzte das Boot mit dem Räucherstäbchen ins Wasser und ließ es schwimmen, sah zu, wie es davongetragen wurde und dabei immer kleiner wurde. Sie schloss die Augen und schlang die Arme um ihren Oberkörper.

Mitten in der Nacht begann es zu regnen. Ein leidenschaftsloser, monotoner Regen mit kleinen Tropfen, die wie fallende Käfer auf das Dach aus Flechtwerk prasselten.

Gerade als die Farben der Morgendämmerung die Bäume am Hang zu tönen begannen, sank Iains Fieber. Er trank ein wenig Wasser. Dann schlief er drei Tage und drei Nächte durch. Als er aufwachte, glaubte er offensichtlich, seinen linken Arm noch zu besitzen. Er streckte den Stumpf aus, um Nadias Gesicht zu berühren. Sie strahlte ihn mit ihrem fröhlichsten Lächeln an. Es dauerte einen Moment, bis ihm bewusst wurde, dass da unterhalb seiner Schulter einfach nichts mehr war.

In den folgenden Stunden badete sie ihn im Bach am Hang, wusch ihn mit einem Schwamm ab, wobei sie sorgfältig darauf achteten, dass sein Armstumpf nicht nass wurde. Hin und wieder juckte sein Unterarm, aber wenn er sich dort kratzen wollte, war dort nichts mehr. »Meine Finger kribbeln«, sagte er verwirrt zu Chung. »Es fühlt sich an, als würden Hunderte von Ameisen über meine Hand laufen, die doch gar nicht mehr da ist.«

Eine Woche verging, dann eine weitere. In ihrem Tagesablauf änderte sich kaum etwas. Während Nadia an Iains Bett wachte, führten die Guerillas ihr Leben weiter wie gewohnt. Sie schnitten mit der Sense Gras als Brennmaterial, ernteten Reis und Wurzelgemüse als Nahrung, sammelten Kletterpflanzen, Bambus und Palmwedel zum Bau von Schutzhütten.

Die Regenfälle des Juni kamen und gingen, und während dieser ganzen Zeit sah Nadia dabei zu, wie Iain vor ihren Augen alterte. Die Traumata der letzten Wochen wirkten sich jetzt aus. Auf seiner Stirn hatten sich tiefe Falten gebildet, und seine Augen lagen tief in ihren Höhlen. Es kam Nadia fast so vor, als könnte sie die Knochen seines Gesichts durch seine Haut sehen. Nichtsdestotrotz schien er es zu genießen, so von ihr umsorgt zu werden. Sie wischte ihm die Stirn ab, tränkte seine Verbände mit verdünntem Desinfektionsmittel, scheuchte die Fliegen davon und fächelte ihm Luft zu, wenn ihm heiß war. Sie erzählte ihm Geschichten von Valentina, bot ihm dabei immer wieder eine Handvoll wilden Salbei zum Kauen an, um seinen Appetit anzuregen, und half ihm dabei, den Glauben an sich selbst wiederzufinden.

Da die Reisschösslinge in diesem Jahr erst sehr spät gesetzt worden waren, konnte weder im Juli noch im August, als ein kleiner Taifun über die Halbinsel hinwegfegte, geerntet werden. Iain erholte sich während dieser Monate sichtlich. Mit seinem einen Arm kam ihm noch immer alles, was ihm früher vertraut gewesen war, irgendwie fremd vor. Er stellte fest, dass sich das Verhältnis zu seinem Körper verändert hatte. Was er früher instinktiv und ohne Überlegung getan hatte – einen Schnürsenkel binden, ein Hemd zuknöpfen, das Essen auf seinem Teller schneiden –, musste er jetzt bis ins Detail durchdenken und planen.

Mit der Zeit lernte er jedoch, mit nur einer Hand zurechtzukommen, sodass er am Ende des Sommers schon fast wieder der Alte war. Als er seine Beweglichkeit verbesserte und lernte, sich mit seiner Behinderung zu arrangieren, stellte er fest, dass es tatsächlich jede Menge für ihn zu tun gab. Er half bei der Sommerpflanzung auf den Reisfeldern, hackte den Boden und säte. Er fütterte die langbeinigen Hühner des Dorfes. Er half den Guerillas sogar dabei, ein japanisches Militärmotorrad zu reparieren, das sie in einem Tal gefunden hatten. Es besaß einen zweisitzigen Kurogane-Seitenwagen mit fünfeckiger Karosserie und war mit einem Maschinengewehr ausgerüstet. Während Iain den fernen Abschüssen der japanischen Artillerie lauschte, starrte er die rostende Waffe an und betete dabei inständig, dass er sie niemals würde abfeuern müssen.

Nadia hatte sich inzwischen mit einigen Frauen aus dem Dorf angefreundet. Besonders mochte sie Lee-Phua und deren Schwester Lee-Ping. Jeden Morgen, nachdem sie frische Blumen auf Pater Lukes Grab gelegt hatte, gruben sie, während der Frühdunst sich auf ihre Kleider legte, in dem aufgequollenen Marschland am Fuße der Hügel nach Wasserkastanien. Oft sprachen sie dabei über ihre Kinder – über deren erste Worte, deren Lieblingsspeisen. Nadia war mit ihren Gedanken jedoch häufig weit weg. Sie dachte oft an Pater Luke – war er gestorben, weil er Iain gerettet hatte? War die Aufregung für sein Herz einfach eine zu große Belastung gewesen? Wäre er noch am Leben, wenn sie nur einen einzigen Blick über ihre Schulter geworfen und gesehen hätte, wie anstrengend es für ihn gewesen war, ihnen zu folgen? War der lange, steile Anstieg zu viel für ihn gewesen? Hatte sie ihn zu sehr unter Druck gesetzt? Die Schuldgefühle nagten an ihr. Aber es quälte sie noch etwas anderes: ihre Schuldgefühle wegen Valentina.

Sie träumte jede Nacht von ihrer geliebten Tochter, ihren Eltern und der Rückkehr nach Hause, aber es gab für sie keine Möglichkeit zu erfahren, was in der Welt draußen geschah. Gelegentlich kamen die Guerillas mit Neuigkeiten zu ihnen, und hin und wieder sprach Pang, ihr Anführer, davon, dass die Japaner bald ihre Waffen niederlegen würden. Da es jedoch so gut wie keine zuverlässigen Informationen gab, war auch dies ungewiss.

Nadia sprach mit Iain nächtelang über Valentina, die im September drei Jahre alt werden würde. Sie lagen nebeneinander, lauschten den Zikaden in der Dunkelheit und versuchten sich mit Gedanken an zu Hause abzulenken. Sie wünschte sich verzweifelt, bei ihrer Tochter zu sein, und jedes Mal, wenn sie an Valentina dachte, erfüllte eine süße Qual ihr Herz. Sie sprach oft davon, dass sie sich hilflos, frustriert und zur Untätigkeit gezwungen fühlte, so wie ein Drachen, den man an einem windigen Tag einfach im Haus liegen gelassen hatte. »Gibt es irgendeine Möglichkeit, über das Festland nach Macau zu gelangen?«, fragte sie. Iain verneinte dies. Es sei viel zu gefährlich. Sie müssten eben geduldig sein und warten, dass es einen Waffenstillstand geben oder, im besten Fall, dass die Japaner kapitulieren würden. Der Gedanke, es auf dem Landweg zu versuchen, ließ Nadia jedoch nicht mehr los. Er quälte sie wie eine Zecke, die unter ihre Haut gekrochen war, juckte sie beständig. Aber jedes Mal, wenn sie dieses Thema zur Sprache brachte, beruhigte Iain sie und ermahnte sie zur Geduld.

Also lebten sie, ohne Ablenkungen durch die Welt draußen, von einem Tag zum anderen und warteten einfach auf den letzten Akt. Sie schliefen auf klumpigen Säcken, die mit Unkraut, Riedgras und Bartgras gefüllt waren. Sie holten ihr Wasser aus dem Bach oder einer Quelle in der Nähe. Sie wuschen sich, den zufälligen Blicken ihrer Nachbarn ausgesetzt, zwischen den Bäumen und Büschen. Während der Hitze des Tages blieben sie in ihrer Hütte. Sie aßen das, was ihnen Pangs Leute brachten, und manchmal setzten sie sich auch mit Lee-Phua und Lee-Ping an einen Tisch und spielten Fan Tan.

Und während der ganzen Zeit wuchs Nadias Frustration wie ein Fluss, der nach wochenlangen Regenfällen immer mehr anschwillt. Es kam ihr so vor, als würde der Bann der Monotonie niemals gebrochen werden. So als würde sie niemals wieder nach Hause zurückkehren können. Schließlich verfiel sie in lange Phasen grüblerischen Schweigens. Dann aber, an einem Morgen im August, als das Wetter sich bereits wieder abzukühlen begann, waren die Guerillas plötzlich verschwunden. Nadia wachte auf und stellte fest, dass es im gesamten Dorf still war. Bis auf ein paar Frauen mit ihren kleinen Kindern und ein paar kreischende Hühner war niemand mehr da.

Was war geschehen?, fragte Nadia. Die alten *Por-pors* schnalzten mit den Zungen. Die Guerillas seien in den Kampf gezogen, erhielt sie zur Antwort. Es ging das Gerücht um, dass der East-River-Widerstand jetzt, da die Japaner kurz vor der Kapitulation standen, Yuen Long, Tai Po und einige der äußeren Inseln erobert hatte. Nadia fand eine Notiz, die an die Tür ihrer Hütte geheftet war. Sie stammte von Lee-Phua. Sie wünschte ihr viel Glück und alles Gute für die Zukunft.

Am folgenden Tag kam ein Bauer aus dem Nachbardorf. Er hatte ein breites, selbstzufriedenes Lächeln auf dem Gesicht. Über seiner Schulter hing die rote Flagge der chinesischen kommunistischen Partei mit ihrem gelben Stern und dem Hammer und der Sichel. »Hirohitos Rübenköpfe haben endlich kapituliert«, rief er, während er aufgeregt herumhüpfte. »Der Krieg ist aus.«

Vierundzwanzig Stunden später standen Iain und Nadia nach einer anstrengenden Reise über Land und Meer auf dem Kai des Queen's Pier. Der ausgebombte Victoria Harbour lag verlassen hinter ihnen, keine einzige Dschunke und kein einziges Wallahr-Wallah waren zu sehen, nur ein einsamer Sampan schaukelte auf dem Wasser. Sie versuchten ein Hotelzimmer zu finden, mussten aber schon bald feststellen, dass sich die Stadt im Griff der Anarchie befand und dass die meisten Zimmer von betrunkenen japanischen Soldaten belegt waren. Der Krieg mochte zwar vorbei sein, in der Stadt herrschte jedoch das totale Chaos. Ganze Horden von Banditen zogen durch die Straßen. Die Infrastruktur war völlig zerstört. Anstelle siegreicher Union Jacks flatterte auf den Dächern und in den Fenstern die Flagge der chinesischen Nationalisten. Rebellion lag in der Luft.

Nachdem Iain zwei Militärpolizisten befragt hatte, gingen sie zum Gebäude der ehemaligen französischen Mission, wo man gerade versuchte, eine provisorische Regierung zu bilden. Die MPs starrten sie verblüfft an, da sie wie Kulis gekleidet waren, ließen sie jedoch passieren. Im ersten Stock traf Iain auf ein paar seiner alten Kameraden, die erst kurz zuvor aus dem Internierungslager Stanley entlassen worden waren. Er fragte sie, wie sie die momentane Situation einschätzten, und erfuhr von ihnen, dass über das Schicksal Hongkongs noch nicht entschieden worden sei.

»Wir wissen noch nicht, wem gegenüber die Japaner die Kapitulation offiziell erklären werden«, sagte Friendly. »Es könnte China, Amerika oder auch Großbritannien sein. Der Äther ist voll mit Gerüchten. Die chinesischen Nationalisten haben angekündigt, Hongkong für sich zu beanspruchen, das aber werden die

Yanks in keinem Fall zulassen. Truman verlangt, dass die Kolonie einem amerikanischen oder britischen Offizier übergeben wird, aber Chiang Kai-shek beharrt noch auf seinem Standpunkt. Wir vermuten deshalb, dass sich die Truppen der Nationalisten schon bald an der Grenze konzentrieren werden.

Aber so wie ich die kommandierenden Generäle der Yanks kenne, werden sie ihren Willen durchsetzen. General Wedemeyer ist wild entschlossen, hier das Zepter zu übernehmen. Ich hoffe nur, dass Harcourt noch vor ihm hier ist. So wie es aussieht, sind wir hier jetzt in amerikanischer Hand und müssen nach Mac Arthurs Pfeife tanzen. Zum Teufel, wir dürfen noch nicht einmal den Union Jack hissen, es sei denn, wir bekommen dafür Trumans Zustimmung. Und gleichzeitig lassen die Nationalisten überall in der Stadt ihre Flaggen wehen. Es ist dumm, das sage ich dir! Ausgesprochen dumm.«

Später trafen sie noch auf Lieutenant-Colonal Richard Hughes, den höchstrangigen britischen Offizier, der sich gegenwärtig in der Kolonie aufhielt. Iain informierte ihn kurz über seine bisherige Tätigkeit und über seine Beziehung zur BAAG und zum britischen Geheimdienst.

»Ich bin selbst gerade erst aus dem Kriegsgefangenenlager Shamshuipo entlassen worden. Verzeihen Sir mir, alter Knabe, aber ich muss erst einmal versuchen, mich selbst zurechtzufinden«, sagte Hughes. »Alles, was ich Ihnen sagen kann, ist, dass wir verzweifelt versuchen, eine britische Zivilregierung zu etablieren. Gleichzeitig müssen wir alles dafür tun, dass die Versorgung mit Gas, Wasser und Elektrizität wieder funktioniert. Und das ist schwierig genug, das kann ich Ihnen sagen. Die Ordnung auf den Straßen wiederherzustellen ist nahezu unmöglich. Auch wenn die Japsen kapituliert haben, wäre das eigentlich ihre Aufgabe. Aber viele dieser Scheißkerle lassen sich einfach gehen. Kanazawa, der Chef ihrer Polizei, hat zwar versprochen, wieder Disziplin in ihre Reihen zu bringen, aber bis dahin sind wir gezwungen, die Triaden als Hilfspolizei einzusetzen. Natürlich können wir die Mistkerle nicht bezahlen, aber auch das wird sich ändern, sobald das Finanzministerium wieder funktionsfähig ist. Und dann ist da natürlich noch das Problem der Lebensmittelversorgung ...« Seine Stimme verlor sich. »Falls Sie noch länger hier bleiben wollen, könnten wir Ihre Hilfe gut gebrauchen.«

Iain lehnte jedoch dankend ab. Er sagte, dass er ein Schiff suchen wolle, das sie nach Macau bringen würde.

»Seien Sie bloß vorsichtig. Das Meer ist voller Minen«, warnte ihn der Offizier.

»Bekomme ich von Ihnen die Erlaubnis, ein japanisches Küstenschutzboot zu beschlagnahmen? Ich kann es auf dem Weg nach Macau als Minenräumer einsetzen und auf diese Weise helfen, den Weg für Harcourt freizumachen.«

»Bei Ihren Referenzen brauchen Sie meine Erlaubnis mit Sicherheit nicht, alter Knabe. Aber ich werde Ihnen eine schriftliche Vollmacht ausstellen, damit Sie mit dem Schiff und einer fünf Mann starken Crew die Gewässer Hongkongs verlassen dürfen. Sie werden dafür aber auch Kanazawas Unterschrift brauchen. In der Zwischenzeit werde ich dem britischen Konsulat in Macau telegrafieren.« Hughes sah Iain an, als fiele ihm jetzt erst auf, dass ihm ein Arm fehlte. »Wir sind alle durch die Hölle gegangen, nicht wahr?«

»Einige mehr als andere.«

»Können Sie mir sagen, warum Sie unbedingt nach Macau wollen?«

»Meine Tochter wird bald drei Jahre alt. Ich habe sie noch nie gesehen. Sie wartet auf mich.«

Hughes nickte. »Zuerst werde ich Sie mit dem Quartiermeister bekannt machen. Es wäre doch gelacht, wenn wir für Sie nicht eine Unterkunft und ein paar ordentliche Sachen zum Anziehen finden. Wir wollen doch nicht, dass Sie wie ein Reisbauer herumlaufen, wenn Ihre Tochter sie zum ersten Mal sieht, oder?«

»Vielen Dank, das wäre nett.«

Er gab Iain einen freundschaftlichen Klaps auf die Schulter. »Vergessen Sie aber nicht, das verdammte Schiff wieder zurückzuschicken, alter Knabe.«

Epilog

Alle rannten.

Sie rannten mit klopfendem Herzen aus dem Haus: Mamotschka, Valentina, Onkel Ewgenij, Izabel und Frau Lo. Sogar Papotschka, der noch immer seinen Baumwollpyjama trug, ging so schnell, wie es ihm sein gebrechlicher Körper erlaubte. Er holte mit seinem Gehstock weit aus, als hätte ein Bad im Jungbrunnen die Glieder des Achtzigjährigen gestärkt.

Valentina rief: »Mami, Mami.«

In Nadias Augen, in denen ihre ganze Liebe strahlte, standen Freudentränen.

Als sie Nadia erreichten, stürzten sich alle auf sie und umarmten sie. Sie jubelten und lachten. Bis auf Papotschka lagen schließlich alle auf einem Haufen, kugelten auf dem Largo da Sien herum, kichernd und mit Tränen in den Augen.

Erst nach mehreren Minuten standen alle wieder auf.

»Iain«, sagte Nadia lachend, während ihr noch immer Freudentränen über die Wangen liefen. Sie strich ihr Kleid glatt. »Das ist Valentina.«

Iain, der ein kariertes Hemd trug, das ihm mindestens eine Nummer zu klein war, sah das kleine, braunhaarige Mädchen an und lächelte. Das Gesicht der Kleinen war schmal, und sie hatte die Stirn gerunzelt. Sie hatte große blaue, slawische Augen. So blau, dass sie ein Stück des Himmels hätten sein können.

Valentina starrte den Mann an, der da vor ihr stand. Sie war sichtlich irritiert, weil der schlaffe linke Ärmel des Hemdes hinter seinem Rücken festgesteckt war.

»Hallo«, sagte er.

Valentina schlang die Arme um das Bein ihrer Mutter und versteckte schüchtern ihr Gesicht vor diesem Fremden, der ihr Vater war.

Iain ging in die Hocke, sodass seine Tochter nicht zu ihm aufsehen musste. Erst jetzt sah er, dass sie ein kleines Bilderbuch im Arm hielt.

»Was hast du denn da für ein Buch?«, fragte er sie.

»Beeter Baan«, sagte sie leise.

»Ich mag Peter Pan. Er ist einer meiner Lieblingshelden. Und Wendy mag ich auch.«

»Was ist mit deinem Arm passiert?«

»Mit meinem Arm? Ach, den hat ein böses Krokodil gefressen.«

»Genau wie bei Capin Hook«, sagte Valentina strahlend.

»Ja, genau wie bei Captain Hook.« Er streichelte ihre Wange. »Wie wäre es, wenn du mir dein Zuhause zeigst und das Zimmer, in dem du spielst? Willst du das?«

Sie nickte und lächelte dabei. Ihr Lächeln brachte Iains Herz zum Schmelzen wie Schokolade in einem Topf auf dem Herd.

Iain richtete sich wieder auf und bot Valentina seine verbliebene Hand an, die sie ein wenig schüchtern ergriff. Dann gingen sie alle gemeinsam zum Tabakladen.

Drei Wochen nach ihrer Rückkehr hatte Valentina Geburtstag.

»Kommt schon«, sagte Iain. »Ich möchte, dass ihr alle lächelt.« Er und Papotschka hatten sich verkleidet. Sie trugen Clownskostüme in Pink und Blau. Onkel Ewgenij hatte sich mit einem purpurfarbenen Morgenrock und einer Krone aus Papier herausgeputzt. Valentina trug ein Kostüm aus feinem Musselin, in dem sie aussah wie eine kleine Elfe, während Nadia und Mamotschka Narrenkappen mit großen Ohren aus Pappe aufgesetzt hatten. »Diese Fotos werden wir allen unseren Freunden schicken.«

Das Blitzlicht löste aus, und alle zuckten zusammen.

An diesem Abend spürte Nadia, die auf der Fensterbank im Erker saß und in die Dämmerung hinausstarrte, wie sich eine große Ruhe und Gelassenheit in ihr ausbreitete. Draußen auf dem Largo da Sien spielten ein paar Kinder Himmel und Hölle, während in der Ferne Kirchenglocken läuteten. Durch das ganze Haus zog bereits ein köstlicher Duft nach Essen. Nadia stellte drei Kerzen auf den Esstisch und hielt dann inne, um an ihren Fingern abzuzählen, wie viele Gäste sie heute erwarteten. Schließlich stellte sie elf Weingläser aus Kristall auf den Tisch.

Mamotschka und Frau Lo standen in der Küche am anderen Ende des Flurs und bereiteten gerade die jeweilige Lieblingsspeise eines jeden Einzelnen vor. Mamotschka hatte sogar einen goldenen Ring im Pfandhaus versetzt, um die nötigen Zutaten kaufen zu können. Trotz der noch immer anhaltenden Lebensmittelknappheit gab es für Papotschka, Iain und Nadia gebratene Ente mit eingelegten Beeren, für Valentina kaltes Hühnchen mit Äpfeln aus der Dose, für Izabel und ihre beiden Jungen getrockneten Kabeljau, gebackene Kürbisstreifen und gekochte Kartoffeln, und für Costa dunklen Schokoladenpudding, den sie aus Schokoladenpulver hergestellt hatte.

»Was steht als Nächstes an?«, fragte Mamotschka, als sie die Kürbisstreifen aus dem Ofen holte und sich dann ihre Hände und ihr Gesicht an ihrer Kattunschürze abwischte.

»*Bolo Rei*«, sagte Frau Lo. »Deine Spezialität, der Geburtstagskuchen.«

Sie siebten das Mehl für den Hefeteig, den sie dann mit den Händen kneteten. Mamotschka drückte vorsichtig eine Mulde in den Teig und gab ein Ei hinein. Dann knetete sie Butter, abgeriebene Zitronenschale, Pinienkerne und Rosinen in den Teig und formte das Ganze schließlich zu einer großen Pastete, die wie ein Kranz aussah. Der Kuchen wurde mit zerlassener Butter beträufelt und abschließend noch mit Zucker bestreut. Die Körnchen, die danebengefallen waren, fegte sie sorgsam in ein kleines Schälchen. Bevor sie den Kuchen in den Ofen schob, drückte sie noch kleine Münzen in den Rand.

Eine Stunde später kamen die Pereras mit ihren Geschenken

zur Tür herein, ihnen folgten Costa, Senhor Pinto und Anna Rodrigues.

»Na, wo ist denn unser großes Mädchen?«, fragte Costa und erdrückte seine Patentochter fast mit seiner Umarmung.

»*Parabens!*«, rief Anna und schloss Valentina dabei sanft in ihre Arme.

Valentina riss voller Freude die Verpackungen ihrer Geschenke auf, während das ganze Haus von Lachen erfüllt war. Nachdem Nadia ein paar Gläschen getrunken hatte, stand sie auf und stimmte ein russisches Volkslied an, das sie als Kind gelernt hatte. Sie sang nur sehr selten, und als sie ihr Lied beendet hatte, klatschten alle begeistert Beifall. Iain gab ihr einen Kuss auf die Wange. Dann entschuldigte er sich und sagte, er müsse ein wenig frische Luft schnappen. Nadia sah ihm nach, wie er zur Tür hinausschlüpfte.

»Wo will er denn hin?«, fragte Izabel irritiert.

Mamotschka und Nadia wechselten einen vielsagenden Blick. »Er kommt gleich wieder«, antwortete Nadia ihr.

Nadia stand auf, schnappte sich ihren Mantel und rannte dann die Treppe hinunter. Sie folgte Iain durch die mit Kopfsteinen gepflasterten Straßen der Altstadt. Sie nahm eine Abkürzung durch eine der finsteren Seitengassen, die in Richtung der Bucht führte.

Als sie ihn endlich eingeholt hatte, waren sie beide ein wenig außer Atem.

»Hier muss es irgendwo sein, da bin ich mir sicher«, sagte Iain. »Frau Lee hat irgendwo hier gewohnt.«

Als Iain sich dem Haus näherte, das er nach Peter Lees Tod so oft aufgesucht hatte, musste er feststellen, dass am Ende der Straße nur noch ein Trümmerfeld auf ihn wartete. Das alte, baufällige Gebäude hinter der Praya Grande selbst war verschwunden. Der Boden war planiert worden, um für eine Flüchtlingsunterkunft des Roten Kreuzes Platz zu machen. Mehrere kleine Ölteppiche und faulig riechende Wasserlachen bedeckten das Gelände, das bis zu einer schwarzen Steinmauer reichte. An der

Mauer entlang standen niedrige Schuppen mit durchhängenden Dächern, verrostete Metallfässer und hölzerne Hütten voller Kakerlaken und Unkraut. Tagsüber war der Ort so gut wie verlassen, in der Nacht jedoch war er heillos überfüllt. Denn dann lagen dort Hunderte von Menschen, die sich unter den Blechverkleidungen drängten und dabei mit ihren Körpern jeden verfügbaren Zentimeter bedeckten.

Nadia drehte sich um und sah Iain an.

»Das tut mir wirklich leid«, sagte sie mit leiser Stimme.

»Ich frage mich, wo sie jetzt ist«, sagte Iain verwirrt. »Ich wollte sie zur Geburtstagsfeier einladen. Ich wollte, dass sie uns alle kennenlernt.«

Einen Moment später nahm Nadia seinen Ellbogen und führte ihn nach Hause.

»Seltsam«, sagte Iain. »Die Familie Lee ist vollkommen verschwunden, während wir alle wieder vereint sind.«

Als sie nach Hause zurückkamen, stimmte Senhor Pinto gerade ein wildes Lied an, und Onkel Ewgenij füllte nach altem Kosakenbrauch alle Gläser bis zum Rand. Schallendes Gelächter und lautes *»Slainte mhath!«* und *»Na sdarowje!«* hallte über den Platz. Costa rannte nach draußen und ließ einen Knallfrosch los, während Papotschka Anna ein kleines Tänzchen mit seinem Stock vorführte. Als Mamotschka den Geburtstagskuchen hereintrug, in dessen Mitte drei Kerzen brannten, holte Valentina tief Luft und blies die Kerzen alle auf einmal aus.

Nach dem Essen, als die Teller abgeräumt waren und ihre Tochter auf dem Sofa eingeschlafen war, ging Nadia zur Wohnzimmertür. Sie wollte in den Flur hinaustreten, um für Costa eine Flasche Sandeman zu holen, blieb jedoch im Türrahmen stehen – irgendetwas ließ sie innehalten und sich umdrehen.

Im Zimmer war es plötzlich ganz still geworden. Alle beobachteten Valentina, die, eine Decke über ihren Schultern, auf dem Sofa lag und schlief wie ein Engel. Nadia betrachtete jede einzelne Person im Raum, dann erinnerte sie sich an das, was ihr Vater vor so vielen Jahren zu ihr gesagt hatte: *Wir Russen haben das*

Problem, dass wir ständig nur in Erinnerungen schwelgen und darüber die Gegenwart vergessen. Wir müssen das lieben, was wir haben, bevor es für immer verschwunden ist.

Nadias Blick verschleierte sich. Sie war glücklich. Sie war selig. Der Duft des Essens erfüllte noch immer das ganze Haus. Sie blieb noch eine Weile in der Tür stehen, umgeben von den Menschen, die sie liebte, und betrachtete ihre Familie, ihre Freunde.

Die Götter waren wieder wach, und sie waren ihnen wohlgesinnt.

Danksagung

Hinsichtlich der historischen und soziologischen Aspekte dieses Buches waren einige Publikationen überaus hilfreich. Von den vielen Arbeiten, die ich für meine Recherchen herangezogen habe, möchte ich vor allem »Prisoner of the Tunip Heads« von George Wright-Nooth sowie »The Fall of Hong Kong: Britain, China and the Japanese Occupation« von Philip Snow erwähnen.

Meiner Agentin Kate Hordern bin ich für ihre unermüdlichen Ermutigungen, ihre Inspiration und ihre Unterstützung zutiefst dankbar. Ich möchte auch dem gesamten Team des Blanvalet Verlags in der Verlagsgruppe Random House, allen voran Silvia Kuttny-Walser und Urban Hofstetter, danken. Besonderer Dank geht an meine Übersetzerin Gloria Ernst.

Meiner wunderbaren Frau Ming danke ich für ihr Verständnis. Meinen drei Frechdachsen Ghus, Abmer und Aisha für ihre Liebe und ihr fröhliches Lachen. Und Boobert, weil es ihm gelungen ist, jeden Morgen ein Lächeln auf mein Gesicht zu zaubern.

Matt (Roland) Cross möchte ich danken, weil er die Saat für diese Geschichte gelegt hat. Meinem alten Freund Johnnie Hardy danke ich für die vielen glücklichen Stunden, die wir gemeinsam am Ufer des Helmsdale River verbracht haben.